TANJA FREI | Das Wispern der Nacht

Zum Roman

Jenna muss ihr Leben neu sortieren: Ihre Tochter hat nach dem Abi die Koffer gepackt und ist ins Ausland gereist. Eine ungewohnte Situation für die alleinerziehende Mutter. Als sie der fröhlichen Lena begegnet, freundet sie sich schnell mit ihr an. Aber es gibt etwas, das Jenna vor ihrer neuen Freundin verschweigen muss: Sie sieht Dinge, die anderen Menschen verborgen bleiben, und hat Fähigkeiten, die über die anderer Menschen hinausgehen. Lena scheint jedoch mehr über Jennas Geheimnis zu wissen, als sie vorgibt, und dieses Wissen wird gefährlich – für beide Frauen. Denn eine dunkle Macht wartet darauf, Jenna in ihre Gewalt zu bringen …

»Spannung über 500 Seiten!«
Süddeutsche Zeitung über *Das Wispern der Angst*

Zur Autorin

Tanja Frei wurde 1971 in Boston geboren und wuchs am Bodensee auf. Sie studierte Amerikanistik und Wirtschaftsgeschichte und arbeitet inzwischen seit vielen Jahren als Lektorin. Die Autorin lebt mit Mann und Zwillingen bei München. Nach *Das Wispern der Angst* ist *Das Wispern der Nacht* ihr zweiter Roman.

TANJA FREI

Das Wispern der Nacht

Thriller

Diana Verlag

MIX
Papier aus verantwortungsvollen Quellen
FSC® C014496
FSC
www.fsc.org

Verlagsgruppe Random House FSC® N001967
Das für dieses Buch verwendete
FSC®-zertifizierte Papier *Holmen Book Cream*
liefert Holmen Paper, Hallstavik, Schweden.

Originalausgabe 01/2015

Redaktion | Uta Rupprecht
Umschlaggestaltung | t.mutzenbach design, München
Umschlagmotiv | © Alexandre Cappellari /
Arcangel Images; Shutterstock
Satz | Leingärtner, Nabburg
Druck und Bindung | GGP Media GmbH, Pößneck

Printed in Germany
ISBN 978-3-453-35797-6

www.diana-verlag.de

Jana und Julian –
dieses Buch ist für euch

»If you're gonna be bad, be bad with a purpose.
Otherwise, you're just not worth forgiving.«

DAMON SALVATORE

Prolog

Das erste Mal sah ich Jenna Winters an einem regnerischen Abend im Mai. Sie betrat das Colonial, einen tropfenden Schirm in der Hand, sah sich suchend um. Die langen dunklen Haare fielen ihr ins Gesicht. Langsam ging sie durch den halbdunklen Raum, entdeckte einen leeren Platz am Tresen und nickte mir höflich zu. Ich nickte zurück.

Sie war groß und schlank, vielleicht Mitte dreißig. Blaue Augen, ernste Gesichtszüge. Kein Kind von Traurigkeit, dennoch, so hatte ich gehört, ging sie wilden Partys aus dem Weg. Sie war nicht auf der Suche nach einem Gesprächspartner, nicht interessiert an mir, obwohl sie sich mir gegenübersetzte und den Mund zu einem schiefen Lächeln verzog. Jazzmusik wehte durch den Raum, erzählte von heißen Sommernächten in New Orleans. Ihre Finger klopften den Rhythmus mit, und ich hätte am liebsten meine Hand über ihre gelegt und gefragt, warum es so lange gedauert hatte, bis sie den Weg hierher fand. Doch ich sagte nichts, traute meiner Stimme nicht. Ich hätte mich nur verraten.

Eine halbe Stunde später hatte sie einen Whisky und ein Glas Wasser getrunken und rutschte vom Barhocker. Bewundernde Blicke folgten ihr, aber sie beachtete niemanden.

Wir hatten kein Wort miteinander gesprochen, doch als die Tür hinter ihr zufiel, merkte ich, wie meine Hände zitterten.

* * *

Regentropfen rannen ihr übers Gesicht, hinterließen dunkle Flecken auf ihrer Jacke. Jenna Winters stand vor dem großen, alten Baum auf dem Münchner Waldfriedhof, Seelenbaum nannte man ihn. Der Stamm war mit unzähligen Zetteln übersät, ein Ort für Botschaften an all jene, die nicht mehr Teil dieser Welt waren, an die man dachte, ohne eine Grabstätte zu haben. Die keine Blumen brauchten, aber Worte, Bilder, ein Gedicht … Einmal im Monat kam Jenna Winters hierher. »Wir geben nicht auf«, flüsterte sie und steckte den kleinen gerollten Zettel fest.

1

MÜNCHEN, FREITAG, 17. AUGUST

Die Abenddämmerung senkte sich über die Stadt. Der Himmel leuchtete in einem Kaleidoskop aus Lila und Blau und Orange, am östlichen Horizont stand schon der Abendstern und blinkte harmlos. Der Tag war heiß und stickig gewesen, und Jenna Winters hatte ihn, wie schon die ganze Woche, zu Hause in ihrem Arbeitszimmer verbracht. Wenigstens saß sie heute nicht vor dem Rechner, sondern hatte einen Block auf den Knien und zeichnete. Ein gutes Dutzend Männchen versuchten, sich in den papierenen, aber reißenden Fluten der Isar über Wasser zu halten.

Jenna hatte ihren bequemen Sessel vors weit geöffnete Fenster gezogen, sich darin niedergelassen und die Füße gegen das Fensterbrett gestemmt. Hinter ihr summte der Ventilator, neben ihr auf dem Boden stand eine Flasche Mineralwasser. So ließ sich auch als Grafikerin der Sommer mitten in der Stadt aushalten.

Stimmengewirr brandete zu ihr herauf. Die Sonnenanbeter kamen aus den Freibädern oder von den Seen zurück, Einkäufe wurden noch schnell erledigt. Von irgendwoher – vermutlich der Studenten-WG im zweiten Stock – roch es nach Grillkohle und Würstchen.

Jenna legte den Kopf in den Nacken. Sie hatte sich in diesem Sommer bisher nur selten ins lebhafte Treiben der Stadt gemischt. Sie genoss die Stille, auch die gelegentliche

Einsamkeit. In diesem Sommer war sie allein, und das war gut so.

Jennas Tochter Kim war achtzehn Jahre alt, sie hatte vor einem Monat Abitur gemacht und sich auf einer schottischen Insel einen Job gesucht. Nun war sie seit zwei Wochen fort, meldete sich hin und wieder per Skype, und Jenna hatte sich noch nicht daran gewöhnt, dass sie in ihrer Wohnung im Westend von niemandem erwartet wurde.

Mit einem Seufzer legte sie den Zeichenblock auf den Boden, stand auf und tappte auf bloßen Füßen in die Küche. Sie warf einen Blick in den Kühlschrank. Ein paar Tomaten und Oliven, ein Stück Mozzarella … für alles andere war es zu heiß. Mit dem Teller in der einen und einer Gabel in der anderen Hand stand sie kurz darauf auf ihrem kleinen Balkon, der auf den Innenhof des Mietshauses hinausging und von einer großen Linde beschattet wurde. Ihr Handy bimmelte kurz, und Jenna ging hinein, stellte den Teller in die Spüle.

»Du musst mal raus. Na los!« Kims SMS war knapp und eindeutig.

Warum eigentlich nicht?, dachte sie, genug gearbeitet habe ich für heute. Sie schlüpfte in ein paar hochhackige Sandalen und griff nach ihrer Tasche.

Eine halbe Stunde später betrat Jenna eine der zahlreichen Strandbars an der Isar. Das Gelände in der Nähe der Corneliusbrücke war gut besucht, die Kellnerinnen trugen tablettweise Cocktails vorbei, das Rauschen des Flusses und der Sand, den hilfreiche Geister zu Beginn des Sommers aufgeschüttet hatten, verbreiteten ein mediterranes Flair. Das Gelände wurde begrenzt durch lodernde Fackeln, die im Boden steckten. Jenna schloss die Augen, lehnte sich zurück und nippte mit verklärtem Gesichtsausdruck an einem Mint Julep.

»Die Juleps macht man mit Bourbon, nicht mit Scotch«, hörte sie eine empörte Stimme ein paar Meter weiter. Innerlich grinste sie. Die Barkeeperin faltete einen ihrer Kollegen zusammen.

»Bitte entschuldigen Sie das Versehen.« Jetzt befand sich die Stimme direkt vor ihr.

Jenna richtete sich in ihrem Sessel auf und musterte die Frau, die sonst hinter der Bar stand. Anscheinend hatte sie gerade einen Moment, in dem niemand ihr eine Bestellung zurief. »Ist nicht so schlimm. Schmeckt auch gar nicht schlecht«, winkte Jenna ab. »Ich nehm nachher noch einen. Mit Bourbon!« Sie grinste. »Aber das ist dann der letzte. Ich muss schließlich noch zur U-Bahn finden.«

»Versuchen Sie es mit einem Whisky Sour«, riet die Barkeeperin und lächelte wissend. »Davon bekommt man garantiert keinen Kater.«

»Versprochen?«, fragte Jenna, erhob sich und stöckelte die paar Schritte vor zur Bar.

»Pfadfinderehrenwort«, sagte die andere und reichte zwei Minuten später einen Drink über den Tresen. »Ich bin übrigens Lena.«

Sorgfältig wischte Lena die Ablage und das Wasserbecken sauber, dann stützte sie sich mit den Ellbogen auf den Tresen.

Sie war klein und hatte kurzes rötliches Haar, eine Stupsnase und ein ansteckendes Lächeln. Es dauerte nicht lange, und sie und Jenna waren in eine Analyse der anwesenden Männer vertieft. Jenna trank entgegen ihrem Entschluss einen zweiten Whisky Sour, Lena mixte Drinks und redete und mixte und redete, und als irgendwann die Ansage kam – »Letzte

Runde!« –, war es Jenna, als würden sie sich schon ewig kennen. Die Barkeeperin mochte zehn Jahre jünger sein als sie, doch wenn man ihren Geschichten Glauben schenken durfte, dann hatte sie in ihrem jungen Leben schon so viel gesehen, dass es für mindestens drei weitere gereicht hätte.

Dass sie sich gegenseitig versicherten, den Abend zu wiederholen, war selbstverständlich. »Ich hab mich schon lange nicht mehr so amüsiert«, sagte Jenna lächelnd und machte sich auf den Heimweg. Am Hauptbahnhof stieg sie aus, fuhr die Rolltreppen hinauf in die Halle, ging langsam an den leeren Gleisen vorbei und auf der anderen Seite des Bahnhofs wieder hinunter zur U5. Es war mittlerweile Viertel nach eins, und immer noch kamen ihr Scharen von Nachtschwärmern entgegen.

Leicht beschwipst setzte sie sich beim Hinunterfahren auf die Stufen der Rolltreppe und fragte sich, warum alle Welt eigentlich immer stand … sie selbst inklusive. »Weil du, liebe Jenna, immer brav das tust, was von dir erwartet wird«, gab sie sich gleich selbst die Antwort. »Du sorgst für dich und deine Tochter, gehst einem geregelten Job nach und betrinkst dich äußerst selten. Wie man das eben so macht.« Den letzten Satz murmelte sie halblaut und rutschte zur Seite, als sich mehrere Leute an ihr vorbeidrängten und sie entweder empört oder mitleidig anstarrten. Einem rebellischen Impuls nachgebend, streckte sie ihnen die Zunge heraus, erhob sich dann aber halbwegs elegant auf den High Heels, um nicht vom Spalt am unteren Ende der Treppe eingezogen zu werden.

Eine Viertelstunde später trat Jenna an der Haltestelle Friedenheimer Straße auf den Bahnsteig hinaus, die Türen schlossen sich hinter ihr mit einem Zischen. Fast lautlos verließ die U-Bahn den Bahnhof und verschwand in der Nacht.

Das Summen verklang, der Luftzug wirbelte noch Papierschnipsel durch die Station. Jenna ging nach draußen, die Hände in den Hosentaschen vergraben. Ihre Finger schlossen sich um den kleinen Stein, den sie immer bei sich trug. Er war warm und schmiegte sich in ihre Handfläche wie ein Vertrauter.

Zu Hause angekommen war sie selbst zum Grübeln zu müde. Der Alkohol und die Hitze forderten ihren Tribut. Etwas unsicher stieg Jenna die knarrenden Stufen hinauf in den dritten Stock, zog sich schon im Flur aus, schminkte sich mit mechanischen Bewegungen ab, putzte sich die Zähne, stolperte ins Schlafzimmer und stellte den Wecker auf acht Uhr. Gähnend öffnete sie das Fenster weit, zog die Vorhänge zu und fiel ins Bett.

Draußen huschte ein Schatten mit katzenhafter Geschmeidigkeit durch die Straße. Er war der Frau mit den langen schwarzen Haaren und dem ernsten Gesicht gefolgt. Vor dem Haus in der Friedenheimer Straße blieb er stehen und hob die Hand. An der dunkelrot gestrichenen Haustür erschien ein handtellergroßes Zeichen, leuchtete auf und verblasste wieder.

Mit einem maliziösen Lächeln betrachtete er sein Werk, dann rannte er rasch davon und verschmolz mit der Dunkelheit.

SAMSTAG, 18. AUGUST

Die Sonnenstrahlen, die sich durch die Vorhänge stahlen, kitzelten Jenna lange vor dem Wecker wach. Sie öffnete ein Auge, stöhnte angesichts der 6:41 auf dem Display und drehte sich seufzend um. Die kleine Flasche Mineralwasser, die immer am Bett stand, war schon leer.

Aufstehen und eine neue holen? Zu viel Aufwand.

Jenna befahl sich, noch eine Stunde weiterzuschlafen. Unruhig wälzte sie sich auf der Decke hin und her, der Schlaf wollte sich nicht mehr einstellen. Um kurz vor acht gab sie auf. Noch nicht richtig wach tappte sie auf bloßen Füßen in die Küche, trank ein großes Glas Wasser und machte sich einen ersten Cappuccino. Ohne Kaffee war sie nicht zu gebrauchen, daran hatte sie – und ihre Umwelt – sich gewöhnt. Mit einem wohligen Seufzer lehnte sie sich an die Küchenzeile und versenkte drei Stück Würfelzucker in ihrem Kaffee. Jetzt konnte der Tag anfangen und machen, was er wollte.

Das Schwarz-Weiß-Foto von Kim in dem schmalen roten Rahmen, das sie auf dem Kühlschrank platziert hatte, lachte sie an. Heute Abend reden wir wieder, versprach Jenna ihrer Tochter und lächelte. »Aber vorher muss ich mich mit dem Filmfritzen aus Berlin herumschlagen«, murmelte sie dann halblaut. Sie arbeitete für eine Werbeagentur im Glockenbachviertel. Heute würde es darum gehen, die Werbemaßnahmen für das neue Projekt einer Berliner Filmfirma zu besprechen. Da Jenna mit einer Serie von animierten Comics den Kunden an Land gezogen hatte, durfte – oder musste – sie dabei sein. Mit der Tasse in der Hand wanderte sie durch die Wohnung, öffnete für einen Moment die Tür zu Kims Zimmer. Das Bett war gemacht und frisch bezogen, nur der bisher stets präsente Teddy fehlte. Den hatte Kim mitgenommen, genauso wie ihren Laptop. Ansonsten wirkte das Zimmer wie immer, ein typisches Mädchenzimmer. Die Harry-Potter-Reihe und die Edelstein-Trilogie im Regal, ein Vampire-Diaries-Plakat an der Wand mit dem Spruch *There's no such thing as a bad idea. Only poorly executed awesome ones,* eine Tagesdecke mit blaugrünen Blockstreifen, Poster von Blair Waldorf, Lukas Podolski und Zooey Deschanel. Das ganz eigene Kim-Universum … Jenna schloss die Tür wieder und freute sich darauf, in ein paar Stunden mit ihrer Tochter zu sprechen.

Sie löffelte den Schaum aus ihrer Tasse, machte sich auf dem Weg ins Bad gleich einen zweiten Kaffee und dachte beim Duschen darüber nach, wie sie dem Anwalt aus Berlin klar machen konnte, dass sie zwar gern beratend zur Seite stehen, aber mitnichten als billige Sekretärin fungieren würde. Beim letzten Treffen hatte er mit anzüglichem Lächeln von ihr verlangt, ihm für später eine exotische Massage zu buchen. Bevor Jenna dem Schnösel aus Berlin eine Ohrfeige verpassen konnte, war im letzten Moment Agenturchef Rainer dazwischen gegangen.

Mit einem großen Handtuch-Turban stand sie vor dem Spiegel und wartete darauf, dass sich der feuchte Nebel verzog. Nach und nach konnte sie ihr Gesicht erkennen, vorsichtig lächelte sie sich an. Der Sommer hatte ihr gut getan. Jenna, normalerweise zwölf Monate lang die vornehme Blässe in Person, war endlich einmal leicht gebräunt, und das glatte dunkle Haar hing ihr schwer auf den Rücken herab. Die Sonne hatte einzelne Strähnen aufgehellt, was nach teurem Friseurbesuch aussah. Die Spuren der letzten Nacht ließen sich mit etwas Concealer und Wimperntusche kaschieren. Schwarzes Top, weiße Marlene-Hose, Ballerinas – fertig. Die Haare würden draußen von allein trocknen.

Zwei Stunden später war ihr jegliche Gelassenheit abhandengekommen, und Rainer konnte sie nur mit Mühe davon abhalten, dem Anwalt, der zu allem Überfluss auch noch August

Cornelius hieß, die Wasserflasche über den Laptop und seine vermaledeiten Änderungsvorschläge zu kippen. Bevor die Situation eskalierte, zog Rainer Jenna an der Hand hinter sich aus dem Büro und zwang sie, sich auf ihre Couch zu setzen.

Er baute sich vor ihr auf und sah ihr ins Gesicht. »Jenna, wir brauchen diesen Auftrag«, flüsterte er beschwörend. »Komm, wir müssen nur noch zwei Seiten durchgehen, dann ist der Vertrag fix, und du musst dich nie wieder mit ihm herumschlagen. Ausführen tut es dann der nette Kollege, den wir vor einem halben Jahr hier in München getroffen haben, okay? Jetzt lass dich nicht so provozieren, der merkt doch gar nicht, von welchem Stern er eigentlich ist.«

Jenna presste die Lippen zusammen. Dann nickte sie zögernd.

»Danke! Und jetzt komm wieder an den runden Tisch zurück.«

Der Tag hätte für alle Beteiligten in Wohlgefallen geendet, wenn nicht Herr Cornelius irgendwann am Nachmittag »Noch einen Kaffee und ein Stück Kuchen, Fräulein Jenna!« gesagt und das J in Jenna wie Johanna ausgesprochen hätte. Jenna musterte den Anwalt entnervt und suchte nach einer passenden Entgegnung. Sie lehnte sich in ihrem Bürosessel zurück, steckte die Hände in die Taschen ihrer weiten Hose und umfasste eher zufällig ihren Stein. Er war warm, fast heiß.

Einen Lidschlag später ging der Papierstapel neben Herrn Cornelius in Flammen auf. Eine kleine Stichflamme schoss vom Tisch hoch bis an die Decke, und Sekunden später waren die Papiere nur noch Asche. Die Anmerkungen in Rot inklusive. Der Anwalt schrie auf vor Schreck, und Rainer nahm das Erste, was ihm in die Finger kam, um die Flammen zu ersticken: Herrn Cornelius' Boss-Sakko, das über einer Stuhllehne hing.

Jenna saß wie erstarrt. Sie sah mit aufgerissenen Augen auf die Flammen, schmeckte den Rauch auf ihrer Zunge, und ihr wurde schlecht. Mit einem unartikulierten Laut stürzte sie aus dem Büro, schaffte es gerade noch zur Toilette und übergab sich. Keuchend und würgend hing sie über der Schüssel und gab die Reste des Mittagessens wieder von sich.

Als sie wieder klar denken konnte, erhob sie sich, klatschte sich ein paar Handvoll Wasser ins Gesicht und starrte in den Spiegel. Sie sah blass aus, das Make-up verschmiert. Zwei Gläser standen auf der Ablage, und sie füllte eines mit Wasser, setzte sich auf den Klodeckel und trank in kleinen Schlucken, um den scheußlichen Geschmack im Mund wieder loszuwerden.

Der Rauch …

Der Rauch hatte etwas in ihr wachgerufen – etwas aufgeweckt –, er ließ die Angst in ihrem Magen hochsteigen. Sie zog ein Taschentuch aus der Hosentasche, und etwas kullerte über den Boden, blieb neben ihrem linken Schuh liegen.

Der Stein. Ihr Stein. Er barg Erinnerungen an eine Episode in Jennas Leben, von der sie nicht wusste, ob sie sie nicht am liebsten für alle Zeit vergessen wollte. Der Stein war zu ihr gelangt, als ihr Leben buchstäblich auf dem Kopf stand, als ihr Mann Alex diese Welt verlassen und ihr und Kim damit das Leben gerettet hatte. Er erinnerte sie an Feuer und Tod, an Verlust und Schmerz. Doch gleichzeitig war er ein Teil von ihr geworden, er mahnte sie hin und wieder freundlich, dass Vergessen keine Lösung war und Bestimmung etwas, was man sich nicht aussuchen konnte. Dass sie das war, was sie war.

Jenna ging in die Hocke, hob ihn auf und drehte ihn nachdenklich in der Hand. Der Amethyst leuchtete für einen Moment lila auf. Jenna blinzelte. Nein, sie hatte sich das nicht eingebildet. Und nun wusste sie nicht, ob sie lachen oder weinen sollte.

Es war wieder da …

Die Kraft der Magie war wieder zu ihr zurückgekehrt.

Als sie das Konferenzzimmer betrat, hatte Rainer den kleinen Brand bereits gelöscht, ohne dass der Rauchmelder Alarm geschlagen hatte, und dem Anwalt angeboten, das ruinierte Sakko zu ersetzen. Der nickte huldvoll und erklärte angelegentlich, es gebe ohnehin keine offenen Fragen mehr. »Mein Flieger geht in zwei Stunden«, verkündete er, stand auf und nahm seine Aktentasche. »Wir haben ja so weit alles geklärt. Ich danke Ihnen beiden.« Damit wandte er sich an Jenna. »Nichts für ungut, meine Liebe. Auf Wiedersehen.«

Sie schüttelte ihm kühl die Hand. Ihre Gedanken fuhren Achterbahn. Sobald Cornelius das Büro verlassen hatte – nicht ohne zu überprüfen, ob er das Ergebnis der Verhandlungen zumindest noch in digitaler Form besaß –, raffte Jenna ihre Unterlagen zusammen, rief Rainer ein »Bis nächste Woche!« zu und verließ im Eilschritt die Agentur. Mit zitternden Knien rannte sie die Treppe hinunter, schob sich ihre überdimensionale Sonnenbrille auf die Nase und lief, ohne nach rechts oder links zu schauen, zur Haltestelle Fraunhoferstraße. Diesmal stieg warme, stickige Luft durch die U-Bahn-Schächte nach oben, schnürte ihr die Kehle zu. Geradezu dankbar genoss sie die dunkle Kühle, die sie unter der Erde empfing.

Sie ließ sich auf einen freien Platz fallen, stöpselte die Kopfhörer in die Ohren und blendete mit Hilfe von Snow Patrol die Gesprächsfetzen der anderen Fahrgäste aus. Blicklos und starr sah sie die Tunnelwände vorbeirasen und fühlte sich schwindlig. Plötzlich ruckelte es, und einige Fahrgäste griffen reflexartig nach den Haltestangen, dann bremste die U-Bahn mit lautem Quietschen und hielt wenig später mitten im Tunnel an.

»Entschuldigen Sie den unplanmäßigen Halt, werte Fahrgäste. Gleich gehts weiter«, verkündete der Fahrer in astreinem Münchnerisch über die quäkenden Lautsprecher. Der Fahrgast gegenüber von Jenna verdrehte frustriert die Augen und sah auf die Uhr. Jenna selbst kümmerte es nicht. Sie lehnte den Kopf gegen die Scheibe und lauschte der Musik. Ihre Finger schlossen sich um den Stein.

Es war wieder da …

Mit einem leisen Knistern fiel das Licht in der U-Bahn aus, und sofort machte sich Unmut unter den Fahrgästen breit.

»Das gibts doch nicht«, stöhnte einer. »Ich muss unbedingt meine S-Bahn erwischen.«

Das bleiche Leuchten der Smartphones warf einen geisterhaften Schein auf die Gesichter. Der Fahrer gab erneut etwas bekannt, doch dies ging in einem statischen Rauschen unter.

Jenna zog die Kopfhörer aus den Ohren und schaute sich irritiert um. Manche der Mitreisenden schimpften, doch die meisten Fahrgäste nahmen die Verzögerung kommentarlos hin und blickten erwartungsvoll nach oben, wo in solchen Fällen die Notbeleuchtung ansprang.

Doch es blieb dunkel.

Der kleine Amethyst in ihrer Hand wurde mit einem Mal glühend heiß, Jenna keuchte vor Überraschung und Schmerz auf und blies vorsichtig auf ihre Finger.

Und dann sah sie sie.

Im Tunnel, an den Fensterscheiben, vor den Türen, ja, auch im Waggon, zwischen den Fahrgästen: Wie blasse Schilfgräser aus dem morgendlichen Frühnebel tauchten sie auf, Menschen gleichend und doch auch nicht. Eine graue Woge aus Gestalten mit gleichgültigen, leeren Gesichtern, und es wurden immer mehr. Der Duft von Gewürznelken begleitete sie, klebrig, bitter und süß zugleich, und Jenna schlug sich die Hand vor den Mund, atmete ganz flach, um dem Geruch zu entkommen.

Niemand außer ihr sah die Schatten. Niemand hier außer ihr wusste, wer sie waren.

Was sie waren …

Gefangene in einer Welt zwischen den Lebenden und den Toten. Versunken in der Vergessenheit, nur mehr Schatten derjenigen, die sie einmal gewesen waren. Denn jeder vergaß sein früheres Selbst irgendwann, wurde Teil des Nebels im Zwischenreich. Nicht jeder, der starb, fand sich dort wieder. Dennoch wurden es mehr, immer mehr. Nur wenige von ihnen erhielten die Chance, zurückzukehren in die echte Welt, ein zweites Leben zu beginnen. Denn das Tor zwischen den Welten war versiegelt, seit tausend Jahren schon.

Doch da gab es eine, die die Schatten sehen, das Tor öffnen konnte.

Man nannte sie die Hüterin.

Jenna schluckte Angst und Übelkeit entschlossen hinunter. Sie klammerte sich an ihren Stein wie an einen Rettungsring, spürte die Hitze nicht mehr, die von ihm ausging, und zwang sich, in die Gesichter der Gestalten zu sehen, nicht zurückzuweichen, nicht die Augen zu schließen, nicht die Panik überhandnehmen zu lassen. Sie nickte ganz leicht mit dem Kopf und gab ihnen zu verstehen, dass sie sie wahrnahm, sie erkannte.

Jenna Winters, die Hüterin des Tores, erhält eine neue Aufgabe …

Kaum hatte sie den Gedanken zu Ende gedacht, wichen die Schatten zurück wie von einer unsichtbaren Schnur gezogen. Sie verschwanden im U-Bahn-Tunnel, wurden wieder eins mit der Dunkelheit. Das Neonlicht über ihr flammte summend wieder auf, vereinzelte Pfiffe waren zu hören. Jenna blinzelte, wandte forschend den Kopf, blickte ihren Mitreisenden ins Gesicht. Nein, niemand hatte etwas bemerkt. Die U-Bahn fuhr mit einem Ruck an und erreichte Sekunden später die hell erleuchtete Station an der Westendstraße. Jenna sprang auf und streckte ihren Kopf aus der Tür, schnupperte misstrauisch. Der widerliche Geruch, den sie mit den Schatten assoziierte, hatte sich aufgelöst.

An der nächsten Haltestelle rannte sie an den anderen Fahrgästen vorbei die Rolltreppe hinauf zur Straße, joggte weiter und schloss außer Atem die Haustür auf. Ein leichtes Kribbeln durchfuhr sie, als sie über die Schwelle trat, doch ihr Adrenalinpegel war noch so hoch, dass sie es nicht mehr bewusst wahrnahm. Immer drei Stufen auf einmal nehmend, rannte sie in den dritten Stock, warf mit Schwung die Wohnungstür hinter sich zu und ihre Handtasche auf den Stuhl im Flur, schenkte sich mit zitternden Händen ein Glas Wein ein und ließ sich aufs Sofa sinken.

Am anderen Ende der Stadt verzog jemand den Mund zu einem zufriedenen Lächeln.

Teil eins des Plans kam in Gang.

Langsam ließ das Zittern nach, ihr Atem beruhigte sich und sie ließ den Stein, den sie seit dem Vorfall in der U-Bahn umklammert hielt, vorsichtig auf den kleinen Tisch gleiten, auf dem sich bereits DVD-Hüllen, zwei Chips-Tüten und mehrere Taschenbücher den Platz teilten. Das Licht in dem Amethyst war erloschen, und er fühlte sich kühl an auf ihrer Handfläche. Jenna zog die Knie an, schlang die Arme darum und legte das Kinn auf die Ellbogen. Als die Nacht hereinbrach, saß sie immer noch unbeweglich da. Sie schreckte erst auf, als jemand an die Wohnungstür hämmerte.

»Jenna, Jenna, bist du da? Gehts dir gut?«

»Wer ist da?«, fragte sie und verwünschte sich in diesem Moment für ihre atemlose Kleinmädchenstimme.

»Ich bins, lass mich rein, Jenna!«

Jenna öffnete die Tür und trat überrascht einen Schritt zurück, als der Besucher sie an den Schultern fasste, sorgenvoll anblickte und ohne weitere Umstände zu einem Vortrag ansetzte: »Was ist los mit dir? Du bist nicht in der Agentur, gehst nicht an dein Handy und um dich herum funkelt eine Wolke voll Magie, mit der man einen Heißluftballon einmal um die Welt schicken könnte.«

»Woher …«

Er ließ sich nicht unterbrechen: »Das bemerkt doch ein Blinder. Und überhaupt, ma chère Jenna, jemand hat dein Haus markiert. Ich hoffe doch, du hast das Zeichen unten an der Tür bemerkt. Warum sitzt du so herum? Hast du schon etwas gegessen? Soll ich dir was kochen? Und hab isch dir erzählt, dass isch nach Paris fahre?«

In der Aufregung wurde sein französischer Akzent deutlicher.

»Und gib mir auch was von dem Rotwein.« Er ließ Jenna

los, damit er sich ein Glas aus dem Schrank angeln konnte, und schenkte sich ein. »Mon dieu, was ist das denn?«, keuchte er nach dem ersten Schluck.

»Rheinhessen«, gab Jenna lakonisch zurück. »Kann ich jetzt auch mal was sagen?«

Der Besucher nahm mit zusammengekniffenen Augen einen weiteren vorsichtigen Schluck und lehnte sich an die Wand. »Isch bin gans Ohr.«

Gegen ihren Willen musste Jenna grinsen. Antoine Lagardère war einer ihrer wenigen Freunde und Franzose durch und durch. Er kochte kompromisslos und mit Hingabe. Kaum jemand außer ihnen beiden wusste, dass er im Jahre 1626 in seiner Funktion als Hofsekretär von Marie de Bourbon gestorben war und Jenna ihn vor einem halben Jahr aus der Schattenwelt befreit hatte. Lagardère war Anfang zwanzig, besaß einen Schopf voll dunkler Locken, und Jennas Tochter hatte angesichts seiner blauen Augen Herzrasen bekommen. Er beherrschte Englisch und Französisch, und sein Deutsch hatte in den vergangenen Monaten enorme Fortschritte gemacht.

»Wir kochen uns etwas, und ich erzähle dir, was heute passiert ist, in Ordnung?«, bot Jenna jetzt an, nahm Lagardère das Glas aus der Hand und ging voran in die Küche.

Der junge Franzose nickte, marschierte hinterher und erklärte: »Ich werde Gnocchi zubereiten. Aus echtem Teig, mit einer echten Tomatensauce. Was in diesen ominösen Tüten aus dem Supermarkt enthalten ist, kann kein vernünftiger Mensch zu sich nehmen. Und du darfst den Tisch decken und erzählen.« Entschlossen krempelte er die Ärmel hoch und enthüllte dabei eine frische Wunde am Unterarm.

»Das sieht aber nicht so gut aus«, bemerkte Jenna. »Hat dich einer deiner Schüler beim Fechten erwischt?«

Lagardère würdigte den Kratzer kaum eines Blickes. »S'il te plaît, ma chère, was für eine Unterstellung! Beim Fechten passiert mir so etwas nicht.« Er schnitt Tomaten und Zwiebeln klein und suchte im Kühlschrank nach Butter. »Nein, das ist die blöde Katze, die sich in meinem Antiquariat herumtreibt. Ich weiß, sie fühlt sich da zu Hause, aber hin und wieder muss ich selbst entscheiden können, an welches Regal ich gehe. Und auf die Messe nach Paris nehme ich sie nicht mit. Da kann sie wieder Herrin in ihrem Bücherreich sein. Ohne misch.«

Jenna sah ihm zu, und allein seine Anwesenheit trug dazu bei, dass sie sich wieder sicherer fühlte. Sie schaffte es, ihm ohne zu würgen von dem Vorfall in der U-Bahn zu erzählen, und als sie ihm von Cornelius' entsetztem Gesichtsausdruck berichtete, musste sie sogar kichern.

»Und dann«, fuhr sie fort und platzierte zwei Gedecke und Gläser auf dem Küchentisch, »fängt mein Stein an zu leuchten. Weißt du, was das heißt, Antoine?«

Dieser probierte von seiner Sauce, gab noch etwas Knoblauch dazu und wiegte den Kopf. »Die Hüterin ist wieder da, nehme ich an. Ich habe dir immer gesagt, dass du nicht den Sand in den Kopf … non, wie sagt man? Den Kopf in den Sand stecken darfst. Du bist die Hüterin. An dieser Tatsache kannst du nicht rütteln.«

Jenna nickte. »Ganz genau. Aber die Magie war weg, das habe ich dir ja schon die letzten Monate immer wieder gesagt. Aus irgendeinem Grund ist sie wieder zu mir zurückgekommen. Und jetzt habe ich folgendes Problem: Soll ich ihr die Tür aufmachen oder schreiend davonlaufen?«

»Diese Wahl hast du nicht, ma chère. Die Tür hast du schon vor einem halben Jahr geöffnet, als du erkannt hast, wer du bist. Die Magie kehrt zu dir zurück, wenn du bereit bist. Nachdem du vor einigen Monaten den Jäger verbannt hast und er nicht mehr hinter dir her ist, kannst du jetzt endlich herausfinden, was deine eigentliche Bestimmung ist.« Vorsichtig schob Lagardère die frischen Teigklößchen ins siedende Wasser.

Jenna, die gerade die Tomatensauce kostete, starrte ihn an und verschluckte sich fast. Sie hatte sich zwar mittlerweile daran gewöhnt, dass Lagardère Dinge sagte, die sie früher mit einem Lachen abgetan hätte. Aber dass er die Magie, die so explosionsartig in ihr Leben getreten war, einfach so akzeptierte und Begriffe wie Bestimmung und Jäger ganz natürlich zu seinem Wortschatz gehörten, ließ sie immer wieder zusammenzucken.

»Ich bin nur dank deiner Magie wieder hier«, erklärte er jetzt, als könnte er ihre Gedanken lesen. Und manchmal konnte er das sogar. Lagardère hatte ein untrügliches Gespür dafür, wenn ihn jemand belog. Vorsichtig fischte er die Gnocchi aus dem Wasser und goss die Tomatensauce darüber. Dann trug er die Teller an den Tisch, setzte sich zu ihr und sie begannen zu essen.

Jenna war vor ihm fertig und sah nachdenklich zu, wie der Franzose sich eine zweite Portion auflud und mit reichlich Parmesan bestreute. »Ich bin heute noch nicht zum Essen gekommen«, sagte er entschuldigend und zuckte mit den Schultern. »Aber«, er spießte mit der Gabel ein Teigklößchen auf und hielt sie Jenna wie einen erhobenen Zeigefinger unter die Nase, »es ist zwar schön, dass deine Magie wieder da ist. Trotzdem gibt es ein Problem. Das Zeichen an deiner Haustür. Jemand weiß, wer du bist, Jenna.«

»Ich habe nichts bemerkt«, gab Jenna verblüfft zurück.

»Du warst abgelenkt«, stellte Lagardère fest. »Kein Wunder, wenn man gerade eine Armee von Schatten gesehen hat.« Er nahm einen letzten Schluck Wein, stand auf und zog Jenna an der Hand hinter sich aus der Küche. Sie konnte gerade noch nach ihrem Schlüssel greifen. »Komm mit, ich zeige es dir.«

Gleich darauf standen sie nebeneinander vor der roten Haustür.

Jenna zögerte. »Ich sehe es nicht.«

»Aber du kannst es spüren«, drängte Lagardère.

Vorsichtig legte Jenna ihre Hand auf das Holz. Das Zeichen leuchtete neben ihrer Hand auf. Es war mit weißer Kreide geschrieben und sah aus wie ein weichgezeichnetes Doppelkreuz in Wellenform. Sie zuckte zurück, als hätte sie sich verbrannt.

»Was passiert, wenn ich es berühre?« Unwillkürlich flüsterte sie.

»Ich weiß es nicht«, flüsterte Lagardère zurück. »Aber das hat hier jemand absichtlich angebracht.«

»Du meinst, es ist wie eine Wanze? Oder ein Sender? Jemand will wissen, wann ich zu Hause bin? Das ist ja gruselig!«

Der Franzose kniff die Augen zusammen. »Nein … ich glaube eher, jemand möchte wissen, ob hier Magie herrscht. Niemand außer dir wird dieses Zeichen bemerken oder gar zum Leuchten bringen. Ich habe es schließlich nur entdeckt, weil ich durch deine Magie mit dir verbunden bin.«

»Hm«, machte Jenna und sah sich unauffällig um, konnte aber niemanden entdecken. Keiner drückte sich rasch ins Dunkel der Hauseingänge, die meisten Fenster der umliegenden Häuser waren dunkel, nur vereinzelt sah man Licht oder den flackernden Widerschein eines Fernsehers. Jenna griff nach ihrem Stein und betrachtete das Zeichen eingehend. Wer hat dich auf meine Tür gemalt? Was will er von mir?, dachte sie. Ganz allmählich wurde das weiße Schimmern weniger und weniger, bis es endgültig erlosch.

»Das ist aber keine Antwort«, murmelte Jenna verärgert, dann wandte sie sich an den Franzosen. »Wir werden es heute Abend kaum herausfinden.« Sie seufzte. »Ja, ich weiß schon, was du sagen willst. Die Magie kehrt zu mir zurück, und ich muss sie beherrschen. Kontrolle ist alles, nicht wahr?«

Lagardère nickte. »Es geht aber nicht nur um Kontrolle, Jenna. Magie hält eine Balance. In uns, in der Natur … Und du, als Hüterin, bist für ein ganz besonderes Gleichgewicht verantwortlich. Redest du mit Kim darüber?«, fragte er, als sie wieder oben in Jennas Wohnung waren.

»Ich wollte in wenigen Minuten mit ihr sprechen. Möchtest du dabei sein? Wir haben uns Skype eingerichtet.«

Lagardère zog verwirrt die Brauen hoch. »Skype? Das klingt ungesund.«

Jenna lächelte. »Es wird dir gefallen. Wir gehen ins Arbeitszimmer an meinen Rechner.«

Lagardère hielt sie am Arm zurück. »Sag ihr nicht zu viel. Das hier ist nicht ihr Problem. Den Jäger habt ihr gemeinsam verbannt, aber wenn du jetzt gerufen wirst, musst du allein die Aufgabe fortführen.«

»Ja, schon … wenn ich wüsste, worin sie besteht.« Während sie den Rechner startete, zählte Jenna an den Fingern ab: »Ich kann Dinge durch die Gegend schweben lassen, Feuerstürme entfachen, magische Zeichen sichtbar machen …«

»Und das Tor zur Schattenwelt öffnen. Vergiss nicht das Wichtigste«, unterbrach sie der Franzose.

Jenna gab ihr Passwort ein und sah nachdenklich drein. »Keine Sorge, das vergesse ich nicht. Wie könnte ich, wenn mir die Schatten schon in der U-Bahn zuwinken? Aber wir stochern, verzeih das Wortspiel, im Nebel.«

»Hallo Maus.« Jenna winkte in die Kamera.

»Mam.« Kim sah müde aus. Sie gähnte ungeniert, doch als sie Lagardère hinter Jenna entdeckte, hielt sie sich anstandshalber die Hand vor den Mund. »Ich bin todmüde. Und ich verstehe die Leute nicht. Das Englisch hier ist wirklich gewöhnungsbedürftig. Hallo Antoine, wie gehts?«

»Uns gehts gut«, antwortete Jenna. Sie erzählte von Cornelius und dem Abend in der Strandbar mit Lena, richtete Kim von ein paar Freundinnen, denen sie in den letzten Wochen über den Weg gelaufen war, Grüße aus. Dann kam sie zum Punkt: »Noch was, meine Süße – was macht dein Stein?« Um zu verdeutlichen, was sie meinte, zog Jenna ihren Amethyst aus der Hosentasche und hielt ihn hoch. Er pulsierte leicht, und Kim riss bei diesem Anblick die Augen auf. »Wow, du kannst es wieder? Mein Stein tut überhaupt nichts. Als wäre die Batterie leer.«

»Kein Grund, sich Sorgen zu machen. Aber sei so gut und pass auf, ja? Wenn dir etwas merkwürdig vorkommt, ruf mich an.«

»Merkwürdiger als das Englisch auf Islay?«, gab Kim zurück, die zurzeit in einem Hotel auf der kleinen Hebrideninsel arbeitete.

»Bisher war es immer Angst, was meine Kraft ausgelöst hat«, bemerkte Jenna. »Ich habe eigentlich gehofft, in der nächsten Zeit keinen Grund für Angst zu haben.« Sie blies Kim einen Kuss zu. »Pass einfach auf dich auf, bitte. Und jetzt lass ich euch beide noch ein bisschen plaudern. Ihr habt euch sicher was zu erzählen. Antoine hat mir gerade gebeichtet, dass er nach Paris fährt. Gute Nacht.«

Damit klopfte sie dem Franzosen leicht auf die Schulter und lächelte, als sie im Fortgehen sein raues »Hallo, Kim« hörte. Die beiden waren gute Freunde, aber Jenna hatte längst bemerkt, dass zwischen ihnen mehr als Freundschaft im Spiel war. Vielleicht ist es derzeit gar nicht so schlecht, dass Kim auf einer Insel sitzt und Antoine sich bemüht, hier sein Leben in den Griff zu bekommen, dachte sie.

Einer von Jennas besten Freunden hatte vor Kurzem seinen Wohnsitz nach England verlegt und für sein Antiquariat einen Nachfolger gesucht. Lagardère war dies wie ein Geschenk des Himmels vorgekommen und er hatte sich ohne Weiteres in dieser Welt der Bücher eingerichtet. Seitdem las er sich nächtelang durch die literarischen Jahrhunderte, saugte alles auf wie ein Schwamm und kam manchmal aus dem Staunen darüber, wie sich die Welt inzwischen verändert hatte, nicht mehr heraus. Er müsse keine neuen Bücher akquirieren, hatte der Vorbesitzer verkündet, der Lagardères – nun ja, Herkunft kannte, sondern sich nur um den vorhandenen Bestand kümmern und gelegentlich eines der Bücher verkaufen. Das war für den ehemaligen Sekretär des Hofes tatsächlich keine unlösbare Aufgabe, zumal ihn Kim unbekümmert mit dem technischen Schnickschnack des 21. Jahrhunderts konfrontierte. Sie hatte ihn zudem in ihr Fitnessstudio geschleift, wo sich der Franzose angesichts der trainierenden Frauen erst vor unterdrücktem Gelächter den Bauch hielt und dann rot vor Verlegenheit wurde, als Kim ihm vorschlug, Fechtunterricht zu geben.

»Den Frauen?«, hatte er ungläubig nachgefragt.

»Klar«, hatte sie gesagt. »Und ich bin deine erste Schülerin, wenn du willst. Bis ich nach Schottland gehe.«

Jenna hatte bei der Vorstellung herzlich gelacht, aber im Grunde war es die perfekte Lösung für den Franzosen und etwas, was sein altes Leben mit seinem jetzigen verband. Auf diese Weise war nicht alles ganz neu. Er war immer ein Mann von Degen und Feder gewesen. Das ließ sich mit etwas Improvisationstalent durchaus auf die Neuzeit übertragen.

Jenna schenkte sich den Rest Wein ein, griff nach ihrem Zeichenblock und ließ sich in der Küche auf die Bank sinken. Als sie das Kreidesymbol gesehen hatte, waren vor ihrem inneren Auge Bilder aufgeblitzt. Beschreiben konnte sie sie nicht, aber vielleicht zeichnen?

Leises Gemurmel war von nebenan zu hören, dann helles Lachen.

In der Gewissheit, ihre Tochter gewarnt zu haben und mit der vorsichtigen Freude darüber, dass ihre Magie wieder zu ihr zurückgefunden hatte, ging Jenna eine Stunde später ins Bett. Lagardère war bereits gegangen. Er hatte es sogar geschafft, von außen abzuschließen, mit einem Schlüssel, der innen steckte. »Reine Konzentrationssache«, tat er das Kunststück ab wie immer. Weder Kim noch Jenna waren je dahintergekommen, wie er das machte. Jenna musste lächeln, bevor sie ins Reich der Träume hinüberdämmerte. Zuvor hatte sie noch das Zeichen aus dem Gedächtnis nachgezeichnet, aber es schwang nichts mehr in ihr an.

Die Bilder blieben verborgen.

Auch die Gestalt, die durch die Friedenheimer Straße huschte, als Lagardère schon lange auf dem Heimweg war, hielt sich verborgen. Sie eilte von Deckung zu Deckung, ließ Jennas

Haus nicht aus den Augen. Als sie einmal fast gestolpert wäre und sich an ein paar Zweigen einer Buchsbaumhecke festhielt, wurden die Pflanzenteile schwarz und fielen mit einem leisen Rascheln zu Boden.

Das Leben darin war in Sekundenschnelle erloschen.

London, 29. Oktober 1930

Die Dame, die am nordöstlichen Ende des Hyde Parks, nicht weit von Speaker's Corner entfernt, auf einer der grün gestrichenen Bänke saß, schloss für einen Moment die Augen. Eine dünne Hundeleine lag zusammengerollt neben ihr, und der kleine Terrier, der sich immer wieder einen kleinen Leckerbissen abgeholt und dann wieder die Tauben geärgert hatte, stupste sie mehrfach an, bevor er beschloss, sich anderweitig zu beschäftigen. Er hopste um die Bank herum und versuchte, die Aufmerksamkeit einer Pudeldame zu erhaschen, die majestätisch neben einem gut gekleideten Paar stolzierte.

Ein paar Jungen trieben einen Reifen mit Stöckchen vor sich her, und die alte Dame lächelte versonnen. Sie war mit ihren Gedanken weit weg, in Afrika. Jetzt, da in London die Blätter fielen und die Herbstkühle über die Felder strich, wünschte sie sich einmal mehr in die sengende Hitze des schwarzen Kontinents zurück. Das Singen der Zikaden in der Nacht, das Brüllen der Löwen in der Ferne, der heiße Wind, der das Atmen zur Qual machte, und der Sternenhimmel, der sich wie ein glitzernder Diamantteppich auf schwarzem Samt über ihr wölbte … Sie vermisste Afrika mit einer Heftigkeit, dass sie nur der Gedanke an ihre Aufgabe hier, die noch nicht erledigt war, davon abhielt, das nächste Schiff zu besteigen und England für immer hinter sich zu lassen. Gott allein wusste, ob sie Afrika in ihrem Leben noch einmal sehen würde. Ihre Gedanken wanderten zurück, in rascher Folge zogen Gesichter und Orte an ihrem inneren Auge vorbei, und die Sehnsucht presste ihr die Kehle zusammen.

Erst als sie eine Stimme hörte: »Madam, geht es Ihnen nicht gut?«, bemerkte sie, dass sie die Hände um die Holzbretter der Bank gekrampft hatte und am ganzen Körper zitterte.

Die Dame schlug die Augen auf. Vor ihr stand ein großer, breitschultriger Mann und sah besorgt auf sie herunter. Sie schluckte leer und kehrte in die Gegenwart zurück. Langsam löste sie ihre Finger und legte die Hände flach in den Schoß. »Es geht mir gut«, wehrte sie ab und sah sich nach ihrem Hündchen um.

»Suchen Sie den kleinen Räuber hier?«, fragte der Mann und wies auf den Terrier, der mit eindeutig schuldbewusstem Gesichtsausdruck hinter der Bank saß und hechelte. »Er hat versucht, mir einen Stiefel abzujagen. Aber ich habe mich gut geschlagen.« Er klang amüsiert. »Darf ich?«, fuhr er fort, und als die Dame nickte, setzte er sich neben sie und streckte die langen Beine aus. Er war gut, aber nicht teuer gekleidet, trug einen Dreiteiler und einen grauen Hut, und die alte Dame kam sich in ihrer Strickjacke, die schon mehrere Winter überstanden hatte, fast schäbig vor. »Reginald Weyland, Madam, zu Ihren Diensten«, stellte er sich jetzt vor und tippte an die Hutkrempe.

»Sehr erfreut.«

Weyland beugte sich vor und sah seine Banknachbarin forschend an. Sie trug ihr langes Haar zu einem Knoten aufgesteckt. Es war braun, mit silbernen Strähnen durchzogen.

Ihr Gesicht war leicht gebräunt, und ihre Augen, von einem Fältchenkranz umringt, besaßen einen Blick, wie man ihn gelegentlich bei Menschen sah, die gewohnt waren, in die Ferne zu blicken. Sie trug dunkle Lederhandschuhe und – er sah zweimal hin – eine lange, weite Hose, darunter bequeme Schnürstiefel.

Bewusst blickte er hinüber zu Speaker's Corner, wo momentan niemand eine Rede hielt, und fragte leise: »Sie sind Mary Kingsley, nicht wahr?«

Ein Zucken im Mundwinkel war die einzige Regung, die sie sich gestattete. »Mary Kingsley ist tot.«

»Ja, so sagt man«, gab Weyland ungerührt zurück. »Aber wer weiß das schon so genau? Ich habe nie an ihren Tod geglaubt. Typhus, nicht wahr? In Südafrika … Sie war eine der bekanntesten Afrika-Forscherinnen unserer Zeit, beauftragt von der britischen Museumsbehörde. Togo, Gabun, Mali … Eine Legende, ihre Erkenntnisse entpuppten sich als bahnbrechend. Ich bin sicher, dass sie noch lebt. Und ich vermute, dass sie momentan neben mir sitzt und mich auslacht.« Jetzt drehte er sich zu ihr, ließ einen Arm über die Lehne baumeln, schlug die Beine übereinander und sah sie mit hochgezogenen Augenbrauen an.

Die Dame lächelte unwillkürlich. Sie war schon so lange allein, fast hatte sie vergessen, wie gut es tat, mit einem anderen Menschen zu scherzen. »Wenn Sie Mary Kingsley tatsächlich begegnen würden – was würden Sie von ihr erwarten?«

Weyland räusperte sich etwas überrascht. Er klopfte mit einer Hand einen schnellen Rhythmus auf das Holz. »Die Wahrheit.«

Statt einer Antwort begann die alte Dame zu lachen. Sie

erhob sich, immer noch lachend, mit einer Leichtigkeit, die ihre Lebensjahre Lügen strafte, stemmte die Hände in die schmalen Hüften und musterte ihn. Dann meinte sie einladend: »Gehen wir ein Stück, Mr Weyland. Die Wahrheit? Ach du meine Güte!« Sie pfiff nach ihrem Hund, der eifrig herangetrottet kam, nahm ihn an die Leine und marschierte los, ohne sich darum zu kümmern, ob ihr Begleiter ihr folgte.

Einem vorbeieilenden Zeitungsjungen kaufte sie die Abendausgabe der *Times* ab und runzelte die Stirn angesichts der Schlagzeile: »Schlägt der Themse-Mörder erneut zu?« Der dreispaltige Artikel berichtete von zwei Männern, deren Leichen am Ufer der Themse gefunden worden waren. Das Pikante daran war nicht, dass die beiden Toten bekannten Londoner Familien entstammten – das gab es in London öfter –, sondern dass die Leichen kaum noch einen Tropfen Blut in sich gehabt hatten. »Haben wir denn nicht schon genug Böses gesehen?«, murmelte die alte Dame. »Wer mordet so grausam in dieser Stadt?«

»Die Frage ist nicht wer, sondern was«, sagte Weyland, der sie nach wenigen Schritten eingeholt hatte und nun spazierstockschwingend neben ihr herging. Er klang heiser. »Wir wissen doch beide, dass Scotland Yard den Themse-Mörder nur deshalb erfunden hat, weil die Herren keine Ahnung haben, wie sie die Morde erklären sollen.« Er wies auf die zahlreichen Spaziergänger, die Müßiggänger und Flaneure, die spielenden Kinder mit ihren Nannys. »Niemand ahnt etwas. Aber ich, ich weiß es. Und Sie wissen es auch. Jetzt sind es schon vier Tote. Wie viele Opfer wird der Jäger noch benötigen, damit das Band unzerreißbar ist?« Den letzten Satz stieß er flüsternd hervor.

Beim Wort Jäger ruckte der Kopf der alten Dame herum,

und sie sah Weyland prüfend ins Gesicht. Was sie dort sah, schien ihr nicht zu gefallen. »Was kümmert Sie das?«, stieß sie hervor, und ihre Stimme hatte einen fast zornigen Unterton.

»Ich habe herausgefunden, wo sich die Anhänger des Jägers versammeln. Heute Nacht. Vielleicht können wir das Schlimmste verhindern.« Er legt eine Hand auf ihren Arm, ganz leicht, ohne sie festzuhalten. »Werden Sie mir helfen, Mylady?«

Sie sah hinauf in den wolkenverhangenen Himmel. Ein Zeichen? Vielleicht war es jetzt endlich soweit. Vielleicht … Wenn das alles vorbei war, konnte sie dann dorthin gehen, wohin ihr Herz sie zog?

Endlich nickte sie Reginald Weyland zu. »Besser, Sie erzählen mir alles von Anfang an. Und nennen Sie mich fürs Erste einfach Mary.«

Reginald Weyland hatte recht gehabt: Sie war eine der berühmtesten Forscherinnen ihrer Zeit. Mary Kingsley lächelte, als sie an die Vorträge dachte, die sie nach der Rückkehr von ihrer ersten Reise gehalten hatte. Doch die zweite Reise war die wichtigste gewesen. Offiziell von der britischen Museumsbehörde beauftragt, war sie in Gabun durch die Wildnis gezogen, mit einem geheimen Auftrag im Gepäck. Sie hatte Hinweise auf die mysteriöse Hüterin suchen sollen, und, wie es der Zufall – oder das Schicksal? – wollte, war sie tatsächlich einem Zirkel begegnet, der das Geheimnis um die Hüterin bewahrte. Es beschützte und auf ihre Wiederkehr wartete.

Mary Kingsley hatte Monate in der felsigen Einöde verbracht, und danach war ihr Leben nie wieder dasselbe gewesen.

Dass es derzeit auch einen Zirkel gab, der die Ankunft des Jägers sehnlichst erwartete, war ihr allerdings neu. Der Jäger war der schlimmste Feind der Hüterin, so hatte man es ihr gesagt. Niemand wusste genau, wer er war und was seine eigentliche Aufgabe. Auch die Frauen damals in Gabun hatten ihr nur erklärt, dass er niemals Hand an die Hüterin legen dürfe. Das Gleichgewicht in der Natur war heilig, das magische Gleichgewicht jedoch unerlässlich. Hüterinnen wachten darüber unter Einsatz ihres Lebens.

Mary Kingsley passierte das Ausgangtor des Parks und hob die Hand. Sie winkte eine geschlossene Kutsche heran, die dort, obwohl mittlerweile die Automobile das Straßenbild Londons beherrschten, auf Kundschaft wartete. »Da drinnen können wir in Ruhe reden«, erklärte sie und lehnte Weylands Angebot ab, ihr hineinzuhelfen. Mit zwei sicheren Schritten stieg sie ein und nahm ihren Hund auf den Schoß. »Fahren Sie eine Runde um den Park, mein Lieber«, wies sie den Kutscher an. »Vielleicht auch zwei oder drei.«

Der Kutscher tippte sich an die Mütze, schwang sich auf den Kutschbock und ließ die Pferde antraben. Er hatte schon merkwürdigere Wünsche erfüllt.

Mary Kingsley musterte ihr Gegenüber unverhohlen. Er mochte um die fünfzig Jahre alt sein, und seine Fingerspitzen wiesen blauschwarze Spuren auf. Sie sah genauer hin. Tinte. Jetzt wusste sie auch, woher sie ihn kannte. Sein Name war ihr vage bekannt vorgekommen, und nun, angesichts der schwarzen Fingerspitzen, fiel es ihr wieder ein. »Fleet Street«, sagte sie halblaut.

Weyland warf ihr einen überraschten Blick zu. »Ganz recht. Ich arbeite für die *Times*«, gab er zu und zog ein Notizbuch aus der Tasche.

»Dennoch stelle ich hier die Fragen«, erklärte die alte Dame und streichelte mechanisch über das Fell des Terriers.

Er zuckte die Schultern. »Noch bin ich nicht sicher, ob wir

überhaupt eine Story haben. Aber ich weiß genug, um mich vor dem zu fürchten, was mein Bruder heraufzubeschwören versucht.«

»Ihr Bruder?« Mary Kingsleys Verblüffung war echt.

»William. Er ist fünfzehn Jahre älter als ich und seit Jahren Mitglied des Konsortiums. Wissen Sie, was das ist?«

Sie nickte. »Ich bin diesen Dienern des Jägers bisher erfolgreich aus dem Weg gegangen. Sie hatten, soweit ich weiß, in den letzten hundert Jahren eine eher ruhige Zeit. Es gab für sie nichts zu tun. Aber das heißt ja nicht, dass es sie nicht gibt, nicht wahr?«

»Nein, das heißt es nicht. Das Konsortium ist lebendiger denn je. Und nun scheint es«, hier machte Weyland eine dramatische Pause und senkte seine Stimme zu einem Flüstern, »als hätten sie die Möglichkeit gefunden, einen Jäger zu uns zu holen.«

»Aus der Schattenwelt? Das ist unmöglich. Nur die Hüterin kann das.« Mit diesem Satz gab die Forscherin einen Teil ihrer Zurückhaltung auf, und Weyland quittierte dies mit einem Aufblitzen seiner Augen.

»Aus der Schattenwelt, richtig. Aber was ist, wenn er unter uns lebt und nur noch nicht weiß, wer er ist? Wenn er bisher nicht … wie soll man sagen … erweckt wurde? Wenn es Ihr Nachbar ist, Miss Kingsley? Oder der Theaterdirektor? Oder der Kutscher hier, der mit uns jetzt die zweite Runde um den Park beginnt? Was ist dann?«

Mary Kingsley presste den Mund zu einem dünnen Strich zusammen und dachte darüber nach. »Dazu bräuchte man eine mächtige Dosis … Magie«, sagte sie nach einer Weile.

»So ist es. Und was wäre, wenn ich Ihnen sage, dass das Konsortium über diese Art von Magie verfügt?«

»Das wäre in der Tat fatal.« Sie legte den Kopf schräg und sah ihn abschätzend an. »Das Konsortium ist noch geheimer als der Name des königlichen Thronfolgers vor seiner Geburt«, sagte sie dann. »Warum also wissen Sie davon?«

Weyland grinste geschmeichelt und tippte mit seinem Stift auf das Notizbuch. »Ich bin Reporter. Nichts und niemand ist vor mir sicher. Und schon gar nicht die Geheimnisse in meiner eigenen Familie.«

Nach zwei weiteren Runden um den Park waren sich die beiden handelseinig geworden. Allerdings wies ihr Plan geradezu eklatante Lücken auf – die Frage, was passieren würde, wenn man sie beide entdeckte, war nur eine davon –, und Mary Kingsley war sich nicht sicher, ob sie damit ihren Wunsch, bald nach Afrika zu reisen, nicht endgültig dem Sturm überantwortete.

Andererseits hatte sie damals, als sie die Suche nach dem Zirkel angetreten hatte, auch eine Verantwortung übernommen. Sie hatte jemandem ein Versprechen gegeben. Und auch wenn dieser Jemand schon lange tot war – sie gedachte es zu halten.

Sie hatten zwei Tage für die Vorbereitungen. Dann würde das Dunkel des Neumonds den Himmel beherrschen, und die Männer, die das Eintreffen des Jägers schon lange herbeisehnten, würden einen neuen Versuch wagen.

Diesmal könnte es ihnen tatsächlich gelingen.

Der Jäger würde dem Konsortium endlich die Macht verleihen, die es zu verdienen glaubte – und er bekäme im Gegenzug die Gelegenheit, seine tödliche Bestimmung zu erfüllen.

Dass dabei zahlreiche Menschen sterben würden, war ihnen bewusst. Doch es kümmerte sie nicht.

Am Nachmittag des 31. Oktober betrat Reginald Weyland das kleine Stadthaus im Londoner Stadtteil Kensington, das Mary Kingsley bewohnte. Das Haus ihrer Familie in Cambridge war vor vielen Jahren verkauft worden. Mary hing mit Kopf und Oberkörper in einer Seemannskiste und wühlte darin herum. »Da ist sie ja!«, sagte sie schließlich triumphierend und hob das Fundstück hoch. Ihr kleiner Terrier wuselte um sie herum, und als er sah, dass Weyland die Tür offen gelassen hatte, jagte er mit langen Sätzen nach draußen.

»Eine Armbrust?«, fragte Weyland verblüfft, als er erkannte, was sie in der Hand hielt, »was wollen Sie denn damit?«

Mary Kingsley richtete sich ächzend auf und ließ den Deckel mit einem dumpfen Knall zufallen. »Ich kann damit umgehen«, erklärte sie lakonisch. Sie hatte sich bereits umgezogen, trug Stiefel mit hohem Schaft und schwarze lange Hosen, darüber eine dunkle Jacke. Das Haar trug sie aufgesteckt am Hinterkopf, ein kleiner Hut machte den abenteuerlichen Anblick komplett. Ihr alter Rucksack mit einer Wasserflasche, etwas Proviant und etlichem Nützlichen lag bereits an der Eingangstür. Sie packte die Armbrust samt einigen Pfeilen hinein, schwang ihn sich auf den Rücken und sah den Reporter auffordernd an. »Wie lange haben wir noch?«

»Sechs Stunden.«

Sie hatten beschlossen, mit einem Taxi themseabwärts zu fahren, bis an die östlichen Ausläufer der Stadt. Dort, an der Brücke von Acton, kannte Weyland einen kleinen Gasthof, dessen Wirt für ein paar Shilling auch Pferde an seine Gäste vermietete. Das letzte Stück würden sie reiten und sich dann durch die Flussauen an die kleine Themseinsel heranpirschen. Dort sollte laut Weyland zwei Stunden vor Mitternacht das Ritual stattfinden.

Die Fahrt verlief schweigend, das Taxi rumpelte über das Londoner Straßenpflaster. Langsam wurde es dunkel. Die ersten Sterne glitzerten geisterhaft hinter Wolkenschlieren, die wie Gazevorhänge am Himmel hingen. Mary Kingsley sah keine Veranlassung, dem Reporter alles zu erzählen, was sie über die Schattenwelt wusste. Damals, vor über dreißig Jahren, hatte sie geschworen, das Geheimnis um die Hüterin zu bewahren, und daran hielt sie sich. Alle hatten darauf gewartet, dass die Hüterin wieder erschien, doch sie warteten vergebens. Bis heute, soviel wusste Mary, war sie nicht wieder in Erscheinung getreten. Das Tor zur Schattenwelt blieb verriegelt, niemand kam von den Toten zurück, niemand störte das empfindliche Gefüge zwischen Diesseits und Jenseits. Die Schattenwelt blieb ein Ort des Nicht-hier-und-nicht-dort, und wer dort strandete und beschloss, darin zu verharren, blieb, so hieß es, für die Ewigkeit darin gefangen. Nur sehr wenigen gelang die Rückkehr ins Leben, kein Wunder, wenn es immer Jahrhunderte dauerte, bis wieder eine Hüterin die Welt betrat. Die letzte war vor über vierhundert Jahren Opfer des Jägers geworden, der die Welt mit einer Flammenspur gebrandmarkt hatte. Der Geruch nach Asche und Tod hatte ihn umgeben, er hatte sie alle brennen lassen, unbewegt und unbeirrbar, bis er selbst Opfer wurde. Nun wartete er in der Welt des Nebels auf seine Rückkehr und vergaß hoffentlich langsam, wer er einmal gewesen war.

Und jetzt maßte sich diese selbsternannte Bruderschaft an, den Jäger, diesen Bruder des Todes, in diese Welt zu holen? Um noch mehr Geld, noch mehr Macht, anzuhäufen? Dem Jäger ihre Dienste anzubieten, wahrscheinlich ohne zu ahnen, was das genau bedeutete? Mary Kingsley schnaubte bei dem Gedanken. Was wussten diese Männer schon? Welcher

Hybris waren sie erlegen? Nein, diese Männer wussten so wenig … Genauso wie der Reporter, mit dem sie jetzt unterwegs war. Er kannte nur einen Teil der Wahrheit. Aber wenn er recht hatte, mussten sie das anstehende Ritual verhindern. Sie hatte die Armbrust bisher nur einmal eingesetzt, vor Jahrzehnten, in Afrika, als sie sich damit verteidigen musste. Danach war ihr tagelang schlecht gewesen. Sie hatte sich dem Dienst der Wissenschaft verschrieben, und jemanden zu töten, gehörte nicht dazu. Dennoch … wer wusste schon, was auf dieser Themseinsel vor sich ging? Insgeheim hoffte sie, dass Weyland alles missverstanden hatte und lediglich Freunde seines Bruders verfolgte, die mit einem magischen Ritual ihre Manneskraft verstärken wollten. Davon hatte sie schon gehört.

Sie schraubte den Deckel von einer kleinen Blechflasche und bot sie Weyland an. Der nahm dankbar einen Schluck und hustete. »Ich hatte Wasser erwartet«, murmelte er überrascht.

Die Forscherin zuckte mit den Schultern. »Alkohol vertreibt die Geister, wussten Sie das nicht?« Sie setzte die Flasche an, der Whisky rann gleichzeitig mild und brennend durch ihre Kehle, er schmeckte nach Torf und Brandung.

In dem kleinen Gasthaus in Acton lehnten sie das Angebot des Wirts, erst einmal ein gemütliches Abendessen zu sich zu nehmen, ab und suchten sich im Stall hinter dem Haus zwei Pferde aus. Sie hatten noch gut eine Stunde durch Flusswälder und Sümpfe vor sich. Weyland ritt auf einer gutmütigen Rappstute voran. Er war als Kind öfter hier umhergestreift, kannte den schmalen, mit Ranken überwucherten Weg, der zum Treidelpfad an der Themse führte. Auf dem weichen Waldboden verursachten die Hufe kaum ein Geräusch. In der Ferne hörte man ein Käuzchen rufen, gleich darauf raschelte es im Unterholz. Die Bäume standen dicht an dicht, Mary konnte kaum die Hand vor Augen sehen. Sie vertraute darauf, dass ihr Pferd dem anderen folgte, und konzentrierte sich darauf, den Ästen in Kopfhöhe auszuweichen, sobald sie sie sehen konnte. Dennoch peitschten ihr die Zweige hin und wieder ins Gesicht und ritzten ihr die Wange auf. Mit einem leisen Fluch tastete sie ihr Gesicht ab und versuchte, das Blut mit dem Ärmel wegzuwischen. Schneller als erwartet hatten sie den Fluss erreicht und folgten dem Treidelpfad. Der Geruch nach Wasser und Sumpf stieg ihr in die Nase. Mary sah sich misstrauisch um, doch um diese Zeit war niemand unterwegs. An diesem Teil des Flusses gab es nur vereinzelte kleine Siedlungen.

Wenige Minuten später glitt Weyland lautlos aus dem Sattel und bedeutete ihr, ebenfalls abzusteigen. Sie banden die Pferde an einen Baum, sodass sie in Ruhe grasen konnten, und der Reporter wies mit der Hand nach vorne. »Sehen Sie das?«, flüsterte er.

Angestrengt starrte die Forscherin in die Dunkelheit und erkannte mehrere glimmende Punkte. »Zigaretten?«

»M-hm. Die fühlen sich sicher«, murmelte Weyland. »Kommen Sie. Da vorne ist eine seichte Stelle.« Mary blickte in den Himmel, versuchte anhand der Sterne zu ermitteln, wie spät es war. Sie besaß keine Uhr, hatte sich immer lieber auf die Natur verlassen.

Die Männer vor ihnen auf der Insel waren augenscheinlich mit Vorbereitungen beschäftigt und hatten – Mary Kingsley schüttelte innerlich den Kopf – keine Wachen aufgestellt.

Leise schlichen sie und ihr Begleiter voran, taten erste vorsichtige Schritte in den Fluss. Sie spürte die Strömung, die an ihren Stiefeln zog, doch aufgrund des geringen Gefälles in Richtung Meer floss die Themse langsam und gemächlich dahin, es genügte, wenn man darauf achtete, wohin man trat. Gebückt überquerten sie den Fluss und verbargen sich im Ufergebüsch der Insel, etwa fünfzig Meter von der Gruppe entfernt, als sie einen leisen Ruf vernahmen.

Es waren sechs Männer. Einer zeichnete mit Sand ein großes Pentagramm auf dem Boden, die fünf Spitzen wurden durch große schwarze Steine gekennzeichnet. Die anderen ließen die Zigaretten in den Sand fallen, stellten sich an den Markierungen auf und entzündeten jeweils ein Windlicht.

Der Mann, der das Pentagramm gezeichnet hatte und augenscheinlich den Ruf ausgestoßen hatte – »Das ist William, mein Bruder«, flüsterte Weyland –, ging mit zielsicherem Schritt in die Mitte des Symbols und kniete nieder. Der Reporter wurde leichenblass. Er machte eine Bewegung, als wollte er sich in den Kreis stürzen, doch Mary legte die Finger fest um seinen Unterarm und schüttelte nachdrücklich den Kopf. »Wenn Sie jetzt gehen, war alles umsonst«, hauchte sie.

Mit großen Augen betrachtete sie die Szenerie, die sich ihr bot. Waren diese Männer tatsächlich in der Lage, den – oder einen – Jäger heraufzubeschwören? Das durfte nicht sein! In ihrem Magen breitete sich ein unangenehmes Kribbeln aus, lautlos zog sie ihre Armbrust aus dem Rucksack, spannte einen Pfeil ein und machte sich schussbereit.

William Weyland hielt den Kopf gesenkt, dann hob er ruckartig die Hand. Auf sein Zeichen hin begannen die Männer abwechselnd zu sprechen. Es klang wie eine Beschwörung, erst leise, dann lauter, wieder leiser, bis die Luft um sie herum milchig, fast trüb wurde und sie einhüllte. Jetzt schaute er auf, wandte sein Gesicht dem Himmel zu, im flackernden Kerzenlicht zog ein Lächeln über seine Züge. Sie zeigten eine diabolische Freude, die sie frösteln ließ.

Doch bevor die Männer ihren Gesang beendet hatten, peitschte ein plötzlicher Windstoß über den Fluss. Er löschte die Kerzen aus, und in Mary Kingsleys Kopf dröhnte eine Stimme, voller Hass und Gier und so abgrundtief böse, dass sie die Armbrust fallen ließ, sich die Hände auf die Ohren presste und leise aufstöhnte.

»Nein!«, hallte es in ihrem Kopf wider, und sie schüttelte sich angesichts des Hasses, der in dieser Stimme mitschwang. »Ich bin der einzige Jäger – wer von euch Unseligen wagt es, meinen Platz einzufordern? Nein!« Ein widerlicher Geruch nach Rauch und Verwesung stieg ihr in die Nase, und als sie die Augen mühsam öffnete und vorsichtig hinüberspähte zu der Stelle am Strand, wo das Ritual stattfand, war sie nicht sonderlich überrascht, dort niemanden mehr zu sehen. Die sechs Männer waren einfach verschwunden. Nichts, weder das Pentagramm aus Sand noch die Windlichter, waren zurückgeblieben. Es war, als wären sie nie hier gewesen.

»Wo sind sie hin?«, flüsterte Weyland heiser, und die Forscherin erinnerte sich erst in diesem Augenblick daran, dass sie nicht allein war.

Sie hob die Armbrust auf. »Die brauche ich wohl doch nicht.«

Mit hochgezogenen Augenbrauen beobachtete sie, wie Weyland mit vorsichtigen Schritten das nun nicht mehr sichtbare Pentagramm abmaß. Er ging in die Hocke und ließ eine Handvoll Sand durch seine Finger rieseln. Sein Gesicht zeigte plötzlich einen solchen Ausdruck der Verlorenheit, dass Mary Mitleid mit ihm bekam. Sie trat aus der Deckung und sah sich um.

»Sie sind alle weg«, sagte sie. »Haben Sie auch diese Stimme gehört? Hat er sie mitgenommen?«

In diesem Moment war ihre Aufmerksamkeit auf den Fluss hinter ihr gerichtet, sonst hätte sie gesehen, wie sich Weylands Gesichtsausdruck veränderte.

»Er hätte mir gedient. Mir allein! Wie konnte William es wagen, mich auszuschließen? Ich habe die beiden Opfer gebracht, ich allein!«, zischte er und schnellte mit ausgestreckten Händen auf Mary Kingsley zu, unbezähmbare Wut in den Augen.

Sie drehte sich überrascht um, hob in einer fließenden Bewegung die Armbrust und zog den Abzug. Ein Reflex, geschult in der Wildnis Afrikas – und hier am Ufer der Themse rettete er ihr das Leben. Der metallene Pfeil drang tief in Weylands Brust, er sank keine drei Schritte vor ihr in den Sand und Blut sprudelte hellrot aus seinem Mund.

»William …«, gurgelte er, dann verdrängte das Blut den letzten Rest Luft aus seiner Lunge, und er kippte zur Seite.

Die Armbrust sank nach unten, als wäre sie in ihren Händen zu schwer geworden. Was hatte Reginald Weyland getrieben? Was hatte er sich erhofft?

Sie würde es vielleicht nie erfahren.

Die düsteren Gedanken hielten sie nicht davon ab, Weyland zu durchsuchen. Er trug keine Papiere bei sich, nichts, was seine Identität verriet. Doch im Inneren seiner Weste ertastete sie etwas Hartes. Mary trennte mit einem scharfkantigen Stein das Futter auf, und ein kleiner silberner Schlüssel kullerte ihr in die Hand. Ein Puzzlesteinchen von Weylands Geheimnis?

Resigniert blickte sie auf den toten Reporter und seufzte. Sie hatte keinen Spaten dabei, keine Möglichkeit, ein Grab auszuheben. Die nächste Stunde war sie damit beschäftigt, die Leiche mit Steinen zu bedecken. Die Stimme klang in ihrem Kopf nach … Waren alle Schatten so hasserfüllt wie der Jäger, so vom Bösen durchdrungen? Mary schauderte. Dann setzte sie sich für einen Moment ans Flussufer, drehte den Schlüssel in der Hand und sah der Strömung zu, wie sie auf dem Weg ins Meer Äste und Herbstlaub mit sich führte.

Die Schattenwelt hieß heute in dieser Nacht sieben weitere Seelen in ihrem grauen Reich willkommen.

SONNTAG, 19. AUGUST

Gegen halb sechs war es mit Jennas Schlaf vorbei, und die quälenden Gedanken setzten ein. Kim hatte ihr versprochen, vorsichtig zu sein. Jenna wiederum hatte ihrem Mann kurz vor seinem Tod versprochen, auf Kim aufzupassen, und das galt immer noch, auch wenn ihre Tochter jetzt offiziell erwachsen war. Aber wie sollte man auf jemanden aufpassen, der tausend Kilometer weit weg war? Nachdem sie sich zehn Minuten lang von einer Seite auf die andere gewälzt hatte, stand Jenna ächzend auf.

Sie trödelte herum und wusste genau, wieso. Ich muss etwas tun, ich brauche Kontrolle, dachte sie missmutig, aber ich habe Angst, dass meine Wohnung explodiert, wenn ich meine Kraft falsch einsetze. Die Kaffeemaschine schien sie schadenfroh anzugrinsen. »So geht es einfach nicht weiter«, murmelte Jenna frustriert und stellte, einem plötzlichen Entschluss folgend, ihre Cappuccinotasse auf den Tisch. Sie griff nach ihrem Stein, zog sich eine dünne Jeansjacke über das Sommerkleid und rannte die Treppen hinunter in den Hof.

Eine der Garagen war zum Fahrradschuppen deklariert worden. Es roch nach Metall und Staub, und ganz hinten, Jenna seufzte, stand ihr leuchtend rotes Rad. Unter leisem Fluchen bugsierte sie es an den anderen Rädern vorbei, verhakte sich mehrmals mit dem Lenker und den Pedalen, aber dann hatte sie es geschafft. Sie schwang sich in den Sattel, fuhr aus dem Hof und in Richtung Süden. Um diese Zeit war es noch kühl, der Fahrtwind wehte um ihre nackten Beine, aber sie fühlte sich frei, beschwingt, und winkte sogar übermütig einem Autofahrer zu, der ihr die Vorfahrt ließ. Eine Viertelstunde später hatte sie den Westpark erreicht, der so gut wie leer war. Um diese Zeit waren die beiden Biergärten noch geschlossen.

Im Westteil des Parks gab es einen kleinen See, dort würde sie es versuchen. Was sollte dort schon groß passieren, dachte sie. Da konnte sie ihre Kraft loslassen, die sie zum ersten Mal vor etwa einem halben Jahr in sich verspürt hatte. Sie stellte ihr Rad neben dem kleinen chinesischen Garten ab und ging die paar Schritte zum See. Durch die aufgeschütteten Hügel, die den Park begrenzten, war es fast windstill, nur eine leichte Brise kräuselte das Wasser. Eine Entenfamilie schwamm hoffnungsvoll auf sie zu, als sie die Besucherin entdeckte, und Jenna holte aus ihrer Jackentasche ein paar trockene Brotscheiben, die sie in weiser Voraussicht eingesteckt hatte. Gemächlich pickten die Enten an den Brotstückchen, Jenna sah ihnen einige Sekunden lang einfach nur zu. »Euch geht's gut, hm?«, murmelte sie und zerkrümelte eine weitere Scheibe. Sie hockte sich ans Ufer und streckte die Hand aus, doch näher traute sich keine der Enten. Sie blieben in sicherer Entfernung im Wasser und sahen Jenna erwartungsvoll an. Ein Erpel quakte ungeduldig. Jenna schmunzelte, sagte: »Okay, okay«, und warf ihm die Krümel zu.

Als sie sich forschend umsah, waren selbst die üblichen Spaziergänger mit Hund nirgendwo zu sehen, der Park wirkte wie ausgestorben. Nun, das konnte ihr nur recht sein. Sie zog ihren Stein aus der Jackentasche und legte ihn auf die ausgestreckte Handfläche, visualisierte das Zeichen an ihrer Haustür.

»Wer bist du?«, flüsterte sie. Jenna suchte die Kraft in sich, um sich herum und versuchte, sich vollständig auf den Stein zu konzentrieren. Der Amethyst begann zu glühen, und mit einem Mal wurde es still. Kein Wind, kein Vogelzwitschern, kein Rascheln im Gras, nichts rührte sich mehr. Die Enten trieben lautlos in die Mitte des Sees. Jenna lauschte aufmerksam und vernahm doch nur das Hämmern ihres eigenen Herzschlags. Also schloss sie die Finger fest um den Stein, richtete alle Sinne auf das, was sie mit der Erde verband, ließ ihre Aufmerksamkeit nach unten sinken, zu den Kieseln unter ihren Füßen. Die Erde stabilisierte sie, gab ihr Kraft. Das war ihr ganz persönliches Element, so viel wusste sie mittlerweile. Wasser, Feuer, Erde, Luft: Wer Magie besaß, dessen Kraft kam aus einem der Elemente. Bei Jenna war es die Erde – und damit verbunden war der Amethyst, der als Verstärker fungierte. Nach einer Weile versuchte sie den Fokus zu verlagern, sie hielt die Energie in sich fest und warf gleichzeitig eine Angel aus, hinein in die Leere. Sie hoffte, dass sie irgendetwas traf, vorzugsweise etwas, was sie zu dem Zeichen führte.

Sie stand ganz still, eine schmale Gestalt in einem roten Sommerkleid. Das schwarze Haar fiel ihr glatt und schwer über die Schultern, das Gesicht war blass, die Augen das einzig Lebendige an ihr.

Plötzlich war Jenna, als wäre sie nicht mehr allein. Irgendetwas befand sich mit ihr in dieser Stille, vorsichtig tastend, eine Präsenz, die zuvor nicht da gewesen war. Jenna verharrte bewegungslos, wusste nicht, ob sie mit einem Angriff rechnen sollte, aber sie fühlte sich nicht bedroht. Als der Jäger das erste Mal mit ihr Kontakt aufgenommen hatte, hatte sie einen widerlichen Modergeruch in der Nase gehabt, Knochenhände hatten in ihren Träumen nach ihr gegriffen. Und als der Jäger es auf Kim abgesehen hatte, da war Jenna in ihrer schieren Angst ausgerastet und hatte einen halben englischen Park dem Erdboden gleichgemacht. Wahrscheinlich rauchten einige Baumstümpfe immer noch.

Aber das hier, das war etwas ganz anderes. Diese Präsenz war – Jenna suchte nach einer adäquaten Beschreibung – vorsichtig freundlich. Als würde jemand bei einer Party mit verschränkten Armen in der Ecke eines Zimmer stehen und, ein Glas in der Hand, gelassen das Treiben um sich herum beobachten. Jenna wartete ab, doch sie sah niemanden. Niemand gab sich zu erkennen, trat aus dem Dunkel, kein Schatten, keine weitere Hüterin. Dennoch war sie unbestreitbar nicht mehr allein. Jenna fühlte sich plötzlich getröstet.

Eine Graugans flatterte über sie hinweg, schnatterte laut die Enten an, landete auf dem See und hinterließ eine platschende Bremsspur. Abrupt wurde Jenna aus der Konzentration gerissen, blinzelte und nahm nach und nach ihre Umgebung wieder wahr. Sie atmete tief ein, versuchte zu verstehen, was geschehen war. Immer noch keine Erkenntnis über dieses merkwürdige Doppelkreuz, aber da war doch etwas gewesen … Sie ließ den Kopf sinken und blickte nachdenklich auf den Boden, hockte sich hin und ließ ein paar Kiesel durch ihre Finger gleiten. Immerhin jemand, der ihr keine Angst machte. Keine Schatten, die ihr die Luft nahmen.

Ein Fortschritt …

Es war Zeit, in den Alltag zurückzukehren. Sie schloss noch einmal kurz die Augen, drückte ihren Stein ganz fest und dachte an Kim. Pass auf dich auf, Kind. Der Stein war warm und schimmerte violett, als sie ihn in die Jackentasche schob.

Sie radelte zurück, und das beschwingte Gefühl hielt an. Etwas hatte sich verändert. Nur ein bisschen vielleicht, aber die Angst hatte sich in einen Winkel zurückgezogen und einem anderen Gefühl Platz gemacht – der Sicherheit, sich einer neuen Aufgabe stellen zu können.

Das Kreidezeichen begrüßte sie wie eine alte Bekannte, es leuchtete kurz auf und verschmolz dann wieder mit dem Rot der Haustür. Jenna starrte es mit hochgezogenen Augenbrauen an und trat über die Schwelle. Das Kribbeln war erneut zu spüren.

Was sollte sie jetzt mit dem angebrochenen Sonntag anstellen? Antoine war bis mindestens Mittwoch nicht da, Arbeit hatte sie keine. Jenna wiegte den Kopf. Sie hatte schon so lange keinen freien Sonntag ohne schlechtes Gewissen mehr genossen! Ein Spaziergang, irgendwo draußen mittagessen, über das Symbol nachdenken und immer wieder die Verbindung zu ihrem Stein suchen. »Klingt nach einem Plan«, murmelte sie vor sich hin und war im nächsten Moment schon wieder aus der Tür.

Direkt an der Isar waren noch Sessel frei, und sie ließ sich aufseufzend niedersinken. Jenna streifte die Schuhe von den Füßen, ihre Zehen gruben sich in den schon warmen Sand. Sie legte sich ihren Strohhut aufs Gesicht und öffnete nicht einmal dann die Augen, als sie ihre Bestellung aufgab.

»Latte macchiato?«, fragte kurz darauf eine bekannte Stimme tadelnd.

Jenna hielt die Augen fest geschlossen und genoss das rote Flackern, das die Mittagssonne durch den Hut hindurch auf die Innenseite ihrer Lider schickte. »Es kann nicht immer nur Whisky sein, Lena. Das Zeug bringt einen um«, sagte sie.

Lena lachte und setzte sich neben Jenna in den Sand. »Ich habe aber mehr davon, wenn du Whisky bestellst. Ich mixe so gerne … Kaffee kann jeder.«

»Hm«, machte Jenna, immer noch nicht willens, ihre entspannte Haltung aufzugeben.

»Schwerer Tag?«, fragte Lena mitfühlend.

»Kann man so sagen. Gib mir meinen Latte macchiato und eine Viertelstunde, dann kehre ich ins Leben zurück.« Sie hörte Lena erneut auflachen, bevor sie zur Bar zurücklief.

Beifall und Pfiffe rissen Jenna eine Weile später aus ihrem wohligen Dämmerschlaf. Es war noch etwas wärmer geworden, die Sonnenschirme warfen rundliche Schatten auf den Strand und die Bar hatte sich merklich gefüllt. Mehrere Gäste hatten keine Stühle mehr ergattert und saßen im Sand. Jenna angelte nach ihrem Glas und drehte neugierig den Hals. Ein paar Meter weiter saß Lena im Schatten eines orangenen Sonnenschirms an einem Tisch, ein Kartenset vor sich ausgebreitet, umringt von einem Dutzend Gäste. Gerade steckte sie einen Geldschein ein, und ein junger Mann legte den nächsten vor ihr ab und sah sie erwartungsvoll an.

Lena musterte ihn mit schräggelegtem Kopf, dann tippte sie auf drei Karten. »Fünfundzwanzig, Mathestudent und Single«, verkündete sie.

Der schüttelte siegesgewiss den Kopf und klatschte seine Freunde nacheinander ab. »Zwei von drei. Sorry, das reicht nicht.« Damit griff er nach seinem Zehner.

Lena legte blitzschnell ihre Hand darauf. »Moment. Was stimmt denn nicht?«

»Ich habe eine Freundin«, grinste der Student.

Milde lächelnd verschränkte Lena die Arme und lehnte sich in ihrem Sessel zurück.

In diesem Moment piepste das Handy des Mannes, er las die Nachricht, wurde blass. Wütend klappte er es zu, drängte sich wortlos durch die Umstehenden und verschwand, ließ das Geld unbeachtet auf dem Tisch liegen.

Das schallende Gelächter der Umstehenden klang durch die Bar.

»Woher wusstest du das?«, fragte Jenna neugierig, die sich dazugesellt hatte und mit einem langen Löffel den Rest ihres Schaums naschte.

»Magie«, gab Lena verschmitzt zurück und mischte den Stapel erneut. »Wer will?«, fragte sie in die Runde. »Du, Jenna?«

»Bloß nicht«, wehrte diese erschrocken ab.

Lena nickte nur, drängte Jenna nicht weiter.

Mit Bravour absolvierte sie noch drei weitere Runden mit anderen Gästen und sorgte jedes Mal für bewundernden Applaus. Beruf, Familienstatus, Wünsche und Urlaubsorte … sie lag immer richtig. »Schluss für heute«, sagte sie dann. »Sonst werde ich gefeuert, und ihr kriegt nichts mehr zu trinken.« Damit packte sie die Karten zusammen und nahm ihren Platz hinter der Bar wieder ein.

Jenna schwang sich auf einen der Barhocker und sah Lena bei der Arbeit zu.

»Was ist denn mit dir?«, fragte sie nach einer Weile. »Freund? Mann? Hund?«

»Nichts von alledem«, gab Lena zurück und maß Angostura ab, kippte ihn in ein großes Glas und sah zu, wie die rote Flüssigkeit langsam über die Eiswürfel rann. »Mir gefällt mein Leben, so wie es ist. Ich brauche meine Unabhängigkeit. Ich mag nie lange an einem Ort bleiben. In München bin ich seit drei Monaten, mal sehen, wie lange es mich hier hält.«

»Wieso kannst du Karten legen?«, wiederholte Jenna ihre ähnliche Frage von vorhin.

Lena wackelte mit dem Zeigefinger. »Kein guter Magier verrät seine Tricks! Sagen wir einfach, die Karten bestätigen mir das, was ich sehe. Und bei dir sehe ich übrigens so einiges, dazu brauche ich keine Karten.«

»Ach ja?«, fragte Jenna, gegen ihren Willen fasziniert. Normalerweise hasste sie es, wenn sie persönliche Dinge preisgeben musste. Eine Internetbestellung unter ihrem echten Namen war so ziemlich das Höchste der Gefühle.

»Du hast in letzter Zeit zwei Menschen verloren, die dir nahestanden. Du bist einsam, wahrst aber die Distanz zu allen. Und du trägst ein Geheimnis mit dir herum.« Lena sah Jenna mit hochgezogenen Augenbrauen an. »Stimmt's?«

»Das ... also das ...« Jenna schluckte. Doch eine warnende Stimme in ihrem Inneren ließ sie die Worte, die ihr auf der Zunge lagen, nicht aussprechen. Stattdessen grinste sie: »Nicht schlecht. Ich habe dir neulich wohl doch einiges über mich erzählt, im Whisky-Delirium. Und haha, ein Geheimnis hat wohl jeder. Trotzdem, netter Versuch. Aber ich bin nicht so leicht zu lesen.« Dennoch zog sich in ihrem Magen ein kleiner warnender Klumpen zusammen.

Lena nahm die in Watte gekleidete Abfuhr gelassen. »Noch einen Kaffee?«

Jenna nickte und wechselte das Thema. »Woher kommst du ursprünglich?«

»Ach, ich bin schon so lange unterwegs. Woher ich komme, ist eigentlich unwichtig.«

Seltsam, dachte Jenna. Sie hatte die fröhliche Lena auf Anhieb gemocht, doch sie glitt ihr wie ein Aal durch die Finger. Nichts war greifbar an ihr, sie wich direkten Fragen aus, gab wenig von sich preis. Jenna musste lächeln. Letztendlich mache ich es selbst nicht anders, schoss ihr durch den Kopf. Was mein Leben, meine Berufung anbetrifft, vertraue ich gerade mal zwei Menschen: Kim und Antoine Lagardère. Und mit wem soll ich mich anfreunden, wenn die Hälfte dessen, was ich erzählen würde, eine Lüge wäre? Oder zumindest nicht die ganze Wahrheit? Wer würde mir überhaupt glauben? Jenna Winters, die mächtige Hüterin der mystischen Schattenwelt! Lieber Himmel ... Da blieb sie doch lieber allein und fand in Lena vielleicht eine Freundin, mit der sie sich über die banalen Dinge des Lebens unterhalten und die andere Hälfte ihres Lebens für sich behalten konnte.

»Du hast einen ganz leichten Akzent«, sagte Jenna nach einer Weile unvermittelt, und Lena hielt daraufhin überrascht beim Polieren eines Glases inne. »Bist du eigentlich schon lange hier?«

Lena lächelte. »Meine Eltern sind mit mir durch die Welt gezogen, das hinterlässt Spuren. C'est la vie.«

»Das glaube ich dir gerne. Und wo fühlst du dich zu Hause?«

»Bisher noch nirgendwo«, gab Lena jetzt unbeschwert zurück. »Ich warte noch auf das Gefühl, das sich einstellt, wenn man in der Heimat ist.«

Jenna zog die Brauen hoch. »Komm du mal in mein Alter ...«

Wie ein warmer Sommerwind strichen die Stimmen über

sie hinweg, Jenna nahm alles um sich herum wahr und doch auch nicht. Es war unglaublich entspannend, nichts zu denken und alles einfach geschehen zu lassen. Jetzt stützte sie die Ellbogen auf den Tresen und legte das Kinn in die verschränkten Hände. »Du klingst ein bisschen nach … hm … Strand und Ferien. Ich kanns nicht anders ausdrücken. Ich habe einen Freund, der Franzose ist. Der hat eine ähnliche Sprachmelodie wie du.«

»Ich nehme das mal als Kompliment«, antwortete Lena, wandte sich um und holte eine Flasche aus dem Regal hinter sich. »Und wer ist dein Freund? Lerne ich den auch noch kennen?«

»Nicht so ein Freund«, winkte Jenna ab. »Er ist halb so alt wie ich. Und er ist so gut wie mit meiner Tochter zusammen. Nicht meine Liga, ich hab es nicht so mit jüngeren Männern.«

Lena grinste, als sie sich wieder umdrehte. »Ach, so eng würde ich das nicht sehen.«

»Dann kommen wenigstens wir beide uns nicht in die Quere«, sagte Jenna trocken. »Gib mir lieber noch ein Mineralwasser. Alkohol bei der Hitze macht mich fertig.«

»Aber du bist – oder warst – verheiratet?«

»Kims Vater … Alex … ist nicht mehr da.« Mehr sagte Jenna nicht dazu.

Lena ließ das Thema auf sich beruhen, warf Jenna jedoch immer wieder nachdenkliche Blicke zu.

Am frühen Nachmittag machte sich Jenna wieder auf den Heimweg. Sie überließ sich in der U-Bahn wie so oft den Klängen von Coldplay aus ihrem MP3-Player und zog die Stöpsel erst kurz vor ihrem Haus aus den Ohren.

Ein paar Kilometer weiter lächelte jemand zufrieden. Es war doch immer wieder schön, wenn die Menschen genau das taten, was man von ihnen erwartete.

Manchmal gegen ihren Willen, manchmal sogar, ohne dass sie es überhaupt wussten.

Die Leuchtziffern ihres Weckers zeigten 2:33 Uhr an, als Jenna hochschreckte und sich verwirrt umsah. Der Traum war zu real gewesen … Jemand hatte sie geküsst, sie spürte noch die Liebkosungen auf ihrer Haut, hoffte für einen Moment, wieder einschlafen und weiterträumen zu können. So etwas hatte sie schon lange nicht mehr empfunden, weder im Traum noch im wahren Leben. Sie hatte vergessen, die Vorhänge zu schließen, die Straßenlampe warf einen fahlen Schimmer in ihr Zimmer. Das Notebook neben ihr hatte sich irgendwann selbst ausgeschaltet, nur ein kleines Licht blinkte am DVD-Laufwerk. Fahrig griff sie nach ihrer Wasserflasche, trank gierig und knipste mit der anderen Hand die kleine Nachttischleuchte an. Eigentlich hatte sie noch nie jemand so geküsst …

Eine Bewegung, die sie aus dem Augenwinkel wahrnahm, ließ sie zusammenfahren, und sie verschüttete die halbe Flasche, durchnässte Bettdecke und T-Shirt. Mit einem Fluch sprang Jenna aus dem Bett und erstarrte.

Im Spiegel ihres Schranks sah sie ihn. Einen einzelnen Schatten.

Er war schon alt, nicht größer als sie, sehr dünn, fast mager. Sein Gesicht war von zahlreichen Falten durchzogen. Er trug einen dunklen Anzug, seine Schuhe waren staubig.

Schweigend starrten sie einander an.

Jenna stellte überrascht fest, dass der Schatten nicht von

dem widerlichen Nelkenduft begleitet wurde, den sie sonst mit Besuchern aus der Zwischenwelt assoziierte. Jetzt streckte er ihr mit einem zurückhaltenden Lächeln die Hand entgegen. Etwas Goldenes schimmerte auf seiner Handfläche.

»Was wollen Sie? Wer sind Sie?«, fragte Jenna heiser.

Der alte Mann deutete etwas steif eine Verbeugung an und es sah aus, als wollte er etwas sagen. Doch dann wurde sein Gesichtsausdruck panisch, er drehte den Kopf hin und her, lauschte auf etwas, was nur er hören konnte. Nebel kroch von unten an ihn heran, umhüllte, umarmte ihn, legte sich wie ein undurchsichtiger grauer Mantel um die schmale Gestalt. Resigniert ließ der alte Mann die Hände sinken. Als Letztes verschwanden seine dunklen, weit aufgerissenen Augen hinter der immer dicker werdenden grauen Wand.

Jenna schüttelte sich. Sie krampfte die Hände in ihr nasses T-Shirt und fuhr zusammen, als sie Glas splittern hörte. Es begann mit einem Riss über die ganze Spiegelscheibe. Viele kleine Risse folgten, überzogen sie mit einem unregelmäßigen Gittermuster. Jenna zwang sich, ihre Hände vom Stoff zu lösen und atmete aus. Klirrend regneten die Splitter herab, bildeten einen glitzernden Haufen vor ihren Füßen. Dazwischen lag etwas Goldenes auf dem Teppich. Ein rundes Ding mit einem aufklappbaren Deckel. Eine Taschenuhr? Jenna hob sie zögernd auf. Nein, keine Taschenuhr.

»Ein Kompass«, murmelte sie verblüfft. »Wie geht das denn?« Einmal mehr verfluchte sie die Tatsache, dass sie niemanden fragen konnte, niemanden hatte, der sich mit diesen seltsamen Dingen, der einzigartigen Magie wirklich auskannte. Der wusste, worum es ging oder warum ein Schatten Jenna jetzt plötzlich einen Kompass geben konnte, wo er doch gar nicht wirklich existierte … Auf dem Deckel war etwas eingraviert, aber selbst Jenna, die bisher ohne Lesebrille auskam, hätte eine Lupe benötigt, um es zu entziffern.

Mit zitternden Knien ging sie aus dem Schlafzimmer in die Küche, schaltete die kleine Lampe über dem Herd ein und ließ sich auf die Küchenbank sinken.

Kurz überlegte sie, eine SMS an Kim zu schicken, aber dann unterließ sie es doch. Kim war schließlich gewarnt, und vielleicht konnte sie ihre Tochter diesmal aus der Gefahr heraushalten. Das war ihr Problem, nicht das von Kim.

Jenna kniff die Augen zusammen, holte sich dann eine Lupe aus ihrer Schreibtischschublade und entzifferte mit Mühe die Inschrift auf dem Kompass. W ET stand dort in geschwungener Schrift. Sie klappte den Deckel auf, sah nachdenklich dem Pfeil zu, wie er sich auf eine Richtung einschwang. Dann stutzte sie und schüttelte den Kompass. Der Pfeil blieb, wo er war. Hm … die Fenster ihrer Küche gingen nach Westen. Die Friedenheimer Straße hinter ihr war eine Nord-Süd-Tangente. Also war Norden von ihr aus gesehen rechts. Jenna hielt das Gerät ganz still, wartete. Die Nadel zeigte nach Osten. Jetzt legte sie den Kompass auf den Tisch und wechselte neugierig auf die andere Seite des Tisches. Die Nadel drehte sich und wies jetzt nach Westen, als würde sie Jenna folgen.

»Das ist doch …«, sagte sie, dann schlug sie sich gegen die Stirn, langte über den Tisch und begann fieberhaft in dem Grimoire zu blättern, das sie dort hatte liegen lassen. Dieses alte Notizbuch war ihre bisher einzige Quelle für magisches Wissen. Es war von außen eher unauffällig, etwa DIN A4 und in dunkelrotes Leder gebunden. Eine Menge eng beschriebener, jetzt schon leicht vergilbter Seiten, gefüllt mit Zeichnungen, Beschreibungen, Listen … Grundlagen der Magie.

Eigenheiten der Kräuter, Steine, Elemente. Die Bedeutung von fließendem Wasser. Einfache Rituale. Leider kaum etwas Konkretes über die Hüterin.

Lagardère hatte kritisch angemerkt, dass es sich wohl nicht um ein echtes Grimoire handele – die Autorin war, soviel wussten sie, selbst nur eine Beobachterin gewesen, hatte nie den Funken der Magie in sich gespürt. Und deshalb sei ihr Buch zwar eine wertvolle Quelle, aber dennoch unvollständig. Grimoires seien die Handbücher echter Hexen. Ergo, kein Grimoire.

»Egal«, hatte Jenna abgewunken, die froh war, überhaupt etwas in der Hand zu haben, »Hauptsache, es liefert mir Informationen.«

Sie hätte es fast überblättert. Da, im letzten Drittel des Buches, ganz links unten auf einer Seite, befand sich der Kompass, eingebettet in eine Zeichnung mit Ranken und Blättern. Man erkannte die runde Scheibe mit dem stilisierten Pfeil erst auf den zweiten Blick. Sie durchsuchte die Seite auf weitere Informationen, doch außer der Zeichnung war kein Hinweis mehr zu finden. Schade …

Jenna gähnte und drehte den Kompass in der Hand. Eines war klar – zum Nordpol würde sie mit dem Ding nie finden. Wer auch immer ihn konstruiert hatte, dem war es nicht um geografische Orientierung gegangen. Wie aus dem Nichts überfiel sie die Müdigkeit, nach der sie sich so lange gesehnt hatte, legte sich auf sie wie eine bleierne Decke. Kein Wunder, es war mittlerweile nach drei Uhr morgens. Was für ein Wochenende … Wie durch Watte wanderte sie zurück zu ihrem Bett, platzierte Handy, Amethyst und den Kompass auf ihrem Nachttisch und war Sekunden später eingeschlafen.

Die Kompassnadel blieb in dieser Nacht auf Jenna gerichtet. Erst gegen morgen, als die Sonne schon eine Handbreit über dem Horizont stand, begann sie zu kreiseln, als gäbe es zwei Pole und sie könnte sich nicht entscheiden, welchem sie folgen sollte.

* * *

Mittlerweile war ich mir fast sicher. Die Aura, die Jenna Winters umgab, zeigte es mir ganz deutlich. Freudige Erwartung machte sich in mir breit, gemischt mit Angst vor ihrer Reaktion. Was würde sie sagen, wenn ich ihr meinen Plan enthüllte? Sie würde es verstehen, ganz bestimmt. Sie würde mir helfen. Aber erst musste sie den Weg zu mir finden, mich um Hilfe bitten. Ich konnte ihr doch so viel sagen. Vielleicht, wenn ich ihr einen Hinweis gab? Ein kleines Teilchen des Puzzles? Und dann … dann wären wir ein Team. Unbeirrbar, unschlagbar.

2

MÜNCHEN, MONTAG, 20. AUGUST

Gegen neun Uhr morgens radelte Jenna durch die Stadt in Richtung Goetheplatz. Die Sonne brannte bereits vom stahlblauen Himmel, der Wettergott, so hieß es, würde München heute 37 Grad schenken. Jenna hatte am Morgen seufzend die Scherben vor ihrem Spiegel zusammengekehrt und den Kompass auf dem Nachttisch gelassen. Solange sie nicht wusste, was er bewirkte, wollte sie ihn ungern bei sich tragen. Jetzt hatte sie sich mit Sonnenbrille, Hut und einem dünnen Kleid gegen die Hitze gewappnet. Wenigstens war es auch bei der größten Hitze in ihrem Arbeitszimmer einigermaßen erträglich. Es gab nichts Schlimmeres, als an der Tastatur festzukleben. Heute reichte es, wenn sie irgendwann am Vormittag in der Agentur vorbeischaute – die Verhandlungen mit den Berlinern waren erledigt, und sie konnte sich gemütlich um die Ablage kümmern und an einem Comic zeichnen, den sich ein Kunde von ihr gewünscht hatte. Nicht weit von der Agentur entfernt befand sich Lagardères Wohnung, die gleichzeitig das Antiquariat war. Der Vorbesitzer hatte in der großzügigen Altbauwohnung alle freien Wände mit deckenhohen Regalen versehen, und Lagardère hatte nichts daran geändert. Nur ein paar französische Nachschlagewerke waren hinzugekommen.

Jenna rannte die Treppen hinauf, schloss die Wohnungstür auf und ging über das knarrende Parkett zielsicher in die

Küche. Minou, die kleine Bücherkatze, strich um ihre Beine und miaute sie auffordernd an.

»Gibt dir Antoine noch immer nichts zum Frühstück?«, fragte sie, nahm das Tier hoch und kraulte Minou am Kopf.

Vorletzte Woche hatte sie Lagardère das Gleiche gefragt, der lakonisch geantwortet hatte: »Können die Katzen in diesem Jahrhundert keine Mäuse mehr fangen?«

»Schon«, hatte Jenna gesagt. »Aber dazu müsstest du sie aus der Wohnung rauslassen. Und ob es hier in den Straßen genügend Mäuse gibt, wage ich zu bezweifeln. Ratten vielleicht. Aber die sind ja größer als Minou.«

Bis zu seiner Rückkehr jedenfalls würde sich Jenna um das Kätzchen kümmern. Minou drückte ihr einmal dankbar den Kopf ans Schienbein und begann zu schlabbern.

Jenna sah ihr zu. In der Wohnung war es angenehm kühl, die Klimaanlage surrte fast lautlos und sorgte dafür, dass die alten, wertvollen Bücher in den Regalen nicht auseinanderfielen. »Bis morgen, meine Schöne«, sagte sie dann und verließ die Wohnung. Unten wollte sie gerade auf ihr Fahrrad steigen, als ihr jemand von der gegenüberliegenden Straßenseite zuwinkte. Jenna beschattete die Augen mit der Hand, versuchte im grellen Gegenlicht etwas zu erkennen. Die Gestalt hüpfte leichtfüßig über die Straße und winkte erneut.

»Lena!«, sagte sie dann überrascht. »Was machst du denn hier?«

»Gar nichts Besonderes. Komm, wir gehen frühstücken«, schlug Lena vor.

»Ich muss arbeiten«, wehrte Jenna ab, die an ihren Auftrag und den sonderbaren Kompass dachte. Sie hatte vorgehabt zu recherchieren.

»Ach, komm schon«, Lena warf ihr einen bittenden Blick

zu. »Und außerdem wolltest du doch wissen, wie ich das mit den Karten mache. Ich verrate es dir, wenn du mitkommst.«

Jenna warf einen Blick auf ihre Uhr. »Okay«, gab sie nach. Sie musste zugeben, dass sie wirklich neugierig war.

Ein paar Minuten später saßen sie in einem Café am Goetheplatz, zwei Cappuccinos vor sich, und Lena zog ihre Karten hervor, breitete sie in einem Fächer vor sich aus. »Wir fangen mit etwas Einfachem an. Denk an eine Farbe«, forderte sie Jenna auf.

Die schaute alarmiert drein. »Ich bin ungern Versuchskaninchen.«

»Es ist einfacher, es zu zeigen, als es zu erklären«, sagte Lena.

Jenna spürte etwas Kaltes ihren Rücken hinunterlaufen, wie ein Wassertropfen, aber sie gab nach und stellte sich eine Farbe vor.

Lena beobachtete sie einen Moment lang, dann drehte sie eine der Karten um, die einen in rot gekleideten Scharlatan zeigte. »Rot«, sagte sie.

Jenna nickte und verzog den Mund zur Andeutung eines Lächelns. »Gut geraten.«

»Gar nicht geraten. Magie, habe ich doch gesagt. Jetzt wird es schwieriger. Denk an eine geometrische Form. Schließ die Augen und konzentrier dich.«

Jenna gehorchte. Unwillkürlich tauchte ein bestimmtes Symbol vor ihrem inneren Auge auf.

»Das Gitter«, sagte Lena, und kein Zweifel war in ihrer Stimme zu hören.

Jenna blickte auf die Karte und schnappte nach Luft. Auf der Karte war ein weißes # auf schwarzem Hintergrund dargestellt. Das Zeichen auf ihrer Haustür.

»Das Gitter?«, fragte sie und hoffte, dass Lena das verräterische Zittern ihrer Stimme nicht bemerkte. »Was soll das sein?« Sie drehte die Karte in den Händen.

Lena sah sie nachdenklich an. »Du hast an dieses Zeichen gedacht und weißt nicht, was es bedeutet?«

»Vielleicht habe ich es mal irgendwo gesehen«, wich Jenna aus. »Wieso – was ist daran so besonders?«

»Es ist ein schamanisches Zeichen. Auch Hexen verwenden es gelegentlich. Das Gitter wird benutzt, um jemanden zu kontrollieren. Es hält denjenigen von bestimmten Einflüssen fern, gleichzeitig macht es ihn oder sie empfänglich für … nun ja, das kommt darauf an.«

Jenna hatte eine Braue hochgezogen und wartete darauf, dass Lena weitersprach. Das Kribbeln in ihrem Nacken verstärkte sich, und sie musste sich förmlich zwingen, nicht nach ihrem Stein zu greifen, den sie in einem kleinen Fach ihrer Handtasche verstaut hatte. Ihre Gedanken rasten. Wenn Lena recht hatte, würde das bedeuten, dass jemand sie nicht nur beobachtete, wie Lagardère vermutet hatte.

»Äh«, begann sie, als Lena nicht weitersprach, »was heißt das denn konkret? Dass man jemanden zwingen kann, irgendwelche Dinge zu tun oder so?« Sie bemühte sich um einen lockeren Tonfall. »Könnte ich meinem Chef ein höheres Gehalt abzwacken? Oder meine Tochter dazu bringen, ihr Zimmer aufzuräumen?«

Lena lächelte und schob sich eine rote Strähne aus der Stirn. »Im Prinzip ja. Aber das ist bereits sogenannte höhere Magie. Es reicht nicht, wenn du das Zeichen irgendwohin pinselst. Da gehört schon ein bisschen mehr dazu.« Sie beugte sich vor und sah Jenna verschwörerisch an. »Und du hast dieses Zeichen wirklich schon einmal gesehen? Wo?« Das letzte Wort flüsterte sie.

»Könntest du das?«, fragte Jenna statt einer Antwort.

»Nein. Aber ich habe es auch noch nie versucht. Bisher war diese Karte eine unter vielen für mich, ich wusste nicht, dass sie so eine Bedeutung für dich hat.«

»Hat sie gar nicht«, wehrte Jenna halbherzig ab.

In diesem Moment klingelte Lenas Handy. »Das muss ich annehmen«, sagte sie entschuldigend nach einem Blick auf das Display, stand auf und ging ein paar Schritte nach draußen, lehnte sich von außen gegen den Türrahmen.

Jenna vergewisserte sich, dass Lena nicht zu ihr sah, und blätterte fieberhaft den Kartenstapel durch. Ihr Puls raste, das Blut dröhnte ihr in den Ohren. Sie wusste nicht genau, wonach sie suchte, hoffte vage, dass irgendein Symbol, irgendetwas sie ansprach. Das Set bestand aus höchstens zwei Dutzend Karten, an zweien blieb sie hängen. Die erste war eine Karte mit einem stilisierten Kompass. Die Nadel zeigte nach Osten. Die zweite war eine Karte mit Blüten und Blättern, die Jenna vage bekannt vorkamen. Wo hatte sie dieses Muster schon einmal gesehen? Sie machte mit dem Handy schnell ein Foto, sortierte die Karten mit zitternden Fingern in einen Fächer zurück und griff unauffällig wieder nach ihrer Kaffeetasse. Keine Sekunde zu früh, denn schon kam Lena zur Tür herein.

»Ich muss leider früher in die Bar heute«, sagte sie entschuldigend. »Zahlst du für mich mit? Das nächste Mal bin ich dran.« Sie raffte ihre Karten zusammen, gab Jenna einen Klaps auf die Schulter und war im nächsten Moment verschwunden.

Jenna schüttelte den Kopf. Was war das denn gewesen? Aber eigentlich war es ihr nur recht. Sie musste gründlich nachdenken. Ihr Fahrrad nahm Abzweigungen automatisch, stoppte bei Rot und schien für Jenna nach links und rechts zu schauen, denn die war mit ihren Gedanken ganz woanders. Sie stellte ihr Rad wieder in der Garage ab – diesmal ganz vorne –, nahm ihren Stein fest in die Hand und bedachte das Kreidezeichen an ihrer Haustür mit einem vernichtenden Blick. »Kontrolle, hm?«, murmelte sie vor sich hin und stapfte die Stufen lauter als nötig zu ihrer Wohnung hinauf. »Werden wir ja sehen.«

Jenna warf die Tür hinter sich zu, streifte die Schuhe von den Füßen, setzte sich im Schneidersitz aufs Sofa und nahm das Grimoire auf den Schoß. Erneut schlug sie die Seite mit dem Kompass auf, dann stutzte sie. Er war verborgen in einer Umgebung aus Ranken und Blättern und, Jennas Herzschlag beschleunigte sich, das waren doch die gleichen Blätter wie auf der Karte? Jenna musterte das Display ihres Handys. Ganz genau. Jenna atmete tief aus. Das war ganz sicher kein Zufall. »Betrachte ein Rätsel von allen Seiten«, klang ihr Lagardères Stimme in den Ohren. Jenna drehte versuchsweise das Handbuch um neunzig, dann um hundertachtzig Grad, fixierte mit zusammengekniffenen Augen die Seite, hielt das Buch mal näher, mal weiter von sich weg – und plötzlich, wie bei dem Vexierbild, erkannte sie es. Das Gitter, wie Lena es genannt hatte. Es dominierte die komplette Seite, aber wenn man sich auf die Blätter und den Kompass konzentrierte, nahm man es nicht wahr. Erst wenn man die Augen entspannte und den Blickwinkel veränderte, konnte man es sehen.

»Ja!«, sagte Jenna laut und schlug mit der Faust neben sich auf ein Sofakissen. Kurzentschlossen simste sie das Foto mit den Blättern und Blüten an Kim. »Du hattest doch Bio-LK. Was sind das für Pflanzen? Irgendeine Ahnung?«

Die Antwort kam keine zehn Minuten später. »Das ist Verbene. Ein altes Heilkraut. Gut gegen Vampire, sagt man. Wozu brauchst du es?«

»Weiß ich noch nicht. Dank dir.«

»Gerne. Xoxo, Kim.«

Verbene … Jenna blätterte in dem Grimoire. Jetzt, da sie wusste, wonach sie suchte, fand sie die betreffende Stelle recht schnell. »Verbenen werden schlaffördernde Eigenschaften nachgesagt«, las sie, »und es wurde schon von den Römern bei kultischen Handlungen verwendet. Das Kraut hilft, sich vor dem Einfluss anderer zu schützen.«

Lena hatte gesagt, dass das Gitter zur Kontrolle diente. Jenna wurde heiß und kalt. Übersetzt bedeutete das, jemand beeinflusste sie. Und wenn das, was sie bislang über Magie gelernt hatte, hier zutraf, dann wurde es umso stärker, je öfter sie durch diese Tür ging. »Das gibts doch nicht!«, sagte Jenna halblaut und zählte nach. »Ich bin schon mindestens neun Mal durchgegangen. Mist.«

Von ferne grollte Donner und kündigte das erwartete Sommergewitter an. Ein Windstoß ließ die Blätter der Linde im Hof rauschen und wehte ihren Duft ins Wohnzimmer. Das Grollen kam schnell näher, weit hinter der Stadt im Süden sah man bereits Wetterleuchten aufblitzen.

Jenna griff sich in die Haare, flocht sich mit mechanischen Bewegungen einen Zopf und dachte angestrengt nach. Lag sie richtig, dann gab es mindestens zwei Parteien: die eine spionierte sie mit dem Gitter aus, die andere bot ihr – möglicherweise – mit dem Kompass Hilfe an. Oder auch nicht.

»Das lasse ich mir nicht bieten«, sagte sie laut. »So einfach kriegt ihr mich nicht. Wenn das Zeichen an meiner Tür magisch ist, dann gibt es vielleicht ein Mittel dagegen.«

Statt einer Antwort brach das Gewitter los und überzog die Stadt mit dem unverkennbaren Duft nach nassen Blättern und feuchter Erde. Regen prasselte gegen die Scheiben, die nächste Bö schlug die Fenster zu. Jenna stand auf und verriegelte Fenster und Balkontür. Dann nahm sie ihren Stein aus der Tasche und hielt ihn über das Grimoire, konzentrierte sich. Diesmal war die Verbindung zu ihrem Element viel schneller hergestellt als am See im Westpark.

Ein Blitz zuckte über den Himmel und warf einen flackernd-bunten Schein durch das Fenster, der Donner folgte kurz darauf. Sie murmelte eine kurze Formel, die Seiten des Buches blätterten raschelnd um, als würde ein Windstoß über sie hinwegfahren. Der Amethyst glühte auf, und Jenna bemerkte zu ihrer Erleichterung, dass sie diesmal keine Gefahr lief, Erdbeben auszulösen oder ihre Wohnung in Flammen aufgehen zu lassen. Die Kraft gehorchte ihr, ließ sich biegen und lenken, fügte sich ihrem Willen. Neugierig beugte sie sich über die aufgeschlagenen Seiten. Es war die Doppelseite, die sie am besten kannte – über die Elemente, ihre Bedeutung, ihre verschiedenen Ausprägungen. »Das weiß ich doch schon alles«, murmelte sie. »Was soll mir das denn helfen?«

Erneut zuckte ein Blitz über den Himmel, tauchte das Zimmer kurz in Phosphorgelb und ließ den Donner gleich hinterherkrachen. Jenna stellte sich ans Fenster und legte beide Hände gegen die Scheibe, fühlte förmlich die Tropfen auf der anderen Seite, die als dünne Bäche hinabrannen. Millionen, Milliarden Tropfen, dachte Jenna plötzlich, und jeder hinterlässt eine andere Spur. Jeder war anders, und das – Jenna schlug sich in Gedanken vor die Stirn – traf auch auf die Hüterinnen zu. Wieso war sie nicht schon früher auf den Gedanken gekommen? Deswegen gab es kaum Hinweise, gab es kein Handbuch. Nicht nur, weil es so wenige waren, sondern weil ihre Magie auch so unterschiedlich war. Jede hatte ihre eigene Magie, ihr eigenes Element, konnte sie formen und prägen, machte sie zu ihrer ganz eigenen Kraft.

Jenna löste sich von der Scheibe und runzelte die Stirn.

Was, wenn man das auf ihr Problem bezog, nur eine Lösung zuließ: Sie musste den Gegenzauber selbst erfinden. Es gab ihn noch nicht. Sie war das Ziel, also musste sie sich etwas einfallen lassen. Und wenn sie etwas gut konnte, dann war es zeichnen. Mit raschen Schritten ging sie ins Arbeitszimmer und schnappte sich ihren Zeichenblock.

Vorgestern hatte sie das Ganze falsch angepackt. Nicht das Doppelkreuz-Wellensymbol würde ihr etwas verraten, wenn sie es zeichnete. Sie musste es anders machen, das Symbol in sich einlassen und das Gegenmittel in sich finden. Und dann, erst dann, würde es unwirksam.

Sie nahm ihren Amethyst in die eine, den Stift in die andere Hand und schloss die Augen. Beschwor das Gitter und stellte sich vor, was es mit ihr tat. Wie es sie aussaugte, ihr die Kraft raubte, in ihr die Kontrolle übernahm. »Nein«, sagte sie laut und stemmte sich dagegen, verband sich mit der Erde unter ihr und suchte nach etwas, was sie dieser Kraft entgegensetzen konnte. Es einfach auszuradieren ging nicht, pure Gewalt konnte es nicht zum Verschwinden bringen. Doch kaum ein Zauber war wirklich vollständig, hatte sie gelernt. Wenn man richtig hinsah, gab es bei jeder Beschwörung, jeder Form von Magie ein Hintertürchen. Jetzt musste sie nur die ihre finden. »Komm schon«, murmelte Jenna, »wo bist du?« Ihre Hand mit dem Stift bewegte sich über das Blatt, zeichnete, formte, und als sie die Augen wieder öffnete und das Ergebnis sah, stieß sie überrascht die Luft aus und lachte dann. »Natürlich!«, rief sie aus und klappte das Grimoire mit einem lauten Knall zu.

Sie hatte das Zeichen gemalt und es in einen stilisierten dreieckigen Edelstein integriert, der es von allen Seiten umschloss.

»Edelstein – Stein – Erde«, deklamierte sie und hüpfte vom Sofa, ging aufgeregt im Zimmer auf und ab. Es war ihr eigenes Element, womit sie es bekämpfen würde. Wenn es meine Idee ist, mein Zauber, dann wird er funktionieren. Weil er von mir ist, dachte sie und grinste unwillkürlich. Oho, ihr werdet euch wundern, wer auch immer ihr seid. Beim letzten Mal bin ich vor Angst fast im Boden versunken. Diesmal könnt ihr euch warm anziehen. »Und was es mit dem Kompass auf sich hat, kriege ich auch noch raus«, drohte sie niemand Bestimmtem und schenkte sich, immer noch innerlich grinsend, ein Glas von dem gestrigen Prosecco ein.

Ein letzter Blitz zuckte das Fenster entlang, dann hörte der Regen so schnell auf, wie er eingesetzt hatte. Der Wind vertrieb die Wolkenwand, und wenige Minuten später erhellten die ersten tastenden Sonnenstrahlen wieder den Himmel.

Dass ihr Grimoire mittlerweile bei einer anderen Seite aufgeschlagen war und, wenn man genau hinsah, den Kompass in einer anderen Umgebung zeigte, übersah Jenna zuerst, doch dann stutzte sie. Es war eine Doppelseite, links tiefschwarz, rechts in einem allmählichen Verlauf etwas heller schraffiert. Jenna kniff die Augen zusammen: Man konnte die Umrisse von zwei Kompassen erkennen. Darunter hatte jemand geschrieben: »Wie viele?«

»Wie viele?«, murmelte Jenna halblaut. »Gute Frage. Und was könnt ihr bewirken?« Sie blätterte weiter durch das Buch, doch keine weiteren Erkenntnisse taten sich auf.

In einer der völlig überladenen Schubladen ihrer Kommode fand Jenna ein Stück lila Kreide, mit Sicherheit ein Relikt aus Kims Kinderzeit. Damit marschierte sie die Treppen hinunter, grüßte den Hausmeister, der ihr entgegenkam und sie wie immer leicht misstrauisch betrachtete, und öffnete die Haustür. Sichernde Blicke nach rechts und links, niemand war zu sehen, niemand beobachtete sie. Mit Nachdruck legte sie eine Hand neben das Zeichen und wartete, bis es aufleuchtete. Mit raschen Strichen zeichnete sie den dreieckigen Edelstein um das Gitter und blies dann versuchsweise dagegen. Anders als beim ersten Mal verglühte das Gitter nicht einfach, diesmal stob eine Kreidewolke hoch und zerplatzte wie eine Seifenblase in der Luft. Das Dreieck hingegen blieb.

»Wow«, sagte sie leise. Hatte sie es geschafft? Das Symbol unschädlich gemacht? Sie hörte Schritte hinter sich. Der Hausmeister kam schnell die Treppe herunter. Sie hob die Hand und machte eine wischende Bewegung über die Tür und, Jenna hätte jubeln können, das Dreieck verschwand, die Tür sah aus wie sonst auch. Der Hausmeister trat an ihr vorbei nach draußen und wandte sich wieder seiner Arbeit zu. Das Gewitter hatte eine gefühlte Tonne Laub auf dem Gehweg zurückgelassen.

Grinsend und ungeheuer erleichtert rannte Jenna die Stufen zurück nach oben, in ihrem Bauch tanzten Schmetterlinge und sie drehte sich im Wohnzimmer mit ausgebreiteten Armen übermütig ein paarmal um sich selbst. Solchermaßen beflügelt setzte sie sich an ihren Schreibtisch und ließ ihrer Kreativität freie Bahn.

Vier Stunden später wusste sie buchstäblich nicht mehr, wo oben oder unten war. Jede leere Fläche in ihrem Arbeitszimmer inklusive des Bodens war mit Blättern bedeckt. Dutzende

Versuche, Neuanfänge, Figuren, Storyboards, kleine Geschichten, Cartoons … Jenna schüttelte ihr Handgelenk aus und ließ die Fingerknöchel knacken. Ihre rechte Hand fühlte sich taub an. Jetzt beugte sie sich nach vorne, legte die Stirn auf die Tischplatte. Sie war erledigt, fühlte sich ausgewrungen und zu keinem klaren Gedanken mehr fähig, der kreative Flow klang ab und ließ den Alltag wieder herein. Mechanisch scannte sie die besten Entwürfe und schickte die Datei an die Agentur.

Wann hatte sie zuletzt so effektiv gearbeitet, tatsächlich die Zeit und die Umgebung um sich herum vergessen? Hatte ihr – Jenna fiel es immer noch schwer, das Wort überhaupt zu denken – hatte ihr Zauber diesen Wandel bewirkt? Jedenfalls hatte sie sich ihren Feierabend wirklich und redlich verdient. Sie ging kurz unter die Dusche, schlüpfte in eine enge schwarze Hose und ein rotes Top, das ihre schmalen Arme gut zur Geltung brachte, nahm ihre obligatorische kleine Handtasche und lief nach unten. Jenna inspizierte die Tür. Kein Gitter zu sehen. Kein Kribbeln im Nacken. Nur ihr Dreieck leuchtete kurz auf.

Sie zog die Tür hinter sich zu und wandte sich in Richtung U-Bahn. Das Gewitter hatte die Luft abgekühlt, ein leichter Wind strich über ihre Haut. Sie verspürte Lust auf eine Erfrischung und brannte gleichzeitig darauf, mehr von Lena zu erfahren. Diese Lena war so unbekümmert, so – Jenna suchte nach dem richtigen Wort – anarchistisch. Sie nahm sich, was sie wollte, reiste herum, tat, was ihr Spaß machte. Jenna war auch nicht unbedingt jemand, der sich an sämtliche Regeln hielt, doch ihr Leben war meilenweit von dem Lenas entfernt. Was nicht zuletzt daran lag, dass sie eine Tochter hatte und in den letzten Jahren eine ganze Menge Verantwortung geschultert hatte. Lena war wie eine frische Brise … und außerdem verstand sie etwas von Magie. Ob Lena von der Schattenwelt wusste? Jenna war bisher der Meinung gewesen, mit Kim und Lagardère genügend Gesprächspartner zu haben. Jetzt war Kim nicht mehr da, und ihre beste Freundin war vor einigen Monaten jäh ums Leben gekommen. Jenna litt immer noch an bitteren Schuldgefühlen, weil sie sie nicht hatte retten können. Wenn sie ehrlich war, fühlte sie sich einsam. Sie vermisste eine Freundin, mit der sie über alles reden konnte. Die ab und zu einfach nur zuhörte. Mit ihr um die Häuser zog oder ins Kino ging. Lena und sie waren auf der gleichen Wellenlänge, auch wenn sie beide Geheimnisse voreinander hatten. Aber vielleicht fanden sie etwas, das sie teilten … Jenna ging den Bahnsteig entlang. Noch vier Minuten, verkündete die digitale Anzeige.

Die U-Bahn-Fahrt verlief ohne Zwischenfälle, kein unvorhergesehener Stopp, keine Schatten. Kompass und Stein ruhten sicher in ihrer Handtasche, mit dem Handy hatte sie ihre Zeichnung fotografiert, sodass sie eigentlich alles Lebenswichtige bei sich trug.

* * *

Wenn es wahr ist, was ich glaube, dann besitzt sie Magie, die alles bisher Vorstellbare übersteigt. In ihr konzentriert sich die Macht, sie wird genügend Kraft haben, das zu tun, was ich will. Um die Schuld endlich zu begleichen, die mich seit so vielen Jahren quält. Noch fehlt das eine oder andere, aber ich bin fast so weit … Wir werden alles, alles brauchen, um zu bestehen, um den Plan durchzuführen. Die Magie der Hüterin, das Alte und das Neue, Zauber und Gegenzauber. Aber ich bin zuversichtlich. Sie hat mir ihr Herz geöffnet, bald wird sie mich in ihre Gedanken hineinlassen, und dann gehört sie mir.

* * *

Die Strandbar war so gut besucht wie immer, doch Jenna hielt vergeblich nach ihrer Freundin Ausschau. »Wo ist denn Lena?«, fragte sie eine der Kellnerinnen.

Die sah sie überrascht an. »Lena? Die hat gekündigt. Aber ich habe sie vorhin kurz gesehen«, sie zeigte flussabwärts, »in die Richtung ist sie gelaufen.«

»Warum denn gekündigt? Ich dachte, sie sollte heute eher länger arbeiten.« Jenna war perplex.

Die Kellnerin zuckte mit den Schultern. »Keine Ahnung. Der Chef ist echt sauer. Lena war super. Hat die Leute angezogen wie das Licht die Motten. Sorry, ich muss weitermachen.«

Jenna nickte stumm. Sie setzte sich dennoch kurz an die Bar, bestellte eine Cola mit viel Eis und sog nachdenklich an ihrem Strohhalm. Das ergab doch keinen Sinn. Lena hatte die letzten Male in der Bar einen vollkommen zufriedenen Eindruck gemacht. Es sei denn – Jenna richtete sich auf und sah forschend über das Gelände – es sei denn, ihr war etwas passiert.

Sie zog ihr Handy aus der Tasche und rief Lena an.

Niemand nahm ab.

Jetzt tippte sie eine kurze SMS. »Wie gehts dir? Alles ok? Bin in der Bar und warte auf dich.«

Keine Antwort.

Jenna runzelte die Stirn. Sie bezahlte ihre Cola und folgte dem Uferweg, der an der Isar entlang in Richtung Norden verlief. Als sie sicher war, dass niemand sie beobachtete, nahm sie ihren Stein in die Hand, schloss kurz die Augen und konzentrierte sich auf Lena, sandte einen unhörbaren Ruf aus. Und da war sie plötzlich wieder, die unaufdringliche, gelassene Präsenz, die sie schon im Westpark gespürt hatte. Sie wies ihr den Weg, und Jenna öffnete die Augen und folgte der Stimme in ihrem Innern. Sie marschierte an der Museumsinsel vorbei, querte die Isar auf der Mariannenbrücke und ging weiter. Immer wieder blieb sie stehen und sah sich forschend um. Kim hatte ihr von einer Tracking Software erzählt, mit der man Handys orten konnte – das wäre jetzt eine gute Idee gewesen. Keine Lena in Sicht. Der Wind rauschte leise in den Trauerweiden, deren Zweige mitunter bis ins Wasser hingen.

Jetzt blieb Jenna abrupt stehen und lauschte. Irgendetwas war plötzlich anders. Tatsächlich. Die Vögel waren verstummt. Nur das Rauschen der Isar mischte sich mit dem Wind. Ganz leise vernahm sie Stimmen. Vorsichtig ging Jenna weiter, schlich sich näher heran. Sie kauerte sich hinter einen umgestürzten Baum und spähte nach vorne. Ein paar Meter weiter, unter einer Buche, standen Lena und zwei weitere Personen, die Jenna nicht kannte. Ein Mann und eine Frau, beide trotz der Hitze in dunkle Trenchcoats gekleidet, beide mit einem entschlossenen Gesichtsausdruck.

»Das können Sie nicht tun«, sagte Lena in diesem Moment und griff in ihre Jacke. Sie klang empört.

Der Mann packte sie am Arm. »Sie kommen mit uns, dann reden wir darüber.«

Lena versuchte sich loszureißen, doch nun trat die Frau vor und packte sie am anderen Ellbogen, verdrehte ihr den Arm. Lena schrie überrascht auf.

Jenna ließ alle Vorsicht fahren. »Lassen Sie sie los!«, rief sie und schwang sich über den Baumstamm.

»Halten Sie sich da raus!«, rief die Frau. In ihrer Stimme schwang ein verächtlicher Unterton mit.

Jenna war noch nie gut darin gewesen, eine Herausforderung abzulehnen. Langsam trat sie ein paar Schritte näher. »Ich halte mich raus, wenn Sie sie loslassen«, wiederholte sie ihre Forderung.

»Das geht Sie nichts an«, mischte sich jetzt der Mann ein. »Gehen Sie einfach weiter, habe ich mich klar ausgedrückt?«

Jenna ließ Lena nicht aus den Augen. Die Barkeeperin wirkte eher entrüstet als verängstigt. Und Jenna hatte ihrer Tochter nicht beigebracht, bei Konflikten hinzusehen, um jetzt selbst bei einer solchen Situation den Rücken zu kehren. »Zechpreller? Oder Freunde von dir?«, fragte sie, um Zeit zu gewinnen.

»Weder noch«, murmelte Lena und verzog schmerzerfüllt das Gesicht, als der Mann ihren Arm noch ein Stück weiter verdrehte. »Ein Missverständnis, würde ich sagen …«

»Missverständnis?« Der Mann lachte höhnisch auf, dann gab er ihr mit der freien Hand unvermittelt eine Ohrfeige, sodass ihr Kopf zurückflog und ihr die Tränen in die Augen stiegen. Brennend rot zeichneten sich die Abdrücke seiner Finger auf Lenas Wange ab.

Das war für einige Minuten das Letzte, woran sich Jenna erinnerte. Zorn stieg in ihr hoch und verdrängte alles andere. »Aufhören!«, schrie sie und hob die Hand, in der ihr Stein angefangen hatte zu glühen. Der Windstoß, der ohne Vorwarnung durch die Bäume fuhr, riss Lena und die beiden Fremden von den Füßen. Blätter und kleine Zweige wirbelten durch die Luft, Laub fegte um sie herum und ein Flämmchen züngelte an einem Stamm empor, begann sich durch das trockene Holz zu fressen. Eine Wolke kleiner Vögel stob auf und floh kreischend in den Himmel.

Lena schlug Sekunden später die Augen auf, erfasste das Geschehen um sich herum – einschließlich der erstarrt dastehenden Jenna – und sprang auf. Sie zeichnete etwas in die Luft, eine Handbewegung, die das Feuer eindämmte und binnen Sekunden zum Erlöschen brachte. Dann wirbelte sie herum und fasste Jenna bei der Hand. »Los, weg hier«, keuchte sie. Der Wind riss ihr die Worte von den Lippen. Rücksichtslos zog sie Jenna mit sich, zurück zum Weg.

»Was ist mit denen?« Jenna stemmt sich gegen Lenas Ziehen und wies auf die beiden bewusstlosen Angreifer, auf denen sich bereits Laub sammelte.

»Die werden schon von alleine wach. Aber wir sind hier nicht sicher. Zu viel Magie. Komm jetzt – und nimm bloß den Wind nicht mit!« Ohne weitere Erklärung rannte Lena los, nicht ohne sich zu vergewissern, dass Jenna ihr folgte. Ein paar Hundert Meter weiter trafen sie auf die ersten Spaziergänger, und Lena verlangsamte ihr Tempo, blickte sich jedoch immer wieder misstrauisch um. Sie stützte sich mit den Händen auf die steinerne Brüstung, die den Weg von der Böschung abgrenzte, und sah auf den Fluss hinab. »Hast du es unter Kontrolle?«, fragte sie behutsam.

Jenna zuckte zusammen. »Was meinst du damit?« Sie verstaute ihren Stein unauffällig in ihrer Hosentasche und bemühte sich um einen gelassenen Gesichtsausdruck, aber innerlich zitterte sie immer noch.

»Spar dir das Theater, Jenna, ich weiß mehr, als du glaubst. Aber ich bin keine Gefahr für dich. Ganz im Gegenteil, vielleicht kann ich dir helfen.«

Jenna schluckte. Sie war eigentlich immer dann gut gefahren, wenn sie auf ihr Gefühl gehört hatte. Von Anfang an hatte sie Antoine Lagardère vertraut, obwohl er von den Schatten kam und diese ihr zunächst fürchterliche Angst eingejagt hatten. Jenna hatte immer vermutet, dass es Menschen gab, die von der Hüterin und ihrer Kraft wussten. Lena also auch? Und ihre Handbewegung war ihr nicht entgangen.

Jenna schob die Hände in die Hosentaschen und stellte

sich neben Lena, versuchte, einen Entschluss zu fassen. Den richtigen. Sie mochte Lena – aber wem erzählte man schon, dass man die Hüterin des Tores zum Schattenreich war? In der Lage, es zu öffnen und Seelen von dort zurückzuholen? Vielleicht hatte sie zu lange geschwiegen?

»Nicht hier«, sagte Jenna und sah sich um, als erwartete sie jeden Moment, das wütende Paar durch die Büsche brechen zu sehen. Sie marschierte los, Lena im Schlepptau, und wenige Minuten später erreichten sie die Auffahrt zum Maximilianeum. Die Tram fuhr klingelnd an die Haltestelle, Jenna wartete ungeduldig, bis ein alter Mann mit Rollator samt Dackel ausgestiegen war, und sprang die Stufen hoch. Als die Bahn langsam die gepflasterte Auffahrt hinunterfuhr, meinte sie, zwei Gestalten an der Isar entlangrennen zu sehen. »Sind sie das?«, fragte sie und stupste Lena an, die neben ihr stand und ebenfalls misstrauisch aus dem Fenster blickte.

»Sieht so aus. Aber wir haben einen guten Vorsprung.« Lena sah zu Jenna. »Wo willst du jetzt hin?«

»Ich brauche was zu essen«, erwiderte Jenna. »Und dabei reden wir. Können die beiden uns folgen?«, fragte sie dann, und es war klar, was sie meinte: Können sie uns irgendwie aufspüren?

Lena schüttelte den Kopf. »Ich glaube nicht. Dafür wissen sie nicht genug.«

Jenna nickte stumm. Sie war nicht beruhigt, aber für den Moment musste es reichen. Am Lenbachplatz stiegen sie aus, und Jenna wandte sich zum Alten Botanischen Garten. Noch war es warm, auf der Wiese saßen Trauben von Menschen, vom Kinderspielplatz drang Schreien und Lachen herüber. Sie durchquerten den Garten und steuerten das Parkcafé am Ostrand an. Dort war es drinnen schön kühl – und fast leer.

Sie suchte eine Nische, von der aus man den Eingang gut im Blick hatte, ohne selbst sofort gesehen zu werden, und ließ sich mit einem Seufzer auf dem Stuhl nieder. Das Adrenalin, das durch ihren Körper geschossen war, klang langsam ab, und Jenna merkte, wie hungrig sie tatsächlich war. Die Bar mit den Flaschen dahinter schuf eine bunte Lichtinsel, der Rest des großen, hohen Raumes lag im Halbdunkel. Lena rückte ihren Stuhl so um den runden Tisch, dass sie eher neben Jenna saß als ihr gegenüber, und nachdem die Getränke vor ihnen standen, stützte sie die Ellbogen auf den Tisch und holte tief Luft. »Vielleicht sollte ich anfangen?«

Jenna nickte auffordernd.

»Du hast magische Fähigkeiten«, begann Lena, und es war keine Frage.

Jenna zog die Augenbrauen hoch. »Hast du mich beobachtet?«

»So ähnlich«, gab Lena zögernd zu und nahm einen Schluck von ihrem Radler.

»In dir steckt auch Magie. Das sind nicht nur Taschenspielertricks«, sagte Jenna jetzt, und es klang ebenfalls nicht wie eine Frage.

Lena lächelte. »Im Vergleich zu dir bin ich allerdings nur halb so interessant. Du bist …« Sie machte eine Pause.

»Ich bin was?«

»Du bist die Hüterin.«

Jenna zuckte zusammen. »Was weißt du über die Hüterin?« Sie fühlte sich wie ein Schlittschuhläufer auf einem See, der plötzlich merkt, dass das Eis unter ihm zu knacken anfängt. Sie sah sich unauffällig um, doch immer noch waren sie die einzigen Gäste.

»Die Hüterin ist die …« Lena verstummte abrupt, denn in

diesem Moment trat die Kellnerin an ihren Tisch und stellte zwei Teller Pasta und zwei Salatschüsseln vor ihnen ab.

Jenna spießte eine Farfalla auf, begann aber nicht zu essen, sondern sah Lena von der Seite an.

Diese zeichnete mit der Gabel Muster auf ihre Serviette. »Die Hüterin hat eine ganz besondere Gabe. Sie hält die Verbindung zur Schattenwelt, kann, sobald sie erweckt wurde, das Tor öffnen.« Die folgenden Worte flüsterte sie, und Jenna musste sich anstrengen, sie zu verstehen: »Diese Art von Magie, diese Macht, gibt es nur alle paar hundert Jahre.«

»Wie kommst du darauf, dass ich diejenige bin?« Jenna gab ihre Deckung noch nicht auf.

»Ich habe dich beobachtet. Niemand außer der Hüterin hätte das Zeichen an deiner Tür verblassen lassen können.«

»Das warst du?«, fuhr Jenna auf.

Lena hob abwehrend die Hände. »Nein. Ich war es nicht. Das Gitter war … von den … anderen.«

Jenna hätte gegrinst, wäre da nicht so ein flaues Gefühl im Magen gewesen. Lena verließ ihre Deckung ebenso zögernd wie sie, gab nur häppchenweise etwas preis und tastete sich langsam durch das Gespräch.

»Wer war das nette Pärchen von vorhin?«, fragte sie jetzt.

»Die haben mich überrascht«, gab Lena zu und stocherte im Salat.

Auf einmal hatte Jenna das Taktieren satt. »So kommen wir nicht weiter«, sagte sie und schob sich drei Nudeln gleichzeitig in den Mund. Undeutlich sprach sie weiter. »Karten auf den Tisch, okay? Eine Information gegen die andere. Also ja, ich bin die Hüterin. Du bist … was?«

Lenas grüne Augen wurden bei dieser Erklärung dunkel, fast schwarz. »So was wie eine Hexe, würden manche sagen.«

Jenna atmete langsam aus. Hatte ihr Gefühl sie doch nicht getrogen! »Fakt zwei: Ja, ich habe das Gitter unschädlich gemacht. Und jetzt du: Die zwei heute im Park waren …«

»Hinter Informationen her, über dich. Ich habe versucht, sie auf eine falsche Fährte zu locken. Allerdings haben sie dich dann in Aktion gesehen, das könnte ein Problem sein.«

»Sind sie vom Konsortium? Haben sie mit dem Jäger zu tun?«

Auf Lenas Wangen erschienen rote Flecken. »Ich sehe, du bist auf dem Stand der Dinge.«

»Nicht mal ansatzweise«, murmelte Jenna kopfschüttelnd und trank ihr Glas aus. »Ich weiß nie genug. Und das macht mich wahnsinnig.«

»Der Jäger ist vor einiger Zeit verschwunden«, sagte Lena nachdenklich. »Ich bin nicht sicher, in wessen Auftrag die beiden unterwegs sind. Ich nahm an, es ist das Konsortium. Wer sonst sollte an dir interessiert sein?«

Jenna verschwieg, dass sie am Verschwinden des Jägers vor einem halben Jahr erheblichen Anteil gehabt hatte. »Das Geheimnis um die Hüterin ist vielleicht gar kein so großes Geheimnis mehr«, gab sie zu bedenken. »Du weißt auch davon. Woher eigentlich?«

»Ich kannte vor vielen Jahren jemanden aus dem Zirkel.«

»Hm …« Jenna kippte den Rest geriebenen Parmesan über ihre Nudeln und schaufelte alles in sich hinein. Essen half ihr beim Nachdenken. »Entschuldige die direkte Frage, aber … was ist für dich drin, wenn du mir hilfst?«

»Für mich? Ich habe immer davon geträumt, jemanden zu treffen, der die wahre Macht hat. Dabei zu sein, wenn der Sturm losbricht.« Lena schaute verlegen drein. »Dein Wind vorhin, das Feuer, das war vielleicht nur ein kleiner Teil dessen, was du kannst – aber es zu sehen, zu spüren, nicht nur davon zu hören, darauf warte ich schon so lange. Kannst du das nachvollziehen?«

Jenna, die sich in der Zwischenzeit noch einen Wein bestellt hatte, sah Lena mit undurchdringlicher Miene über den Glasrand hinweg an. »Du hast die Flammen gelöscht«, sagte sie statt einer Antwort.

Lena winkte ab. »Das war einfach. Magie für Anfänger. Hättest du auch gekonnt, du warst in diesem Moment nur zu starr.«

Zwei Männer kamen durch den Eingang, steuerten die Bar an, sahen sich neugierig um und musterten die zwei Frauen.

Jenna erwiderte den Blick gleichmütig, und der eine von beiden, einen Hauch zu klein für sein Gewicht, nickte ihnen zu. Beide Frauen nickten zurück.

»Wer ist dein Mentor?«, fragte Lena leise.

»Mein was?«

»Dein Lehrer, dein … na, du musst doch jemanden haben, der dir erklärt, was es mit der Hüterin und ihrer Bestimmung auf sich hat. Und seit wann weißt du es?«

Jenna hatte Mühe, ihre Überraschung zu verbergen. »Ich weiß ja nicht, wie es bei normalen Hexen so ist«, sagte sie dann, »aber für die Hüterin gibt es, soweit ich weiß, kein Handbuch. Und der Zirkel existiert auch nur noch in Grundzügen, das ist dir sicher bekannt.«

Lena nickte, dann sah sie Jenna scharf an. »Du willst damit sagen, dass dir bisher niemand geholfen hat? Dass du alles im Alleingang herausfindest?«

»Ich hatte ein bisschen Hilfe«, wehrte Jenna ab, doch aus irgendeinem Grund erwähnte sie Lagardère nicht. Und auch nicht ihre Tochter. »Aber letztendlich stimmt es schon, ich finde das meiste allein heraus. Wieso – hast du eine Anleitung?« Das Letzte sollte scherzhaft klingen, geriet aber ein bisschen kläglich.

Lena schien mit sich zu ringen, dann sagte sie: »Nein, ich kann leider kein Handbuch bieten. Aber wenn du willst, helfe ich dir herauszufinden, wer hinter dir her ist und warum. Und vielleicht kann ich dir noch ein paar Tricks beibringen.« Jetzt grinste sie unverhohlen. Der Kleine mit den rötlichen Locken hatte sich ein Bier bestellt, sein Freund, genauso klein, aber dünner und mit sehr viel weniger Haaren gesegnet, hatte einen Mojito vor sich stehen. Sie unterhielten sich leise. Immer wieder sahen sie zu Jenna und Lena hinüber, machten jedoch keine Anstalten, sie anzusprechen. Lena rückte ihren Stuhl so, dass sie von Jenna verdeckt wurde, und murmelte etwas. Jenna drehte sich halb um und wartete neugierig.

»Magie kann auch Spaß machen«, flüsterte Lena.

Wenn man nicht gerade seine Umgebung in Schutt und Asche legt, dachte Jenna reuevoll, sagte aber nichts.

Von einem Moment auf den anderen hatte der eine pechschwarze Locken, und seinen Kollegen zierte ein kleines Clownshütchen. Einen Lidschlag später war alles wieder wie vorher. Die beiden Männer hatten nichts bemerkt.

Jenna prustete in ihr Weinglas. »Nett«, kommentierte sie dann.

Kurz darauf waren es grüne Haare und ein Zylinder. Der Größere zuckte zusammen, als er sich im Spiegel hinter den Flaschen entdeckte, wandte sich seinem Freund zu – doch da war schon alles wieder wie vorher. Er schüttelte den Kopf und griff nach seinem Drink und saugte in seiner Verwirrung fast die Eiswürfel durch den Strohhalm.

»Wir sind total albern, das ist dir doch klar, oder?«, flüsterte Jenna und versuchte das Kichern, das in ihr aufstieg, zu unterdrücken. Lena griff nach ihrer Hand. »Zu zweit geht noch mehr«, prophezeite sie, und schon schwebten Barhocker und Stühle durch den Raum. Ganz langsam, vielleicht zehn Zentimeter über dem Boden. Die Kellnerin stand hinter der Bar und runzelte irritiert die Stirn, beugte sich über den Tresen, um besser sehen zu können.

In Jennas Magen breitete sich ein Eisklumpen aus. »Stopp!«, zischte sie, und Lena ließ bedauernd ihre Hand los. Die Stühle senkten sich wieder auf den Boden. »Das ist ja ganz witzig, aber ich habe bisher deswegen überlebt, weil ich niemanden auf mich aufmerksam gemacht habe. Wenn uns jetzt jemand beobachtet, bin ich dran.«

»Spielverderberin«, sagte Lena, aber es klang nicht böse.

»Hüterin«, korrigierte Jenna trocken. »Ich habe schon verstanden, was du mir zeigen wolltest. Kannst du auch noch was anderes?«

»Du musst auch mal Dampf ablassen, Jenna. Du siehst das Ganze zu ernst.«

»Zu ernst? Gehts noch?« Jenna nahm einen Schluck Wein und stellte das Glas so hart auf den Tisch zurück, dass es klirrte. Erschrocken warf sie einen Blick hinter sich, doch weder die beiden Männer an der Bar noch die Kellnerin beachteten sie. »Nur damit wir uns recht verstehen: Wegen dieser … meiner … Berufung als Hüterin sind bereits Menschen gestorben. Menschen, die mir nahestanden. Also entschuldige bitte, wenn ich das nicht so locker sehen kann wie du.«

Lena schaute betroffen drein, legte ihr eine Hand auf den Arm. »Es tut mir leid. Manchmal geht die Magie mit mir ein bisschen durch.«

»Mit mir auch«, gab Jenna zurück. »Nur steht dann hier kein Stein mehr auf dem anderen.« Sie machte eine Pause und fixierte Lena. »Und jetzt würde ich gerne wissen, wie du mir helfen willst. Kennst du jemanden vom Zirkel hier? Oder gibt es Aufzeichnungen einer früheren Hüterin? Mit anderen Worten: Was weißt du?«

»Über die Hüterin selbst weiß ich auch nicht alles. Das weiß niemand«, erklärte Lena und zuckte mit den Schultern. »Ich kann dir aber etwas über die Schattenwelt erzählen. Wobei dir das meiste ohnehin schon bekannt sein dürfte. Du weißt, was die Schatten sind?«

»Hm. Die Schattenwelt ist eine Art Wartesaal, so stelle ich mir das jedenfalls vor, voll mit Seelen, die nicht ins Jenseits weitergehen, sondern darauf hoffen, in die Welt zurückzukehren. Obwohl die Chance wahrlich gering ist, wenn ich mir so anschaue, wie selten es eine Hüterin gibt.«

»Stimmt. Es gibt tatsächlich welche, die eine zweite Chance erhalten. Jeder Mensch hat eine Mission im Leben, einen Auftrag. Wer ihn nicht erfüllt, oder nicht erfüllen konnte, hat die Wahl. Er kann mit den Nebeln eins werden und warten – oder er kann weitergehen. Aber je länger es dauert, desto schwieriger wird es, nicht zu vergessen, wer man war. Soweit klar?«

Jenna nickte. Das deckte sich mit dem, was Lagardère ihr erzählt hatte.

»Aber das ist nur die halbe Geschichte. Die Schattenwelt ist nicht nur ein Wartesaal. Weil die Chance so gering ist, je wieder herauszukommen, ist es eher ein Gefängnis.«

»Und woher weißt du das?«, flüsterte Jenna. Sie starrte Lena gebannt an, merkte kaum, wie ihre Finger in der Handtasche auf ihrem Schoß nach dem Stein tasteten.

»Hexen reden«, erklärte Lena ebenso leise, »schlimmer als jeder Sonntagmorgenstammtisch.« Ein Lächeln huschte über ihr Gesicht. »Es gibt Gerüchte, hier und da weiß jemand was, hat etwas gehört … und ich habe lange damit zugebracht, die Legenden von der Wahrheit zu trennen. Andere mögen sich mit den Nebeln verbinden und dort für eine Weile Vergessen oder Frieden finden … Aber das gilt nicht für uns.«

»Das habe ich ja noch nie gehört.«

Lena verzog den Mund. »Ich habe es mir über die Jahre zusammengepuzzelt. Ob es die Schattenwelt schon immer gab, oder ob sich jemand mal was dabei gedacht hat …«

Jenna seufzte innerlich. Lena war trotz ihres Deals wie ein Aal. Kaum hatte sie ein Stück zu fassen bekommen, entwand sie sich ihr und behielt bis auf ein Häppchen alle Informationen bei sich. Sie bot Jenna Hilfe an, aber es war wie ein Tauziehen um jedes bisschen Wissen. Und das hatte sie, dessen war sich Jenna sicher. Ächzend legte sie die Stirn auf die Tischplatte und verharrte ein paar Sekunden. Sie brauchte etwas, um Lena aus der Reserve zu locken. Unter ihren Haaren hervor spähte sie nach rechts und links. Die beiden Männer an der Bar waren nach ihren Drinks gegangen, keine weiteren Gäste hatten das Lokal betreten. Die Kellnerin räumte in diesem Moment ihre Teller ab. Sie warf Jenna einen irritierten Blick zu, den diese auf ihren Schulterblättern mehr spürte als sah, und verschwand durch die Schwingtür zur Küche.

Jenna atmete tief durch, richtete sich wieder auf und zog den Kompass aus ihrer Tasche. Matt schimmernd lag er auf der weißen Tischdecke. »Was hältst du davon?«

Lena zog überrascht die Augenbrauen hoch. »Ein Kompass?«

Jenna entging nicht, wie Lena die Finger reflexartig ineinander krampfte, als müsste sie sich gewaltsam daran hindern, den Kompass zu ergreifen. Jenna klappte ihn auf und wog ihn in der flachen Hand. Die Kompassnadel kreiselte, stoppte bei

Jenna, begann dann erneut einen Fixpunkt zu suchen und stand nicht mehr still.

»Das ist ein magischer Kompass«, sagte Lena und klang plötzlich heiser.

»Scheint so. Dass der nicht nach Norden zeigt, ist mir aufgefallen.«

»Woher hast du ihn?«

»Er lag gestern bei mir vor der Tür. Keine Ahnung, wer ihn dorthin gelegt haben könnte.« Jenna fixierte Lena und entschloss sich zu einem Frontalangriff. »Du?«

»Was? Wie kommst du darauf? Nein, von mir ist der nicht. Aber ich habe so einen Kompass schon einmal gesehen.« Lena hob die Hand und ließ sie über dem Kompass schweben. Jetzt beruhigte sich die Nadel ein bisschen, kreiselte nur noch etwa so schnell wie ein Sekundenzeiger. »Vor vielen Jahren ...« Sie schloss die Augen und dachte nach.

»Wie machst du das?«, unterbrach Jenna, die dem Zeiger fasziniert zugesehen hatte.

»Der Kompass zeigt an, ob Magie im Raum ist«, antwortete Lena, ohne die Augen zu öffnen. »Du hast eine ganze Menge davon, ich im Vergleich dazu nur ein bisschen, aber genug, damit er anschlägt. Also kann er sich nicht entscheiden. Diese Kompasse wurden Ende des sechzehnten Jahrhunderts hergestellt. Es gab nur drei davon. Vielleicht ist deiner der Letzte.« Leise setzte sie hinzu: »Ich habe mich immer gefragt, was passiert, wenn man alle drei zur Verfügung hätte ...«

Jennas Puls begann zu rasen. Endlich, endlich kam sie an etwas Wissen, hatte sie jemanden, der ihr weiterhalf. Sie wartete ungeduldig darauf, dass Lena fortfuhr.

Lena klappte ihn zu, strich mit den Fingern sanft über den schimmernden Deckel und legte dann ihre Hand auf die von

Jenna. »Es scheint, als wollte dich jemand unterstützen. Außer mir, meine ich.«

In diesem Moment zuckte Jenna zusammen. Sie spürte eine Präsenz, die rasch näher kam und eine Welle der Bedrohung aussandte. Zumindest fühlte es sich so an. »Wir müssen hier weg. Da kommt jemand … viele Jemands …«, sagte sie drängend und stand auf. Sie nahm Lena den Kompass wieder ab und stopfte ihn in ihre Jackentasche. Eilig legte sie ein paar Geldscheine auf den Tisch und zog Lena am Arm. »Lass uns verschwinden. Wir reden woanders weiter.«

So schnell sie konnten, liefen die beiden durch den hinteren Ausgang, über die vollbesetzte Terrasse und in den kleinen Park. Es war dunkel geworden, nur die alten Straßenlaternen entlang der Spazierwege verbreiteten einen fahlen Schein. Vereinzelt waren noch Fußgänger unterwegs.

»Wo sind sie?«, flüsterte Lena.

Jenna konzentrierte sich. »Überall«, gab sie besorgt zurück. »Sie kommen von allen Seiten. Mist …« Sie nahm Lena an der Hand und wollte gerade losspurten, als sie erschrocken zurückprallte. Sechs Gestalten tauchten aus der Dunkelheit auf und bildeten einen Kreis, bedrängten die beiden Frauen Schritt für Schritt immer mehr. Lena ließ Jennas Hand los und stellte sich Rücken an Rücken mit ihr. Langsam drehten sie sich im Kreis, ließen ihre Verfolger nicht aus den Augen. Jenna erkannte das Pärchen wieder. Alle sechs trugen dunkle Mäntel, die Kragen hochgestellt.

»Bleiben Sie stehen«, rief sie und war stolz auf sich, dass ihre Stimme nicht zitterte. »Was wollen Sie von uns?«

»Wenn Sie beide ohne Gegenwehr mitkommen, geschieht Ihnen nichts.« Das war der Mann von vorhin. Er sprach Deutsch mit deutlich englischem Akzent.

»Das klingt aber ganz anders als vorhin«, kommentierte Jenna und hielt ihren Amethyst fest umklammert.

»Da ist jemand, der mit Ihnen sprechen möchte.«

»Mit mir? Ach ja? Und warum ist er nicht hier?« Jenna hob die Hände und ließ sie wieder fallen.

Die sechs Verfolger machten wortlos zwei weitere Schritte auf Lena und Jenna zu.

»Stopp! Bleiben Sie stehen, ich warne Sie!«

»Sie mögen beide Hexen sein«, sagte nun eine Frau verächtlich, »aber gegen uns kommen Sie nicht an. Sie sind nicht stark genug gegen uns alle.«

Jenna überlegte fieberhaft. Eines war klar, sie würde nicht einfach mitgehen. Das klang zu sehr nach einem Mafiafilm, in dem ein armer Bürger vor den Paten zitiert wurde. Und es schien, als wüsste tatsächlich keiner der Mantelträger, wozu sie fähig war, wenn sie wütend wurde.

»Vergessen Sies«, erwiderte sie jetzt und starrte den Mann an, der zwei Stunden zuvor noch unter einem Laubhaufen gelegen hatte. »Wenn Ihr Chef, oder wer auch immer, mit mir reden will, kann er mich selbst anrufen. Sie glauben doch nicht ernsthaft, dass ich Ihnen vertraue? Ich habe gesehen, wie Sie meine Freundin geschlagen haben. Das war ein Fehler.« Ich höre mich an wie Clint Eastwood zu seinen besten Zeiten, dachte sie und fühlte gleichzeitig, wie das Adrenalin durch ihre Adern schoss.

Über das Gesicht des Angesprochenen huschte für einen Moment blanke Wut, dann hatte er seine Züge wieder unter Kontrolle. Auf sein Zeichen hin griffen seine Helfer nach Jennas und Lenas Armen, zogen Tücher und Kabelbinder hervor. Doch sie kamen nicht weit.

Denn Jenna tat das Gleiche wie im Westpark. Sie suchte

gedanklich nach der Erde unter ihren Füßen, was in diesem Fall tatsächlich nicht schwer war, da sie im Gras stand, und dachte ein entschiedenes »Nein!«. Sie stellte sich vor, wie große, schwere Steine die sechs Unglücksraben – denn so sahen sie mit ihren Mänteln tatsächlich aus – an ihrem Vorhaben hinderten, sie einmauerten und keine weitere Bewegung zuließen. Die Angreifer, die im ersten Moment nicht begriffen, wie ihnen geschah, schienen völlig verdutzt, als sie sich nicht mehr rühren konnten. Und da war es auch schon zu spät. Jenna nutzte das Überraschungsmoment, packte Lena an der Hand und einen Lidschlag später rannten die beiden schon das restliche Stück durch den Park. Kurz vor dem Ausgang sah sich Lena noch einmal um. Die Sechs standen immer noch unbeweglich, statuengleich, an derselben Stelle. Nur die Mäntel bewegten sich leise im Nachtwind.

In London lächelte jemand zufrieden.

»Kannst du den Bann auch wieder lösen?« Lena hielt sich keuchend die Seite.

»Keine Ahnung«, gab Jenna zurück und begann hysterisch zu kichern. »Ich habe das so noch nie gemacht. Es ist eigentlich jedes Mal anders. Hin und wieder liegt auch jemand ohnmächtig am Boden …«

»Okay«, sagte Lena gedehnt. »Dir ist klar, dass du jemanden brauchst, der dir hilft, das zu kanalisieren?«

Jenna versuchte, das Lachen zu unterdrücken, das immer wieder in ihr hochstieg wie eine gigantische Sprudelblase. »Das ist mir klar. Aber ich habe ja schon gesagt, für mich ist das hier seit einem halben Jahr Learning by Doing. Einen Mentor habe ich nicht. Und diese freundlichen Damen und

Herren mit dem englischen Akzent – ist dir das aufgefallen? –, die hätten uns einfach entführt. Das hast du schon mitbekommen, oder?« Das Lachen in ihr erstarb. Nachdenklich gingen sie weiter, bis sie an der großen Kreuzung vor dem Hauptbahnhof standen und sich um die Baustellenabsperrungen schlängelten. »Ich frage mich, für wen sie arbeiten. Wer zum Henker möchte mich so gerne kennenlernen? Und warum haben sie heute Nachmittag dich ins Visier genommen, wenn sie doch mich wollen? Ich dachte eigentlich immer, das Konsortium würde mich sowieso finden, wenn es das will … Die können das sicher ohne Google Maps.« Jetzt steckte sie den Stein, den sie bisher in der Hand gehalten hatte, in ihre Handtasche.

»Vielleicht haben sie uns einfach zusammen gesehen?« Aber Lena klang auch nicht überzeugt.

Jenna überlegte, dann schüttelte sie den Kopf. »Das haut nicht hin. Wir kennen uns nur ganz kurz, dann stelle ich fest, dass du fast mehr über mich weißt als ich selbst … Allein das sind mir schon mindestens zwei Zufälle zu viel. Und noch was: Die wollten, dass ich freiwillig mitkomme …« Bei diesen Worten marschierte Jenna bereits die Treppe hinunter zur U-Bahn. »Was ist, kommst du?«, rief sie über die Schulter zurück zu Lena, die oben am Treppenabsatz stehen geblieben war. »Wir gehen zu mir nach Hause. Dort können wir weiter Kriegsrat halten.«

Lena tippte blitzschnell eine SMS und steckte das Handy wie beiläufig wieder in die Hosentasche. »Ich komme«, rief sie Jenna hinterher, die bereits ein Stockwerk tiefer angelangt war, und rannte die Treppe hinunter. Ihre Augen glitzerten erwartungsvoll. Der Rest des Abends versprach interessant zu werden.

Wenn sie ihn überlebten. Lena hatte diesbezüglich eine beeindruckende Statistik vorzuweisen, Jenna offensichtlich auch – also standen die Chancen nicht schlecht.

NOTTING HILL, ENGLAND

In einem unauffälligen Reihenhaus, nahe der St.-Johns-Kirche, saßen fünf Männer um einen großen, schwarz glänzenden Tisch. Einer von ihnen hatte einen aufgeklappten Laptop vor sich und wischte mit ruckartigen Bewegungen auf dem Touchpad herum. Halbleere Wasserflaschen und Teetassen mit dunklen Rändern standen auf der Tischplatte. Die schweren Vorhänge waren zugezogen, ein paar Stehlampen verbreiteten indirektes Licht. Der gelbliche Murano-Aschenbecher quoll bereits über, Rauchkringel tanzten in Richtung Decke. Ausdrucke und von Hand beschriftete Blätter lagen über den Tisch verteilt. Der Mann am Laptop gab ein verärgertes Schnauben von sich, als er zwei Fotos aus dem Drucker neben sich zog, sie stirnrunzelnd betrachtete und mit der freien Hand auf die Tischfläche schlug.

»Das kann doch nicht wahr sein! Wir schicken sechs Leute hin, und die Hexe entkommt einfach so? Beschäftigt dieser Verein denn nur Amateure?« Die letzten Worte zischte er förmlich, und die anderen am Tisch zuckten zusammen. »Sie haben Jenna Winters schon einmal erheblich unterschätzt, meine Herren. Sie haben mir versichert, diesmal hätten Sie die Sache im Griff.«

»Sie hatte Hilfe«, gab einer der Männer zurück.

»Die hat Jenna Winters immer, nicht wahr? Verdammt!« Der Mann lehnte sich zurück und fuhr sich mit den Händen durch das Haar. Er mochte um die vierzig Jahre alt sein. Alle anderen am Tisch waren fast doppelt so alt, aber sie betrachteten ihn mit einer Mischung aus Respekt und Vorsicht. »Wenn Ihr Chef, oder wer auch immer, mit mir reden will, kann er mich selbst anrufen«, klang in diesem Moment Jennas trotzige Stimme aus dem Lautsprecher des Notebooks.

»Was hat sie gesagt?«, fragte einer und sah verwirrt in die Runde.

»Vielleicht sollten Sie tatsächlich selbst mit ihr reden, Sir«, schlug einer der Männer zögernd vor.

»Natürlich. So war es ja auch gedacht. Allerdings zu meinen Bedingungen.« Stephen Archer, Vorsitzender des Konsortiums und seit einem Monat im Amt, wenn man das so nennen konnte, starrte mit finsterem Blick vor sich hin. »Was glaubt diese kleine deutsche Maus, wer sie ist?«

»Sie hat keinen Grund, uns zu vertrauen«, gab einer zu bedenken.

»Aber sie hat auch keinen Grund, unsere Leute umzubringen!«, schnappte Archer.

Die anderen wurden blass. »Wie meinen Sie das?«

»Wie ich es sage«, erklärte Archer und drehte das Notebook herum. »Sehen Sie selbst.« Ein Standbild zeigte einen Mann und eine Frau. Beide lagen blass und still am Boden. Das Gesicht der Frau war zur Seite gewandt, sie lag mit der Wange im trockenen Gras, und selbst im Tod sah sie überrascht aus, die Stirn gerunzelt, als würde sie über etwas nachdenken.

»Das Bild entstand vor fünfundzwanzig Minuten. Wheeler und Bozny. Sie sind aus unerfindlichen Gründen erstickt. Der Kehlkopf wurde zusammengedrückt. Und dann musste ausgerechnet die Polizei zur Stelle sein. Das heißt, ich muss ganz oben beim Außenministerium anklopfen, um Fragen vorzubeugen und die Leichen ohne größeres Aufheben nach England bringen zu lassen. Das wiederum lenkt Aufmerksamkeit auf uns, was derzeit, meine Herren, das Letzte ist, was wir gebrauchen können. Wir arbeiten aus gutem Grund im Geheimen.« Mit einem Seufzer drehte er den Computer wieder zu sich herum und klappte mit einem Knall den Deckel zu. »Vorschläge?«

Keiner wagte, seinem Blick zu begegnen. Keiner wagte, etwas zu sagen.

Archer nickte, als hätte er nichts anderes erwartet. »Das wäre alles. Bleiben Sie in ständiger Bereitschaft. Ich kümmere mich um den Rest.«

Als die Männer einer nach dem anderen den Raum verließen, blieb der älteste von ihnen stehen und legte Archer die Hand auf die Schulter. »Stephen …«

»Lass es, Mortimer. Ihr habt mich gerufen, und ich werde den Job für euch erledigen. Alle, die auf diese Mission geschickt wurden, kannten das Risiko.«

»Sie waren deine Freunde.«

»Und jetzt sind sie tot.« Archers Züge verhärteten sich, und er schüttelte die Hand des Älteren ab. »Wenn ich diese Hexe in die Finger bekomme, dann gnade ihr Gott.« Damit stand er auf, nahm den Laptop unter den Arm und griff nach seinem Jackett. »Nein, ich reise selbst.« Er sah auf seine Armbanduhr, deren schwarzes Zifferblatt bläulich schimmerte, wenn er den Arm bewegte. »Ruf den Flughafen an. Ich will den Learjet. Sag ihnen, dass ich in einer halben Stunde da bin.«

»Stephen, nicht!«, bat Mortimer, und er klang ehrlich besorgt. »Lass mich gehen. Ich bringe sie dir, versprochen.«

Archer musterte den alten Mann, und der Hauch eines Lächelns huschte über sein Gesicht. »Was für ein Freund wäre ich, wenn ich dich in die Höhle des Löwen schickte, Mortimer? Nein, ich erledige das. Kümmere du dich darum, dass hier alles fertig ist, wenn ich zurückkomme.« Damit ging er zur Tür. »Eins noch, Mortimer: Mach es ihr nicht zu gemütlich.« Die Tür schlug hinter ihm zu, dann war nur noch das Stakkato seiner Schritte zu hören.

Mortimer sah ihm nach, und das helle Licht der Stehlampen vertiefte die Falten in seinem Gesicht. Dem Konsortium war es noch nie gelungen, einer Hüterin habhaft zu werden. Vor einem halben Jahr hatte das Konsortium das erste Mal versagt, heute das zweite Mal. Kein Wunder, dass Stephen Archer so wütend war.

Archer hatte nicht untertrieben. Fünfunddreißig Minuten später überquerte er das Flugfeld des Cambridge Airport, wo die Crew die letzten Checks an der Maschine vornahm. Der Learjet war unauffällig weiß, nur die schwarze Heckflosse mit der roten Flamme darauf verriet, dass er keiner regulären Charterfirma gehörte. Er bot etwa zwanzig Passagieren Platz und war mit allem erdenklichen Komfort ausgestattet. Archer ließ sich in einen der breiten Sessel sinken, nahm mit einem Nicken den Gin entgegen, den ihm der Copilot reichte, und starrte aus dem ovalen Fenster. Über London war die Nacht schon längst hereingebrochen, doch das Lichtermeer der Stadt war so hell, dass man den Sternenhimmel nur ahnen konnte.

Vor zwei Wochen hatte er noch im englischen Nirgendwo gesessen, eine Blockhütte und einen endlosen Wald um sich. Hatte seinen Urlaub und den Frieden um sich herum genossen, hatte den Tag über im nahen Weiher geangelt, ins Wasser gestarrt und nachts in den Himmel, an dem sich die Milchstraße wie ein glitzerndes Band über ihm erstreckte.

Dann waren sie vor seiner Tür aufgetaucht und hatten ihn mitgenommen. Es sei an der Zeit, dass er seine Pflicht gegenüber dem Konsortium erfülle. Das Überleben seiner Familie sei der Lohn. Aber das wisse er doch schon, oder nicht? Weigerung sei keine Option. Seine Aufgabe? Sie hatten den Jäger verloren und ein paar weitere Mitstreiter. Ihr Anführer war verschwunden und nicht mehr aufgetaucht. Niemand wusste, ob er noch lebte oder ob er die Mission endgültig aufgegeben hatte. Archer, so sagten sie, müsse die Hüterin finden. Wenn man sie erst einmal in den Händen habe, werde man schon einen Weg finden, sie zu zwingen, das Tor erneut für den Jäger zu öffnen.

Nun war er mit an Bord, hatte einen Teil seines Außenteams bereits verloren und zu allem Überfluss die Hexe gewarnt. Archer presste die Lippen zusammen. Er war sich nicht sicher, ob er mehr Wut empfand über den Leichtsinn des Außenteams oder über Jenna Winters.

Das Foto hatte sich in sein Gedächtnis eingebrannt. Regungslos hatten sie auf der Erde gelegen, die Panik in ihren Gesichtern noch gut erkennbar. Nie wieder würde Maggie Bozny ihr Gesicht zu einem Lächeln verziehen, das jeden in ihren Bann zog, das ihn so fasziniert hatte in der kurzen Zeit, die er sie gekannt hatte. Jenna Winters hatte ihr Leben ausgelöscht, ohne mit der Wimper zu zucken, in einem einzigen Augenblick. Dafür würde sie zahlen. Nachdem er von ihr das bekommen hatte, was er brauchte.

Er nippte an seinem Gin. Diesmal benötigte er einen wasserdichten Plan. Und als das Flugzeug die Reisehöhe erreicht hatte und die Sterne um ihn herum glitzerten und blinkten, wusste er, was er tun würde.

Wenn er mit Jenna Winters fertig war, würde sie nicht mehr dieselbe sein. Dazu benötigte er keine Magie. Und er würde ihr keine Gelegenheit geben, ihre Magie anzuwenden.

MÜNCHEN, IMMER NOCH MONTAGABEND

Jenna schloss die Wohnungstür auf und streifte sich im Hineingehen die Schuhe von den Füßen. »Komm rein«, forderte sie Lena auf, die auf der Schwelle stehen geblieben war. Lena trat in den Flur und sah sich neugierig um. Ein Stuhl, eine dunkelrote Ablage aus Metall, eine leere Schiefertafel an der Wand, daneben ein großes Cartoon-Plakat hinter Glas und gegenüber ein Schrank ohne Türen, der als Garderobe diente.

»Nett«, sagte Lena und blieb vor dem Bild stehen, grinste über den Kletterer, der sich vom Münchner Olympiaturm abseilte und fluchend seinem Handy hinterher sah, das ihm offensichtlich gerade aus der Westentasche gefallen war. »Von dir?«

»M-hm«, machte Jenna und ging voran in die Küche. Kurz darauf kam sie mit einer Flasche Wasser und zwei Gläsern wieder zurück. Sie ließ sich im Wohnzimmer auf die Couch sinken, wies Lena mit einer Handbewegung den großen Sessel ihr gegenüber zu und fuhr sich mit den Händen durch die Haare.

»Also, was jetzt?«, fragte sie.

Lena trank einen Schluck Wasser, dann schlug sie die Beine übereinander und sah sie forschend an. »Wie meinst du das?«

»Ich fasse mal zusammen«, begann Jenna, und ihre Stimme zitterte ein wenig. »Wir beide lernen uns zufällig in einer Bar kennen. Jemand malt mir ein Zeichen auf die Tür, das mich kontrollieren soll. Der gleiche – oder ein anderer – Jemand lässt mir einen magischen Kompass zukommen. Du wirst von zwei Typen bedroht, danach holen die beiden sich Verstärkung und versuchen uns zu entführen, weil ihr Anführer was von mir will. Ich vermute mal, es ist das Konsortium. Noch etwas? Ach ja, du bist eine Hexe. Habe ich was vergessen?«

Lena schüttelte den Kopf.

»Gut. Dann wiederhole ich meine Frage. Was jetzt?«

»Vielleicht solltest du mit diesem Anführer reden, um zu sehen, was er will?«, schlug Lena zögernd vor.

»Ich nehme an, diese englischen Herren wollen den Jäger zurückhaben. Und den kriegen sie nur über meine Leiche. Dieser Mann hat in unserer Welt nichts zu suchen. Und außerdem glaube ich nicht an Zufälle, jedenfalls nicht mehr.« Jenna fixierte Lena und feuerte die Frage ab, die sie seit ihrer Flucht aus dem Alten Botanischen Garten beschäftigte. »Hattest du früher je mit dem Konsortium zu tun? Mit diesem Anführer? Mit dem … Jäger?«

Lena hob abwehrend die Hände. »Nein! Das habe ich dir doch vorhin schon gesagt. Ich weiß, dass es sie gibt, das ist alles. Hör mal, Jenna, ich will dir wirklich helfen, glaub mir.« Sie sah Jenna in die Augen, während sie sprach.

Jenna griff nach ihrem Glas, doch anstatt zu trinken, betrachtete sie die kleinen Bläschen, die in einer blubbernden Spur in ihrem Glas aufstiegen und an der Oberfläche zerplatzten. Was tat sie hier mit Lena? Sie redeten und redeten und sagten doch nichts, was wirklich wichtig war. Ihr Grimoire und ihr Stein, ihre letzte Begegnung mit den Schatten, die wahre Herkunft des Kompasses … nein, noch war sie nicht bereit, Lena rückhaltlos zu vertrauen. Jenna hatte in ihrem Leben – auch ohne die magische Komponente – schon öfter die Erfahrung gemacht, dass Menschen in den seltensten Fällen wirklich selbstlos handelten. Man musste sich immer die Frage stellen: Cui bono? Andererseits hatte Jenna bereits im Parkcafé beschlossen, sich auf Lenas Angebot einzulassen. Letztendlich war alles eine Frage des Gleichgewichts. Die Sprudelbläschen in meinem Glas zerplatzen wenigstens zuverlässig, dachte Jenna. Bei denen weiß man, was man erwarten kann.

»Das Erste, was du tun könntest, wäre, deine Wohnung zu sichern«, sagte Lena jetzt und riss Jenna aus ihren Gedanken.

»Hä?«, machte Jenna.

»Du bestimmst, wer hier hereinkommt. Sichere die Eingänge.« Lena sprang auf. »Wie hast du das Gitter außer Kraft gesetzt? Nimm das gleiche Zeichen für deine Wohnungstür. Und wenn du eine Balkontür hast, für die ebenfalls.«

Jenna presste die Lippen zusammen, dann nickte sie zögernd. Sie ging in den Flur, nahm das Stück lila Kreide, das an der Schiefertafel klemmte, und stellte sich vor ihre Wohnungstür. »Von innen oder von außen?«

Lena zuckte mit den Schultern. »Das ist egal, glaube ich. Nimm meine Hand, dann verstärke ich den Bann für dich.«

Gut, dass es schon so spät ist, dachte Jenna, sonst würde vielleicht dieser neugierige Hausmeister durchs Treppenhaus rennen und mir eine Szene machen. Hausmeister Neumann hasste es, wenn die Mieter irgendetwas im Treppenhaus abstellten, seien es Pflanzen, Stiefel oder einen Koffer, der für das Kellerabteil gedacht war. Mehr als einmal hatte Jenna sich mit ihm angelegt, weil sie einfach nicht einsah, dass sie ihre schneeverkrusteten Stiefel in die Wohnung hineintragen sollte. Und nun stand sie mit Lena vor der Tür und bemalte sie mit Kreide. Er würde einen Herzanfall bekommen.

Sie hielt die Kreide in der rechten Hand, Lena hatte ihr eine Hand auf die Schulter gelegt, und sie konnte spüren, wie der Energiestrom von Lena zu ihr floss und weiter in das Dreieck, das sie nun sorgfältig auf die dunkle Holztür zeichnete. Das Licht im Treppenhaus erlosch, doch das Symbol glomm ganz sanft. Jenna wischte mit der Hand darüber, und es erlosch. Doch es war da.

»Erledigt«, flüsterte Jenna. »Jetzt noch die Balkontür. Wer allerdings da raufklettert, ist selber schuld.«

Sie wiederholten die Prozedur in Jennas Küche.

»Gut gemacht«, lobte Lena. »Hier kommt niemand mehr rein, von dem du es nicht willst. Was ist das überhaupt für ein Zeichen? Ich habe das noch nie gesehen.«

»Das ist von mir«, erklärte Jenna und sah sie leicht verlegen an.

Lena pfiff leise durch die Zähne. »Du kannst Magie erfinden … wie cool ist das denn? Wahnsinn. Hm, ich habe noch eine Idee. Warum rufen wir nicht bei dem Konsortium an und fragen, was sie von dir wollen?«

Jenna lachte. »Vielleicht, weil es ein Geheimbund ist und nicht im Telefonbuch steht? Ach, selbst wenn wir die Nummer hätten, würde ich nicht freiwillig mit ihnen reden. Denn wenn die es nicht sind – dann setze ich sie damit auf meine Fährte. Kommt ja gar nicht infrage. Hast du nicht eine bessere Idee?«

Lena sah sich um, ihr Blick fiel auf das Bild von Kim. »Deine Tochter?«

Jenna nickte.

»Wo ist sie denn gerade?«

»Kim hat ihr Abitur abgeschlossen und macht ein Hotelpraktikum. In Schottland«, erklärte Jenna und pustete ein nicht vorhandenes Staubkörnchen von dem roten Rahmen.

»Wow. Ich hab dich zwar heute schon über deine Tochter reden hören, aber ich dachte nicht, dass sie schon … Wie alt bist du denn? Ich meine … sorry … das sollte nicht so klingen …« Lena wurde rot und gab auf.

»Ich war zwanzig, als ich Kim bekam«, erklärte Jenna und grinste ein bisschen über Lenas verlegene Miene. »Und du bist …?«

»Ähm … achtundzwanzig«, sagte Lena. »Aber ich fühl mich manchmal sehr viel älter«, setzte sie hinzu.

»Na, dann geht es mir gleich besser«, kommentierte Jenna trocken. »Möchtest du sonst noch was über mich wissen?«

Lena lehnte sich an die Küchenzeile und sah Jenna nachdenklich an, die mittlerweile auf dem Tisch saß und mit den Beinen baumelte. »Klar, eine Frage hätte ich noch.«

»Schieß los.«

»Warum du? Warum bist du die Hüterin?«

Jenna schloss für einen Moment die Augen. »Da fragst du die Falsche«, meinte sie und schlug die Augen wieder auf. »Du weißt doch mehr über die Hüterinnen als ich. Vorherbestimmt? Ein kosmischer Zufall? Ich kann es dir nicht sagen. Aber ich weiß, dass ich es bin.« Mit diesen Worten rutschte sie vom Küchentisch herunter und ging zurück ins Wohnzimmer, stellte sich ans Fenster und starrte hinunter auf die Straße. Der Sturm hatte Blätter und kleine Äste von den Bäumen gerissen, die im Schein der Straßenlampen ein bizarres Muster auf dem Asphalt bildeten. Es veränderte sich von Windstoß zu Windstoß wie Treibholz auf den Wellen.

Lenas Handy vibrierte in ihrer Hosentasche. Sie starrte mit gerunzelter Stirn auf das Display, ging mit leisen Schritten durch die Wohnung und stellte sich neben Jenna. »Wie oft hast du das Tor schon geöffnet?«, fragte sie nach einer Weile, und ihre Stimme klang interessiert, aber nicht drängend.

Jenna fuhr dennoch zusammen. Sie stützte die Hände auf das Fensterbrett und lehnte die Stirn gegen die kühle Scheibe. »Einmal«, flüsterte sie. Die Erinnerung daran – der süßlich-modrige Geruch, die Angst, die ihr Herz umklammert hatte – war in ihr immer noch lebendig und ließ sie würgen.

»Hast du einen der Schatten befreit?«

»Ja.« Jenna konnte förmlich spüren, wie Lena die nächste Frage auf der Zunge brannte: Wen? Doch Lena nickte nur, als hätte Jenna ihr lediglich bestätigt, was sie schon vermutet hatte. Genauso wie Jenna stützte sie sich jetzt auf der Fensterbank ab und sah nach draußen. Im Gegensatz zu Jennas Händen waren die ihren klein und blass und hoben sich kaum von dem weißen Sims ab.

* * *

Noch eine Nacht – noch ein paar Stunden –, dann bin ich am Ziel. Dann kann ich bestimmen, wohin es geht. Wir werden eine neue Welt betreten und eine neue Welt erschaffen, für mich. Weil dann die Fehler von damals nicht mehr existieren. Bald, bald. Ich reiße mich zusammen. Wenn jemand merkt, dass ich innerlich juble über das, was ich in den letzten Stunden gesehen habe, ist alles verdorben. Es kommt mir vor, als hätte ich Hunderte von Jahren in einer Art Dämmerschlaf verbracht und würde zum ersten Mal wieder das Tageslicht erblicken. Alles in mir schreit danach, aufzuspringen und zu rennen, zu fliegen, endlich wieder zu leben! Geduld, ermahne ich mich. Ich habe so lange gewartet, so lange gesucht, in meiner Vorfreude darf ich all dies nicht zunichtemachen. Das Einzige, womit ich nicht gerechnet habe, ist, dass ich sie mag. Seltsam, nicht? Ich bin schon so lange unterwegs, so lange allein, dass ich dachte, es macht mir nichts mehr aus. Schließlich habe ich unser Ziel vor Augen. Jetzt habe ich nach all dieser Zeit die Hüterin gefunden, und sie hat mich in ihren Bann gezogen. Sie mag einsam sein oder verängstigt, aber sie ist … jemand. Sie ist Freundin und Hüterin und Mutter, mehr, als ich je sein werde, stärker, als ich erwartet habe. Sie ist die Freundin, die ich nie hatte. Und nach dem, was ich vorhabe, auch nie wieder haben werde. Denn Penelope wird mich hassen. Ich habe keine Wahl …

* * *

»Ich habe noch eine Idee«, sagte Jenna unvermittelt, und Lena sah sie auffordernd an. »Ich würde gerne herausfinden, wer mir dieses Gittersymbol auf die Tür gepinselt hat. Hast du deine Karten dabei? Gib mir doch mal die mit dem Gitter.« Sie ließ sich im Schneidersitz auf dem Teppich nieder und forderte Lena, die ein paar Karten aus der Hosentasche zog und jetzt die mit dem Symbol in die Höhe hielt, mit einer Handbewegung auf, es ihr gleichzutun. Lena zögerte kurz, dann legte sie die Karte in Jennas Hand, setzte sich ihr gegenüber und ergriff Jennas andere Hand.

»Von dir weiß ich, was das Gitter bedeutet«, murmelte Jenna. »Schauen wir doch mal, ob wir noch mehr herauskriegen.« Sie dachte zurück an den Moment im Café, als Lena ihr die Karten gelegt hatte, und starrte auf die Karte. Da kroch etwas Schwarzes, Öliges über die Karte, legte sich über das

Symbol, und Jenna ließ hastig die Karte los, als hätte sie sich verbrannt. Verblüfft sah sie zu Lena und erstarrte. Ganz kurz wandelte sich Lenas Gesicht in einen Totenkopf, aus dem einzelne, schwere Tropfen auf Schulter und Arme fielen. Sie rannen Lena über die Haut und glitten als schwarzglänzende Schlieren auf Jenna zu, als besäßen sie einen eigenen Willen.

Mit einem Ruck riss Jenna ihre Hand aus Lenas Griff und rutschte auf dem Po einen halben Meter zurück. »Wie …«, begann sie entsetzt, doch kaum hatte sie das erste Wort gesagt, war alles schon wieder vorbei, als hätte es die schwarzglänzende, kriechende Substanz nie gegeben.

Lena, die Hand immer noch ausgestreckt, schaute sie verwirrt an. »Was ist los? Was hast du gesehen?«

»Äh …« Jenna rauschte das Blut in den Ohren, und sie schluckte mehrmals, bis sie sich wieder gefasst hatte. Was war das gewesen? Stand Lena unter dem Einfluss von jemandem … oder etwas? War sie etwa selbst für das Gitter verantwortlich? Jenna blinzelte. Sie erhob sich schnell und trat noch ein paar Schritte zurück, bis sie mit dem Rücken an die Kommode stieß.

Lena saß immer noch auf dem Boden. »Habe ich was falsch gemacht?«, fragte sie. Sie sah aus wie immer. Die kurzen roten Haare standen ihr wild vom Kopf ab, nirgendwo war ein Tropfen von dem schwarzen Öl zu sehen, das ihr gerade noch über Gesicht und Arme gelaufen war. Sie schaute Jenna neugierig an, in ihren grünen Augen schimmerte lediglich Mitgefühl.

»Ich habe mich erschreckt«, sagte Jenna langsam. »Da war plötzlich was, etwas Schwarzes, auf der Karte, aber dann war es wieder weg.« Sie zuckte betont lässig mit den Schultern. »Vielleicht habe ich mir das alles nur eingebildet.« Doch während sie sprach, spürte sie die Nachwehen der Magie wie unsichtbare Wellen, die um sie brandeten und immer höher stiegen. Sie schluckte krampfhaft und umklammerte hinter sich den Rand der Kommode. »Wir machen morgen weiter, okay?«, schlug sie jetzt so gelassen wie möglich vor. »Ich glaube nicht, dass heute Nacht noch etwas passiert. Und ich muss dringend ins Bett.«

Lena sah sie in einer Mischung aus Gekränktheit und Überraschung an. »Ich dachte, wir machen das hier zusammen … Du schickst mich weg?«

»Na ja … Ich denke, wir hatten genug Aufregung für einen Tag. Ich brauche eine Pause. Das war alles ein bisschen viel für mich.« Sie verschränkte die Arme und wartete mit hochgezogenen Brauen, bis Lena nickte.

»Dann sehen wir uns morgen.« Jenna konnte es plötzlich kaum erwarten, allein zu sein. Sie brauchte Ruhe … Distanz. Einen klaren Geist. Sie schüttelte sich innerlich, aber sie konnte das Bild von den schwarzen Schlieren einfach nicht aus ihrem Hirn verbannen.

In diesem Moment klopfte es leise, aber nachdrücklich an der Tür. Lena sprang auf.

»Hey!«, Jenna hielt sie am Arm fest. »Nicht so schnell.« Sie ging an Lena vorbei zur Tür und verfluchte zum wiederholten Male, dass die Wohnungstüren in diesem Haus keine Türspione besaßen. »Wer ist da?«

»Entschuldigen Sie die Störung zu dieser späten Stunde, Frau Winters«, klang eine Männerstimme durch das Holz. »Neumann hier. Wir haben im ganzen Haus ein Problem mit dem Heißwasser. Könnte ich bei Ihnen kurz ins Bad und das überprüfen?«

»Der Hausmeister«, flüsterte Jenna, machte aber keine Anstalten, die Tür zu öffnen. »Jetzt?«, sagte sie dann lauter. »Es ist schon fast elf. Könnten wir das nicht morgen früh machen? Um diese Zeit will doch niemand mehr duschen.« In ihrem Magen kribbelte es.

Lena stand neben ihr an die Wand gepresst. Als Jenna sie fragend ansah, zuckte sie mit den Schultern.

»Bitte, Frau Winters. Es dauert sicher nur eine Minute. Aber dann könnten Sie morgen früh mit warmem Wasser rechnen. Ich war auch schon bei der Anderlein-WG im Stockwerk unter Ihnen.«

Jenna rang mit sich, aber die Stimme des Hausmeisters klang ehrlich, und sie wollte mit ihm um diese Zeit auch keinen Streit anfangen. Nicht zuletzt war da der Gedanke an eine heiße Dusche morgen früh. Zögernd öffnete sie die Tür. »Kommen Sie rein«, sagte sie.

Der Hausmeister lächelte sie an. »Sie waren ja noch wach. Dann wollen wir mal«, sagte er und schob die Tür weiter auf.

Lena drängte sich an ihm vorbei. Sie hatte sich während des kurzen Wortwechsels die Schuhe angezogen und winkte Jenna zu. Mit einem »Bis morgen!« rannte sie die Treppen hinunter, wobei ihre Absätze auf dem Holz klapperten.

Neumann blickte ihr stirnrunzelnd nach, trat dann aber in die Wohnung.

»Sie wissen ja, wohin«, meinte Jenna.

»Aber ja«, gab Neumann zurück, sah sie dabei aber nicht an.

»Ist alles in Ordnung mit Ihnen?«, fragte sie und spähte ins Treppenhaus, wo just in diesem Moment das automatisch geschaltete Licht erlosch.

Doch die Bewegung im Dunkeln entging ihr nicht. Sie ahnte sie mehr, als sie tatsächlich zu sehen. Schon wollte sie mit Schwung die Tür wieder zuschlagen, doch es war zu spät. Zwei kleine graue Zylinder rollten an ihren Füßen vorbei in den Flur und gaben dort ein leises Plopp von sich. In Sekundenschnelle waren der gesamte Flur und die angrenzenden Zimmer voll mit dichtem Rauch, und Jennas Augen begannen zu tränen. Der Hausmeister rutschte unelegant an der Wand hinunter und rührte sich nicht mehr. Hustend und würgend stemmte Jenna sich gegen die Tür, doch der Sauerstoffmangel setzte ihr zu, und zudem umklammerte ein Paar behandschuhte Hände den Türrahmen, sodass sich die Tür einfach nicht schließen ließ.

»Jenna Winters? Finally! Pleased to meet you!« Ein hochgewachsener Mann stand in der Tür und machte Anstalten, über die Schwelle zu treten, doch es gelang ihm nicht. Er warf Jenna, die mittlerweile vor Husten kaum noch Luft bekam, blind herumtastete und mit letzter Kraft versuchte, seine Finger zu lösen, einen finsteren Blick zu, griff blitzschnell nach ihrer Hand und zog sie mit einem Ruck aus der Wohnung, sodass sie schmerzhaft auf den Knien landete und mit dem Kopf gegen das Treppengeländer krachte.

In Jennas Ohren rauschte es, sie sah explodierende grüne und blaue Sterne, dann wurde es dunkel und sie spürte nichts mehr.

3

DIENSTAG, 21. AUGUST

Als Jenna erwachte, war es kalt. Sie hatte geträumt zu ertrinken, immer und immer wieder, bis es ihr endlich gelungen war aufzuwachen und dem Spuk ein Ende zu bereiten. Ihr Kopf dröhnte, und als sie sich über das Gesicht fuhr und die Schläfe berührte, durchzuckte sie ein brennender Schmerz.

Jenna stöhnte leise und öffnete probeweise die Augen. Der seltsame Geruch in ihrer Nase stammte von einer Wolldecke, die wohl schon bessere Tage gesehen hatte. Langsam richtete sie sich auf und sah sich um. Ein Kellerraum, vielleicht drei mal vier Meter groß, ein kleines vergittertes Fenster spendete ein bisschen Licht. Die Wände waren mit Metallregalen gesäumt, sie sah leere Kartons, ein paar vergilbte Aktenordner, zwei alte, ausrangierte Computer, eine wahllose Mischung Konservendosen, die das Mindesthaltbarkeitsdatum ganz offensichtlich längst überschritten hatten. Unter dem Fenster auf dem Boden lagen Hunderte tote Fliegen.

»Ich glaube es nicht. Der Typ hat mich tatsächlich entführt. Ich sitze in einem verdammten Verlies fest.« Jenna warf wütend die Decke auf den Boden und stand schwankend auf. Mit einer Hand hielt sie sich an einem Regal fest, bis der Schwindel aufhörte. Sie sah an sich hinab und bemerkte ohne Überraschung, dass sie die gleichen Sachen anhatte wie gestern. Gestern? Wieviel Uhr war es? Und noch wichtiger: Wo war sie eigentlich? Sie griff in ihre Hosentasche und erstarrte.

Kein Handy, kein Stein. Mist. Sie hatte selbst alles in ihre Handtasche gesteckt. Eine Bewegung aus dem Augenwinkel erregte ihre Aufmerksamkeit, und sie sah eine kleine Kamera, die jeder ihrer Bewegungen folgte. Ein kleines grünes Licht blinkte in kurzen Abständen, signalisierte wohl, dass sie in Betrieb war.

»He!«, rief Jenna. »Jemand zu Hause?«

Sie erhielt keine Antwort.

Der Geschmack in ihrem Mund erinnerte an einen toten Hamster, und sie sehnte sich nach Zahnpasta oder zumindest einem Kaugummi, aber es schien, als würde man sie vorerst ignorieren. Da sah sie neben der Pritsche eine Flasche Wasser stehen und ein in Folie verpacktes Sandwich. Mit einem Seufzer ließ sie sich zurück auf die Liege sinken, griff nach der Flasche und trank einige tiefe Schlucke, bevor sie etwas Wasser in eine Hand tröpfeln ließ und sich vorsichtig über das Gesicht wischte. Sie tastete ihre Stirn ab und fühlte verkrustetes Blut. Ohne Spiegel würde sie das erst mal so lassen müssen. Nachdem sie das erste Sandwichdreieck vertilgt hatte – Hühnchen mit Curry und gar nicht so schlecht – fühlte sie sich fit genug, um ihr Gefängnis zu erkunden. Sie zog einen Bildschirm unter das hoch oben angebrachte Fenster, stellte sich darauf und versuchte hinauszuspähen. Doch sie sah nur einen Schacht, voll mit Laub und Spinnennetzen, teils verlassen, teils immer noch bewohnt.

»Ich hoffe, ihr bleibt draußen«, sagte sie zu zwei besonders großen, langbeinigen Exemplaren und war einen Moment lang tatsächlich froh, dass das Fenster geschlossen war. Durch diesen Schacht zu klettern würde sie eine Menge Überwindung kosten. Jenna stieg wieder herunter und schnitt eine Grimasse in Richtung Kamera, dann ging sie zur Tür und rüttelte versuchsweise daran. Nichts. Die Metalltür bewegte sich keinen Millimeter.

Direkt unter der Kamera lehnte sie sich jetzt gegen die kalte, nur oberflächlich verputzte Wand und hoffte, dass sie damit außerhalb des Erfassungsbereiches stand. »Denk nach, Jenna«, murmelte sie. Lena war dem Ganzen durch einen großen Zufall entkommen, Hausmeister Neumann würde vielleicht die Polizei rufen. Vielleicht auch nicht, Jenna war sich da nicht so sicher. Kim war in Sicherheit, Lagardère auch. Die Aufschriften auf den Konserven und der Wasserflasche waren in Englisch, also war es wohl eine zulässige Schlussfolgerung, dass ihr Entführer sie nach England gebracht hatte. Wenn es denn tatsächlich erst Dienstag war. Sonst wäre vielleicht Australien ebenfalls in Erwägung zu ziehen. Jenna horchte in sich hinein. Wenn sie ehrlich war, saß tatsächlich auch Angst in ihrer Magengrube, aber die Wut darüber, wie man mit ihr verfuhr, überwog. Stein, Kompass und Grimoire lagen in ihrer Wohnung, dort waren sie vorerst gut aufgehoben, aber natürlich auch nicht nutzbar. Wer also wollte so dringend etwas von ihr, dass er sie mitten in der Nacht verschleppte? Sie schloss kurz die Augen, ließ ihre Aufmerksamkeit nach unten zu ihren bloßen Füßen auf dem Steinboden wandern und suchte nach ihrem inneren Kraftort, ihrem Element. Ohne Amethyst war es schwieriger, aber es funktionierte, zumindest ein bisschen. In ihren Händen pulsierte es ganz leicht, aber weiter ließ sich die Kraft nicht senden. Sie konnte noch nicht einmal die Sandwichfolie zum Schweben bringen, und das war noch eine ihrer leichteren Übungen. Nun denn. Sie stieß sich von der Wand wieder ab und setzte sich im Schneidersitz auf die Pritsche. Dann würde sie eben warten. Vor der nächsten Entführung würde sie das magische Beamen lernen müssen. Wenn es das denn gab.

Sie wartete den ganzen Tag, trank die Flasche leer und wartete. Niemand kam herein. Irgendwann am Nachmittag konnte sie sich der leidigen Tatsache nicht mehr verschließen, dass sie dringend auf die Toilette musste. Seufzend stand sie auf und stellte sich vor die Kamera. »He!«, rief sie erneut. »Hören Sie mich? Ich muss mal! Can you hear me? Wenn Sie mich hier schon gefangenhalten – I have some needs, okay? Hello?«

Drei Stockwerke über Jennas Verlies standen zwei Männer vor einem Computer und betrachteten interessiert ihre Gefangene.

»Sie sieht harmlos aus.«

»Täusch dich nicht, Mortimer. Sie ist eine Mörderin.«

»Die aufs Klo muss, wenn ich dieses Kauderwelsch richtig interpretiere.«

»Ihr Problem.«

»Stephen …« Der alte Mann legte seinem Partner kurz die Hand auf den Arm. »Ich würde sie an deiner Stelle noch nicht zu sehr in Rage versetzen. Wir wissen nicht, wozu sie fähig ist. Lass sie ins Bad und gib ihr ein paar Schuhe, oder noch besser, lass mich das machen. Und dann kannst du sie noch eine Weile schmoren lassen. Danach wirst du allerdings mit ihr reden müssen. Dazu hast du sie doch hergebracht.«

»Ich weiß«, sagte Archer finster. »Aber noch genieße ich den Anblick.«

»Genuss ist ein gutes Glas Whisky«, gab Mortimer tadelnd zurück. »Das hier fällt unter Arbeit. Ich gehe jetzt hinunter.«

Archer nickte lediglich und ließ sich in einen Sessel fallen, doch das Bild auf dem Laptop behielt er weiterhin im Auge. Jenna Winters zeigte Courage, das musste er zugeben. Gleichzeitig ließ ihn das Bild seiner zwei Agenten, wie sie tot auf dem Boden lagen, nicht los. Und das war gut so. Hass war schon immer ein guter Antrieb gewesen, um glaubhaft Angst und Schrecken zu verbreiten. Diese Regel galt im Krieg – und beim Zweikampf.

Der alte Mann hatte Jenna wortlos die Tür geöffnet. Mit einer Pistole in der Hand gab er ihr das Zeichen, ihm zu folgen, und reagierte nicht, egal, ob Jenna ihn auf Deutsch oder auf Englisch ansprach. Jenna ging ihm nach, ein zweiter Mann folgte ihr und erstickte jeden Gedanken an Flucht im Keim.

Am Ende des langen Ganges öffnete der Alte eine Tür und schubste Jenna hindurch. »Five minutes«, murmelte er und zog die Tür zu.

Jenna fand sich in einem kleinen Bad wieder. Waschbecken, Toilette, eine Ablage mit einem Hotelsortiment diverser Seifen. Kein Fenster, nur ein kleiner Abzug. Jenna stützte sich auf das Waschbecken und sah misstrauisch in den Spiegel, über dem eine Neonröhre das Bad halbwegs erhellte. Sie nahm ein kleines Handtuch aus dem Regal, hielt es unters Wasser und tupfte sich vorsichtig das Blut ab. Sie verzog das Gesicht, als sie die Kruste von ihrer Haut löste. Der Rest war schnell erledigt, und in weniger als den genehmigten fünf Minuten pochte sie gegen die Tür. Schweigend begleiteten die beiden Männer sie zurück in ihre Zelle, die Tür fiel mit einem Krachen ins Schloss, dann war sie wieder allein. Jenna ließ sich auf das Bett sinken, stellte fest, dass man in ihrer Abwesenheit die Essensreste entsorgt und ihr eine weitere Flasche Wasser sowie ein Paar Socken und Sportschuhe dagelassen hatte, zog sich die Wolldecke über die Schultern und lehnte sich gegen die Wand.

Es schien, als wollte man sie vorerst am Leben lassen. Und der Mann im Park hatte gesagt, der Anführer wolle mit ihr reden. Jenna beschloss abzuwarten und die aufkommende Panik zu unterdrücken. Sie hatte ohnehin keine andere Wahl. Allerdings hatte sie für einen Moment in die Augen ihres Entführers gesehen, direkt, bevor ihr Kopf mit dem Geländer kollidiert war, und die Kälte darin machte ihr Angst.

Stunden später wurde es dämmrig, dann setzte die Nacht ein. Durch das Fenster war der Himmel nicht zu erkennen, aber es drang ein wenig Licht herein, vielleicht durch eine Straßenlampe in der Nähe. Der Lichtschalter neben der Tür funktionierte jedenfalls nicht, das hatte Jenna festgestellt. Sie legte sich auf das Bett, deckte sich zu und dachte nach. So wie schon die Stunden zuvor. »Die wollen mich mürbemachen«, murmelte sie leise vor sich hin, nur um eine Stimme zu hören. »Können sie lange warten.« Im Schutz der Decke und der Dunkelheit versuchte sie mit all ihren Sinnen zu erfassen, ob außer ihren Entführern noch von irgendwoher etwas drohte, aber sie spürte nichts. Wenn Kim in Gefahr geriet, da war sich Jenna sicher, würde sie es merken. Mit diesem, in der derzeitigen Situation schon fast wieder tröstlichen Gedanken fiel sie in einen unruhigen Schlummer. Immer wieder schreckte sie hoch und horchte in die Nacht. Nichts. Sie war allein in diesem Keller und würde es die nächsten Stunden bleiben. Die einzige Gesellschaft waren ihre Träume.

Der letzte Traum, kurz vor Morgengrauen, war der Schlimmste. Wie in der letzten Nacht hielt sie etwas unter Wasser unbarmherzig fest. Jenna kämpfte darum freizukommen, ihre

Lunge drohte zu platzen und sie wusste kaum mehr, wo oben und unten war. Knochige Hände packten sie an den Beinen, zogen sie nach unten, schwarze ölige Schlieren umspülten ihr Gesicht, und sie wusste mit bitterer Klarheit, dass sie gleich ertrinken würde.

Was sie rettete, konnte Jenna im Nachhinein nicht mehr sagen, sie fuhr mit einem Schrei hoch. Als sich im grauen Dämmerlicht das nasse Grab zögernd in den Kellerraum zurückverwandelte, schnappte sie keuchend nach Luft. Schweiß klebte an ihrem Rücken und ihrer Stirn, sie begann zu zittern. Fröstelnd hüllte sie sich in ihre Decke und ließ sich gegen die Wand sinken, nicht ohne zuvor einen Schluck aus der Flasche genommen zu haben in dem vergeblichen Versuch, den Geschmack des brackigen Wassers in ihrem Mund zu vertreiben. Mit weit aufgerissenen Augen starrte sie vor sich hin und hatte zum ersten Mal, seit sie sich in dieser Zelle befand, so richtig Angst. Mit dem Finger zog sie das braune Zickzackmuster auf der verschlissenen Wolldecke nach und dachte an Kim. Die hoffentlich weit weg und in Sicherheit war. An Lagardère, der erst morgen aus Paris zurückkam und bestimmt von einer sehr wütenden, sehr hungrigen Minou empfangen wurde. An Lena, die irgendein Geheimnis mit sich trug und in Jennas Vision von schwarzen, ekligen Ölschlieren umhüllt worden war. Jenna atmete bewusst ein und aus. Sie versuchte ihr Herzklopfen unter Kontrolle zu bekommen, aber das Zittern ließ nicht nach.

Da ertönte eine kalte Stimme in der Dunkelheit. »Willkommen in der Welt der Schatten, Mrs Winters.«

London, 1. November 1930

Kleine Schneeflocken tanzten durch die Luft, als Mary Kingsley die Tür zu ihrem Haus aufschloss. In der vergangenen Nacht war die Temperatur um mindestens fünfzehn Grad gesunken, und sie fragte sich insgeheim, ob das Ritual, das sie beobachtete hatte, für den abrupten Wetterwechsel verantwortlich war, oder ob sie angesichts des Datums – es war Allerheiligen – damit hätte rechnen müssen. Jetzt schüttelte sich die alte Dame den Schnee vom Hut. »Ist gut, Cooper, ich bin wieder da.« Der kleine Terrier sprang freudig an ihr hoch, doch sie tätschelte ihm nur abwesend den Kopf, verstaute die Armbrust wieder in der Truhe und ging langsam in die große Küche. Sie war einst für mindestens einen Koch und zwei Gehilfen geplant worden, nun aber die meiste Zeit verwaist. Mary hatte sich angewöhnt, in ihrem Haus das Frühstück zu sich zu nehmen, aber ansonsten auswärts zu essen. Mit einem schiefen Lächeln bereitete sie sich eine Kanne Tee und gab ein paar Tropfen Milch hinein. Die große Standuhr in der Ecke des Salons zeigte gerade mal neun Uhr morgens an, aber Mary widmete ihr nur ein Schulterzucken. Sie musste nachdenken. Und sich einen weiteren Plan einfallen lassen. Der letzte Plan war zusammen mit seinem Erfinder gewissermaßen in Rauch und Asche aufgegangen.

Nachdenklich kaute sie an einer Scheibe Brot, die sie in den Tee tunkte – eine Angewohnheit, die sie aus Afrika mitgebracht hatte, wo Besteck und Geschirr rar und das Brot manchmal hart wie Stein gewesen war – und versuchte, ihre Gedanken zu ordnen. Noch auf der Rückfahrt hatte sie sich den kleinen Schlüssel genau angesehen, doch bevor sie nicht mehr darüber wusste, hatte es keinen Zweck, auf die Suche nach dem passenden Schloss zu gehen. Er sah aus wie ein kleiner Safeschlüssel, aber auch ein Schließfach war nicht undenkbar. Und davon gab es in London eine ganze Menge. Dass sie mit der Armbrust ein zweites Mal in ihrem Leben geschossen und erneut ein Leben ausgelöscht hatte … damit hatte sie nicht gerechnet, und es machte ihr zu schaffen. Weyland hatte von Anfang an ein falsches Spiel mit ihr gespielt, aber dennoch bedauerte sie seinen Tod. Die Verzweiflung in seinem Gesicht war echt gewesen. »Du wirst sentimental auf deine alten Tage«, tadelte sie sich halblaut, stellte dann gewissenhaft ihr Geschirr in der Küche ab und beschloss, sich in Fleet Street ein wenig umzusehen. Nicht nur in der Redaktion der *Times* würde sie noch den einen oder anderen Bekannten finden – und einer von ihnen schuldete ihr noch einen Gefallen. Dort würde sie ansetzen, um mehr über die Familie Weyland herauszufinden. Für einen Tag, an dem traditionell der Toten gedacht wurde, war das doch durchaus angemessen. Die Familie hatte, wenn Reginald Weyland nicht gelogen hatte, in einer Nacht zwei Söhne verloren und würde vielleicht niemals herausfinden, warum.

Zwei Stunden später schritt die ehemalige Forscherin gemessen die große Treppe im Redaktionsgebäude der *Times* hinab und wandte sich zum Ausgang. Sie hatte sich mit einer der Sekretärinnen unterhalten, die immer mehr über das Privatleben der Journalisten wussten als alle anderen. Weyland hatte den Ruf eines hartnäckigen Journalisten mit einer Nase für gute Geschichten. Noch vermisste ihn niemand, man erwartete ihn frühestens gegen Abend. »Irgendetwas hat ihn aber in letzter Zeit besonders beschäftigt«, hatte die Sekretärin geflüstert. »Er wirkte abwesend, bedrückt. Ich dachte, es hätte mit einer Frau zu tun. Er war jedoch leider immer sehr diskret was sein Privatleben anging.« Mary lächelte dünn bei dem Gedanken. In der Tat, Weyland hatte sich ablenken lassen. Von einem Mysterium – und das hatte ihn das Leben gekostet.

Eine junge Botin, einen großen Stapel Zeitungen im Arm, über den sie kaum hinwegsehen konnte, kam in diesem Moment durch die große gläserne Drehtür. Für einen Moment streiften sich die Blicke der beiden Frauen, und Mary spürte, wie ihr etwas in die Hand gedrückt wurde. Bevor sie etwas sagen konnte, wurde sie in die Drehtür geschoben und fand sich draußen in der Kälte wieder. Überrascht drehte sie sich um, doch das Mädchen war nirgendwo mehr zu sehen.

Der Zettel knisterte in ihrer Hand. Mary ging ein paar Schritte die Straße hinunter, ehe sie ihn vorsichtig auseinanderfaltete. »The Fallen Lantern. 21 Uhr.« Sie zog die Augenbrauen hoch. Es schien, als habe sie, nun, nicht gerade in ein Wespennest gestochen, aber doch Interesse geweckt. Fragte sich nur, bei wem.

Zu Hause fütterte sie Cooper, der sie vorwurfsvoll ansah, weil er schon wieder allein umherstreifen musste, und entzündete in der Bibliothek ein Feuer im Kamin. Als der Raum erträglich warm war, wanderte sie langsam und mit schräg gelegtem Kopf an den Bücherreihen entlang, die die gesamten Wände säumten. Sie seufzte leise. Das Buch, das sie suchte, war ganz oben im Regal. Mary lehnte eine Leiter an die Wand und kletterte hinauf. Der große, in hellbraunes Leder gebundene Band trug den Titel: »Genealogie der englischen Familien. Eine Auswahl«. Wie der Autor seine Auswahl getroffen hatte, war auf die Schnelle nicht erkennbar, aber Mary schlug mit der flachen Hand auf die Tischplatte, als sie sah, dass ihr Gedächtnis sie nicht im Stich gelassen hatte. Über die Familie

Weyland gab es einen eigenen Eintrag. Sie besaß nur ein paar kleinere Ländereien, ihr Stammbaum reichte hingegen bis in die Mitte des 17. Jahrhunderts zurück. Was hatten die Weylands mit dem Konsortium zu tun? Und seit wann? Mary war klar, dass ihr Wissen über diese selbsternannte Bruderschaft des Jägers bestenfalls lückenhaft war, aber dennoch wunderte sie sich. »Scheint, als hätten sie verstanden, was Geheimhaltung bedeutet«, murmelte sie und überflog den Eintrag und die Notizen, die sie sich heute im Archiv der *Times* gemacht hatte. Die Familie hatte den typischen Aufstieg, Fall und Wiederaufstieg vieler adliger Familien hinter sich. Noch heute waren sie im Besitz von etwas Land und Geld, hatten aber ihren politischen Einfluss schon um die Jahrhundertwende herum verloren. William Weyland, so wurde kolportiert, war ein nicht besonders erfolgreicher Anwalt. Er war vor einigen Jahren mit Mühe einem Bestechungsskandal entgangen, und seitdem hatte seine Kanzlei nicht mehr sonderlich floriert.

Es war bereits seit einigen Stunden dunkel, als Mary Kingsley das Haus verließ. Sie war früh dran, aber sie kannte das Fallen Lantern, nicht weit entfernt von der Fleet Street, und wusste, dass es eine anständige Karte besaß und das Ale von einer nahegelegenen Brauerei bezog. Beides Gründe, um das Abendessen dort einzunehmen und abzuwarten, wer so dringend mit ihr sprechen wollte.

Blankgescheuerte Holztische und Bänke, Stiche von alten Seekarten an der Wand und ein großes Steuerrad in der Mitte – Jack Lambourn, der Besitzer, machte keinen Hehl daraus, dass er lieber Schiffskoch geworden wäre, als in Rufweite der Themse ein Gasthaus zu führen. Stimmen schwirrten durch den Raum, Rauchschwaden hingen in der Luft. Mary zog einige neugierige Blicke auf sich, aber die Londoner wussten, wann sie eine Lady in Ruhe lassen mussten. Hier mischten sich die Fleet Street und die Arbeiter, älteres und jüngeres Publikum, es war ein allgemeines leben und leben lassen. Mary hatte sich den Tisch in der hintersten Ecke geben lassen und den Kellner mithilfe einer Fünfpfundnote gebeten, niemanden sonst an diesen Tisch zu setzen. Er hielt sich an die Anweisung, auch jetzt, als sich ein junger Mann mit Schiebermütze Mary gegenüber niederließ. »Sir, dieser Tisch ist reserviert«, zischte der Kellner, der den neuen Gast am Ärmel zog und versuchte, ihn an einen der anderen Tische zu dirigieren.

»Ist gut, Conrad«, winkte Mary jetzt ab, die den bittenden Blick des Mannes aufgefangen hatte. »Lassen Sie ihn hier Platz nehmen und bringen Sie ihm ein Bier.«

Der Mann schob seine Schiebermütze ein Stück weit nach oben und lächelte schüchtern. Mary erkannte zu ihrem Erstaunen die junge Zeitungsbotin. Sie war sehr dünn, hatte dunkles, kurzgeschnittenes Haar und trug einen Trenchcoat. Nervös zündete sie sich eine Zigarette an und inhalierte tief.

»Sie sind tatsächlich gekommen.« Ihre Stimme war dunkel, hätte viel eher zu einer älteren Frau gepasst.

»Ich konnte nicht widerstehen«, erwiderte Mary lakonisch. »Wer sind Sie, wenn ich fragen darf?«

Das Mädchen sah sich vorsichtig um, doch niemand beachtete sie. »Ich bin auf der Suche nach Reggie. Wissen Sie, wo er ist?«

Mary zuckte unmerklich zusammen. »Reggie?«

»Reginald Weyland. Wir wollten uns heute Morgen treffen, aber er ist nicht aufgetaucht. Ich mache mir Sorgen um ihn.«

»In welcher Beziehung stehen Sie denn zu ihm?« Mary legte die Fingerspitzen aneinander und betrachtete sie höflich.

Ein Lächeln huschte über das Gesicht des Mädchens. »Reggie bringt mir bei, was ich wissen muss. Ich bin Reporterin.«

»Sind Sie nicht ein bisschen jung dafür?«

»Ich bin einundzwanzig. Reggie sagt, ich bin gut. Sehr gut sogar.«

Mary lächelte über den unüberhörbaren Stolz in der Stimme des Mädchens. »Bevor wir uns über Reggie Weyland unterhalten … wer sind Sie denn nun eigentlich?«

»Oh, Verzeihung.« Sie nahm das Bier, das der Kellner in diesem Moment vor ihr abstellte, legte die Zigarette beiseite und trank einen tiefen Schluck, wischte sich mit dem Ärmel den Schaum vom Mund. »Ich heiße Amelia Archer. Und wer sind Sie?«

Mary kniff irritiert die Augen zusammen. »Sie wollten mich treffen und wissen nicht, wer ich bin?«

Amelia zuckte mit den Schultern. »Na, ich weiß wie Sie heißen. Dass Sie mal Forscherin waren. Es war Reggies Idee. Er hat vorgestern zu mir gesagt, wenn er an Allerheiligen um neun Uhr nicht in der Kirche ist, soll ich Sie finden, Sie würden bestimmt in die Redaktion kommen. Und – ich hab Sie gefunden, nicht wahr?«

»Hm.«

»Er hat mir gesagt, dass Sie ihm helfen würden in der Sache mit seinem Bruder. William hat manchmal sehr versponnene Ideen, und Reggie wollte ihn zur Vernunft bringen. Reggie arbeitet hart für sein Geld, William wird es wieder los …« Die junge Reporterin klang, als wollte sie sofort mit der Suche nach Reginald Weyland beginnen. Sie tappte mit dem Fuß einen ungeduldigen Rhythmus auf den Boden und trank nun ihr Ale in einem Zug aus.

»Warten Sie!« Mary legte ihr die Hand auf den Arm. »Ich

glaube, es handelt sich um ein Missverständnis. Ich kann Ihnen nicht sagen, wo Reggie ist. Es tut mir leid, wenn ich Ihnen nicht weiterhelfen kann.« Das Bild des toten Journalisten mit dem Pfeil in der Brust tauchte vor ihr auf.

Die Augen des jungen Mädchens funkelten. »Ich will, dass Sie mir helfen, ihn zu finden. Oder notfalls seine Leiche. So schnell wie möglich.«

Mary verschluckte sich und hustete. »Junge Dame«, sagte sie streng, als sie wieder Luft bekam. »So kommen wir nicht weiter. Von mir aus bestellen Sie sich auf meine Kosten etwas zu essen – und dann erzählen Sie von Anfang an. Alles über Sie, Weyland und was Sie mit ihm besprochen haben.« Sie fixierte Amelia. »Wirklich alles, verstanden?«

Deren Augen hatten bei der Essenseinladung aufgeleuchtet, sie überlegte kurz und nickte dann zustimmend. »Klingt fair.« Kurz darauf verschlang sie ihren Eintopf, als hätte sie tagelang nichts gegessen. Dazu trank sie zwei Gläser Bier und rauchte eine Zigarette nach der anderen.

Mary betrachtete das Mädchen amüsiert. Ihre Verabredung mit Amelia Archer versprach interessant zu werden. In der Zwischenzeit hatte sich das Lokal merklich gefüllt. »Kommen Sie, wir unterhalten uns draußen«, schlug sie vor, als Amelia fertig war. Sie legte ein paar Geldscheine auf den Tisch und zog die junge Frau hinter sich her aus dem Fallen Lantern.

Amelia schlug ein flottes Tempo an und wandte sich nach Osten. Um diese Zeit waren nicht viele Passanten unterwegs, hin und wieder streiften sie die Scheinwerfer eines vorbeifahrenden Autos.

»Wo wollen Sie denn hin?« Mary hatte an einen gemütlichen Spaziergang gedacht und nicht damit gerechnet, dass Amelia ein Ziel haben könnte.

»Zu Reggies Geheimversteck. Nicht, dass er mir je davon erzählt hätte.« Sie machte eine Pause, dann holte sie tief Luft und begann. »Reggie und ich kennen uns seit zwei Jahren. Ich arbeitete als Botin für die Weyland-Kanzlei. Reggie tauchte dort immer mal wieder auf, und wir haben uns angefreundet. Ich erzählte ihm von meinem Traum; eines Tages will ich Journalistin sein, habe ich gesagt. Und er gab mir die ersten Aufträge. Recherche, kleine Texte, hin und wieder ein Interview. Die letzten Artikel, die unter seinem Namen erschienen sind, habe ich fast allein geschrieben. Und er wollte mir nächsten Monat einen Termin bei Mr Martin, seinem Redaktionsleiter, besorgen.« Es war noch kälter als am Morgen, und der Wind pfiff durch die Straßen. Amelia zog sich den Schal enger um den Hals und drückte die Schirmmütze tief ins Gesicht. »Vor Kurzem hat er mir erzählt, dass er sich große Sorgen um seinen Bruder macht, dass er sich verfolgt fühlt.«

»Reggie oder sein Bruder?«

»William. Aber er wollte nicht darüber sprechen. Also hat Reggie ihn beschattet. Genauer gesagt, ich habe das für ihn getan. William hat sich immer wieder mit der gleichen Gruppe von Männern getroffen, bestimmt sieben oder acht Mal in den letzten Wochen. Die Familie Weyland hat ein Sommerhaus in Wimbledon. Dort haben sie stundenlang alte Bücher gewälzt und debattiert, Stadtpläne und Weltkarten betrachtet, sogar Sternkarten …«

»Sie waren dort?«

Amelia schaute verschmitzt. »Eine kleine Botin ist doch fast unsichtbar … Ich konnte durchs Fenster sehen, ich saß hinter der Hecke, wenn sie draußen die Sterne betrachteten, ich hörte, was die Dienerschaft in der Küche sprach …« Sie hob die Hände und ließ sie wieder fallen. »Ich bin gut, hab ich doch gesagt. Und dann, vor ein paar Tagen, sagte Reggie zu mir, er hätte einen gefährlichen Auftrag. Und wenn er an Allerheiligen nicht mehr auftaucht, müsste ich Sie finden, Miss Kingsley, und er wäre höchstwahrscheinlich tot.« Sie wischte sich unwirsch eine Träne von der Wange. »Ich mach mir solche Sorgen. Was, wenn er recht hat?«

»Was sollten Sie im Falle seines Verschwindens noch tun, außer mit mir Kontakt aufzunehmen?«, fragte Mary ruhig, aber ihr Herz raste. Sie lehnte sich für einen Moment gegen die Häuserwand und atmete tief durch. Sie hatte von der Bruderschaft gehört, die die Rückkehr des Jägers herbeisehnte. Was an der dunklen Macht des Jägers so erstrebenswert war, hatte sie nie verstanden – aber vielleicht genügte ja die bloße Macht. Und Macht ging in der Regel mit Geld einher, für viele, die sich um Konsequenzen nicht scherten, sicher eine ausreichende Motivation. Angesichts des Rituals von William Weyland schien es ihr, als hätte dieser einen Alleingang unternommen, und sie wollte es nicht ausschließen, dass das Konsortium seine Finger im Spiel gehabt und sich auf diesem Wege unliebsamer Konkurrenten entledigt hatte.

Amelia zuckte mit den Schultern. »Mehr hat er nicht gesagt. Und deswegen gehen wir jetzt zu seinem Versteck, vielleicht finden wir dort heraus, was mit ihm passiert ist.« Sie wartete, bis die alte Dame sich erholt hatte, und sah sie dann neugierig an. »Kannten Sie ihn eigentlich?«

»Flüchtig«, murmelte Mary ausweichend. »Wir sind uns ein paarmal begegnet.« Das trifft es nicht ganz, dachte sie in dem Moment, in dem sie das sagte. Aber bevor sie wusste, ob an der Geschichte von Amelia Archer etwas Wahres dran war, hielt sie sich bedeckt.

An der U-Bahn-Station Monument betrat Amelia das Gebäude und lief leichtfüßig die Stufen hinab.

»Sind Sie sicher, dass Sie den Weg kennen?« Marys Stimme hallte geisterhaft durch die U-Bahn-Halle. Es roch leicht modrig, nach Stein und Mörtel. Vorsichtig setzte sie einen Fuß vor den anderen, jeder Schritt führte sie tiefer in die Dunkelheit.

Amelia ließ eine Taschenlampe aufblitzen und drückte ihrer Begleiterin eine zweite kleine Lampe in die Hand. »Hier entlang. Normalerweise ist die U-Bahn um diese Zeit geschlossen, doch seit letztem Jahr arbeitet man daran, die Stationen Monument und Bank durch einen Tunnel miteinander zu verbinden und die Arbeiten finden oft nachts statt.« Amelia erreichte das Ende des Bahnsteigs, sah sich vorsichtig um und sprang dann auf die Gleise. »Kommen Sie«, rief sie leise.

Mary Kingsley schnaufte. Erst die Expedition mit Weyland, nun ein unterirdischer Ausflug mit dessen Freundin … was kam als Nächstes? Wenigstens war es hier unten wärmer. Ihre Schritte hallten in dem Tunnel wider, und sie sah sich mehrmals besorgt um, doch Amelia winkte ab. »Keine Sorge, es kommt kein Zug vorbei. Sehen Sie da vorne? Da zweigt ein Schacht ab. Dort gehen wir rein. Wir sollten nur den Bauarbeitern nicht begegnen. Die halten nichts von nächtlichen Besuchern.«

»M-hm. Wenn ich Sie richtig verstanden habe, hat Ihnen Reginald nichts von diesem Versteck erzählt?« Mary achtete darauf, nicht über die Schienen zu stolpern. Ihre Taschenlampen waren die einzige Lichtquelle, zwei leuchtende Kreise, die über Boden und Wände huschten. Leises Quieken ertönte, und Amelia fluchte leise. »Ratten. Konnte ich noch nie ausstehen. Ich hab hier schon ein paar riesenhafte Exemplare gesehen, aber solange wir nicht stehen bleiben, tun sie uns nichts.«

»Beruhigend«, murmelte Mary und schauderte leicht. Sie würde nie vergessen, wie sie auf dem Dreimaster Batanga vor vielen Jahren Auge in Auge mit einer Ratte aufgewacht war. Eine Erfahrung, die sie noch häufiger gemacht hatte, aber hier in London nicht unbedingt wiederholen wollte.

»Ich glaube, Reggie wusste, dass ich davon wusste«, beantwortete Amelia jetzt Marys letzte Frage. In diesem Moment erreichten sie die Abzweigung. »Achtung, hier geht es abwärts, und überall liegt noch Schotter herum.«

Der Gang, den sie betraten, war ein Versorgungsgang. Im Staub waren Fußspuren zu sehen, und soweit Mary das im spärlichen Licht erkennen konnte, lag allerlei Müll herum: Zigarettenkippen, Papierschnipsel. Obwohl sie bestimmt mehrere Hundert Meter entfernt waren, bildete Mary sich ein, das Rauschen der Themse zu hören. Sie waren jetzt tiefer als das Flussbett, und sie zog unwillkürlich eine Grimasse. Tausende Fuß Wasser unter ihr auf einem schwankenden Segelschiff? Kein Problem. Mehrere Fuß Stein über ihr? Machten sie schwummerig.

»Wie lange noch?«, fragte sie leise und tat vorsichtig einen Schritt nach dem anderen.

»Ich bin nicht sicher. Weiter als jetzt bin ich ihm nie gefolgt. Aber es kann nicht mehr weit sein.«

»Stopp!« Mary hielt Amelia an der Schulter fest. Als wenn sie durch ein Tor nach draußen gegangen wären, fiel plötzlich Kälte auf sie herab.

»Was ist?«

»Still!« Mary lauschte in die Dunkelheit. Sie spürte das

höhnische Lachen um sich herum mehr, als sie es tatsächlich hörte. Die gleiche Stimme wie auf der Insel? Dieselbe Stimme, die sie vor über dreißig Jahren das erste Mal gehört hatte? Angst kroch in ihr hoch. »Wir müssen uns beeilen«, flüsterte sie.

»Die Arbeiter …«, setzte Amelia an.

»Nicht die Arbeiter«, widersprach die alte Dame energisch. »Spüren Sie das nicht?«

Amelia schüttelte den Kopf. »Was ist denn?«

»Hier ist etwas, was nicht sein sollte. Nicht sein darf … Ich nehme an, Reginald wusste davon.« Mary fröstelte.

Amelia sah sie zweifelnd an, dann zuckte sie mit den Schultern und ging lautlos voran. Einige Minuten später machte der Schacht eine scharfe Biegung. »Da!«, flüsterte sie. Tatsächlich. Auf der rechten Seite befand sich eine Nische, vielleicht drei Meter tief und zwei Meter breit.

»Da ist aber nichts.« Mary leuchtete die Nische aus, der Lichtstrahl traf nur auf glatten Stein.

»Da muss etwas sein!« Amelia ging bis an die hintere Wand und leuchtete sie Zentimeter für Zentimeter ab, dann begann sie, die Wände abzuklopfen. Ihre Schläge hallten laut in dem dunklen Gang.

»Sind Sie verrückt?«, zischte Mary. »Gehts etwas leiser?«

Ein zischendes Geräusch ertönte, und eine Sekunde später stand jemand neben ihr. »Will hatte recht«, sagte ein Mann verblüfft und rief dann laut: »Ich hab sie gef…« In diesem Moment traf ihn Marys Taschenlampe mit Wucht an der Schläfe, und er stolperte benommen rückwärts gegen die Wand. Ein Gegenstand etwa so groß wie ein Stein fiel ihm aus der Hand und polterte auf den Boden. Die Forscherin hob ihn auf und steckte ihn in die Tasche.

»Das ist keine Nische, sondern ein Schacht«, sagte Amelia verblüfft, die nach oben leuchtete und das Seil entdeckte, an dem der Mann sich herabgelassen hatte. Ein paar Meter über ihnen erkannte sie eine schimmernde runde Öffnung und den Nachthimmel darüber. Stimmen wurden laut.

»Großartig«, gab Mary wütend zurück und senkte ihre Taschenlampe. »Los, raus hier, bevor der Mann wieder zu sich kommt.«

»Nach oben?« Amelia griff nach dem Seil.

»Was? Nein, wir nehmen den gleichen Weg, den wir gekommen sind.« Nebeneinander und so leise wie möglich liefen sie durch die Gänge zurück. Hinter sich hörten sie einen Ruf, dann schnelle Schritte.

»Er hat Will gesagt«, keuchte Amelia, als sie den großen Tunnel mit den Schienen erreicht hatten.

»Das ist mir aufgefallen«, gab Mary zurück.

»Vielleicht war es gar nicht Reggies Versteck?« Mit diesen Worten stemmte sich Amelia zurück auf den Bahnsteig und hielt Mary die Hand hin, zog sie zu sich hoch.

»Möglich«, murmelte Mary. Sie drehte sich noch einmal um und spähte in den Gang, doch wer auch immer sie verfolgte, war noch nicht zu sehen. Als sie gemeinsam mit der Reporterin die Oberfläche erreichte, stieß sie erleichtert die Luft aus. Aus dem nahegelegenen Crowne Theater strömten die Besucher, lachend und schwatzend, und sie mischten sich unauffällig in die Menge, ließen sich mittreiben.

»Sie haben den Mann erledigt«, sagte Amelia und sah ihre Begleiterin fast scheu an. »Hätte ich Ihnen gar nicht zugetraut.«

»Er wird höchstens eine Beule davontragen«, gab Mary zurück, aber das Kompliment tat ihr gut. »Nun, meine Liebe, es sieht so aus, als hätten Sie in das sprichwörtliche Wespennest gestochen. Was auch immer da unten ist, es wird bewacht. Von William Weylands Freunden. Ich glaube, dass Ihre Freundschaft zu Reginald kein Geheimnis ist. Vielleicht wissen die Herren, dass Sie sie belauscht haben. Was schließen wir daraus?«

Amelia runzelte die Stirn. »Ich schließe daraus, dass Reggie recht hatte und sein Bruder und diese Männer etwas verbergen. Und dass sie Reggie vielleicht umgebracht haben.«

»Das klingt plausibel«, erwiderte Mary. »Wissen Sie, wo Reginald wohnt?«

»Die Weylands wohnen am Hyde Park. Reggie hat immer gesagt, er bleibt so lange dort, bis er mal heiratet.«

Mary legte den Kopf in den Nacken. Kein Stern war am Himmel zu sehen. Sie seufzte leise. »Vor morgen werden wir wohl nichts erreichen.« Dennoch wollte Mary das junge Mädchen nicht allein lassen, nach all dem, was in den letzten Tagen vorgefallen war. Sie überlegte kurz, dann bot sie an: »Wollen Sie bei mir übernachten? Ich könnte Ihnen das kleine Gästezimmer herrichten.«

Amelia sah die Forscherin überrascht an. »Ach, ich glaube, das ist nicht nötig«, sagte sie betont forsch.

»Ich glaube, das Geheimnis um Ihren Reggie ist größer, als wir beide ahnen – und möglicherweise viel gefährlicher. Bitte überlegen Sie es sich.«

Amelia errötete. »Das ist wirklich sehr nett von Ihnen. Aber ich wohne noch bei meinen Eltern. Dort bin ich sicher.«

Mary wiegte zweifelnd den Kopf, gab aber nach. »Wenn Sie meinen. Wir treffen uns morgen Mittag vor dem Weyland-Haus. Ich muss vorher noch einiges erledigen, aber ich denke, wir werden herausfinden, was passiert ist.«

»Und was mache ich bis dahin?« Amelia sah sie in komischer Verzweiflung an.

»Es ist schon nach Mitternacht. Gehen Sie schlafen, meine Liebe.«

Als Mary Kingsley eine Stunde später ihre Haustür aufschloss, sah sie Licht. Lautlos griff sie nach der Armbrust. In der Bibliothek hatte jemand das Feuer neu geschürt, und eine Flasche Wein stand auf dem kleinen Tisch. Sie betrat langsam den Raum, und aus einem der Sessel erhob sich ein Mann. Er war hochgewachsen und sehr schmal, seine Haut war dunkel und hob sich drastisch gegen das weiße Hemd ab. An seinen Schläfen zeigte sich das erste Grau.

Die Forscherin ließ die Armbrust auf den Boden fallen, mit schnellen Schritten durchmaß sie die Bibliothek und legte ihm die Hand auf den Arm. »Sayid.« Nur ein Wort, und die letzten fünfunddreißig Jahre waren plötzlich wie weggewischt.

»Mary.« Er legte eine Hand auf die ihre, dann sah er ihr ins Gesicht.

Mary wurde kalt. »Wieso bist du hier?«

»Ich bringe schlechte Nachrichten. Sie sind alle tot.« Eine Träne glitzerte in seinem Augenwinkel.

»Was sagst du da?« Marys Stimme war kaum mehr als ein Flüstern.

»Dein Zirkel in den schwarzen Bergen. Sie sind alle tot. Ausgelöscht.«

»Und das Grab, das sie alle bewachen?«

»Unversehrt, hoffe ich. Aber wer weiß das schon? Wir können es ja nicht öffnen.« Er drückte Mary sanft auf die Schultern, bis sie sich in einen Sessel sinken ließ, und setzte sich neben sie auf die Lehne. »Ich bin eigentlich hier, um dich zu ihnen zurückzubringen. Ich sollte dir sagen, dass sie auf dich warten, dass sie sich auf dich freuen, nach so vielen Jahren. Aber vor einigen Stunden erreichte mich eine Botschaft.«

Mary rieb sich mit den Händen über das Gesicht. Sayids Cousine hatte sie vor über dreißig Jahren, auf ihrer ersten Expedition nach Gabun, zu dem Zirkel geführt und in das Geheimnis um die Hüterin eingeweiht. Mary war damals die Aufgabe zugefallen, die Existenz des Zirkels zu bestätigen und das Netz über Afrika hinaus zu spannen. Der Zirkel bewachte eine Stätte, ein Grab, das älter war als alles, was sie kannte. Sie warteten auf die Rückkehr der Hüterin. Im Geheimen, seit Jahrhunderten. Und nun waren sie alle tot?

»Das muss mit dem Ritual des Konsortiums zusammenhängen«, sagte sie jetzt und versuchte, das Zittern in ihrer Stimme zu unterdrücken. »Letzte Nacht haben sie versucht, Kontakt zum Jäger aufzunehmen.« Mary berichtete ihrem alten Freund, was sie in den vergangenen Tagen und Nächten erlebt hatte und erzählte von Amelia. »Es scheint aber, als seien nicht alle tot. Irgendwer bewacht noch das Versteck in dem U-Bahn-Tunnel. Und ich würde zu gerne wissen, was sich darin befindet«, schloss sie ihre Erzählung.

»Hatte der Mann etwas bei sich?«

»Seltsam, dass du fragst.« Mary zog aus ihrer Tasche den Gegenstand hervor, den der Mann im Schacht hatte fallen lassen. Mit dem Ärmel wischte sie ihn sauber und streckte ihn Sayid entgegen. »Ich dachte, sie wären alle verloren gegangen. Aber es gibt sie tatsächlich noch.«

Auf ihrer Handfläche lag ein Kompass.

Sayid pfiff leise durch die Zähne. »Ein Kompass allein ist nur eine Warnung, zwei sind wie ein Schwert – aber drei heben die Welt aus den Angeln. Das sagte Sinya immer.« Seine Cousine hatte sich für ein Leben innerhalb des Zirkels entschieden, Sayid hatte sie das letzte Mal vor über zwanzig Jahren gesehen. Und nun, so schien es, hatte irgendetwas oder irgendjemand ihr Leben ausgelöscht. Sayid und sie hatten einander nicht nahegestanden, doch das Geheimnis, das sie beide teilten, hatte sie verbunden, über Jahre und Kontinente hinweg. Er wusste nicht so recht, ob er trauern oder vor Wut rasen sollte.

Er hatte nur gewusst, dass er Mary Kingsley diese Nachricht nicht vorenthalten durfte. »Du musst dennoch zurück nach Afrika«, sagte er jetzt und legte ihr die Hände auf die Schultern.

Mary schloss die Augen. »Ich kann Amelia nicht allein lassen, sie hat keine Ahnung, in was sie da hineinläuft …«

»Dann gib ihr genügend Hinweise, dass sie überlebt. Den Rest muss sie selbst schaffen. Sie ist nicht deine Aufgabe, Mary.«

»Ich fühle mich irgendwie für sie verantwortlich«, murmelte die alte Dame, aber es klang resigniert. Sie hatte in dem Moment, in dem sie Sayid in ihrem Wohnzimmer erkannt hatte, gewusst, dass ihre Pläne sich in Rauch auflösen würden. Dass etwas geschehen war, was sie nicht ignorieren konnte. Und dass damit ihr größter Wunsch – nach Afrika zurückzukehren – Wirklichkeit werden würde, erfüllte sie mit größeren Schuldgefühlen, als sie je gedacht hätte.

Am nächsten Morgen um elf Uhr stand Amelia Archer am Hyde Park Square nördlich der großen Grünanlage, vor dem Haus der Familie Weyland. Eine mannshohe Hecke verbarg das Gebäude vor neugierigen Blicken, und sie sah sich alle paar Sekunden nervös um. Helles Klingeln ließ sie aufschrecken. Ein kleiner Junge sauste auf einem Fahrrad auf sie zu und bremste direkt vor ihr, sodass der Schneematsch auf ihre Stiefel spritzte. »Sind Sie Miss Archer? Ich soll Ihnen das hier geben.« Damit drückte er ihr einen Umschlag in die Hand, sprang wieder auf sein Rad, trat heftig in die Pedale und fuhr klingelnd davon.

Liebe Amelia Archer,
verzeihen Sie bitte, wenn ich unsere Verabredung nicht einhalten kann. Gestern Nacht ist noch etwas Schreckliches geschehen, das ich nicht ignorieren kann und das mich zwingt, England zu verlassen. Ich übergebe Ihnen hiermit etwas, was es Ihnen möglich machen sollte, das Geheimnis um den Tod der Brüder Weyland aufzuklären. Denn sie sind beide tot. Ich habe es gesehen. In dem Umschlag ist auch ein Schlüssel, vermutlich zu Reginalds Safe. Sie sind eine hervorragende Rechercheurin, finden Sie also heraus, wozu der Schlüssel gehört. Hüten Sie sich vor den Männern um William Weyland! Zu viele haben in diesem Spiel schon den Tod gefunden.

Was davon Sie publik machen, überlasse ich Ihrem Instinkt. Wer weiß, vielleicht werden Sie sich entscheiden, alles, was Sie erfahren, geheim zu halten. Ich denke, wir werden uns in diesem Leben nicht wieder begegnen.

Seien Sie aber versichert, dass ich noch oft an Sie denken werde.

Ich wünsche Ihnen alles Glück. Und Mut. Sie werden beides brauchen.

Ihre Mary Kingsley

Jenna gab einen erstickten Schrei von sich und sprang von der Pritsche auf.

»Willkommen in der Welt der Schatten«, wiederholte Archer. Er stieß sich von der Tür ab und schlug auf den Lichtschalter. Die Neonröhre über ihren Köpfen flammte brummend auf, und Jenna schloss für ein paar Sekunden geblendet die Augen. Sie versuchte sich zu fassen, tilgte alle Emotionen aus ihrem Gesicht und atmete einmal tief ein und aus. Dann schlug sie die Augen wieder auf und sah den Mann an, der ihr gegenüberstand.

»Ich habe eine gewisse Vorstellung davon, wie es in der Welt der Schatten aussieht. Das hier« – sie wies mit der Hand auf den Raum – »passt nicht so ganz dazu. Und warum funktioniert das Licht auf einmal?«

Archer war gegen seinen Willen beeindruckt. Er hatte erwartet, dass sie sich in den Schlaf weinen und heute Morgen darum betteln würde, dass man sie freiließ. Stattdessen mokierte sie sich über seine Wortwahl? »Ich möchte mich mit Ihnen unterhalten, Mrs Winters«, sagte er jetzt.

»Bitte.« Jenna ließ sich auf die Pritsche sinken. »Leider kann ich Ihnen keinen Stuhl anbieten.« Sie wusste genau, dass Sarkasmus in ihrer Situation eher unangebracht war und ihr vermutlich im Nachhinein ins Gesicht springen würde, aber so hielt sie ihre Angst in Schach. Und dass sie auf Englisch auch noch schnippische Bemerkungen machen konnte, gab ihr tatsächlich ein Gefühl der Sicherheit.

»Sie wissen, warum Sie hier sind?«

»Warum sagen Sie mir nicht erst einmal, wer Sie eigentlich sind?«

»Mein Name tut nichts zur Sache.«

»Oh, das denke ich aber doch.« Jenna verschränkte die Arme vor der Brust. »Sie wollen mit mir reden. Bedrohen mich. Entführen mich aus meiner Wohnung. Halten mich hier in diesem … diesem Kellerloch gefangen. Da ist es ja wohl das Mindeste, dass Sie mir sagen, wer Sie sind.«

Archer kniff wütend die Augen zusammen. »Sie haben zwei meiner Leute umgebracht. Sie verdienen nicht einmal dieses – wie haben Sie es gerade genannt? – dieses Kellerloch. Ich sollte Sie irgendwo verrotten lassen.«

»Ich höre wohl nicht recht!«, fauchte Jenna. »Umgebracht? Ich? Sie verkennen die Situation, Mister Ich-sage-meinen-Namen-nicht. Ihre Leute haben meine Freundin und mich bedroht. Wir sind ihnen entkommen, und ich verstehe, dass Sie mir das übelnehmen. Aber ich habe niemanden umgebracht.«

Archer tat ein paar Schritte auf sie zu, sodass er direkt vor ihr stand und sie zu ihm aufsehen musste. Er warf ihr ein Foto in den Schoß, es zeigte das Bild, das er und seine Männer bereits am Bildschirm betrachtet hatten. »Wollen Sie leugnen, dass Sie dafür verantwortlich sind?«

Jenna betrachtete es, und sie spürte, wie sich der Klumpen in ihrem Magen wieder verhärtete. »Ja, verdammt! Ich erkenne die beiden wieder, und es tut mir leid um sie. Aber ich habe damit nichts zu tun.«

»Es gibt vier Zeugen, die das Gegenteil behaupten, Mrs Winters. Diese zwei Menschen sind erstickt, und dabei war eindeutig Magie im Spiel. Ich weiß, was Sie sind. Also spielen Sie hier nicht die Unschuldige.« Archer atmete schwer und sah Jenna mit hasserfülltem Blick an, griff nach ihrem Arm und überlegte es sich in letzter Sekunde anders. Er ließ seine Hand wieder fallen.

Jenna warf das Foto auf die Pritsche. »Magie … Sind Sie sicher?«

»Ganz sicher.«

Sie hatte einen kleinen Sturm heraufbeschworen und mit Lena Stühle durch den Raum schweben lassen, und ja, sie hatte diese Gruppe mit einem Bann belegt. Aber Mord? Kälte breitete sich in ihr aus, und Jenna schluckte leer. Vorsichtig fuhr sie mit dem Zeigefinger über das Foto, über die leeren, starren Gesichter der zwei Toten, und fühlte … gar nichts.

»Haben Sie mich deswegen hergebracht? Um sich an mir zu rächen?« Der trotzige Unterton war aus ihrer Stimme verschwunden.

»Nicht in erster Linie«, sagte Archer jetzt etwas ruhiger. »Aber bringen Sie mich nicht auf Ideen.«

»Wer waren die beiden? Und warum schicken Sie sechs Leute nach München, wenn Sie mich doch einfach hätten anrufen können?« Aus Jenna sprudelten die Fragen einfach so heraus. »Kennen Sie nichts anderes als Gewalt?«

Archer ging ein paar Schritte zurück, lehnte sich wieder gegen die Wand. »Gewalt ist lediglich eines der möglichen Mittel. Ich setze es ein, wenn es mir richtig erscheint. Und wer hat je davon gehört, dass man die Hüterin anruft?«

»Das liegt ja wohl daran, dass die letzte vor fünfhundert Jahren gelebt hat«, protestierte Jenna. »Aber wir sind doch nicht mehr im Mittelalter. Und überhaupt: Erzählen Sie mir nicht, gegen wen ich mich wehren darf. Sie und Ihre … Agenten sind doch die Handlanger dieses Teufels. Was also wollen Sie von mir?« Sie war während ihrer Rede aufgesprungen, und Zornestränen traten ihr in die Augen.

Archer verzog keine Miene. »Sie werden so lange hierbleiben, wie es mir passt. Und drohen Sie mir nicht, das können Sie sich nicht leisten.« Damit öffnete er die Tür, trat hinaus in den dunklen Gang und schlug sie heftig hinter sich zu.

Jenna blieb, wo sie war. Der Knall hallte in ihrem Kopf nach. Archer hatte nicht viel gesagt, aber sie war doch um einige Erkenntnisse reicher. Sie hob das Foto auf, ließ es nach einigen Sekunden wieder fallen und begann, in dem kleinen Raum hin und her zu wandern. Die Kamera blinkte grün und folgte surrend ihren Schritten. »Ach, lass mich doch in Ruhe«, murmelte sie, zog eine Socke aus und stülpte sie kurzerhand über das Gehäuse. Sie musste nachdenken, und das konnte sie nicht, solange sie sich beobachtet fühlte.

Im Konferenzzimmer brach Mortimer in leises Lachen aus, als der Bildschirm plötzlich dunkel wurde. »Die Hüterin ist eine Wildkatze, Stephen. Pass nur auf.«

Der Anführer des Konsortiums betrat in diesem Augenblick das Büro. »Hast du alles mitbekommen?«

Mortimer nickte. Er stand am Tisch und hatte die Konversation über den Bildschirm mit verfolgt.

»Sie hat keine Angst«, sagte Archer.

»O doch, die hat sie. Aber sie zeigt sie nicht. Mutig, angesichts dessen, was sie vermutlich über uns weiß. Oder sehr dumm.«

»Dumm ist Jenna Winters mit Sicherheit nicht«, sagte Archer. Er hatte auf dem Rückweg von München Zeit gehabt, sie zu beobachten. Sie war zwischendurch im Flieger aufgewacht und hatte panisch um sich geschaut, nur für ein paar Sekunden, bis er ihr eine Injektion gab, die sie den Rest der Reise verschlafen ließ. Der Blick ihrer blauen Augen war indigniert, vielleicht fassungslos gewesen, und er hatte die Kraft dahinter förmlich gespürt. Sie war sehr blass gewesen, der Bluterguss an ihrer Schläfe deutlich zu sehen.

»Glaubst du ihr?«, fragte er unvermittelt.

Mortimer zuckte mit den Schultern. »Sie klang ziemlich überzeugend. Aber wir wissen zu wenig über sie. Vielleicht führt sie uns mit ihrer Empörung auch einfach an der Nase herum. Und deswegen hast du sie noch nicht gefragt, oder?« Der alte Mann stützte sich mit den Händen auf dem Tisch ab und sah zu seinem Partner auf.

»Ich lasse sie jetzt erst einmal mit einer Erkenntnis schmoren: Wir wissen, dass sie nicht so unschuldig ist, wie sie tut.« Er wandte sich um und sagte im Hinausgehen: »Sie bekommt Toast und Bohnen. Wir sind schließlich kein Hotel. Und bei der Gelegenheit, Mortimer: Nimm die Kamera wieder in Betrieb. Ich will wissen, was da unten vor sich geht.«

»Vielleicht solltest du ihr beim nächsten Mal zuhören. Sie hat nicht versucht, dir zu schaden, Stephen.«

»Noch nicht.«

Jenna wusste, dass sie nicht lange ihre Ruhe haben würde. Sie dachte an die zwei Toten. War sie wirklich für den Tod der beiden verantwortlich? Zugegeben, sie war nie glücklich gewesen mit ihrer mysteriösen Berufung zur Hüterin und hatte lange gebraucht, um die Magie wenigstens ein bisschen lenken zu können. Aber Mord? Das gehörte wahrlich nicht zu ihrem Repertoire. Es musste sich um einen Irrtum handeln. Ein böser, wahnwitziger Irrtum, der sich doch irgendwie aufklären lassen müsste.

Jenna atmete zittrig durch und merkte, wie ihr die Tränen über die Wangen liefen. Wie ein gefangenes Tier im Käfig lief sie hin und her und suchte nach einer Antwort. Fünf Schritte hin, fünf Schritte zurück, immer und immer wieder.

Du kennst die Wahrheit, und du weißt verdammt noch mal die Antwort, sagte sie sich schließlich und wischte sich wütend die Tränen vom Gesicht. Die Magie war zu ihr zurückgekommen, und sie war tödlich, wenn sie nicht lernte, sie zu kontrollieren. Sie sah auf ihre Hände: Ihre Finger zitterten. Der Anführer hatte sein Möglichstes getan, um sie zu verunsichern, und sie musste zugeben, es war ihm gelungen. Wie konnte sie Kim je wieder unter die Augen treten? Oder Rainer? Wem konnte sie erklären, was für Kräfte in ihr tobten? Da war Einsamkeit noch die bessere Wahl, so brachte sie niemanden unnötig in Gefahr. Jenna setzte sich auf die Pritsche und vergrub das Gesicht in den Händen. Lagardère kam aus einer Zeit, in der der Tod ständiger Begleiter der Menschen gewesen war. Er würde es verstehen – aber letztendlich war er der Einzige. Und nicht einmal greifbar. Oder vielleicht doch? Jenna erhob sich und stellte sich wie vorhin unter die Kamera. Das fahle Licht, das durch das kleine Fenster hereinkam, kündigte endlich den Tag an. Ihr war leicht schwindlig, die Zunge klebte ihr am Gaumen, sie hatte grässlichen Durst. Einen Versuch würde sie wagen, bevor jemand kam und sich über die Kamera hermachte. Jenna wandte sich mit dem Gesicht zur Wand und legte die Hände flach dagegen, konzentrierte sich auf ihr Element. Tief ein- und ausatmen. Ein Mal. Zwei Mal. Jetzt rief sie lautlos, stellte sich Lagardères Gesicht vor, sein Lächeln, wie er durch das Antiquariat wanderte und versonnen Minou auf dem Arm trug. Für einen kurzen Moment blitzte etwas in ihr auf, ein Gefühl, eine Frage vielleicht? Gleichzeitig wurde ihr schlecht. Gerade rechtzeitig entdeckte sie einen halbvollen Papierkorb, der in einer Ecke stand, stolperte die paar Schritte hinüber und übergab sich. Noch während sie würgte, öffnete sich die Tür.

»Good heavens, was tun Sie denn?«, fragte eine tiefe Stimme.

Jenna schob sich die Haare aus dem Gesicht und sah zur Seite. »Wonach sieht es denn aus? Bitte«, sie verzog angeekelt das Gesicht, »kann ich noch mal ins Bad?«

Der alte Mann, der ein Tablett mit einem Teller und einer Flasche Wasser in der Hand hielt, nickte und stellte es auf dem Boden ab. »Kommen Sie, nehmen Sie den Eimer mit. Und keine Tricks.«

»Tricks? Der spinnt wohl«, murmelte Jenna auf Deutsch und ging unsicher vor ihm her. In dem nur spärlich beleuchteten Gang schienen die Wände immer enger zu werden, und Jenna musste sich an der Wand abstützen, um nicht zu taumeln. Der Eimer verströmte einen säuerlichen Geruch, sie musste sich zwingen, nicht erneut zu würgen. Erleichtert spülte sie alles in der Toilette hinunter, wusch sich das Gesicht und ließ sich eiskaltes Wasser über die Handgelenke laufen. Der Schwindel ließ nach. »Eine Dusche wäre jetzt schön«, sagte sie laut, aber sie putzte sich immerhin schnell die Zähne und fuhr sich mit einem Kamm durch die verfilzten Haare. Das Gesicht, das sie im Spiegel anstarrte, war bleich und müde und irgendwie nicht ihr eigenes.

Und als Lagardères Gesicht neben ihrem auftauchte, stolperte Jenna vor Schreck ein paar Schritte zurück. Doch er schien abwesend, schien sie nicht zu sehen. Dann löste sich das Bild auf, und nur noch ihre eigenen Augen sahen sie rotgerändert und verweint aus dem Spiegel an. Jenna lehnte sich gegen die geflieste Wand, spürte die Kühle an ihrem Rücken und presste die Lippen zusammen, um nicht seinen Namen zu rufen. War das wirklich Antoine gewesen? Oder hatte die Magie ihr Hirn so vernebelt, dass sie nicht mehr wusste, was sie sah? Jennas Zähne schlugen aufeinander, und sie drückte sich fest an die Wand, um das Zittern zu unterbinden.

»Alles in Ordnung da drin?«, rief der alte Mann jetzt von draußen.

»Ich komme gleich«, rief sie zurück, spritzte sich erneut kaltes Wasser ins Gesicht und starrte ein letztes Mal forschend in den Spiegel. Nichts Ungewöhnliches war zu sehen, kein Nebel, keine Gesichter, keine Schatten.

Jenna öffnete die Tür, sah Mortimer mit steinernem Gesichtsausdruck an und wollte wortlos in ihren Raum zurück, doch der alte Mann hielt sie am Arm fest. »Sie gehen mit mir nach oben«, bestimmte er und schob sie vor sich her, erst durch den Gang, dann die Treppe hinauf.

»Was ist mit meinem Frühstück?«, fragte Jenna.

»Ich bringe es Ihnen«, murmelte Mortimer und machte sich auf einen Wutausbruch seines Arbeitgebers gefasst.

* * *

Ich weiß nicht, ob ich diesmal die richtige Entscheidung getroffen habe. Sie haben gesagt, sie werden ihr nichts tun. Nun, das liegt ohnehin nicht in ihrem Ermessen. Jenna Winters ist stärker, als wir alle geglaubt haben. Doch jetzt, wo sie fort ist, möchte ich sie viel lieber beschützen. Aber ich darf mein Ziel nicht aus den Augen verlieren. Ich habe die Kraft der Freundschaft unterschätzt – und heute scheint mir Einsamkeit ein höherer Preis zu sein als noch vor einigen Wochen.

Sie wird die Welt verändern, so, wie ich es vorausgesagt habe. Dafür wird sie den Preis zahlen, und ich ebenfalls. Aber das ist es wert. Veränderung, Entwicklung … nichts davon geschieht ohne Schmerzen, nichts davon geschieht, ohne dass man etwas dafür aufgibt. Penelope hat lange genug für den Fehler gebüßt, den wir gemeinsam begangen haben. Es ist mir egal, wer noch dafür sterben muss, wessen Blut ich noch brauche, um das Ritual endlich vollziehen zu können und sie zu befreien. Die Hüterin dient einem bestimmten Zweck, das ist ihre Aufgabe, ihre Bestimmung. Ohne diese ist sie nur eine leere Hülle – habe ich gedacht. Und mit einer Hülle freundet man sich nicht an. Man benutzt sie. Aber ich habe nicht damit gerechnet, dass es so weh tut.

MÜNCHEN, MITTWOCHMORGEN, 22. AUGUST

»Ouf. Merde. Minou, noch ein Kratzer, und ich setze dich aus!« Antoine Lagardère funkelte die kleine Katze wütend an und rieb sich den Arm, den ein großer blutiger Kratzer zierte. »Du kannst gerne hier wohnen, aber du wirst dir bessere Manieren angewöhnen müssen, ma petite!« Aber noch während er das sagte, nahm er Minou auf den Arm. Was war schon ein Kratzer? Er hatte in seinem Leben schon mehr ausgehalten … Vor einer halben Stunde war er aus einem mehr als beunruhigenden Traum aufgewacht, in dem er Jennas angsterfülltes Gesicht gesehen hatte. Traum? »Pff«, machte er und schüttelte den Kopf. Nein, irgendetwas war hier ganz und gar nicht in Ordnung.

Er nahm sein Handy vom Küchentisch und wählte zum zehnten Mal, seit er gestern Nacht mit dem Flieger aus Paris gelandet war, Jennas Nummer. »Das ist der Anrufbeantworter von Jenna Winters …« Frustriert drückte er die rote Taste, ohne eine Nachricht zu hinterlassen, und zupfte Minou an den Ohren, was diese mit einem Zischen quittierte. »Das gibt es doch nicht! Wo ist sie nur? Und dieser Traum macht es nicht besser.« Er simste Kim an, doch sie meldete sich nicht. Kein Wunder, sie hatte um diese Zeit Dienst im Hotel. Also ließ er seinen Koffer und die Bücher, die er erstanden hatte, unausgepackt und angelte hinter einer Bücherreihe mit alten München-Reiseführern nach dem Wohnungsschlüssel, den Jenna ihm für Notfälle gegeben hatte. Er hing an einem regenbogenfarbigen Peace-Band, und Lagardère war sich nie ganz sicher, ob sich Jenna damit über ihn lustig machte oder ihm etwas sagen wollte. Jetzt hängte er sich das Band um den Hals und ging die Treppe hinunter auf die Waltherstraße.

Jenna hatte ihm das Autofahren beigebracht, indem sie ihn gezwungen hatte, mit ihrem kleinen Fiat immer wieder auf einem riesigen, leeren Supermarkt-Parkplatz im Kreis zu fahren. Er wusste nicht, warum, aber er fühlte sich am Steuer eines Autos einfach nicht wohl. Viel von der neuen Zeit hatte er mittlerweile verinnerlicht – er telefonierte, fuhr Fahrrad und schaute mit grimmiger Faszination Nachrichtensendungen im Fernsehen –, aber Autofahren bereitete ihm Magenschmerzen.

Jenna hatte gleichzeitig verstanden, dass Lagardère auch in seinem neuen Leben danach strebte, so unabhängig wie möglich zu werden. Also besaß er seit einigen Wochen einen Führerschein und einen knallgrünen Opel Corsa. Aber mehr als dreißig Stundenkilometer fuhr er damit trotzdem nicht. Es war in der Nacht ein bisschen kühler geworden, ein leichter Wind strich durch die Straßen und Lagardère fuhr mit offenen Fenstern Richtung Westend.

Schon im Treppenhaus traf es ihn mit voller Wucht. Der Franzose taumelte und griff ans Geländer, hielt sich fest. »Mon dieu«, murmelte er und sah mit zusammengekniffenen Augen nach oben. Wie eine Welle brandete die Magie von oben herab, toste um ihn herum und er musste sich geradezu zwingen, das vierte Stockwerk zu erklimmen. Als er vor Jennas Tür stand, standen ihm Schweißperlen auf der Stirn. Mit beiden Händen fuhr er sich durch die dunklen Locken und spürte, dass sie knisterten. Die Tür zu Jennas Wohnung stand halb offen – hatte das niemand gesehen? Lagardère schüttelte den Kopf. Die Menschen heutzutage machten sich überhaupt keine Gedanken mehr um den anderen. Er trat vorsichtig vor, fuhr mit der Hand vorsichtig über das Holz und nickte, als das Kreidezeichen kurz aufleuchtete. »Bravo, ma chère«, flüsterte er. Jenna lernte endlich, sich selbst zu schützen. Ihn hatte sie offensichtlich ausgenommen, denn das Zeichen hinderte ihn nicht daran, die Wohnung zu betreten. Das Erste, was Lagardère sah, war die zusammengesunkene Gestalt des Hausmeisters, der in einer Ecke vor sich hin schnarchte. Er zog die Brauen hoch und trat in die Wohnung, beugte sich zu Neumann hinunter und rüttelte ihn vorsichtig an der Schulter. Neumann murmelte etwas Unverständliches, wachte jedoch nicht auf. Ganz im Gegenteil, er ließ sich noch weiter nach rechts sinken und streckte sich, sodass seine Füße ins Wohnzimmer hineinragten.

Die magische Welle war hier nicht so stark, und Lagardère atmete erleichtert auf. Dennoch blieb er wachsam. Ob noch jemand hier war? Er ging drei Schritte zurück und drückte kurzerhand die Klingel, wartete gespannt. Nichts. Nur Neumann schreckte für einen Moment hoch und begann dann noch lauter zu schnarchen als zuvor. Lagardère stieg über seine Beine und warf einen Blick ins Wohnzimmer: leer. Auf dem Wohnzimmertisch lag Jennas Grimoire, daneben standen eine Flasche Wasser und zwei Gläser.

An der Schwelle zu Kims Zimmer blieb er kurz stehen. Er vermisste sie sehr. Ihre haarsträubenden Ideen, ihr Lachen, wenn er ihr aus seinem alten Leben erzählte, ihre überschäumende Energie … Nicht zum ersten Mal war er versucht, ihr auf die Insel zu folgen, doch er schalt sich einen Narren. Kim würde in zwei Monaten zurückkommen, und dann … ja, dann würden sie weitersehen. Bis dahin musste er sich um andere Dinge kümmern. Wie um Jenna. Die verschwunden war. Kim hatte ihn gebeten, auf ihre Mutter zu achten, und er hatte es ihr versprochen.

In Jennas Zimmer schien die Sonne herein, und Lagardère sah, dass der Spiegel zerbrochen war. Was war in seiner Abwesenheit vorgefallen? Er hob eine vergessene Scherbe auf und legte sie auf den kleinen Schminktisch, der in der Ecke stand. Nichts deutete auf eine Abreise Jennas hin, aber alles in ihm schrie, dass hier gleich mehrere Dinge nicht stimmten.

Er marschierte in die Küche und machte sich einen Espresso. Dann stellte er sich auf den kleinen Balkon, der von der Küche auf den Innenhof hinausging und von einer großen Linde beschattet wurde, und dachte nach, die Tasse in der Hand. Die einfachen Dinge zuerst. Mithilfe eines nassen Waschlappens bekam er den Hausmeister halbwegs wach, der ihn mit wirrem Blick ansah. Lagardère zwang ihn, einen Espresso zu trinken, in den er eine großzügige Dosis Whisky hineingekippt hatte, und bugsierte ihn aufs Sofa.

»Erinnern Sie sich daran, was passiert ist?«

Neumann runzelte die Stirn. »Da war dieser Mann«, begann er zögernd und beschrieb, wie ihn jemand überredet hatte, sich Zutritt zu Jennas Wohnung zu verschaffen. Blond, groß, schwarz gekleidet. »Und dann war plötzlich alles voller Rauch. Tut mir leid, mehr weiß ich nicht mehr. Muss wohl ohnmächtig geworden sein …« Er stöhnte. »Wo ist denn Frau Winters? Und ihre Freundin? Die muss den Mann auch gesehen haben …«

Lagardère merkte auf. »Eine Freundin?«

»Zumindest sah es so aus. Aber sie ging in dem Moment, als ich kam.« Er stöhnte erneut.

»Und wie hat er Sie überredet?«, fragte Lagardère interessiert.

Der Hausmeister schloss die Augen. »Wissen Sie … das ist seltsam. Ich weiß es nicht mehr. Aber ich habe es wohl gemacht … warum hätte ich sonst hier gelegen? Ich sollte die Polizei rufen …«

»Und was würden Sie ihr erzählen?«

Neumann sah ihn verwirrt an.

»Der Polizei? Was würden Sie ihr erzählen?« Lagardère zog die Schultern hoch. »Das lässt sich doch bestimmt aufklären, wenn Frau Winters zurückkommt. Und es ist ja nichts gestohlen worden, nichts kaputt gegangen.« Das Letzte, was Jenna jetzt brauchte, war ein neugieriger Polizist.

»Sie haben recht … Entschuldigen Sie, ich muss nach Hause. Danke für den Kaffee.« Neumann rieb sich über die Stirn. »Oh, mein Schädel platzt. Ich brauche ein Aspirin. Oder zwei oder drei. Sagen Sie Frau Winters, dass sie bei mir vorbeikommen soll, wenn sie wieder da ist, ja?«

Der Franzose nickte stumm.

Der Hausmeister stolperte aus der Wohnung und stieg langsam und unter leisem Fluchen die Treppen hinunter in den ersten Stock, wo er wohnte. Eine Tür fiel zu, dann war es wieder still.

Eine Freundin? Lagardère schüttelte den Kopf. Das klang so gar nicht nach Jenna. Sie nahm niemanden in ihre Wohnung mit, den sie nicht gut kannte. Das Grimmen in seiner Magengegend verstärkte sich. Er warf einen Blick auf die Uhr, zuckte die Achseln und schenkte einen Whisky in seine Tasse. Auf einen weiteren Espresso verzichtete er.

Musste er darauf vertrauen, dass Jenna sich bei ihm meldete? Doch sein Traum hatte ihm nicht nur Jennas Gesicht übermittelt, sondern auch ein Gefühl der Angst, das ihm hartnäckig im Gedächtnis blieb. Jenna war in Gefahr. Wo war sie, zum Teufel? Bei dem, der ihr das Zeichen auf die Haustür gepinselt hatte? Oder steckte das Konsortium dahinter? Wenn die beiden nicht ein und derselbe waren …

Gedankenverloren blätterte er in Jennas Grimoire. Seitenweise Informationen, Listen, Zeichnungen, aber nichts, was ihm weiterhalf. Genervt schlug er das Buch zu. Nein, er musste es auf seine eigene Weise versuchen. Sie waren schließlich miteinander verbunden, er und Jenna, ihre Kraft hatte ihn zurückgeholt. Lagardère setzte sich aufrecht hin und schloss die Augen, richtete seine Aufmerksamkeit nach innen. Der torfige Geschmack des Whiskys brannte noch in seiner Kehle. Er versuchte, an nichts zu denken. Wartete. Draußen tschilpten ein paar Spatzen, ein Auto fuhr unten vorbei. In der Wohnung über ihm übte jemand penetrant Tonleitern auf dem Klavier. Die Minuten verrannen, nichts geschah, und Lagardère war schon geneigt, sein Experiment abzubrechen, als er Jennas Stimme hörte.

»Whisky? Wirklich?«

Mortimer, der gerade vor Jenna ein Tablett mit Toast und einer Schüssel Rührei abstellte, sah sie verdutzt an. »Um diese Zeit?«

»Ähm …« Jenna schloss kurz die Augen, doch der Whisky schien sich in ihren Gaumen eingebrannt zu haben. Mais c'est impossible, sagte sie sich und registrierte im nächsten Moment, dass sie plötzlich auf Französisch dachte. Das war … das war … Sie hustete und verbarg das Gesicht in den Händen, um ihre maßlose Überraschung zu verbergen. Hatte Lagardère einen Weg zu ihr gefunden? Ohne sich anmerken zu lassen, was sich in ihrem Kopf abspielte, rief sie lautlos: *Antoine!*, und bemühte sich, ein ausdrucksloses Gesicht zu machen.

Jenna! Wo bist du?, tönte es in ihrem Kopf.

In diesem Augenblick packte und schüttelte sie jemand, und Jenna schrie auf. Stephen Archers wutentbranntes Gesicht befand sich keine fünfzehn Zentimeter von ihrem entfernt, seine Finger gruben sich schmerzhaft in ihre Schultern. »Welchen Teil meiner Anweisung hast du nicht verstanden, Mortimer?«, zischte er, ohne Jenna aus den Augen zu lassen.

Jenna schnappte nach Luft, als die Verbindung zu Lagardère abriss. Ihr Herz schlug wild an ihre Rippen, und sie sah buchstäblich Sternchen. Als Archer sie ruckartig losließ, sackte sie gegen die Stuhllehne.

»Unglaublich«, flüsterte Lagardère. »Quel miracle …« Für einen Moment hatte er durch Jennas Augen gesehen, war dort gewesen, wo sie war. Und Jennas Entführer sah genauso aus, wie Neumann ihn beschrieben hatte. Nur um einiges zorniger. Aber Jenna lebte. Lagardère atmete tief durch und gestand sich erst jetzt ein, dass er sich in den vergangenen

Stunden tatsächlich große Sorgen um die Hüterin gemacht hatte. Was ihn dazu veranlasste, sich ohne weitere Schuldgefühle den nächsten Whisky einzuschenken. Er würde warten, bis Jenna ihn kontaktierte. Bis dahin – er stand auf und suchte nach einem Blatt Papier – würde er alles notieren, was ihm in diesen wenigen unglaublichen Sekunden aufgefallen war. Schon als Sekretär hatte er immer besser denken können, wenn er seine Gedanken niederschrieb.

Die Stunden verrannen, es war fast Mittag und Lagardère ging frustriert auf und ab. Jenna meldete sich nicht. Er hatte alles aufgeschrieben, jetzt gingen ihm die Ideen aus. Denn herausgefunden, wo sie de facto war, hatte er noch nicht. Mehr Whisky vertrug er um diese Zeit nicht, und Jenna hatte nichts zu essen im Haus. »Bei dieser Hitze kann man sowieso kaum was essen«, hatte sie letztens gesagt, was dazu geführt hatte, dass er ihr einen Vortrag über französische Esskultur gehalten hatte.

»Aber etwas Brot und Käse und Oliven ist ja wohl nicht zu viel verlangt, non?«, murmelte er jetzt und ließ die Kühlschranktür wieder zufallen. Ein kläglicher Rest Butter, zwei Joghurts und eine Mini-Gurke. Er war kurz davor, sich wider besseres Wissen eine Pizza zu bestellen. Eine Stimme in seinem Kopf sagte ihm, dass er genauso gut gediegen in einem Restaurant auf Jennas nächsten Zug warten konnte, aber er wollte die Wohnung nicht verlassen. Vielleicht klappte die Verbindung nur hier? Er mochte es nicht riskieren. Also Pizza. Mit Camembert und frischem Basilikum.

Die Pizza kam lauwarm, und Lagardère aß mit gedämpftem Appetit. Er ließ das letzte Viertel auf dem Teller liegen und wischte sich den Mund ab. Der Knoten in seinem Magen hinderte ihn zusätzlich daran, alles zu essen. Normalerweise vertilgte er seine und die Hälfte von Jennas Pizza gleich mit. Er hatte bereits den Mülleimer geöffnet, um die Reste zu entsorgen, da hörte er ein Geräusch im Flur. Blitzschnell sprang er auf und stellte sich hinter die halb offene Küchentür. Schritte ertönten.

»Jenna, bist du zu Hause?« Eine junge Frau kam in die Küche und sah sich suchend um. Sie reichte Lagardère gerade bis zur Schulter, trug die roten Haare kurz geschnitten und ihre Haut war sonnengebräunt. Muskulöse Arme, registrierte Lagardère und trat mit einem kühlen »Wer sind Sie?« aus dem Winkel.

Die Frau drehte sich überrascht um und wich einen Schritt zurück, zeigte jedoch keine Angst. »Wer sind denn Sie?«, ging sie in die Offensive.

»Antoine. Ein Freund von Jenna.«

»Ach, Sie sind der berühmte Antoine. Ich bin Lena, eine Freundin von ihr.«

»Sie hat Sie nie erwähnt«, gab Lagardère gleichmütig zurück und verschränkte die Arme vor der Brust. Sie maßen sich mit Blicken.

»Also, wo ist sie? Und was riecht hier so?« Lena sah sich forschend um.

»Jenna ist nicht hier. Die Pizza war von mir.«

»Ach … Sie hat nie erwähnt, dass sie mit Ihnen zusammen ist.«

Lagardère sah sie verwirrt an, bis der Groschen fiel. »Wie? Oh! Oh … Nein, das verstehen Sie falsch. Wir sind nur gute Freunde.«

»Aha. Warten wir doch gemeinsam«, schlug sie jetzt vor und lehnte sich an die Küchenzeile, blickte amüsiert auf das letzte Pizzaviertel und klappte den Mülleimer zu. »Hat Jenna gesagt, wann sie wiederkommt?«

»Heute wahrscheinlich nicht mehr«, entgegnete Lagardère zögernd.

Jetzt blitzte etwas in den grünen Augen der Frau auf, und Lagardère trat fasziniert einen Schritt näher, sodass er den Duft nach Rosen wahrnahm, der sie umgab. Ein Anflug von Wut – oder Angst? – flackerte über ihr Gesicht und wurde gleich wieder durch eine gleichmütige Maske ersetzt. Ihre Augen gaben nichts weiter preis. Lagardère schluckte leer. Augen wie Bergseen, unergründlich.

Da prasselte wie ein Wasserfall die Erinnerung auf ihn herab. Lagardère schnappte nach Luft und taumelte ein paar Schritte zurück, wäre unter dem Ansturm der Bilder in seinem Kopf fast in die Knie gegangen. In seinen Ohren rauschte es. »Bei allen Heiligen …«, krächzte er und sah Lena fassungslos an. »Ihr seid es?«

Versailles, Frankreich, August 1624

Der Degen wirbelte mit einem sirrenden Klang durch die Luft, und Antoine Lagardère fing ihn mit der linken Hand auf. Er machte einen Satz nach vorne, fegte sein Gegenüber mit einem geradezu nachlässigen Tritt von den Füßen und setzte mit seinem eigenen Degen nach. Etwa einen Zentimeter vor der Brust stoppte er lächelnd die Klinge. »Ergebt Ihr Euch?«, fragte er.

Sein Gegner blinzelte in die tief stehende Sonne und keuchte.

»Ja, verdammt, was bleibt mir denn anderes übrig? Seit wann könnt Ihr überhaupt so gut fechten, mon cher?«

Lagardères Grinsen wurde breiter. »Ein bisschen Training hat noch niemandem geschadet. Ich mag ein Schreiberling sein, aber das heißt nicht, dass ich nur die Feder führen kann.« In einer großzügigen Geste streckte er seinem Freund Henri die Hand entgegen und zog ihn hoch. »Ihr hättet vielleicht gestern Abend ein Glas Rotwein weniger trinken sollen«, riet er etwas spöttisch, als sein Gegner sich stöhnend an den Kopf fasste und mit vorsichtigen Bewegungen den Degen wieder einsteckte.

Die Grillen zirpten, und hie und da trillerten ein paar Vögel in den alten Obstbäumen neben der Tribüne. Noch war es heiß, die Kühle des Abends würde erst später über die Felder ziehen und den Duft nach Heuwiesen über die Dörfer legen. Ein heißer Sommer strebte in diesen Tagen schon wieder seinem Ende entgegen. Die Bauern hatten über die Gluthitze gestöhnt, aber sie würden dieses Jahr eine gute Ernte einfahren.

Antoine Lagardère sah mit zusammengekniffenen Augen nachdenklich auf das Schloss von Versailles, das etwa eine halbe Meile vor ihnen in der Abendsonne leuchtete. Lagardère war seit einigen Monaten Assistent eines der Priester, die sich um das Seelenheil der königlichen Familie in Versailles kümmerten. Er selbst dachte nicht daran, das Gelübde abzulegen, und es war eine große Auszeichnung, dass ihn die Kirche dennoch in ihre Dienste nahm. Die dunkelbraunen Locken fielen ihm verwegen in die Stirn, und nicht nur die Küchenmädchen fächelten sich bei einem Blick aus seinen grünen Augen reihenweise Luft zu.

Langsam verließen die beiden Männer den Übungsplatz. Auf der kleinen hölzernen Tribüne, die das Feld auf drei Seiten umgab, saß heute niemand, und Lagardère, der sonst nichts gegen hübsche Unterstützung hatte, war dankbar dafür. Bei diesem Kampf war es ihm lieber gewesen, kein Publikum zu haben, nur er und der Gegner und sein Degen, damit er jeden Gedanken an die kommende Nacht verdrängen konnte. Heute Abend würde er den bisher wichtigsten Auftrag seiner kurzen Karriere ausführen müssen, und er hätte es nie zugegeben, aber tief in seinem Inneren war er nervös.

Die zahllosen Fenster des Schlosses spiegelten die Sonne wider, für einen Moment erschien dem jungen Mann das langgestreckte Gebäude wie eine Festung aus Stein und gleißendem Licht. Versailles war das Zentrum der Macht in Frankreich, doch in diesem Zentrum, das wusste jeder, regierte nicht der König, sondern der Mann mit dem dunklen Mantel, den scheinbar grenzenlosen Beziehungen und dem messerscharfen Verstand: Kardinal Richelieu.

Vor Kurzem erst war er auf Lagardère aufmerksam geworden, und mittlerweile zog er den scharfsinnigen Schreiber jedem seiner Advokaten vor, wenn es um knifflige Verhandlungen oder diplomatisch heikle Botengänge ging.

»Ihr werdet Euch um eine der königlichen Mätressen kümmern«, hatte Richelieu gestern mit einem süffisanten Lächeln erklärt und dem Schreiber ein dünnes Dossier in die Hand gedrückt. »Ich möchte sie weit weg vom Palast und vom König wissen.«

»Warum?«, hatte Lagardère in seinem jugendlichen Leichtsinn gewagt zu fragen.

Der Kardinal hatte sich erhoben, den Tisch umrundet und war langsam auf den jungen Mann zugegangen. Leise, mit einer Stimme, die keinen Widerspruch duldete, hatte er gesagt: »Hier sind die Informationen, die Ihr braucht. Je weniger Ihr wisst, desto besser. Schafft sie mir aus dem Weg. Lasst Euch etwas einfallen.«

»Ich soll sie …« Lagardère hatte geschluckt.

»Natürlich nicht. Lasst sie am Leben. Sie soll es in vollen Zügen genießen. Nur nicht hier.« Dann hatte ihn der Kardinal mit einer herrischen Geste aus dem Raum gewunken und sich wieder seinen Papieren zugewandt.

Und so fand sich Antoine Lagardère am Ende dieses heißen Tages vor den großen Treppen des Schlosses wieder. Er setzte sich auf die warmen Steinstufen, winkte Henri einen Abschiedsgruß zu und seufzte. Der Plan, den er so dringend brauchte, hatte noch keine Gestalt angenommen, ihm fehlte noch der zündende Gedanke. Lagardère war ratlos.

Madeleine de Guise gehörte, das hatte er dem Dossier entnommen, seit einigen Monaten zum engsten Kreis um König Ludwig XIII. Sie hatte spanische Vorfahren, entstammte einem der zahlreichen Zweige des Königshauses von Navarra und hatte den König vom ersten Moment an verzaubert. Zudem flüsterte man hinter vorgehaltener Hand, sie sei belesen und die einzige seiner Gespielinnen, mit der der König, nachdem er sich mit ihr vergnügt hatte, gelegentlich über Politik spreche. Im königlichen Bad oder im Schlafgemach, in jedem Fall hinter geschlossenen Türen oder Vorhängen. Was das Lauschen der Dienerschaft schwierig machte, obwohl Kardinal Richelieu bereit war, solche Informationen großzügig zu honorieren.

Als die Nacht hereinbrach, trieben die ersten dunklen Wolken über den Himmel, und der auffrischende Wind vertrieb die Sommerschwüle. In der Ferne grollte der Donner bereits leise, und Wetterleuchten blitzte immer wieder über dem

Horizont. Es würde eine mondlose Nacht werden, und mit seiner schwarzen Kleidung hob sich Lagardère kaum vom Dunkel der Büsche ab. Der Wind rauschte immer stärker durch die Blätter, übertönte jedes verräterische Geräusch. Nicht weit vom Schloss entfernt hatten die Gärtner ein Labyrinth aus übermannshohen Hecken errichtet. Genau dort hatte er Madeleine de Guise vor einer Weile verschwinden sehen. Er ließ ihr einen Vorsprung, wollte den Überraschungsmoment nutzen, um der Kurtisane ein, wie er dachte, unwiderstehliches Angebot zu machen. Was wäre dafür geeigneter als die kleine Lichtung in der Mitte, auf der man nicht belauscht werden konnte? Lagardère sah sich noch einmal um, dann duckte er sich in eine der Heckenöffnungen und ging langsam durch die erste Kehre. Ein schwaches Leuchten wies ihm den Weg. Es schien, als hätte jemand im Zentrum des Labyrinths ein kleines Feuer entfacht.

Ein paar Minuten später bestätigte sich seine Ahnung: In der Mitte der kleinen Lichtung im Zentrum des Labyrinths tanzten einige Flämmchen an einem dicken Ast auf und ab. Hier drinnen hatte der Wind keine Kraft mehr, nur das leise Knistern des Feuers war zu hören. Mit dem Rücken zu ihm stand eine Frau, die vor sich auf dem Boden einige Utensilien – Schale, Becher, Messer – auslegte. Sie war klein und schlank, rote Locken hingen ihr bis auf die Taille. Sie trug ein einfach geschnittenes, langes weißes Kleid, das die schmalen Arme freiließ. Lagardère wollte sich gerade zu erkennen geben, als er im Halbdunkel eine Bewegung wahrnahm: Am nördlichen Rand der Lichtung, ihm gegenüber, lagen zwei Männer gefesselt und geknebelt auf dem Rücken. Einer von beiden stöhnte leise, von seiner Schläfe bis hinab zum Hals zog sich eine verkrustete Blutspur.

»Es wird nicht mehr lange dauern«, erklärte Madeleine de Guise und lächelte dem kleineren Mann zu, der sie aus schreckgeweiteten Augen anstarrte. Er wimmerte und versuchte, sich von den Fesseln zu befreien, doch ohne Erfolg.

Die Kurtisane schnalzte missbilligend mit der Zunge. Sie trug eine große weiße Schale zu ihm hinüber, kniete sich neben den Mann und zog ihm das Messer in einer fließenden Bewegung über die Innenseite des Unterarms. Dunkel sprudelte das Blut in die Schale. Der Mann versuchte ihr den Arm zu entreißen, doch sie hielt ihn eisern fest, zog seelenruhig einen weiteren Schnitt.

Lagardère, der hinter der letzten Hecke stand, hatte dem Ganzen einige Augenblicke zugesehen, starr vor Entsetzen. Nun besann er sich und wollte nach seinem Degen greifen. Doch jemand – oder etwas – hielt ihn fest, hinderte ihn daran, sich zu bewegen. Nicht einmal rufen konnte er, es war, als hätte ihn jemand eingefroren. So blieb ihm nichts anderes übrig, als mit großen Augen dem Schauspiel auf der Lichtung zu folgen.

Das Blut schwappte schnell über den Rand der Schale hinaus, tränkte die warme Erde, bildete eine schillernde schwarze Lache. Es dauerte nicht lange, da verdrehte der Mann die Augen und rührte sich nicht mehr.

Vor sich zog die Frau nun mit dem Finger einen blutigen Kreis auf den Boden, sprach einige Worte, die Lagardère nicht verstand, und kniete sich dann neben den zweiten Mann. Das grausige Spiel wiederholte sich, bis auch dessen Kopf zur Seite sank und er nur noch schwach zuckte. Klebrig und kupfern lag der Geruch von Blut in der Luft, Lagardère versuchte, so flach wie möglich zu atmen, doch es war fast übermächtig. Er würgte lautlos, presste die Lippen zusammen.

Mit sicherem Schritt trat Madeleine de Guise in den Kreis, tauchte einen Becher in die Schale, goss sich davon einige Tropfen über die Hände, benetzte Stirn und Wangen. Das Blut rann ihr übers Gesicht wie schwarze Tränen. Dann legte sie den Kopf in den Nacken, hob ihre Hände, die Handflächen nach oben, und rief etwas. Es klang wie eine Beschwörung … nein, eher wie eine Frage.

Und etwas antwortete …

In diesem Moment brach der Wind mit aller Macht ein in das Labyrinth, wie ein heulendes, wütendes Ungetüm fegte er durch die engen Gänge und riss wild an den Blättern. Ein greller Blitz zerriss den Himmel und machte Lagardère sekundenlang blind. Als er sich auf den Boden kauerte, tanzten weiße Sterne vor seinen Augen. Der Wind zerrte an seinen Kleidern, als wollte er ihn mit sich reißen in eine wirbelnde Hölle.

Wie viel Zeit vergangen war, bis das Heulen verstummte, wusste Lagardère später nicht mehr zu sagen. Doch irgendwann war es wieder still. Vorsichtig hob er den Kopf, zwinkerte mit den Augen, um wieder klare Sicht zu bekommen, und griff nach seinem Degen. Diesmal hinderte ihn nichts und niemand daran. Also stolperte er auf die Lichtung und blickte sich um.

Nichts.

Verwundert drehte er sich um seine eigene Achse. Niemand war zu sehen.

Keine Kurtisane, keine bewusstlosen Männer, kein Blut …

Er lief zur Feuerstelle. Nichts. Keine Spuren, nur blanker Kies.

Lagardère fasste sich an den Kopf. Mit einem Mal war er sich nicht mehr sicher, ob er das alles nur geträumt hatte. Ob ihm die Hitze des Tages nach seinem Zweikampf mit Henri zu Kopf gestiegen war? Vielleicht schwächte ihn ein Fieber, und er sollte schleunigst in sein Bett?

In diesem Moment brachte der Wind die ersten kühlen Regentropfen, sie rannen ihm übers Gesicht und er schauderte, musste unwillkürlich an die blutigen Tränen im Gesicht der Kurtisane denken. Nein, er hatte das nicht geträumt. Aber Teil der normalen Wirklichkeit war es dennoch nicht gewesen, das konnte einfach nicht sein … Denn wo waren die Spuren geblieben?

Langsam ging er durch die schmalen, gewundenen dunklen Gänge zurück, verlief sich mehrfach, suchte nach dem Ausgang. Der Regen rann ihm über Haare und Nacken und durchnässte sein Hemd. Seine Zähne schlugen aufeinander, er zitterte.

Doch ein Fieberanfall?

Was für einen wahnwitzigen Auftrag hatte Kardinal Richelieu ihm da gegeben? Hatte er wirklich geglaubt, der junge Schreiber aus der Provence könnte es mit einer Hexe aufnehmen?

Es schien, als müsse sich Antoine Lagardère einen anderen Plan ausdenken, um die de Guise aus dem Dunstkreis des Königs zu locken.

Als er endlich aus einem der überwachsenen Eingänge heraustrat, löste sich eine schmale Gestalt aus dem Schatten, die ihn offenbar erwartet hatte.

Lagardère verbarg sein Erschrecken nur mühsam und verbeugte sich galant. »Mademoiselle de Guise«, sagte er höflich und fragte sich erneut, ob er träumte. Denn nichts an ihr wies darauf hin, dass sie gerade eben noch im Blut zweier Männer gebadet hatte. Außerdem schien ihr der Regen nichts anzuhaben, ihr Kleid war trocken, ihr Haar ebenfalls.

Madeleine de Guise lächelte liebenswürdig. »Monsieur Lagardère, nicht wahr? Sagt, Monsieur, was tut Ihr hier um diese Zeit?« Sie klang nicht im Mindesten überrascht.

»Dasselbe könnte ich Euch auch fragen«, gab dieser zurück und legte unauffällig die Hand auf seinen Degengriff.

»Nun, wir können weiter Verstecken spielen, nicht wahr? Aber wir beide wissen doch, warum Ihr hier seid. Ihr habt mich gesucht – und gefunden, wie es scheint. Kommt, mein Lieber, wir gehen ein Stück. Ihr müsst zurück ins Schloss, sonst werdet Ihr noch krank.« In ihren Worten schwang kaum verhohlene Belustigung mit.

Lagardère verfluchte sich innerlich. Seine Schlagfertigkeit ließ ihn selten im Stich, doch in diesem wichtigen Moment fiel ihm überhaupt nichts ein, was er sinnvollerweise hätte erwidern können. So bot er ihr wortlos und mit einem kurzen Nicken den Arm.

Schweigend gingen sie nebeneinander her. Das Schloss war dunkel, nur in wenigen Fenstern sah man flackernden Kerzenschein. Das Gewitter musste einige der Bewohner aufgeschreckt haben. Bevor sie die große Treppe erreichten, zog sie ihn in den Schatten einer Rosenhecke. Lagardères Herzschlag beschleunigte sich.

»Was auch immer Ihr mir anbieten werdet, es ist nicht genug«, flüsterte sie, und ihr Atem streifte seine Wange. »Sagt das dem Kardinal. Er weiß genau, was ich will.«

Lagardère wich zurück, doch er stand bereits mit dem Rücken zur Hecke, und ein paar Dornen stachen ihm in die Hand. Er zuckte zusammen. Die Kurtisane nahm seine Hand und tupfte die wenigen Tropfen Blut, die aus der Wunde quollen, mit einem Taschentuch ab, dann hob sie ihr Gesicht und sah ihn an.

»Wisst Ihr denn auch, was Ihr wollt?« Sie wisperte diesen Satz, fast unhörbar, und er musste sich vorbeugen, um ihre Worte zu verstehen. Ihre grünen Augen waren fast schwarz, dunkle Seen, die nichts darüber verrieten, was unter ihrer Oberfläche geschah. Seltsam … er hatte Madeleine de Guise früher schon aus der Ferne gesehen, und doch war ihm nie aufgefallen, wie schön sie war. Unvermittelt fragte er sich, wie es sich wohl anfühlen musste, sie zu küssen. Ob auch der König das wahrnahm, was er selbst gerade sah?

Reiß dich zusammen, Antoine, ermahnte er sich, sie ist eine Hexe und weiß Gott noch Schlimmeres … und kaum hatte er diesen Gedanken zu Ende gedacht, zog er sie schon mit der unverletzten Hand an sich und küsste sie. Als sich ihre Lippen berührten, fühlte er, wie sie lächelte. Ihre Hände strichen über sein durchnässtes Hemd, schlangen sich um seinen Nacken, und Lagardère spürte, wie der kleine Funke, der gerade zwischen ihnen aufglomm, zum Feuer wurde. Keuchend vergrub er seine Hände in ihren roten Locken und bemerkte diesmal kaum, wie ihm die Dornen durchs Hemd stachen. Der Duft der Rosen hüllte sie ein und machte ihn schwindlig, die fiebrigen Küsse ließen das Blut in seinen Ohren rauschen.

Schließlich löste sie sich von ihm. »Gewöhnt Euch nicht zu sehr daran, kleiner Schreiberling«, flüsterte sie, und aus ihrer Stimme war jegliches Gefühl verschwunden. »Vergesst nicht, was ich Euch gesagt habe. Und nur für den Fall, dass Ihr denkt, Ihr könntet mich übertölpeln …« Sie trat einen Schritt zurück und hob das Taschentuch. »Ich habe Euer Blut. Was, glaubt Ihr, werde ich damit tun?«

Lagardères Herz hämmerte. Er versuchte ihr das Tuch aus der Hand zu reißen, doch sie verbarg es blitzschnell in ihrem Mieder, und ebenso schnell hielt sie ein kleines Messer an seine Kehle, ritzte ihn leicht, sodass ein dünner Blutfaden an seinem Hals hinabrann.

»Wagt es nicht!«, zischte sie. Dann stieß sie ihn heftig vor die Brust und ging mit schnellen Schritten davon. Kurz darauf fiel eine schwere Tür ins Schloss.

In Lagardères Kopf rasten die Gedanken. Ich habe versagt, war der erste. Wie bringe ich das dem Kardinal bei, der zweite. Und der letzte: Ich will sie wiedersehen …

Ein Schauder überlief ihn. Das war kein Spiel mit dem Feuer.

Das war ein Spiel mit dem Teufel.

Und seine Seele war wahrscheinlich nur der Eintrittspreis.

4

LONDON, IMMER NOCH MITTWOCH

Jenna öffnete vorsichtig die Augen. Der Anführer hatte aufgehört, sie zu schütteln, und war ein paar Schritte zurückgetreten. »Kann ich Wasser haben?«, bat sie, räusperte sich und verfluchte ihre krächzende Stimme. Sie wollte keine Angst zeigen, nicht … ihm gegenüber.

Der alte Mann nickte. »Ich bin gleich wieder zurück.«

Dankbar nickte sie, ließ aber den Anführer nicht aus den Augen. Dieser schlug die Beine übereinander und verschränkte die Arme vor der Brust. Er sagte nichts, musterte sie gleichmütig, nicht wie einen Feind, eher wie ein lästiges Insekt. Doch hin und wieder flackerte ein Ausdruck über sein Gesicht, den Jenna nicht deuten konnte.

»Vielen Dank«, sagte sie jetzt zu dem Alten, der mit dem Tablett zurückkam, »auch dafür, dass Sie mich noch mal ins Bad gelassen haben.« Die Toastscheiben waren labbrig, das Rührei nicht mehr warm, aber Jenna war es gleich. Sie hatte Hunger. Zudem konnte sie sich beim Essen unauffällig umsehen. Sie befand sich in einem hellen großen Raum, in dem mehrere kleine Tische standen und immer zwei Stühle pro Tisch. Ein großer, dunkler Schrank nahm fast die gesamte Wand ein. Durch das Fenster konnte sie die Dächer der angrenzenden Häuser sehen, bestimmt vier Stockwerke hoch, rotgeziegelte Dächer, ein stahlblauer Himmel darüber.

Archer hatte sie aus den Augenwinkeln ebenso unauffällig

gemustert wie sie ihn, jetzt wandte er ihr seinen Blick direkt zu. Die Wut, die sich in seinen Augen gezeigt hatte, war vorläufig verschwunden, registrierte Jenna erleichtert. Vielleicht würde er ihr jetzt antworten?

»Zwei Fragen«, sagte sie also und schluckte ihre Angst mit dem letzten Bissen hinunter. »Wie heißen Sie? Und wo sind wir hier?«

Die eisblauen Augen ihres Gegenübers ließen keine Emotion erkennen, aber er entspannte sich ein wenig und legte die Hände flach auf den Tisch. »Mein Name ist Stephen Archer. Sie befinden sich in meinem Haus.« Er hob die Hand, als Jenna erneut etwas sagen wollte. »Um weitere Antworten zu bekommen, müssen erst Sie mir ein paar Fragen beantworten.«

Jenna schluckte ihre nächsten Worte hinunter. Sie schob ihren Stuhl nach hinten und stand auf, ging an eines der großen, bodentiefen Fenster. Auf Hüfthöhe befand sich außen ein schmiedeeisernes Gitter, unter sich konnte sie einen gepflasterten Platz ausmachen, dahinter eine Kirche. Zahlreiche Menschen waren unterwegs. Jenna zog an einem Riegel, und der rechte Fensterflügel schwang nach innen auf.

»Lassen Sie das!« Archer sprang auf und stellte sich neben sie, schloss das Fenster mit einem Knall.

»Es ist ohnehin zu heiß«, murmelte Jenna. Sie legte die Handflächen auf das Glas, vermeinte die Hitze zu spüren, die bereits am Morgen zwischen den Häusern stand und die Luft zum Flimmern brachte.

»Sie glauben wirklich, dass ich Ihre Leute umgebracht habe?« Die Frage rutschte ihr heraus, bevor sie daran dachte, dass sie eigentlich nichts mehr hatte sagen wollen.

»Ich glaube das nicht, ich weiß es«, gab Archer kühl zurück. Er war ein paar Schritte zurückgetreten und lehnte jetzt an einem der Tische, ließ sie nicht aus den Augen.

Jenna atmete tief durch. Das Frühstück, so armselig es auch gewesen war, hatte ihre Lebensgeister wieder geweckt. Ihre Gedanken rasten, aber nicht so durcheinander wie zuvor, nein, ihr Kopf war klar. Archer wollte nicht nur Rache, er wollte etwas von ihr persönlich. Sie presste die Lippen zusammen und drückte die Stirn an die Scheibe. Die Situation war ja irgendwie aberwitzig: Sie war keine Geheimagentin, keine Berufskillerin, hatte keine Erfahrung damit, entführt zu werden. Ich bin Jenna Winters, Grafikerin aus München, dachte sie grimmig.

Aber Archer war nicht an der Grafikerin interessiert. Und in einem hatte er recht: Sie war die Hüterin. Also würde Jenna, die Hüterin, Archers Spiel so gut wie möglich mitspielen. Sie drehte sich um und musterte ihn. Archer hatte das Gleiche an wie am frühen Morgen, als er in ihrer Zelle auf sie gewartet hatte. Dunkle Chinos, blaues Hemd, darüber ein zerknittertes Jackett. Der erste Anflug eines Bartschattens. Eisblaue Augen, die ihre Musterung gleichmütig hinnahmen. Unter anderen Umständen hätte sie ihn interessant gefunden. Jetzt atmete sie unauffällig durch, zwang ihre Stimme zur Ruhe und nickte dann.

»Sie können mir nicht drohen, denn Sie wissen, wozu ich fähig bin. Offensichtlich töte ich Menschen, die mir im Weg stehen. Also, was genau wollen Sie von mir? Und was bieten Sie mir dafür an?«

Archer verzog den Mund. Er betrachtete sie noch ein paar Sekunden, bevor er antwortete: »Wir sind das Konsortium. Wir dienen dem Jäger.«

»Das weiß ich bereits.«

»Ich will als Erstes, dass Sie uns eine Möglichkeit bieten, mit ihm zu kommunizieren. Über alles Weitere reden wir noch.«

»Sie wollen eine Telefonleitung zu Ihrem Jäger?«, fragte Jenna verblüfft. Sie hatte sich schon gedacht, dass die Herren sie dazu bringen wollten, den Abgesandten des Teufels, wie sie ihn insgeheim nannte, in diese Welt zurückzubringen. Nur mit ihm reden erschien ihr wenig, aber Archer hatte ja schon angedeutet, dass er noch mehr von ihr erwartete. Oder hatte sich seine letzte Bemerkung auf ihre eventuellen Forderungen bezogen? »Ich denke darüber nach«, sagte sie ausweichend.

»Sie haben Zeit bis heute Abend.« Er ließ Jenna, die schon Luft holte, nicht antworten, sondern rief: »Mortimer, führ unseren Gast wieder nach unten.«

»He«, protestierte Jenna. »Ich war noch nicht fertig. Wenn Sie wollen, dass ich etwas für Sie tue, könnten Sie mich wenigstens standesgemäß unterbringen. Ein oberirdisches Zimmer wäre nicht schlecht.« Sie wandte sich an Mortimer, der gerade im Türrahmen erschien, und machte eine ausholende Handbewegung. »Ihnen gehört doch das ganze Haus, nehme ich an. Also werden Sie doch auch ein paar anständige Gästezimmer haben. Wenn Sie mich unter Druck setzen, kann ich für nichts garantieren!« Ihre Augen funkelten. »Und es ist ein so schönes Haus. Solange es steht.« Damit verschränkte sie die Arme vor der Brust und sah die beiden Männer erwartungsvoll an.

Archer hob erst irritiert die Brauen, dann lächelte er dünn. »Bring sie in den vierten Stock, Mortimer. Und lassen Sie das Fenster zu«, warf er Jenna noch hin, verließ mit langen Schritten den Raum.

»Das wars?«, machte Jenna und sah ihm mit ungläubigem Blick nach. »Und ich dachte, er hält mir eine lange Rede über seine Forderungen und quält mich mit einem Sack voll Fragen.«

»Der Chef hält keine langen Reden«, erklärte Mortimer. »Aber Sie sollten sich sein Angebot gut überlegen. Sie werden es sonst bereuen, young Lady.«

Jenna sah Mortimer trotz der nicht allzu versteckten Drohung amüsiert an. »Young Lady? Sie scherzen wohl. Also, wo ist jetzt dieses Gästezimmer?«

»Nehmen Sie Ihre Wasserflasche und folgen Sie mir.«

Jenna tat genau das. Sie ging hinter Mortimer her die Treppen hinauf und einen schmalen Gang entlang. War der dritte Stock eher wie eine großzügige Wohnung mit mehreren großen Zimmern geschnitten, so ähnelte der vierte einem Hotel. Mehrere Zimmertüren zweigten vom Flur ab. Ihre Schritte wurden von einem dunklen Teppich gedämpft, ein paar Wandleuchten spendeten Licht. Mortimer nahm die letzte Tür auf der linken Seite und bedeutete Jenna mit einer Handbewegung, einzutreten. Überrascht sah sie sich um. Sie stand in einem hellen, freundlichen Zimmer, in das die Sonne durch ein Dachfenster hereinschien. Bett, Tisch, Stuhl, ein kleiner Schrank – ein unauffälliges Gästezimmer, wie man es tausendfach in England oder Deutschland finden konnte. Das Bett zierte eine bunte Tagesdecke, und eine weitere Tür führte in ein winziges Bad. »Ein Königreich für eine Dusche«, murmelte sie, und Mortimer verzog den Mund zu einem schmalen Lächeln.

»Ich bringe Ihnen später etwas zu essen«, kündigte er an. »Ein Tipp: Überlegen Sie sich gut, was Sie tun. Stephen Archer lässt sich nicht an der Nase herumführen. Und erpressen sollten Sie ihn auch nicht.«

»Ich werde es mir merken.« Jenna bemühte sich, kein Zittern in ihrer Stimme durchklingen zu lassen.

Mortimer nickte ihr zu, dann zog er die Tür hinter sich zu, und Jenna hörte, wie er von draußen abschloss. Im gleichen Moment sackte sie aufs Bett. Das Adrenalin, das in den letzten Minuten durch ihren Körper gerast war, ließ alles vor ihren Augen flimmern. Sie legte den Arm übers Gesicht, blendete die Sonne aus und klammerte sich mit der freien Hand an der Bettdecke fest, bis ihre Knöchel weiß waren.

Archer wollte mit dem Jäger sprechen? Worüber, um Himmels willen? Über die Weltherrschaft? Zwei Herren, gediegen am Kaminfeuer, mit einem Drink in der Hand? Jenna schnaubte. Die ursprüngliche Aufgabe des Jägers war es gewesen, der Hüterin habhaft zu werden und sie dem Konsortium zu übergeben. Jenna hatte den Jäger vor einigen Monaten schachmatt gesetzt, war aber jetzt doch in die Hände der tödlichen Bruderschaft gefallen. Wozu also der Jäger? Archer wollte ihn offenbar wieder fest in der Welt der Lebenden verankert haben, doch die Frage war, ob sie das überhaupt konnte – schließlich hatte sie dafür gesorgt, dass der Jäger für den Rest der Ewigkeit an die Schattenwelt gekettet war. Jenna schnaubte erneut. Nein, ihr musste etwas einfallen. Sie musste hier raus, verschwinden, untertauchen.

Oder sie spielte sein Spiel mit und versuchte auf diesem Weg, mehr über sich herauszufinden. Das Konsortium hatte Informationen über die Hüterin, über die früheren Hüterinnen, soviel war sicher.

Ruckartig setzte Jenna sich wieder auf und blinzelte in das grelle Sonnenlicht. Ob sich Archer auf einen Deal einlassen würde? Sie musste ihm ja nicht sagen, wie wenig sie überhaupt wusste. Er wollte etwas von ihr. Er hatte, so interpretierte sie das, für seine Verhältnisse durchaus freundlich gefragt. Er war zudem überzeugt, dass sie zwei Leute ermordet hatte. Wenn Archer ihr nicht etwas vorenthielt, lagen ihr Amethyst, das Grimoire und auch der Kompass weiterhin in ihrer Wohnung. Sie hatte schließlich mit Lena die Wohnung gesichert … allerdings hatte Jenna selbst den Hausmeister hereingebeten, der hoffentlich wieder aus seiner Bewusstlosigkeit erwacht war … »Äh«, machte sie, weil ihre Gedanken nicht aufhörten, unsortiert durcheinanderzurasen. Ob frische Luft half? Archers Anweisung ignorierend, öffnete sie das Dachfenster und spähte hinaus. Das Dach fiel steil unter ihr ab, versprach einen Rutsch ins Bodenlose … keine guten Aussichten. Jenna legte eine Hand auf die Dachplatten und zuckte zurück – die Ziegel waren heiß genug, um Spiegeleier darauf zu braten. Und die frische Luft hielt sich hier, mitten im englischen Hochsommer, in Grenzen. Jenna schloss das Fenster wieder und setzte sich diesmal auf den Tisch, stemmte die Füße auf den Stuhl. Archer hatte ihr nichts verboten, außer zu flüchten und das Haus zum Einsturz zu bringen. Also würde sie da weitermachen, wo er sie vorhin unterbrochen hatte: Bei dem Versuch, Lagardère zu kontaktieren.

MÜNCHEN, MITTWOCHNACHMITTAG

Antoine Lagardère ist der Letzte, den ich hier erwartet hätte. Die Hüterin und der Schreiberling? Kein Wunder, dass Jenna ihn mir verschwiegen hat. Welch unglaublicher Zufall. Oder, wenn ich recht darüber nachdenke, vielleicht doch nicht. Magie geht seltsame Wege, und dass sich unsere Wege nach all dieser Zeit erneut kreuzen, kann mir vielleicht nützlich sein.

Der Sekretär des Kardinals … Wie viel er wohl noch weiß? Ich muss zugeben, er sieht gut aus in der neuen Zeit, in seinem neuen Leben. Älter. Und trauriger. Nicht mehr so unschuldig wie damals, als wir uns das erste Mal begegnet sind. O ja, es wird mir ein Vergnügen sein, ihn auf meine Seite zu ziehen.

* * *

Immer neue Schockwellen brachen über seinem Kopf zusammen. Es hörte einfach nicht auf … die Erinnerungen stürmten auf Antoine Lagardère ein, all das, was er verloren, vergessen geglaubt, was ihm die Schatten genommen hatten. Wer er gewesen war, seine Träume und Hoffnungen, all das Leid und die Freude, der Tod, der ihn begleitet hatte, seitdem er in die Dienste des Kardinals getreten war … Lagardère war in Jennas Küche auf die Knie gesunken, die Augen krampfhaft geschlossen, die Hände um ein Tischbein geklammert. Er rang nach Luft und bekam doch nicht genug.

Das Erste, was er wieder bewusst wahrnahm, war ihre Stimme. Sanft, aber immer noch mit diesem spöttischen Unterton, dem er damals schon nicht widerstehen konnte. Es war nicht wichtig, was sie sagte, aber ihre Stimme gab ihm den Halt, den er brauchte, um wieder ins Hier und Jetzt zurückzufinden.

»Madeleine …« Er fühlte, wie sie seine Hände vom Holz löste und in die ihren nahm.

Lagardère öffnete zögernd die Augen.

Sie kniete vor ihm, sah ihn amüsiert an. »Wach auf, mein Lieber.« Sie klang erstaunt, aber bei Weitem nicht so geschockt, wie er sich fühlte. Hatte sie gewusst, dass Jenna ihn zurückgebracht hatte, oder verbarg sie ihre Überraschung nur besser als er? Wann hatte sie ihn erkannt? Lagardère bemerkte, dass seine Finger zitterten, als er ihr seine Hände entzog. Die Kurtisane hatte sich verändert, stellte er fest. Die hüftlangen roten Locken waren kurzen Stacheln gewichen, ein paar Fältchen um die Augen hinzugekommen, und die dunklen Seen ihrer Augen schienen noch mehr Schwärze zu beinhalten als damals. »Hexe«, flüsterte er heiser und stand schwankend auf. Er hielt sich am Küchentisch fest und versuchte Abstand zwischen sich und Lena zu bringen.

Lena lachte auf. »Ihr seht mich nach vierhundert Jahren wieder, und das Einzige, was Euch einfällt, ist Hexe? Das wusstet Ihr aber damals schon, nicht wahr? Ihr habt mich beobachtet, Ihr wusstet ganz genau, was ich war. Genau wie der Kardinal. Und jetzt«, sie erhob sich ebenfalls und blieb so dicht vor ihm stehen, dass er ihren Atem auf seinem Gesicht spürte, »jetzt ist Eure beste Freundin eine mächtigere Hexe, als ich es je sein konnte. Ihr glaubt doch nicht an einen Zufall, mon cher?«

Lagardère wich zwei Schritte zurück, bis er im Türrahmen stand. »Madeleine de Guise ...«, sagte er jetzt gedehnt und bemühte sich fieberhaft, seiner Verwirrung Herr zu werden. »Wer hätte gedacht, dass wir uns in einem neuen Leben noch einmal begegnen? Ihr wart nicht in der Schattenwelt, nehme ich an. Also ist Eure Magie wirksamer, als wir beide – der Kardinal und ich – vermuteten.« Er machte einen Kratzfuß und zog dabei einen imaginären Hut. »Enchanté, Mademoiselle.« Dann wurde sein Tonfall beißend. »Oder sollte ich besser sagen: Hallo, Lena?«

Die Angesprochene zuckte mit den Schultern. »Madeleine de Guise lebt schon lange nicht mehr. Inzwischen bin ich Lena Wilhelmi, nirgendwo zu Hause, immer unterwegs.« Sie lächelte dünn. »Ich passe mich jeder Zeit an, so lange, bis ich bekommen habe, was ich will.«

Lagardère schluckte den offensichtlichen Köder nicht. Er nahm aus dem Küchenschrank zwei Gläser, schenkte aus Jennas Flasche äußerst großzügig ein und bot Lena ein Glas an, bevor er den dritten Whisky an diesem Tag hinunterkippte. Aber manche Situationen erforderten drastische Maßnahmen. Ihm schwirrte der Kopf. So viele Erinnerungen waren zu ihm zurückgekehrt, dass er sich am liebsten die nächsten Stunden mit einem Notizbuch in einem Sessel niedergelassen und mit Stift und Papier Ordnung in das Chaos gebracht hätte. Doch die Tatsache, dass Madeleine de Guise … Lena … hier in Jennas Küche stand, ließ ihn diesen Wunsch vorerst zurückstellen.

»Weißt du, wo Jenna ist?«, fragte er stattdessen.

Lena schüttelte den Kopf. »Ich bin gestern gegen Mitternacht gegangen, da war sie noch hier. Aber wenn ich raten soll: Wahrscheinlich hat das Konsortium sie doch noch überredet, mitzukommen. Sie wurde in den letzten Tagen verfolgt.« Lena stemmte die Hände in die Hüften. »Bist du nicht zurückgekommen, um sie zu beschützen? Wo warst du?«

Lagardère blinzelte ob des vorwurfsvollen Tons. »Warum ich hier bin, ist meine Sache. Aber ich denke auch, dass die Engländer sie haben. Weißt du, wo genau sie sein könnte?«

»Das Hauptquartier ist in London. Aber ich war noch nie dort. Es ist sehr geheim.«

»So geheim wie deine Mission?«, fragte Lagardère gelassen.

Lena kippte den zweiten Whisky hinunter, als wäre er Wasser, und setzte das Glas ab, funkelte ihn an. »Was weißt du schon über meine Mission? Vergiss nicht, ich bin schon länger auf der Welt als du …« Sie trat nahe an ihn heran. »Ich kann mich jedenfalls noch sehr gut an unser letztes Zusammentreffen erinnern.« Sie hob die Hand und strich ihm leicht über die Wange, fuhr mit dem Daumen über seine Unterlippe. »Ich war nie deine Feindin. Auch jetzt nicht«, flüsterte sie und reckte sich auf die Zehenspitzen.

Er wusste genau, was sie tat, und er hätte nur den Kopf zur Seite wenden müssen. Doch nach all den Jahren – Jahrhunderten – Madeleine so nah vor sich zu sehen … Die Sehnsucht von damals flammte auf, wurde übermächtig. Mit einem Stöhnen presste er seine Lippen auf ihre. Sie schmeckte süß, nach Rosen und einem Hauch von Whisky, und er dachte nur noch, es ist zu lange her, als seine Hände schon unter ihr Shirt glitten. Er spürte die samtweiche Haut und zog sie an sich. Davon hatte er in den Nächten nach ihrem ersten Kuss geträumt und gleichzeitig gewusst, dass dieser Rausch tödlich enden würde. Sie keuchte leise auf und öffnete die Lippen, drängte sich an ihn. Lagardère zögerte noch einen letzten Moment, dann warf er alle Bedenken über Bord, vertiefte den Kuss. Jetzt begann sie sein Hemd aufzuknöpfen, lächelte, als es raschelnd zu Boden fiel, und zerrte ihm das T-Shirt über den Kopf. Fiebrig strich sie mit ihren Händen über seine Schultern, ließ ihn erschauern.

»Bett«, sagte Lena undeutlich.

»Mm«, machte Lagardère und schob Lena, ohne die Liebkosungen zu unterbrechen, in Richtung Gästezimmer. Sie taumelten von einer Wand zur anderen, ließen eine Spur von Kleidungsstücken hinter sich. Dann sank er rückwärts auf die Couch, zog Lena mit sich und vergaß jeden weiteren zusammenhängenden Gedanken.

Als Lagardère wieder erwachte, schien die Sonne schräg ins Zimmer. In seinen Armen schlief Madeleine de Guise. Seltsam, er konnte sich noch nicht so richtig für den Namen Lena erwärmen. Denn sie war Madeleine, wie er sie gekannt hatte – und doch nicht. Er zog das Laken hoch, strich ihr leicht über die roten Haare und lächelte plötzlich verlegen, als ihm bewusst wurde, dass er das erste Mal seit über vierhundert Jahren wieder eine Frau geliebt hatte.

Damals … er hatte sie nur noch einmal gesehen. Etwa eine Woche nach ihrer nächtlichen Begegnung war Madeleine – Lagardère war gerade auf dem Weg in Richelieus Gemächer – auf einem glänzenden Rappen an ihm vorbeigaloppiert, hatte spöttisch die Hand zum Salut gehoben und war danach vom Königshof verschwunden, als hätte es sie nie gegeben. Doch er war sicher, dass er in den darauffolgenden Monaten ihre Handschrift noch auf einigen Depeschen erkannt hatte. Der Kardinal allerdings hatte ihren Namen in seinem Beisein nie wieder erwähnt.

Kurz darauf hatte der junge Sekretär in Marie de Bourbon eine neue Dienstherrin und in Sophie Solanger eine neue Liebe gefunden, und seine Sehnsucht nach Madeleine de Guise hatte langsam nachgelassen, bis sie der Vergessenheit anheimfiel. Die erste Liebe vergisst man nicht, hörte er wie aus weiter Ferne Richelieus dunkle Stimme. Der Kardinal hatte anscheinend bemerkt, was seinen Sekretär umtrieb. Doch Antoine hatte die Hexe aus seinem Herzen verbannt, war mit dem Namen einer anderen auf seinen Lippen gestorben und hatte vierhundert Jahre in einem Dämmerschlaf verbracht, der ihn erst allmählich aus seinen Fängen entließ, wie es schien … Er zog mit einem Finger Kreise auf Lenas nackter Schulter. Zwischen ihnen war keine Liebe, das nicht – aber er hätte die letzten Stunden dennoch für nichts in der Welt eingetauscht und hätte nichts dagegen gehabt, den Rest des Tages mit ihr zu verbringen. Doch seine Vernunft klopfte hartnäckig bei ihm an. Was wollte Madeleine? Dass sie beide sich hier, in der Wohnung der Hüterin, trafen, konnte kein Zufall sein. Sie hatte ihm deutlich gesagt, dass sie einen Plan verfolgte.

Lagardère rutschte ans Couchende und verzog das Gesicht, als die Couch ein lautes Knarren von sich gab. Doch Lena wachte nicht auf. Sie drehte sich auf den Bauch und zog das Laken über sich, sodass nur noch ihre Nasenspitze herausschaute. Mit einem letzten Blick auf sie schlich er aus dem Zimmer und suchte Lenas Kleidung zusammen, zog sich seine Boxershorts an und ließ sich im Flur auf dem Boden nieder. In der Tasche ihres Sommerkleides fand er ihr Handy, in der kleinen Clutch, die sie bei sich getragen hatte, steckten ein Kartenset und eine kleine Geldbörse. Hundert Euro in kleinen Scheinen sowie ein Personalausweis, der besagte, dass Lena Wilhelmi 1985 in Basel geboren worden war. Der Ausweis war in Köln ausgestellt. Lagardère zog die Brauen hoch und nahm sich das Handy vor. Zu seinem Verdruss war es mit einer PIN geschützt. Er drehte das Gerät nachdenklich in der Hand. Was würde jemand wie Lena als Geheimzahl wählen? Jemand, der schon so lange auf der Welt war, dass man nur noch die Jahrzehnte zählte, nicht die Jahre?

Das Geburtsjahr von Madeleine de Guise. Wenn das ihr echter Name war. Vielleicht hatte sie auch damals, in Versailles, eine neue Identität angenommen und bereits lange Zeit zuvor Alter und Tod getrotzt? Hm … so kam er nicht weiter. Aber was auch immer Lena im Schilde führte, er würde es herausfinden. Er ging ins Bad und betätigte die Spülung, nur für den Fall, dass Lena nicht mehr so tief schlief, und ging dann leise zurück in Jennas Gästezimmer. Er stieg über Lena hinweg und legte sich vorsichtig hinter sie. Sie duftet immer noch nach Rosen, dachte er und schloss die Augen.

Lass das nur Kim nicht sehen, hörte er eine amüsierte Stimme in seinem Kopf.

Lagardère erschrak so sehr, dass er fast abhob. »Was zum Teufel ... Jenna?«, hauchte er und versuchte, die Fassung wiederzuerlangen.

Wer sonst?, gab die Stimme zurück. *Ich weiß nicht, wie lange die Verbindung hält, Antoine. Such den Stein in meiner Handtasche. Sie müsste im Flur sein. Dann versuchen wir es wieder. Und Antoine? Zieh dir was an.*

Schlagartig war er in seinem Kopf wieder allein. Mon dieu, wie peinlich ...

Jenna hätte sich fast verschluckt, als sie sah, wo sich Lagardère befand – und was er anscheinend gerade getan hatte. »Auf meiner Couch?«, murmelte sie. »Gehts noch?« Gleichzeitig war sie froh, dass die Verbindung zu Lagardère nicht vorher zustande gekommen war. Bei dem Gedanken schüttelte sie sich und grinste. Das wäre ja schlimmer als Privatfernsehen in der Nacht ...

Sie hatte sich schon vor zwei Stunden konzentriert, hatte ihre mentale Angel ausgeworfen und versucht, die Verbindung zu Lagardère wieder herzustellen. Irgendwas an diesem Haus schien sich ihr jedoch – anders als im Keller – entgegenzustemmen. »Schlechtes Qi? Miese Schwingungen?«, hatte sie leise geschimpft und die Augen so fest zugekniffen, bis sie schmerzten. Sie war umhergewandert, hatte es erst im Stehen, dann im Liegen probiert. Bei offenem und geschlossenem Fenster. In Yoga-Position und auf dem Bett lümmelnd. Nichts. Erst als sie wieder an die Erde dachte, ihr eigenes Element, sich daran erinnerte, dass auch die Erde einem Rhythmus, einer bestimmten Bewegung folgte, hatte sie bemerkt, wie sich etwas öffnete. Und dann war es plötzlich egal gewesen, wie weit Lagardère entfernt war.

Lagardère schlich durch Jennas Flur, stieg hastig in seine Jeans. Wo war das T-Shirt? Er sah sich suchend um, entdeckte es auf dem Küchenboden, streifte es über. Das Blut schoss ihm ins Gesicht, als er daran dachte, dass sie es beinahe nicht mehr auf die Couch geschafft hatten … Konzentrier dich, Antoine, rief er sich selbst zur Ordnung und ließ die Blicke durch die Wohnung schweifen. Jennas Handtasche lag im Flur, unter der Kommode, und er fand sie auch nur deswegen, weil der Riemen unter dem Möbelstück hervorlugte. Der Amethyst war tatsächlich im vorderen Fach, und er steckte ihn sich in die Hosentasche. Er hängte die Tasche an die Garderobe und ging leise in die Küche. Dort ließ er Wasser aus dem Wasserhahn laufen, stürzte ein Glas hinunter, dann das zweite. Aus dem Gästezimmer kam kein Laut, also setzte er sich an den Küchentisch, zog den Stein hervor und schloss seine Faust darum.

Dann wartete er auf Jenna.

Jenna saß auf dem Bett, den Rücken gegen die Wand gelehnt, und hoffte, dass ihr Plan aufging. Sie wollte ihren Stein als Anker nutzen. Wenn ich Magie erfinden kann, dann erfinde ich mir jetzt das magische Telefon, dachte sie und atmete tief ein und aus.

Die Verbindung war genauso schnell wieder da, wie sie sie verloren hatte. Und es war tatsächlich wie eine Telefonverbindung – nein besser, magisches Skype. Jenna sah den Stein in Lagardères Hand förmlich pulsieren, konnte erkennen, dass er in ihrer Küche saß.

Da bin ich wieder, Antoine. Bist du allein?

Jenna! Wo bist du? Kann ich dir helfen? Der Franzose hörte ihre Stimme, und er sah, was Jenna sah – das Zimmer, das schräge Dach, die verschlossene Tür.

Der Stein wirkt, halleluja. Ich bin im Hauptquartier des Konsortiums. Antoine, du hörst das vielleicht nicht gerne, aber Lena ist nicht zufällig hier. Sie ist …

Ja, ich weiß. Wir beide kennen uns. Lagardère klang schuldbewusst.

Warum klingst du so komisch?, fragte Jenna verblüfft. *Echt – ihr zwei kennt euch schon? Mir ist Lena erst vor ein paar Tagen über den Weg gelaufen. Irgendwie habe ich das Gefühl, dass … dass sie mich gesucht hat. Und, zugegeben, das vorhin auf meiner Couch … äh, du weißt schon, dass du eine eigene Wohnung hast?*

Lagardère unterbrach sie: *Sie war einmal Madeleine de Guise, Kurtisane seiner Hoheit König Ludwig XIII.*

Einen Moment herrschte Stille. Dann ertönte Jennas ungläubige Stimme in seinem Kopf: *Du willst mir sagen, Lena ist aus deiner Zeit? Was um alles in der Welt ist sie?*

Eine Hexe, würde ich sagen. Und sie ist nicht aus meiner Zeit, ich glaube, sie ist noch älter.

Jenna hielt es auf ihrem Bett nicht mehr aus. Sie sprang auf und wanderte hin und her. *Ja, das mit der Hexe weiß ich schon. Aber eine über vierhundert Jahre alte Hexe? Lieber Himmel.* Sie runzelte die Stirn, während sie fieberhaft nachdachte. *Irgendjemand hat mir einen magischen Kompass vermacht, er liegt in meiner Tasche. Müsstest du eigentlich gesehen haben, wenn du meinen Stein gefunden hast. Frag sie danach, vielleicht kann sie dir noch mehr darüber sagen. Und ich will wissen, was sie von mir will. Schaffst du das, Antoine? Es sieht so aus, als verbindet euch … hm … einiges.* Dann setzte sie eher zögernd hinzu: *Ehrlich, ich bin nicht sicher, ob sie auf unserer Seite steht … obwohl ich ihr so gerne trauen möchte. Sie ist so anders als die Menschen, die ich kenne.*

Lagardère verzog das Gesicht. *Ich kann nicht leugnen, dass sie mich fasziniert. Aber ich weiß, wem meine Loyalität gilt, Jenna. Ich verdanke dir mein Leben – das vergesse ich nicht. Und ich finde heraus, was sie will, versprochen.* Er schluckte leer. *Apropos Leben. Was ist mit dir? Wirst du bedroht? Müssen wir dich aus diesem Zimmer – dieser Zelle – herausholen?*

Nein, gab Jenna zurück und klang furchtloser, als sie sich fühlte. *Stephen Archer – das ist der neue Anführer des Konsortiums – braucht mich. Er hat mich nicht entführt, um mich umzubringen. Aber halte dich bereit, es könnte schon sein, dass ich deine Hilfe benötige.*

Lagardère sprang leise auf, behielt aber den Stein in der Hand. Mit Lenas Handy in der Hand stand er in der Küche und fragte: *Ich brauche die PIN. Irgendeine Idee?*

Es entstand eine Pause. *Leider nein. Kannst du es nicht herleiten? Meine PIN ist Kims Geburtstag. Weißt du Lenas Geburtstag?*

»Antoine?«, unterbrach sie eine helle Stimme. »Was machst du in der Küche? Und wieso hast du mein Telefon in der Hand?«

»Es hat geklingelt. Ich dachte, es wäre meins.«

Jenna spürte förmlich, wie Lagardères Blutdruck nach oben schnellte. Er legte das Handy auf den Tisch und schob Jennas Stein in seine Hosentasche. Sobald er ihn losließ, waberte das Bild in ihrem Geist, dann riss die Verbindung vollends ab. »Aufgelegt«, stellte Jenna fest. Sie ging weiter im

Zimmer herum und überlegte. Nach kurzer Zeit stand ihr Plan fest. Sie würde das Spiel mitspielen.

Je nachdem, was Archer heute Abend noch preisgab.

LONDON, MITTWOCHABEND

»Wir nehmen sie mit in die Hütte vom Chef. Da kann sie keinen Schaden anrichten.« Zwei Männer und eine Frau saßen im großen Konferenzraum des Konsortiums und unterhielten sich leise.

»Archer wird das nie zulassen«, widersprach die Frau.

»O doch, das wird er. Er wird sie testen wollen. Und wir können nicht riskieren, dass uns die Hüterin das Haus abfackelt, mitten in London.«

»Dann komme ich mit. Er kann nicht erwarten, dass wir ihn mit der Hüterin allein lassen. Dazu ist er nicht berechtigt …« Die Frau zischte förmlich.

»Er ist der Anführer«, warf der Dritte gelassen ein und trank einen Schluck Tee. »Wir haben ihn dazu gemacht, also obliegt die Entscheidung ihm. Aber lassen Sie mich nur machen. Ich finde einen Weg, sie beide im Auge zu behalten.«

Es dämmerte bereits, als Archer dem Wachtposten vor Jennas Tür zunickte, kurz klopfte und dann ohne zu zögern aufschloss. Er trat ein und zog die Tür hinter sich zu, blickte um sich und fluchte leise: Das Dachfenster stand weit offen, die heiße Abendluft strömte herein. Jenna Winters war nirgendwo zu sehen. Er durchmaß mit drei langen Schritten den Raum und spähte aus dem Fenster. Es gab keine Feuerleiter, nur glatte Schindeln und zwanzig Meter Luft. Wo war sie hin?

War die verdammte Hexe in der Lage, sich in Luft aufzulösen? Archer schüttelte den Kopf, nein, dann hätte sie sich vorher schon befreit. Er drehte sich, im offenen Fenster stehend, um und sah nach oben in Richtung Giebel. Neben dem Kamin, der dort emporragte, war eine kleine flache Stelle im Dach, etwa zwei Mal zwei Meter breit. Andeutungen von Stufen waren im Dach eingelassen, vermutlich für den Kaminkehrer, dem Einzigen, der verrückt genug war, das Dach zu besteigen. Archer war nicht verrückt. Ganz im Gegenteil, er hasste Höhen.

Niemand hatte ihm gesagt, dass Jenna Winters klettern konnte. Er seufzte und schloss für einen Moment die Augen. Doch kein Wunder geschah, die Hüterin blieb verschwunden. Shit, dachte er inbrünstig und stemmte sich widerwillig durch das Fenster. Die Augen fest auf den Kamin über sich gerichtet, stieg er das steile Dach Meter für Meter nach oben. Die Dachziegel waren immer noch heiß. Er zuckte zurück, als er sie versehentlich berührte, und hätte fast das Gleichgewicht verloren. Für einen Moment sah er im Augenwinkel die Straße unter sich, zwei grüne Autos, die vor dem Gebäude geparkt waren, dann warf er sich nach vorne und fand mit den Knien seinen Halt wieder. Es kam ihm viel länger vor, aber kaum zwei Minuten später hatte er den Kamin erreicht, und damit die kleine Plattform.

Die Hüterin saß mit dem Rücken an den Kamin gelehnt auf der ihm abgewandten Seite, hatte die Knie angezogen, die Arme darum geschlungen und starrte in die blasslila Wolken, die über dem noch orangeglühenden Horizont schwebten.

»Die Aussicht ist nicht schlecht, aber ich hatte Ihnen befohlen, das Dachfenster geschlossen zu halten, Mrs Winters. Welchen Teil davon haben Sie nicht verstanden? Ich erwarte, dass Sie sich an meine Anweisung halten. Sonst können Sie gerne wieder im Keller übernachten.«

Jenna musste ihn schon beim Aufstieg gehört haben, denn sie wirkte nicht überrascht. Sie drehte nicht einmal den Kopf, als sie antwortete: »Ich brauchte Luft zum Nachdenken. Abgesehen davon sollten Sie froh sein, dass ich noch hier und nicht auf meinem Besen davongeflogen bin.«

Archer blieb stehen, die Hand am Kamin und sah in die Ferne. Wenn er die Augen zusammenkniff, konnte er das Riesenrad an der Themse erkennen. »Sparen Sie sich den Sarkasmus«, gab er leise zurück, und in seiner Stimme schwang etwas mit. Keine Drohung, aber ein inneres Vibrieren, und Jenna zuckte zusammen. »Sie wissen genau, dass ich momentan am längeren Hebel sitze. Also kommen Sie mit nach unten und zurück ins Zimmer. Ich möchte mit Ihnen reden.«

»Das können wir doch auch hier oben. Außerdem stört uns hier niemand.«

Man hatte ihm gesagt, dass die Hüterin störrisch war. Doch er hatte nicht voraussehen können, dass sich das auf dem Dach eines fünfstöckigen Gebäudes manifestieren würde. Archer zögerte. Wenn er sie mit Gewalt herunterzog, würden sie beide unten auf der Straße und im Leichenschauhaus landen. Zudem saß er nicht wirklich am längeren Hebel, das wusste er. Jenna Winters hatte ihm bereits klar gemacht, dass sie sich nicht so einfach zwingen ließ. Vielleicht tat sie nur so, als ob, aber er war fast so weit, ihre Selbstbeherrschung angesichts der Situation zu bewundern.

Schweigend ließ er sich auf der kleinen Fläche nieder. Links neben ihm, auf der anderen Seite des Giebels, sah man ebenfalls kleine Einkerbungen, die hinunter bis zum nächsten Dachfenster führten. Die Hitze, die das Dach ausstrahlte, drang durch seine Jeans. Zwei Krähen landeten nicht weit von ihm entfernt und stolzierten furchtlos auf und ab. »Worüber denken Sie nach?«, fragte er nach einer Weile.

Jenna schüttelte lediglich den Kopf. »Sagen Sie mir jetzt, was Sie noch von mir wollen?«, fragte sie stattdessen. »Eine Verbindung zum Jäger … das kann nicht alles sein. Das hätten Sie auch einfacher haben können. Aber die ganze Entführung, dass Sie mich hier gefangen halten … Was steckt dahinter?«

Archer sah sie verblüfft an. »Sie haben zwei meiner Leute umgebracht. Vielleicht will ich mich rächen. Das Konsortium vergisst nichts. Und es lässt sich nicht erpressen.«

Jenna beugte sich vor und stützte das Kinn auf die Knie. »Ich habe niemanden getötet, zumindest nicht absichtlich«, sagte sie dann. »Und wenn Sie sich rächen wollten, würden wir nicht hier oben auf dem Dach sitzen und reden.« Sie drehte den Kopf und sah ihn von der Seite an. »Also?«

Archer schwieg lange. Ein leichter Wind strich über die Dächer, brachte aber noch keine Kühlung. Die Krähen kamen immer näher, eine pickte vorwitzig nach Jennas Socken. Archer fiel erst jetzt auf, dass sie keine Schuhe anhatte, und er schüttelte innerlich den Kopf. Wie verrückt war diese Hüterin eigentlich?

Er erkannte eine Pattsituation, wenn er direkt davor stand. »Sie haben recht«, gab er zu. »Ich brauche Sie, um den Jäger zu rufen. Aber …«, er hob die Hand, als Jenna etwas einwerfen wollte, »ich möchte von Ihnen noch etwas anderes.« Erneut machte er eine Pause, rang mit sich, ob er es tatsächlich aussprechen sollte. Aber diese Hüterin war, soviel hatte er in den letzten Stunden erkannt, vielleicht tödlich. Vielleicht verrückt. Aber nicht böse. Sie hatte damals wie eine Löwin um ihre Tochter gekämpft, hatte man ihm gesagt. Und als er Jenna jetzt auf dem Dach sitzen sah, mit diesem undurchdringlichen Gesichtsausdruck, wusste er, dass er ihr ein Stück weit entgegenkommen musste, wenn er ihre Hilfe wollte. Er schluckte leer, dann holte er tief Luft und sagte: »Helfen Sie mir, einen Fluch zu brechen. Den Fluch.« Archer starrte nach unten. Er hatte es tatsächlich gesagt. Lange hatte er mit sich gerungen, hatte sich die Entscheidung nicht leicht gemacht. Der Fluch war Teil seines Lebens, wie ein Auto, wie eine Jacke, die man seit Jahren mit sich herumträgt. Und dennoch … Freiheit war ein nicht zu unterschätzendes Gut. Er hatte es satt, Weisungen zu befolgen, nur weil jemand, dem er aus irgendeinem Grund gehorchen musste, es so von ihm verlangte.

»Einen Fluch?«, wiederholte Jenna verblüfft. »Wieso brauchen Sie dazu mich? Einen Fluch kann wahrscheinlich jeder lösen, der sich mit Magie auskennt. Suchen Sie sich eine Hexe. Davon müsste es doch auch in England welche geben.«

Archers Gesicht ließ keine Regung erkennen. »Der Fluch bindet meine Familie an den Jäger. Nur Sie, die Hüterin, können ihn brechen.«

Jenna hob eine Braue. »Wenn ich das richtig verstanden habe, steht das Konsortium im Dienste des Jägers. Sich von dem Jäger trennen – dürfen Sie das überhaupt?«

»Ich habe meine Gründe. Werden Sie es tun?«

Jennas Gesicht war eine ausdruckslose Maske, aber in ihrem Innern tobte es. Sie hatte erwartet, dass Archer – oder einer seiner Männer – sie mit lauten, wilden Drohungen vom Dach zurück ins Zimmer beordern würde. Dennoch hatte sie der Herausforderung nicht widerstehen können. Der Platz oben neben dem Kamin war wie ein Felsen neben einem Gipfelkreuz in großer Höhe, ein kleiner Platz zum Ausruhen und Luftholen, wo der Wind um einen her pfiff und schwarze Dohlen das einzig Lebendige in der eisigen Luft waren.

Nach dem Abendessen, das ihr der Wachtposten hereingereicht hatte – ein Teller Pasta und eine Flasche Ale – war sie wie von einem Faden gezogen hier heraufgeklettert, um Abstand zu ihrem Gefängnis zu finden. Herumgetigert war sie weiß Gott genug. Gut, von frischer Luft konnte nicht die Rede sein, aber die zwei Stunden auf dem Dach hatten ihren Kopf ein bisschen geklärt. Sie wusste allerdings immer noch nicht, was sie von Stephen Archer halten sollte. Im einen Moment war er hasserfüllt und voller Drohungen, im nächsten bat er sie um einen Gefallen und benahm sich halbwegs höflich.

Jetzt tat sie das, was sie sich vorgenommen hatte – sie spielte mit. »Ich werde Ihnen helfen«, sagte sie langsam. »Allerdings garantiere ich für nichts, ist das klar? Ob ich den Jäger je wiederfinden kann … ich weiß es nicht. Ich habe ihn verbannt. Auf ewig, verstehen Sie? Aber ich kann es versuchen. Das mit dem Fluch kann ich vermutlich machen. Andererseits müssen Sie auch etwas für mich tun.«

»Finden Sie nicht, die Tatsache, dass ich Sie am Leben lasse, ist Belohnung genug?«

»Sie können mich nicht umbringen, Mr Archer«, gab Jenna trocken zurück, während ihr Herz raste. »Denn Sie brauchen mich, das haben Sie selbst zugegeben. Also tun Sie nicht so, als könnten Sie mich durch wen auch immer ersetzen. Ich will im Gegenzug zwei Kleinigkeiten von Ihnen.«

Archer verschränkte die Arme. »Ich höre.«

»Wenn das hier vorbei ist, lassen Sie mich und meine Familie in Ruhe. Sie werden nicht anrufen, nicht vorbeikommen, mich nicht suchen.«

»Weiter.«

»Wenn wir den Fluch gebrochen haben, falls ich es kann … Dann will ich den Jäger in dieser Welt nicht mehr haben. Nie, nie wieder. Wohin auch immer er verbannt werden kann, ich sorge dafür, dass er verschwindet.« Jenna achtete darauf, dass ihre Stimme sie nicht verriet. Den Umgang mit schwierigen Kunden gewohnt, war sie in der Lage, auch die haarsträubendsten Lügen einigermaßen glaubwürdig auszusprechen. Das kam ihr jetzt zugute. Sie war sich sehr sicher, dass sie den Jäger auf keinen Fall kontaktieren, geschweige denn wieder in die normale Welt zurückbringen würde – aber das musste sie Archer ja nicht direkt auf die Nase binden.

»Darüber reden wir, wenn es so weit ist.«

»Nein. Ich will Ihr Wort, dass das Konsortium den Jäger gehen lässt. Er hat in unserer Welt nichts zu suchen! Sie glauben, ich bin grausam, weil ich vielleicht Ihre Leute erledigt habe? Sie kennen den verdammten Jäger nicht.« Jetzt drehte sich Jenna vollends herum und streckte Archer die Hand entgegen. »Haben wir einen Deal?«

»Moment noch. Sie kennen mich nicht, sonst wüssten Sie, dass ich nur eine einzige Warnung ausspreche. Sie haben eine direkte Anweisung von mir missachtet. Wenn Sie sich überlegen, mich zu hintergehen, gibt es keine weitere Warnung.«

»Was für eine Warnung?«

»Denken Sie daran, dass wir wissen, wo sich Ihre Tochter aufhält.«

Jenna wurde blass, dann erschienen rote Flecken auf ihrem Gesicht. »Lassen Sie Kim aus dem Spiel«, zischte sie. »Sie hat damit nichts zu tun.«

»Sie hat alles damit zu tun, wenn Sie nicht machen, was ich sage«, gab Archer eisig zurück.

»Sie bluffen. Damit hätten Sie mir doch vorher schon drohen können. Warum kommen Sie erst jetzt damit?« Jennas Stimme war kaum mehr als ein Flüstern.

»Ich drohe Ihnen, womit und wann ich will, Mrs Winters. Bisher hielt ich es nicht für nötig. Und ich bluffe nicht. Ihre Tochter arbeitet heute in der Abendschicht des Port Charlotte Hotels. Wir sind keine Amateure.« Er sah sie scharf an. »Und Sie sind ebenfalls keine Amateurin. Ich weiß genau, wer Sie sind. Und jetzt gehen Sie hier wieder runter, verstanden?«

Die zwei Krähen hatten aufgehört, sich zu streiten und standen still ein paar Meter entfernt, als würden sie zuhören.

Archer stemmte sich hoch, klopfte sich die Hose ab und wartete, bis Jenna an ihm vorbeiging. Dann machte er sich hinter ihr her vorsichtig an den Abstieg. Als beide im Zimmer standen, verriegelte Archer mit einer wütenden Bewegung das Fenster und ging zur Tür. Noch einmal drehte er sich um und musterte sie. »Halten Sie sich bereit. Und kein Wort. Zu niemandem.« Sekunden später fiel die Tür ins Schloss.

Jenna setzte sich mit weichen Knien aufs Bett. »Verdammter Mist«, murmelte sie und schlug mit beiden Handflächen auf ihre Oberschenkel. Ihr Gesicht fühlte sich seltsam taub an, so als hätte er ihr eine Ohrfeige verpasst. Sie hatte Kim da heraushalten wollen. Wie naiv war sie eigentlich? Hatte sie nichts aus der Vergangenheit gelernt? Tränen prickelten in ihren Augenwinkeln, und ärgerlich wischte sie sie weg, bevor sie ihr über die Wangen rinnen konnten. Hatte das Konsortium jemanden nach Islay geschickt, um Kim zu beobachten? Sagte Archer die Wahrheit? Jenna schluckte die nächste Ladung Tränen hinunter und konzentrierte sich. Sie suchte gedanklich eine Verbindung zu Kim – doch anders als im

Westpark kam nichts zurück. Als wäre um Kim herum ein schwarzes Loch.

Kurzentschlossen hämmerte sie an die Tür. »Machen Sie auf!«, schrie sie.

»Shut up!«, hörte sie eine gedämpfte Stimme von draußen, doch Jenna hämmerte weiter, und einige Minuten später hörte sie, wie sich der Schlüssel im Schloss drehte. Archer kam mit Mortimer, einem Mann und einer Frau herein. Letztere warf eine Tasche aufs Bett. »Ziehen Sie sich um und kommen Sie dann zur Tür«, befahl er ihr.

»Was haben Sie mit Kim gemacht?« Jenna krampfte die Fäuste zusammen, um nicht zu kreischen.

Archer zuckte mit den Achseln. »Noch haben wir gar nichts gemacht. Ihrer Tochter geht es gut.« Er wies auf die Tasche. »Machen Sie schon.«

»Und das soll ich Ihnen glauben?«

»Glauben Sie es oder nicht, Sie kommen jetzt mit.« Nun bemerkte Jenna, dass alle vier gekleidet waren, als gingen sie auf eine Outdoor-Expedition.

»Wohin bringen Sie mich?«

»Das erfahren Sie früh genug«, antwortete der alte Mann. »Dorthin, wo Sie keinen Schaden anrichten können und genau das tun, was wir von Ihnen wollen.«

Erneut fiel die Tür dumpf ins Schloss, und Jenna funkelte sie so wütend an, als wolle sie sie in Brand setzen. Aber hier in diesem vermaledeiten englischen Haus funktionierte nichts so richtig. Der Kontakt zu Lagardère ließ sich nicht wiederherstellen, eine Verbindung zu Kim auch nicht … Jenna atmete tief durch. Vielleicht war ein Ortswechsel keine so schlechte Idee. Es scheint fast, als sei das Haus gegen die Magie, dachte sie. Aber wenn diese Leute sich dem Jäger verschworen haben, ist das ja auch kein Wunder … Sie zog den Reißverschluss der Tasche auf und holte eine robuste Jeans, Button-down-Hemd, Fleecejacke und ein Paar Trekkingstiefel hervor. Die Hose war ihr zu weit, das Hemd ebenfalls, aber jemand hatte einen Gürtel dazugelegt, damit ließ sich zumindest verhindern, dass sich die Hose selbstständig machte.

Sie musterte sich in dem kleinen Spiegel, der an der Wand hing, und band sich die Haare mit einem Zopfgummi zusammen, das sie noch in ihrer eigenen Hose gefunden hatte. Die Jacke war in einem grellen Korallenrot gehalten, sie band sie sich um die Hüften, für alles andere war es zu heiß. Signalfarbe, dachte Jenna spöttisch, meilenweit zu erkennen. Haben sie Angst, dass ich weglaufe und durch die Wildnis renne? Wahrscheinlich war es genau das. Sie beugte sich hinunter, um sich die Schnürsenkel zuzubinden.

Da erhaschte sie eine Bewegung im Spiegel und blickte noch einmal auf. Verschwommen sah sie Lagardère, er lehnte an einer Wand. Jemand stand vor ihm, hatte die Hände erhoben, und Lagardère schoss das Blut aus Mund und Nase. Die Szene war so unwirklich wie Fernsehen ohne Ton, doch als Jenna spürte, wie ihr schwindlig wurde, und binnen Sekunden Sterne vor ihren Augen tanzten, wurde sie erschreckend real. Passierte das jetzt gerade? In diesem Augenblick? Oder hatte sie Vorahnungen, wie früher schon? Sie konnte den Gedanken nicht zu Ende denken, als sie, zum zweiten Mal innerhalb von wenigen Tagen, das Bewusstsein verlor und auf den Boden sackte.

Das Bild im Spiegel war wieder klar.

Nur ein Riss, der sich quer über die Glasfläche zog, zeugte davon, dass etwas geschehen war.

London, 2. November 1930

Niemand außer dem Dienstpersonal sei da, die Herrschaften seien außer Haus. Nein, Miss Archer könne nicht in Master Reginalds Zimmer. Niemand dürfe das. Ausdrücklicher Wunsch von Master Reginald. Das gab das Dienstmädchen noch kund, bevor es ihr, den Staubwedel in der Hand, die Tür vor der Nase zuschlug. Doch Amelia war niemand, der sich so leicht abwimmeln ließ. Sie konnte entweder bis zur Dunkelheit warten oder sich gleich daran machen, ihren Plan auszuführen. Amelia spähte durch eines der Fenster an der Rückseite des Weyland-Hauses. In der Küche war niemand zu sehen. Die Köchin, die wohl den zwei Dienstmädchen ein Mittagessen zubereitet hatte, war bereits nach Hause gegangen, und da die Herrschaft nicht im Hause war, blieb dem Personal nicht viel zu tun, außer Staub zu wischen und durch die Zeitschriften zu blättern, die Lady Weyland abonniert hatte.

Sie legte den Kopf in den Nacken und sah nach oben. Im ersten Stock, direkt über der Küche, befand sich Reggies Zimmer. Er hatte einmal gesagt, dass er die Düfte, die aus dem Küchenfenster drangen, so sehr liebe, dass er darauf bestanden hatte, das Zimmer darüber zu bekommen. Die Vorweihnachtszeit war noch nicht angebrochen, die stillen Tage Anfang November lähmten das Geschäftsleben, nur wenige Menschen waren unterwegs. Die Weylands lebten schon seit Generationen in dem Haus in einer Querstraße nicht weit vom Hyde Park. Es hatte zwei Stockwerke und war umgeben von einem Garten, der jetzt von einem dünnen weißen Schleier überzogen war.

Amelia lief geduckt unterhalb der Fenster entlang. Um die

Ecke hatte der alte Weyland eine Terrasse anbringen lassen, Schatten spendete eine Überdachung und die – Amelia grinste bei dem vertrauten Anblick – ruhte auf Säulen, an denen man emporklettern konnte. Sie schob ihre Schirmmütze in den Nacken, sah sich noch einmal vorsichtig um, suchte auf dem Boden nach einem Stein und steckte ihn ein. Sie war schmal und leicht, zog sich mühelos die vier Meter empor. Die Säulen wiesen kleine Einkerbungen auf, sodass sie in weniger als zwei Minuten auf dem Dach angelangt war, das gleichzeitig als Balkon diente. Noch ein sichernder Blick – niemand hatte ihren Aufstieg bemerkt, niemand fing an zu schreien. Jetzt kam der problematische Part: Die bodentiefen Glastüren im Obergeschoss waren verschlossen. Ich tue das für dich, Reggie, dachte sie, nahm den Stein aus der Tasche, wickelte ihre Mütze darum und stieß ihn oberhalb einer Klinke kraftvoll durch das Glas. Das Klirren hallte in der stillen Winterluft wider, und Amelia sah sich erschrocken um.

Doch offenbar war es draußen lauter gewesen als drinnen, nichts rührte sich im Haus. Sie griff mit der behandschuhten Hand durch das Loch, öffnete die Tür und stand im nächsten Moment im oberen Salon. Vorsichtig machte sie einen großen Schritt über die Splitter, schlich zur Tür, horchte. Das Herz klopfte ihr bis zum Hals, und ihre Finger in den Handschuhen waren schweißnass. Komm schon, ermahnte sie sich und huschte durch den Flur zu der Tür, hinter der sie Reggies Zimmer vermutete. Der großzügige Raum bestand aus Bett, Tisch und Stuhl – und wenn sie noch Zweifel gehabt hätte, ob das wirklich Reggies Zimmer war, wären sie jetzt ausgeräumt.

Jede freie Fläche außer dem Bett war voll mit Zeitungen, handbeschriebenen Blättern, verschnürten Manuskripten und Bücherstapeln. Amelia sah sich mit offenem Mund um.

Als wäre sie im Keller der *Times* in ein vergessenes Archiv gefallen. Es roch nach Staub, Papier und Druckerschwärze. Jetzt zog sie den Schlüssel aus der Tasche und runzelte die Stirn. Sie hatte gehofft, hier in Reggies Zimmer einen Safe oder Schrank zu finden, zu dem der Schlüssel passte, aber es sah nicht so aus. Sie schob ein paar Zeitungsstapel beiseite, um den Teppich, der den Boden bedeckte, beiseiterollen zu können, hustete unterdrückt, als eine Staubwolke aufstieg, aber sie fand kein geheimes Fach im Boden, keines im Schreibtisch … nichts. Hinter dem kleinen Ölbild an der Wand – auch nichts. Entmutigt brachte sie alles wieder in Ordnung, da näherten sich Stimmen und Amelia hechtete unters Bett. Sie krallte die Fingernägel in die Handflächen und betete. Wenn jetzt jemand in das Zimmer kam, oder noch schlimmer, den Scherbenhaufen im Salon entdeckte, saß sie so richtig in der Tinte.

Die Tür zu Reggies Zimmer öffnete sich knarrend. Ein paar schwarze Schnallenschuhe erschienen in ihrem Blickfeld, Beine in dicken wollenen Strümpfen, ein schwarzes Kleid mit spitzengesäumter Schürze. Die Besitzerin dieser dienstsamen Kombination fegte Staub, schüttelte das Bett auf und schob ein paar Wollmäuse unter dem Bett hin und her, ohne jedoch wirklich darunter zu schauen – zu Amelias Glück, die an die Wand gepresst lag und sich die Nase zuhielt, um nicht zu niesen.

Da sah sie die Kassette. Unter dem Kopfende, am Lattenrost befestigt. Sie war flach und nicht besonders groß, vielleicht zwölf mal zwölf Zentimeter, ein schwarzes Lackkästchen, das man nur sah, wenn man sich in Amelias Position befand. Amelia atmete so flach wie möglich und streckte die Hand aus, doch das Kästchen widerstand. Sie zog und zerrte daran, als sie plötzlich weiter vorne Türenklappen vernahm, dann einen hellen Schrei: »Diebe! Diebe im Haus! Rosalind, sieh nur!« Der Feudel fiel zu Boden, die bestrumpften Beine verließen eilig das Zimmer.

Das war ihre einzige Chance. Inständig hoffend, dass sich die zwei Mädchen im Salon aufhielten und dort noch die nächste Minute blieben, rüttelte Amelia noch einmal an dem Kästchen, es löste sich und fiel neben ihrem Kopf zu Boden. Mit einem leisen Fluch robbte Amelia unter dem Bett hervor, steckte sich die Kassette unter den Mantel, wischte durch die Tür und den Flur, rannte mit fliegendem Atem die Treppen hinunter und hinaus aus dem Hauptausgang, bevor sich die Dienstmädchen besinnen konnten, ob sie wohl die Polizei rufen oder doch eher Angst davor haben sollten, den Einbrechern in die Hände zu fallen.

Sie rannte an den Villen und Stadthäusern vorbei in Richtung Hyde Park, erwartete jeden Moment, den schrillen Pfiff einer Trillerpfeife hinter sich zu hören. Als sie sicher war, dass niemand sie verfolgte, setzte sie sich auf eine kleine Bank und drehte das Kästchen in den Händen. Sie drückte versuchsweise auf den Deckel, doch nichts geschah, es ließ sich nicht öffnen. Sie schlug es auf die Bank, schüttelte, versuchte mit den Fingernägeln irgendwie unter den Deckel zu kommen … nichts. »Sesam öffne dich«, sagte sie spöttisch – und der Deckel sprang auf. Amelia zuckte überrascht zurück, dann sah sie neugierig hinein. Es war mit dunkelgrauem schimmerndem Samt ausgekleidet, aber leer. Sie tauchte fast mit der Nase hinein, und als sie nur noch den Samt vor Augen hatte, geschah etwas Unfassbares: Es wurde um sie herum tatsächlich dunkel. Eine schwarze Wolke hüllte sie vollständig ein, umgab sie mit Hass und Wut und Angst und Not, drang ihr durch jede Pore. Schreie gellten ihr in den Ohren, und die schiere Dunkelheit um sie herum, die absolute Hoffnungslosigkeit, die dem Kästchen entfloh, ließ sie vor Verzweiflung leise aufschluchzen. Tränenblind, mit zitternden Fingern, schlug sie den Deckel zu und warf die Kassette auf die Bank neben sich. Im gleichen Moment verschwand die Schwärze und machte dem trüben Novembertag Platz. Amelia wischte sich mit dem Ärmel die Tränen aus den Augen, sah sich um und war nicht sonderlich überrascht, dass keiner etwas bemerkt hatte. Nur ein kleiner Hund, der gerade von seinem Besitzer durch den Park geführt wurde, blieb stehen und schnüffelte an ihrem Stiefel, legte für einen Moment wie tröstend seinen Kopf an ihr Knie, bevor er hechelnd weiterrannte. Reggie, Reggie, Friede deiner Seele. In was bist du da nur hineingeraten? Was war das gerade gewesen? Ein Vorgeschmack des Weltuntergangs? Die Apokalypse? Amelia schüttelte sich. »Ich vermisse dich so, Reggie«, sagte sie halblaut und schniefte. »Ich bin gerade in dein Haus eingebrochen, weißt du das? Was soll ich jetzt nur tun? Was wolltest du nur von mir?«

»Denk nach«, hörte sie Reggies Stimme in ihrer Erinnerung. »Und wenn du nicht weiter weißt, geh zurück und fang noch mal von vorne an.« Das hatte er immer zu ihr gesagt, wenn sie bei einem Artikel ins Stocken geraten war und nicht mehr wusste, wie es weiterging. Und dabei war er mit dem Stuhl zurückgekippt, hatte die Füße auf den Schreibtisch gelegt und mit den Schultern gezuckt.

Mach ich ja, dachte sie. Ich suche die Story, die du nicht zu Ende geschrieben hast. Denn es muss eine geben. Aber hättest du mir nicht ein paar brauchbarere Hinweise geben können? Und wieso hatte eigentlich die alte Dame diesen Schlüssel von dir, hm? Das möchte ich doch zu gerne wissen. Woher kanntet ihr euch? Was ist nur mit dir passiert? Sie sind eine hervorragende Rechercheurin … Mary Kingsleys Worte aus dem Brief hallten in ihr wider. Und wer sich in Gefahr begibt, kommt darin um, dachte Amelia in einem Anflug von Galgenhumor. Jetzt nahm sie den Schlüssel aus der Tasche und hielt ihn sich vor die Augen. Plötzlich, ganz klein, schimmerte die Nummer 22 auf dem Schlüsselkopf auf. War die Zahl vorher schon da gewesen? Sie war sich nicht sicher. Das wurde ja immer verworrener. Nummer 22 … ein Schließfach? Amelia seufzte. Davon dürfte es in London Tausende geben, und sie konnte schlecht jedes Bankhaus abklappern, abgesehen davon, dass sie vermutlich nicht über den Schalterraum mit den streng blickenden Schalterbeamten hinauskäme. Nein, wenn Reggie ihr soweit vertraute, dass er sie auf die Spur der Forscherin geschickt hatte, hatte er sich vielleicht etwas überlegt, das einfacher zu finden war. Zumindest für Amelia. Denk nach, Amelia, befahl sie sich, wo gibt es noch Schließfächer? Am Bahnhof, beantwortete sie sich die Frage gleich selbst. Nur – an welchem? London besaß zahlreiche Bahnhöfe, da würde sie Wochen brauchen. Nein, das konnte auch nicht die Lösung sein. Bevor sie sich an diese Sisyphusarbeit machte, würde sie lieber noch einmal das Versteck im U-Bahn-Schacht aufsuchen.

Sie steckte den Schlüssel ein und schob das Kästchen in die Tasche ihres Mantels, mit der leisen Ahnung, dass Reggies Geheimnis schwärzer war als alles, was sie sich vorstellen konnte – und dass sie einen Teil davon jetzt mit sich herumtrug.

Ihre Füße trugen sie, ohne dass sie bewusst eine Richtung einschlug, aber eine Stunde später fand sie sich auf dem

U-Bahnsteig der Monument-Station wieder. An diesem hohen Feiertag waren auch unter Tage nicht viele Menschen unterwegs. Sie wartete, bis die U-Bahn eingefahren und alle eingestiegen waren, und als die Bahn dröhnend im Tunnel verschwand, sprang sie nach einem sichernden Blick ringsumher auf die Gleise und lief in die Dunkelheit. Die Rücklichter der U-Bahn leuchteten noch ein paar Sekunden, wurden dann immer kleiner und verschwanden. Amelia zog ihre Taschenlampe hervor und ging den gleichen Weg, den sie gestern Abend mit Mary Kingsley gegangen war. Mit klopfendem Herzen folgte sie dem Licht, das über die Mauern tanzte. Was wohl die alte Dame daran gehindert hatte, mit ihr die Sache weiterzuverfolgen? Sie hatte zwar gesagt, dass sie Reggie nur flüchtig gekannt hatte, aber Amelia hatte ihr erschrockenes Luftholen wohl bemerkt. Miss Kingsleys Augen hatten sich für einen Moment verengt – und Amelia war nicht umsonst Journalistin. Sie hatte sofort erkannt, dass die Forscherin etwas verbarg. Aber Amelia war einem anderen Geheimnis auf der Spur. Das Geheimnis von Mary Kingsley, wenn es denn eines war, musste warten.

Leise setzte sie einen Fuß vor den anderen und hatte bald die Abzweigung in den Versorgungstunnel erreicht. Sie deckte die Lampe mit einer Hand ab, ließ nur einen dünnen Lichtstrahl aufleuchten, um zu verhindern, dass sie über Steine oder Gerätschaften stolperte. Sie musste damit rechnen, dass einer der Männer von gestern hier Wache hielt. Jetzt hatte sie fast die Kammer erreicht. Die alte Forscherin hatte doch gesagt, hier wäre eine Barriere … Komisch. Sie spürte nichts. Achselzuckend schaltete sie die Lampe aus und verließ sich ganz auf ihre anderen Sinne. Hinter ihr ertönte ein Rascheln, aber Ratten machten ihr keine Angst. Es roch nach Staub und

Steinen, leicht modrig. Die Hand an der Wand tastete sie sich voran. Jetzt kam der Knick, und als sie den Kopf nach hinten legte, konnte sie über sich schemenhaft den Nachthimmel erkennen. Die Kälte fiel aus dem Loch herab, sie fröstelte. Vorsichtshalber nahm sie einen Stein und warf ihn gegen eine Mauer, doch keine Stimmen ertönten, niemand sah nach, wer wohl hier unten war. Der Mann, den Mary Kingsley außer Gefecht gesetzt hatte, war nicht mehr zu sehen – seine Kumpane hatten ihn wohl mitgenommen. Amelia atmete tief durch und knipste die Taschenlampe wieder an. »Dann los«, murmelte sie und leuchtete Stück für Stück die Nische ab. Nichts. Genauso wie gestern. Rein gar nichts. Nur Mauerwerk und Luft.

Sie schnaufte frustriert, dann stutzte sie. Dort, wo ihr Stein die Mauer getroffen hatte, war ein Strich zu sehen. Amelia trat näher und wischte mit der Hand über die Wand. Unter ihren Fingern fühlte sie ein gleichmäßiges Muster. Sie wiederholte die Bewegung und, ja, da war etwas unter der obersten Schicht. Die Mauersteine bildeten ein Rechteck, etwa auf Augenhöhe, vielleicht vierzig mal vierzig Zentimeter. Ganz deutlich erkannte sie jetzt die Umrisse. Eine Tür? Nur die Klinke fehlte. Sie drückte gegen ein paar Steine innerhalb und außerhalb des Vierecks, doch nichts geschah. »Reggie, du machst es mir wirklich unnötig schwer«, sagte sie halblaut und fuhr mit den Händen erneut über die Steine, leuchtete sie einen nach dem anderen ab.

Und auf einmal lächelte sie. Wenn man genau hinsah, erkannte man im unteren Eck jedes Steines eine Zahl. Sie waren ungeordnet, mal sah man eine 5, dann eine 67, links oben eine 42. Langsam glitt der Strahl der Taschenlampe über die Steine, sie spuckte in die Hand und wischte und pustete, und dann, ganz unten links in dem Viereck, fand sie die Zahl, auf die sie gehofft hatte. Die 22. Die gleiche Zahl wie auf dem Schlüssel. Entschlossen drückte sie auf den Stein, ein Mal, zwei Mal, drei Mal – und jetzt ertönte ein leises Knarren, und ein Teil der Mauer schwang auf, gab den Blick auf ein Geheimfach frei. Amelia fiel vor Aufregung fast die Lampe aus der Hand. Ihre Knie fühlten sich an wie Pudding, und ihr Herz hämmerte. Dort, in diesem kleinen Fach, lag ein Notizbuch. Sie erkannte es sofort, Reggie hatte es immer mit sich herumgetragen. Sie zog es mit zitternden Fingern heraus, nahm die Lampe zwischen die Zähne und begann zu blättern. Ihre Augen wurden immer größer: Reggie hatte in der Tat etwas Ungeheuerliches entdeckt. Sie verstand nicht viel von dem, was er da beschrieb, aber eines wurde ihr klar: Wenn er recht hatte, dann war der Tod nicht das Ende. Wer starb, konnte darauf warten, zurückgeholt zu werden. Amelia, die mittlerweile im Schneidersitz auf dem Boden saß, schaltete die Lampe aus und klappte das Buch zu, lehnte sich mit dem Kopf an die Wand. »Reggie … Ist es das, was du von mir willst? Dass ich dich zurückbringe?« Laut ausgesprochen klang es noch verrückter als beim Lesen dessen, was Reggie über diese seltsame Schattenwelt notiert hatte. Aber in dem Kästchen, das sie unter seinem Bett gefunden hatte, war etwas gewesen, was sie nicht benennen konnte. Warum also sollte sie an seinen Worten zweifeln? Er hatte ihr alles beigebracht, was sie wusste. Reggie war ihr Freund – also war sie es ihm schuldig, es wenigstens zu versuchen. Nur wie? Ein Sesam-öffne-dich würde nicht reichen, soviel war ihr klar. Amelia zog das Kästchen aus der Manteltasche und strich mit den Fingern darüber. Vielleicht war es hier wie mit der Mauer – die Lösung erschloss sich einem nicht auf den ersten

Blick. Man musste den Mut aufbringen, mehrfach hinzusehen. Sie ließ die Lampe ausgeschaltet und drückte auf den Deckel, der jetzt ohne Zögern aufsprang. Die Zähne zusammengebissen, beugte sie sich vor, spähte hinein. Die schon bekannte Welle der Hoffnungslosigkeit überrollte sie erneut, aber sie gab nicht auf, blickte in die Schwärze, wartete.

Langsam, ganz langsam, begann es in der Dunkelheit zu glimmen. Ein grüner Schimmer erschien, und in der Innenseite des Deckels formten sich Buchstaben, bildeten Sätze in einer Sprache, die sie nicht kannte.

SUTA GILESE MUTINIF NIDAEROT ANEV MUC

Amelia schluckte leer. War es das, was sie brauchte, um Reggie zu befreien? Konnte es so einfach sein? Warum hatte Reggie sie darum gebeten, nach ihm zu suchen, wenn nicht deshalb? Sie starrte die Buchstaben an, versuchte einen Sinn darin zu erkennen, aber ohne Erfolg. Da begann der grüne Schimmer zu verblassen. O nein! Was, wenn das ihre einzige Chance war? Sie suchte nach einem Bleistift in ihrer Jackentasche. Wenn sie die Worte aufschrieb, bevor sie erloschen, konnte sie vielleicht herausbekommen, was sie bedeuteten.

»Suta gilese … mutinif … nidaerot anev muc … Komischer Zauberspruch. Was ist das denn für eine Sprache?«, murmelte sie vor sich hin, während sie hastig die Worte notierte. Die Buchstaben erloschen abrupt. »Huch«, machte sie, aber sie hatte alle Worte erwischt. Doch als sie die Stimme hörte, wusste sie, dass sie einen unwiderruflichen Fehler begangen hatte.

»Du bist mein«, flüsterte es, und die Grausamkeit war unüberhörbar. »Du hast die Worte ausgesprochen und geschrieben. Meine Worte! Ich bin der Jäger, und du bist mein, deine Kinder sind mein, deine Familie ist mein … auf ewig.«

Amelia knipste panisch die Lampe an, doch es war niemand zu sehen. Die Stimme wiederholte ihr »Du bist mein …«, immer und immer wieder, es hallte dröhnend durch die Kammer, brach sich an den Tunnelwänden, rollte durch den Gang und ließ das unterirdische Gewölbe erzittern. Steine lösten sich aus der Wand, fielen polternd zu Boden, die Erde unter ihr bebte und Amelia hob schützend die Arme über den Kopf, als eine Lawine aus Stein und Mörtel auf sie herabprasselte.

Die Luft war erfüllt von Staub, sie hustete erstickt und schrie auf, als ein Brocken sie am Arm traf und ihr den Handrücken aufriss. Der Zweite traf sie an der Schulter, und sie konnte hören, wie ihr Schlüsselbein brach. Der Schmerz war fast unerträglich, in ihren Ohren pfiff es und sie sank zur Seite. Die Stimme höhnte, erfüllte jeden Winkel ihres Bewusstseins.

Tränen traten ihr in die Augen. Reggie würde nicht wiederkommen.

Die Mauern der Kammer stürzten ein und begruben Amelia Archer unter sich.

MÜNCHEN, AM MITTWOCHABEND

Sie hatten den Tag im Bett verbracht, sich noch einmal geliebt und dann, zögernd, angefangen zu reden. Sich flüsternd erzählt, was sie erlebt hatten. Und dabei fast kein einziges Mal die Wahrheit gesagt.

»Du bist wirklich in der Schattenwelt gewesen?«, hatte Lena gefragt. »Wie ist es dort?«

»Die Erinnerung verblasst schnell«, erwiderte Lagardère.

»Dort ist alles grau, lautlos, ein einziger Nebel, der danach ruft, dass man in ihm versinkt. Ich hatte fast vergessen, wer ich war.«

»Aber sie hat dich befreit.«

»Das hat sie. Und deswegen steht sie unter meinem Schutz.«

»Ich werde dir helfen, Antoine. Jenna ist meine Freundin, wenn auch erst seit Kurzem.«

»Wieso bist du hier, Lena? Nach all den Jahren … Jahrhunderten … wie kann das sein?«

»Ich habe so meine Möglichkeiten.« Sie hatte leise gelacht. »Eine Hexe zu sein bedeutet nicht nur, auf einem Besen durch die Luft zu reiten, mon cher. Es bedeutet, dass man die Elemente seinem Willen unterwirft. Zeit wird bedeutungslos.«

»Dann bist du mächtiger als die Hüterin.«

»O nein. Die Hüterin ist etwas ganz anderes. Sie hat den Schlüssel, sie ist der Schlüssel zur Schattenwelt. Diese Art von Magie gibt es nur alle paar hundert Jahre einmal, das weißt du doch. Das zu erleben, mit eigenen Augen zu sehen, das ist all die Mühe wert, die es mich gekostet hat, hierher in diese Zeit zu kommen.«

»Wie hast du sie gefunden?«

»Du glaubst doch nicht, dass ihr erstes Zusammentreffen mit dem Jäger unbemerkt geblieben ist. Danach war es, zumindest für mich, nur noch eine Frage der Zeit.«

»Aber hättest du das nicht verhindern können? Das Konsortium, meine ich.«

»Da war ich schon weg.« Lena seufzte. »Aber es wird ihr bestimmt nichts geschehen. Wer auch immer sie hat, will etwas von ihr. Und Jenna kann ganz gut auf sich selbst aufpassen, das habe ich in den letzten Tagen gesehen.«

Lagardère wollte den Kompass erwähnen, entschied sich

jedoch dagegen. »Lass uns nachher einkaufen gehen. Ich koche uns etwas.«

»M-hm«, machte Lena nur, beugte sich über ihn und küsste ihn. Ihre Augen funkelten.

Lagardère hatte gespürt, dass Lena ihm, wenn überhaupt, nur die Hälfte erzählt hatte. Er hatte viel von seiner Vergangenheit vergessen, aber dass die Frau, die jetzt neben ihm lag und mit sanften Fingern seine Haut liebkoste, ihm schon einmal gedroht hatte, seine Seele zu nehmen, wenn sie es für nötig hielt, das hatte sich in sein Gedächtnis eingebrannt für immer und ewig.

Zudem klangen Jennas Wort in ihm nach. »Lass das Kim nicht sehen.« Was tat er da eigentlich? Kim war seine Freundin, sein Anker in der neuen Welt. Lena war … ja, was? Eine Erinnerung? Eine Leidenschaft? Er war sich nicht sicher, aber er hatte das unangenehme Gefühl, dass er Kim betrog, obwohl er sie noch nicht einmal geküsst hatte. Nicht, dass er nicht schon häufiger mit dem Gedanken gespielt hätte, aber das Band der Freundschaft, das sie zwischen sich geknüpft hatten, war ihm mehr wert als eine Liebelei, durch die er am Ende alles aufs Spiel setzte.

Er war mit Kim nicht zusammen, ergo durfte er mit Lena schlafen, so oft er wollte.

Aber das unbehagliche Gefühl blieb.

Später teilten sie sich auf. Lena würde den Einkauf übernehmen, Lagardère hingegen fuhr nach Hause. Er wollte versuchen, dort etwas über diesen mysteriösen Kompass herauszubekommen. Wozu hatte er eine Bibliothek? Das Internet gab in solchen Fällen erfahrungsgemäß nicht viel her. In einer Stunde würde er Lena vor dem Supermarkt abholen.

* * *

Er glaubt wirklich, dass er mich durchschaut. Dass ich nicht sehe, worum es ihm in Wirklichkeit geht. Antoine Lagardère, der Beschützer der Hüterin? Das war nicht immer so … vielleicht hat er es vergessen, aber Antoine Lagardère hat damals etwas getan, was selbst der Nebel der Schattenwelt nicht tilgen kann. Ob Jenna davon weiß? Ich glaube nicht. Und doch ist ihm ein Neuanfang gegönnt. Ich bin doch sehr gespannt darauf, was er tun wird. Und dann wird sich die Hüterin entscheiden müssen. Allerdings erst, nachdem ich das habe, was ich brauche.

ZWISCHEN LONDON UND NOTTINGHAM, MITTWOCHNACHT

Zwei schwarze Audi Q7 mit getönten Scheiben fuhren auf der Autobahn M1 in Richtung Norden. Im ersten saßen Stephen Archer, der alte Mortimer und hinten, auf der Rückbank, Jenna. Im zweiten Wagen fuhren zwei von Archers Gefolgsleuten, die sich ausbedungen hatten, dass Archer die Hüterin nicht allein in die Wildnis mitnehmen durfte.

Archer hatte Jenna bewusstlos auf dem Boden in ihrem Zimmer gefunden. Er hatte sie vorsichtig geschüttelt, und sie war stöhnend zu sich gekommen. »Was war das denn?«, sagte sie undeutlich, da sah sie den Spiegel, und ihr fiel alles wieder ein. Die Sorge um Lagardère schnürte ihr sofort wieder die Kehle zu.

»Was ist denn mit Ihnen passiert?«, fragte Archer stirnrunzelnd und wies auf den Riss in der Glasscheibe. »Haben Sie versucht, durch den Spiegel zu marschieren?«

»Haha«, machte Jenna und zog sich mit leisem Ächzen am Tisch hoch. Sie ignorierte die Hand, die er ihr entgegenstreckte. »Ich weiß nicht. Mir wurde schwindlig, dann bin ich umgekippt. Vielleicht das englische Essen?«, improvisierte sie.

Archer sah sie kritisch an. »Wohl kaum. Können Sie gehen? Wir müssen los.« Er klang müde. Jenna sah sich um und versuchte, das Sausen in ihrem Kopf zu ignorieren. »Ich habe ja nichts, was ich mitnehmen könnte. Werden Sie mir jetzt verraten, wohin wir fahren?«

»Das sehen Sie noch früh genug.«

Jenna ging vor Archer die Treppe hinunter, zur Sicherheit hielt sie sich am Geländer fest. Und als sie aus dem Haus auf die Straße traten, wo die Autos schon mit laufendem Motor auf sie warteten, fiel der Druck plötzlich von ihr ab. Wie befreit atmete sie die abgasgeschwängerte Luft ein, in dem Gefühl, dass das Haus sie aus seinen Krallen entließ. Diese Bruderschaft hat ein ganz schlechtes Qi, hätte Kim gesagt, und wahrscheinlich hätte sie recht, dachte Jenna. Das Haus ist mit dem Jäger verbunden, das kann ja nicht gesund sein.

Da griff Archer, der immer noch hinter ihr ging, nach ihren Händen und schlang einen Kabelbinder um ihre Handgelenke.

»He!«, protestierte Jenna.

»Nur eine Sicherheitsmaßnahme. Wir wollen ja nicht, dass Sie plötzlich aussteigen. Oder sonst irgendwelchen Unsinn machen.« Archer schob sie auf die Rückbank und zog den Sicherheitsgurt um sie herum fest. Für ein paar Sekunden waren sich ihre Gesichter sehr nahe, und Jenna konnte goldene Einsprengsel in seinen eisblauen Augen sehen. Archer betrachtete sie forschend, als wollte er in diesem einen Augenblick ergründen, was in Jenna wirklich vorging – doch dann drückte Mortimer auf die Hupe, und er zog sich so hastig aus dem Fond zurück, als hätte er sich verbrannt.

Nun starrte Jenna auf die Hinterköpfe ihrer Entführer und war sich nicht sicher, ob sie wütend sein sollte ob der Art, wie man mit ihr umsprang, oder erleichtert, dass sie noch am Leben war und Archer ihr so weit vertraute, dass er mit ihr das Hauptquartier verließ. Es musste schon gegen Mitternacht sein, auf der M1 war aber immer noch einiges los. Eine Lichterkette entgegenkommender Autos schob sich rechts von ihr in Richtung London und wollte kein Ende nehmen. Nach Norden hingegen war der Verkehr eher sporadisch.

Archer hatte eine durchsichtige Trennscheibe zwischen Fond und Fahrersitz hochfahren lassen, daher konnte sie kein Wort verstehen, das er und Mortimer sprachen – aber sie war sicher, dass die beiden sie ausgezeichnet hören konnten. Links von ihr, an der Tür, hatte man einen großen Trinkbecher mit Strohhalm befestigt, und wenn sie sich vorbeugte, konnte sie tatsächlich daraus trinken. Das Getränk schmeckte leicht salzig, und Jenna verzog das Gesicht.

Antoine, gehts dir gut?, dachte sie und versuchte, die Verbindung zu dem Franzosen wieder herzustellen. Zum gefühlt fünfundzwanzigsten Mal. Sie schloss die Augen, lehnte sich so gut es ging nach hinten und tat so, als würde sie schlafen.

Ich bin da, Jenna, tönte es in ihrem Kopf.

O Gott, Antoine, wie gehts dir? Jenna zuckte zusammen und spähte nach vorne, ob sie beobachtet wurde. Aber die beiden Männer waren in ein stummes Gespräch vertieft und sahen sich nicht um. Mortimer fuhr, Archer gestikulierte, aber sie konnte nicht erraten, worum es ging.

Wo bist du, Antoine?

Ich musste Lena ablenken. Und außerdem funktioniert unsere Verbindung anscheinend nur, wenn ich in deiner Wohnung bin. Auch mit deinem Stein geht es woanders nicht. Also übernachte ich heute bei dir, wenns recht ist.

Natürlich. Jenna runzelte die Stirn. *Antoine, ich hatte eine Vision oder Vorahnung oder wie man so etwas nennt. Jemand hat dich angegriffen. Und ehrlich, das sah gar nicht gut aus. Hat dich jemand bedroht?*

Mit mir ist alles in Ordnung, Jenna, kam es zurück. *Vielleicht nur ein Traum?*

Bei dem ich ohnmächtig werde und schon wieder ein Spiegel zu Bruch geht? Glaube ich nicht. Bitte pass auf, das bedeutet nichts Gutes. Und ruf Kim an. Das Konsortium beobachtet sie. Sie haben mich dezidiert gewarnt, wenn ich irgendwas anstelle, schnappen sie sich Kim. Sag ihr, sie soll nicht üben, ihren Stein irgendwo ganz tief vergraben und den Kopf unten halten. Bitte!

Sie spürte den Zorn, der von Lagardère ausging. *Jenna, ich kümmere mich darum. Ich halte Kim aus der Schusslinie.*

Danke. Jetzt wehte Jennas Erleichterung durch den Äther.

Ich komme nach England und hole dich da raus.

Nein, wehrte Jenna ab. *Ich weiß inzwischen ein bisschen mehr. Es scheint, als ob Archer eine Art … Meuterei plant. Es gibt einen Fluch, der ihn an den Jäger bindet, und er will von mir, dass ich ihn löse.*

Ich weiß nicht, ob das gut ist, Jenna, gab Lagardère zu bedenken. *Vielleicht ist das ein Trick, und er will erreichen, dass du den Jäger zurückholst.*

Auf die Idee bin ich auch schon gekommen. Aber ich spiele erst einmal mit. Vielleicht kann ich das Ritual drehen und dem ganzen Verein den Garaus machen. Denn keine Sorge, ich hol den

Jäger nicht zurück. Nie im Leben. Der hat uns genug für drei Leben angetan. Jenna liefen Schweißtropfen über die Stirn und in die Augen, ihr Herz klopfte wie bei einem Hundertmeterlauf und ihre Hände kribbelten. *Was ist mit Lena? Was hast du rausbekommen?* Die Verbindung zerriss, und Jenna stöhnte frustriert auf. Flecken tanzten vor ihren Augen. Unauffällig versuchte sie, ihre Atemzüge unter Kontrolle zu bringen. Sie drehte den Kopf und rieb sich das Gesicht am Sitzbezug ab, beugte sich nach vorne und trank in kleinen hastigen Schlucken, Salzgeschmack hin oder her.

»Wir machen eine kurze Pause«, verkündete Archer jetzt über das Bordmikrofon.

»Ich würde mich gerne etwas frisch machen«, sagte Jenna ins Leere, und ihr Verdacht von vorhin wurde bestätigt, als Archer antwortete: »Wenn es sein muss. Wir sind gleich da.«

Der Trowell-Rastplatz hatte einen kleinen Parkplatz, auf dem aber auch nur fünf Autos standen. Ansonsten bot er das Übliche: Costas Coffee, einen WH-Smith-Buchladen und Marks & Spencer. Archer stieg aus und öffnete die hintere Tür, beugte sich erneut über Jenna, um ihren Gurt zu lösen, und zog dann aus seiner Jackentasche ein Messer, mit dem er Jennas Handgelenke befreite. »Ich verlasse mich darauf, dass Sie keinen Ärger machen«, sagte er ihr ins Ohr.

»Wie käme ich dazu?«, gab Jenna zuckersüß zurück und massierte sich die Gelenke. Als sie ausgestiegen war, streckte sie die Arme über den Kopf und beobachtete, wie der zweite Audi neben ihr einparkte. Die Nachtluft war kühl und angenehm, der nahe gelegene Wald machte sich bemerkbar.

Die Vier nahmen Jenna in die Mitte und steuerten den Burger King an, der um diese Zeit fast leer war. Nur ein müde wirkender Junge in einem dunkelgrauen T-Shirt lehnte hinter dem Tresen und tippte auf seinem Handy herum. Ein runder Tisch in der Ecke, von dem man das ganze Lokal gut im Blick hatte, war ihr Ziel. Jenna, die erst jetzt feststellte, wie hungrig sie war, bat um Cola, Salat und einen großen Burger. Die Frau, die sich ihr gegenübersetzte, hieß Elly Donovan. Ihr Kollege Miller, der sich nur mit dem Nachnamen vorgestellt hatte, ging nach vorne, um die Bestellung aufzugeben.

Die Cola vertrieb den Schwindel und die Kopfschmerzen, die sie seit dem »Gespräch« mit Lagardère spürte. Ihre Begleiter unterhielten sich, doch den Anspielungen und kurz hin und hergeworfenen Bemerkungen konnte Jenna nichts entnehmen, was ihr nützlich hätte sein können. Eine Viertelstunde später wischte sie sich den Mund ab. »Ich muss auf die Toilette«, verkündete sie und stand auf. Elly Donovan erhob sich. »Ich komme mit. Und keine Tricks«, fügte sie noch hinzu, als Jenna in der Kabine verschwand. Wie oft ich das in den letzten zwei Tagen schon gehört habe, dachte Jenna spöttisch. Sie hätte durchaus Lust gehabt auf den einen oder anderen Trick à la Lena, aber die Sorge um Kim hielt sie davon ab. Archer hatte sie ganz richtig eingeschätzt: Kims Sicherheit war Jenna mehr wert als alles andere. Aber ihr habt keine Ahnung, wer ich wirklich bin und was ich kann. Ihr werdet euch noch wundern. Zum Glück ahnte Donovan nichts von ihren Gedanken. Die kleine, untersetzte Frau mit den kühlen grauen Augen wartete im Vorraum auf sie. Nebeneinander wuschen sie sich die Hände. Jennas Gesicht im Spiegel sah müde aus, daran änderten auch zwei Handvoll Wasser nichts, aber ihre Augen glänzten leicht fiebrig, wie immer, wenn sie unter großer Anspannung stand. »Wie weit ist es noch?«, fragte sie, nur um irgendetwas zu sagen.

»Ungefähr eine Stunde. Das Haus steht mitten im Wald«, erklärte Donovan.

»Wie romantisch«, murmelte Jenna.

Die andere zuckte mit den Achseln. »Sind Sie fertig?«

Jenna nickte, und sie gingen an ihren Tisch zurück, wo sich die Männer ebenfalls zum Aufbruch bereit machten.

»Müssen Sie mich jetzt wieder fesseln?«, erkundigte sich Jenna bei Archer, als sie am Auto angelangt waren, und rieb sich automatisch die Hände.

»Lass es, Stephen. Ich setze mich zu ihr nach hinten«, warf Mortimer ein, bevor Archer etwas sagen konnte.

Dieser nickte lediglich und setzte sich hinter das Steuer, ließ den Wagen an.

Jenna zog die Brauen hoch. »Danke.«

Mortimer klopfte ihr leicht auf den Arm. »Ich gehe davon aus, dass Sie sich benehmen können.« Der alte Mann ließ sich neben ihr auf die Rückbank sinken. Er sah blass und müde aus, in der schummrigen Innenbeleuchtung des Audi wirkten seine Falten wie Krater. Diesmal ließ Archer die Trennwand unten. »Wir sind bald da, Mortimer«, sagte er leise, und in seiner Stimme war ein Ton zu hören, der Jenna neu war.

Sie fuhr sich mit der Hand durch die Haare und starrte auf Archers kurzgeschorenen Hinterkopf, während er auf der Autobahn beschleunigte. Dieser neue Chef des Konsortiums war voller Rätsel. Nicht zum ersten Mal wünschte sie sich ein Handbuch oder einen aussagekräftigen Wikipedia-Eintrag über den Jäger und seine Gehilfen. Warum gab es einen neuen Chef? Hatten sie nach dem Debakel im vergangenen Winter – an dem Jenna nicht ganz unschuldig war – den alten abgesetzt oder auf Nimmerwiedersehen verschwinden lassen? Aber diese Männer (und ein paar wenige Frauen) waren so geheim, dass sie einander wahrscheinlich selbst nicht alle beim Namen kannten. Oder sich mit Codenamen ansprachen.

Jenna gestand sich ein, dass sie Angst vor Archer hatte, aber gleichzeitig spürte, dass seine Wut auf sie nur ein Teil dessen war, was ihn ausmachte. Abgesehen davon, dass es immer noch nicht sicher war, ob sie überhaupt am Tod seiner Leute schuld war. Jenna bezweifelte das sehr. Und wenn, dann war es unabsichtlich geschehen. Sie hatte sie erstarren lassen, hatte nicht einmal gewusst, ob es funktionierte … Zugegeben, jetzt befand sie sich genau dort, wo die Leute sie eigentlich hatten haben wollen, aber dennoch …

Ach verdammt, Jenna seufzte auf, diese Gedankenspiele brachten sie nicht weiter. Sie schaute nach draußen. An der nächsten Ausfahrt verließ Archer die Autobahn und fuhr nach Westen. Dörfer, viel Ackerland und dunkler Wald säumten die Straße, soweit sie das im Dunkeln erkennen konnte. Kurz darauf bogen sie von der Landstraße ab und fuhren durch ein Dorf. Die Straßen wurden immer kleiner, bis kaum mehr ein Auto am anderen vorbeikam. Die Bäume beugten sich mit schwerbeladenen Ästen über den Weg, im Licht der Xenon-Scheinwerfer bildeten sie einen grünen Tunnel.

Sherwood Forest, dachte Jenna mit leichtem Schaudern, die mit Nottingham nichts außer der Legende von Robin Hood verband. Genau der richtige Ort, um Magie walten zu lassen – oder auf immer darin zu verschwinden. Sie spürte die Blicke des alten Mannes, der sie nicht aus den Augen ließ und jede ihrer Reaktionen beobachtete. Sie würde keine Angst zeigen, auch nicht mitten im Nirgendwo. Unauffällig presste sie die Handflächen aneinander, legte den Kopf an die Fensterscheibe und tat so, als wäre sie in die Betrachtung der dunkelgrünen Umgebung versunken. Aber das ruhige Atmen wollte ihr nicht so recht gelingen.

Die Straße endete auf einer Lichtung, und Archer stellte

den Motor ab. Die Stille dröhnte Jenna in den Ohren. Sie öffnete ihren Gurt und stieg aus, Mortimer tat es ihr auf der anderen Seite gleich. »Es gibt hier noch Wölfe«, sagte er warnend und zeigte in die Dunkelheit. »Bleiben Sie also hübsch hier.« In diesem Moment bremste der zweite Wagen hinter ihnen.

»Alle nehmen ihre Taschen«, befahl Archer und marschierte los. Jetzt erst erkannte Jenna, dass am Rand der Lichtung ein Haus stand. Es besaß zwei Stockwerke und war ganz aus Holz, in der Nacht verschmolz es fast mit den umstehenden Bäumen. Sie betraten die umlaufende Veranda, und Archer schloss die Tür auf und schlug auf einen Lichtschalter. Erhellt wurde ein großer Raum, in dem es nach Holz duftete.

»Mrs Winters, Sie teilen sich oben das Zimmer mit Miss Donovan. Mortimer, du nimmst das Zimmer daneben. Miller und ich schlafen unten«, verkündete er.

»Sie wollen jetzt einfach schlafen gehen?« Jenna riss die Augen auf. »Kein Ritual mehr? Keine Beschwörung? Vielleicht sollten wir noch ein Pentagramm irgendwo hinmalen?«

Archer trat auf sie zu und fixierte sie. »Sie können sich Witze nicht leisten, Mrs Winters. Glauben Sie bloß nicht, dass ich nicht weiß, was ich tue. Es ist zwei Uhr morgens, und ich bin gerne bereit, Sie hier den Rest der Nacht über an einen Stuhl zu binden. Fordern Sie mich nicht heraus, verstanden?«

Jenna war unwillkürlich zurückgewichen. Sie nickte. »Schon gut«, sagte sie und dachte an Kim. Der Gedanke an ihre Tochter war das Einzige, was sie von weiteren spöttischen Bemerkungen abhielt. Jenna neigte unter Druck dazu, nicht mehr nachzudenken und statt dessen filmreife Einzeiler von sich zu geben. Was angesichts wütender Gegner nicht immer ratsam war. Lagardère war nicht der Erste, der sie deswegen schon einmal kritisiert hatte.

Bevor sie mit Elly Donovan die Treppe hinaufstieg, sah sie sich um. Das Haus überraschte sie: ein gemütlicher großer Wohnraum mit Kamin und einer hellen Küchenzeile um die Ecke. Ein Kalender mit einem Seemotiv an der Wand, daneben ein großes, überquellendes Bücherregal. Im Raum verteilt mehrere auberginenfarbige Sessel, die mit einem hellen Teppich kontrastierten. Es sah modern aus – aber auch sehr gemütlich.

Der erste Stock bot zwei Schlafzimmer und ein Bad.

»Sie zuerst«, sagte Archers Kollegin und ließ ihre Tasche auf eines der Betten fallen. Jenna sah erst jetzt, dass die Frau einen Revolver im Hosenbund trug. Elly Donovan bemerkte ihren Blick. »Nicht magisch, aber effizient«, sagte sie und verzog den Mund. »Wir werden die Tür nicht abschließen, aber seien Sie versichert, wir behalten Sie im Auge.« Jenna hörte Mortimer mit schweren Schritten die Treppe heraufkommen. Sie warf ihre Fleecejacke auf das zweite Bett und öffnete neugierig die Badtür. Toilette, zwei Waschbecken, eine Dusche und erneut eine Ablage mit einem Hotelsortiment an Duschgels und Zahnbürsten. Jenna beeilte sich. Sie befand sich in einem Stadium zwischen aufgedreht und todmüde und hätte sich fast die Zahnpasta übers Gesicht verteilt. Sie putzte sich die Zähne und ging zurück ins Zimmer, wo Elly Donovan schon wartete.

»Mortimer, übernehmen Sie kurz für mich?«, rief diese, und der alte Mann erschien im Türrahmen. Er hatte ebenfalls einen Revolver, hielt ihn allerdings in der Hand.

»Ich hoffe, der ist gesichert«, murmelte Jenna und kroch unter die Bettdecke. Sie würde sich vor dem alten Mann nicht ausziehen. Auf den Anblick konnte er lange warten. Mortimer sagte nichts. Er wartete, bis Donovan zurückkam, nickte ihr eine wortlose Botschaft zu, und dann hörte Jenna seine Tür zufallen. Unter der Bettdecke zog sie die Bluse über den Kopf und Hose und Socken aus, warf die Sachen auf einen Stuhl. Donovan machte keine Anstalten, schlafen zu gehen, ganz im Gegenteil, sie setzte sich auf das Bett, die Waffe locker in der Hand, und beobachtete Jenna aufmerksam. Jenna drehte sich zur Wand. Wenn Archer darauf bestand, dass in dieser Nacht nichts mehr zu tun war, konnte sie genauso gut noch ein bisschen Kraft sammeln. Eine dünne Mondsichel hing über dem Wald. Das halb geöffnete Fenster ließ den Wind herein, der leise in den Blättern rauschte – eine wahrhaft friedliche Nacht.

Zu ihrer Überraschung schlief sie traumlos. Nichts belästigte sie, keine grässlichen Knochenhände, kein halbtoter Lagardère. Ihre Sorgen verschwanden für ein paar Stunden – und als sie am nächsten Morgen gegen halb acht erwachte, fühlte sie sich ausgeruht und erfrischt. Die Sorgen klopften, wie es sich für Sorgen gehört, sofort wieder an, aber Jenna fühlte sich in der Lage, sich ihnen in den Weg zu stellen. Zumindest nach der ersten Tasse Kaffee. Sie streckte sich, drehte sich um und sah Elly Donovan in der gleichen Position auf ihrem Bett sitzen wie vor einigen Stunden. »Haben Sie gar nicht geschlafen?«, fragte Jenna verblüfft.

»Der alte Mann hat ein paar Stunden übernommen«, gab Donovan zurück und gähnte dennoch.

»Ich gehe ins Bad«, verkündete Jenna und schwang die Beine aus dem Bett, griff nach ihren Sachen. »Gibts hier auch große Handtücher?«

Die Frau folgte ihr bis zur Badtür und lehnte sich an die Flurwand. »Auf dem Regal«, sagte sie.

Jenna stellte sich unter die Dusche und genoss das Prasseln des Wassers auf ihren Schultern. Sie wusch sich die Haare, sah zu, wie das Wasser um ihre Füße herumwirbelte und im Abfluss verschwand. Kims Element war das Wasser, ihres hingegen die Erde, das hatten sie bei ihrem ersten Kampf gegen den Jäger herausgefunden. Beide hatten sie Magie in sich, doch in Jenna – da sie die ältere war – hatte sich die Hüterin manifestiert. Doch wenn das Konsortium das mit Kim herausfand, hatte sie ein noch größeres Problem. Jenna biss die Zähne zusammen. Das würde sie mit aller Kraft verhindern. Kim hatte vor einem halben Jahr ihren Vater und einen Freund verloren, sie war gerade dabei, sich selbst zu finden und ihren eigenen Weg zu gehen. Die Magie hatte sich nach dem letzten großen Ritual, als sie gemeinsam den Jäger verbannt hatten, wie bei Jenna aus ihr zurückgezogen, und Jenna war ganz dankbar dafür. Sie würde dafür sorgen, dass ihre Tochter für eine Weile glücklich und sorglos blieb. Für eine möglichst lange Weile. Sie klopfte gedanklich bei Lagardère an, doch der meldete sich nicht. Er schlief vielleicht noch.

Ein paar Minuten später stand sie angezogen unten im Wohnraum, wo Archer bereits dabei war, ein Frühstück zu organisieren. »Tee, Kaffee, Dosenmilch, Cornflakes«, sagte er statt einer Begrüßung.

»Kaffee reicht, danke. Haben Sie vielleicht Zucker?«

Archer zuckte mit den Schultern. »Schauen Sie mal da oben im Schrank.«

Jenna angelte eine Zuckerpackung herunter und sah vorsichtig hinein. In ihrer letzten Packung zu Hause hatten sich die Motten breitgemacht, seitdem war sie vorsichtig geworden. Hier drin sah alles nach Zucker aus, vielleicht waren die englischen Motten ja auch wählerischer.

Sie goss sich eine Tasse Kaffee ein, tat zwei Teelöffel Zucker hinein und lehnte sich an den Kühlschrank. Archer hatte sich an den Tisch gesetzt und tippte gedankenversunken auf einem iPad herum.

»Was tun Sie eigentlich, wenn Sie nicht gerade Chef des Konsortiums sind?«

Archer sah irritiert hoch, beantwortete die Frage aber dennoch. »Ich bin Berater. Für Firmen in Schwierigkeiten.«

Jenna zog eine Braue hoch. »Da sind Sie ja nicht weit von Ihrem ursprünglichen Job entfernt. Eine Firma in Schwierigkeiten … so könnte man Ihren Verein auch nennen. Und warum Sie? Wurden Sie gewählt? Oder ist das so eine Art russisches Roulette, bei dem der Anführer übrig bleibt?«

»Die Hüterin ist in gewisser Weise vorherbestimmt. Das gilt ebenso für uns. Die Nachfolge ist für die nächsten Jahrhunderte geregelt.« Damit klappte Archer den Mund zu, als wäre er von seiner eigenen Offenheit überrascht, und widmete sich wieder seinem iPad.

Jenna musterte ihn unverhohlen. Archer war mit seinen dunkelblonden kurzgeschorenen Haaren nicht unbedingt ihr Typ, aber er war attraktiv, keine Frage. Groß, schlank, muskulös. Blaue Augen. Sehr blaue Augen. Unter anderen Umständen hätte sie ihn angelächelt, auf einen Drink eingeladen und zugesehen, wie Lena ihn mit den passenden Fragen auseinandernahm. Aber Jenna war vorsichtig geworden, was Männer betraf. Ihr Mann Alex, von dem sie seit Langem getrennt gelebt hatte, war vor einem halben Jahr ums Leben gekommen. Dann war da George Covington, der sympathische Engländer und Ex-Geheimagent, der sie durch das erste Abenteuer begleitet hatte. Doch nachdem das Konsortium unmissverständliche Drohungen gegen ihn und seine Schwester ausgestoßen hatte, waren die beiden irgendwo in den Resten des britischen Empires untergetaucht. Was jegliche Kommunikation zwischen ihm und Jenna, die nicht willens gewesen war, ihm ins Exil zu folgen, nahezu unmöglich machte. Im letzten halben Jahr war sie abends hin und wieder mit Kim und Lagardère ausgegangen, hatte mit einem leichten Lächeln zugesehen, wie aus den beiden enge Freunde wurden, und hatte in Lagardère selbst einen guten Freund gefunden, aber sie hielt die Männer generell auf Abstand. Jenna schüttelte den Kopf und kam zurück in die Wirklichkeit. Archer war nun wirklich kein Kandidat. Er hielt sie für eine Mörderin, brauchte sie lediglich in ihrer Funktion als Hüterin, und danach würde er auf Nimmerwiedersehen aus ihrem Leben verschwinden – schließlich hatte sie genau das vom ihm gefordert.

In diesem Moment erschienen Miller und Elly Donovan im Erdgeschoss. »Guten Morgen. Mortimer kommt gleich«, sagte Elly Donovan. »Wie sieht der Plan aus, Mr Archer?«

Der hob den Kopf. »Ich bleibe mit Mrs Winters hier. Euch habe ich ein paar Dinge aufgeschrieben, die ihr beide in der Zwischenzeit erledigen könnt« – er wies auf sein iPad – »und dann sehen wir heute Abend weiter.«

»Heute Nacht ist Neumond«, gab Elly Donovan zu bedenken und deutete mit dem Kopf auf Jenna.

»Ich weiß«, sagte Archer. »Genau deswegen sind wir hier.«

»Das gefällt mir nicht«, murmelte die Agentin in ihren Tee.

»Ich bin ja auch noch hier«, kam eine knarrige Stimme von der Treppe.

Elly Donovan sah auf und nickte zögernd.

Jenna hatte den Wort- und Blickwechsel stumm verfolgt. Was ging da vor sich? Offenbar gab es innerhalb des Konsortiums verschiedenen Meinungen – was nichts damit zu tun hatte, dass Archer den Fluch seiner Familie lösen wollte, das war sicher ein Geheimnis, von dem höchstens Mortimer wusste. Hm … es schien, als wäre Miss Donovan nicht einverstanden mit dem, wie Archer vorging. Interessant.

Archer hatte den Blickwechsel ebenfalls bemerkt. »Wenn Ihnen etwas nicht passt, sagen Sie es, Miss Donovan.«

Diese zuckte mit den Schultern. »Ich sage ja nur, dass wir nicht mehr viel Zeit haben. Und da schicken Sie uns auf Botengänge?«

»Das Konsortium ist keine Demokratie, meine Liebe. Sie wollten mitkommen. Sie sind hier. Dann folgen Sie bitte meinen Anweisungen.«

Ersetze das bitte durch gefälligst, dachte Jenna belustigt. Aber sie traute Elly Donovan nicht über den Weg. Jenna hatte sich das Konsortium immer als eine Runde älterer, machtgieriger und skrupelloser Herren vorgestellt, die bei Whisky und Zigarren auf die Rückkehr des Jägers warteten, um dann die Macht in der Welt an sich zu reißen. Jetzt musste sie feststellen, dass auch Jüngere dabei waren, in ihrem Alter, und auch Frauen. Herrschte Gleichberechtigung? Oder war das erst seit Archers Einsetzung so? Auch bei dem Trupp, der sie und Lena bedroht hatte, war ja eine Frau dabei gewesen.

In ihre Gedanken versunken, hatte sie das Ende der Diskussion verpasst. Elly Donovan marschierte mit hochrotem Kopf hinaus, Miller im Schlepptau, der noch hastig einen Kaffee hinunterstürzte, bevor er seiner Partnerin folgte. Am Rand der Lichtung dröhnte ein Motor auf, ein paar Sekunden später war es still.

»Also gut«, verkündete Archer und stand auf. »Zum geschäftlichen Teil. Wir beginnen draußen, würde ich vorschlagen.«

»Ach ja?«, machte Jenna und ging hinter ihm her auf die Veranda, die Tasse in der Hand. »Was beginnen wir denn?«

»Ich möchte eine Kostprobe Ihres Könnens. Zeigen Sie mir die Schatten.«

Jenna verschluckte sich und begann zu husten. Als sie wieder reden konnte, sagte sie: »Das ist nicht so einfach, wie Sie glauben. Die Schatten zeigen sich mir, nicht umgekehrt. Ich kann sie nicht rufen, und schon gar nicht tagsüber.« Sie wies auf die Sonne, die gerade über die Baumwipfel stieg. »Dazu müssen Sie warten, bis es dunkel ist.«

Mortimer war ebenfalls herausgetreten und lehnte sich an die Hauswand. »Dann zeigen Sie uns, was Sie sonst noch können.«

»Ich bin die Hüterin und keine Kräuterhexe vom Bauernhof. Was stellen Sie sich denn vor, was ich kann – außer die Schattenwelt zu öffnen?« Jenna stieg die Stufen hinunter ins Gras und machte eine weitausholende Bewegung mit den Händen.

»Sie haben zwei Mitglieder unseres Teams getötet – vielleicht zeigen Sie uns, wie Sie das gemacht haben?«

»An Ihnen, Mortimer?«, gab Jenna spitz zurück und spürte, wie ihr das Blut in die Schläfen schoss. »Ich sage es zum letzten Mal, ich war es nicht. Ich habe sie lediglich …« Sie brach ab.

»Was haben Sie?« Das war Archer.

»Ich habe sie mit einem Bann belegt. Ich mag es nicht, wenn man mich oder meine Freunde bedroht. Also habe ich dafür gesorgt, dass sie sich nicht mehr rühren konnten, bis wir weg waren. Das ist alles.«

»Ein Bannfluch?«, wiederholte Mortimer und wirkte erstaunlicherweise höchst zufrieden. »Und Sie wollen mir weismachen, Sie könnten nicht zaubern?«

»Himmel noch mal, drehen Sie mir nicht ständig das Wort im Mund herum! Sie haben mich entführt, um mit dem Jäger Kontakt aufzunehmen. Ich kann es versuchen. Aber das ist alles, was Sie von mir bekommen. Und außerdem … Ich brauche noch ein paar Dinge, um ein solches Ritual durchzuziehen.« Sie wandte sich an Archer, der sie neugierig betrachtete. »Kreide, eine Silberschüssel und einen bestimmten Stein. Mein Grimoire wäre auch nicht schlecht … Hätten Sie mich in meiner Wohnung nicht lahmgelegt, dann hätte ich ja das Notwendige einpacken können. Aber so … gibt es einen Laden hier in der Nähe? Am besten einen, der Esoterikartikel führt?«

Mortimer sah sie gelassen an. »Wir haben alles hier, was Sie benötigen. Machen Sie nicht den Fehler, uns für Amateure zu halten, Mrs Winters.«

Jenna ging die paar Schritte auf Archer zu und sah ihm in die Augen. »Kann ich mal kurz unter vier Augen mit Ihnen reden?«

Archer nickte. »Klar. Wir gehen ein Stück.« Er warf noch einen fragenden Blick in Mortimers Richtung, dann folgte er ihr über die Lichtung. Jenna marschierte durch das taunasse Gras, bis sie an dem parkenden Audi angelangt war, lehnte sich gegen die Motorhaube und verschränkte die Arme.

Dann fiel sie mit der Tür ins Haus. »Wie viel weiß Mortimer von Ihren eigentlichen Plänen?«

»Nichts. Ich sagte ja schon, kein Wort zu niemandem.«

»Hm.« Jenna überlegte. »Aber er weiß, dass Sie an den Jäger gebunden sind?«

»Ja, das ist kein Geheimnis. So war das auch bei meinem Vorgänger.«

»Wie stellen Sie sich das heute Nacht eigentlich vor? Sie

wollen von mir, dass ich zwei Rituale durchführe, eines davon heimlich. Wann soll ich diesen ominösen Fluch denn lösen? Und sind Sie sicher, dass das überhaupt geht?«

»Erst den Jäger. Dann habe ich das erledigt, wofür ich gerufen wurde.«

»Sagen Sie mir auch, warum Sie dieses Band lösen wollen?«

Archer fuhr sich mit einer Hand durch die Haare und sah Jenna entnervt an. »Sie stellen zu viele Fragen.«

»Und Sie geben zu wenig Antworten«, konterte Jenna. Sie holte tief Luft. »Besorgen Sie mir eine Silberschüssel. Dann sehen wir weiter.« Sie ging ein Stück in den Wald hinein und war sich bewusst, dass Archer ihr folgte. Natürlich. Sie würden sie hier nicht aus den Augen lassen. Beiläufig bückte sie sich und pflückte ein paar grüne Halme, die neben einem Kiefernstamm aus der trockenen Erde ragten, steckte sie in die Jackentasche. Sie kehrten schweigend zurück und wurden von Mortimer erwartet, der immer noch auf der Veranda stand, die Hände auf dem Geländer aufgestützt, in die Ferne starrend. Jenna ging an ihm vorbei nach drinnen, nicht ohne zu bemerken, dass neben ihm auf dem Boden ein Taschentuch lag. Es war mit roten Flecken übersät.

Sie rannte nach oben und schaute neugierig in den Schrank, der in ihrem Zimmer stand. Die Bettwäsche hatte leicht nach Lavendel geduftet. Wo war nur …? Aha! Zwischen den Laken befanden sich wie erwartet Lavendelsäckchen. Jenna nahm sich eines, dann ging sie hinunter. Kreide fand sie auch – in der Küche hing eine kleine Schiefertafel mit einer Schnur, an der ein abgenutztes Stück Kreide baumelte. Das würde reichen.

Sie füllte die Schüssel, die Archer ihr hingestellt hatte, mit klarem Wasser, zog mit der Kreide auf dem Boden einen Kreis um den Tisch, im Abstand von vielleicht eineinhalb

Metern, fügte nach kurzem Zögern ein paar Dreiecke hinzu, streute Salz darüber, dann setzte sie sich und gab den Inhalt des Lavendelsäckchens ins Wasser. »Treten Sie nicht über den Kreidekreis«, warnte sie die beiden Männer, die ihr neugierig zusahen.

»Was haben Sie vor?« Mortimer klang leicht nervös.

»Mich einstimmen«, improvisierte Jenna. »Die Schattenwelt zu öffnen ist keine Sache von Minuten. Das heißt, ich fange jetzt an, mich ihr zu nähern. Heute Nacht, wenn der Neumond tatsächlich eintritt, rufe ich den Jäger.« Sie war stolz auf sich, dass ihre Stimme nicht zitterte. Denn was sie jetzt vorhatte, war mitnichten eine Einstimmung. Jonathan von Keysern, den Unerbittlichen, den hageren Mann mit der Narbe und der schwarzen Seele, gefangen in der Schattenwelt, den Jäger würde sie niemals mehr rufen. Aber was wusste das Konsortium schon von Magie? Sie würde die nächsten Minuten nutzen, um den Männern vermeintlich etwas zu zeigen. Als wenn die Magie der Hüterin das Gleiche wäre wie das, was Kräuterhexen in ihrer Küche auskochten … Jenna atmete aus und hoffte das Beste.

Augsburg, März 1980

Die großen Flügeltüren öffneten sich, und ein bunter Haufen redender und lachender Studenten verteilte sich auf dem Vorplatz der alten Universität. Der 21. März war ein wunderbarer erster Frühlingstag, und niemand sah einen Grund, die Mittagspause drinnen zu verbringen. Die Sonne hatte bereits so viel Kraft, dass man sich auf die Steine oder den Boden setzen konnte, ohne Gefahr zu laufen, sich einen Schnupfen zu holen. Brotdosen wurden geöffnet, Colaflaschen machten die Runde.

Ein junger Mann Anfang dreißig, bekleidet mit schwarzer Hose, schwarzem Rollkragenpulli und einem flaschengrünen Cordjackett lief nachdenklich an den Studenten vorbei, grüßte hier und da in die Runde, blieb aber nicht stehen. Die Vorlesung von heute Morgen lag ihm im Magen. Er war mit den Gedanken nicht bei der Sache, schon seit Tagen nicht, und das konnte er sich einfach nicht leisten. Als Assistent von Professor Hamann, dem Guru der mathematischen Fakultät, war man zu vierundzwanzigstündiger Aufmerksamkeit verpflichtet, sonst konnte man sich seine Doktorarbeit an den sprichwörtlichen Hut stecken. Und heute hatte er während der Vorlesung zwei Mal die Frage des Professors nicht beantworten können. Nicht, weil er die Antwort nicht gewusst hätte, sondern weil er an etwas anderes gedacht und tatsächlich vergessen hatte, wo er sich befand. Er hatte an seinem Pult gesessen und den Geruch von Tannennadeln und feuchten Blättern in der Nase gehabt.

Professor Hamann hatte ihm unter buschigen Augenbrauen einen scharfen Blick zugeworfen und ungeduldig mit den Fingerknöcheln auf den Tisch geklopft. Noch so ein Aussetzer und ich bin raus, dachte er missmutig und wechselte die hellbraune Ledertasche von der rechten auf die linke Schulter.

Je mehr er darüber nachdachte, desto weniger konnte er sich einen Reim darauf machen, was mit ihm geschah. Heute Morgen war er nicht in seinem Bett, sondern unter einem Baum in den Lech-Auen aufgewacht. Ein paar Spatzen waren um ihn herumgetänzelt, und einer hatte ihn vorwitzig angepiepst. Und das war nicht das erste Mal, nein, es war bereits die dritte Nacht in Folge. Zugegeben, er hatte sich vorgestern eine Flasche billigen Chianti genehmigt, aber aus rein medizinischen Gründen. Um tiefer zu schlafen und eben nicht schlafzuwandeln.

Es hatte nicht funktioniert. So etwas war ihm selbst während der Prüfungszeiten für sein Diplom nie passiert. Er war immer gewissenhaft, lernte genug, hatte sogar Spaß an den manchmal trockenen Ausflügen der mathematischen Theoretiker … Er hatte immer gewusst, wo er war und warum. Diese Gewissheit kam ihm derzeit abhanden, und das machte ihm Angst. Er hob seine Hände vor sein Gesicht und sah, dass sie zitterten. Heute Abend würde er sich notfalls am Bett festbinden. Entschlossen wandte er sich in Richtung Lechhausen, wo er eine kleine Wohnung gemietet hatte. Dort würde er die morgige Vorlesung vorbereiten. Und er würde nicht schlafwandeln. Schon gar nicht an den Fluss.

Die grüne Schreibtischlampe erhellte das kleine Zimmer nur spärlich. Der Schreibtisch war übersät mit eng beschriebenen Blättern und Büchern, und er brütete über einer Formel. Dabei kaute er an einem Bleistift und verfluchte die WG, die unter ihm wohnte und nichts außer *The Police* in Überlautstärke kannte. Draußen war es bereits dunkel geworden. Für einen Moment schloss er die Augen, stützte den Kopf in die Hände. Nur einen Augenblick, dachte er, nur einen winzigen Augenblick.

Er erwachte mit einem Ruck. Blinzelte. Und stöhnte.

»Schau, schau, er ist wach«, sagte eine helle Stimme irgendwo links hinter ihm.

Eine andere, dunklere Stimme antwortete, doch er konnte

die Worte nicht verstehen. Vorsichtig drehte er den Kopf, wollte sich aufrichten, doch seine Hände gehorchten ihm nicht. Langsam drang die Umgebung in sein Bewusstsein und er stellte zu seinem Entsetzen fest, dass ihn jemand an einen Baum gebunden hatte.

Kopfüber.

Das Blut pochte in seinen Ohren, in seinen Schläfen, durch den Knebel bekam er kaum Luft. »Mmmmh!«, machte er heiser, drehte den Kopf hin und her.

»Nicht anstrengen«, sagte die helle Stimme fröhlich. »Haben Sie sich gewundert, warum Sie immer wieder hierher zurückkehren? Seien Sie beruhigt, Sie können eigentlich nichts dafür. Ich habe Sie gerufen. Wir haben Sie gerufen. Ihre Anwesenheit ist heute Nacht dringend erforderlich. Denn heute ist die Tag- und Nachtgleiche, da sind die Wände zwischen den Welten besonders dünn. Sie glauben gar nicht, wie froh wir waren, als wir Sie gefunden hatten. Das war gar nicht so einfach …«

Er hörte Klappern, dann kniete sich jemand vor ihn und verband ihm die Augen. »Es ist einfacher, wenn Sie nichts sehen, glauben Sie mir.«

Jetzt hatte er wirklich Angst. Das war kein Spiel, das war … bitterer Ernst. Er versuchte seine Hände zu lösen, aber die Knoten saßen fest. »Mmmmh!«, machte er verzweifelt.

»Ts, ts … nicht doch«, tadelte die Stimme. »Nicht bewegen.«

Dann spürte er einen brennenden Schmerz am Hals und wusste mit untrüglicher Klarheit, dass ihm gerade jemand die Kehle durchgeschnitten hatte. Sein Blut sprudelte aus der Wunde und über sein Gesicht, tropfte, als hätte man einen Wasserhahn aufgedreht, mit einem plätschernden Geräusch unter ihm in ein Gefäß, vielleicht eine Schale.

Ein zufriedenes Lachen war das Letzte, was er wahrnahm. Das Rauschen in seinen Ohren brach plötzlich ab, das Flimmern vor seinen Augen erlosch, wurde absolute Dunkelheit. So sieht also das Ende aus, dachte er. Kein Tunnel, kein Licht, dem man folgen konnte, kein Engel, der einen an der Hand nahm.

Und doch war da etwas.

Die Schatten nahmen ihn in Empfang.

Und wie die meisten von ihnen würde er wahrscheinlich vergessen, wer er einmal gewesen war.

IN DER NÄHE VON NOTTINGHAM,
DONNERSTAGVORMITTAG

Jenna zündete eine Kerze an und beugte sich über die Schale, legte die Hände flach auf den Tisch. Sie wartete, bis die Kräuter abgesunken waren, das Wasser sich beruhigt hatte und sich nur noch leicht durch ihren Atem kräuselte. Zuerst sah sie nur schemenhaft ihr eigenes Gesicht, die blauen Augen und die dunklen Haare. Einer der Männer räusperte sich ungeduldig. Jenna versuchte, ihn zu ignorieren.

Antoine, rief sie lautlos. *Wo bist du?*

Das Wasser wurde milchig, trüb, ein Nebel stieg auf und hüllte Jenna ein. Doch die Wasseroberfläche wurde klar – ein Spiegel. Nein … wie ein Fenster in eine andere Welt. Sie sah Antoine an ihrem Küchentisch sitzen, das Grimoire vor sich. Gut. Als hätte er geahnt, dass ich ihn und das Buch brauche, dachte Jenna.

Ich bin hier, Jenna, kam die Antwort.

Das Wichtigste zuerst: Hast du Kim erreicht?

Ja. Ich soll dir sagen, sie hält sich bedeckt. Und du sollst die Herrschaften in den A… treten.

Jenna grinste wider Willen. *Ich versuchs. Wo ist Lena?*

Unterwegs. Wir treffen uns nachher hier. Wo bist du? Wirst du beobachtet?

Ja, aber ich habe einen Ring um mich gezogen. Mit Kreide und Salz. Hattest du mir doch mal erklärt. Und jetzt schnell, Antoine, ich muss diesen Fluch lösen und ich habe keine Ahnung wie. Geh bitte durch das Grimoire. Blättere es langsam durch, ich kann dir quasi über die Schulter sehen.

Du siehst mich?

Mach schon.

Antoine zog die Brauen hoch, tat aber, worum sie ihn gebeten hatte. Langsam blätterte er durch das Handbuch, las mit und versuchte etwas zu finden, was mit einem Bannfluch zusammenhing.

Sieh mal hier …, sagte er jetzt. Er wies auf eine Doppelseite, die mit zwei Teilen eines Seils illustriert war. *Das könnte gehen. Du brauchst eine Schnur, ein Messer, Salbei. Hm, das kann doch nicht alles sein. Ich nehme an, die vierte Variable in dieser Gleichung bist du. Mehr steht hier allerdings nicht. Kannst du damit etwas anfangen?*

Vielleicht, sagte Jenna langsam. *Pass auf dich auf, Antoine. Seit dieser Vorahnung habe ich Angst um dich. Richtig Angst.*

Die Nebel sanken herab, und sie sah nur noch den Boden der Silberschüssel. Jenna hob den Kopf und bemerkte, dass die beiden Männer versuchten, über den Kreidekreis zu treten, und jedes Mal gegen eine unsichtbare Wand stießen.

»Was zum Teufel …«, fluchte Archer und versuchte es erneut. Die Wut in seinen Augen war unübersehbar. Gleichzeitig war er blass um die Nase geworden. Er hatte diese Art Hindernis schon einmal erlebt. An Jennas Wohnungstür.

Mortimer zog ihn am Arm. »Sie hat sich abgesichert, Stephen. Mrs Winters, was soll das?«

»Ich muss mich konzentrieren können«, log Jenna, die innerlich triumphierte, weil ihre Abwehrzeichen auch hier funktionierten. »Außerdem habe ich doch gesagt, dass Sie sich von dem Kreis fernhalten sollen. Magie ist kein Kinderspiel – und wenn Sie mich stören, bricht hier vielleicht das Haus zusammen. Das wollen wir doch alle nicht.«

»Beeindruckend«, kommentierte Mortimer ihren Schutzkreis.

»Danke.« Jenna erhob sich und blies die Kerze aus. Sie überquerte die Markierung, wobei sie gleichzeitig den Kreis verwischte und damit öffnete, und schenkte sich eine Tasse Tee aus der Thermoskanne ein. Ihre Kehle war wie ausgetrocknet. »Ich brauche eine kurze Pause.«

»Ich auch«, murmelte Mortimer. Der alte Mann ließ sich in einen der großen Sessel sinken und schloss die Augen. Er atmete flach, Schweißperlen standen ihm auf der Stirn.

Archer warf ihm einen besorgten Blick zu, sagte aber nichts. Stattdessen zog er Jenna in die andere Ecke des Wohnzimmers, zu einem kleinen, kniehohen Tisch und zwei Sesseln. Er setzte sich ihr gegenüber und beugte sich vor. »Was haben Sie gesehen?«, fragte er leise.

Jenna bemühte sich um einen neutralen Gesichtsausdruck und hoffte, dass sie genauso gut lügen konnte wie seinerzeit in der Schule. Er wollte mehr über die Schatten wissen? Das konnte sie ihm auch bieten, ohne den Jäger zu rufen. »Ich muss mich ihnen langsam nähern. Das Ganze ist kein Vergnügen, wissen Sie? Es ist schrecklich. Die Schattenwelt …

darin sind Sie nur noch ein trauriger Abglanz Ihrer selbst. Ohne Erinnerung, ohne Zukunft. Verdammt zu warten.«

»Aber Sie können das Tor öffnen. Diese Verdammten befreien.«

»Und Sie entscheiden, wen ich befreie? Haben Sie eine Liste für mich? Das ist ja so einfach, danke schön!« Jenna kam ihr neutraler Gesichtsausdruck abhanden, sie bemühte sich aber weiterhin um eine gedämpfte Stimme. »Sie haben keine Vorstellung, wie das ist. Sie wollen Ihren Jäger, um … um … Um was eigentlich zu tun? Wenn ich das schon für Sie mache, können Sie mir zumindest sagen, warum. Oder nicht?«

Ein leichtes Schnarchen kam aus der anderen Ecke des Raums. Beide sahen einen Moment zu Mortimer hinüber, dem das Kinn auf die Brust gesunken war.

»Und wenn ich diesen Fluch breche – müssten Sie dann nicht schreckliche Angst haben, dass der Jäger Sie bestraft oder so etwas?«

»Der Jäger soll jemanden für uns finden«, erklärte Archer jetzt.

Jenna winkte ab. »Ja, mich. Das weiß ich schon seit einer Weile.«

Archer verzog den Mund. »Nein, das ist vorbei. Das war die erste Prüfung, sozusagen. Der Jäger bringt uns nach seinem Erscheinen die Hüterin, um zu beweisen, wer er ist, und soweit ich weiß, ist der Kampf mit dem Jäger auch die erste Prüfung der Hüterin.«

Jenna sah ihn überrascht an. Das hörte sie zum ersten Mal.

»Das wussten Sie nicht?«

Sie schüttelte stumm den Kopf.

»Nun, er hat in dieser Prüfung versagt, wie Sie wissen«, fuhr Archer fort, »gleichzeitig aber bewiesen, dass er der ist, auf den wir seit Jahrhunderten warten. Und wenn Sie ihn nicht verbannt hätten, könnten wir jetzt unsere Aufgabe zu Ende bringen.«

»Aha«, machte Jenna und nippte an ihrem Tee. »Nun könnte es aber sein, rein hypothetisch gesprochen …«

»Natürlich.«

»… dass das, was Sie wollen, moralisch nicht ganz einwandfrei ist. Wen suchen Sie und warum?«

»Das kann ich Ihnen nicht sagen.«

Jenna lehnte sich zurück und schüttelte den Kopf. »Aber Sie wollen von mir, dass ich Ihnen einen Fluch löse? Und danach wollen Sie den Jäger einfach fragen, wo sich die gesuchte Person aufhält? Ginge das nicht einfacher über die Auskunft? Oder Sie versuchen, ihr Handy zu orten? Warum machen Sie es so kompliziert? Das führt doch nur dazu, dass Leute verletzt werden oder, noch schlimmer, umkommen – nur weil Sie einer uralten Aufgabe wörtlich folgen. Was für ein Schwachsinn …« Das Letzte murmelte sie allerdings nur vor sich hin.

»Sie tun nichts anderes«, gab Archer zurück.

»Ja, weil mir nichts anderes übrig bleibt. Weil Sie meine Familie bedrohen und mich entführt haben. Glauben Sie mir, ich habe mir mein Leben anders vorgestellt!«

»Man hat immer eine Wahl. Tun Sie nicht so, als fänden Sie Ihre Bestimmung nicht auch irgendwie …«, Archer suchte nach dem richtigen Wort, »… erfüllend. Sie haben die Macht«, sagte er dann.

»Wegen dieser verdammten Bestimmung und Ihnen sind Menschen, die ich geliebt habe, ums Leben gekommen. Also verzeihen Sie mir, wenn ich Ihre Begeisterung nicht teilen kann, Mr Archer.« Jenna holte mehrfach tief Luft, dann fuhr sie fort: »Ich löse Ihnen den Fluch, wenns geht. Dazu brauche ich noch ein paar Dinge« – sie kritzelte ein paar Worte auf einen Block, riss das Blatt ab und reichte es Archer – »und ich tue das, weil Sie mich bedrohen und ich somit keine Wahl habe. Nicht, weil ich so nett bin oder so machtgierig. Damit das ganz klar ist.«

»Wenn Sie meinen. Denken Sie einfach daran, was ich Ihnen gesagt habe. Ihrer Tochter geht es so lange gut, wie Sie keinen Unsinn machen. Das Gleiche gilt übrigens für die Geschwister Covington«, sagte Archer, warf einen Blick auf den Zettel und stand auf. Er blieb neben ihr stehen, als wollte er noch etwas sagen, doch dann ging er lediglich in die Küche und öffnete eine der Schubladen.

Jenna hatte schon eine wütende Entgegnung auf der Zunge – jetzt drohte er auch noch mit George, das war doch die Höhe! –, aber sie schluckte sie hinunter. Noch einer mehr, um den sie sich Sorgen machen musste … verdammt. Sie übertrat den Kreidekreis, schloss ihn ein weiteres Mal, zündete die Kerze wieder an und beugte sich über die Schale. Lagardère hatte ihr eine Vorstellung davon vermittelt, was sie in Bezug auf Archers Fluch tun konnte. Das war der einfache Teil. Jetzt ging es darum, das Tor zu öffnen, ohne Gefahr zu laufen, dem Jäger zu begegnen. Jenna war klar, dass sich das Konsortium nicht damit zufriedengeben würde, wenn sie bekanntgab, niemanden aus der Schattenwelt holen zu können. Nun war es leider so, dass sie bisher keine Kontrolle darüber gehabt hatte, wen sie befreite. Diesmal musste sie das Geschehen lenken.

»Alex, oh, Alex«, flüsterte sie vor sich hin. Alexander Winters hatte sein Leben geopfert, um den Jäger in der Schattenwelt zu binden. Jenna und Kim hatten mitansehen müssen, wie er gemeinsam mit dem Jäger verschwand. Und jetzt, wo sie erneut das Tor öffnete … würde sie ihn in der Schattenwelt sehen? Und was, wenn er darauf wartete, dass sie ihn befreite? Und sie es nicht konnte? Oder – und der Gedanke war fast noch schlimmer – was war, wenn Alex nicht mehr da war? Dann hatte sie ihn endgültig verloren … Nichtwissen war manchmal eine Gnade. Sie war nicht sicher, ob sie sich wünschen sollte, dass er tot war, weitergegangen – oder dass er in der Schattenwelt vergeblich auf sie wartete. Aber Nichtwissen konnte sie sich jetzt nicht mehr leisten. Sie wünschte sich für einen Augenblick Kim herbei – mit ihr zusammen wäre das alles einfacher. Nein, rief sie sich zur Ordnung und wischte sich mit dem Handrücken verräterische Tränenspuren von den Wangen. Ich mach das allein. Kim ist in Sicherheit, genau wie George, und das soll auch so bleiben.

Das erste Mal, als sie das Tor geöffnet hatte, war Angst der Schlüssel gewesen. Musste das wieder so sein?

Angst hatte sie jedenfalls genug.

MÜNCHEN, IMMER NOCH DONNERSTAGVORMITTAG

Lagardère hatte eine Stunde Zeit. Er hatte den Kompass genommen und war damit zurück in seine Wohnung gefahren. Dort fütterte er Minou, die ihn freudig begrüßte, indem sie ihm einen Kratzer über den Unterarm verpasste. Kopfschüttelnd sah er zu, wie die kleine Katze danach ihre Portion verspeiste, ohne ihn noch eines Blickes zu würdigen. »Biest«, murmelte der Franzose, aber es klang nicht böse.

Mit dem Kompass in der Hand wanderte er langsam durch alle Räume, hielt den Kopf schräg, damit er die Titel auf den

Buchrücken lesen konnte, und hoffte auf eine Eingebung. Seine Bibliothek war nicht gerade mit esoterischen Titeln gespickt, aber vielleicht fand er etwas, womit er den Kompass irgendwie in Verbindung bringen konnte. Sie alle waren durch Magie verbunden – Jenna, Kim, Lena, der Kompass und er selbst. Die Schattenwelt hatte ihn wieder entlassen, doch freigegeben hatte sie ihn nicht. Er wusste nicht, ob er je frei von ihr sein würde. Andererseits – wie viele Menschen konnten ein Leben zweimal leben? Minou kam ihm auf leisen Pfoten hinterher, rieb sich an seinem Schienbein und schnurrte. Doch jetzt stellten sich ihr die Nackenhaare auf, sie machte einen Buckel, und ihre Schwanzspitze wischte hin und her.

»Was hast du denn plötzlich?« Lagardère betrachtete sie verwundert. Er blickte zwischen ihr und dem Regal hin und her, versuchte zu erkennen, was die kleine Katze so aus der Fassung brachte. Jetzt hörte er es: Ein leises Wispern, so als würden die Bücher miteinander sprechen. Lagardère erstarrte und wich einen Schritt zurück. Das Wispern verstummte. Der Franzose zog die Brauen hoch, steckte den Kompass in die Hosentasche und nahm Minou auf den Arm. Er starrte auf die Bücherreihe vor sich, aber kein Buch machte Anstalten, ihm vor die Füße zu fallen oder sich als Lösung anzubieten. Das Wispern ertönte erneut, und jetzt trat Lagardère einen Schritt auf das Regal zu, statt wieder zurückzuweichen. Prompt wurde das Wispern lauter – und dann sah er es und fing an zu lachen.

Vor ihm stand die vierbändige Geschichte des British Museum, und Band drei stand verkehrt herum. Lagardère, der laut Kim die personifizierte Ordentlichkeit war, wusste, dass er das Buch niemals selbst so hineingestellt hätte. Mit einem

Gesichtsausdruck, der zwischen Skepsis und Amüsement schwankte, zog er den Band heraus, setzte sich an einen kleinen Tisch und fing an zu blättern. Der Kompass in seiner Hosentasche störte ihn, und er legte ihn neben das Buch.

»Alors ...«, sagte er und wedelte mit den Händen. »Un peu de magie, eh?« Zufrieden grinste er, als sich ein paar Seiten selbstständig umblätterten. Das hätte ich als Sekretär in meinem ersten Leben gut gebrauchen können, dachte er, aber das war gewesen, bevor er im Netz der Magie gefangen worden war ...

Neugierig begann er zu lesen. Im Winter 1930 war ein Schiff von Gabun in Richtung England gefahren. Es war in einem der wütenden Stürme vor Marokko mit Mann und Maus gesunken, aber eine Zweitschrift des Frachtbriefes war erhalten geblieben. An Bord waren Kisten mit seltenen Pflanzen gewesen, Gold und Edelsteine. Nur zwei Matrosen hätten überlebt, und die kleine Holzkiste, die mit ihnen an den marokkanischen Strand gespült wurde, fand über ein Jahr später ihren Weg nach London. In der mit Wachs versiegelten Kiste lag, sorgsam mit Sägespänen umhüllt, ein Kompass, und die Leitung des Museums hatte sich höchst interessiert gezeigt, weil er von völkerkundlicher Bedeutung gewesen war. So hieß es zumindest.

Lagardère spürte sein Herz heftig klopfen. Hastig las er weiter, aber nichts im weiteren Verlauf des Buches sprang ihm ins Auge. Er stützte den Kopf in die Hände und sah Minou nach, die auf dem obersten Regal balancierte und sich offenbar von dem Schreck vorhin erholt hatte.

Hatte es tatsächlich mehrere magische Kompasse gegeben? Eine Erinnerung blitzte vor seinem inneren Auge auf. Ein Blick durch eine halb offene Tür, eine blasse Frauenhand, ein goldenes Schimmern, eine Buchstaben- und Zahlenreihe …

Doch bevor er das Bild fassen konnte, war es wieder weg. Sein Gedächtnis war derzeit wie ein Sieb. Lagardère fluchte leise und schlug mit der Hand auf die Tischplatte. Oder war es reiner Zufall, und das alles hatte nichts mit Jennas Kompass zu tun? Nun, er würde es herausfinden. Er würde Lena einige Fragen stellen. Lagardère glaubte an Magie, aber noch mehr glaubte er an saubere Recherche und diplomatische Finesse. Getarnt durch französische Kochkunst.

»Mm, das schmeckt hinreißend, Antoine. Wo hast du so gut kochen gelernt?«

»Bitte – ich bin Franzose. Wir haben das Kochen im Blut.« Lagardère fütterte Lena, die auf seinem Schoß saß, mit einem Stück gegrillter Tomate. »Außerdem war ich früher öfters in der Schlossküche zugange.« Lagardère lächelte. »Diese Erinnerung ist letzte Nacht in mir aufgetaucht: die Schlossküche und Madame Mathilde, die Köchin. Sie hat die besten Pasteten gemacht … und hatte keine Angst vor Tomaten. Weißt du noch, wie die alle für giftig hielten? Nur Madame Mathilde wagte es, sie zuzubereiten.«

Lena lachte. »Ja, das weiß ich noch. Der Vorkoster des Königs war mehr als blass um die Nase, als er den ersten Tomatenauflauf seines Lebens aß …« Sie küsste Lagardère auf die Nasenspitze und stand auf. »Du kleckerst mich voll, mon cher.«

»Verzeihung.« Er legte Lena beide Arme um die Taille, schnupperte an ihr. »Egal, was du anhast … du duftest immer ein bisschen nach Rosen.« Damit schob er sich das letzte Stück Tomate in den Mund, bevor er sie zu sich herumdrehte, ihr T-Shirt hochschob und sie auf den nackten Bauch küsste.

Lena zerzauste mit ihren Händen sein Haar, fragte dann unvermittelt: »Wo ist der Kompass?«

»Hm?«

»Der magische Kompass«, wiederholte Lena ungeduldig. »Hat Jenna ihn mitgenommen?«

»Nein, soweit ich weiß, nicht. Ich schaue mal in ihrer Tasche nach.« Lagardère tat so, als hätte er keine Ahnung, wovon Lena sprach. Der Form halber sah er in Jennas Tasche nach und kam dann mit dem goldschimmernden Kompass zurück in die Küche. Lena nahm ihm das Gerät aus der Hand und klappte es auf. Die Kompassnadel drehte sich langsam um sich selbst, pendelte sich dann zitternd auf Lena ein.

»Er zeigt Magie an«, stellte Lagardère fest und wartete gespannt darauf, dass sie etwas sagte.

»Ich weiß. Jenna und ich haben ihn neulich ausprobiert. Ich habe diese Art von Kompass schon einmal gesehen.«

»Wo?« Lagardère sah sie gespannt an.

»Das erste Mal in Afrika …«, sagte Lena langsam. »Und später, so um 1930 herum, in England. Ich bin nie dahinter gekommen, wofür man ihn gemacht hat.«

Afrika! Und das vor dem Untergang des Schiffes. Doch kein Zufall? Lagardère hoffte, dass Lena ihm seine Zufriedenheit nicht ansah.

»Du meinst, dass er Magie anzeigt, ist nicht seine Hauptaufgabe?«, fragte er.

»Ich bin mir nicht sicher«, murmelte Lena nachdenklich. »Magie spürt man auch anders, dazu braucht man eigentlich keinen Kompass.« Sie kniff die Augen zusammen: »Siehst du diese Buchstabenkombination? Das muss etwas zu bedeuten haben. Weißt du, seit wann Jenna diesen Kompass hat?«

Lagardère schüttelte den Kopf. »Bestimmt noch nicht lange. Sonst hätten wir beide uns das schon angeschaut.«

»Wir müssten Jenna fragen können ...«

Lagardère hätte fast gesagt, das kann ich doch machen, doch etwas ließ ihn den Mund halten. Seine Verbindung zu Jenna sollte vorerst ein Geheimnis bleiben.

»W und ET«, schrieb Lena jetzt auf einen Zettel. »Was sagt uns das?«

»Im Moment noch nichts«, meinte Lagardère stirnrunzelnd. »Aber wir beiden sollten doch imstande sein, das zu decodieren, meinst du nicht?« Seine Augen funkelten. Der ehemalige Sekretär des Kardinals liebte Rätsel fast noch mehr als das Kochen. »Ist das der einzige Kompass dieser Art? Oder gibt es davon noch mehr?«

»Es gab davon einmal drei«, sagte Lena zu seiner großen Überraschung. »Sie gehörten zum Zirkel um die Hüterin.«

»Und du weißt das, weil du damals ... dabei warst?«

Lena lächelte. »Vielleicht«, gab sie zu. »Aber das ist alles schon lange her. Das heißt aber nicht, dass ich diese Buchstaben deuten kann. Die kamen sicher erst später hinzu.«

Lagardères Gedanken rasten. »Wenn es mehrere gab, könnten auch auf den anderen eingravierte Botschaften zu finden sein. Nur – wo sind sie geblieben?«

»Die sind im Lauf der Jahrhunderte verloren gegangen. Nein, so kommen wir nicht weiter«, widersprach Lena. »Lass uns mit dem anfangen, was wir haben.« Sie legte sich den geschlossenen Kompass auf die flache Hand, hielt die andere Hand darüber und murmelte ein paar Worte. Lagardère sah ihr gespannt zu.

»Nichts«, sagte Lena enttäuscht nach ein paar Sekunden. »Ganz so einfach wird es nicht gehen.«

In diesem Moment verschwand der Kompass von ihrer Hand.

»Nanu?«, sagte Lagardère. »Wo ist er hin?«

Lena sah zuerst verblüfft aus, dann verzerrten sich ihre Gesichtszüge vor Zorn. »O nein«, flüsterte sie. »So einfach mache ich es dir nicht!«

Der Franzose zog die Brauen hoch. »Ich verstehe nicht ganz. Was geht hier vor, Lena?«

Lena presste die Lippen zusammen, sodass sie fast weiß waren, und holte mehrmals tief Luft. »Jemand will nicht, dass ich mich hier einmische, scheint mir. Aber so einfach gebe ich nicht auf, hörst du?« Den letzten Satz rief sie laut und voller Wut heraus.

»Wer, Lena? Wer?«

* * *

Seit Jahrhunderten verfolge ich unseren Plan – und nun nehmt ihr mir den Kompass einfach aus der Hand, wie einem unartigen Kind das Spielzeug? So schlecht kennt ihr mich? Denn so leicht gebe ich nicht auf. Niemand weiß von meinem Plan. Auch Lagardère nicht, der glaubt, mich in die Irre führen zu können. Aber ihr? Ausgerechnet ihr? Seid euch nicht so sicher in eurem behüteten Kokon, dass ich euch nicht auch schaden könnte, wenn ich es will. Nein, so war es nicht gemeint … Bitte … Noch ein bisschen Zeit, dann wird alles wieder gut. Ein Opfer noch? Heute ist Neumond …

* * *

»Lena, wer?«

Lena antwortete nicht. Stattdessen nahm sie mit zornglühender Miene ein Messer aus der Küchenschublade, zog die Klinge über ihren Daumen, ließ ein paar Tropfen Blut auf den Küchentisch fallen. Sie murmelte einige Worte, und die Tropfen bewegten sich wie Quecksilber, flossen ineinander und trennten sich wieder.

Lagardère beobachtete sie fasziniert, bis er ungläubig feststellte, dass er sich nicht mehr rühren konnte. Er wollte protestieren, doch seine Lippen bewegten sich nicht. Lena griff nach seinem Arm, und zu seiner Verblüffung überließ er sich ihr willenlos.

Ein weiterer Schnitt mit der Klinge, diesmal über seinen Unterarm, und ein stetiger Strom Blut begann zu fließen.

Als Lena ein paar Minuten später Jennas Wohnung mit raschen Schritten verließ, saß Antoine Lagardère am Küchentisch und bewegte seinen Arm hin und her. Ein tiefer Schnitt zog sich über sein rechtes Handgelenk und begann bereits zu verkrusten. Lagardère schüttelte den Kopf. Er hatte Lena gerade Blut von sich gegeben. War er völlig verrückt geworden?

IN DER NÄHE VON NOTTINGHAM

Wie die nächsten Stunden herumgegangen waren, konnte Jenna im Nachhinein nicht mehr sagen. Es musste gegen elf gewesen sein, als Mortimer erst aus dem Fenster, dann auf seine Uhr sah. »Der Neumond tritt in seine letzte Phase. Wir sollten anfangen.«

Jenna nickte. Sie fühlte sich wie in einem Traum. »Stellen Sie sich alle da hinüber«, wies sie die Vier an und deutete auf die Wand mit dem Bücherregal. Sie hatte ihren Kreis wieder verwischt. Wenn sie das Tor öffnen wollte, durfte sie selbst sich nicht schützen, sie musste sich vielmehr öffnen. Sie schloss die Augen, ließ die Arme locker hängen.

Dann begann sie lautlos zu rufen. Sie stellte sich die graue

Welt vor, sah vor ihrem inneren Auge die Schatten in der U-Bahn, den Schatten im Spiegel, wartete auf ein Zeichen von einem, der noch nicht vergessen hatte, wer er war. Die Wand zwischen den Welten wurde dünner und dünner und löste sich schließlich auf. Mit einem Mal wurde Jenna überschwemmt von einer Welle der Verzweiflung, der Gleichgültigkeit, der widerlich-klebrige Geschmack nach Gewürznelke wurde so heftig, dass sie würgen musste.

Sie wartete.

Und als Elly Donovan anfing zu schreien, »O Gott, seht!«, wusste sie, dass es funktioniert hatte.

Es war nicht ein Schatten, der die Lichtung betrat. Es war nicht der Jäger. Es waren Hunderte, die, Menschen gleich und doch auch nicht, auf das Haus zukamen, angezogen von der Macht, die dort herrschte. Ihre Blicke waren stumpf, die Gesichter grau und eingefallen, sie bewegten sich langsam, aber unaufhaltsam über die Wiese, die Arme ausgestreckt, als erwarteten sie, dass jemand sie an der Hand nahm. War Alex dabei? Jenna rief lautlos nach ihm, immer und immer wieder, doch ihre Rufe verklangen ohne Antwort.

Mit einem Satz war Archer am Fenster und sah hinaus. »Das ist gegen den Plan! Halten Sie sie auf!«, drängte er Jenna. »Wo ist der Jäger? Ihn wollen wir. Nur ihn.«

Jenna schüttelte den Kopf. »Das Tor ist geöffnet. Das wollten Sie doch.« Sie keuchte vor Anstrengung.

»Sind Sie verrückt geworden?« Archer schüttelte sie, grub seine Finger schmerzhaft in ihre Schultern. »Das ist Wahnsinn. Hören Sie auf!«

Jenna schob Archer mit einem heftigen Stoß von sich weg und blieb mit ausgestreckten Händen stehen. Was auch immer sie erwartet hatte, das war es nicht.

Die Menge hatte die Veranda erreicht, die Ersten stiegen die Stufen hinauf, verteilten sich rund ums Haus, klopften an Türen und Wände. Sie sagten nichts, blieben vollkommen stumm, als hätten sie verlernt, was Worte waren, was eine Stimme war. Sie starrten durch die Fenster, manche neugierig, manche wütend, aber alle mit einem derart verlorenen Ausdruck in den Augen, dass Jenna nicht wusste, ob sie ihnen gerade einen Gefallen getan hatte oder sie von einer Hölle in die nächste geschickt hatte. So hatte sie sich die Rückkehr nicht vorgestellt.

Antoine Lagardère war damals ob seiner Rückkehr verblüfft gewesen, aber eindeutig ein Mensch. Er hatte sogar seinen Hut gezogen und einen Diener gemacht. Diese Menschen hier … sie waren nicht wirklich angekommen. Es schien, als hätten sie zu viel von sich in der Schattenwelt gelassen. Als wären sie auch im Diesseits noch Schatten geblieben.

Doch als das erste Fenster splitterte, wurde klar, dass das kein Traum war, sondern erschreckend real. Miller versuchte sie daran zu hindern, durch das Fenster zu klettern, doch es waren viele, zu viele, die nach vorn drängten, hin zu Jenna, zur Quelle der Kraft, die sie befreit hatte. Lange graue Finger zogen an ihr, strichen ihr übers Haar, übers Gesicht. Sie umringten sie, es wurden immer mehr, bis Jenna in der Menge der Schatten kaum mehr zu erkennen war. Und immer noch sagte keiner ein Wort. Jenna fühlte, wie die Gleichgültigkeit in ihr hochkroch. Es war doch ohnehin alles egal … Wen kümmerte es, wer zurückkam, wer blieb? Sie konnte doch die, die ihr am Herzen lagen, ohnehin nicht retten.

»Jenna!«, schrie Archer, der versuchte, sich zu ihr durchzudrängen. Doch die graue Wand aus Schatten öffnete sich nicht, ließ ihn nicht durch. »Schließen Sie das Tor!«

Jenna hörte ihn wie durch Watte. Sie lächelte gequält, dann machte sie die Augen zu.

Die Schatten bewegten sich wie eine riesige Welle durch den Raum, suchten das, was lebte, was atmete. In Sekunden hatten sie die anderen umringt.

»Kämpfen Sie!« Archers Stimme klang verzerrt, er wehrte sich heftig gegen die Schatten, die ihn umzingelten. »Ich verspreche Ihnen, danach sind Sie frei! Sie können gehen!«

Frei ... Das klang so verführerisch ... Frei, nach Hause zu gehen. Frei, mit Kim zu reden, sie in die Arme zu nehmen. Frei, das zu tun, was sie wollte.

Selbst zu entscheiden.

Mit all der Kraft, die ihr noch blieb, riss Jenna die Arme nach oben und zog einen imaginären Vorhang mit einem Ruck zu. Ein ohrenbetäubendes Kreischen erhob sich, Jenna sah sich panisch um – es kam von den Schatten. Jetzt hatten sie eine Stimme, sie begannen zu schreien, hoch und schrill klang es durch die dunkle Nacht. Schmerzerfüllt, als würden sie gefoltert. Nebel kroch über die Lichtung und durch das Haus, hüllte alles ein, einer nach dem anderen wurde zurückgezogen und verschwand in der grauen, klebrigen Masse. Das Kreischen gellte über die Lichtung, durch den Wald, durchs Haus, alle fünf hielten sich verzweifelt die Ohren zu.

Waren Minuten vergangen oder Stunden? Irgendwann wurde es wieder still. Die Nebel der Schattenwelt hatten die Entflohenen wieder eingefangen, das Gleichgewicht war wieder hergestellt.

Als das Kreischen verklungen war, sahen sich Archer und Jenna an. Dem Anführer war der Schock deutlich anzusehen. Er zitterte und wusste anscheinend nicht, was er sagen sollte. Jenna sank auf die Knie. Ihr war übel, es rauschte in ihren

Ohren. Nie wieder, schwor sie sich. Nie wieder. Und wenn ich mit Kim ans Ende der Welt fliehen muss, bis ans Ende meiner Tage. Nie wieder. Schluchzen und Keuchen erfüllte den Raum, und erst als Archer ihr ein Taschentuch vor die Nase hielt, erkannte Jenna, dass sie es war, die diese jammervollen Töne ausstieß.

Sie putzte sich die Nase und zog sich am Tisch hoch, stand für einen Moment nur da und wartete, ob ihre Beine sie wirklich trugen. Dann ging sie langsam und ohne die anderen anzusehen, zur Treppe. Stufe für Stufe stieg sie nach oben, es war, als würde sie von einer Schnur gezogen. Niemand hielt sie auf, keiner sprach sie an. Den vier anderen hatte es die Sprache verschlagen.

Tränen liefen ihr übers Gesicht, als sie an all das Leid, all die Verzweiflung dachte, die die Schatten begleitet hatten, und sie schauderte, als sie gewahr wurde, wie nah sie daran gewesen war, sich den Schatten zu überlassen. Sie stieß die Tür zu ihrem Zimmer auf, schaltete mit zitternden Fingern das Licht an – und prallte zurück.

Es war noch nicht vorbei.

Ein großer, dunkel gekleideter Mann stand am Fenster. Er drehte sich zu ihr herum und sah sie mit kaum verhüllter Wut an.

»Wer sind denn Sie?«, krächzte Jenna.

Zu ihrer großen Überraschung antwortete er auf Deutsch: »Mein Name ist Adrian. Adrian Wagner. Wie komme ich hierher? Was haben Sie mit mir gemacht? Wo sind wir?« Die Fragen des Mannes prasselten auf sie herab.

Jenna hielt sich am Türrahmen fest. Doch bevor sie antworten konnte, stand Stephen Archer neben ihr. Er musste die Stimme gehört haben.

»Ein Schatten?«, fragte er vorsichtig. Jenna konnte spüren, wie sein Körper vor Spannung zitterte – sie war sicher, dass Archer sich vor dem Jäger fürchtete, ungeachtet dessen, was er ihr gesagt hatte.

Falls Wagner überrascht war, dass Archer Englisch sprach, ließ er es sich nicht anmerken. Er trat auf Archer zu und fauchte, ebenfalls auf Englisch: »Was geht hier vor? Wer sind Sie?«

Archer straffte sich und sah ihn kühl an: »Mein Name ist Stephen Archer, das ist Mrs Winters. Und Sie sind?«

»Adrian Wagner.«

In der darauf entstehenden Pause konnte Jenna förmlich hören, wie Archers Gedanken durcheinanderwirbelten. Er sah Jenna mit hochgezogenen Brauen an – der Jäger? Ein Jäger? Wer zum Teufel ist das? Sie zog die Schultern hoch und schüttelte leicht den Kopf.

»Kommen Sie ins Wohnzimmer, wir erklären Ihnen alles. Haben Sie Hunger? Durst?« Archer machte eine schwungvolle Handbewegung und komplimentierte den Deutschen die Treppe hinunter. Mit einem Kopfrucken bedeutete er Jenna, ihnen zu folgen.

Jenna, die eigentlich nichts mehr wollte als einen Moment Ruhe, folgte ihnen langsam. War das ein Zufall? Er kam aus der Schattenwelt, sah aber, im Gegensatz zum Beispiel zu Lagardère, nicht so aus, als sei er lange dort gewesen. Cordhose, schwarzer Rollkragenpullover, dunkle, lockige Haare – ein Mann aus der Neuzeit. Er hatte bestimmt nicht viel Zeit gehabt, alles zu vergessen.

»Fangen Sie doch an«, schlug Archer vor und drückte dem Gast ein Glas Wein in die Hand.

Der Mann sah sich um, registrierte die großen, ungläubigen

Augen von Elly Donovan, die wachsame Haltung von Miller, das erwartungsvolle Lächeln von Mortimer. Sein Blick landete zuletzt auf Jenna, die an der Küchenzeile lehnte.

»Sie! Sie haben mich zurückgebracht«, sagte er verblüfft. »Sie haben mich gerufen.«

Jenna verzog das Gesicht. »Das stimmt nicht ganz. Aber da Sie nun mal hier sind … willkommen zurück.« Das Letzte murmelte sie in ihre Teetasse.

»Wie kann das sein? Das ist doch alles nicht möglich!« Der Gast schlug mit der Hand auf die Sessellehne. »O Gott! Jetzt fällt mir alles wieder ein. Irgendjemand hat mich vor …« Wagners Blick fiel auf den Kalender an der Wand, und seine Augen weiteten sich vor Erstaunen. Er schluckte und begann von Neuem: »Dreißig Jahre … Irgendjemand hat mich vor über dreißig Jahren umgebracht. Ich würde zu gerne wissen, wer und warum.«

»Einfach so? Ein Überfall? Wie sind Sie denn umgekommen?« Das war Archer.

Wagner schüttelte langsam den Kopf. »Ich bin mir nicht sicher, aber ich glaube, man hat mir die Kehle durchgeschnitten.« Er berichtete in dürren Worten von der letzten Nacht, an die er sich erinnerte. »War ich also im Jenseits? Oder im Fegefeuer? Ich hatte das Gefühl, dass die Zeit dort anders verläuft. Es war 1980 … ist der Dritte Weltkrieg eigentlich ausgebrochen?« Wagners Stimme war rau, er kippte den Wein hinunter und hielt Archer auffordernd das leere Glas hin. Dann fasste er sich an den Hals, zog den Kragen etwas nach unten. Eine dünne rote Narbe zog sich über seine Kehle.

Jenna schauderte. Dennoch machte dieser Schatten keinen furchteinflößenden Eindruck. Als der Jäger ihr das erste Mal begegnet war, hatte das Böse ihn umgeben wie einen Mantel.

Er war die dunkelste Seele gewesen, die sie sich vorstellen konnte. Dieser Mann hier hingegen erschien – sie suchte nach dem richtigen Wort – harmlos. Ja, harmlos. Verwirrt. Aber nicht böse.

Mit zusammengepressten Lippen hatte Archer den Ausführungen seines Gastes gelauscht, jetzt stand er auf und zog Jenna mit sich nach draußen auf die Veranda.

»Wer ist er?«, fragte er leise.

Jenna hob erneut die Schultern. »Ich weiß es nicht. Und bevor Sie fragen – ich habe ihn definitiv nicht gerufen. Aber das Tor war offen. Vielleicht weit genug, um diesen Adrian wieder ganz hierher zu ziehen?«

Archer nickte, als würde ihn das nicht überraschen. Er stützte sich mit beiden Händen auf das Geländer und sah erst nach oben, dann über die Wiese. Die Sterne leuchteten heller als sonst, das Band der Milchstraße, das sich über den Himmel zog, war deutlich zu erkennen. Keine Fußspuren, kein Nebel – nichts deutete darauf hin, dass vor weniger als einer halben Stunde eine Armee Schatten hier durchmarschiert war.

»Kleine Planänderung«, verkündete er jetzt. »Dann nehmen wir eben ihn.«

»Wie stellen Sie sich das denn vor?« Jenna stellte sich neben Archer und sah ihn von der Seite an. »Er ist nicht der Jäger.«

»Dann würde ich vorschlagen, Sie machen ihn zu einem.«

Es entstand eine Pause, dann sagte Jenna: »Nein.«

»Ein Nein akzeptiere ich nicht.«

Jenna zitterte innerlich, aber ihre Stimme war fest, als sie wiederholte: »Nein.« Sie hob die Hand, als Archer ihr ins Wort fallen wollte. »Warten Sie! Erstens kann ich es nicht.

Der Jäger ist, soweit ich weiß, vorherbestimmt, den kann man sich nicht einfach im Versandhandel bestellen, auch nicht bei mir. Zweitens: Dieser Mann ist unschuldig. Selbst wenn ich es könnte – das würde ich ihm nicht antun. Der Jäger war der böseste Mensch, den ich je gesehen habe. Ob er schon immer so abgrundtief böse war oder ob das Jäger-Dasein ihn erst so gemacht hat, weiß ich nicht. Aber niemand sollte so sein. Niemand!«

In Archers Augen blitzte es auf, und er fasste Jenna hart um die Oberarme. »Ich lasse Ihnen nicht die Wahl, Mrs Winters, das habe ich Ihnen schon mehrfach gesagt. Sie werden tun, was ich sage. Sonst …«

»Hören Sie auf mir zu drohen, Mr Archer. Das bringt nichts. Ich sage es Ihnen, wie es ist. Ich kann Ihnen den Jäger nicht herbeizaubern. Ich habe auch keine Kontrolle über die Schatten, das haben Sie gerade gesehen. Aber ich tue, was ich kann. Dafür erwarte ich, dass Sie Ihren Teil des Deals erfüllen.« Jenna klopfte das Herz bis zum Hals, aber trotz ihrer Erschöpfung wurde sie plötzlich so wütend, dass sie buchstäblich rot sah. Sie war es leid, dass Archer immer und immer wieder mit der gleichen Drohung ankam – wobei sie zugab, dass die Angst um Kim sie keinen Moment verließ. George hatte sein Versteck sicherlich gut gewählt. Aber Sorgen machte sie sich trotzdem.

»Ich halte mein Wort«, gab Archer steif zurück.

»Gut. Dann sollten wir jetzt wieder hineingehen, damit Miss Donovan nicht ungehalten wird.«

Archer hob die Brauen, als er Jennas sarkastischen Tonfall vernahm, aber er folgte ihr wortlos zurück ins Haus.

Die Unterhaltung hatte keine drei Minuten gedauert und so, wie es aussah, hatten sich die anderen im Wohnzimmer in

Schweigen gehüllt. Mortimer sah aus, als hätte er ein Dutzend Fragen, aber er wartete auf Archer.

Eine Stunde später hatten sie gemeinsam Adrian Wagner auf den neuesten Stand gebracht, Jenna hatte allerdings bemerkt, dass weder das Konsortium noch der Jäger Bestandteil der Lektion gewesen waren. »Ob ich jetzt wohl noch promovieren kann?«, fragte Wagner versonnen. Sein Blick ruhte immer wieder staunend auf Jenna, die am großen Tisch saß und mit einem Ohr der Diskussion lauschte, während sie sich Notizen machte und zwischendurch in der Küche nach den Dingen suchte, die Lagardère ihr vorgeschlagen hatte.

»Die Augsburger Uni existiert noch«, gab sie geistesabwesend zurück. »Sie werden sicher in ein neues Leben finden. Tut mir leid wegen der Umstände.«

»Nein, nein, keineswegs.« Wagner sprach ein passables Englisch, nur manchmal musste er nach Worten suchen. »Durch Sie erhalte ich eine zweite Chance – wer kann das schon von sich sagen?« Er hatte sich beruhigt, und die Verwirrung war einer Müdigkeit gewichen, die er kaum unterdrücken konnte. Jetzt gähnte er erneut, und Archer stand auf. »Mortimer zeigt Ihnen, wo Sie schlafen können. Bei ihm im Zimmer ist noch ein Bett frei. Ruhen Sie sich aus. Morgen sehen wir weiter. Das gilt für alle.« Er gab Mortimer mit einer Hand ein Zeichen, und Mortimer nickte. Heute Nacht würde es zwei geben, die es zu bewachen galt.

Miller verschwand in seinem Zimmer im Erdgeschoss, Donovan, Mortimer und Adrian Wagner marschierten die Treppe hinauf. Nur Jenna blieb in der Küche.

»Mrs Winters?«, rief Elly Donovan von oben.

»Ich komme nach«, rief Jenna zurück, und Archer bekräftigte: »Alles klar, ich übernehme die erste Wache.«

Jenna hob eine Braue. »Erste Wache?«, wiederholte sie. »Wir sind doch hier nicht am Lagerfeuer.«

»Aber in Gefahr«, konterte Archer.

»Vor mir? Hm.« Jenna breitete auf dem Tisch aus, was sie in der Zwischenzeit gefunden hatte. Ein etwa ein Meter langes Seil, die Silberschale mit klarem Wasser. Aus einer Eingebung heraus pflückte sie von dem Sessel, auf dem Wagner gesessen hatte, ein dunkelbraunes Haar. Dann nahm sie Block und Stift zur Hand und schloss die Augen. Eine Zutat muss von dir kommen, hatte Lagardère gesagt. Das Zeichen. Konnte es wirklich so einfach sein? Vor ihrem inneren Auge war ein Kreis aufgetaucht, den sie jetzt durchstrich wie bei einem Parkverbotszeichen. Jenna wartete, aber mehr wurde es nicht. Nun, sie würde es versuchen.

Um sie herum war es still geworden, nur aus dem ersten Stock klang leises Schnarchen. Das Haus duftete nach Holz. Unter anderen Umständen hätte sie sich hier sehr wohl gefühlt. »Setzen Sie sich«, forderte sie Archer leise auf und wies auf einen Stuhl ihr gegenüber. Das Blatt mit dem durchgestrichenen Kreis platzierte sie in der Mitte des Tisches, das Haar ließ sie in die Schale fallen.

Wenn sie jemand gefragt hätte, hätte sie nicht sagen können, warum sie alles genau so und nicht anders tat. Aber wie Lena schon konstatiert hatte: Jenna erfand ihre eigene Magie. Da gab es kein Richtig oder Falsch, solange es sich gut anfühlte.

»Wie viel Uhr ist es?«, fragte sie leise.

Archer warf einen Blick auf seine Armbanduhr. »Zwei Uhr morgens. Spielt das eine Rolle?«

»Wahrscheinlich nicht«, murmelte Jenna. »Ich wollte es nur wissen. Und bevor wir anfangen: Sagen Sie mir noch mal, warum Sie das eigentlich wollen? Sie sind doch sonst sehr, wie soll ich sagen, vorherbestimmungskonform … Warum wollen Sie Ihre Verbindung zu dem Jäger überhaupt lösen? Das widerspricht doch allem, wofür Sie stehen.« Sie biss sich auf die Lippen, aber Archer nahm ihr die Frage nicht übel.

Er klang nachdenklich, als er antwortete: »Ich wusste schon früh von der Verbindung zwischen meiner Familie und dem Jäger. Jemand in unserer Familie hat diesen Bann ausgelöst, und seitdem stehen die Archers im Dienst des Jägers. Das alles hat mich wenig tangiert, bis vor einigen Wochen das Konsortium von mir verlangte, ich müsste jetzt meiner Verantwortung nachkommen.« Heftig fügte er hinzu: »Sie werden das vielleicht verstehen – die Freiheit, selbst zu entscheiden, ist mir wichtig.«

»Was wäre denn passiert, wenn Sie dem Ruf nicht gefolgt wären?«

»Dann ist man dem Tode geweiht.«

Das klang so pathetisch, dass Jenna ihn forschend ansah, ob er sich über sie lustig machte. Doch Archer sah nicht aus, als würde er scherzen.

»Im Ernst?«, fragte Jenna dennoch. »Auch wenn der Jäger gerade … indisponiert ist?«

»Das ist irrelevant. Tatsache ist, ich wurde gerufen und muss dieser Aufforderung Folge leisten. Egal, ob das gerade in mein Leben passt oder nicht. Die früheren Anführer waren alte Herren, die ihr Leben und ihren Beruf … nun, nicht gerade hinter sich hatten, aber …«

Jenna nickte stumm.

»Ich hingegen – ich soll mein Leben aufgeben für einen Fluch, einen Mythos!« Archer lehnte sich zurück und verschränkte die Arme vor der Brust.

»Und was ist letztendlich für Sie drin? Bitte verzeihen Sie meine Neugier, aber ich verstehe einfach nicht, wie man sich diesem … diesem Teufel unterordnen kann. Ihm dienen.« Jenna sprach das letzte Wort mit erkennbarem Abscheu aus.

»Das geht Sie nichts an. Und wie ich schon sagte, ich habe keine Wahl.« Archer sah sie erwartungsvoll an. »Sie haben gesagt, Sie würden es versuchen.«

»Die Betonung liegt auf versuchen«, murmelte Jenna. Zögernd fügte sie hinzu: »Geben Sie mir Ihre Hand.«

Archer runzelte die Stirn, tat aber wortlos, worum sie ihn bat, und legte seine Hand in ihre. Sie war trocken und warm, er umfasste ihre Finger mit leichtem Druck. »Ich vertraue darauf, dass Sie das tun, worum ich Sie gebeten habe«, sagte er leise.

Statt einer Antwort streute Jenna einen Kreis aus Salz auf den Tisch und hielt dann das Blatt mit ihrem Zeichen hoch. »Zeichnen Sie das mit dem Salz nach.«

Archer tat es mit der freien Hand.

Jetzt zog sie ihre Finger weg, legte stattdessen eine Hand auf seine Schulter, hielt den Kontakt. »Stellen Sie sich vor, dass Sie das Band, das Sie an den Jäger bindet, durchtrennen. Und dann nehmen Sie das Messer und schneiden das Seil durch. Und Sie müssen es meinen. Wirklich meinen.«

Archer folgte ihren Anweisungen. Er nahm das Messer, zögerte einen Moment, doch dann trennte er mit einer entschlossenen Bewegung das Seil durch. Schwarzer Rauch stieg von der Schnittstelle auf. Archer drehte den Kopf und sah Jenna erwartungsvoll an, als wollte er sagen »Wars das?« Jenna war gerade im Begriff, einen Schritt zurückzutreten und ein »Ich denke schon« von sich geben, als in ihrem Kopf eine Stimme erklang: *Das Band zwischen uns ist unzerstörbar. Euer Wagemut wird Konsequenzen haben.*

Trotz der drohenden Worte klang die Stimme fast amüsiert. Die Aussage wurde von einem derart starken Modergeruch begleitet, dass Jenna sich reflexartig die Hände über Mund und Nase schlug. »Haben Sie das auch gerade gehört?«, fragte sie dann gedämpft.

Archer schüttelte den Kopf. »Was denn? Haben wir es geschafft?«

»Hoffentlich«, antwortete Jenna langsam und beschloss in diesem Moment, ihm nichts von dem zu erzählen, was sie gerade gehört hatte. »Ich denke, Sie werden es herausfinden.«

Mit einem Mal war sie so müde, dass sie taumelte. Wie in Trance räumte sie die Sachen vom Tisch, verstaute alles wieder in den Schränken, dann wandte sie sich zur Treppe. »Gute Nacht«, sagte sie leise.

»Warten Sie.« Archer stand von seinem Stuhl auf und trat auf sie zu. Er legte die Hand für einen kurzen Moment auf ihren Arm, suchte nach Worten. Endlich sagte er: »Ich habe Sie vielleicht falsch eingeschätzt. Sie waren heute sehr mutig. Und ich … ich danke Ihnen.«

Jenna, die bereits auf der ersten Stufe stand, sah ihm in die Augen. »Ich würde morgen gerne nach Hause fahren«, sagte sie. »Sie haben es versprochen.«

Archer verzog das Gesicht. »Sie könnten es noch einmal versuchen.«

»Ich glaube, meine Funktion als Hüterin besteht eher darin, das Tor geschlossen zu halten«, sagte Jenna leise. »Sie haben gesehen, was geschieht, wenn man es öffnet. Außerdem gibt es ja noch einen Schatten, um den Sie sich kümmern müssen.«

»Sie geben einfach so auf?« Archer klang eher ungläubig als zornig.

»Ich gebe nicht auf, ich erkenne meine Grenzen. Und jetzt gehe ich ins Bett.«

Jenna fühlte Archers Blicke wie Nadeln in ihrem Rücken. Als sie ihr Zimmer betrat, stand er immer noch unten am Treppenabsatz und sah ihr nach.

Elly Donovan hatte die Augen offen, aber sie fragte nicht, was zwischen Archer und Jenna vorgefallen war. Jenna nickte ihr zu. Sie war zu müde, um sich umzuziehen, und als ihr Gesicht das Kissen berührte, schlief sie bereits.

Das Böse lächelte.

Der nächste Schritt war ganz einfach. Und so vergnüglich.

5

BEI NOTTINGHAM, FREITAG, 24. AUGUST

Jenna erwachte am nächsten Morgen, weil ihr die Sonne direkt ins Gesicht schien. Sie ließ die Augen noch geschlossen und versuchte, sich über die anderen Sinne zu orientieren. Ihrer inneren Uhr nach war es vielleicht kurz nach sechs, von den anderen war noch nichts zu vernehmen. Nur ein paar Vögel zwitscherten draußen vor sich hin. Das Laken fühlte sich kühl und glatt auf ihrer Haut an, es duftete leicht nach Lavendel. Sie drehte sich auf den Bauch, die Wange auf dem Kissen, und schnupperte erneut. In den Lavendelduft mischte sich etwas Kupfriges, eher metallisch, das sich auf ihre Zunge legte und den Frieden des Morgens störte. Langsam öffnete sie die Augen, und das Erste, was sie sah, war eine dunkle, ölige Lache auf dem hellen Holzfußboden.

Mit einer bösen Ahnung richtete sich Jenna auf – und sah voller Entsetzen, woher der Geruch kam: aus Elly Donovans Bett. Das zuvor weiße Laken war dunkelrot gefärbt, überall war Blut. So viel Blut! Es klebte an der Wand und auf dem hellen Vorhang am Fenster, es tropfte von der Bettdecke auf den Boden und breitete sich von dort wie schwarze Wasserlachen über die Dielen aus. Elly Donovan lag auf dem Bett, in ihrer Kehle klaffte ein breiter Schnitt, der aussah wie ein grausames zweites Lächeln des Todes.

»Lieber Himmel!« Jenna würgte, sie sprang aus dem Bett und rutschte mit den bloßen Füßen in der Blutlache aus, konnte gerade noch verhindern, dass sie der Länge nach auf dem Boden aufschlug. Sie riss die Tür zu Mortimers Zimmer auf. Doch dort sah es kaum anders aus. Mortimer, eine große Wunde an der Schläfe, lag in seinem Blut, das Gesicht wachsbleich.

»Archer!«, schrie sie.

Er kam die Treppe heraufgerannt. Jenna registrierte trotz ihres Schocks, dass Archer vollständig angekleidet war. Hatte er überhaupt geschlafen? Sie wies hinter sich. »Sie sind … o Gott …« Jenna keuchte. Der Geruch des Blutes schien an ihr zu kleben wie Honig, sie wusste kaum noch, wie sie atmen sollte, ohne dass ihr schlecht wurde. Archer warf einen vorsichtigen Blick in beide Zimmer, sein Gesichtsausdruck verhärtete sich, und er drehte sich ruckartig und mit einem mörderischen Blick zu Jenna herum, die abwehrend beide Hände hob. »Ich wars nicht!«, sagte sie.

Archer nickte, offenbar nicht überzeugt. »Miller? Miller!«, rief er laut, dann rannte er die Treppen hinunter und gleich darauf hörte Jenna ihn fluchen.

»Was ist mit ihm?«, rief sie mit zitternder Stimme.

»Er ist tot. Wo zum Teufel ist dieser Dozent?«

Jenna fiel jetzt erst auf, dass Wagner nirgendwo zu sehen war. »Sie glauben, er war es?«

Archer kam die Treppe wieder herauf und ging an ihr vorbei in Mortimers Zimmer. Er kniete sich, ohne das Blut auf dem Boden zu beachten, neben den alten Mann und nahm dessen Hand in seine. »Mortimer«, flüsterte er.

Ein Gurgeln war die Antwort, und Mortimers Lippen bewegten sich schwach.

»Wer war das? Was ist passiert?«, Archer sah forschend in das blutverschmierte Gesicht.

Mortimer stöhnte leise, aber man konnte nicht verstehen, ob er etwas sagte. Archer riss förmlich sein Handy aus der Tasche und stöhnte laut auf. »Kein Netz. Das gibts doch nicht! Wir brauchen einen Arzt. Halt durch, alter Freund«, sagte er drängend. Jenna war in der Zwischenzeit ins Bad gerannt und kam mit Waschlappen und Tüchern wieder. »Wir müssen die Wunde säubern«, sagte sie. »Ich mache das – Sie gehen runter und schauen, ob Sie irgendwo Netz kriegen. Wir sind doch hier nicht in der Wildnis. Probieren Sie es draußen.«

Archer sah sie verblüfft an, doch er tat, was Jenna vorgeschlagen hatte. Vorsichtig wusch sie Mortimers Gesicht ab. Man konnte erkennen, dass die Schläfe eingedrückt war, und Jenna schluckte leer. Sanft legte sie eine Hand auf seine Brust. Tatsächlich, der Herzschlag war vorhanden. Schwach und unregelmäßig, aber der alte Mann war am Leben.

Er öffnete für einen Moment die Augen, doch Jenna hatte den Eindruck, dass er nicht wusste, was um ihn herum vorging.

»Archer holt Hilfe. Halten Sie durch«, sagte sie beruhigend und beugte sich über ihn.

Da streifte ein Ausdruck voller Hass sein Gesicht. Nur für eine Sekunde, aber Jenna zuckte dennoch zurück. Vielleicht hatte sie sich das ja nur eingebildet? Mortimer hatte sonst eher den Eindruck gemacht, dass er sie bewunderte. Sie sah noch einmal hin, doch Mortimer hatte die Augen erneut geschlossen und atmete stoßweise. Sie zuckte mit den Schultern.

Es war so still, nur Mortimers und ihre Atemzüge waren zu hören. Kein Wind, keine Vögel – nichts. Und überall im Haus hing der kupfrige Geruch. Zwei Tote … Jenna wischte sich die Hände an einem noch sauberen Waschlappen ab und hinterließ rote Streifen. Wenn die Schattenwelt geöffnet wurde, war der Tod nicht weit. Dabei hatte sie doch heute nach Hause fahren wollen, Archer hatte es ihr versprochen. Sie hatte so entsetzliche Sehnsucht nach ihrem Zuhause, nach Kim. Nach Sicherheit.

Archer unterbrach ihre Gedanken, indem er von unten rief: »Sie hatten recht, hier unten ist das Netz besser. Der Hubschrauber ist unterwegs.« Während er redete, ging er die Treppe hinauf und stand schon wieder in der Tür.

»Und wie erklären Sie den Sanitätern dieses Blutbad hier?«, fragte Jenna zurück.

»Das sind unsere Leute, keine normalen Sanitäter. Sie bringen Mortimer ins Krankenhaus. Und sie werden sich auch um die anderen kümmern.«

Jenna hatte eine vage Vorstellung davon, was damit gemeint war. »Glauben Sie, er ist hier noch irgendwo?«

»Wagner?« Archer verzog das Gesicht. »Wir wissen ja nicht genau, was passiert ist. Und ob er es war. Es deutet nur einiges darauf hin.«

»Er machte gestern einen ziemlich ruhigen Eindruck. Nach dem ersten Schock, meine ich«, sagte Jenna nachdenklich. »Was könnte ihn heute Nacht nur so umgedreht haben?« Dann wurde sie blass und flüsterte: »Oh, natürlich …«

»Was?« Archer sah sie forschend an. »Woran denken Sie?«

»Ich war es«, antwortete Jenna stockend. »Wir … waren es. Mit dem Ritual. Ich habe Ihre Familie aus dem Bann des Jägers gelöst.« Was hatte Lagardère gesagt? Magie erhält die Balance. »Magie erfordert immer einen Ausgleich. Indem ich Sie befreit habe, habe ich ihn vielleicht zum Mörder gemacht … Lieber Himmel.« Sie bedeckte ihr Gesicht mit den Händen, versuchte die Panik zu unterdrücken, die in ihr hochstieg. »Sie wollten von mir, dass ich ihn zum Jäger mache ... Das kann doch alles nicht wahr sein!«

Archer zog ihr die Hände vom Gesicht. »Das ist nur eine Vermutung. Aber wir müssen ihn finden.«

»Damit Sie ihm Ihre ach so geheime Aufgabe übertragen können?« Jenna konnte die bittere Ironie nicht aus ihrer Stimme verbannen.

»Vielleicht«, sagte Archer ungerührt. »Aber ich dachte eher daran, ihn zu finden, bevor er noch mehr Unheil anrichtet. Wenn er jemanden umbringt, geschieht das ausschließlich auf meine Veranlassung, sonst gar nicht. Der Jäger gehorcht uns.« Das klang grimmig, aber Jenna konnte sehen, dass er innerlich tobte. Er hatte Miller und Donovan möglicherweise nur widerwillig auf diese Expedition mitgenommen, aber er fühlte sich für sie verantwortlich. Jetzt waren unter seine Leitung bereits vier Mitglieder des Konsortiums umgekommen, und Archer hatte seine Aufgabe nicht wirklich erledigt ...

Jenna fiel in diesem Moment auf, dass Archer immer noch ihre Hände hielt, und zog sie hastig zurück. »Aber es sieht nicht so aus, als würde ihn das kümmern. Wo könnte er sein?«

»Ohne Papiere kommt er ohnehin nicht weit«, bemerkte Archer abschätzig.

Jenna sprang auf und rannte in ihr Zimmer zurück. Neben Elly Donovans Bett lag ihre Handtasche, die sie jetzt hastig durchsuchte. »Er hat ihr Geld und ihre Kreditkarten mitgenommen«, verkündete sie. »Und ich wette, das Gleiche gilt für Miller. Und wenn er dessen Pass hat, dann kann er überall sein ... Er ist nicht aus dem Mittelalter, er kennt sich aus, kann untertauchen.«

»... und eine Blutspur hinterlassen«, ergänzte Archer. Er überlegte. »Können Sie ihn lokalisieren?«

Jenna hob die Hände. »Ich weiß es nicht.« Einem Impuls folgend, sagte sie brüsk: »Und überhaupt, seit wann sind wir Partner? Wagner ist doch Ihr Problem, nicht meines. Ich habe getan, was Sie wollten. Sie haben, so wie es aussieht, einen neuen Jäger und sind frei. Also gehe ich nach Hause, wie vereinbart. Kann ich eines der Autos nehmen? Ich verspreche Ihnen, ich stelle es in Heathrow ab. Und etwas Geld für den Rückflug wäre auch nicht schlecht.« Sie ging die paar Schritte auf den Flur, atmete flach und verdrängte mit Mühe das grausige Bild von Elly Donovan, versuchte nur daran zu denken, was vor ihr lag.

Archers Augen verengten sich, und er schüttelte langsam den Kopf. »Er ist durchaus Ihr Problem, Mrs Winters. Denn wenn Sie recht haben, haben Sie ihn dazu gemacht. Sie müssen mir helfen, ihn zu finden. Außerdem hat er Sie verschont – ich frage mich, warum.«

In diesem Moment knatterte ein dunkelgrüner Hubschrauber über sie hinweg.

»Am besten, Sie gehen aus dem Weg. Aber bleiben Sie im Haus«, ordnete Archer an und rannte die Treppe hinunter. Jenna ging ihm nach, begab sich in die Küche und machte sich einen Tee. Sie hörte, wie Archer draußen Befehle bellte, dann liefen zwei Männer in schwarzen Overalls und mit einem Notfallkoffer in der Hand nach oben. Zwei weitere Männer folgten. Keiner von ihnen beachtete sie.

Ein silbriges Aufblitzen erregte ihre Aufmerksamkeit. Archers Handy lag auf dem Tisch. Jenna blickte sich sichernd um, dann griff sie danach und drückte sich in eine Ecke neben dem Bücherregal und wählte mit zitternden Fingern Lagardères Nummer.

»Oui?«, ertönte eine zurückhaltende Stimme.

»Antoine, ich bins«, flüsterte sie.

»Jenna!! Was ist das für eine Nummer?«

»Ich hab Archers Handy.« Sie berichtete in fliegenden Sätzen, was in den letzten Stunden geschehen war. Der Franzose hörte ihr zu, ohne sie zu unterbrechen. Als Jenna jedoch Atem holte, sagte er: »Du musst da weg, und zwar dringend, örst du misch? Das wird alles su gefährlisch. Und ich habe Neuigkeiten zu dem Kompass.«

»Oh, gut!«

»Es gibt noch mehr davon. Wir müssen sie finden.«

»Dann fang damit an. Ich habe das Gefühl, dass Wagner zurück nach Augsburg geht. Archer und ich werden ihm folgen. Und von da aus bin ich schneller zu Hause, als er gucken kann. Dann können wir alle Puzzlesteinchen zusammenlegen. Und Lena kann auch helfen.«

»Ja, vielleicht.« Lagardère klang unsicher. Er holte Luft, als wolle er noch etwas sagen, doch Jenna kam ihm zuvor.

»Ich habe meinen Schlüssel nicht. Warte auf mich in meiner Wohnung. Bis nachher, ich melde mich wieder!« Jenna legte auf, löschte Lagardères Nummer aus der Anrufliste, und als sie sicher war, dass weiterhin niemand zu ihr hersah, legte sie das Handy unauffällig wieder auf den Tisch und tat so, als hätte sie sich in ein Buch vertieft.

Später sah Jenna auf die Uhr, denn sie konnte es nicht glauben: Die ganze Operation hatte keine Stunde gedauert. Die Sanitäter hatten Mortimer auf eine Trage gebettet, ihm eine Infusion gelegt und ihn in den Hubschrauber verfrachtet. Keine fünf Minuten später starteten sie wieder und flogen in einem Bogen in Richtung Süden. Eine weitere halbe Stunde später waren die beiden Toten in einem der Audis untergebracht, die blutige Bettwäsche in Müllsäcken verstaut und Boden und Wände abgewaschen. Das ganze Haus stank nach Chlor.

Archer stand auf der Veranda und sah dem Wagen nach, wie er im Wald verschwand.

»Warum habe ich das Gefühl, dass Sie so etwas öfter machen?«, fragte Jenna, die jetzt neben ihn trat, ihre zweite Tasse Tee in der Hand.

»Wir sind effizient.«

»M-hm.« Jenna nahm einen Schluck, dann setzte sie an, um ihre Bitte erneut vorzubringen. Doch bevor sie etwas sagen konnte, überschwemmte sie eine Welle der Übelkeit. Sie schloss gequält die Augen, aber sie sah nur noch Blut. Es war dunkelrot, fast schwarz. Sie watete knietief darin, es tropfte auf sie hinunter, durchtränkte ihre Kleidung … und mittendrin in einem See von Blut lagen Kim und Lagardère und rührten sich nicht mehr. Daneben, mit einem panischen Ausdruck im Gesicht, stand Adrian Wagner.

»Nicht schon wieder«, keuchte sie, fegte mit der Hand ihre Teetasse ins Gras und beugte sich vor. Sie würgte und würgte, erbrach das bisschen Tee und selbst das schmeckte nach Blut. Wie durch Watte nahm sie wahr, dass Archer sie an den Schultern festhielt und sie davor bewahrte, über das Geländer zu fallen.

»Gehts wieder?«, fragte er nach ein paar Minuten, und Jenna wischte sich den Mund ab, nickte zittrig.

»Haben Sie das öfters? Sie sind ja schon in London in Ihrem Zimmer umgekippt. Was war jetzt der Auslöser?« Archer sprach ohne Sarkasmus, in seiner Stimme klang lediglich Interesse an.

»Wagner … glaube ich.« Jenna hustete. Der Geschmack in

ihrem Mund war einfach widerlich. »Sie hatten recht mit der Blutspur. Eher ein Blutstrom, fürchte ich.« Sie ging hinein und machte sich in der Küche zu schaffen, doch ihre Hände zitterten so sehr, dass sie nicht einmal den Wasserkocher füllen konnte.

Archer hielt ihr ein Glas Wasser unter die Nase. »Trinken Sie das. Ich mache Ihnen solange einen neuen Tee«, schlug er vor. »Und dann erklären Sie mir, was Sie meinen.«

Jenna trank das Wasser in kleinen Schlucken und merkte dankbar, dass das Zittern nachließ. »Ich bin mir nicht sicher«, sagte sie dann zögernd und setzte sich in einen der Sessel, »aber ich glaube, Wagner ist kein Jäger – nicht so, wie Sie sich das vorstellen. Er gehört nicht Ihnen … nein, er schlachtet wahllos Leute ab. Ich kann Ihnen nicht sagen, wo und wann, aber ich habe gerade eben so viel Blut gesehen – das reicht mir für mein Leben. O Gott. Und wir haben ihn vielleicht dazu gemacht!« Sie nahm die heiße Tasse entgegen und schüttete drei Löffel Zucker hinein. Der Tee war heiß und verbrannte ihr die Zunge, aber alles, was sie von ihrer Vision ablenkte, war ihr recht.

»Wo könnte er sein?« Archer blieb der Pragmatismus in Person.

Jenna hob die Hände in einer hilflosen Geste. »Er hat gesagt, er sei aus Augsburg. Dort hat er gelebt, dort fand er sein Ende. Was würden Sie tun, wenn Sie ein zweites Leben bekämen? Wo würden Sie hingehen?«

Archer überlegte, dann nickte er, ein Schimmern trat in seine Augen. »Ich würde mir den Ort ansehen, an dem ich gestorben bin. Sieh einer an: Es scheint, als könnte ich Ihnen Ihren Wunsch erfüllen. Sie fahren nach Hause. Oder zumindest fast. Augsburg ist nicht weit von München entfernt, oder?«

»Eine halbe Stunde«, stimmte Jenna zu. Sie stand auf, und als sie sicher war, dass sie nicht umkippen würde, marschierte sie nach oben, um ihre Jacke zu holen. Ihrem Zimmer war nicht mehr anzusehen, dass dort eine Tragödie stattgefunden hatte. Das Bett von Elly Donovan war bis auf den Lattenrost leer, Boden und Wände verströmten einen intensiven Geruch nach Chlor und Desinfektionsmittel, wie in einem Krankenhaus.

Die Fahrt nach London zurück verlief schweigend. Beide hingen ihren Gedanken nach. Jenna saß, anders als bei der Hinfahrt, auf dem Beifahrersitz des Q7. Zwar registrierte sie die Seitenblicke, die Archer ihr von Zeit zu Zeit zuwarf, aber sie starrte entschlossen aus dem Fenster. Sie würden nicht den Linienflieger über Heathrow nehmen, sondern den firmeneigenen Jet. Wäre die Situation eine andere gewesen, hätte Jenna über das Wort »firmeneigen« gegrinst.

»Kann ich Ihr Handy haben?«, fragte sie unvermittelt.

Archer schüttelte den Kopf.

»Ach, kommen Sie schon. Ich will nur meine Tochter anrufen.«

»Ein Anruf. Aber machen Sie's kurz.« Er zog das Handy aus der Jackentasche und reichte es ihr.

Jenna rollte mit den Augen. Hatte Archer in seinem früheren Leben zu viele Filme gesehen? Gott sei Dank wusste sie Kims Nummer auswendig – obwohl, wenn sie darüber nachdachte, hatte Archer wahrscheinlich Kims Nummer abgespeichert. Aber sie sah nicht nach.

»Hier ist Kim. Ich rufe später zurück.«

Jenna entschied sich für eine unverfängliche Variante: »Kim, ich muss mit dir reden. Es ist ziemlich dringend. Ruf diese Nummer an, wenn du freihast.«

Sie legte das Telefon in den Flaschenhalter, lehnte den Kopf an die Scheibe und dachte nach. In den letzten Stunden hatte sich das Verhältnis zwischen ihr und Archer merklich geändert. Er war immer noch der Boss des Konsortiums, aber er schien Jenna nicht mehr für den Erzfeind zu halten und ihr zumindest grundsätzlich zu vertrauen. Schließlich hatte sie ihren, oder besser, einen Teil des Deals erledigt. Genau genommen waren sie jetzt Komplizen, denn was Archer und seine Mitarbeiter veranstalteten, war sicher nicht legal. Doch Jenna hatte schon beim letzten Mal gelernt, dass das Konsortium nicht zimperlich war und Verbindungen zu den höchsten Stellen hatte. Legalität war nichts, worüber sich Archer Gedanken machen musste. Sie vertraute ihm nicht, aber es war sicher nicht schlecht, ihn auf ihrer Seite zu haben. Und in Deutschland besaß sie eindeutig Heimvorteil. Sprach Archer überhaupt Deutsch?

Waren sie auf dem richtigen Weg? Aber viele Möglichkeiten hatten sie ohnehin nicht. Wenn sie recht behielt, hatte sich Adrian Wagner innerhalb von Stunden von einem freundlichen, leicht verwirrten Wiedergänger zu einem Monster gewandelt. Jenna schauderte. Konnten sie ihm aus dieser Misere wieder heraushelfen? »London 70 miles« stand auf dem Schild, und Jenna überlegte, ob sie es wagen sollte, Lagardère zu kontaktieren, aber mit Archer allein im Auto war es ihr doch zu riskant.

In diesem Moment klingelte sein Handy. Er drückte auf die Freisprechanlage und knurrte ein »Yes?«

»Jenna, bist du da?«, fragte eine helle Stimme.

»Kim!« Jenna war erleichtert und bedeutete Archer mit einer Geste, dass sie das Gespräch über Lautsprecher führen würde.

»Was ist das denn für eine Nummer? Seit wann hast du ein englisches Handy?«

»Das gehört einem … Freund.« Jenna hoffte, dass Kim das kurze Zögern nicht bemerkte. »Ich habe mein Handy verlegt. Hör mal«, sprach sie weiter, bevor Kim etwas einwerfen konnte, und wählte ihre Worte sorgfältig. Sowohl Kims als auch Archers wegen. »Ich habe hier ein kleines Problem. Ein neuer Jäger.«

Es blieb einen Moment still. »Ach du Scheiße«, gab Kim dann voller Inbrunst zurück. »Was will er? Wie heißt er? Ist er hinter dir her? Hinter uns?«

»Nein, nicht direkt, das ist das Merkwürdige daran. Ich glaube nicht, dass er die Hüterin will.« Jenna sagte absichtlich nicht »dich oder mich«, sie vermied es, Archer darauf hinzuweisen, dass er mit Kim eine weitere potenzielle Hüterin in Reichweite hatte. »Wir vermuten ihn eher in Augsburg – ich bin auf dem Weg dahin –, aber wenn dir der Name Adrian Wagner begegnet, dann geh in Deckung und sag mir sofort Bescheid.«

»Mach ich«, versprach Kim.

»Ich schicke dir eine SMS, wenn ich meine Handynummer wieder habe, okay?«

Eine sehr nachdenklich klingende Kim unterbrach die Verbindung, und Archer sah Jenna von der Seite an. »Sie haben nicht viel erzählt.«

»Wie viel haben Sie denn verstanden?«

Archer zuckte mit den Schultern. »Ich kann zwar kein Deutsch, aber ich habe doch einiges mitbekommen. Sie haben Ihrer Tochter nicht gesagt, wo Sie sind. Und warum.«

»Nein, das habe ich nicht. Aus gutem Grund. Kim soll sich nicht auch um mich noch Sorgen machen. Ich will nur, dass sie vorsichtig ist, auch wenn ich nicht damit rechne, dass Wagner bei ihr vor der Tür stehen wird. Aber man kann nie wissen.«

»Ihre Familie ist Ihnen sehr wichtig.«

Jenna schwieg ein paar Sekunden, bevor sie antwortete: »Kim ist meine einzige Familie. Nur für den Fall, dass Sie glauben, mich noch mal erpressen zu müssen. Es gibt niemand anderen. Aber Sie verstehen das – Ihre Familie ist Ihnen genauso wichtig.« Sie machte eine erneute Pause, bevor sie hinzufügte: »Und Mortimer. Nicht wahr?«

Archer antwortete nicht, aber er presste die Hände so fest um das Lenkrad, das seine Fingerknöchel weiß wurden.

Jenna beließ es dabei, er hatte ihre Frage ohnehin beantwortet. Archer tat all das nicht nur für sich selbst, sondern für die Menschen, die ihm wichtig waren. Nicht unbedingt etwas, was sie bei dem Anführer des Konsortiums erwartete hatte. Und vermutlich auch nichts, was seine Kollegen von ihm erwarteten. Deshalb die ganze Geheimniskrämerei, deshalb seine Forderung, sie müsse das mit dem Fluch für sich behalten. Kurz darauf tauchten die ersten Vororte der britischen Hauptstadt entlang der Autobahn auf. Archer folgte nicht den Hinweisen nach Heathrow, sondern steuerte den Flughafen von Cambridge an.

»Wir sind da. Steigen Sie aus. Muss ich wiederholen, dass Sie meinen Anweisungen folgen sollen?«

Jenna band sich ihre Jacke um die Hüften und ging neben ihm durch die Glastür ins Terminal. »Nein. Und vielleicht haben Sie in der Zwischenzeit bemerkt, dass ich besser arbeite, wenn ich nicht erpresst oder bedroht werde?«

Statt einer Antwort fasste Archer sie am Arm. Allerdings war sein Griff diesmal eher sanft, er führte sie zu einem Gate, vor dem der Learjet mit der schwarzen Heckflosse gut zu erkennen war.

»Wie haben Sie mich eigentlich ohne Pass ins Land gebracht?«, fragte Jenna plötzlich. »Müssen Sie nicht durch den Zoll wie jeder normale Mensch?«

»Ich habe so meine Möglichkeiten«, sagte Archer ausweichend und ließ Jenna erst los, als sie die Treppe zum Jet hinaufstiegen. Innen sah sich Jenna mit großen Augen um, registrierte die weichen, breiten Sitze in Beige, die zahlreichen Flatscreens darüber und beschloss, nur dieses eine Mal, den Mund zu halten und den Flug zu genießen. Auch wenn sie einen Mörder verfolgten und Jenna immer noch nicht wusste, in was genau sie eigentlich mit ihrer Vision von Lagardère, dem Kompass, Lena und Archer hineingeraten war – eine Fünf-Minuten-Luxus-Auszeit war vertretbar. Sie ließ sich in einen der Sessel sinken und dachte: Kim wäre stolz auf mich.

Ein Steward blieb vor ihr stehen. »Kann ich Ihnen etwas zu trinken anbieten?«

»Ein Tonicwasser, bitte«, gab Jenna zurück. »Und gibt es hier auch etwas zu essen? Ich sterbe vor Hunger.« Mit einem Blick Richtung Archer, der ihr gegenübersaß, sagte sie: »Das Frühstück ist heute Morgen ausgefallen.«

»Selbstverständlich, Madam. Gleich nach dem Start. Und Sie, Sir?«

»Das Gleiche«, antwortete Archer, der auf seinem Handy herumtippte, abwesend.

»Bitte schnallen Sie sich an und schalten Sie Ihr Handy aus, wir haben gerade die Startfreigabe erhalten«, ertönte jetzt die Stimme des Piloten über das Interkom, und Archer schaltete mit einem Seufzer das Handy aus.

»Gibt es etwas Neues von Mortimer?«, erkundigte sich Jenna und hob die Stimme, um das Aufheulen der Triebwerke zu übertönen.

»Er lebt. Mehr können die Ärzte momentan nicht sagen«, rief Archer zurück, dann nahm er die *Financial Times,* die zwischen ihnen auf dem Tisch lag, und hielt sich die rosafarbenen Seiten vors Gesicht.

»Wir haben unsere Reiseflughöhe erreicht«, verkündete der Pilot ein paar Minuten später. »Ankunft in Augsburg in neunzig Minuten, um fünfzehn Uhr Ortszeit.« Im gleichen Moment brachte der Steward ein Tablett mit Sandwichs, zwei Tüten Chips und den Getränken.

Während Archer sich durch die komplette englische Tagespresse blätterte und gelegentlich einen Bissen nahm, ohne wirklich hinzusehen, fiel Jenna über das Essen her. Danach lehnte sie sich mit dem Kopf an ein Fenster und sah hinunter. Ein paar Wölkchen tanzten unter ihr, sonst war der Blick auf das Land klar. Weit unter sich konnte sie den Kanal erkennen, dann kam bereits die französische Küste in Sicht. Dort unten war es ein heißer Sommertag, aber sie fröstelte, obwohl sie die Klimaanlage über sich bereits heruntergedreht hatte. Leise bat sie den Steward um eine Decke und zog sich das helle Plaid, das ihr gebracht wurde, bis zum Hals. Sie kippte den Sessel nach hinten, drehte sich auf die Seite und schloss die Augen. Langsam breitete sich in ihr wieder Wärme aus, stieg von den Beinen hoch in die Hände, bis ihre Fingerspitzen kribbelten.

Irgendwo unter ihr befand sich Adrian Wagner. War er verzweifelt? Auf der Flucht? Ob ihm bewusst war, was mit ihm geschah? Jenna seufzte leise. Sie wusste nicht, ob er sich so gut verstellt hatte – oder ob sie tatsächlich dafür verantwortlich war. Wenn ja, dann wäre das vielleicht das zweite Mal in kurzer Zeit, dass sie den Tod von Menschen verursacht hatte. Sie krampfte die Hände zusammen, spürte die Fingernägel in der Handfläche. Bilder der letzten Tage stiegen vor ihrem inneren Auge auf, trieben an ihr vorbei und wiederholten sich wie in einer Endlosschleife … Lena, umgeben von schwarzen Schlieren, Lagardère, in einem See aus Blut treibend … lieber Himmel, gab es in ihrem Kopf nichts anderes mehr als Tod und Blut? Elly Donovan und Miller, deren Blut die Laken getränkt hatte wie ein Sommerregen den durstigen Boden … Irgendwie musste sie all das Blutvergießen, dieses grässliche Kopfkino doch stoppen können. Jenna öffnete gequält die Augen.

Es war dämmrig, und sie rannte durch einen Wald. Ein lauer Wind raschelte in den Bäumen, ihre Füße folgten einem unsichtbaren Weg. Plötzlich endete der Wald, und sie fand sich auf einer Straße wieder, am Rande eines Gehöfts. Ihr Atem kam stoßweise, sie keuchte von der Anstrengung des weiten Laufs. Jetzt blieb sie stehen, beugte sich nach vorn und stützte die Hände auf die Oberschenkel. Im Osten wurde es heller, der erste lila Streifen erschien am Horizont. Bald würde der Tag anbrechen. Sie sah an sich hinab: Unter ihren Fingernägeln waren schwarze Ränder zu erkennen, und die dunklen Flecken auf der Jeans waren zwar getrocknet, aber der kupfrige, schwere Geruch haftete an ihr. Blut. Lauernd blickte sie sich um. In dem Bauernhaus vor ihr war noch alles ruhig, doch in wenigen Minuten, wenn die Sonne aufging, würde dort das Leben beginnen wie jeden Morgen.

Oder auch nicht. Es waren schon wieder zu viele Stunden vergangen, seitdem sie das letzte Mal die Klinge an eine menschliche Kehle setzen konnte, zusehen, wie das Leben aus ihrem Opfer herausfloss und irgendwann versiegte. Das Wissen, Herr über Leben und Tod zu sein, war wunderbar, vor allem nach dem Gefühl der Hilflosigkeit, der schrecklichen Gewissheit, dem eigenen Tod zusehen zu müssen.

Wie ein Raubtier glitt sie auf das Haus zu.

Lautlos und tödlich.

Das Sausen in Jennas Kopf verstärkte sich, um sie herum drehte sich alles und sie ließ sich in dieses berauschende Gefühl fallen, ihr Ziel – den Tod – klar vor sich.

Sie sah durch Adrian Wagners Augen, als er leise die Klinke hinunterdrückte und auf geschwinden Sohlen die Diele des Bauernhauses betrat. Ein Messer glänzte silbern in seiner Hand.

»Jenna! Jenna! Wachen Sie auf, dammit!« Ein lautes Klatschen begleitete diese Worte, und Jenna fühlte, wie ihre Wange brannte.

»Was? Ich?«, murmelte sie und riss die Augen auf. Vor ihr kniete Stephen Archer und versetzte ihr mit panischem Gesichtsausdruck eine Ohrfeige nach der anderen. Jetzt spürte sie, dass sie nicht mehr waagrecht lag, sondern mit dem Kopf nach unten. Das Flugzeug rüttelte und ächzte, stürzte in einem wilden Trudeln in Richtung Erde. Sie hörte den Piloten schreien: »Mayday! Mayday!«

Dann wurde es still in der Kabine.

Nur noch das Heulen des Windes unter den Tragflächen war zu hören.

Die Steine versanken nacheinander mit einem dumpfen Platschen. Lena Wilhelmi saß am Ufer eines kleinen Weihers im Norden der Stadt und warf mit einem halb wütenden, halb nachdenklichen Gesichtsausdruck einen Kiesel nach dem anderen ins klare Wasser. Sie fröstelte, als würde der Windhauch, der über sie hinwegstrich, sie an die Vergänglichkeit erinnern. Anders als Antoine, der vierhundert Jahre bei den Schatten verbracht hatte, war sie immer auf dieser Seite der Welt geblieben, aber dennoch: Irgendwann verlor man das Gefühl für Raum und Zeit. Immer wieder musste sie sich vergewissern, dass sie noch da war, dass sie nicht bloß noch dahintrieb und eines Tages einfach aufgab. Magie dieser Art kostete so entsetzlich viel Kraft, so viel, dass Lena manchmal daran dachte, alles zu beenden.

Doch der Gedanke an Penelope und Silas hielt sie davon ab. So dunkel die Nacht für sie auch manchmal war, es konnte nie so dunkel sein wie dort, wo die beiden waren. Wohin man sie vor Jahrhunderten verbannt hatte, weil Lena Flucht und Feigheit vor ihre Freundschaft gestellt, weil sie versagt hatte. Penelope war ihre beste Freundin gewesen. Und Silas … Lena schob das Kinn vor und atmete durch den Mund ein und aus, um die aufsteigenden Tränen zu unterdrücken. Wann hatte sie zum letzten Mal an Silas gedacht, der in all das hineingezogen worden war, ohne überhaupt etwas davon zu wissen? Der mit seinen elf Jahren noch viel zu jung gewesen war, dem nur daran gelegen war, seine große Schwester vor der Hölle zu bewahren? Es war doch nur eine Spielerei gewesen … eine dumme Idee, die entsetzlich schiefgegangen war. Penelope und er hatten den Preis dafür gezahlt. Zahlten ihn wahrscheinlich immer noch, nach über tausend Jahren.

Den Ausdruck in Penelopes Augen, als sie verschwand, diese tiefe Traurigkeit … Lena würde ihn nie vergessen. Er verfolgte sie seit damals. An diesem Tag hatte sie sich geschworen, alles wieder gutzumachen. Koste es, was es wolle.

Und dann würden sie sich an denen rächen, die sie so unerbittlich bestraft hatten.

Lena zog ihr Tuch um die Schultern, räusperte sich. Sie hatte Jahrhunderte auf diesen Moment gewartet. Endlich, endlich hatte sie eine Hüterin gefunden, war nicht nur einem Phantom auf der Spur, wie schon so oft. Das konnte sie auf der Habenseite verbuchen. Ebenso, dass sie Jennas Vertrauen genoss und diese sie in ihre Wohnung gelassen hatte. Lena lächelte ohne Humor. Es war kein Wunder, dass Vampire immer eine Extraeinladung benötigten, um über die Schwelle treten zu können. Das sollte auch für Hexen gelten, sinnierte sie. Nur traute man den Wenigsten Böses zu…

Auf der Sollseite standen, zumindest jetzt noch, Antoine Lagardère und seine vermaledeite Neugier. Er hatte schon in seinem ersten Leben eine Nase dafür gehabt, wann man ihn belog, und diese Fähigkeit schien ihm erhalten geblieben zu sein. Er war kein ernstzunehmender Gegner für sie, aber durchaus ein Hindernis – und sie hatte schon mit genügend Widrigkeiten zu kämpfen. Zum Beispiel damit, dass ihr jemand den Kompass aus der Hand gerissen hatte. Und dass sich ihr Kontaktmann nicht meldete. Lena hatte die meiste Zeit allein gearbeitet. Sie selbst war die Einzige, auf die sie sich wirklich verließ. Doch sie hatte sich eingestanden, dass sie Verbündete brauchte, wenn sie diesmal endlich Erfolg haben wollte. Und nun stand sie erneut allein da.

Mit Schwung schleuderte sie einen großen Stein ins Wasser, und eine Ente, die nicht weit davon entfernt gründelte, tauchte auf und schnatterte empört.

Jenna war nicht in Gefahr. Das Konsortium, diese lächerliche Bruderschaft mit ihren überholten Altherrenphantasien, würde von ihr verlangen, den Jäger zurückzuholen. Nun, sollten sie. Es machte letztlich keinen Unterschied, ob der Jäger da war oder nicht. Wobei Lena stark bezweifelte, ob sie Jenna dazu bringen würden. Sie hatte Jenna in der kurzen Zeit kennengelernt als jemanden, der zu seinen Prinzipien stand. Jenna wusste, was passieren würde, wenn sie den Jäger zurückholte. Das war vorerst genug. Sie hatte erschreckend wenig magisches Grundwissen, aber andererseits war die Magie der Hüterin auch sehr individuell.

Was bisher niemand wusste: Wenn Lena fertig war, würde die Welt keine Hüterin mehr benötigen.

Aber sie würde Jenna lang genug am Leben erhalten, um ihren Plan zu vollenden. Und dann … dann war es ohnehin egal. Penelope und Silas würden wieder in die Welt der Lebenden zurückkehren, das war alles, was zählte. Zuerst allerdings musste sie den Kompass wieder in die Hände bekommen.

Das Vibrieren ihres Handys riss sie aus ihren Gedanken. Auf dem Display war eine Londoner Nummer zu sehen.

»Was ist?«, sagte sie ungehalten.

»Wir haben einen Jäger unter uns.«

»Jenna hat ihn zurückgebracht?« Lenas Verblüffung war nicht zu überhören.

»Äh… nein. Nicht direkt. Es scheint jemand anderes zu sein.«

»Schnappt ihn euch und bringt ihn zu mir.«

»Das wird nicht gehen, Madam. Er ist auf der Flucht. Und die anderen sind tot.«

»Geht denn heute alles schief?« Mit einem saftigen Fluch beendete Lena das Gespräch und sprang auf. Sie rannte durch die Straßen, bis sie die U-Bahn-Station erreichte, lief die Stufen hinab und blieb keuchend auf dem Bahnsteig stehen. Ihre Lungen brannten, bunte Punkte tanzten vor ihren Augen, aber sie war froh über den Schmerz. Solange sie ihn spürte, war sie lebendig.

Solange hatte sie Hoffnung.

IRGENDWO ÜBER FRANKREICH

Die Hoffnung rund um Jenna hingegen schwand rapide.

»Halten Sie das auf!«, schrie Archer.

»Neunzig Sekunden bis zum Aufprall«, konstatierte die Stimme des Piloten, und die Panik darin schwang bis in die hintersten Winkel des Flugzeugs.

Jenna griff nach Archers Arm und zog sich daran hoch. Blitzartig erkannte sie, dass sie selbst für diese Misere verantwortlich war. Sie erinnerte sich an das Gefühl, sich fallenzulassen – anscheinend hatte sie das in die Wirklichkeit übertragen. Doch die Tatsache, dass sie wieder wach war und geradeaus sehen wollte, interessierte das Flugzeug nicht im Mindesten. Es stürzte weiter auf den Boden zu. Jenna bot all ihre Kraft auf, stellte sich vor, dass das Flugzeug sanft durch die Luft glitt … Vergebens.

Archer hatte die Augen geschlossen und erwartete das Unvermeidliche.

»Verdammter Mist«, sagte Jenna zu niemand Bestimmtem, »wie wäre es jetzt mit etwas Hilfe?«

Als hätte er nur auf ihre Worte gewartet, schimmerte ihr

Stein vor ihr in der Luft, und reflexartig griff sie danach, spürte, wie die Kraft sie durchströmte – und das Rütteln ein bisschen nachließ. Sie konzentrierte sich erneut, jetzt mit dem Stein in der Hand.

Die Maschine trudelte weiter. Der Boden kam immer näher.

Jenna dachte nicht weiter darüber nach, sondern presste die Finger um den Stein, hielt den Atem an.

Und diesmal reichte es. Das wilde Trudeln ging in ein Gleiten über, das Heulen des Windes ließ nach. Die Bäume unter ihnen wurden wieder kleiner.

Archer kniete immer noch vor ihr, die Augen zusammengepresst, die Hände in den Sessel neben ihr gekrallt.

»He«, krächzte Jenna. »Es ist vorbei.«

Archer atmete tief ein und aus, bevor er die Augen öffnete. »Ich hasse Höhen. Ich hasse Fliegen. O Gott. Ich dachte, mein letztes Stündlein hätte geschlagen«, murmelte er. »Machen Sie das öfter?«

»Noch nie.« Jennas Stimme zitterte.

Archer stemmte sich an Jennas Sessel hoch. Er war kreidebleich, sah ihr prüfend ins Gesicht. »Sind Sie okay? Oder wird Ihnen wieder schlecht?«

»Geht schon«, sagte Jenna und hielt den Stein fest in ihrer Hand. Archer legte beide Hände schwer auf ihre Schultern, ließ seine Stirn für einen Moment gegen ihre sinken. »Wir … wir sollten …« Er verzog das Gesicht und setzte neu an: »Ich schau mal nach unserem Piloten.« Mit unsicheren Schritten lief er zum Cockpit.

Jenna merkte, wie ihr Herz hämmerte. »Das war knapp«, sagte sie laut und schwor sich in diesem Moment, nie wieder während eines Fluges einzuschlafen.

Oder nie wieder in ein Flugzeug zu steigen.

Jenna sah sich um, doch Archer blieb im Cockpit. Sie starrte aus dem Fenster und stellte sich vor, was hätte passieren können. Schauder jagten über ihren Rücken. Unter ihnen war eine Stadt gewesen, kein freies Feld. Der Gedanke verursachte ihr Übelkeit. Gleichzeitig überlegte sie sich, was sie tun würde, wenn sie landeten. Sie könnte mit dem Flughafenbus zum Bahnhof fahren, von dort aus wäre sie in kurzer Zeit in München. Sinnend drehte sie den kleinen Amethyst in ihrer Hand, fühlte die Wärme, die von ihm ausging. Es war wirklich ihr Stein, der Stein der Hüterin …

Oder würde Archer sie zwingen, bei ihm zu bleiben, bis er Wagner gefunden hatte? Jenna zog eine Grimasse. Vermutlich Letzteres, dachte sie.

Als die Maschine auf dem Rollfeld aufsetzte, war Jenna so erleichtert wie selten in ihrem Leben. Sie hatte noch nie Angst vor dem Fliegen gehabt – das war seit heute anders. Archer blieb neben ihrem Sitz stehen, bedeutete ihr mit einer Kopfbewegung, die Gangway hinabzusteigen. Unten wartete ein Wagen auf sie. Ein dunkler Q7 – offenbar hatte das Konsortium eine ganze Flotte davon, dachte Jenna irritiert.

»Wohin fahren wir?«, fragte sie und blieb ein paar Schritte davor stehen.

»Sagen Sie es mir«, gab Archer zurück. »Spüren Sie Wagner? Ist er schon hier?«

»Ich habe es bereits versucht, bisher ohne Erfolg. Wie stellen Sie sich das überhaupt vor? Wir sind nicht sicher, dass er hier ist, oder?«

»Nein. Aber er wird kommen. Wo soll er sonst hin?« Archer wiegte langsam den Kopf hin und her. »Ich bin mir sicher, dass er sein altes Leben suchen wird.«

»Sie sollten Folgendes wissen: Er hat …« Jenna schluckte und begann erneut: »Ich glaube, dass er sich schon neue Opfer gesucht hat. Ich habe ihn gesehen. Direkt, bevor wir abgestürzt sind.« Den letzten Satz sagte sie fast unhörbar. Der Asphalt strahlte so viel Hitze aus, dass ihr fast schwindelig wurde.

Archer, der gerade die Autotür öffnen wollte, drehte sich herum und starrte sie an. »Und das sagen Sie mir jetzt?«

»Sie waren ja nicht mehr zu sprechen«, verteidigte sich Jenna, und sie kämpfte den Schwindel nieder. »Und ich sage es Ihnen jetzt. Was haben Sie erwartet, nachdem, was er vergangene Nacht getan hat? Dass er sich in den Eurostar setzt und im Bistro Croissants und Café au Lait bestellt?«

Archer sah grimmig drein, als er antwortete: »Ich weiß nicht genau, was ich erwarten soll, Mrs Winters. Meine Erfahrung mit dem Jäger beschränkte sich bisher auf Hörensagen, im Gegensatz zu Ihnen. Was hat er getan?«

»Er war in einem alten Bauernhaus … und er konnte es kaum erwarten, alle darin zu töten.« Sie schauderte, wischte sich mit der Jacke über das Gesicht. »Aber wo … und wann … kann ich Ihnen nicht sagen. Es war frühmorgens. Können Ihre Leute das überprüfen? Können sie sich in die Polizeicomputer hacken?«

Archer schürzte die Lippen, wartete darauf, dass sie weitersprach.

Jenna trat ein paar Schritte vor und sah Archer offen ins Gesicht. »Fahren Sie mich nach Hause – wo ich wohne, wissen Sie ja schon –, dort möchte ich mich umziehen. Und meine Tochter anrufen. Dann werden wir Adrian Wagner suchen.«

»Auf keinen Fall.« Die vorsichtige Nähe, die während der

letzten Stunden zwischen ihnen entstanden war, verpuffte mit dieser kühlen Antwort.

»Es ist nur eine Stunde Umweg. Bitte. Außerdem brauche ich ein paar Dinge aus meiner Wohnung.«

Archer sah sie fast wütend an. Er rang einige Augenblicke mit sich, dann nickte er. »In Ordnung. Aber Sie werden verstehen, dass ich Sie nicht aus den Augen lassen werde.«

»Ich habe nichts anderes erwartet«, gab Jenna ruhig zurück und ließ sich auf dem Rücksitz nieder. Archer würde jedenfalls vorerst keinen Fuß in ihre Wohnung setzen. Dafür hatten sie und Lena gesorgt.

London, 2. November 1930

Amelia stöhnte leise. Blut rann ihr über die Stirn, und sie wollte den Arm heben, um es wegzuwischen, doch sie konnte ihn nicht rühren. Vorsichtig bewegte sie Finger und Zehen und stöhnte erneut auf, als ein brennender Schmerz durch ihre Schulter schoss. Die Steine, die in der Kammer auf sie herabgeprasselt waren, hatten ganze Arbeit geleistet. Aus eigener Kraft kam sie hier jedenfalls nicht heraus. Wie spät mochte es sein? Sie war irgendwann am Nachmittag heruntergestiegen, aber sie hatte keine Ahnung, wie lange sie bewusstlos gewesen war. »Hilfe!«, rief sie, und ihre Worte hallten um sie herum wieder, dröhnten in ihrem Kopf. »Das ist doch alles nicht wahr«, murmelte sie und versuchte, den Kopf zu drehen. Das ging zwar, aber mehr sah sie deswegen auch nicht. Sie lag auf dem Bauch, auf ihr mehrere Zentner Steine, zumindest fühlte es sich so an. Ein Wunder, dass sie noch am Leben war. »Reggie, wenn du je wieder auftauchst, bringe ich dich um«, sagte sie laut und hustete, weil ihr dabei Staub in Mund und Nase geriet. Sie konnte nur hoffen, dass einer der Bauarbeiter vorbeikam. An Williams Männer wollte sie gar nicht denken. Andererseits wäre sie froh, wenn überhaupt jemand sie fand. Erst jetzt fiel ihr auf, dass es in der Kammer kalt war und ein eisiger Wind aus der oberen Öffnung an ihr vorbei in den Gang pfiff.

In ihren Ohren rauschte es. Was war das nur vorhin gewesen? Hatte sie selbst diesen Einsturz verursacht? Die höhnische Stimme hatte sie sich vermutlich nur eingebildet, aber das Gewicht auf ihrem Rücken fühlte sich erschreckend real an. Irgendetwas hatte sie getan, indem sie die Worte aus Reggies Kästchen laut ausgesprochen hatte, dessen war sie sich sicher. Amelia war kein gläubiger Mensch, sie war eher der Meinung, dass man das Leben nehmen sollte, wie es war, um das Beste daraus zu machen. Der Tod würde irgendwann das Ende sein, und bis dahin sollte man im Sand des Lebens seinen eigenen Abdruck hinterlassen und hoffen, dass die Menschen einen in guter Erinnerung behielten. Ihr Weltbild beinhaltete keine Stimmen aus der Finsternis. Oder der Hölle, wie auch immer man es bezeichnen wollte. Aber offenbar hatte Reggie, den sie als nüchternen Faktenmenschen kennengelernt hatte, etwas gefunden, die Tür zu etwas anderem aufgestoßen. Oder vielleicht war es auch sein Bruder gewesen, und Reggie, der unermüdliche Spürhund, hatte eine Geschichte gewittert?

Wie dem auch sei – erst einmal musste Amelia die Frage beantworten, wie sie hier wieder herauskam. »Sesam öffne dich«, murmelte sie halbherzig – und natürlich geschah nichts. Kein Stein hob sich, keine Tür öffnete sich von Geisterhand. »Hilfe!«, rief sie erneut, doch ihre Stimme verlor sich zwischen den Steinen.

Sie zitterte immer stärker. Die Kälte machte ihr zu schaffen, und irgendwo verlor sie Blut, ihr Oberkörper fühlte sich feucht und eiskalt an. Die Zähne schlugen aufeinander, aber sie wehrte sich gegen das Einschlafen. Sie hatte die Berichte der letzten königlichen Nanga-Parbat-Expedition gelesen, und etwas davon war ihr in Erinnerung geblieben: Wer in der Kälte einschlief, war verloren. Also begann sie leise vor sich hin zu singen, erst die Lieder ihrer Kindheit, und als ihr der Text ausging, begann sie mit der Nationalhymne. Nach dem vierten »God save the King« wurde sie heiser, aber sie schlief nicht ein. Dann machte sie sich an »Rule Britannia« und sang verbissen, Strophe um Strophe, und als sie fertig war, fing sie wieder von vorne an.

Während sie sang, dachte sie nach. Was hatte die Stimme gemeint, als sie sagte: »Du bist mein«? Hatte sie bei dem Versuch, Reggie zurückzuholen, versehentlich einen Pakt mit dem Teufel geschlossen? Hatte Mary Kingsley gewusst, in was Amelia da hineingestolpert war? Die alte Dame ist mir ein paar Antworten schuldig, dachte Amelia grimmig. Wenn ich hier lebend herauskomme.

Die Stunden verrannen. Amelia hatte die Augen geschlossen und krächzte nur noch vor sich hin, zwischendurch schniefte sie, weil ihr die Lage so hoffnungslos vorkam. Bestimmt würde die nächsten Jahre niemand mehr hier vorbeikommen. Sie würde hier unten elend zugrunde gehen …

Das erste »Ist da jemand?« hätte sie fast überhört.

»Hallo? Ist da jemand?«, wiederholte die Stimme.

Amelia hob mühsam den Kopf. »Hier, hier bin ich!«, schrie sie so laut es ihre strapazierten Stimmbänder zuließen.

»Jim, da ist tatsächlich jemand, komm schnell!« Schritte näherten sich. »Lieber Himmel, Miss, was tun Sie denn da?

Los, hilf mir, die Steine abzutragen.« Ein Mann hustete und keuchte, und Stück für Stück nahm der Druck auf ihren Körper ab, bis die beiden Männer sie komplett freigelegt hatten. Der eine kniete sich neben sie und nahm ihre Hand. »Nicht bewegen, Miss. Wir holen eine Trage.«

»Kalt«, flüsterte Amelia.

Ihr Retter zog seine Jacke aus und legte sie ihr vorsichtig auf Schultern und Rücken. »Was machen Sie denn hier unten? Was ist passiert?«

»Weiß nicht mehr …« Amelia hatte nicht vor, irgendjemandem zu erzählen, was sie hier unten getan hatte oder warum sie überhaupt hier war. Sie spürte, wie sie von mehreren kräftigen Händen überraschend sanft auf eine Bahre gelegt wurde. Eine dunkelgraue Armeedecke hielt sie warm, und dann sah sie über sich die Tunneldecke, als die Helfer sie auf dem Weg, den sie gekommen war, zurücktrugen.

»Sie haben eine Fraktur des Schlüsselbeins, würde ich sagen, und eine hässliche, aber nicht allzu tiefe Fleischwunde am Rücken«, konstatierte der grauhaarige Arzt, den die Bauarbeiter gerufen hatten und der sie in dem kleinen Raum des Stationsvorstehers untersuchte. »Ich verbinde Ihnen die Wunde auf dem Rücken. Bei dem Bruch kann ich Ihnen allerdings nicht helfen. Geben Sie sich in den nächsten zwei Wochen einfach Mühe, nirgendwo dagegen zu laufen.«

Als er fertig war, richtete sich Amelia auf und verzog das Gesicht. »Wie haben Sie mich eigentlich gefunden?«, wandte sie sich an den Mann, der Henry hieß und sich als Ingenieur vorgestellt hatte. Er lehnte mit verschränkten Armen an der Wand.

»Haben Sie gesungen?«, fragte er zurück.

»M-hm.«

»Ein paar Kinder haben Sie gehört. Die kamen zu uns und meinten, da unten sei ein Geist, der schon die ganze Nacht lang *Rule Britannia* singt. Da wurden wir misstrauisch.«

Der Arzt spähte ihr ins Gesicht, tupfte vorsichtig das Blut von der Schläfe und klebte ein weiteres Pflaster über die Wunde. »Sie hatten unglaubliches Glück, wissen Sie das, junge Dame? Und jetzt noch einmal: Was hatten Sie dort unten zu suchen?«

Amelia bemühte sich um einen verwirrten Gesichtsausdruck, der ihr angesichts der Schmerzen im Arm nicht schwerfiel. »Ich erinnere mich, dass ich auf dem Bahnsteig stand. Die U-Bahn fuhr ein …«, erklärte sie leise. »Ab da weiß ich nichts mehr.« Sie sah die beiden Männer mit großen Augen an.

»Ruhen Sie sich ein paar Tage aus, dann wird auch Ihr Gedächtnis wiederkommen«, beruhigte sie der Arzt. »Henry bringt Sie nach Hause, wenn Sie möchten.«

»Das wäre sehr nett.« Amelia erhob sich schwankend von dem Stuhl, auf dem sie gesessen hatte, und nahm dankbar den Arm, den Henry ihr anbot.

»Kommen Sie«, sagte dieser und führte sie aus der Bahnstation. Draußen war es so hell, dass Amelia geblendet die Augen schloss. »Wie spät ist es eigentlich?«, fragte sie verblüfft.

»Neun Uhr morgens.«

Amelia begriff in diesem Moment, dass sie über achtzehn Stunden in ihrem steinernen Gefängnis verbracht hatte. Ein Schauder überlief sie. Noch ein paar Stunden länger, und es wäre zu spät gewesen.

»Mein Wagen steht da vorne«, verkündete Henry, und sie gingen langsam nebeneinander her. Amelia setzte vorsichtig einen Fuß vor den anderen, doch als sie um die nächste Ecke gebogen waren, zog Henry sie in einen Hauseingang und starrte sie mit blitzenden Augen an. »Den gemütlichen Doktor Forbes konnten Sie hinters Licht führen, aber mich nicht.« Er hielt ein schwarzes Notizbuch in die Höhe. Reggies Notizbuch.

Amelia verfluchte sich im Stillen. Sie musste das Notizbuch fallengelassen haben, und während der Rettungsaktion hatte sie es schlichtweg vergessen.

»Sie schulden mir eine Erklärung.«

»Geben Sie das wieder her!« Sie griff danach, doch Henry steckte das Buch in die Innentasche seiner Jacke. Amelia zuckte zusammen. Ihr Rücken protestierte empört gegen jede Art von abrupter Bewegung.

»Sie haben das Buch da unten gefunden, nicht wahr?«

Amelia presste die Lippen zusammen und sagte nichts.

»Ist er tot?« Henrys Stimme klang müde. Im hellen Licht konnte sie erkennen, dass er sich bestimmt drei Tage lang nicht mehr rasiert hatte. Seine Wangen waren eingefallen, die Augen trübe. Einen Moment lang befürchtete Amelia, dass er vor ihren Augen umfallen würde.

»Wieso glauben Sie das?«, fragte Amelia leise.

»Weil die anderen tot sind. Jack und ich sind die Einzigen, die noch leben.«

»Die anderen?«

»William Weyland und seine Männer. Und wenn Sie Reginalds Notizbuch haben, dann hat es ihn wohl auch erwischt.«

»Ich bin nicht sicher, wo Reggie ist«, gab Amelia zögernd zu und traf blitzschnell eine Entscheidung. »Aber ich habe eine Idee. Wir fahren nach Kensington. Es gibt da jemanden, der zumindest ein paar Antworten weiß.«

Henry fuhr seinen schwarzen Morris sicher und routiniert, er fand sich im Gewirr der Londoner Straßen unbeirrbar zurecht. Amelia schloss für einige Momente die Augen, genoss das beruhigende Gefühl, wieder in Sicherheit zu sein. Kurz darauf hielt Henry vor Mary Kingsleys Haus. Obwohl schon heller Tag, waren die Fensterläden geschlossen.

Amelia runzelte die Stirn. »Sie hat in ihrem Brief so etwas angedeutet, aber ich habe nicht wirklich geglaubt, dass sie abreist. Kommen Sie, wir schauen uns um.«

»Wer ist sie eigentlich? Was hat sie mit all dem zu tun?«

Amelia schlug die Autotür mit Wucht zu, sodass Henry sein Gesicht verzog, und brummte: »Mary Kingsley weiß mehr über diese ganze Sache als Sie und ich und Reggie zusammen.« Sie durchquerte den Vorgarten, stellte sich an eines der Fenster und horchte.

Henry ließ den Türklopfer aufs Holz fallen. »Niemand da«, sagte er nach einigen Sekunden resigniert.

Amelia schüttelte den Kopf. Sie trommelte mit beiden Händen auf die Tür, und als das nichts nützte, fing sie an zu rufen. Schließlich setzte sie sich erschöpft auf den kniehohen Stein, der im Vorgarten stand. »Verdammt«, flüsterte sie. »Verdammt, verdammt.«

Hinter ihr öffnete sich die Tür. Amelia fuhr herum und erstarrte. Statt der erwarteten Forscherin stand ein alter Mann vor ihr. Er hatte dunkle Haut, graue gekräuselte Haare und tiefschwarze Augen, die sie misstrauisch anblickten. In der Hand trug er eine große Tasche, er war offensichtlich gerade dabei, eine längere Reise anzutreten. »Was wollen Sie hier?«, fragte er barsch.

»Bitte – wir müssen mit Miss Kingsley sprechen.« Amelia erhob sich von dem Stein und trat auf ihn zu. »Es ist wirklich wichtig.«

»Keinen Schritt weiter!« Die Stimme des alten Mannes war scharf, und ein panischer Ausdruck erschien auf seinem

Gesicht, war aber so schnell wieder verschwunden, dass Amelia glaubte, sich getäuscht zu haben. »Bleiben Sie stehen!«

Amelia folgte der Aufforderung, aber sie legte den Kopf schief und sah ihn verwundert an. »Ich bin Amelia Archer. Ich will nur mit ihr reden. Sie hat mir gesagt, ich müsse etwas herausfinden. Und wer sind Sie?«

Der alte Mann trat nicht über die Schwelle, aber sein Blick wurde etwas sanfter. »Ich bin ein Freund von Mary. Mein Name ist Sayid. Und Sie sind Miss Archer? Sie sehen aus, als hätten Sie eine harte Nacht hinter sich, Miss«, sagte er. »Aber ich kann Ihnen nicht helfen. Auch Mary kann es nicht mehr. Sie ist fort, ihr Schiff legt morgen Mittag ab. Und Sie – Sie haben eine andere Wahl getroffen.«

»Ich habe überhaupt keine Wahl getroffen«, protestierte Amelia. »Ich wurde in dem U-Bahn-Schacht verschüttet, und es ist ein Wunder, dass ich überhaupt noch lebe.« Sie wollte weiterreden, doch der alte Mann hob die Hand.

»Hören Sie es nicht?«, fragte er eindringlich.

»Was sollen wir hören?«, mischte sich Henry zum ersten Mal ein.

Der Mann schloss für einen Moment die Augen. »Die andere Seite. Hören Sie sie nicht?«, wiederholte er, und Amelia durchfuhr ein eisiger Schauder. Und nun vernahm sie es ebenfalls: leises Scharren und Klicken, gerade so am Rande ihres Bewusstseins, wie hinter einer Wand. Ein Schaben und Kratzen, erwartungsvoll und durch und durch widerlich. Sie keuchte auf. »Was ist das?«

Das Mitleid, das der alte Mann nun ausstrahlte, erschreckte sie fast noch mehr. »Sie stehen nun in seinen Diensten. Ich kann Ihnen nicht helfen. Niemand kann das.«

»Aber, aber … das war keine Absicht. Ich wollte das nicht.

Das waren diese Worte … ich schwöre Ihnen, ich habe sie unabsichtlich ausgesprochen …«

»Das ist leider unerheblich. Sie haben es getan, Miss Amelia. Erst die Familie Weyland, dann Sie. Der Jäger dürfte sich über so viele dienstbare Geister freuen, wenn er wieder zurückkommt.« Der Alte klang sachlich, aber die Sorge, die darin mitschwang, war spürbar.

»Was soll ich denn jetzt tun?«

»Wir haben Reggies Aufzeichnungen«, sagte Henry und zog das Notizbuch hervor. »Vielleicht finden wir darin einen Hinweis?«

»Godspeed, liebe Miss Amelia«, murmelte Sayid und zog die Tür mit einem Ruck hinter sich zu.

Amelia sah der schmalen Gestalt nach, die die Straße hinunterging, und fröstelte. »Warten Sie!«, schrie sie Sayid hinterher. »Wo legt das Schiff ab?«

Sayid drehte sich ein letztes Mal um. »Southhampton«, sagte er.

»Dann fahren wir dorthin«, rief Amelia entschlossen. »Miss Kingsley kann mich damit nicht allein lassen. Sie hat gesagt, ich soll herausfinden, worum es geht. Sie darf mich doch jetzt nicht im Stich lassen!«

»Das alles ist viel größer als Sie und Mary zusammen«, sagte Sayid noch, dann beschleunigte er seine Schritte und war in wenigen Augenblicken um die nächste Straßenecke verschwunden.

Amelia zuckte bei diesen Worten zusammen, aber was hatte sie schon für eine Wahl? Was konnte sie tun, außer zu kämpfen gegen etwas, das sie nicht begriff, für ein Leben, das sie noch nicht angefangen hatte zu leben?

Henry blätterte das Notizbuch durch, sah aber zunehmend

frustrierter drein. »Das ist nur allgemeines Zeug«, sagte er. »Nichts über den Fluch, nichts, was wir nicht schon wüssten.«

»Ich fand das alles ziemlich überraschend«, gab Amelia zurück.

»Ja, das glaube ich Ihnen gern. Aber eigentlich ist es ganz einfach: Der Jäger wird unter uns erscheinen, und wenn er erst die Hüterin getötet hat, ist er in der Lage, die Schattenwelt zu öffnen.« Henry machte die Wagentür auf und bedeutete Amelia mit einer Geste, einzusteigen.

»Und was haben Sie davon?« Die Journalistin in Amelia war fassungslos, aber dennoch neugierig.

»Geld«, sagte Henry einfach. »William hat uns allen einhunderttausend Pfund versprochen, wenn wir der Sache fünf Jahre lang dienen. Diese Zeit ist nun fast um. Nur – jetzt sind alle tot.« Er zog die Fahrertür zu und legte beide Hände auf das Lenkrad.

»Geld?« Amelia starrte ihn an. Was sie in der eingestürzten Kammer gehört hatte, das Grauen, dass sie umgeben hatte … alles Geld der Welt hätte sie nicht dazu gebracht, diese Schwärze in ihr Leben zu lassen. »Darum ging es Ihnen? Lieber Himmel! Und dass dieser Plan mehr als ein Loch hat, ist Ihnen nicht aufgefallen?«

Henry startete den Motor. »Natürlich. Aber das war es mir wert. Und jetzt ist alles zu Ende.«

»Zumindest leben Sie noch«, kommentierte Amelia. »Ich denke, das ist angesichts dessen, womit wir es zu tun haben, gar nicht so schlecht.«

»Sie haben recht. Was Sie betrifft, bin ich mir aber nicht sicher, ob der Tod nicht die einfachere Lösung gewesen wäre. Der Fluch …« Henry verstummte und sah Amelia bedauernd von der Seite an.

»Was? Was wissen Sie über diesen Fluch?« Amelia starrte nach vorne und wusste plötzlich nicht mehr, ob sie hören wollte, was Henry ihr sagen würde.

»Ich bin mir nicht ganz sicher. Aber so wie William uns das einmal erklärt hat – nach mehreren Flaschen Wein, muss ich hinzufügen, nüchtern hätte er uns das nie gesagt –, hat jemand in seiner Familie den gleichen Fluch ausgelöst. Das heißt, derjenige muss dafür sorgen, dass der Jäger zurückkommt.«

»Und das geht mit einem Opfer einher«, murmelte Amelia, die sich an eine Passage aus Reggies Notizbuch erinnerte.

»Aber es war nie die Rede davon, dass jemand geopfert wird!«, protestierte Henry. »Es ging um ein Ritual, um den Jäger zu erwecken. Sie wissen schon, Kerzen, Neumondnacht, Zaubersprüche … Nicht darum, ein Massaker zu veranstalten.«

»Vielleicht hat Ihnen William einen Teil des Plans vorenthalten …«

»Wenn dieser Alte recht hat, dann ist der Fluch auf Sie übergegangen, Amelia. Jetzt ist es Ihre Aufgabe, den Jäger zurückzubringen. Und wenn Sie es nicht schaffen, dann Ihre Nachfahren. Es tut mir leid. Sie sind wirklich … verflucht.« Henry hielt an einer Ampel. »Was werden Sie tun?«

Amelia gab ein ersticktes Geräusch von sich, halb Lachen, halb Schluchzen. »Ins Kloster gehen? Keine Kinder bekommen? Nach Feuerland ziehen? Ich weiß es nicht.« Etwas ruhiger fuhr sie fort: »Wie lange bis Southhampton?«

»Etwa zweieinhalb Stunden«, gab Henry zurück. »Wenn ich Onkel Morris hier ausfahre.«

»Onkel Morris?«

»Mein Auto.« Henry schaute leicht verlegen drein.

»Oh.« Amelia lächelte fast. »Ich möchte noch einmal mit Miss Kingsley sprechen. Es muss doch einen Weg geben. Es gibt immer einen Weg.«

MÜNCHEN, IMMER NOCH FREITAG, 24. AUGUST

Auf der Fahrt nach München hatte Archer mehrmals telefoniert, dabei wurde sein Gesichtsausdruck immer finsterer. »Die Polizei tappt im Dunkeln, aber wenn man weiß, wonach man suchen muss, erkennt man ein Muster«, knurrte er auf Jennas fragend hochgezogene Augenbraue hin. »Er hinterlässt eine Blutspur.«

»Aber wo ist er jetzt?«

»Wissen wir nicht. Er ist mit Millers Papieren unterwegs. Wir müssen leider warten, bis er wieder zuschlägt oder Millers Kreditkarte benutzt. Dann können wir die Richtung erkennen, in die er sich bewegt.«

»Und müssen dabei weitere Tote in Kauf nehmen?« Jennas Empörung war nicht zu überhören.

»Haben Sie eine bessere Idee?«

Jenna zuckte mit den Schultern. »Vielleicht.« Noch behielt sie für sich, dass sie vorhatte, Wagner auf ihre Weise zu suchen. Sobald sie in ihrer Wohnung war und ihren Stein in der Hand hielt. Und Archer ihr nicht drohen konnte. Jetzt gingen sie hintereinander die Stufen zu Jennas Wohnung hoch, sie konnte es kaum mehr erwarten, endlich wieder in ihren eigenen vier Wänden zu sein. War es wirklich erst drei Tage her, seit Archer sie entführt hatte? Es fühlte sich eher an wie Monate.

Sie klopfte leise an die Tür, und wie erwartet hörte sie drinnen Schritte, dann eine Stimme: »Wer ist da?«

»Ich bins, Antoine, lass mich rein«, sagte sie. Das Kreidedreieck leuchtete kurz auf, und Jennas Herz klopfte wild. Würde Archer ihren Plan durchschauen? Er stand etwa zwei Schritte hinter ihr. Die Bewegung, mit der er seine Hand auf den Griff seiner Waffe legte, spürte sie mehr, als sie zu sehen.

Lagardère öffnete die Tür und spähte ins Treppenhaus, seine Augen weiteten sich, als er Archer erblickte. Jenna trat über die Schwelle, fühlte ein Kribbeln wie bei einem leichten Stromschlag, dann schlug sie Archer die Tür vor der Nase zu. Sie erwartete, wütendes Geschrei von draußen zu hören oder Schüsse, die durch die Tür und den Gang peitschten, doch es blieb ruhig. Archer gab keinen Ton von sich. Schwer atmend lehnte sie sich gegen die Wand. Sie war nass geschwitzt, und ihre Knie zitterten.

»Jenna!« Lagardère gab ihr einen Kuss auf die Wange. »Isch habe mir Sorgen gemacht.«

»Ich mir auch«, flüsterte Jenna und legte ihm einen Finger auf die Lippen, als er noch etwas sagen wollte. »Leise. Ist Lena da?«

Der Franzose schüttelte den Kopf.

»Gut. Ich erzähle dir alles. Aber eins nach dem anderen. Wo ist mein Kompass?«

»Äh …«, machte Lagardère, »das wird dir nicht gefallen. Er ist weg. Hat sich genauso schnell in Luft aufgelöst, wie er zu dir gekommen ist.«

Jenna sah ihn sprachlos an. »Du hast ihn verloren?«

Der Franzose zuckte mit den Schultern. Es war ihm sichtlich unangenehm. »Was ist mit dem da draußen? Der sieht gefährlich aus«, wechselte er das Thema.

»Im Moment gar nichts«, wiegelte Jenna ab und rannte in

ihr Schlafzimmer. Ein paar Minuten später kam sie in einer roten Jeans und frischem weißem T-Shirt wieder heraus. Ein kurzer Abstecher ins Bad, und sie fühlte sich schon wieder halbwegs menschlich.

Von Archers Seite der Tür war immer noch nichts zu hören.

Jetzt setzte Jenna sich an den Küchentisch und nahm ihren Stein. Er blinkte einmal auf, wie zur Begrüßung, und schmiegte sich in ihre Handfläche. Jenna verzog die Mundwinkel zur Andeutung eines Lächelns, dann schloss sie die Augen und konzentrierte sich. Sie ging in Gedanken zurück in die Hütte, zu dem Moment, wo sie Wagner das erste Mal gesehen hatte. Magie hinterließ immer Spuren, und Wagner war durch ihre Kraft zurückgekommen. Sie musste seine Spur nur finden. Bereits mehrfach hatte sie es versucht, zuerst mit Archer im Auto nach London, auch kurz nach ihrer Landung in Augsburg – aber sie hatte nichts sehen, nichts fühlen können. Nach den letzten Tagen war sie wie ausgelaugt, aber sie versuchte es erneut.

Es war dunkel um sie herum. Nicht wie in der Nacht, die durch Sternenlicht erhellt wurde oder von einzelnen Lichtern aus den Häusern. Nein, es war stockfinster, und sie wusste, dass sie von Wänden umgeben war. Im Mund schmeckte sie den metallischen Geschmack von Blut.

So sah es in Adrian Wagner aus? Die Gefühle, die sie in ihm wahrnahm – Hass und Blutdurst und den verzweifelten Drang, wieder nach Hause zu kommen, endlich wieder jemand zu sein –, ließen ihr die Tränen in die Augen steigen. Wenn sie konnte, würde sie das beenden, schwor sie sich.

Adrian, rief sie jetzt. Hören Sie mich?

Die Antwort war ein Grollen. Ein wildes Tier, das sich in die Ecke getrieben fühlt.

Wo sind Sie, Adrian? Lassen Sie mich helfen, bitte!

Wie große Wellen am Strand brachen seine Emotionen auf sie nieder, Wut und Hunger und das quälende Verlangen, dorthin zu kommen, wo alles begonnen hatte. Jenna keuchte. Mit der freien Hand hielt sie sich am Küchentisch fest, ließ sich nicht vertreiben, schickte, so gut sie konnte, ihre Hoffnung und Hilfsbereitschaft zu ihm hinaus. Und nun spürte sie das Band zwischen ihnen. Er war noch weit weg, aber er kam stetig näher. Ein Bild blitzte in ihr auf: eine Waldlichtung in der Nacht. Eine Baumgruppe mit fünf Bäumen, dahinter Wasserrauschen. Ein roh gezimmerter Holztisch, zwei Bänke, daneben ein Gestell mit zwei Schaukeln, die sich im Wind leise bewegten. Dann ein brennender Schmerz an ihrer Kehle … Jenna keuchte auf. Diesen Platz musste sie finden! Dort würde er sein.

»Sag Lena Bescheid, dass ich in ein paar Stunden wieder da bin«, sagte sie dann zu Lagardère, der sie schweigend beobachtet hatte. »Wartet hier auf uns – oder noch besser, bei dir.«

»Was hast du vor?«

»Wir fahren … hm … zurück nach Augsburg, glaube ich.«

»Ich komme mit«, sagte Lagardère entschlossen und wies nach draußen. »Ich vertraue ihm nicht.«

Jenna sah ihn einen Moment prüfend an, dann sprang sie auf, steckte sich den Stein in die Hosentasche und griff im Vorbeigehen nach einem Shopper, in dem sie das Grimoire und einen Zeichenblock versenkte.

Einmal tief durchatmen, den Rücken strecken … dann öffnete sie die Tür.

Archer saß neben ihrer Tür auf dem Boden, mit dem Rücken an die Wand gelehnt. Ein Bein angewinkelt, ein Bein ausgestreckt, bot er ein sehr entspanntes Bild. Er tippte auf seinem Handy herum, sein Revolver war nirgends zu sehen. »Da sind Sie ja wieder«, sagte er gelassen und erhob sich in einer fließenden Bewegung. »Und Sie sind …«, wandte er sich fragend an Lagardère, der abwartend an der Tür stehen geblieben war.

»Antoine. Ein Freund.«

Archer nickte, bot ihm jedoch nicht die Hand.

»Ich bin beeindruckt«, murmelte Jenna. Sie zog die Tür hinter sich zu, schloss ab und blieb auf dem Treppenabsatz stehen, sah Archer in die Augen.

»Wieso?«

»Ich hätte erwartet, dass Sie mich in dem Moment, wo diese Tür wieder aufgeht, fesseln und ins Auto werfen«, erklärte Jenna trocken.

Archer ging an ihr vorbei zwei Stufen hinab, dann drehte er sich um. Jetzt waren ihre Gesichter auf der gleichen Höhe. »Mrs Winters, Sie tendieren dazu, mich zu unterschätzen. Dass Sie Ihre Wohnung magisch gesichert haben, wusste ich schon von meinem ersten Besuch. Wenn Sie aus dem Fenster geklettert wären, hätte mein Fahrer mir Bescheid gegeben.« Er hob die Hände und ließ sie wieder fallen. »Sie wollen mich hier nicht haben, denn wir zwei stehen letztendlich in verschiedenen Lagern. Aber Sie haben für mich etwas getan, was nicht selbstverständlich war. Dafür haben Sie etwas gut bei mir.« Er machte eine Bewegung, als wollte er ihr eine Hand auf den Arm legen, hielt aber inne und verschränkte hastig die Hände hinter seinem Rücken. »Ich gebe Ihnen hiermit einen Vertrauensbonus und lasse Sie machen. Dennoch – wir wissen beide, dass wir diesen Adrian Wagner nur gemeinsam finden und stoppen können. Also bin ich bereit, unsere … Differenzen … zu ignorieren. Was haben Sie herausgefunden? Und wohin gehen wir?«

Jenna sah ihn ein paar Sekunden lang schweigend an. In ihrem Blick zeigte sich Verwunderung, dann Entschlossenheit. Sie war weit davon entfernt, Archer vollständig zu vertrauen und sie hielt ihn weiterhin für einen arroganten, skrupellosen Ränkeschmied, aber sie war bereit, ihn in dieser Sache als Partner zu akzeptieren. »Ich habe das für Sie getan, weil ich weiß, wie es sich anfühlt, wenn man die Kontrolle verliert, von irgendetwas gesteuert wird. Ich denke, Sie verdienen es, eine Wahl zu haben. Jeder tut das.« Sie ging die Treppe hinunter, ihr Herz klopfte wie wild.

»Wir fahren nach Augsburg zurück, genau wie geplant«, verkündete sie, ließ sich auf den Beifahrersitz fallen und fing sofort an, auf den Block zu zeichnen. Mit sicheren Bewegungen schraffierte sie, zog Linien und innerhalb von wenigen Minuten entstand eine Schwarz-Weiß-Zeichnung der Lichtung, die sie vorhin gesehen hatte. Jenna riss das Papier vom Block und reichte es Archer nach hinten. »Könnten Sie herausfinden, wo das ist? Ich schätze, irgendwo am Lechufer in Augsburg. Aber sicher bin ich mir nicht. Und können wir da vorne kurz halten und uns etwas zu essen besorgen? Ich falle um vor Hunger.«

Archer machte ein Foto von der Zeichnung und begann auf seinem Handy herumzutippen. Nach einem kurzen Stopp bei einem der Schnellimbisse an der Verdistraße erreichten sie die A8, und nach dem Kreisel gab der Fahrer Gas.

»Nehmen Sie die Ausfahrt Augsburg Ost«, wies Archer den Fahrer nach einer Weile an und reichte sein Handy nach vorne. »Dann folgen Sie den Anweisungen auf dem Display.«

Der Fahrer nickte stumm.

Jenna drehte sich überrascht um. »Sie wissen, wo das ist, was ich gezeichnet habe?«

Archer nickte.

»Google maps?«

»Das sind Amateure.«

Jenna schürzte die Lippen. »Auweia. Soll heißen, ich muss mir wegen der NSA eigentlich keine Sorgen machen, weil jemand anders ohnehin alles über mich weiß?«

Archer grinste und sah plötzlich sehr jungenhaft aus. »Doch. Aber es gibt Schlimmeres, glauben Sie mir.«

»Das ist ja alles gut und schön«, mischte sich jetzt Lagardère ein, der bisher stumm neben Archer gesessen hatte und mit angeekeltem Gesichtsausdruck eine Portion Pommes frites verzehrt hatte. »Ich freue mich, dass wir plötzlich alle Freunde sind. Aber was ist denn mit Ihnen, Mr Archer? Das Konsortium wird von Ihrem Alleingang nicht begeistert sein. Sie werden dafür, dass Sie den Fluch gelöst haben, bezahlen müssen. Und wenn Jenna Pech hat, gilt das auch für sie. Haben Sie daran gedacht, dass Sie Jenna in noch größere Gefahr bringen, als sie ohnehin schon ist?« Er schlug mit der Handfläche wütend auf den leeren Mittelsitz. »Die Hüterin zu entführen ist ja schon an sich eine Frechheit, aber sie in Ihre privaten Probleme mit hineinzuziehen … das ist einfach die Höhe! Und kommen Sie mir nicht mit einem unverbindlichen ›nicht mein Problem‹! Es war Ihr verdammtes Problem, und Sie haben ein noch größeres daraus gemacht!«

»Antoine, das bringt nichts. Es ist geschehen. Und außerdem … musst du das alles auch noch dem Fahrer erzählen?« Den letzten Satz zischte sie.

Doch Lagardère ließ sich nicht bremsen. »Ja, denn wenn diese Sache vorbei ist, wirst du die nächste Aufgabe für das Konsortium erledigen müssen. Erkennst du nicht, was er tut, Jenna? Erst ein kleiner Gefallen unter Freunden, und dann kannst du den richtigen Jäger samt seinen mörderischen Gefolgsleuten aus der Schattenwelt holen, und voilà, die netten englischen Herren übernehmen die Weltherrschaft. Denn darauf legen sie es an. Schon immer. Und es gibt genügend Schatten, die mit Handkuss jeden schmutzigen Job erledigen, den du ihnen aufträgst, solange du sie nur zurückbringst. Hier geht es nicht mehr nur um dich und den Jäger, ma chère. Hier geht es um weit mehr, und er«, Lagardère zeigte mit dem Finger anklagend auf Archer, »hat bisher keinen Ton in dieser Richtung gesagt, nicht wahr? Vielleicht kann er sich allein retten, aber du und Kim – ihr werdet in Gefahr sein. Ist es nicht so?« Die letzten Worte richtete er an Archer, der die Beine übereinandergeschlagen hatte und das Ende von Lagardères Tirade mit undurchdringlichem Gesichtsausdruck abwartete.

»Erstens: Der Fahrer hört uns nicht zu, dafür habe ich gesorgt. Zweitens: Sie scheinen viel über die Schattenwelt zu wissen«, erwiderte er jetzt. »Woraus ich schließe, dass Sie entweder selbst dort waren oder gut recherchiert haben. Ich tippe auf Ersteres.« Lagardères zusammengepresste Lippen sagten Archer, was er wissen wollte. Er nickte. »Drittens: Wir haben die Weltherrschaft, wie Sie es nennen, bereits seit Langem inne. Unsere Mitglieder sitzen an den wichtigsten Schalthebeln der Macht. Sie verkennen unsere Ziele.«

»Diese wären?« Lagardères Stimme zitterte vor unterdrückter Wut.

»Ich kann es Ihnen nicht erzählen, und Sie dürfen es nicht wissen«, gab Archer enigmatisch zurück. »Aber wie ich vorhin schon gesagt habe, sind wir derzeit ein Team. Und ich werde Sie nicht wissentlich in Gefahr bringen, wenn Sie Ihren Teil des Deals erfüllen.«

Den Mund zu einem dünnen Strich zusammengepresst, lehnte Lagardère sich zurück und sah zu Jenna, die die Schultern hob. »Wir können Adrian Wagner nicht alleine lassen. Solange er da draußen ist, müssen wir zusammenarbeiten.« Sie kniff die Augen zusammen. »Hast du etwas von Lena gehört?«

»Nichts, leider. Aber ich habe ihr eine Nachricht hinterlassen. Meinst du, wir müssen uns Sorgen machen?«

»Wer ist diese Lena?«, fragte Archer dazwischen.

»Eine Freundin«, erklärte Jenna vage.

Die Autobahn führte durch eine Talsenke, dann bog der Fahrer wie befohlen ab, und sie fuhren durch die östlichen Vororte von Augsburg.

»Ich kann immer noch nicht glauben, dass Sie aufgrund meiner Zeichnung den Ort finden können. Das war doch alles viel zu ungenau«, murmelte Jenna und starrte auf das Handydisplay, das jetzt vorschlug, in vierhundert Metern nach rechts abzubiegen.

»Wir haben ja ein paar Hinweise«, erklärte Archer. »Der Fluss und der Spielplatz … und dann haben Sie ein paar sehr markante Bäume gezeichnet.« Er reichte ihr das Blatt zurück. »Das sind drei Weiden. Nicht außergewöhnlich an dieser Stelle, aber sehen Sie die Form der beiden äußeren? Sie sind zusammen wie eine ganze, es fehlt ihnen jeweils die rechte beziehungsweise die linke Hälfte.«

»Darf ich mal?« Lagardère griff nach dem Blatt. Er holte Luft, als wollte er etwas sagen, dann überlegte er es sich mit einem Blick auf Archer anders und legte die Zeichnung neben sich.

Jenna sah ihn fragend an, doch er schüttelte nur fast unmerklich den Kopf. Jenna versuchte es mit der wortlosen Kommunikation, mit der sie ihn aus England kontaktiert hatte, aber vielleicht saßen sie zu nah beieinander – es funktioniert nicht. Stattdessen nahm sie Wagner wahr, wie ein leises Klopfen in ihrem Hinterkopf. Nicht mehr so verzweifelt, eher resigniert – und er kam näher.

Es würde nicht mehr lange dauern.

* * *

Jenna ist wieder da. Sie hat keinen Schaden genommen bei der Begegnung mit den Schatten. Gut – er hatte es mir versprochen. Ich will sie schließlich nicht verletzen. Noch brauche ich sie. Also lasse ich die Leine ein bisschen locker, und wenn ich vorbereitet bin, dann … ja, dann wird sie keine Wahl haben. Sie wird mir helfen, und dann wird wieder alles so sein wie früher. Und wenn sie mir auch noch den neuen Jäger bringt, den sie jagt – umso besser. Das macht mich alles nur noch stärker. Ich werde jedes Quäntchen Kraft brauchen für das, was vor mir liegt.

* * *

Der Fahrer parkte den Audi in einer Seitenstraße, schaltete den Motor ab und schlug eine Zeitung auf, die er vor sich über das Lenkrad legte. Er würde so lange warten, bis Archer ihn wieder benötigte.

Der Fuß- und Fahrradweg, der durch die Auen an den Lech führte, war um diese Zeit sehr frequentiert. Immer wieder kurvten Radler um sie herum, Eltern mit Kindern auf Laufrädern und Tretrollern waren unterwegs und in den Wiesen lagerten Grüppchen, die an diesem Nachmittag den Halbschatten genossen. Jenna roch den Fluss, bevor sie ihn sah. Feucht und modrig stieg es ihr in die Nase. Langsam ging sie voran und folgte dem Weg, der jetzt, nach ein paar Hundert Metern, am Wasser entlangführte. Tiefhängende Weiden, deren lange Zweige den Enten gute Verstecke boten, säumten den Pfad. Der Lech machte eine kleine Biegung, und da sah sie es: die zwei Weiden, die aussahen wie die Hälften von einer. Jenna drehte sich einmal um sich selbst, und tatsächlich, ein paar Meter weiter war ein kleiner Picknickplatz eingerichtet, neben einem Sandkasten und einer Schaukel. Sie fühlte ein Kribbeln im Bauch. »Ich glaube, hier sind wir richtig«, sagte sie halblaut und stieg die Böschung hinunter zu dem Kiesstreifen, der nach dem trockenen Sommer gut zwei Meter breit war. Der Fluss wanderte hier gemächlich nach Norden. Der wilde Gebirgsbach, als der er seine Reise in den Bergen begonnen hatte, war kaum mehr zu ahnen.

Archer wartete, bis die Familie, die gerade ihre Brotzeit beendete, den Platz verlassen hatte, dann setzte er sich auf eine Bank, stützte die Ellbogen auf den Holztisch und ließ seine Blicke schweifen. Lagardère wanderte herum, blieb dicht bei einer Weide stehen. Die Zweige verbargen ihn fast vollständig. »Jenna?«, rief er leise. Diese stellte sich neben ihn in den Schatten, legte eine Hand auf den glatten Stamm. Unter ihren Fingern summte es. »Wow«, machte sie leise. »Hier hat schon einiges stattgefunden … Ich kann es spüren.«

»Das wundert mich nicht«, sagte der Franzose. »Weiden sind besondere Bäume. Als ich klein war, erzählte meine Mutter mir, dass in den Weiden die Seelen ertrunkener Kinder wohnen.«

Jenna verzog das Gesicht. »Als Gutenachtgeschichte? Nicht sehr kindertauglich.«

»Andere Zeiten«, gab Lagardère lakonisch zurück. »Kinder waren Warnungen gegenüber sehr viel zugänglicher. Der Tod war allgegenwärtig. Es waren harte Zeiten.« Für einen Moment vergaß er, wo er war, spürte den kühlen Pyrenäenwind auf seiner Haut und den Duft des Lavendels in der Nase, hörte das Lachen seines älteren Bruders, der ihm nicht nur einmal einen Eimer Wasser über den Kopf gegossen hatte, weil er vor sich hingeträumt hatte, anstatt die ihm aufgetragene Hausarbeit zu erledigen. Die Zeit bei den Schatten hatte vieles verblassen lassen, und noch vor Kurzem hatte er befürchtet, alles aus seinem alten Leben zu vergessen – doch in Momenten wie diesem kam die Erinnerung zurück wie eine Flut, aus der er mit Eindrücken und Erinnerungsfetzen wieder auftauchte, hustend, spuckend … aber immer lebendig. So auch jetzt.

Er schüttelte den Kopf und verbannte das Bild seiner Jugend in einen Winkel des Gedächtnisses, konzentrierte sich darauf, im Hier und Jetzt zu sein. Jenna legte ihm eine Hand auf den Arm. »Alles in Ordnung, Antoine?«, fragte sie leise.

»M-hm.« Der Franzose schenkte ihr ein schwaches Lächeln und wies mit dem Kinn auf Archer, der immer noch auf der Bank saß und ohne erkennbare Regung auf sein allgegenwärtiges Handy starrte. »Ich hätte nie gedacht, dass wir mit dem Konsortium einmal gemeinsame Sache machen«, bemerkte er.

»Nicht mit dem Konsortium. Mit ihm«, widersprach Jenna.

»So einfach lässt sich das nicht trennen, ma chère, auch

wenn du das gerne hättest. Aber wenn es hart auf hart kommt, wird er sich gegen dich und für seine Leute entscheiden, das ist dir doch klar, oder?«

Jenna hob die Hände und ließ sie wieder fallen. »Möglich. Aber ich habe immer noch die Hoffnung, dass wir alle heil da herauskommen. Du und ich und Kim. Und Lena. Immer noch nichts von ihr?«

Lagardère schüttelte den Kopf. »Nein. Vielleicht muss sie arbeiten?«

»Nachdem, was ich jetzt von Lena weiß, ist Arbeit ihr geringstes Problem«, murmelte Jenna. »Sie ist vierhundert Jahre alt, Herrgott. Wer arbeitet denn da noch freiwillig? Nein, ich glaube, sie hat mich – und dich – gesucht. Ich habe mir schon vor London gedacht, dass hier ein paar Zufälle zu viel im Spiel sind, und nachdem, was du mir erzählt hast, bin ich mir dessen ganz sicher. Die Frage ist – was will sie von uns?« Jenna fing ein Weidenblatt auf, das gerade von oben heruntersegelte, und betrachtete es nachdenklich. »Sie weiß mehr über die Schattenwelt und mich, als ich je herausfinden kann. Vielleicht ist sie auch am Tod von Archers Leuten schuld. Schließlich war sie mit dabei.« Jenna berichtete von der Konfrontation mit Archers Agenten im Alten Botanischen Garten und von Archers Anschuldigung. »Ich dachte in den letzten Tagen, dass ich es gewesen bin, weil ich meine Kraft immer noch nicht im Griff habe. Aber je mehr ich darüber nachdenke, desto mehr glaube ich, dass Lena etwas damit zu tun haben könnte.«

»Aber auf wessen Seite steht sie?«

»Auf ihrer«, antwortete Jenna, »genau wie Archer auf seiner steht und wir irgendwo dazwischen. Und das macht mir Sorgen. Aber zuerst müssen wir uns um Wagner kümmern, danach klären wir das mit Lena. Und was es mit dem Kompass auf sich hat. Erzähl mir mal bitte, wie das Ding so einfach verschwinden konnte!«

»Lena und ich haben versucht, mehr über ihn herauszufinden. Sie hatte ihn in der Hand, und dann war er plötzlich weg.« Lagardère klang nachdenklich, als er fragte: »Woher hattest du ihn eigentlich?«

Jenna ließ das Weidenblatt fallen, das sie immer noch in der Hand hielt. »Ich glaube, einer der Schatten hat ihn mir gegeben. Genau weiß ich es auch nicht.« Sie fröstelte unwillkürlich.

Er starrte in die Dämmerung, die Wasseroberfläche des Flusses war dunkel, ein paar Lichter schimmerten weiter vorn.

Plötzlich sah er sich wie in einem Spiegel, sah, wie Lena ihm mit dem Messer übers Handgelenk fuhr, spürte, wie ihm das Blut an der Haut warm herabrann. Und ähnlich wie in dem Moment, als er Lena als die erkannte, die sie war, blitzte eine Erinnerung auf. Kein Bild, aber eine Stimme. »Der Kompass ist wie ein Stein, der ins Wasser fällt«, flüsterte er, »und wenn die Drei vereint sind, fließt Magie auf eine Art, wie wir sie nie zuvor gesehen haben.«

»Was meinst du damit, Antoine?«

»Wir sollten sie finden. Die drei Kompasse. So schnell wie möglich.«

»Hm – bis vorgestern hatte ich zumindest einen«, murmelte sie, nickte aber. »Wir finden erst Wagner, dann suchen wir die Kompasse. Still!«

»Spürst du ihn?«

Jenna nickte. »Wagner? Ja, er kommt näher.«

»Mr Wagner hat Millers Kreditkarte benutzt, damit noch in England Geld abgehoben und den Eurostar nach Frankreich genommen. Zuletzt haben wir ihn im TGV nach Karlsruhe entdeckt«, rief Archer jetzt zu ihnen herüber. »Es wird also noch ein paar Stunden dauern, je nachdem, welches Verkehrsmittel er benutzt.«

Jenna marschierte zu der Sitzgruppe hinüber und ließ sich ihm gegenüber auf die Bank sinken.

»Darf ich Ihnen eine persönliche Frage stellen?« Archer schob sein Handy in die Hosentasche und sah sie mit offenem Blick an.

Jenna fiel auf, dass er trotz seines blonden Haarschopfs dunkle Augenbrauen und Wimpern besaß. »Ich würde sagen, Sie tun in letzter Zeit nichts anderes«, antwortete sie trocken. »Aber ja, bitte. Was wollen Sie wissen?«

»Was haben Sie gedacht, als Ihnen klar war, dass Sie die Hüterin sind?«

Jenna seufzte. »Es ignoriert, geheult, getobt. Und dann darüber nachgedacht und versucht, damit umzugehen.« Sie lächelte schwach. »Ich hatte davor keine Ahnung von den Schatten, von Jägern und Hüterinnen. Aber ich weiß jetzt, dass es sie gibt. Ich bin ein Teil davon. Und ob ich will oder nicht, ich habe eine Aufgabe. Es mag mir nicht immer schmecken, aber die Hüterin zu sein ist tatsächlich wohl so etwas wie … der Sinn meines Lebens. Meine Bestimmung, hat Antoine gesagt, und er hat damit recht. Ich habe meine Wahl schon vor einiger Zeit getroffen – was nicht heißt, dass ich damit nicht immer wieder hadere. Und Sie?«, drehte sie den Spieß um. »Was ging in Ihnen vor, als Sie erfuhren, was man von Ihnen – Ihrer Familie – erwartet?«

Archer wiegte den Kopf hin und her. »Es war wie ein böses Märchen, anfangs. Das irgendwann Realität geworden ist.« Plötzlich streckte er den Arm über den Tisch und ergriff ihre

Hand. »Wenn Wagner nicht zu retten ist, übergeben Sie ihn mir. Wir kümmern uns um ihn.«

»Sie meinen, Sie werden ihn beseitigen?«

»Nein. Wir werden ihn bewachen.« Archer seufzte. »Sie hatten recht. Wir haben ihn vielleicht zu dem gemacht, was er jetzt ist. Das hat er nicht verdient, und es liegt an mir, das zu richten. Sie haben den Fluch gelöst, der über meiner Familie hing. Wenn dafür einen Preis zu zahlen ist, werde ich das tun.«

Jenna sah Archer misstrauisch an, doch die Worte klangen ehrlich. Seine Finger auf ihrer Haut brannten, doch sie zog ihre Hand nicht weg.

»Wir wissen nicht genau, ob es wirklich funktioniert hat«, sagte sie warnend. »Mein Grimoire ist kein vollständiges Handbuch, eher eine Ansammlung von Wissensschnipseln.« Der Anflug eines Lächelns zog über ihr Gesicht. »Wie jemand wie Sie Vorsitzender des Konsortiums werden konnte, ist mir schleierhaft«, sagte sie jetzt. »Sind Sie nicht viel zu nett?« Sie schüttelte den Kopf. »Nein, streichen Sie das. Ich meinte nicht nett. Aber Sie sind … integer. Empathisch. Das ist mehr, als ich je erwartet hätte.«

»Ich bin bereit, das zu tun, was nötig ist«, erklärte Archer und klang nachdenklich. »Und dazu gehört auch, unpopuläre Entscheidungen zu treffen. Bevor Wheeler und Bozny gestorben sind, hielt ich das alles für ein Ammenmärchen. Ich dachte, wenn ich lange genug da bin, wird allen klar, dass dieses Gerede von der Hüterin und dem Jäger vollkommener Blödsinn ist, dass das, was ich von meiner Großmutter gehört habe, wirklich nur Legenden waren. Und dann tauchen Sie auf, meine Leute sterben wie die Fliegen und die Schattenwelt ist gar nicht so weit weg, wie ich dachte.« Ein bedauerndes

Lächeln spielte um seine Lippen. »Wenn allerdings Unschuldige ins Kreuzfeuer geraten wegen etwas, was ich für mich persönlich getan habe …« Archer hob die Schultern. »Das bleibt zwischen Ihnen und mir. Meine Leute wissen nichts davon.«

»Mortimer?«

Archer hob überrascht die Brauen.

»Es war unübersehbar.« Jenna lächelte verlegen, »Sie beide sind nicht lediglich Kollegen. Mortimer macht sich Sorgen um Sie. Und er war … nett zu mir.« Sie entzog ihm ihre Hand, und Archer blickte überrascht, als hätte er vergessen, dass er sie immer noch hielt. »Ich hoffe, er überlebt.«

»Das hoffe ich auch«, murmelte Archer.

Jetzt hieß es warten.

* * *

Ich bin kurz vor dem Ziel. Kaum zu glauben, so lange habe ich gewartet, und nun ist alles da, was ich brauche. Die Hüterin, das Blut eines Reisenden, ein Kompass, auch wenn er schon wieder verschwunden ist. Er ist fast greifbar, das ist mehr, als ich in Jahrhunderten erreicht habe. Die anderen zwei Kompasse werde ich auch noch finden, dessen bin ich gewiss. Um Jenna tut es mir fast leid, wir sind Freundinnen geworden in dieser kurzen Zeit. Ich bin so lange allein gewesen, dass ich fast nicht mehr weiß, wie es sich anfühlt, Freundin zu sein. Gefragt zu werden, zu einer Gruppe zu gehören.

Und dann Antoine. Er weiß nicht, ob er mir trauen kann. Natürlich nicht. Aber er war damals schon davon überzeugt, dass das Gute im Menschen überwiegt – und das ist er heute noch. Sein Fehler. Pen, Pen, noch ein paar Tage, dann seid ihr frei. Und das Blut des Schattens wird euch endgültig an diese

Welt binden. Adrian Wagner. Ich schmecke den Namen auf meiner Zunge, doch alles, was bleibt, ist der kupfrige Geschmack von Blut. Bald, bald ist das alles vorbei. Keine Hüterin mehr, keine Schattenwelt, nur noch wir und das Leben und dic Gewissheit, dass es vorbei ist. Dass niemand uns mehr bestrafen kann für einen Fehler, den wir vor tausend Jahren begingen.

* * *

Es wurde erst dunkel in den Lech-Auen, dann still. Die Spaziergänger waren längst nach Hause gegangen, der Gesang der Vögel war verstummt, nur das gelegentliche Rascheln eines kleinen Tieres im Unterholz zeugte davon, dass sie nicht allein waren. Nicht weit von ihnen rief eine Eule. Jenna war zuerst herumspaziert, hatte sich dann kurz auf einer Bank ausgestreckt, aber die Nervosität war stärker gewesen. Jetzt saß sie auf dem Tisch, nippte an der Cola, die sie mitgenommen hatte, und baumelte mit den Beinen. Sie beneidete Lagardère, der seit zwei Stunden am Flussufer saß und tief in Gedanken versunken war, als würde ihn das alles nichts angehen.

Im Licht ihres Smartphones blätterte sie durch das Grimoire, aber die Erkenntnisse hielten sich in Grenzen. Sie war wohl in der Lage, sich und die beiden Männer vor Wagner schützen, aber sie fand keinen Spruch, keine Idee, wie man ein blutrünstiges Monster wieder in einen netten Menschen zurückverwandelte. Jenna hörte Kim förmlich sagen: »Mensch, Mam, du kannst einen halben Park umblasen und Leute umnieten, da wirst du doch auch mit einem Mann fertig werden.« Die Betonung läge eindeutig auf Mann. Ich will ihm nur sein Leben wieder zurückgeben, dachte Jenna reuevoll. Und dann ist das alles vorbei.

»Wo ist er?«, flüsterte jetzt Archers Stimme neben ihr.

Jenna fuhr zusammen und stieß ihm mit dem Ellbogen in die Rippen, sodass Archer scharf die Luft einsog und sie halb wütend, halb amüsiert von der Seite her ansah.

»Sind Sie verrückt, mich so zu erschrecken?« Jenna schloss für einen Moment die Augen. »Nicht mehr lange, denke ich.«

»Wenn Sie ihn nicht bändigen können, überlassen Sie ihn mir und Mr Lagardère, verstanden?«

»Seit wann machen Sie sich Sorgen um meine Sicherheit?« Jenna konnte die schnippische Bemerkung nicht zurückhalten, der Gedanke an Kim hatte ihr wieder in Erinnerung gerufen, dass Archer sie, wenngleich freundlich, nichts weniger als erpresst hatte.

»Ich wollte damit sagen, bringen Sie ihn nicht um«, gab Archer im gleichen Ton zurück und massierte sich die Seite.

»Ach so.« Jenna klappte das Buch zu. »Na, ich werde es versuchen.« Sie sprang vom Tisch und begann an einem der Weidenbäume ein paar Steine aufzuhäufeln, dann malte sie auf etwa ein Meter Höhe mit Kreide ein kleines x auf den Stamm. Ein paar Meter weiter wiederholte sie die Aktion, dann noch dreimal. Jetzt erkannte Archer, dass die Markierungen ein unregelmäßiges Fünfeck ergaben. »Wenn möglich sollte er da drinstehen«, erklärte Jenna. »Dann können wir gefahrlos mit ihm reden. Oder was auch immer.«

Sie hörten Adrian Wagner, bevor sie ihn sahen. Jenna sprang vom Tisch und trat zurück in den Schatten der Bäume, wie auf ein unsichtbares Signal positionierten sich die beiden Männer jeweils einen halben Meter links und rechts von ihr. Jenna hielt ihren Stein fest in der Hand und versuchte, eine

Welle der Ruhe und Gelassenheit auszusenden, aber innerlich zitterte sie.

Kleine Zweige zerbrachen unter seinen Schritten, er bewegte sich rasch und hatte den Blick nach vorn gerichtet, auf ein Ziel, das nur er sehen konnte. Vor den Weidenbäumen verlangsamte er seine Schritte. Das wenige Sternenlicht, das durch die Bäume fiel, erhellte sein Gesicht kaum, doch das Weiße in seinen Augen schimmerte und verlieh ihm eine gespenstische Aura. Jenna hatte den Eindruck, eher ein wildes Tier vor sich zu haben als einen Menschen. Langsam, um ihn nicht zu erschrecken, trat sie nach vorne. Er stand etwa einen halben Meter von Jennas Fünfeck entfernt.

»Adrian Wagner«, rief sie leise.

Sein Kopf fuhr herum, und sein Körper spannte sich automatisch an, senkte sich in eine kauernde Stellung, bereit, im nächsten Moment aufzuspringen.

»Ich bin es, Jenna«, sagte sie, hob ihre Stimme nicht, vertraute auf das Band, das sie miteinander verknüpfte.

»Was tun Sie hier?« Wagners Stimme war rau, und er sah sie misstrauisch an. Er drehte seinen Kopf von links nach rechts, als würde er auf etwas lauschen.

»Wir haben auf Sie gewartet. Wir wollen Ihnen helfen.« Jenna trat einen weiteren Schritt vor.

»Ich … ich brauche keine Hilfe. Nicht mehr.« Er sah auf seine Hände, die schmutzig und blutverkrustet waren. »Zu spät …«

»Sie sind nicht Sie selbst, Adrian«, fuhr Jenna fort. Der Geruch nach Schlamm und Blut, der von ihm ausging, ließ sie fast würgen, aber sie unterdrückte den Brechreiz und trat noch einen Schritt auf ihn zu. Jetzt sah sie seine Augen, wild und irr flackernd.

»Hier haben sie mich umgebracht«, flüsterte er jetzt und

wies auf die Weidenbäume. »Sie hätten mich nicht zurückholen sollen, Jenna.«

Noch ein Schritt.

Jenna atmete ganz flach, und nun streckte sie die Hand aus, die Handfläche nach oben. »Kommen Sie mit mir. Wir kriegen das wieder hin. Sehen Sie meine Hand? Nehmen Sie sie. Ich helfe Ihnen.«

Adrian seufzte. Dann entspannte er sich, und Jenna konnte sehen, wie das Flackern in seinen Augen erlosch. Ein letzter Schritt. Jetzt stand er da, wo sie ihn haben wollte. Jenna atmete tief durch. »Adrian …«, sagte sie ein weiteres Mal beschwörend.

Er sah sie fast bittend an, die Klinge blitzte auf und er setzte sie sich an die Kehle. Jenna handelte, ohne nachzudenken. Sie sprang auf ihn zu und griff nach seinen Händen, prallte so heftig gegen Wagner, dass sie beide umfielen. Jenna fing sich noch ab, doch sie fiel mehr oder weniger ungebremst in das Messer, das sich in ihren Oberschenkel bohrte. Der Schmerz ließ sie aufschreien.

»Lös es auf!«, schrie Lagardère. »Schnell!« Jenna konnte kaum denken, so sehr tat es weh. Sie war versucht, dem Schmerz nachzugeben und die Augen zu schließen, aber die Verzweiflung in Wagners Blick ließ das nicht zu. Sie kroch auf ihn zu und legte eine Hand auf seine Brust. »Sie sterben hier kein zweites Mal«, krächzte sie.

Wagner lag auf dem Rücken, Tränen liefen aus seinen Augenwinkeln über die Schläfen und tropften auf den Boden. Er starrte blicklos nach oben in den Himmel. »Ich bin doch gar nicht wieder da«, flüsterte er heiser. »Das bin doch nicht ich.« Er hob die Hände vor die Augen, sah, wie sie zitterten. »Was ich getan habe … da möchte ich lieber wieder tot sein.«

Jenna hörte wie durch eine Wand, dass Archer und Lagardère auf sie einschrien, alle beide, und hob die Hand. Mit blutverschmierten Fingern wischte sie ein X weg und löste damit die Barriere auf. Lagardère trat über die Schwelle, kniete sich neben Wagner, sagte: »Entschuldigung, mon ami«, und schlug ihm mit einem Stein gegen die Schläfe.

»Spinnst du?« Jenna konnte nicht glauben, was sie da sah.

»Er ist nur bewusstlos, bis wir wissen, was wir mit ihm machen sollen«, sagte der Franzose. Äußerlich wirkte er ungerührt, aber man hörte seiner Stimme an, dass in ihm ein Sturm tobte.

Jetzt trat Archer ebenfalls näher, hob Jenna vorsichtig auf und trug sie zu dem Tisch, wo er sie sanft ablegte.

»Aua«, murmelte Jenna. Sterne tanzten ihr vor den Augen.

»I'm sorry. Mein Fahrer ist gleich da mit dem Verbandskasten.« Er riss ihre Jeans ohne weitere Umstände von unten nach oben auf und starrte kritisch auf die Wunde.

»Wie schlimm ist es?«, murmelte Jenna. Sie atmete flach, Schweißtropfen standen auf ihrer Stirn. Sie öffnete die Augen nicht, als der Fahrer und Archer anfingen, sich um das Bein zu kümmern. »Ich ziehe jetzt das Messer heraus«, kündigte der Fahrer an, der nicht überrascht schien, dass zwischendurch auch seine Dienste als Sanitäter gebraucht wurden. »Und Sie pressen eine Kompresse darauf, Mr Archer.«

Dieser nickte. Er strich Jenna kurz über die Wange, dann sagte er »Eins. Zwei. Drei!«, und kurz darauf war Jennas Bein verbunden. Der Fahrer kramte in dem Kasten, drückte zwei Schmerztabletten aus der Verpackung. »Geben Sie ihr das«, ordnete er an.

Archer schob Jenna einen Arm unter die Schulter und hob ihren Kopf leicht an, gab ihr die Tabletten und hielt ihr die Coladose an die Lippen. »Danke«, sagte er dann. »Eric, nicht?«

»Erich«, verbesserte der Fahrer.

Jenna schluckte mühsam, dann ließ sie den Kopf wieder sinken. »Sie haben meine Frage nicht beantwortet«, flüsterte sie dann. »Wie schlimm?«

»Nur eine Fleischwunde«, antwortete Erich. »Was ist mit ihm?« Er zeigte auf den bewusstlosen Wagner.

»Der kommt bald wieder zu sich«, sagte Lagardère, der ihn eingehend beobachtete. »Lassen Sie mir ein Pflaster da.«

Erich nickte, klemmte sich den Verbandskasten unter den Arm und sagte im Gehen: »Ich warte im Wagen auf Sie.«

»Helfen Sie mir mal?«, bat Jenna und versuchte, sich auf den Ellbogen aufzurichten. Archer zog sie vorsichtig hoch, dann schwang er sich hinter ihr auf den Tisch, sodass sie sich gegen ihn lehnen konnte. Jenna spähte zu Wagner hinüber. Sie sah, wie Lagardère mit Wasser aus einer Mineralwasserflasche Wagners Gesicht und Hände säuberte. Dann fesselte er ihm die Handgelenke mit einem Mullverband zusammen und richtete sich auf, schüttelte die letzten Tropfen aus der Wasserflasche. »Ich bin gleich wieder da«, sagte er. »Ich muss mir die Hände waschen.« Er stieg die Böschung hinab, kniete sich ans Ufer und hielt die Hände in das fließende Wasser.

»Guter Schlag«, kommentierte Archer und fuhr im selben Atemzug anklagend fort: »Ich habe Ihnen doch gesagt, dass wir uns um ihn kümmern. Was sollte diese Aktion?«

Jenna zuckte mit den Schultern. Der Schmerz ließ langsam nach, das Ibuprofen tat seine Wirkung. »Er wollte sich umbringen. Das konnte ich nicht zulassen.«

»Aber Sie wären beinahe selbst dabei umgekommen.«

Jenna drehte den Kopf und sah ihn von unten her an, es wurde ihr bewusst, dass sie ihm noch nie so nahe gewesen war. »Ich verstehe Sie nicht, Mr Archer. Noch vor ein paar Tagen hätten Sie mich am liebsten vom Dach gestoßen – und jetzt haben Sie Angst um mich? Ich halte unseren Deal schon ein, wenn es das ist, was Ihnen Sorgen macht.«

Archer sprang vom Tisch herunter, hielt sie aber an den Schultern fest, damit sie nicht umfiel, und sah sie forschend an. Er war ganz nah, sein Atem strich ihr übers Gesicht. »Ich verstehe es auch nicht«, sagte er heiser. Mit einer fast wütenden Bewegung nahm er ihr Gesicht in beide Hände und presste seine Lippen auf ihre. Jenna zuckte zurück, doch dann merkte sie, wie ihr Körper von selbst reagierte. Sie öffnete die Lippen und ließ sich auf den Tisch sinken, zog ihn mit sich. Seine Hände waren in ihrem Haar, sein Gewicht drückte sie nieder, sie spürte ihn überall, er strahlte Hitze und Kraft aus. Aber am meisten spürte sie seine Lippen, die jetzt über ihre Wange strichen, ihre Nasenflügel, dann wieder auf ihrem Mund lagen. Keuchend klang ihr der eigene Atem in den Ohren, ihre Finger verschränkten sich über seinem Nacken und sie zog ihn so nahe wie möglich an sich heran. Er schob seine Hände unter ihren Rücken, streichelte ihre Haut und sandte damit Schauer aus, die sie bis in die Zehenspitzen spürte.

Ein Ast knackte, ein Käuzchen rief durch die Nacht, und plötzlich kam ihr zu Bewusstsein, was sie da tat – und mit wem – und sie stieß ihn so heftig von sich, dass Archer ein paar Schritte zurücktaumelte. »Sie können doch nicht … Wir …« Schwer atmend zog sie ihr T-Shirt zurecht, stand schwankend auf. In ihrem Bein pochte es, aber es war nichts im Vergleich dazu, wie es in ihren Lippen prickelte und überall dort, wo er sie in der kurzen Zeit liebkost hatte. »Verdammter Mist«, sagte sie und sah Archer wütend an.

»Was ist passiert?«, fragte Lagardère, der just in diesem Moment zurückkam und bemerkte, dass die beiden wie Kampfhähne voreinander standen. Er registrierte Jennas zerzaustes Haar und Archers Hemd, bei dem ein Knopf fehlte, ein wissender Ausdruck überzog sein Gesicht – und er begann zu lachen.

»Mon dieu, haltet ihr das für eine gute Idee?«, fragte er, als er wieder Luft bekam. Und als er die konsternierten Blicke der beiden sah, übermannte ihn ein erneuter Lachanfall, sodass er sich nach ein paar Sekunden hilflos neben Wagner auf den Boden fallen ließ. »Ihr solltet euch einmal sehen!« Er klopfte Wagner vorsichtig auf die Schulter, und als der sich immer noch nicht rührte, blickte er Jenna an und versuchte wieder ernst zu werden. »Zu meiner Zeit nannte man das Fraternisieren mit dem Feind«, murmelte er.

»Das weißt du ja wohl besser als ich«, schoss Jenna zurück und schämte sich im nächsten Augenblick. Sie ließ sich die Haare vors Gesicht fallen. Himmel … Das war so peinlich, dass sie am liebsten im Boden versunken wäre. Hier. Im Waldboden. Auf Nimmerwiedersehen. Welcher Teufel hatte sie geritten, Archers Kuss zu erwidern? Und nicht nur das – wäre die Situation eine andere gewesen, hätte vielleicht eines zum anderen geführt. Denn eins musste sie zugeben: Sie hatte Archers Küsse genossen. Jeden einzelnen von ihnen.

Vorsichtig sah sie durch den Vorhang ihrer Haare zu Archer hinüber. Der hatte sich mittlerweile gefangen und sah sie gleichmütig an. »Können Sie auftreten?«, fragte er sachlich und brach damit die Stimmung.

»Ich glaube schon«, sagte Jenna erleichtert und tat ein paar vorsichtige Schritte, hielt sich dann am nächsten Baum fest. »Es geht«, sagte sie mit zusammengebissenen Zähnen.

»Helfen Sie ihr«, bat Archer den Franzosen, beugte sich hinunter und nahm sich Wagner über die Schultern.

»Was … machen wir jetzt … mit ihm?«, fragte Jenna zwischen zwei Hüpfern.

»Können Sie ihn irgendwie beeinflussen?«

»Was? Indem ich ihm in die Augen schaue und mit hypnotischer Stimme spreche? Haben Sie zu viele Vampirfilme gesehen?« Jennas Stimme triefte vor Sarkasmus.

Archer drehte sich mitsamt seiner Last zurück und sah sie stirnrunzelnd an. »Das war doch das, was Sie eigentlich vorhatten – das Monster in ihm wieder zum Schweigen zu bringen. Also kommen Sie mir nicht mit diesem Quatsch. Können Sie ihn beeinflussen, oder muss ich ihn mit zurück nach England nehmen? Oder mich gar hier um ihn … kümmern?« Vor dem letzten Wort machte er eine winzige Pause, Jenna fiel es trotzdem auf.

»Sie können ihn nicht einfach umbringen. Das hat er nicht verdient.«

»Dann helfen Sie ihm. Sie sind die Hüterin – das sollte doch machbar sein, oder?« Archer ahmte Jennas Tonfall nach.

Sie humpelte den Weg entlang, hielt sich an Lagardère fest und starrte auf Wagners Hinterkopf, der ungefähr auf ihrer Höhe hin- und herpendelte. »Warten Sie!«, rief sie jetzt.

Archer blieb stehen.

»Nimm meinen Stein«, sagte Jenna dann zu Lagardère und drückte ihm den kleinen Amethyst in die Hand, »und halte mich fest.« Sie wartete, bis der Franzose ihrer Bitte folgte, legte ihre Hände an Wagners Kopf und schloss die Augen. Sie sandte ihre unsichtbare Angel aus. Archer hatte im Prinzip das Gleiche gesagt wie Lena: Sie war die Hüterin, also war sie auch Herrin über ihre eigene Kraft. Sie musste sie nur richtig anwenden … Jenna stöhnte leise. Niemand machte sich eine Vorstellung davon, wie anstrengend das Ganze war. Von außen sah es so leicht aus: der richtige Stein, Augen schließen, ein bisschen Konzentration … Nun, vielleicht gab es einen Trick, aber noch brauchte Jenna jedes Mal all ihre Energie, um Magie zu schaffen.

In Wagners Kopf war es dunkel. Sie tastete sich vorsichtig voran, trat leise auf, wie in einer Höhle, in der man ein wildes Tier vermutete. Dann traf sie die Verzweiflung wie eine Welle und riss sie fast von den Füßen.

»Was ist los?« Archers Stimme klang gedämpft und angestrengt, er konnte sich nicht umdrehen, ohne Jennas Kontakt mit Wagner zu unterbrechen, und es passte ihm gar nicht, dass er nicht sah, was hinter ihm vorging.

Jenna schwankte, aber sie hielt die Verbindung. »Er ist allein. Verzweifelt. Er hat vorhin erkannt, was wir mit ihm gemacht haben.«

»Kannst du ihn erreichen? Mit ihm reden?« Lagardères Stimme hörte sich an wie durch Watte.

»Antoine, du hast ihn gerade niedergeschlagen.«

»Ja, eben. Kannst du sein wahres Ich erreichen?«, wiederholte er seine Frage.

»Ich versuchs.« Jenna stemmte sich gegen die Dunkelheit, tastete sich weiter durch die Höhle. Irgendwoher kam ein Lichtschein, es schien, als glimme der Felsen von innen heraus. An der Wand saß Adrian. Er hatte das Gleiche an wie in Wirklichkeit, nur der gehetzte Ausdruck war aus seinen Augen verschwunden.

»Da sind Sie ja«, sagte Jenna leise und setzte sich neben ihn, lehnte sich an die Wand, die sich seltsam warm anfühlte.

Wagner sah sie überrascht an. »Wo sind wir?«

Jenna zuckte mit den Schultern. »Keine Ahnung. Es ist Ihre Phantasie, ich bin nur der Gast. Aber schön, dass ich Sie gefunden habe.«

»Träume ich?«

»Vielleicht. Eigentlich sind Sie ohnmächtig. Aber das macht keinen Unterschied. Wir können auch in Ihrem Traum miteinander sprechen, nicht wahr?«

Wagner hob seine Hände vors Gesicht. »Ich habe Menschen getötet mit diesen ... meinen Händen. Wie soll ich damit je weiterleben? Und was mache ich, wenn mir das wieder passiert?«

Jenna lächelte gequält. »Die Schuld liegt nicht bei Ihnen, Adrian. Sondern bei mir und Stephen Archer. Wir haben einen Bann gelöst und Sie im Gegenzug mit einem belegt. Sie waren nur zur falschen Zeit am falschen Ort.«

Wagner hob den Kopf und sah sie an. »Ich bin eine Nebenwirkung? Wollen Sie das damit sagen?« Er klang auf einmal empört.

»So könnte man es nennen«, gab Jenna zu. »Aber ich will Ihnen helfen und alles wieder gut machen. Ich habe auch schon eine Idee. Nur garantieren, dass es funktioniert – das kann ich nicht.«

»Schlimmer, als es jetzt ist, kann es nicht werden«, gab Wagner mit müdem Unterton zurück. Er legte die Arme auf die angewinkelten Knie und stützte den Kopf darauf, sah Jenna von der Seite her an: »Wie sieht denn Ihr Plan aus?«

»Ich kann es nicht allein«, wich Jenna aus. »Wir nehmen Sie mit nach München. Hier an diesem Ort sind zu viele schlimme Erinnerungen für Sie, glaube ich. Wir hätten es gleich in England machen sollen, aber da waren Sie uns schon entwischt.« Jenna dachte an die blutverschmierten Zimmer und schauderte unwillkürlich.

Wagner seufzte. »Meinen Sie, dass ich mich an unser Gespräch hier erinnern werde?«

Jenna bemühte sich um einen leichten Ton. »Keine Ahnung. Wir werden ja sehen. Es könnte nur sein, dass wir erneut gezwungen sind, Sie außer Gefecht zu setzen.«

Wagner griff sich an die Schläfe. »Schönen Gruß an Ihren Freund. Das tut ganz schön weh.«

»Besser, als wenn Sie noch jemanden umbringen«, meinte Jenna trocken, und jetzt geisterte ein Grinsen über Wagners Züge. »Da haben Sie recht.« Einen Moment später sank sein Kopf herab, und leise murmelte er: »Ich bin so müde …«

Das Licht erlosch schlagartig, und Jenna wusste, dass sie gehen musste. Sie nahm denselben Weg zurück, trat aus der Höhle heraus und war im nächsten Moment wieder in der Wirklichkeit. Sie nahm die Hände von Wagners Kopf und flüsterte: »Wow …«

»Der Bursche wird langsam ziemlich schwer«, sagte Archer keuchend, der sich nicht von der Stelle gerührt hatte. »Haben Sie etwas herausbekommen?«

»Das kann man so sagen«, murmelte Jenna. »Wir fahren nach München und dort versuchen wir gemeinsam mit Lena, aus ihm wieder einen normalen Menschen zu machen. Er weiß, was passiert ist, und er macht sich schreckliche Vorwürfe. Allerdings kann ich nicht garantieren, dass er sich zivilisiert verhält, wenn er wieder zu sich kommt.«

Archer nickte. »Gute Arbeit.« Er sah sich vorsichtig um, bevor er aus dem Schatten der Auen auf die beleuchtete

Straße trat, dann ließ er Wagner unzeremoniell in den Kofferraum gleiten und schlug die Klappe zu. »Eine Stunde Fahrt sollte er aushalten«, sagte er und setzte sich auf den Beifahrersitz. Jenna und Lagardère stiegen hinten ein.

Jenna war froh darüber, dass sie Archer nicht ins Gesicht sehen musste. Sie wollte nicht darüber nachdenken, was zwischen ihnen vorgefallen war, geschweige denn darüber reden. Sie zog ihr Grimoire aus der Tasche, schaltete die kleine Leselampe über sich ein und begann zu blättern. Sie hatte nicht gelogen, als sie Wagner gesagt hatte, dass sie ihm vor Ort nicht helfen konnte. Diese Stelle mit den Weidenbäumen am Ufer strahlte etwas aus, was sie jetzt, im Auto, immer noch erschaudern ließ. An dieser Stelle war Blut geflossen, nicht nur das von Wagner. Sie brauchte eine positive Umgebung, um ihm zu helfen. Und sie wusste auch schon, wo.

Fast geräuschlos glitt der große Wagen durch die Nacht, die Autobahn war wie leergefegt. »In zwanzig Minuten sind wir am Ziel«, verkündete Erich, als er die Abfahrt zum Autobahnring passierte und den Wegweisern nach Obermenzing folgte. Blaues Flackern ließ ihn jedoch stark abbremsen.

»Oje. Polizeikontrolle«, sagte er gedämpft. Er folgte dem blinkenden Pfeil, der auf einem Polizei-Van montiert war, der in der Abbiegespur stand, und fuhr langsam auf den Parkplatz der ehemaligen Lotsenstation. Als neben ihm zwei Polizisten in Uniform auftauchten, hielt er an und ließ das Fenster heruntergleiten.

»Führerschein und Fahrzeugpapiere«, sagte der eine gelangweilt, während der andere mit einer Taschenlampe in den Innenraum leuchtete.

»Suchen Sie jemanden?«, fragte Erich höflich und reichte seine Dokumente hinaus.

»Wo fahren Sie hin?«, fragte der Beamte statt einer Antwort zurück.

»Meine Passagiere möchten zum Goetheplatz«, erklärte Erich.

»M-hm.« Der Polizist reichte ihm die Papiere zurück und nickte. »Bitte öffnen Sie noch den Kofferraum.«

»Wieso das denn?« Erich klang überzeugend verblüfft. »Der ist leer.«

»Tu was«, zischte Lagardère Jenna zu, die dem Wortwechsel mit leicht panischem Gesichtsausdruck gefolgt war. Er drückte ihr unauffällig den Amethyst in die Hand.

Jenna sah ihn mit gehetztem Blick an und schüttelte den Kopf. »Das geht nicht«, zischte sie zurück.

»Du musst!« Der Franzose behielt die Nerven.

»Reine Routine. Bitte öffnen«, sagte der Beamte.

Erich sah zu Archer, der nickte unmerklich mit dem Kopf. Erich tat daraufhin so, als würde er den betreffenden Knopf drücken, und gab sich verdutzt, als die Klappe keine Anstalten machte, sich zu öffnen. »Moment«, sagte er nach einem Blick auf Jenna, die mit aufgerissenen Augen dasaß und ihren Stein umklammerte, »ich steige aus und öffne den Kofferraum manuell.« Er stieß die Tür auf, doch in diesem Moment raste ein Fahrzeug mit hoher Geschwindigkeit über den Parkplatz, ein zweites hinterher, und Sekunden später schlitterten die beiden mit ohrenbetäubendem Krach in die Absperrung. Schreie ertönten, und eine meterhohe Stichflamme stieg auf. Beide Beamten traten alarmiert ein paar Schritte vor, Archer schrie »Jetzt!«, und diesen Moment nutzte der Fahrer, um Gas zu geben und mit quietschenden Reifen wieder zurück auf die Autobahn zu fahren. Niemand achtete mehr auf sie.

»Das war knapp«, sagte Archer und sah besorgt durch das Rückfenster, sah aber keine Verfolger.

»Puh!«, machte Jenna und sah Lagardère wütend an. »Bist du verrückt? Ich kann doch den Kofferraum nicht einfach leerzaubern. Was hast du denn von mir erwartet?«

Lagardère zuckte mit den Schultern, sah aber sehr zufrieden aus. »Eine Ablenkung, ma chère. Und die hast du uns ja auch beschert.«

»Was? Die zwei Autos? Das war ich doch gar nicht«, protestierte Jenna.

»Non? Aber das ist ja auch egal, nicht wahr? Hauptsache, wir sind wieder unterwegs.«

Jenna wirkte nicht überzeugt. Sie zog die Brauen hoch und warf Archer einen Blick zu, der ihm verriet, dass sie sich über Lagardère ärgerte und gleichzeitig erleichtert war. »Sie haben eine interessante Herangehensweise, Mr Lagardère«, sagte er. »Höchst unkonventionell. Dabei sind Sie noch so jung.«

»Das ist eine Frage der Perspektive«, gab der Franzose zurück, verschränkte die Arme und musterte Jenna und Archer abwechselnd.

Archer nickte und wandte den Blick wieder nach vorne.

Auf der Verdistraße kamen ihnen zwei Feuerwehrfahrzeuge entgegen, und er verzog den Mund.

»Wir sind da«, verkündete der Fahrer kurz darauf und parkte in der Waltherstraße in zweiter Reihe. Lagardère wirkte nicht überrascht. »Ich sehe nach, wie es unserem Passagier geht«, sagte er und schwang sich aus dem Wagen. Im Kofferraum war alles ruhig. Wagner war immer noch bewusstlos. Die dunklen Locken waren strähnig und klebten ihm an den Schläfen, tiefe Falten hatten sich in sein Gesicht gegraben.

Er konnte höchstens ein paar Jahre älter sein als Lagardère, aber er wirkte selbst im Schlaf verloren. »Tragen wir ihn nach oben.«

Archer pfiff leise durch die Zähne, als er die übermannshohen Regale voller Bücher erblickte. Nachdem er Wagner auf einem Sofa abgelegt hatte, ging er langsam durch den Flur, nahm die Atmosphäre des Antiquariats in sich auf. Dunkles Parkett, weiße Regale und Stuckdecken auf vier Meter Höhe: Die ehemaligen Besitzer hatten bei Tausenden von Büchern alles aus der Altbauwohnung herausgeholt, was technisch machbar war, ohne den offenen und luftigen Gesamteindruck zu zerstören.

»Das Archiv von Nicholas Wright«, sagte er jetzt halblaut und blieb in der Mitte des großen Wohnzimmers stehen, drehte sich langsam um sich selbst. »Ich habe davon gehört. Aber so habe ich es mir nicht vorgestellt.«

»Nicholas Wright hat sich zurückgezogen. Das Archiv gehört jetzt mir«, brummte Lagardère. Er hatte von seinem Vorbesitzer die Anweisung erhalten, ihn möglichst selten zu erwähnen.

Jenna sah auf ihr Handy. »Na endlich. Das ist Lena. Sie wird gleich da sein und sie hat Informationen für uns.« Jenna ließ sich in einen der großen Sessel sinken. Es dauerte keine fünf Minuten, bis es an der Tür läutete. Jenna sprang auf und öffnete und fiel Lena kurzerhand um den Hals. »Mann, bin ich froh, dass du da bist«, sagte sie. »Du hast echt was verpasst …«

Lena hielt Jenna auf Armeslänge von sich weg. »Du schaust blass aus«, stellte sie fest.

»Und du siehst aus, als könntest du eine Dusche brauchen«, gab Jenna zurück. Lenas Jeans waren dreckig, ihre Wange zierte ein Schmutzstreifen. »Aber für dein Alter wirkst du ganz fit.« Sie zog die Brauen hoch und wartete auf Lenas Reaktion.

Ihre Freundin blieb gelassen. »Hat Antoine mit dir gesprochen?«

Jenna nickte. »Das ist eine ganz schöne Bombe. Du bist quasi aus dem Mittelalter? Warum hast du mir nicht die Wahrheit gesagt?«

»Du hattest so viel Angst vor der Magie, warst so abweisend, ich hatte die Befürchtung, dass du mir nicht glaubst.«

»Du hättest mich einfach fragen sollen … Aber jetzt haben wir ein dringenderes Problem als die Frage, wann du Geburtstag hast.« Jenna zog sie ins Wohnzimmer.

Als Lena Wagners reglose Gestalt auf dem Sofa erblickte, machte sie große Augen. »Ich sehe schon, du hast einiges erlebt die letzten Tage.« Sie ging auf Lagardère zu und gab ihm einen Kuss auf die Wange, dann wandte sie sich um und straffte den Rücken. Laut sagte sie: »Wenn die Zeit gekommen ist, werdet ihr verstehen, warum ich das tue.«

»Warum du was tust?« Jenna sah sie verwirrt an.

Lena hob die Hand, und nach einer herrischen Drehung schlugen die drei Türen, die das Wohnzimmer mit den angrenzenden Räumen sowie mit dem Flur verbanden, zu. Das Licht erlosch, nur noch Kerzen erhellten das Zimmer. Jenna bemerkte, dass die Kerzen nicht nur auf den Möbeln standen, sondern auch auf dem Boden arrangiert waren. Warum war ihr das vorher nicht aufgefallen? Sie sah Lagardère fragend an, doch der starrte auf Lena, als versuchte er zu lesen, was in ihrem Kopf vorging.

In betont gelassenem Tonfall fuhr Lena fort: »Ich brauche euch alle für … sagen wir … einen Gefallen.«

»Wen oder was genau brauchst du?«, fragte Jenna irritiert. »Und muss das jetzt sein?«

Lena lächelte sie an, doch es war nicht das unbeschwerte Lächeln der Barkeeperin, das Jenna so sympathisch gefunden hatte. Es erreichte ihre Augen nicht, die fiebrig glänzten, wie selbst in der matten Beleuchtung zu erkennen war. »Es ist endlich so weit. Ich habe die Hüterin, das Blut eines Reisenden, einen Schatten«, zählte Lena auf. »Stell dich neben mich!«

»Was hast du vor? Antoine hat dir doch geschrieben, wir müssen uns um Wagner kümmern«, protestierte Jenna.

Lena warf einen Blick auf die reglose Gestalt. »Nein, nein, den lassen wir genauso, wie er ist. Und Sie lassen Ihre Hände schön da, wo ich sie sehen kann«, sagte sie zu Archer, der nach hinten an seinen Hosenbund griff.

Er schüttelte ansatzweise den Kopf und wollte gerade seine Waffe ziehen, da katapultierte ihn ein unsichtbarer Stoß durch das Zimmer, er krachte gegen eines der Regale und ging zu Boden. Ein gutes Dutzend Bücher fiel aus den Regalen auf ihn. »Mit mir sollten Sie sich nicht anlegen«, tadelte Lena und wog die Waffe in der Hand.

»Und nun zu dir«, wandte sie sich an Jenna, die sie mit aufgerissenen Augen beobachtete. »Woher hattest du den Kompass?«

»Hast du sie noch alle? Was willst du denn damit? Das Ding ist doch vor deinen Augen verschwunden. Und was ist eigentlich los mit dir?« Jenna wusste kaum, welche ihrer vielen Fragen sie zuerst stellen sollte.

»Ich bin dir keine Erklärung schuldig. Also, woher hattest du ihn? Oder willst du, dass noch jemand durch die Luft fliegt? Vielleicht durch das Fenster da?«

Jenna überlief ein Schauder. »Ich habe doch gesagt, er lag plötzlich in meiner Wohnung.«

»Stopp!«, fuhr Lagardère dazwischen. »Hör auf damit, Madeleine. Sag uns, was du vorhast!«

»Komm mir nicht in die Quere, du kleiner Schreiberling. Ich bin nämlich die Einzige, die dir sagen kann, warum du hier bist. Das Band zwischen Hüterin und ihrem Schatten ist nicht unzerstörbar.« Die letzten Worte zischte sie.

Lagardère sah sie verdutzt an, doch langsam wandelte sich sein Blick. Was er in Lenas Augen sah, erschreckte ihn zutiefst. Er hob die Schultern und nickte Jenna leicht zu. »Sag es ihr. Sie bringt uns sonst alle um.«

Jenna fuhr sich mit den Händen durch die Haare und berichtete zögernd, wie der alte Schatten ihr auf wundersame Weise den Kompass durch den Spiegel gereicht hatte.

»Er ist aus der Schattenwelt? Dann ist er dorthin zurückgekehrt«, sagte Lena, und Hoffnung schwang in ihrer Stimme mit. »Der Tod ist nicht das Schlimmste«, fügte sie noch hinzu.

Sie sah für einen Moment zu Boden, Triumph wischte über ihr Gesicht. Lagardère folgte ihrem Blick und sog scharf die Luft ein. Wie hatten sie das übersehen können? Sie standen alle innerhalb eines Rings aus Salz. Er verfluchte sich für seinen Leichtsinn. Einfach hineinzumarschieren in die Falle? Er war doch sonst so vorsichtig, seit wann konnte er sich selbst nicht mehr trauen? Seit er mit Lena im Bett gewesen war, gab er sich reumütig die Antwort. Er hatte sich blenden lassen, wie damals schon. »Du hattest das alles geplant, nicht wahr?«, fragte er und wies auf die dünne Salzlinie.

Lena lächelte kalt. »Nicht alles. Ihr habt mir ein bisschen geholfen, muss ich zugeben. Vor allem dieser charmante englische Zeitgenosse. Er hat mir, was Jenna anbetrifft, einiges an

Arbeit abgenommen. Sie hat das Tor erneut geöffnet – und damit ist der Weg frei für mich.« Sie wies auf Archer, der sich inzwischen wieder aufgerichtet hatte und Lena mit zusammengekniffenen Augen ansah.

Jetzt fuhr er mit dem Finger über die Linie und zuckte überrascht zurück. »Was ist das da unter dem Salz? Etwa Blut?«

»Ganz richtig. Unter anderem das Blut des Reisenden aus zwei Zeiten.« Lena hielt ihm ein Messer und eine Schale hin. »Ich brauche aber noch eine Spende. Sie können gleich anfangen.« Und als Archer zögerte, trat sie auf ihn zu, nahm seine Hand und zog blitzartig einen Schnitt über seine Handfläche.

»He!« Archer entriss ihr seine Hand, doch er konnte nicht verhindern, dass sein Blut in die Schale tropfte.

»Jetzt du, Jenna.«

Diese schüttelte den Kopf. »Ich mag nicht viel von Magie verstehen, aber dass das Blut der Hüterin nicht ganz ohne ist, das weiß ich auch so.«

Wir sind vom Regen in die Traufe geraten, dachte sie wütend, versuchte rückwärts und unauffällig die Linie zu übertreten, stieß jedoch gegen eine unsichtbare Wand.

Lena verzog den Mund. »Sei nicht dumm, Jenna. Bleib, wo du bist. Ich brauche dich noch.« Sie hob auffordernd das Messer.

»Wozu?«

»Das letzte Ritual«, sagte Lena einfach.

Jenna lief es bei diesen Worten eiskalt über den Rücken. Sie trat trotz ihrer Angst ein paar Schritte vor und sah Lena forschend an. »Mir ist klar, dass wir uns nicht zufällig getroffen haben. Du hast mich gesucht. Aber warum musstest du dich unbedingt mit mir anfreunden? Du hättest das hier«, sie machte eine weitausholende Bewegung, »doch auch einfacher haben können.«

Lena sah sie mitleidig an. »Du bist Hüterin der Schattenwelt und hast keine Ahnung, worum es geht …«

»Dann erklär es mir, Herrgott noch mal«, explodierte Jenna. »Du mit deinen Andeutungen und deinen Taschenspielertricks!« Sie stemmte die Hände in die Hüften. »Mein Blut? Kannst du nicht einfach offen sagen, dass du meine Hilfe brauchst? Wie wäre es zur Abwechslung mal mit etwas Ehrlichkeit?«

»Die steht nicht ganz oben auf meiner Liste, Jenna. Mit Ehrlichkeit kommt man nicht weit, hast du das noch nicht gemerkt?«

»Das sehe ich anders. Aber jetzt noch einmal, warum das ganze Theater? Warum hast du mir eigentlich geholfen?«

»Weil du das, was ich von dir will, freiwillig tun musst«, sagte Lena und klang auf einmal bedrückt. Die Kälte war aus ihrer Stimme verschwunden. »Ich kann dich nicht zwingen. Du musst es wollen.«

Jenna schüttelte entnervt den Kopf. Dann ging sie hinüber zu Archer und setzte sich neben ihn. »Dann erklär mir doch bitte mal von Anfang an, was hier vorgeht. Und ich meine, ganz von vorne. Bei dir.«

»Später. Ich verspreche dir, du wirst das alles verstehen.«

»Du willst, dass ich dir das Tor öffne? Ist es das?« Jenna schlug mit der flachen Hand auf den Parkettboden, und ein paar weitere Bücher prasselten auf Archer herunter. Er reagierte lediglich mit einer unwirschen Handbewegung, sein Blick wanderte zwischen Lena und Jenna hin und her. Aus den Augenwinkeln bemerkte er Lagardère, der sich Zentimeter für Zentimeter näher an Lena heranbewegte. Doch sie stoppte ihn mit einer Handbewegung.

»Bleib stehen. Der Engländer hier hin, du an diese Stelle«, ordnete sie an und wies auf das geometrische Muster auf dem Boden. Sie zog den bewusstlosen Wagner in eine Ecke und baute sich dann vor Jenna auf, die sich langsam wieder erhob.

»Du tust alles für deine Tochter. Nun, ich tue alles für jemanden, der durch mich alles verloren hat.«

»Und wenn wir dir nicht helfen, bringst du uns um, wie die Leute im Park?« Jenna sah, wie Lagardère angesichts ihrer schnippischen Frage trotz der bedrohlichen Situation die Augen verdrehte, aber sie war das Taktieren leid.

»Nein. Denn das wird nicht nötig sein. Öffne das Tor und lass zwei Schatten zurück ins Leben, das ist alles, worum ich dich bitte.«

»Und wozu das ganze Drumherum mit dem Blut?«

»Es weist ihnen und uns den Weg zurück.«

Jenna hob die Hände. »Ich brauche eine Minute«, sagte sie. »Ich muss nachdenken.«

Lena blickte auf ihre Armbanduhr und nickte. »Ab jetzt.«

Jenna drehte sich um, schaute zum Fenster hinüber. Sie fühlte die Blicke der anderen förmlich auf ihrer Haut brennen, spürte, wie Müdigkeit in ihre Knochen kroch. Lena hatte nicht abgestritten, dass sie die zwei Agenten getötet hatte. Sie hatte Lagardère auf ihre Weise missbraucht, und sie hatte sich in Jennas Herz geschlichen. Wenn Jenna ehrlich war, tat Letzteres am meisten weh. Dass sie Lena mochte. Dass sie eine Freundin wie Lena gerne in ihrem Leben hatte. Jemanden, mit dem sie ihr Geheimnis teilen konnte, der mit ihr einen trinken ging und mit dem man lachen konnte. Hatte sie sich so von ihren eigenen Wünschen blenden lassen, dass sie übersehen hatte, was Lena war? Eine Lügnerin, die ihre eigenen Ziele verfolgte, egal, wer dabei zu Schaden kam? Ich will es nicht glauben, dachte sie verstört, ich kann mich nicht so irren ... Lenas Verzweiflung hinter der kalten Fassade hatte sie sehr wohl gespürt, sie war echt gewesen. Jenna rieb sich die Oberarme, dann streckte sie die verschränkten Hände nach vorne und ließ die Fingerknöchel knacken. Zwei Schatten – mehr wollte sie nicht. Jenna war versucht, einfach ja zu sagen, um das alles hinter sich zu bringen, aber sie hatte das Gefühl, dass Lena ihr nicht einmal die Hälfte erzählt hatte. Hinzu kam, dass ihr die Tragweite dessen, was sie tat – oder tun musste – mehr und mehr bewusst wurde. Sie war die Hüterin, daran führte kein Weg vorbei. Ihr Herz zog sich zusammen bei dem Gedanken an das, was Lena ihr wohl alles noch verschwieg, aber sie konnte sich der tiefen Verzweiflung in ihrem Blick nicht verschließen. Lena bewegte sich am Rande des Abgrunds entlang, und Jenna war vielleicht die Einzige, die sie daran hindern konnte, über die Klippe zu fallen und noch mehr Unschuldige mit sich zu reißen.

Sie wandte sich wieder zum Inneren des Kreises und sah Lena offen an. »Du lässt die anderen gehen. Archer, Wagner, Antoine. Ich helfe dir, deine zwei Schatten zurückzuholen. Deal?«

»Kommt gar nicht infrage!« – »Auf keinen Fall.« Archer und Lagardère protestierten gleichzeitig.

»Wie ritterlich«, spottete Lena. »Aber keine Sorge, ich brauche sie ohnehin alle. Wir müssen zu fünft sein.« Sie stellte die Schale mit dem Blut in die Mitte und streckte beide Hände nach vorne. »Gib mir deine Hände, Jenna. Wir beide ziehen das jetzt durch.« Sie sah erneut auf die Uhr. »Vier Uhr siebenundfünfzig. Perfekt.« Als Jenna ihr die Hand nicht reichte, legte sie ihr die Hand auf die Schulter. »Du musst gar nichts tun, Jenna«, flüsterte sie ihr ins Ohr. »Öffne einfach das Tor für mich. Den Rest erledige ich.«

»So einfach geht das nicht.«

»Aber ja doch. Du bist die Hüterin. Es ist nur eine Frage des Wollens.« Lena beugte sich näher an Jenna heran, ihr Atem strich über Jennas Wange. »All das Gerede über Angst und all die Rituale: Blödsinn. Du hast das Tor bereits zwei Mal geöffnet, du weißt, wie es geht.« Und zu Archer und Lagardère sagte sie: »Versucht erst gar nichts. Wenn hier irgendetwas nicht so läuft, wie ich es geplant habe, fliegt das Haus in die Luft. Mit euch, der Katze und all den Büchern hier. Denn ich sterbe lieber, als dass ich noch einmal tausend Jahre warte.«

Jenna wandte den Kopf und sah sie an. Und was Lenas Worte nicht vermochten, gelang ihren Augen: Darin sah Jenna den Schmerz und die Schuld, sie sah die Mauer aus Kälte und Zielstrebigkeit bröckeln, die Lena um sich errichtet hatte. Über tausend Jahre? Jenna konnte sich nicht einmal ansatzweise vorstellen, was das bedeutete. Sie bekam schon Entzugserscheinungen, wenn sich Kim länger als eine Woche nicht meldete. »Ich werde es versuchen.« Mit zitternden Fingern umklammerte sie ihren Stein, schloss die Augen und rief die Nebel. Hinter ihr stand Lena, und jetzt spürte Jenna zum ersten Mal Lenas wirkliche Kraft. Es war anders als alles, was sie bisher erlebt hatte. Etwas Uraltes, Fremdes schwang in ihr mit, und Jenna schauderte.

Lena hob eine Hand in einer ruckartigen Bewegung. Archer brach zuerst in die Knie. Blut schoss ihm aus der Nase, er keuchte und hustete, spuckte und rang verzweifelt nach Luft. Lagardère war der Nächste. Er presste beide Hände auf die

Ohren, verzerrte schmerzerfüllt das Gesicht und begann zu schreien. Blut tropfte ihm aus den Ohren und sammelte sich in großen Flecken auf seinem Hemd. Dann riss sein Schrei ab, und er kippte zur Seite.

Wagner war der Letzte. Er hörte einfach auf zu atmen.

»Antoine!«, kreischte Jenna, wollte dazwischen gehen, den Männern beistehen, doch es war zu spät. Ein Kribbeln an ihren Beinen warnte sie, aber nicht mehr rechtzeitig genug. Die Nebel hüllten sie ein, der süßlich-modrige Duft nach Nelken überlagerte ihre Sinne und sie verspürte die vertrauten Anzeichen der Übelkeit.

Archer warf sich mit letzter Kraft herum und streckte die Hände nach ihr aus, doch er griff ins Leere.

Von Jenna Winters war nichts mehr zu sehen.

Sie hatte sich aufgelöst.

Und Lena ebenfalls.

6

Lagardère hat recht, war das Erste, was Jenna dachte. Die Schattenwelt war eine Welt ohne Farbe, ohne Töne, ohne Leben. Verstört sah sie sich um. Jenna hatte bereits Bekanntschaft mit der Schattenwelt gemacht, aber immer nur einen flüchtigen Blick hinter das Tor geworfen. Tatsächlich dort zu sein war etwas völlig anderes, sehr viel beängstigender, sehr viel realer. Sie kniff sich in den Arm und zuckte zusammen. Wenigstens konnte sie ausschließen, dass sie schlief. Oder ohnmächtig in Lagardères Wohnung lag. Dünner Nebel waberte über dem Boden, und man konnte nicht erkennen, wo der Nebel endete und der Himmel begann. Allerdings konnte sie Lena sehen, die neben ihr stand und den Kopf in den Nacken gelegt hatte.

»Bist du noch zu retten? Hast du uns umgebracht?« Jennas Stimme klang schrill.

»Scht!«, machte Lena. »Sie können uns hören.«

Jenna drehte sich einmal um sich selbst. »Ich sehe niemanden.«

»Du musst sie nicht sehen.«

Lena hatte recht. Jenna konnte sie spüren, die Schatten … sie waren da. Lena zog sie vorwärts, und Jenna stolperte. Sie griff nach Lenas Hand, zwang sie, stehen zu bleiben und sie anzusehen. »Sind wir wirklich hier? Oder bilde ich mir das nur ein? Wie hast du das gemacht?«

»Wir sind hier«, sagte Lena einfach.

»Ich hatte gesagt, dass ich dir das Tor öffne, nicht, dass ich mit dir inmitten all der toten Seelen umherwandere! Was ist, wenn wir auf den Jäger treffen? Wenn ich das Tor nicht noch einmal öffnen kann? Wenn wir hier gefangen bleiben?«

»Tut mir leid«, sagte Lena und klang kein bisschen bedauernd.

»Du bist wahnsinnig! Wir kommen hier nie wieder raus, oder? Und was ist mit den anderen? Antoine? Archer? Sind sie tot? Hast du sie etwa geopfert?« Jenna konnte nicht verhindern, dass ihre Stimme wieder lauter wurde. Der Anblick der drei Männer, denen das Blut aus Mund und Nase schoss, die Gesichter vor Schmerz verzerrt, ließ sie zittern. Genauso hatte es in ihrer Vision ausgesehen – von der sie bis gerade eben gehofft hatte, dass es sich um einen bösen Traum handelte.

»Um deine Freunde musst du dir keine Sorgen machen«, antwortete Lena ausweichend. »Los, komm. Und sei leise – wir wollen sie nicht auf uns aufmerksam machen.« Ihre Stimme war kühl und fest, als stünde sie hinter ihrer Bar, aber Jenna konnte sehen, dass ihre Selbstbeherrschung mehr als brüchig war. Sie nickte, und Schritt für Schritt gingen sie vorwärts, bemüht, kein Geräusch zu machen. Sie hielten sich an den Händen. Nur langsam schälten sich Konturen aus dem Grau: ein paar Sträucher, eine Wiese, Bäume mit Laub, das festgefroren schien und mit einem eisigen Schimmer überzogen war. Ihre Atemwölkchen kondensierten in der kalten Luft und verschmolzen in Sekundenschnelle mit dem Nebel.

»Da vorne!« Jenna erhaschte eine Bewegung aus den Augenwinkeln. Langsam und lautlos erhoben sich die Schatten aus dem Bodennebel, nahmen bei jedem Atemzug ein wenig mehr Gestalt an.

»Die Schatten warten auf mich. Sie rufen mich schon so

lange … und nun bin ich ihnen näher als je zuvor.« Lena schüttelte entschlossen den Kopf. »Aber ich bin noch nicht bereit. Nicht, wenn ich Penelope und Silas befreien kann. Das jetzt ist meine einzige und letzte Chance. Du bist meine einzige Chance.«

»Wann hast du sie zum letzten Mal gesehen?«

Lena lächelte geisterhaft. »Nach der heutigen Zeitrechnung war es wohl um 1055.«

»Tausend Jahre?« Jenna schrie es fast. »Großer Gott, ich hatte gehofft, dass ich mich vorhin verhört hatte. Und was macht dich so sicher, dass sie noch hier sind? Dass sie nicht … weitergegangen sind?«

»Penelope und Silas können nicht weiter. Sie wurden bestraft für etwas, was wir gemeinsam getan haben. Sie sind hier für die Ewigkeit. Ich … ich bin es ihnen schuldig, dass ich sie suche.«

»Aber …«

»Still jetzt!«, befahl Lena. Lauschend drehte sie den Kopf nach rechts und links. »Wir haben nicht viel Zeit. Die Schattenwelt duldet Besucher wie uns nicht lange. Auch nicht die Hüterin.«

»Ich hab auch nie gesagt, dass ich mitkommen will. Mir reicht das, was ich vorher wusste, vollkommen. Meinetwegen halte ich das Tor geschlossen bis in alle Ewigkeit«, murmelte Jenna störrisch.

»Penelope … Silas …«, rief Lena jetzt leise.

Die Schatten bewegten sich langsam auf sie zu, kreisten die beiden Frauen ein. Jenna sah sich um. Ob Alex hier irgendwo war? Doch sie sah ihn nicht, spürte nichts, was auf seine Anwesenheit hingedeutet hätte.

»Penelope … Silas … wo seid ihr? Kommt zu mir …«

Lenas Bitten wurden drängender, sie wurde zusehends nervöser.

Immer näher kamen die Schatten mit ihren grauen Gesichtern und leeren Augen, unwiderstehlich angezogen von der Lebendigkeit, die Jenna und Lena ausstrahlten, angezogen vielleicht auch von der Hoffnung, mit den beiden diese trostlose Welt verlassen zu können. Nicht alle hatten aufgegeben, bei dem einen oder anderen war die Gier geradezu sichtbar.

»Wo sind sie?«, fragte Jenna jetzt, und Lena klang verzweifelt, als sie antwortete: »Ich weiß es nicht. Ich weiß es nicht. Sie sind nicht hier …« Und dann begann sie zu rufen. Erst flüsternd, dann schon fast zischend, so laut sie es eben wagte: »Penelope! Silas!!«

»Sie sind nicht hier. Es ist nicht an dir, sie in die Welt der Lebenden zurückzubringen.« Ein Chor von Stimmen antwortete ihr. Sie waren leise, aber scharf.

Überrascht sah sich Jenna nach allen Seiten um, aber sie konnte niemanden entdecken, zu dem diese Stimmen gehörten.

»Geh zurück in deine Welt. Finde jemanden, der dir vergibt. Bis dahin – geh!« Es war nicht zu erkennen, woher die Stimmen kamen, sie waren überall und nirgends, schwebten durch den Nebel und brachen sich an den Bäumen, das »Geh! Geh! Geh!«, tönte in einem immerwährenden Echo.

»Nein! Nein!« Lena hatte sich hoch aufgerichtet und jetzt schrie sie die Worte hinaus. Tränen strömten ihr übers Gesicht und sie begann nach den Schatten, die mittlerweile direkt vor ihr standen, zu schlagen. Rasend vor Wut trommelte sie mit den Fäusten ins Leere, bis Jenna sie an den Schultern fasste und schüttelte. »Lena! Es funktioniert nicht. Wir müssen hier weg!«

»Ich gehe nicht ohne sie!«

»Lena – du musst! Ich verspreche dir, ich helfe dir, einen anderen Weg zu finden. Aber schau doch!« Der Nebel begann, an Lenas Beinen emporzukriechen, als hätte er einen eigenen Willen, und wo auch immer er sie berührte, verlor ihre Haut an Farbe, wurde durchsichtig und brüchig wie Craquelé-Glas. Jenna meinte, die Knochen sehen zu können.

»Wenn ihr mich hört … Penelope … ich komme wieder!« Fast schluchzend stieß Lena die Worte aus und griff nach Jennas ausgestreckter Hand.

»Ich weiß nicht, ob ich das Tor öffnen kann«, keuchte Jenna. Die beiden rannten über die graue Wiese, und je weiter sie sich von den Schatten entfernten, desto heller wurde es. Einzelne Wolken wurden sichtbar, die Umgebung nahm wieder Farbe an, und am Ende der großen Wiese, wo der Nebel nur noch eine dünne Schicht war, hinter der man ein Dröhnen hörte, befand sich das Tor. Das Dröhnen war der Herzschlag des Lebens. Jenna folgte dem Geräusch, ließ sich leiten, rannte und rannte, zog Lena hinter sich her. Bitte lass uns durch, bitte, bitte. Ich will nach Hause, was tut Kim ohne mich, ich muss nach Antoine sehen und nach Archer, lieber Gott, lass sie am Leben sein, ich muss zurück …

Der Boden unter ihren Füßen löste sich auf, und sie stürzten ins Leere.

Southhampton, November 1930

Mithilfe der Straßenkarte waren sie ohne Umwege zum Hafen südwestlich von London gelangt, nun parkte Henry in einer Gasse hinter der Hafenmeisterei. Amelia stieg aus dem Auto und streckte sich. Die Luft roch nach Salz, Möwen glitten durch die Luft, der Wind pfiff schneidend durch ihren Mantel und ließ sie zittern.

»Wir fragen am besten beim Hafenmeister. Wissen Sie, wohin diese Miss Kingsley will?«

Amelia verzog das Gesicht. »Nicht genau. Aber ich könnte mir vorstellen, dass sie zurück nach Afrika geht. Dort, das hat auch Reggie geschrieben, hat das alles angefangen. Er hat von einer Frau erzählt, die vor sechzig Jahren Beweise nach Europa gebracht hat.«

»Sie glauben, das bezog sich auf Miss Kingsley?«

»Ich denke schon.«

Amelia streifte sich die Handschuhe über und marschierte über den gepflasterten Vorplatz, eine schmale Gestalt, die sich gegen die Böen stemmte. Vor dem Büro des Hafenmeisters knatterten Fahnen im Wind, eine rote kündigte den nahenden Sturm an, und nun konnte sie die Schaumkronen auf den Wellen des Ärmelkanals sehen. Schmutzig grün peitschte das Wasser an die Kaimauer, kein Fischerboot war zu sehen. Ein paar Segelboote waren an einem Pier vertäut, und weiter draußen, am Ende des Kais, hatte ein großes Dampfschiff festgemacht. Amelia konnte zahlreiche Hafenarbeiter erkennen, die das Schiff beluden. Die zwei großen Schornsteine ragten in den grauen Himmel, ihr oberes Ende war kaum zu erkennen, so tief hingen die Wolken.

Henry im Schlepptau, stieß Amelia die Tür zur Hafenmeisterei auf. Drinnen roch es nach Holz, Seetang und Zigarettenrauch. Sie sah sich um, für einen Montagmittag war es erstaunlich ruhig in dem Gebäude. Die Hafenmeisterei, von außen ein unauffälliger Ziegelbau, war innen sehr gemütlich. Große dunkle Dielen bedeckten den Boden, über den runden Holztischen, die im Raum verteilt standen, waren bunte

Schifffahrtswimpel gespannt. In einer Ecke flackerte ein Feuer im Kamin, daneben führte eine Tür in das große Büro. An den Wänden hingen Seekarten und auch zwei dramatisch colorierte Bilder von William Turner. Der Hafenmeister, ein untersetzter Mann mit blauer Kappe und Norwegerpullover, saß an einem der blanken Holztische am hinteren Ende des Raumes, eine dampfende Schüssel Suppe vor sich. Gerade wollte er den Löffel zum Mund führen, da erblickte er Amelia und Henry und legte das Besteck wieder ab.

»Was kann ich für Sie tun?«, fragte er gedehnt.

»Fährt dieses Schiff nach Afrika?«, fragte Amelia und zeigte nach draußen.

»Aye, Ma'am«, gab der Hafenmeister zurück, »wenn der Sturm vorbei ist. Die Liverpool soll morgen auslaufen, ihr endgültiges Ziel ist Kapstadt. Aber es gibt keine Plätze mehr.«

Amelia fühlte Erleichterung durch sich hindurchströmen – sie waren noch nicht zu spät! – und trat ein paar Schritte näher. »Ich suche einen Ihrer Passagiere. Eine Miss Mary Kingsley.«

Der Hafenmeister, der erneut den Versuch machte, einen Löffel Suppe zu sich zu nehmen, verschluckte sich und hustete. »Kenn ich nicht. Wer soll das sein?«

»Bitte, vielleicht haben Sie sie hier gesehen? Sie ist um die sechzig, war mal eine berühmte Forscherin.«

»Nein, Ma'am. Kann ihnen leider nicht weiterhelfen.« Damit senkte er den Blick und vertiefte sich in die Zeitung, die neben seinem Teller lag.

»Aber Sir …«

»Ich geh mich mal draußen umsehen«, warf Henry ein und verschwand wieder aus der Tür, wobei er einem ordentlichen Schwall kalter Luft Einlass gewährte.

»Wann läuft die Liverpool morgen aus?«

»Mit der Flut um halb zwölf«, gab der Hafenmeister gelassen zurück, ohne aufzublicken.

Amelia blieb neben seinem Tisch stehen, doch er aß schweigend auf, ohne sie weiter zu beachten. Dann erhob er sich, tippte sich mit zwei Fingern an die Mütze, meinte: »Arbeit ruft, Ma'am«, und verschwand in seinem Büro.

Amelia sah sich um. Irgendetwas im Verhalten des Hafenmeisters hatte ihr Misstrauen geweckt, vielleicht ein Aufblitzen in den Augen, ein fast unmerkliches Zusammenzucken? Sie wusste es nicht, aber sie war fest entschlossen, nicht ohne konkrete Antworten dieses Haus zu verlassen. Langsam wanderte sie an den Wänden entlang, überflog ein paar vergilbte Zeitungsartikel, die dort hingen. Und beim dritten Blatt ballte sie triumphierend die Faust in der Manteltasche. Sie nahm den Artikel vorsichtig von der Wand und marschierte damit in das Büro nebenan.

Bevor der Hafenmeister etwas sagen konnte, legte sie ihm den Zeitungssauschnitt auf den Tisch und tippte mit dem Finger darauf. »Hier kommt Miss Kingsley aus Afrika zurück, schreibt der Redakteur. Können Sie mir erklären, warum Sie auf diesem Foto neben ihr stehen?«

Der Hafenmeister nahm aus einer Schublade eine Brille, setzte sie auf und hielt sich das Foto vor die Nase, dann seufzte er. »Es tut mir leid, Sie enttäuschen zu müssen, aber das bin nicht ich.«

Amelia sah ihn ungläubig an. Er log ihr einfach ins Gesicht? »Natürlich sind Sie …«

»Ich war damals noch ein Junge.« In seiner Stimme klang leichte Ironie mit. »Das Foto ist dreißig Jahre alt, Ma'am.«

Amelia wollte auffahren, doch dann rechnete sie nach und die Röte stieg ihr ins Gesicht.

»Das ist mein Onkel«, erklärte der Hafenmeister milde. »Man sagt, ich sehe ihm sehr ähnlich.«

»Ihr Onkel kennt Miss Kingsley?« Amelia war die Verwirrung anzusehen. Und bevor der Hafenmeister erneut Arbeit vorschützen und sie aus seinem Büro hinauskomplimentieren konnte, fuhr sie fort: »Bitte, es ist wirklich sehr wichtig, dass ich sie sehe, bevor sie das Schiff besteigt. Ich will sie nicht an ihrer Reise hindern, aber ich muss vorher unbedingt mit ihr sprechen.« Amelia konnte nichts dagegen tun, dass ihr die Tränen hochstiegen und ihr die Stimme zusammenpressten. Sie wandte sich zur Seite, um sich zu fassen, suchte in der Manteltasche nach einem Taschentuch.

Der Hafenmeister sah sie forschend an. Er verdrehte kurz die Augen, als wollte er sagen, das hab ich nun davon, und sagte: »Mein Onkel war Maat auf der Batanga. Sie ist mit ihm gesegelt. Hier auf diesem Bild trafen sie sich das erste Mal nach ihrer großen Expedition wieder.«

»Oh«, machte Amelia. Sie putzte sich die Nase. »Und warum haben Sie das nicht gleich gesagt?«

»Weil ich Miss Kingsleys Wunsch nach Privatsphäre respektiere. Wenn sie nicht gefunden werden will, schätze ich, müssen Sie sich damit abfinden.«

»Aber das kann ich nicht!«, protestierte Amelia. »Sie muss von dem Fluch wissen, den ich …« Sie unterbrach sich mitten im Satz. Wenn sie zu sehr ins Detail ging, würde der Hafenmeister sie nur für verrückt halten.

Doch dieser kniff die Augen zusammen. »Ein Fluch? Mädchen, in welches Wespennest haben Sie denn gestochen?«

Amelia zog die Schultern hoch und sah mit einem Mal sehr viel älter aus als ihre zweiundzwanzig Jahre. »Ein großes, fürchte ich. Genau weiß ich es nicht. Aber Miss Kingsley weiß es, da bin ich mir ganz sicher. Sie ist die Einzige, die ich fragen kann.«

Der Hafenmeister setzte die Brille wieder ab, schob sie in eine Schublade und stützte nachdenklich beide Hände auf seinen Tisch. Eine Minute verstrich, in der keiner von beiden etwas sagte. Dann lächelte er. »Sie finden sie wahrscheinlich auf dem Schiff.« Er wies aus dem Fenster, und Amelia folgte seinem Blick, sah den Kai und das Dampfschiff dahinter. Wie Ameisen wuselten die Hafenarbeiter um die Liverpool. »Viel Glück.« Er nahm ihre Hand in seine schwieligen Finger und drückte sie leicht. »Sie werden es brauchen.«

Amelia stürzte aus der Hafenmeisterei und rannte Henry, der in diesem Moment die Tür öffnen wollte, geradewegs über den Haufen. »Zum Schiff!«, schrie sie und lief den Kai entlang.

»Warten Sie«, rief ihr Henry hinterher, doch Amelia hörte ihn nicht. Sie rannte, als ginge es um ihr Leben. Keuchend kam sie am Ende des Steges an, ihr Herz hämmerte gegen die Rippen und sie fühlte jeden einzelnen Knochen. Doch der Wunsch nach Antworten war stärker als ihre Erschöpfung. Ohne zu zögern, lief sie über die Gangway und sprang mit einem Satz auf das untere Deck.

»Miss, Sie können nicht einfach …« Ein Matrose sah sie perplex an.

»Wo ist Miss Kingsley?«, fragte Amelia atemlos. »Sie muss schon an Bord sein – wo ist ihre Kabine?«

»Irgendwo auf Deck drei«, gab der Mann verwirrt zurück. »Was wollen Sie denn eigentlich hier? Wo ist Ihre Bordkarte?«

»Ich fahre nicht mit, keine Sorge«, erklärte Amelia und lief bereits in die angegebene Richtung.

Auf Deck drei waren zahlreiche Bedienstete damit beschäftigt, Koffer, Taschen und Kisten in den Kabinen links und rechts des Gangs zu verstauen. Türen standen offen, Gepäck stapelte sich überall und Amelia erhaschte flüchtige Blicke in Schlafzimmer und sogar kleine Badezimmer, die mit allem erdenklichen Komfort ausgestattet waren. Da Amelia nicht wusste, in welcher Kabine die Forscherin untergebracht war, entschloss sie sich, die Suche abzukürzen. Sie kletterte auf einen Stapel Gepäck, formte die Hände zu einem Trichter und schrie, so laut sie konnte durch den Gang: »Miss Kingsley, Miss Kingsley!« Sie erntete zahlreiche missbilligende Blicke, lächelte aber lediglich, sprang von dem Kofferstapel herunter und wiederholte die Aktion ein paar Meter weiter. Als sie das dritte Mal die Hände vor dem Mund hob und tief Luft holte, öffnete sich neben ihr eine Tür.

»Kommen Sie herein, Miss Archer. Wenn Sie weiter so schreien, werden meine Mitpassagiere Sie über Bord werfen oder der Kapitän wird Sie kielholen«, sagte eine gereizte Stimme.

Amelia blickte in die funkelnden Augen der Forscherin. »Ich will ja auch nur mit Ihnen reden. Wenn Sie nicht weglaufen würden, müsste ich Sie nicht suchen.«

»Ich laufe nicht weg«, widersprach die alte Dame und zog Amelia am Ärmel in ihre Kabine. Sie war klein und bei Weitem nicht so luxuriös wie die Kabinen, die Amelia am vorderen Ende des Flurs gesehen hatte. Das Bett nahm die Hälfte des kleinen Raums ein, ein winziger Waschtisch und ein an der Wand befestigter Klappstuhl waren die einzigen weiteren Annehmlichkeiten. Auf diesen Stuhl ließ Mary sich sinken und wies Amelia mit einer Handbewegung das Bett zu.

»Wie haben Sie mich gefunden?«

Amelia zuckte mit den Schultern, blickte aber stolz drein.

»Ich bin Reporterin, habe ich doch gesagt.« Doch dann veränderte sich ihr Gesichtsausdruck, und sie schaute Mary Kingsley bedrückt an. »Ich glaube, ich habe einen ganz grässlichen Fehler gemacht.« Sie berichtete, was ihr geschehen war, nachdem sie Marys Brief erhalten hatte. Als sie von der heiseren Stimme erzählte, die sie in der Kammer gehört hatte, richtete sich die Forscherin auf und kniff die Lippen zu einem dünnen Strich zusammen. »Und jetzt sieht es so aus, als würde dieser bösartige Fluch über mir und meiner Familie hängen, und ich habe keine Ahnung, was ich dagegen tun kann.« Amelia starrte durch das kleine Bullauge nach draußen. Viel war nicht zu sehen, erneut prasselte Regen an die Scheibe und lief in durchsichtigen Schlieren am Glas herab. Die Geschehnisse wiederzugeben war nicht einfach gewesen, die Todesangst, die sie verspürt hatte, als sie hilflos unter den Steinen gelegen hatte, schnürte ihr erneut die Kehle zu.

»Darf ich dieses ominöse Kästchen einmal sehen?«, erkundigte sich Mary Kingsley nun.

»Das ist in der Kammer geblieben, fürchte ich. Ich konnte nur Reggies Notizbuch retten. Und mich selbst. Gibt es diesen Fluch überhaupt?« Amelia zog das Buch aus der Manteltasche und blätterte ziellos darin herum. »Ich kann es kaum glauben, all sein Gerede über Magie und diese Hüterin und den Jäger und die Schattenwelt, das klingt doch alles völlig irrsinnig. Wenn ich das Reggies Chef in der Redaktion erzähle, wirft er mich raus. Da draußen ist die echte Welt, meine Welt. Wir sind doch hier nicht bei ›Alice im Wunderland‹.«

»Dieser Irrsinn ist wesentlich realer, als Sie es sich vorstellen können«, erwiderte Mary Kingsley trocken und wünschte sich zum wahrscheinlich hundertsten Male, dass sie vor dreißig Jahren mit ihrer Suche nach der Hüterin erfolglos geblieben wäre. Dass sie nie von all dem erfahren hätte. Andererseits wären ihr dann Erkenntnisse verborgen geblieben, die ihr Leben unglaublich bereichert hatten. Wie man es auch drehte und wendete, das Wissen um die Schattenwelt hatte zwei Seiten, und keine davon war hell …

Dass der Jäger durch einen Fluch jemanden an sich binden konnte, hatte sie bereits vor vielen Jahren gehört. Damit erklärte sich zumindest Reginald Weylands Verhalten. War jetzt der Fluch auf Amelias Familie übergegangen oder waren beide Familien betroffen? Mary biss sich auf die Lippe. Genau genommen war sie schuld an dieser Misere, sie hatte Amelia wider besseres Wissen mit dieser Suche allein gelassen und würde sie jetzt erneut allein lassen müssen. Das Mindeste, was sie der jungen Frau geben musste, waren ein paar deutliche Hinweise. Besser noch, ein Gegenmittel. Eine Waffe.

Ächzend beugte sie sich nach unten und zog unter der Koje ihren ledernen Rucksack hervor, kramte darin herum und holte ein kleines leinenes Bündel heraus, das sie neben sich auf den Waschtisch legte. Dann ergriff sie Amelias Hände und sah ihr in die Augen.

»William und auch Reggie haben versucht, den Jäger zurückzuholen. Ich nehme an, der Fluch, von dem Sie reden, lag über der Familie Weyland. Und nun liegt er bei Ihnen.«

Amelia schluckte.

»Ich weiß nicht genau, was Sie tun müssen, was Sie überhaupt tun können, meine Liebe. Ich kann Ihnen nur raten, kämpfen Sie dagegen an. Was auch immer er von Ihnen verlangen wird – welche Opfer er fordert –, es gibt immer eine Lücke. Kein Zauber ist fehlerlos, kein Fluch ohne Schlupfloch. Versuchen Sie, die Hüterin zu finden. Und wenn sie nicht zu Ihren Lebzeiten erscheint, dann muss es eines Ihrer Kinder oder ein Enkel tun. Irgendwann wird es wieder so weit sein. Die Hüterin kann den Fluch wieder lösen, dessen bin ich sicher. Ihre Kraft ist der des Jägers letztendlich überlegen. Doch eines wird sie brauchen.« Jetzt drückte Mary Amelia das Bündel in die Hand. Diese wickelte es aus und machte große Augen, als der Kompass in ihrer Handfläche schimmerte.

»Ein Kompass allein ist nur eine Warnung, zwei sind wie ein Schwert, aber drei heben die Welt aus den Angeln – so hat man es mir erzählt.«

»Was bedeutet das denn?«

Mary lächelte. »Dass der Kompass weit mehr kann, als wir alle glauben. Mein Wissen ist in dieser Hinsicht leider auch nur bruchstückhaft. Bewahren Sie ihn gut auf und versuchen Sie, einen weiteren zu finden. Haben Sie Erfolg, dann können Sie den Fluch, der Sie an den Jäger bindet, womöglich wieder lösen und Ihre Familie befreien.«

»Noch einen Kompass?« Amelia drehte unschlüssig das kleine Gerät zwischen den Fingern. »Das ist doch unmöglich. Wenn es nur drei auf der Welt gibt?«

»Nichts ist unmöglich. Aber ich gebe Ihnen den einen hier. Verwahren Sie ihn gut. Er darf nicht in falsche Hände geraten.« Mary Kingsley stand auf und legte ihr die Hände auf die Schultern. »Wir werden uns in diesem Leben wohl nicht mehr wiedersehen. Leben Sie wohl, Amelia Archer. Bewahren Sie sich Ihren Mut. Sie werden ihn brauchen.«

Die Liverpool verließ am folgenden Mittag den Hafen von Southhampton. Drei Tage später fegte der heftigste Sturm dieses Winters durch die Biskaya, und die Brecher, die über das Schiff hereinbrachen, rissen mehrere Menschen von Bord.

Nach dieser stürmischen Nacht blieb Mary Kingsleys Kabine auf Deck drei verwaist. Ob Mary je in Kapstadt ankam, ist nicht bekannt.

MÜNCHEN, SAMSTAG, 25. AUGUST

Das Erste, was Lagardère wahrnahm, als er die Augen öffnete, war Minou, die ihr Köpfchen an seinem Arm rieb und jämmerlich maunzte. »Ich bin wach, ich bin wach«, murmelte er und richtete sich auf. Neben ihm kam Archer ebenfalls gerade wieder zu sich. »Mon dieu, das war beängstigend, non? Ich dachte, ich sterbe schon wieder.« Sein letzter bewusster Gedanke hatte Kim gegolten, und er fragte sich kurz, ob sie es gespürt hatte. »Eh … alles in Ordnung mit Ihnen?«

»I guess so«, sagte Archer. Das Blut war getrocknet und hatte bizarre Muster auf seinem Gesicht hinterlassen. Er fuhr sich mit dem Ärmel darüber, aber Lagardère schüttelte den Kopf. »Nützt nichts, wir brauchen ein Bad«, verkündete er und stand schwankend auf.

Er hatte rasende Kopfschmerzen, alles tat ihm weh. Versuchsweise tat er einen Schritt und seufzte zufrieden, als er feststellte, dass der magische Kreis kein Hindernis mehr darstellte.

Archer richtete sich auf und stützte die Hände auf die Oberschenkel, wartete darauf, dass der Schwindel nachließ. »Wo ist Jenna? Und diese andere Hexe?« Seine Stimme klang rau, er räusperte sich und setzte erneut an: »Und wo ist dieser Wagner schon wieder hin? Haben sie ihn mitgenommen?«

Lagardère kniff die Augen zusammen, bemühte sich, einen klaren Gedanken zu fassen. »Ich weiß es nicht. Sie sind beide vor meinen Augen verschwunden. Pouf! Einfach weg. Oh, das gibt es doch nicht, das ist das zweite Mal innerhalb von wenigen Tagen, dass ich Jenna verliere. Was sage ich bloß Kim, wenn sie fragt? Ich hatte Kim versprochen, auf ihre Mutter aufzupassen.« Er wankte zur Tür, jeder Schritt wie ein Hammerschlag in seinem Kopf, und er stöhnte auf, hielt sich am Türrahmen fest. Mit einer Hand wedelte er. »Minou, geh von der Schüssel da weg. Das ist nicht gut für dich.«

Die kleine Katze hatte vorsichtig an der Schale geschnuppert, aber nun machte sie einen Buckel und fauchte. Archer beugte sich vorsichtig hinab und stellte die Schale, in der das Blut mittlerweile geronnen war, auf einen Tisch. »Wo ist Ihr Bad?«

»Hier entlang.« Lagardère wies auf eine Tür am anderen Ende des Flurs und verschwand seinerseits im Schlafzimmer, an das ein weiteres Bad grenzte. Er stellte sich vor die Dusche, beugte sich nach vorne und hielt den Kopf unter den Wasserstrahl. Shampoo und Blut vermischten sich auf dem Boden der Duschwanne zu einer hellroten schaumigen Soße, die im Abfluss verschwand, und Lagardère schauderte. Als er mit einem frischen Hemd über dem Arm in die Küche ging, fand er Archer dort vor, der gierig ein Glas Wasser hinunterstürzte. Er sah Lagardère stirnrunzelnd an, als dieser ihm das Hemd entgegenhielt. »Nehmen Sie das. Wir sind ungefähr gleich groß, und Ihres ist nicht mehr zu gebrauchen.«

»Danke.« Archer zog das blutgetränkte Shirt aus, stopfte es in den Mülleimer und schlüpfte in das angebotene Hemd.

»Wo sind sie alle hin?«, fragte er und nahm dankbar den Espresso entgegen, den Lagardère ihm zusammen mit zwei Schmerztabletten reichte.

»Ich weiß es nicht«, gab der Franzose zurück und ließ sich

auf einen Barhocker sinken. »Es gibt drei Möglichkeiten: Lena hat Jenna und Wagner irgendwohin mitgenommen, oder – und das halte ich leider für wahrscheinlicher – sie sind in der Schattenwelt.«

»Korrigieren Sie mich, aber ich dachte, um in die Schattenwelt zu gelangen, muss man tot sein«, meinte Archer. Er hatte die Augenbrauen zusammengezogen und sah immer noch geschockt aus.

»Das ist es ja, was mir Sorgen macht. Lena wollte jemanden aus der Schattenwelt befreien, gegen den Willen von …« Lagardère verstummte.

»Gegen den Willen von wem?«, hakte Archer nach.

»Wissen Sie, ich war zwar dort, aber dennoch weiß ich immer noch nicht genug über diese graue Welt. Ich habe vieles in den Nebeln zurückgelassen. Solange man dort ist, ist es einem ja letztendlich auch egal. Dass man befreit wird«, er lachte freudlos auf, »das ist eine so winzige Chance, dass kaum einer daran glaubt. Für die meisten ist es vorbei, ihr Weg zu Ende.«

»Für Sie nicht.«

»Für mich nicht«, wiederholte Lagardère, »und ich hoffe, dass Lena einen Weg gefunden hat, die Schattenwelt zu betreten und wieder zu verlassen.« Er sah auf die Uhr am Backofen, 06:33 Uhr blinkten die roten Ziffern. »Wir waren über eine Stunde bewusstlos. Wer weiß, was in dieser Zeit alles geschehen ist …« Er fuhr sich mit den Händen durch die nassen Locken und ließ dann den Kopf auf den Tresen sinken. »Verdammt. Was machen wir jetzt, Mr Archer? Irgendeine Idee? Was tut das Konsortium in so einem Fall?«

»Nennen Sie mich Stephen. Und ich weiß es auch nicht. Das Konsortium hat diverse Pläne in der Schublade, aber der

Fall, dass die Hüterin in der Schattenwelt verschwindet, gehört nicht dazu. Das ist ohnehin alles sehr unangenehm. Ich habe nicht nur die Hüterin verloren, sondern auch noch unseren potenziellen Jäger.« Archer zog sein Handy aus der Hosentasche. »Vierzehn Nachrichten. Wunderbar.« Er verdrehte genervt die Augen.

»Wie geht es Ihrem Freund Mortimer?«

»Er ist wieder aufgewacht«, murmelte Archer, während er sich durch die Nachrichten scrollte.

»Das ist doch eine gute Nachricht.«

»Das ist es. Aber er hat nach mir und Wagner gefragt, und ich gerate jetzt in Erklärungsnot.«

»Pff«, machte Lagardère verächtlich, und Archer sah ihn verblüfft an. »Jenna hat mir von Ihrem … Pakt … erzählt. Sie sind nicht mehr Teil des Konsortiums, seit Sie das Band gelöst haben, ist Ihnen das nicht aufgefallen? Für die sind Sie ein Verräter. Die Frage ist, können Sie die Ressourcen dieses Vereins nutzen, um Jenna und Lena zu finden? Oder hat man Ihnen die sprichwörtlichen Schlüssel schon abgenommen und die Codes geändert?«

Archer lächelte dünn. »Wenn man bei uns jemandem die Schlüssel abnimmt, wie Sie das so nett beschreiben, lebt derjenige nicht mehr lange. Niemand verlässt das Konsortium auf eigene Faust.«

»Sie haben es getan.«

»Ich habe den mystischen Zwang entfernt, das ist alles. Doch der Anführer bin ich weiterhin.«

Lagardère lachte bitter auf. »Sie machen sich etwas vor, Stephen. Wenn ich in den letzten Monaten eines über das Konsortium gelernt habe, dann das: Sie haben es nicht gerne, wenn man eigene Entscheidungen trifft.« Er stand auf und rieb sich die Hände. »Wie stehen Sie also zu Jenna? Werden Sie mir helfen, sie zu finden? Ich habe gesehen, was zwischen Ihnen beiden vorgefallen ist. Also – was werden Sie tun?«

Archer seufzte. »Vor einer Woche habe ich die Hüterin noch gehasst. Heute … mache ich mir Sorgen um sie. Was soll ich sagen? Ich will nicht, dass Jenna zu Schaden kommt. Aber was ist mit der anderen Hexe? Was ist zwischen Ihnen und dieser Lena?«

Lagardère hob die Schultern. »Wir beide haben … eine gemeinsame Vergangenheit, könnte man sagen.«

»Sie sind doch noch so jung.« Archer hob erstaunt die Augenbrauen.

»Ich habe Lena das erste Mal 1624 getroffen. Da hieß sie noch Madeleine de Guise und war eine Mätresse des französischen Königs.«

Archer starrte ihn einige Sekunden sprachlos an. Er rührte gedankenlos Zucker in sein Wasserglas und setzte es an die Lippen, spuckte dann angeekelt aus. »Das ist … das ist doch …«

»Unmöglich? Verrückt? Magie?« Lagardères Stimme klang dumpf, er hatte erneut die Stirn auf den Tresen sinken lassen.

»Unglaublich«, sagte Archer. »Aber wenn ich mir so anschaue, was in den letzten Tagen so geschehen ist – vielleicht auch nicht. Diese Lena hat Ihnen gesagt, dass Sie ohne sie nicht herausfinden würden, warum Sie hier sind. Jetzt verstehe ich, was sie meinte. Warum genau sind Sie denn zurückgekommen?«

Lagardère zog eine Grimasse. »Warum ich und nicht jemand anderer? Ich kann es Ihnen nicht sagen. Wir waren alle zu früh gestorben, denke ich. Alle, die in der Schattenwelt verbleiben, haben ihre Aufgabe nicht erfüllt.«

»Welche Aufgabe?«

»Die Aufgabe ihres Lebens. Den Sinn ihres Lebens, wenn Sie so wollen.« Der Franzose malte mit seinem Finger Kreise auf die Tischplatte.

»Sie wollen sagen, die Schattenwelt hat auch noch eine metaphysische Komponente? Ich dachte, nach dem Tod landet jeder dort und kann sich dann überlegen, ob er weitergeht.«

»Ich bin nicht sicher, ob man in diesem Fall von überlegen sprechen kann – und nein, nicht jeder erhält die Chance, in der Schattenwelt zu warten. Ich denke, irgendetwas verbindet mich mit der Hüterin, und Lena weiß, was es ist. Ein Grund mehr, auch sie zu finden.« Lagardère verschwieg, dass ihn auch etwas mit Kim verband. Er wusste nicht, ob Archer wusste, dass Kim ebenfalls eine potenzielle Hüterin war, und obwohl sie beide offener denn je miteinander sprachen, behielt er einen Rest Misstrauen. Er war Lena auf den Leim gegangen, hatte geglaubt, sie in die Irre führen zu können, dabei hatte sie die ganze Zeit die Fäden in der Hand gehalten. Den gleichen Fehler würde er nicht zweimal begehen.

Er stand am Fenster und sah hinaus. Zwei Männer stiegen aus einem unauffälligen dunkelblauen Mercedes und wechselten ein paar Worte mit Erich, der vor dem Haus geparkt hatte. Der Fahrer zeigte auf die Haustür und nach oben zu den Fenstern, die beiden Männer nickten. Sie postierten sich im Schatten des Hauseingangs gegenüber. Lagardère runzelte die Stirn, und als er sah, wie Erich sich in seinen Wagen setzte und mit quietschenden Reifen davonfuhr, trat er hastig zurück ins Zimmer. »Wir bekommen Besuch, Stephen. Sehen Sie mal da unten. Sind das Kollegen von Ihnen?«

Archer sah sich um, und Erleichterung durchfuhr ihn, als er seine Waffe in der Ecke des Raumes entdeckte. Er nickte dem Franzosen zu und ging auf die Tür zu, doch Lagardère hielt ihn am Arm zurück. »Auf welcher Seite stehen Sie?«, fragt er und blickte ihm forschend in die Augen.

»Ich will keine weiteren Toten«, erklärte Archer. »Hier ist genug Blut geflossen. Ich will, dass das alles ein Ende hat. Der Jäger, die Schattenwelt … das ist letztendlich ein Irrsinn, den keiner von uns kontrollieren kann. Außer Jenna Winters, und wo sie ist, wage ich mir nicht einmal vorzustellen.«

»Ich glaube Ihnen«, sagte der Franzose nach einigen Sekunden, und das meinte er tatsächlich genau so. Lagardère hatte schon in seinem ersten Leben ein untrügliches Gespür dafür gehabt, wenn man ihn belog – und wenn man von Lena absah, der Meisterin der Illusion, die ihn nach Strich und Faden hereingelegt hatte – hatte ihn sein Gefühl bisher auch in dieser Welt richtig geleitet. Er erkannte, dass Archer hin- und hergerissen war zwischen seinem Pflichtgefühl und seinem Gerechtigkeitssinn, und er beschloss, ihm zu vertrauen.

Für den Moment.

»Sind Sie sicher, mon cher, dass Jenna den Fluch gebrochen hat? Nachdem, was sie mir erzählt hat, klang das so … einfach.«

»Ich kann es nur hoffen«, sagte Archer.

Lagardère zog die Brauen hoch. Irgendetwas an dieser Geschichte nagte an ihm, er konnte nur noch nicht den Finger darauflegen. Außerdem hatte er jetzt schon wieder zwei, nein, drei Probleme. Jenna suchen und finden, Wagner suchen und finden, die beiden Agenten des Konsortiums unten vor der Haustür ablenken. Gedankenvoll drehte er das Gummiband, das er in der Tasche hatte – Kim ließ immer irgendwo Zopfgummis herumliegen –, zwischen den Fingern. Lenas Worte kamen ihm wieder in den Sinn: Das Band zwischen der Hüterin und ihrem Schatten ist magisch. Was sollte das heißen, ihrem Schatten? War damit der Schatten gemeint, den sie aus der Zwischenwelt zurückholte? Das würde bestätigen, was er sich schon immer gedacht hatte: dass ihn etwas Besonderes mit Jenna verband. Jenna hatte ihn damals aus der Schattenwelt befreit. Genauso wie Adrian Wagner. Zwischen ihnen dreien bestand also, wenn man Lenas Logik folgte, ein magisches Dreieck. Lagardère zweifelte zudem nicht daran, dass Jenna noch am Leben war. Wenn sie starb, würde er es spüren. Denn das war es doch, was diese Magie beinhaltete: ein Gleichgewicht.

Und in diesen Momenten formte sich in seinem Kopf ein Plan, wie er Jenna aus der Schusslinie nehmen konnte, wie sie und Kim das Ganze überleben und zu einem normalen Leben zurückfinden konnten. Mit etwas Glück konnte er sogar Archer helfen – denn dass dieser jetzt auf der Abschussliste stand, war sonnenklar. Sinnend ging er zurück in den großen Salon, drehte sich langsam um sich selbst, betrachtete den Boden. Die Salzkreise waren verwischt, aber von Wagner keine Spur. Er war wie die beiden Frauen verschwunden. Wo konnte er sein? Lagardère hockte sich hin und ließ Salz durch seine Finger rieseln, sah dann zu Archer auf, der ihm gefolgt war und jetzt in der Tür stand.

»Ich könnte Folgendes tun …« Lagardère erläuterte in wenigen Sätzen seinen Plan.

Als Archer begriff, was der Franzose vorschlug, sah er ihn ungläubig an. »Sind Sie völlig verrückt geworden?«, fragte er.

»Sie müssen zugeben, das ist genial«, gab Lagardère mit einem leichten Grinsen zurück.

»Ja, natürlich.« Archer sah zur Decke hoch. »Wenn Sie recht haben. Und das ist ein sehr großes Wenn. Und ich habe gleich noch eines: Wenn das schiefgeht, sind wir alle tot.«

»Möglich. Aber wir waren alle schon einmal dem Tod näher als dem Leben. C'est la vie.«

»Bisher nicht«, murmelte Archer, aber dann nickte er. »Auf in den Kampf.« So ähnlich hatte das schon einmal jemand zu ihm gesagt – und dafür bitter bezahlt.

London, September 1982

Das Fußballspiel gegen die Mannschaft aus dem Nachbarviertel war gewonnen. Seine Knie waren zerschrammt, jeder Knochen tat ihm weh, doch Stephen Archer war glücklich. Er hatte den ganzen Tag draußen mit seinen Freunden verbracht, die Septembersonne strahlte so heiß wie im Juli, die Sommerferien waren noch nicht allzu lange her und der neue Schulstoff war noch übersichtlich. Mit anderen Worten, es war ein perfekter Sonntag gewesen. Langsam, den Ball unter dem Arm und die Schnürsenkel offen, schlurfte er nach Hause. Dort würde bereits seine kleine Schwester auf ihn warten. Elinor hatte die Masern und musste auf Befehl ihrer Mutter im Bett bleiben. Sie war fiebrig und unleidlich und konnte es kaum erwarten, dass Stephen nach Hause kam. Er hatte ihr versprochen, ihr mindestens noch zwei Kapitel aus ihrem neuesten Fünf-Freunde-Buch vorzulesen. Die Infektion hatte sich auf ihre Augen ausgeweitet, und dass sie nicht lesen durfte, machte die ganze Sache noch viel schlimmer. Stephen lächelte, wenn er an seine kleine, dünne Schwester dachte, die ihm immer wieder fürchterlich auf die Nerven ging – das Vorrecht kleiner Schwestern –, die er aber dennoch über alles liebte. Nicht, dass er es je zugeben würde.

Er durchquerte einen kleinen Vorgarten, stieß die Tür zu

dem schmalen, rotgeziegelten Reihenhaus auf, in dem die Familie Archer lebte, und rief: »Bin wieder da!«

»Pst, Elinor schläft«, sagte seine Mutter halblaut und streckte ihren Kopf aus der Küche, und Stephen grinste schuldbewusst. »Sorry. Wann gibts Abendessen?«

»In einer halben Stunde. Grandma isst mit uns, sie kommt in ein paar Minuten herüber. Hast du deine Hausaufgaben gemacht?«

Stephen verdrehte die Augen. Hausaufgaben! Als gäbe es nichts anderes auf der Welt. »Ich muss noch Vokabeln lernen«, gab er zu. Er war jetzt in der sechsten Klasse und hatte seit ein paar Wochen Französisch. »Mama, ich kann das nicht. Französisch sprechen ist ja wie mit vollem Mund reden.«

Seine Mutter lachte. Clarissa Archer war eine große, schlanke Frau mit wilden blonden Locken. »Ich weiß. Aber tu mir den Gefallen und schau dir die neuen Wörter noch einmal an. Ich oder Grandma können dich nach dem Essen abhören.« Und als Stephen bereits auf der Treppe nach oben war, rief sie ihm nach: »Wasch dir die Hände, ja? Und ein bisschen Wasser ins Gesicht würde auch nicht schaden …«

Mehr hörte Stephen nicht. Er trat leise zu seiner Schwester ins Zimmer, sie hatte sich die Bettdecke hochgezogen, dass gerade mal die Nasenspitze herauslugte. Auf ihrer Stirn waren rote Punkte zu sehen, mehrere davon verschorft. Stephen seufzte. Er hatte sie immer wieder ermahnt, nicht zu kratzen, aber dann schaute Elinor ihn nur an und sagte etwas wie »Du hast ja keine Ahnung«, und kratzte weiter. Neben ihr auf dem Kissen lag ihr Buch. Er legte es auf den Nachttisch, knickte ein Eselsohr hinein und schlich wieder hinaus. Sein Zimmer befand sich direkt daneben, doch während Elinors Fenster auf die Straße hinausging, hatte Stephen von seinem

Schreibtisch aus den Blick auf eine kleine Wiese. Ihr Haus war das Letzte in der Reihe, danach kamen zwei unbebaute Grundstücke. Ein paar Minuten entfernt wohnte seine Grandma Amelia. Er mochte sie, sie war anders als die Großmütter seiner Freunde. Amelia trug grundsätzlich Hosen, nie Röcke – und noch kein einziges Mal hatte er sie mit dem bei den älteren Frauen der Siedlung so beliebten Schürzenkleid gesehen. Sie war früher eine bekannte Journalistin gewesen, hatte seine Mutter ihm erzählt, und manchmal holte Amelia einen großen Karton aus dem Wohnzimmerschrank. Dort lagerten Alben, darin sorgfältig eingeklebt eine Auswahl der besten Artikel aus ihrer Feder – zumindest hatte sich Amelia so ausgedrückt. Nur manchmal war sie unerklärlich traurig, dann fing sie mit ihrer Tochter Clarissa einen heftigen Streit an. Diese Abende endeten stets damit, dass sie türenknallend das Haus verließ und erst wiederkam, wenn Stephen sie zwei Tage später besuchte und sie bat, zum Essen zu kommen.

Jetzt sah sich Stephen die Liste der französischen Vokabeln durch und seufzte. Er hatte zum Schuljahresbeginn einen Kassettenrecorder geschenkt bekommen und neben drei Police- und zwei Michael-Jackson-Alben besaß er auch eine Französisch-Kassette. Er ließ sich also von der netten Frauenstimme die Wörter vorlesen und versuchte, sie einigermaßen ähnlich auszusprechen. Was ihm nur teilweise gelang. Müde legte er den Kopf auf die verschränkten Arme, murmelte die Vokabeln mit – und es dauerte nicht lang, bis er eindöste.

Als er wieder hochschreckte, war die Frau auf der Kassette bei der vierten Lektion angelangt und Stephen verstand kein einziges Wort mehr. Er drückte auf Pause und gähnte. Da öffnete sich seine Tür, und Elinor, bekleidet mit einem Snoopy-Schlafanzug, schlüpfte herein.

»Hey, was machst du denn hier?«

»Ich bin aufgewacht«, erklärte die Achtjährige und griff nach seiner Hand. »Mama und Grandma streiten schon wieder.«

Stephen verzog das Gesicht. »Komm, wir gehen runter. Es müsste ohnehin gleich Essen geben.« Er legte Elinor einen Arm um die Schultern und zog sie aus dem Zimmer. Doch oben auf dem Treppenabsatz blieb er stehen und lauschte.

»Das ist doch Unsinn, Mutter«, fauchte Clarissa unten in der Küche. »ich habe dir schon hundertmal gesagt, ich will nicht, dass du Stephen mit diesen Geschichten ängstigst. Das ist vielleicht alles nur ein dummer Zufall.«

»Das ist es nicht, Clarissa. Ich habe schon so viel versucht, bin jedes Mal gescheitert … wir müssen Stephen sagen, was ihm droht.«

»Dass über unserer Familie ein Fluch hängt? Na, das weiß ich auch so. Warum ist wohl John mit seiner Sekretärin auf und davon?« Jetzt schlug eine Tür zu, und die Fortführung des Wortwechsels war nur noch dumpf zu vernehmen, aber nicht mehr zu verstehen.

Elinor und Stephen, die auf der obersten Stufe saßen, schauten sich mit großen Augen an.

»Was hat Grandma gemeint? Was ist mit dir, Stevie?«

Dieser zuckte mit den Schultern. »Keine Ahnung. Grandma hat schon ein paarmal Andeutungen gemacht, dass sie sich Sorgen um mich macht – nein, um uns –, aber das mit dem Fluch höre ich zum ersten Mal.«

Elinor legte ihren Kopf in seinen Schoß, und er streichelte ihr über die langen blonden Haare.

»Was ist ein Fluch, Stevie?«, murmelte sie.

»Da droht dir jemand Böses an. Wie ein Versprechen, eben ein ganz schlechtes.«

»Hm. Und jemand hat uns was Böses versprochen? Warum holt Mama dann nicht die Polizei?«

Stephen stand auf und zog auch Elinor hoch. »Weiß nicht. Komm, ich habe Hunger. Und vielleicht erklären sie uns beim Essen, worum es ging.« Mit diesen Worten ging er die Treppe hinunter.

Elinor tappte auf bloßen Füßen hinter ihm her. »Ich wünschte, Papa wäre noch hier. Er könnte es uns sagen, oder?«

»Was könnte euer Vater euch sagen?« Ihre Mutter kam in diesem Moment aus der Küche, eine dampfende Schüssel Kartoffelbrei in den Händen.

»Was mit dem Fluch ist«, sagte Elinor.

Clarissa setzte die Schüssel hart auf dem Tisch auf, stemmte die Hände in die Hüften und fuhr ihre Mutter an: »Hatte ich nicht klar gesagt, dass ich dieses Gerede in diesem Haus nicht haben will?«

Amelia war hinter ihr ins Wohnzimmer getreten, eine Platte mit Würstchen in den Händen, und sah verwirrt drein. »Ich habe nichts gesagt.«

»Mutter …«, begann Clarissa wütend, doch Stephen unterbrach sie. »Grandma hat recht, Mama. Aber wir haben euch vorhin gehört.« Er setzte sich an den Tisch und schenkte sich und Elinor Limonade ein.

Clarissa ließ sich ihm gegenüber auf den Stuhl sinken und wartete, bis Amelia und Elinor saßen. Dann verteilte sie schweigend das Essen. Zwischen den Bissen funkelte sie ihre Mutter immer wieder wütend an, doch diese ließ sich beim Essen nicht stören.

»Wollt ihr mir jetzt sagen, was los ist?«, fragte Stephen, als er den letzten Rest Kartoffelbrei aus der Schüssel gekratzt hatte.

Clarissa warf Amelia einen Blick zu, der so viel hieß wie »Da hast du es. Jetzt löffelst du das aus«, lehnte sich zurück und verschränkte die Arme.

Amelia sah erst Stephen an, dann ihre Tochter. »Nein«, sagte sie dann ergeben. »Eure Mutter hat recht, vielleicht ist das einfach noch zu früh. Wir reden darüber, wenn es so weit ist. Wenn ihr größer seid.«

»Wenn überhaupt.« Das war Clarissa.

»Komm, ich frage dich noch deine Vokabeln ab, Stephen«, schlug Amelia vor.

»Aber nicht zu lange, er hat versprochen, mir noch vorzulesen«, protestierte Elinor.

»Wir beeilen uns«, versprach ihre Großmutter und half Clarissa beim Abräumen.

Eine halbe Stunde später konnte Stephen seine Wörterliste vorwärts und rückwärts aufsagen, und Amelia tätschelte ihm zufrieden den Arm. »Gut gemacht, Stephen.«

Dieser vergewisserte sich, dass seine Zimmertür geschlossen war, dann beugte er sich vor und fragte leise: »Sagst du mir jetzt, worum es geht?«

»Deine Mutter will das nicht, und ich habe es ihr versprochen«, wich seine Großmutter aus.

»Bitte! Ich sag ihr auch nichts.«

Amelia seufzte. Sie sah aus dem Fenster. Eine große Pappel stand auf dem Nachbargrundstück, ihre Blätter rauschten im Abendwind. Zwei Spatzen fegten durch die Luft, landeten immer wieder auf einem der hohen Äste, tschilpten sich an. »Es ist so friedlich«, murmelte sie, und Sehnsucht klang in ihrer Stimme durch.

Dann erklärte sie: »Das Problem ist, Stephen, dass ich nicht weiß, was passieren wird. Und auch nicht, wann. Vielleicht wirst du zur Schule gehen und dann studieren und heiraten und glücklich werden, und nichts und niemand wird dich daran hindern. Aber vielleicht auch nicht. Der Fluch ist da, auch wenn es deine Mutter nicht wahrhaben will. Und wenn wir – wenn du – dann nicht das Richtige tust, wird es schlimm für uns ausgehen. Für dich, Clarissa und Elinor.«

»Und du, Grandma?«, flüsterte Stephen.

Amelia hob die Schultern. »Mich wird es bis dahin aller Wahrscheinlichkeit nach nicht mehr geben. Um mich musst du dir keine Sorgen machen.« Sie erhob sich von dem Stuhl, auf dem sie gesessen hatte, und ließ sich neben Stephen aufs Bett sinken, nahm ihn in ihre Arme. »Es tut mir leid, Stephen«, murmelte sie. »Ich habe vor vielen Jahren einen schrecklichen Fehler begangen, und du wirst den Preis dafür zahlen müssen.« Sie schob ihn ein Stück von sich weg, und in ihren Augen schimmerten Tränen. »Versprich mir, dass du kämpfen wirst. Dass unsere Familie von diesem Fluch wieder freikommt. Versprich mir, dass du es versuchen wirst!«

Der Elfjährige schluckte. Angst durchfuhr ihn, aber er sah Amelia in die Augen. »Wirst du mir helfen?«, fragte er leise.

»So gut ich kann. Ich erzähle dir in den nächsten Wochen und Monaten alles, was ich weiß, in Ordnung? Aber das bleibt unser Geheimnis, Stephen. Wir dürfen deine Mutter nicht noch mehr ängstigen.«

»Mama hat doch keine Angst.«

»Doch, die hat sie. Sie zeigt sie nur nicht, Kleiner. Clarissa ist sehr mutig, das war sie schon immer – und du, du wirst diesen Mut brauchen.«

Stephen dachte an all die Helden aus seinen Abenteuerbüchern. »Auf in den Kampf«, sagt er dann.

»Auf in den Kampf«, wiederholte Amelia und sie schüttelten sich feierlich die Hände, als besiegelten sie einen Pakt.

Amelias Plan ging nicht vollständig auf, denn sie und Stephen sahen sich nur noch wenige Male. Am Abend seines zwölften Geburtstages – Amelia war gerade von einer langen Reise zurückgekehrt und hatte ihm aus fernen Ländern ein paar Mitbringsel mitgebracht – endete seine Kindheit für immer. Als sie das Haus verließ, winkte ihr Stephen aus seinem Fenster nach. Sie drehte sich noch einmal um und sah zu ihm hoch, trat, um ihn besser zu sehen, ein paar Schritte auf die Straße. Die folgenden Sekunden würde er sein Leben lang nicht mehr vergessen. Mit offenem Verdeck und hämmernden Bässen kam ein Sportwagen um die Ecke geschossen und prallte auf Amelia. Wie eine Puppe wurde sie mehrere Meter durch die Luft geschleudert und landete auf dem Gehweg vor dem nächsten Grundstück. Als er die Treppe hinuntergerast war und sie erreichte, war sie bereits tot, das Licht in ihren blauen Augen erloschen.

In den darauffolgenden Tagen, in denen Stephen und Elinor um ihre Großmutter weinten, dachte er immer wieder daran, dass sie ihm nun nichts mehr erzählen konnte. Zwar wusste er jetzt genauer, wovor Amelia solche Angst gehabt hatte, aber von einer Lösung war er immer noch weit entfernt. Doch die Zeit verging, das Leben ging weiter, er fand neue Freunde. Ein paar Monate später waren ihre Gespräche nur noch eine ferne Erinnerung. Und als er erwachsen war, dachte er überhaupt nicht mehr daran.

Bis zu jenem Tag vor zwei Monaten, als das Konsortium an seine Tür geklopft hatte.

Jenna landete hart auf den Knien und stöhnte, als der Schmerz durch ihr verletztes Bein schoss. Vorsichtig tastete sie mit den Händen den Boden ab – und war erleichtert, dass er sich zumindest stabil anfühlte. Sie konnte nicht sagen, wie lange sie gefallen war, aber sie war mehr als froh, dass es zu Ende war. Sie war völlig durchgefroren. Kein Laut drang zu ihnen, Jenna hatte das Gefühl, sich in einer Blase zu befinden. In ihrer eigenen kleinen Welt, in der Dinge geschahen, die niemand erklären konnte. Am liebsten hätte sie von irgendwoher eine Nadel genommen und den Ballon angepikst. Draußen lebten Menschen ihr ganz normales Leben – und sie? Was war mit ihr? Sie stöhnte leise. Nun, wo auch immer sie war – sie befand sich zumindest auf einer ebenen Fläche, und neben ihr saß Lena. Sie konnte sie nicht sehen, aber das Parfüm war unverkennbar.

Das Wichtigste zuerst, dachte Jenna, die just in diesem Moment auf keinen Fall darüber nachdenken wollte, wo sie gerade gewesen war. Und auch nicht darüber, wie sie hineingekommen war – und wieder heraus. »Erstens. Wir sind am Leben. Wow – das hätte ich nicht erwartet! Und zweitens: Wo sind wir?« Sie holte ihr Handy aus der Tasche und leuchtete um sich.

»Es sieht aus wie ein Keller«, meinte Lena. Ihre Stimme war heiser, der Tränenausbruch war ihr noch deutlich anzuhören. »Deiner?«

Jenna stand auf und lehnte sich gegen die Wand, hob ihr Handy so in die Höhe, dass sie mithilfe der Beleuchtung Lenas Gesicht erkennen konnte »Nein. Sieh mal, da ist eine Ziegelmauer, das gibt es bei uns nicht. Und außerdem ist hier alles schön in Kisten verpackt, sehr ordentlich. Bei uns im Haus bestehen die Keller aus Lattenverschlägen, und in meinem herrscht das übliche Chaos.« Und jetzt konnte sie nicht mehr anders. »Du hättest uns beinahe umgebracht – und es wäre dir egal gewesen! Mach das nie wieder mit mir, hörst du? Wenn es um die Schattenwelt und diesen verdammten Jäger oder darum geht, dass du mich benutzt, um jemanden zurückzubringen, sind wir entweder ein Team, oder du verschwindest aus meinem Leben, und zwar gleich!«

Lena hob die Brauen. »Schrei nicht so herum, Jenna. Du bist die Hüterin, aber glaub mir, du hältst dich besser an mich, wenn du überleben willst.«

»Die arrogante Nummer kannst du dir sparen«, fuhr Jenna sie an und schlug mit der freien Hand gegen die Wand, sodass ein paar Gipskörnchen herabrieselten. »Hättest du mir von Anfang an gesagt, worum es geht, hätte ich dir vielleicht tatsächlich helfen können. Stattdessen ziehst du ein halbgares Ritual durch, für das du – korrigier mich bitte, wenn ich mich irre – tausend Jahre Vorbereitung hattest, und vermasselst es auch noch? Du hast es dir zu einfach gemacht, Lena. Vielleicht bist du doch schon zu lange auf dieser Welt. Vielleicht vergisst man bei einem so langen Leben, was Freundschaft ist. Oder Vertrauen.«

Lena starrte sie einen Moment lang sprachlos an, ihre Schultern sanken herab.

Jenna atmete ein paarmal tief durch, dann sagte sie etwas ruhiger: »Ich schätze, du hast uns irgendwie in diesen Keller gebracht, Lena. Also … kannst du uns bitte wieder zurückbringen? In Antoines Wohnung, meine ich, nicht in die Schattenwelt.« Nun schlug sich Jenna die Hand auf den Mund. »O Gott, Antoine! Wie konnte ich das vergessen? Was ist mit ihnen passiert? Bitte sag mir, dass sie okay sind …« Sie sah Lena entsetzt an, ihre Wut für den Moment vergessen.

»Du musst dich zuerst selbst retten, bevor du an andere denken kannst. Gewöhn dich an den Gedanken.« Lena erwiderte ihren Blick nicht, sie starrte in die Schwärze des Kellers, sah etwas, was niemand sonst sehen konnte.

»Aber Antoine ist mein Freund!«, protestierte Jenna. »Was bist du nur für ein … Ungeheuer? Fühlst du denn gar nichts? Ich versteh ja, dass du deine Freunde aus der Schattenwelt befreien willst, aber du kannst dafür doch nicht wahllos Menschen opfern! Deine Penelope«, fuhr sie zögernd fort, »sie ist seit über tausend Jahren tot. Tausend Jahre, Lena!« Jenna tanzten bunte Punkte vor dem Gesicht. Sie konnte immer noch nicht glauben, dass sie tatsächlich in dieser Welt hinter den Nebeln gewesen und auch noch lebend wieder herausgekommen war.

»Das ist es ja …«, flüsterte Lena. Jetzt richtete sie ihren Blick wieder auf Jenna, und diese zuckte zusammen angesichts der Verzweiflung, die darin zu erkennen war. »Sie sind nicht tot. Sie wurden verbannt. Sie sind lebendig in diesem Nebel … diesem Grauen. Wer Kräfte hat wie wir, für den gibt es in der Schattenwelt kein Vergessen. Das ist ihre Strafe, Jenna! Seit tausend Jahren!« Jetzt liefen Lena die Tränen übers Gesicht. »Ich muss sie da herausholen.« Sie rutschte an der Wand nach unten, legte den Kopf auf die angewinkelten Knie. »Und ja, es ist mir egal, welchen Preis ich dafür zahlen muss«, sagte sie trotzig. »Oder jemand anderer. Ich habe die Regeln nicht gemacht.«

Jenna wurde kalt. »Was soll das denn heißen? Du hast in all den Jahren einen Haufen Leute umgebracht, damit du deine Freunde zurückbekommst? Bist du von allen guten Geistern verlassen?« Sie kniete sich vor Lena und legte ihr die Hände auf die Schultern, schüttelte sie leicht. »Ich mag von all dem wenig Ahnung haben, ich verstehe vielleicht nicht, was du in deinem Leben durchgemacht hast und warum das mit dir und deinen Freunden passiert ist. Aber eines weiß ich: So viel Tod, so viel Leid können nicht zu einem guten Ausgang führen. All das, was hier mit uns geschieht, die Magie, die wir haben, dient einem Gleichgewicht. Die Hüterin ist dafür da, die Balance zu wahren. Was auch immer ihr getan habt, damals … es wird doch nicht besser oder ungeschehen, indem du Menschen in den Tod schickst.«

»Es ist sowieso alles vorbei«, sagte Lena dumpf. »Hast du nicht gehört? Sie haben mir gesagt, ich muss jemanden finden, der mir vergibt.« Sie lachte bitter auf. »Das kann ich vergessen.« Sie sah an Jenna vorbei, als sie murmelte. »Jetzt ist alles aus. Vorbei.«

Jenna war hin- und hergerissen. In ihrem Magen lag ein eisiger Klumpen – die Angst um Lagardère. Denn dass er tot sein könnte, wies sie weit von sich. Und in ihrem Kopf hämmerte die Wut über das, was Lena getan hatte. Sie hätte ihr am liebsten links und rechts eine geknallt. Gleichzeitig aber konnte sie sich Lenas Verzweiflung nicht verschließen, und außerdem machte sie ihr Angst. Wer wusste schon, wozu Lena fähig war? Jenna hatte das dumpfe Gefühl, dass Lenas Magie tödlicher war als alles, was sie selbst je getan hatte. Also versuchte sie das, was sie in ihrem Job immer machte, wenn die Aufträge auf sie niederprasselten: Sie sortierte. »Eins nach dem anderen«, sagte sie jetzt streng und klang wie die Mutter, die sie nun einmal war. Sie hob das Handy vors Gesicht. »Wenigstens ein bisschen Netz. Ich versuche es mal.« Doch bevor sie Lagardères Nummer wählte, öffnete sie ein Menü. Sie sog scharf die Luft ein und starrte ungläubig auf das Bild, das sich ihr bot.

»Was ist?«, fragte Lena drängend.

Jenna hielt ihr das Telefon entgegen. »Schau mal, wo wir gelandet sind.« Auf dem Bildschirm war eine Miniatur-Landkarte zu erkennen, darauf pulsierte ein kleiner Punkt.

»München?«

Jenna zoomte es heran.

»Waltherstraße?«

»Waltherstraße«, bestätigte Jenna. »Wir sind in Antoines Keller. Das gibts doch nicht …«, flüsterte sie und grinste wider Willen. »Andererseits – ist auch logisch. Hier sind wir gestartet, nur ein paar Stockwerke höher. Los, komm, wir müssen nach oben. Ich muss wissen, wie es ihm geht.« Sie griff nach Lenas Hand und zog sie hoch. Die Klinke ließ sich ohne Widerstand nach unten drücken, die Tür schwang auf und beide Frauen traten in den Gang hinaus, der von einer schwachen Leuchtröhre über ihren Köpfen erhellt wurde.

»Warte«, sagte Lena.

Jenna drehte sich um und musterte sie ungeduldig. »Was?«

»Du willst mich mitnehmen, obwohl ich …« Lena schob das Kinn vor, schluckte mehrfach und setzte neu an. »Du willst wirklich, dass ich mit hochkomme?«

»Ja«, gab Jenna zurück. »Und wenn Antoine und die anderen das, was du vorhin angezettelt hast, überlebt haben, dann überlege ich mir, ob ich dir helfe. Und jetzt mach schon.«

Eine gemauerte Treppe führte ins Erdgeschoss, und Jenna blinzelte, als durch die hohen Fenster des Treppenhauses Tageslicht auf sie fiel. »Kurz nach sieben«, sagte sie mit einem weiteren Blick auf ihr Handy. Jetzt konnte es ihr nicht schnell genug gehen, sie flog die vier Stockwerke förmlich nach oben. Lena rannte ihr nach, einen so verwunderten Ausdruck im Gesicht, als hätten sie die vergangenen Sekunden mehr geschockt als die Stunden zuvor.

Ohne sich mit der Klingel aufzuhalten, hämmerte Jenna gegen die Tür. »Antoine!!!«

Die Tür schwang auf, und Lagardère stand da, einen Ausdruck ungeheurer Erleichterung im Gesicht. Der sich in Wut wandelte, als er Lena hinter Jenna gewahr wurde. Er ließ Jenna los, die er gerade umarmt hatte, und trat auf Lena zu, Mordlust im Blick. »Du!«, sagte er, und all der Schmerz, die Verachtung, all die Empörung, die er in den letzten Stunden empfunden hatte, lag in diesem einen Wort. Er hob die Hand, doch Jenna fiel ihm in den Arm. »Antoine, warte!«, sagte sie scharf.

»Wie kannst du noch mit ihr reden, nach dem, was sie getan hat?« Lagardère konnte kaum sprechen, so wütend war er.

Jenna schüttelte den Kopf. »Reden ist das Einzige, was uns weiterbringt. Hätte Lena früher mit mir geredet, wäre das alles nicht passiert. Wo ist Archer? Ist er okay?«

»Hier.« Damit trat der Engländer aus dem Salon in den Flur.

Jenna blieb der Mund offen stehen. Archer machte den Eindruck, als käme er gerade aus der Dusche. Kein Blutspritzer war mehr zu sehen. Er trat auf sie zu, nahm ihre Hand in seine und strich ihr über den Unterarm. Erst jetzt fiel Jenna auf, dass sie über und über mit feinem grauen Staub bedeckt war. Verlegen zog sie ihre Hand weg und strich sich durch die Haare, nur um eine Staubwolke auszulösen. Archer nieste. Er schloss eine Sekunde die Augen, dann schüttelte er ansatzweise den Kopf und platzierte beide Hände links und rechts neben ihrem Kopf an der Wand. »Wir sind noch nicht fertig«, sagte er leise und sah ihr in die Augen.

Jenna wurde heiß. Sie war froh, sich an die Wand lehnen zu können, denn ihre Knie zitterten wie Gummi. Sie hatte sich entsetzliche Sorgen um Lagardère gemacht, aber nun musste sie sich eingestehen, dass sie ebenso froh war, Archer wiederzusehen. Was war geschehen? Wann hatte sich der Hass auf ihn in … etwas anderes gewandelt? Ich habe ihn gar nicht gehasst, sagte eine Stimme in ihrem Kopf. Aber er gehört zu deinen Feinden. All das ging ihr in Sekundenschnelle durch den Kopf, ihr Blick wanderte von Archers Augen zu seinem Mund und etwas wie Begehren zog sich in ihrem Magen zusammen.

Hinter ihnen funkelte Lagardère Lena noch immer wütend an, er war nicht gewillt, so schnell klein beizugeben. Mit einer heftigen Bewegung zog er sie in die Wohnung. »Rede!«, sagt er und verschränkte die Arme vor der Brust.

Doch Lena fehlten die Worte. Sie setzte mehrfach an, dann gab sie auf. Hilflos hob sie die Hände und sah zu Jenna hinüber. Diese riss sich von Archers Blick los, trat aus dem Halbkreis seiner Arme. »Die Kurzfassung? Lena hat ihr Ritual vermasselt, wir waren in der Schattenwelt und sind, was an ein Wunder grenzt, alle noch am Leben. Wo ist eigentlich Wagner?«

Archer war einen Schritt zurückgetreten und hörte ihr mit zusammengekniffenen Augen zu. »Er ist weg«, sagte er trocken. »Wohin, wissen wir nicht.«

»Wie, weg?« Jenna sah von Lagardère zu Archer und wieder zurück.

»Nicht mehr da«, sagte Lagardère und stemmte die Hände in die Hüften. »Wir waren wohl ohnmächtig, und als wir wieder zu uns kamen, war er weg. Très simple.«

Jenna wandte sich an Lena: »Hattest du ihn etwa mitgenommen?«

Lena schüttelte den Kopf und verteilte ebenfalls eine Staubwolke. »Nein«, sagte sie, und ihre Stimme klang rau. »Er sollte genauso wie die anderen ster…« Sie sah Lagardères finstere Miene und unterbrach sich mitten im Wort, begann erneut: »Ich weiß nicht, wo er ist.«

Archer war während dieses Wortwechsels ans Fenster getreten. »Wir bekommen Besuch. Die beiden Männer von unten gehen gerade über die Straße.«

»Ihre Leute?«, fragte Jenna und spürte, wie ihr Herz schon wieder hämmerte.

»M-hm. Oder, wenn Ihr französischer Freund recht hat, meine Ex-Leute. Er meint, da wir den Fluch gebrochen haben, werden sie mich wohl beseitigen wollen«, murmelte Archer.

»Das können die doch gar nicht wissen«, meinte Jenna. »Sie haben nichts gesagt, ich auch nicht – wer also?«

»Los, versteckt euch«, sagte Lagardère hastig. Er schob beide Frauen hastig in das kleine Gäste-WC. »Egal, was ihr hört – ihr bleibt da drin. Stephen und ich regeln das.«

»Äh«, machte Jenna, aber da zog er ihr auch schon die Tür vor der Nase zu.

Lena ließ sich auf den Klodeckel sinken. »Jetzt nennt er ihn schon beim Vornamen. Was kommt als Nächstes?«

»Das ist ja wohl gerade nicht das Problem, Lena. Wo ist Wagner?« Jenna lehnte sich mit dem Po gegen das Waschbecken und verschränkte die Arme.

»Wagner ist an dich gebunden, Jenna. Du müsstest doch fühlen können, wo er ist.«

Jenna konzentrierte sich kurz, dann zuckte sie mit den Schultern. »Nichts. Rein gar nichts. Er ist komplett weg. Verdammt, wo kann er sein? Das können wir ihm doch nicht antun.«

»Bauernopfer gibt es immer, Jenna. Gewöhn dich dran.«

»Das ist der Unterschied zwischen uns beiden, Lena. Ich werde mich nicht daran gewöhnen. Für dich mag ein Menschenleben keinen Wert haben, für mich schon. Du hast zu lange …«

In diesem Moment hallte ein Gong durch den Flur.

»Es geht los«, flüsterte Jenna. Sie klammerte die Hände um den Waschbeckenrand und lauschte angestrengt.

Lagardère öffnete die Tür, lugte durch den Spalt. »Ja, bitte?«, fragte er höflich.

Vor ihm stand eine Frau. Sie trug ein maßgeschneidertes dunkelblaues Kostüm und hatte eine große Audrey-Hepburn-Sonnenbrille in die Haare geschoben. Hochhackige Schuhe und eine farbliche passende Handtasche rundeten das Ensemble ab.

»Ich suche Stephen Archer«, sagte sie in akzentuiertem Englisch und spähte über Lagardères Schulter in die Wohnung. Lagardère registrierte, dass sie ihn um einige Zentimeter überragte. Das war auch etwas, womit er in seinem neuen Leben erst einmal hatte zurechtkommen müssen. Er war mit einem Meter achtzig nicht klein, aber früher hatte ihm kaum eine Frau bis zur Nasenspitze gereicht. Und jetzt …

»Das ist meine Wohnung«, sagte er jetzt und deutete auf das Klingelschild. »Wer soll dieser … Stephen Archer sein?«

»Stellen Sie sich nicht dümmer, als Sie sind. Ich weiß, dass er hier ist.« Jetzt trat sie einen weiteren Schritt auf Lagardère zu, und ihr teures Parfüm stieg ihm in die Nase. Mit der flachen Hand drückte sie gegen die Tür. »Stephen, hör auf mit dem Versteckspiel!«, rief sie.

»Das kann doch nicht wahr sein!«, kam Archers fassungslose Stimme vom Flur. »Elinor? Was tust du hier?«

»Na also, warum nicht gleich.« Mit diesen Worten betrat die Frau an dem Franzosen vorbei die Wohnung und fixierte Archer, der im Flur stand und sie anstarrte. »Du ignorierst seit Tagen meine Anrufe. Also bin ich zu Mortimer gegangen – der übrigens wieder auf dem Weg der Besserung ist. Er schickt mich, sagt, du hast Probleme? Ich bin hier, um dir zu helfen. Zu zweit werden wir diese widerspenstige Hüterin ja wohl bändigen können.« Elinor sah sich um. »Wo ist sie?«

Archer schüttelte den Kopf. »Ich verstehe immer noch nicht, was du hier tust. Seit wann weißt du …«

Elinor lachte, aber es war kein freundliches Lachen. »Ach, Stephen, du warst immer so naiv. Du und Großmutter, weißt du noch? Ihr zwei mit euren Treffen, euren Geschichten, euren geflüsterten Geheimnissen? Du hattest keine Zeit mehr für mich, Stephen, ich war für dich einfach nicht mehr vorhanden, ich war bloß noch die kleine nervige Schwester. Nun, ich wusste von eurem Geheimnis. Wer, glaubst du wohl, hat deine Schreibtischschublade seinerzeit aufgebrochen? Amelia hatte dir viel erzählt, sie hat dir auch einiges aufgeschrieben … Es war sogar die Rede von einem Notizbuch, das sie dir überlassen wollte – aber das ist leider nie aufgetaucht. Du hast doch letztendlich nicht an die Sache geglaubt, und Mutter auch nicht. Aber ich … ich wusste immer, dass da mehr ist. Mehr sein muss!«

»Aber warum kommst du jetzt damit? Wieso hier?« Archers Stimme war brüchig, er hatte den träumerischen Ausdruck eines Mannes im Gesicht, der nicht fassen konnte, was er sah und hörte. Er trat auf Elinor zu, doch diese hob die Hand. »Reden können wir später. Wo ist Jenna Winters?«

Archer ließ sich Zeit mit seiner Antwort. Er trat noch einen weiteren Schritt auf seine Schwester zu, versuchte zu verstehen, was hier vorging.

»Oh, und bei dieser Gelegenheit, Stevie: Warst du wirklich so dumm zu versuchen, den Fluch zu lösen? Wir stehen im Dienst eines der mächtigsten Wesen, die es gibt, und du willst dieses Band durchtrennen? Einfach so?« Elinor verzog den dunkelrot geschminkten Mund. »Mortimer hat euch beobachtet. Du und die Hüterin, ihr habt es wirklich probiert, oder? Wie unsagbar dämlich kann man sein? Selbst Mortimers kleine Hexe wusste, dass das nicht funktionieren würde.« Die Verachtung triefte aus jedem ihrer Worte.

Archer ergriff mit einer wütenden Geste das Handgelenk seiner Schwester. Er hatte sich von seiner Erstarrung erholt, jetzt fingen die Rädchen in seinem Hirn wieder an, sich zu drehen.

Elinor wehrte sich nicht, aber der Blick in ihren Augen ließ ihn zögern. »Du hast Mortimer unterschätzt, mein Lieber. Er sagt, diese Jenna Winters habe es dir angetan. Wie konntest du nur? Und übrigens: Du bist gefeuert. Ich übernehme. Ab sofort.«

»Das kannst du nicht tun, Elinor. Du hast keine Ahnung, in was du dich hineinbegibst. Das ist alles größer, als du dir vorstellen kannst.«

»Falsch, mein Lieber. Du hast deinen Auftrag nicht erfüllt. Aber da unsere Familie mit drinhängt, bin ich jetzt an der Reihe. Oder willst du Mutter aus dem Altenheim holen und sie die Sache beenden lassen?« Elinor wandte den Kopf. »Und Sie? Wer sind Sie? Noch ein Handlanger?«

Lagardère lächelte angestrengt. »Ich bin Antiquar. Und ein wenig mit Ihrem Problem vertraut, Miss Archer.«

»Gut. Dann können Sie mir vielleicht sagen, wo mein Bruder die Hüterin gelassen hat?« Sie tippte auf ihrem Handy herum und runzelte die Stirn. »Wo bleibt denn nur die Hexe? Sie sollte längst hier sein. Los, los, kleine Miss, gehen Sie schon ran.« Mit dem Handy am Ohr drehte sie sich wieder zu ihrem Bruder. »Mach keinen Quatsch. Ihr mögt hier zu zweit sein, aber ich bin nicht ohne Verstärkung gekommen. Und übrigens: Dein neuer Jäger ist bei mir gut aufgehoben. Ich denke, den werden wir noch gut brauchen können.«

»Wagner ist bei dir? Er ist am Leben?«

»Aber ja. Er kam vorhin aus der Tür herausgetaumelt. War noch nicht ganz wieder bei sich, aber er hat mir schon so einiges erzählt. Mein lieber Stephen, du ahnst noch nicht, wie tief du drinsteckst im Morast.«

Als Lenas Handy summte, sah Jenna, die mit dem Ohr angestrengt an der Badezimmertür horchte, sie empört an. »Wer ruft denn jetzt an? Stell das leiser!«, zischte sie. »Du verrätst uns noch.« Dann trat ein Schimmern in ihre Augen, Röte stieg ihr in die Wangen. »Aber das hast du schon, nicht wahr? Mann, ich hätte schon viel früher zwei und zwei zusammenzählen müssen. Natürlich … Du bist die Hexe, von der Archers Schwester spricht. Du warst mit Mortimer in Kontakt. Du hast mir das Gitter auf die Tür gepinselt. Du hast mich angelogen, von vorne bis hinten.«

Lena stellte hastig ihr Handy auf lautlos, dann sah sie Jenna an. »Das war, bevor …«

»Hier ist Elinor Archer. Verdammt, wo sind Sie? Rufen Sie mich auf dieser Nummer zurück, und zwar schnell.« Elinor klappte wütend ihr Handy zusammen.

»… bevor du dein verrücktes Ritual durchziehen wolltest?«, flüsterte Jenna so wütend, dass sie fast spuckte. »Du hast mit den Leuten in London gemeinsame Sache gemacht, hast mich in die Höhle des Löwen geschickt? Du hast die beiden im Park umgebracht. Du wusstest, dass Archer mich entführt hat. Die ganze Zeit? Und ich blöde Kuh glaube dir vorhin auch noch, dass es dir um deine Freunde geht! Ich hatte mir tatsächlich vorgenommen, dir zu helfen.« Unwillkürlich rannen Jenna Tränen des Zorns über die staubbedeckten Wangen, hinterließen graue Spuren. »Aber das kannst du dir an den Hut stecken, Lena Wilhelmi. Und jetzt gehen wir da raus und klären das ein für alle Mal.«

»Spinnst du?« Lena sprang auf, schob sich an Jenna vorbei und stellte sich mit ausgestreckten Händen vor die Tür. »Wenn du da rausgehst, kann ich dir nicht mehr helfen. Dann kannst du dir deine Moral an den Hut stecken. Denn dann stirbt Wagner, der Jäger kommt zurück und du wirst nie wieder vom Konsortium loskommen. Weder du noch Kim. Da hilft dir dann auch kein Kreidesymbol mehr. Archer werden sie beseitigen. Wahrscheinlich tut das schon seine durchgeknallte Schwester. Und ich …«

»Hier geht's nicht um dich. Es geht darum, dass wir das Gleichgew…«

»Bla bla bla, spar dir das Gerede, Jenna! Ich habe einen Fehler gemacht, und dafür haben meine Freunde gebüßt. Ich bin es ihnen schuldig, sie da wieder herauszuholen. Das magische Gleichgewicht interessiert mich nicht, verstehst du das nicht?«

»O doch, das verstehe ich sehr gut«, sagte Jenna leise und mit zusammengebissenen Zähnen.

»Die Hüterin ist nicht hier«, sagte Lagardère, nach außen hin gelassen. »Wir wissen nicht, wo sie ist.«

»Du bist mit ihr in Augsburg gewesen, ihr habt diesen Wagner gemeinsam hergebracht«, rekapitulierte Archers Schwester eisig und tippte mit einem manikürten Zeigefinger auf die Brust ihres Bruders. »Wann zum Teufel hast du sie verloren? Hier in der Wohnung? Hat sie sich in Luft aufgelöst?«

Jennas Gedanken rasten. Am liebsten hätte sie alle, bis auf Lagardère natürlich, aus der Wohnung geworfen und sich dann für die nächsten Wochen darin verbarrikadiert. Doch Lenas letzte Worte ließen sie nicht los. So verraten sie sich von ihr fühlte, Lena hatte recht: Jenna blieb nur, das alles durchzuziehen und das Beste daraus zu machen. Und wenn das hieß, dass sie Lena helfen musste, dann musste sie das tun. Um Kims willen. Um Lagardères willen. Sie hätte sonst keine ruhige Minute mehr.

Sie schloss die Augen, klammerte ihre Finger um ihren Stein und sandte eine Botschaft an Lagardère. *Halt dich an irgendwas fest.*

Und dann brachen sich all die Empörung, all der Frust in ihr Bahn. Es war ein lautloser Schrei, den Jenna aussandte, sie versuchte ihre Kraft zu bündeln, sie zu der kalten Stimme zu lenken, die sie von draußen gehört hatte, und sie einzuhüllen, sie zu umschließen.

»Jenna, hören Sie auf!«, rief Archer nach wenigen Sekunden, und im gleichen Moment riss Lagardère die Tür auf.

Jenna trat schweratmend nach draußen. Der Stein in ihrer Hand war glühend heiß geworden, und sie erstarrte angesichts des Anblicks, der sich ihr bot. Elinor Archer saß zusammengekrümmt auf dem Boden, Gesicht, Hände und Kostüm waren blutverschmiert. Ihr Bruder kniete neben ihr, redete leise auf sie ein.

»Ich wollte sie nur lahmlegen«, sagte Jenna verdutzt.

»Hast du ja auch«, kommentierte Lena, die hinter ihr aus dem Bad trat. »Du hast es nur ein bisschen übertrieben.«

Lagardère brachte Archer ein nasses Handtuch, und er wischte seiner Schwester, die mit leerem Blick vor sich hinstarrte, das Blut von Nase und Mund. Dann sah er Jenna mit einem seltsamen Gesichtsausdruck an. »Ich bringe sie zurück«, verkündete er, hob Elinor auf die Arme und richtete sich auf. »Ich regle das. Mit ihr und mit Wagner.« Mit diesen Worten trat er aus der Tür und stieg langsam und vorsichtig die Treppe hinunter.

Die drei Zurückbleibenden sahen sich verblüfft an. »Einfach so?«, fragte Jenna nach einer längeren Pause und zog eine Augenbraue hoch. »Ich sage euch, ich versteh das alles nicht.«

»Archer ist seine Familie wichtig«, erklärte Lagardère. »So wie dir, Jenna. Er hat geschworen, sie zu beschützen. Und nun schau dir an, was aus seiner Schwester geworden ist.«

»Du verstehst ihn aber plötzlich sehr gut«, sagte Jenna misstrauisch. »Was ist, wenn das alles jetzt wieder von vorne anfängt? Nur dass wir nicht nur Archer, sondern auch noch seinen eiskalten Engel gegen uns haben.«

Schnelle, laute Schritte waren im Treppenhaus zu hören, dann stand Archer im Flur. »Ich habe noch etwas vergessen.« Er zog Jenna an der Hand hinter sich aus der Wohnung und drückte sie neben der Tür gegen die Wand.

»He!«, protestierte Jenna, aber da lag sein Mund schon auf dem ihren. Seine Hände fuhren ihr fiebrig durchs Haar, und dann hielt er ihr Gesicht in seinen Händen, strich ihr mit den Daumen über die Wangen und küsste sie, als hinge sein Leben davon ab. Jenna klammerte sich an ihn, ihre Hände verschränkten sich in seinem Nacken, und für ein paar glückselige Momente vergaß sie ihren Zorn, ihre Verzweiflung, und gab sich der weichen und doch fordernden Berührung seiner Lippen hin.

Schließlich beendete Archer den Kuss, hielt sie aber weiterhin an sich gedrückt, atmete – Staub oder nicht – den Duft ihrer Haare ein. »Ich weiß nicht, was geschehen wird«, flüsterte er jetzt. »Aber ich wollte nicht gehen, ohne dass du weißt, dass du mich verwandelt hast.«

»In was?«, fragte Jenna, wider Willen amüsiert.

Sie spürte, wie Archer mit den Schultern zuckte. »Im besten Fall wärst du mir … wäre mir dein Leben egal. Aber das ist nicht so.« Er strich mit den Lippen über ihre Wange, gab ihr einen Kuss auf die Nasenspitze. »Wenn wir das überleben, treffen wir uns in meiner Hütte. Nur wir zwei.«

Jenna lachte auf, aber es klang mehr wie ein Schluchzen. »Okay«, sagte sie atemlos. »Was wirst du jetzt tun?«

»Ich nehme Elinor und Wagner mit mir zurück nach England. Wenn wir hier bleiben, ist das zu gefährlich für dich und Antoine. Außerdem bin ich sicher, dass Elinor weiß, was bei unserem Ritual schiefgegangen ist. Ich habe ihren Blick gesehen, als sie darüber sprach. Und Mortimer … er braucht mich. Also werde ich mich auf die Suche nach Informationen machen, und dann …« Er sah ihr in die Augen. »Glaubst du mir?«, fragte er leise.

Jenna hob die Hand und legte sie Archer für einen Moment an die Wange. »Ich helfe dir, wenn es so weit ist«, versprach sie. »Deine Freiheit … und meine Freiheit«, setzte sie nach einer Pause hinzu.

Sekunden später schlug die Haustür mit einem dumpfen

Knall zu, und durch die Fenster im Treppenhaus konnte Jenna sehen, wie Archer hastig die Straße überquerte und in ein wartendes Taxi stieg. Sie kehrte mit langsamen Schritten in die Wohnung zurück, wo Lagardère und Lena im Flur warteten und erfolglos so taten, als hätten sie nicht mitbekommen, was gerade zwischen ihr und Archer vorgefallen war.

»Lagebesprechung«, schlug Jenna vor. Sie ignorierte das kaum unterdrückte Grinsen auf Lagardères Gesicht und ging an den beiden vorbei in den Salon. Dort ließ sie sich auf einen Sessel sinken und versuchte, das Kribbeln an ihren Lippen zu ignorieren. »Lena … du hast am meisten zu erklären. Du fängst an.« Sie richtete sich auf und stützte die Ellbogen auf die Knie. »Wir sind an einem Punkt angelangt, wo wir entweder die Karten auf den Tisch legen, oder riskieren, dass wir alle dabei draufgehen. Ich will, dass das ein Ende hat.« Zu Lagardère, der etwas einwerfen wollte, sagte sie: »Nein, ich stelle meine Bestimmung nicht infrage. Aber hier verfolgen zu viele Leute ihre eigenen Pläne, und wie wir an Adrian Wagner gesehen haben, geht dabei mehr schief, als gesund ist. Ich will nicht, dass dir oder Kim etwas geschieht. Und mir auch nicht. Mein Adrenalinpegel ist wahrscheinlich noch für die nächsten fünf Jahre außerhalb des Normbereichs.« Sie schlug mit der flachen Hand auf die Lehne neben sich und richtete ihre Augen auf Lena. »Aber wir haben gesehen, was passieren kann! Menschen sterben – und ich will das nicht! Lena, Menschen sind keine magischen Kollateralschäden.«

Lena hatte sich auf einem Sofa niedergelassen, die Beine unters Gesäß gezogen und betrachtete ihre verschränkten Hände. »Was willst du von mir hören, Jenna?«

»Dass du verstehst, worum es mir geht. Dass du nur Hilfe bekommst, wenn du ehrlich bist«, schoss Jenna zurück. »Ich hab dir schon mal gesagt, dass du meine Unterstützung hast – aber dazu musst du mir die Wahrheit sagen. Und dass du mich an das Konsortium verkauft hast, Lena, das ist wirklich das Allerletzte.«

»Ich hatte mit Mortimer Weyland schon sehr viel früher zu tun«, erklärte Lena. »Dass er zu den Londoner Brüdern gehört, wusste ich damals noch nicht.«

»Ja … und wenn du es gewusst hättest, wäre es dir egal gewesen. Schon klar. Bei dieser Gelegenheit – was wollte denn der alte Mann von dir? Oder du von ihm?«

Lena seufzte. »Das ist eine längere Geschichte.«

»Dann würde ich sagen, du fängst besser gleich an. Wir haben nicht viel Zeit. Ich sage dir mal, was ich denke, und dann kannst du die Leerstellen füllen.« Jenna lehnte sich zurück, schlug die Beine übereinander und zählte an den Fingern ab. »Erstens: Du und deine zwei Freunde, ihr habt vor tausend Jahren etwas angestellt, wofür man die beiden in die Schattenwelt verbannt hat. Seitdem versuchst du sie da herauszuholen. Dazu brauchst du mich und noch ein paar andere Zutaten. Und, wie wir gehört haben, jemanden, der dir vergeben kann, was auch immer das bedeuten mag. Zweitens: Archer und der Fluch, der seine Familie ans Konsortium bindet. Wir haben versucht, ihn zu brechen, leider erfolglos, wenn man seiner Schwester glauben kann. Es muss also noch etwas geben, was wir bisher übersehen haben. Ich hätte mir gleich denken müssen, dass es so nicht geht. Außerdem habe ich … den Jäger … gehört. Er hat mich ausgelacht. Ich habe es in dieser Nacht einfach ignoriert, das war ein Fehler. Drittens: Du arbeitest offensichtlich mit dem Konsortium zusammen.« Jenna holte tief Luft. »So, und jetzt bist du dran.«

Lena sprang auf und wanderte im Raum umher. Sie strich

mit den Händen über die Polster, ließ die Finger über die Bücherrücken in den Regalen gleiten, sah keinem der beiden ins Gesicht, als sie anfing zu sprechen. »Ihr könnt nicht verstehen, wie das ist. Ich habe seit über tausend Jahren niemandem, wirklich niemandem vertraut. Dass es mich immer noch gibt, liegt nicht daran, dass ich mir Freunde gemacht oder nach dem ach so gepriesenen Gleichgewicht in der Natur gesucht hätte. Nein, dass ich überlebt habe, liegt allein an mir. Ich habe mein Ziel nie aus den Augen verloren.«

Jenna wollte etwas einwerfen, doch Lena hob die Hand. »Lass mich ausreden. Ihr wolltet es wissen, jetzt müsst ihr es auch aushalten.«

La Maguelone, Südfrankreich, ca. 1030 n. Chr.

Über der kleinen Halbinsel am südwestlichen Ende der Camargue war die Nacht hereingebrochen, die monotonen Geräusche von Hammer und Meißel verstummten. Seit Monaten schufteten die Männer aus den Dörfern an der Wiederherstellung der Kathedrale und des Klosters. Hoch oben über dem Meer, von Weitem sichtbar und doch uneinnehmbar, ein Zeichen des Glaubens und der Stärke – so hatte Papst Benedikt IX. es dem ansässigen Bischof Arnaud befohlen.

Ein gutes Dutzend dunkel gewandeter Gestalten huschte durch die Weinberge. Leises Kichern ertönte hier und da, jemand stolperte über eine Wurzel und schrie leise auf.

»Still jetzt!«, befahl eine scharfe Stimme im Flüsterton. »Wir sind gleich da.« Die Gruppe stieg über das Feld der Steine, das den Baubereich säumte, und rannte in enger Formation durch ein offenes Tor. Derzeit wurde an den Konventgebäuden gearbeitet. Die Höfe dahinter hatten zwar bereits eine Umrandung aus Felsgestein, aber mit etwas Geschick konnte man über die Mauern klettern und hatte danach einen großen, mondbeschienenen Innenhof für sich.

Madeleine und Penelope waren unter den Letzten, die sich an der Mauer in den Innenhof herabließen. Der Boden unter ihren Füßen war immer noch warm, seit Wochen brannte die Sonne über der Mittelmeerküste, noch eine Weile, dann würden die Bauern sich Sorgen machen müssen um die Ernte.

Die Mädchen und Frauen stellten sich im Kreis auf, hielten sich an den Händen. »Findet eure Kraft. Bringt sie in unseren Kreis. Zeigt, was ihr gelernt habt«, sagte eine. Sie mochte bereits Mitte zwanzig sein, älter als die Mädchen, die ihr zuhörten und nun gehorsam die Augen schlossen.

Zunächst schien sich nichts zu tun, doch dann konnte man, wenn man genau hinsah, erkennen, dass die Gruppe nicht mehr auf dem steinigen Boden stand. Sie schwebte ein paar Zentimeter darüber.

Der kleine Junge, der sich hinter einem Mauervorsprung zusammengekauert hatte, schlug sich die Hand vor den Mund. War das nicht genau das, was Père Remy in einer seiner letzten Predigten beschrieben hatte? Das war … Hexerei. Und seine Schwester Penelope war eine von ihnen. Silas begann zu zittern.

Ein paar Atemzüge später war alles wieder wie vorher. Die Mädchen standen mit nackten Füßen auf dem Boden, dann traten sie eine nach der anderen in den Kreis, demonstrierten, was sie konnten. Silas war nicht ganz sicher, was sie da taten, aber genauso wie das Schweben war doch das Hervorbringen von Lichtbällen oder ein Wind, der plötzlich durch den Hof fegte, bestimmt nicht Gottes Wille. Was taten die

Mädchen da? Was tat Penelope? Er bereute es plötzlich bitter, seiner Schwester gefolgt zu sein. Er war so neugierig gewesen … aber jetzt? Was sollte er tun? Silas kauerte sich zusammen und machte sich so klein wie möglich, doch er konnte die Augen nicht von der Szenerie wenden.

Jetzt trat Penelope mit ihrer besten Freundin Madeleine in den Kreis. Er mochte Madeleine, sie hatte für ihn immer ein Stück Obst, einen ungewöhnlich geformten Stein oder einen getrockneten Kiefernzapfen in der Tasche. So etwas fand sie ständig, oft spazierte sie durch die Wiesen und Wälder, den Blick auf den Boden gerichtet, immer die Schürze voll mit Kräutern und anderen Mitbringseln ihrer Ausflüge. Jetzt sah sie Penelope an, und sie nickten sich zu, fassten sich an den Händen. »Zählt eure Herzschläge«, befahl Madeleine den anderen, und man konnte das triumphierende Grinsen, das an ihren Mundwinkeln zupfte, förmlich sehen. Die anderen nickten erwartungsvoll.

Penelope stellte außerhalb des Kreises eine kniehohe gläserne Sanduhr auf, und als der Sand darin begann, langsam nach unten zu rieseln, erhoben die beiden Mädchen ihre Stimmen. Gemeinsam murmelten sie etwas, einen Spruch, ein Gedicht, es klang erst wie ein murmelndes Bächlein, dann wie Wellen, die sich am Strand brechen, sich zurückziehen und wiederkommen. Ohne Pause, immer und immer wieder. Die untere Hälfte der Sanduhr füllte sich unaufhörlich, bis das letzte Sandkorn seinen Platz gefunden hatte. »Finis«, sagte Madeleine leise – und die Mädchen im Kreis sahen sich verwirrt um.

»Es ist nichts passiert«, sagte eine von ihnen ungeduldig.

Madeleine sah von der Sanduhr zu Penelope, und diesmal grinste sie frech. »Wie viele Herzschläge hast du gezählt, Lucienne?«, fragte sie das älteste Mädchen.

»Drei«, gab diese zurück.

Penelope drehte die Sanduhr erneut um. »Zählt erneut.« Diesmal zählten sie alle, manche lautlos, nur die Lippen bewegend, manche murmelten oder bewegten die Finger.

»Zweihundert«, sagte Lucienne ungläubig, als der Sand ein zweites Mal durchgelaufen war. Dann wurde sie blass. »Ihr habt es getan«, flüsterte sie und nahm abwehrend die Hände hoch. »Ich hatte so gehofft, dass ihr die Regeln befolgt. Aber ihr habt sie gebrochen. Die Zeit ist unantastbar, das wisst ihr doch. Es ist unsere wichtigste Regel. Ihr könnt euch die Natur nutzbar machen, wir können unser eigenes Leben aufs Spiel setzen und mit den Elementen spielen – aber die Zeit ist das, was uns vorwärtstreibt, was uns leben lässt. Damit seid ihr verflucht …« Tränen traten ihr in die Augen, und sie sah sich um. Wie durch Geisterhand standen auf jeder Ecke der umliegenden Mauer plötzlich weitere Gestalten. Ihre Gesichter waren nicht zu sehen, sie trugen schwarze Gewänder und einen Schleier vor dem Gesicht.

»Madeleine, Penelope!«, riefen sie, und im Gegensatz zu den geflüsterten Worten der Mädchen hallten ihre Stimmen durch den Klosterhof und brachen sich an den Mauern. Die beiden Angesprochenen waren starr vor Schreck. Dann fasste Madeleine sich wieder. Trotzig sagte sie: »Wir wollten es euch nur zeigen. Wir wissen, dass es eine wichtige Regel ist. Aber stellt euch vor, was man Gutes tun kann, wenn man in der Lage ist, die Zeit anzuhalten. Es ist doch nichts Schlechtes … Wenn jemand verletzt ist, zum Beispiel. Oder wenn …«

»Zeit ist Leben«, unterbrachen sie die Stimmen ungerührt. »Und wir sind für das Leben zuständig. Wir haben euch gewarnt. Das ist bereits das zweite Mal, dass ihr euch uns widersetzt. Diesmal werdet ihr nicht ohne Strafe davonkommen.«

In Penelopes Augen begann es verdächtig zu schimmern, doch als sie sah, wie ihr kleiner Bruder, der sich heftig wehrte, von zwei Gestalten in den Hof geschubst wurde, schrie sie auf. »Lasst Silas in Ruhe! Er weiß nichts.«

»Er hat euch gesehen«, gaben die Stimmen unerbittlich zurück. Die Gestalten hoben ihre Hände, und im Mondlicht war zu erkennen, dass Nebel über die Mauer kroch. Wie ein lebendiges Wesen, tastend und suchend mit eisigen Fingern. Der Nebel hüllte Silas ein, bis man nur noch die dunklen Augen sah. Das Unheimlichste war, dass er keinen Laut von sich gab. Sein verzweifelter Blick war auf Penelope gerichtet.

»Nein, Silas!«, schrie sie auf und sprang auf ihn zu, griff nach seinen Händen, und der Nebel reagierte, umfing ein weiteres Opfer und zog sie mit sich in das Reich der Schatten.

Drei Atemzüge später war alles vorbei. Penelope und Silas waren verschwunden. Aller Augen waren auf die Stelle gerichtet, an der die beiden gerade noch gestanden hatten – und diesen Moment nutzte Madeleine. Sie jagte in die dunkelste Ecke des Hofes, zog sich in einer fließenden Bewegung an der Mauer hoch, rollte sich darüber, landete in einem Oleandergebüsch und rannte zerkratzt und tränenblind den Berg hinunter.

So hatte ihre Flucht begonnen – und sie hatte, wenn man es genau nahm, nicht wieder geendet.

MÜNCHEN, IMMER NOCH SAMSTAG, 25. AUGUST

In Lagardères Wohnzimmer fiel schräg die Sonne, aber Jenna fröstelte. Sie schlang die Arme um sich selbst und sah Lena an. »Sie haben euch bestraft, weil ihr mit der Zeit herumexperimentiert habt? Das ist das große Vergehen?«

Lena nickte. Ihre Stimme war zum Schluss immer leiser geworden, die letzten Worte hatte sie nur noch geflüstert, als hätte sie das Wiedererleben zu viel Kraft gekostet.

Jenna fuhr sich mit den Händen durch die Haare. »Wenn ich an all die Star-Trek-Folgen mit Zeitsprüngen denke, die ich gesehen habe, und wie verworren das alles war … dann verstehe ich zwar, dass Zeit nichts ist, womit man spielen sollte, aber diese Strafe kommt mir schon sehr hart vor. Vor allem für den Kleinen. Der konnte ja gar nichts dafür.« Jenna wusste noch sehr genau, wie sie sich gefühlt hatte, als Kim ihr vor einem halben Jahr endlich die Wahrheit erzählt hatte und sie herausfanden, dass sie beide in Lebensgefahr schwebten. Sie war vor Sorge um Kim fast verrückt geworden.

»Wir waren jung – was die anderen, was die Alten unseres Zirkels zu uns sagten, war uns eigentlich egal. Wir waren so stolz, diese Herausforderung gemeistert zu haben.« Lena starrte vor sich hin. »Ich bin nie wieder auf die Maguelone zurückgekehrt. Nach ein paar Jahren wusste ich, wie ich die Zeit in mir anhalten konnte – und seitdem suche ich nach einem Weg, Penelope und Silas zurückzubringen.«

»Die Kosmetikindustrie würde dir ein Heidengeld zahlen«, sagte Jenna trocken. »Bist du denn quasi unsterblich?«

»Nein«, warf Lagardère ein, der in der Zwischenzeit Tee gemacht hatte und nun Jenna eine Tasse reichte. »Das bedeutet nur, dass sie langsamer altert. Sehr viel langsamer, scheint mir.« Er rechnete kurz und meinte dann: »Etwa einen Tag pro Jahr. Nicht schlecht.«

Lena lächelte schief. »Weißt du noch, unser Gespräch in der Strandbar? Du hattest recht. Ich habe keine Heimat. Du hast von Anfang an das Rastlose in mir gespürt.«

»Ich komme noch einmal zurück zu meiner ursprünglichen Frage. Was hast du mit Mortimer zu tun? Das Bausteinchen fehlt mir noch.«

»Mortimer Weyland und ich sind uns Ende der Siebzigerjahre über den Weg gelaufen. Er suchte einen Weg, einen neuen Jäger zu erschaffen, wenn man den Jäger schon nicht aus der Schattenwelt befreien konnte. Seine Familie steht schon lange in den Diensten der Dunkelheit. Mortimer wollte den Jäger und damit die Möglichkeit, das Konsortium zu führen. Er strebt nach der Macht. Ich habe ihm bei dem einen oder anderen Ritual geholfen – gegen sein Versprechen, mich mit der Hüterin zusammenzubringen, sobald sie sie hätten.« Lena sah aus, als wollte sie noch etwas hinzufügen, aber dann klappte sie den Mund wieder zu, nahm Jenna die Tasse aus der Hand und trank einen Schluck Tee. Sie atmete den Duft ein, der über der Tasse schwebte.

»Das klingt nicht nach dem Mortimer, den ich kennengelernt habe. Mortimer ist alt, eigentlich ganz nett, und zu Beginn hat er versucht, zwischen Archer und mir zu vermitteln. Archer und er sind alte Freunde.«

»Das sind sie ganz sicher nicht«, sagte Lena mit Nachdruck. »Mortimer benutzt deinen Archer, Jenna. Aber er würde ihm eher heute als morgen ein Messer zwischen die Rippen stoßen. Und seitdem er weiß, dass Archer das Konsortium verraten hat und Mortimer dadurch fast umgekommen wäre, ist er rasend vor Wut.«

»Wir reden vom gleichen Mortimer? Bist du sicher?«

»Mortimer ist eiskalt. Glaub mir, Jenna.«

Jenna schüttelte ungläubig den Kopf. Dann erinnerte sie sich an den Moment, als sie Mortimer blutüberströmt in der Hütte fand, und daran, wie er sie angesehen hatte. Voller Hass. Sie hatte den Blick damals auf seine Schmerzen geschoben, aber vielleicht war in diesem Moment seine wahre Natur zum Vorschein gekommen.

»Wenn das stimmt, was du sagst, läuft Archer direkt in die Höhle des Löwen. Die holde Elinor und Mortimer machen gemeinsame Sache, das ist nicht gut. Archer will sie beide retten, dabei ist er es, der in Gefahr schwebt, richtig?« Jenna sprang auf und ging durch den Raum, während sie weiterhin laut nachdachte. »Der Fluch ist immer noch intakt, aber dafür haben sie jetzt einen ehemaligen, reichlich mörderischen Schatten. Oh, das ist gar nicht gut. Mist, verdammter, was machen wir denn jetzt?«

»Wenn wir stark genug sind, könnten wir beide Rituale miteinander verknüpfen«, schlug Lagardère jetzt vor, der auf einem Blatt herumgekritzelt hatte.

Lena schüttelte den Kopf. »Das geht nicht. Soviel Kraft haben wir nicht.«

»Warte mal«, warf Jenna ein, die Lagardère gut genug kannte, um zu erkennen, wann er es ernst meinte. »Antoine, was schlägst du vor?«

Der Franzose sah von seinem Blatt auf und tippte mit dem Stift auf sein Kinn. »Wir lösen mithilfe des Jägers den Bann von Archers Familie, bringen Wagner wieder in Ordnung und befreien Lenas Freunde.«

»Pfff«, machte Jenna. »Entschuldige, aber da gebe ich Lena recht. Das ist ein bisschen viel auf einmal. Das kriegen wir nicht hin.«

Lagardères Augen glitzerten. »Doch doch, mes chères amies, das geht, wenn wir zusammenarbeiten. Archer hat mich auf eine Idee gebracht – er hatte sich das zwar anders gedacht, aber die Kraft, die dabei entsteht, können wir auch so nutzen.«

Lena sah Lagardère über die Schulter, dann blickte sie Jenna mit hochgezogenen Brauen an. »Verstehst du, wovon er redet?«

»Nein. War er früher auch schon so kryptisch?« Jenna musste grinsen, wurde aber sofort wieder ernst. Sie stellte sich neben Lagardère und versuchte aus der Zeichnung auf seinem Blatt schlau zu werden. Antoine hatte die Namen von Jenna, Lena, Archer, sich selbst und Wagner in einer Spalte untereinandergeschrieben. In einer zweiten Spalte standen die Worte Kompass 1, Kompass 2, Kompass 3, Fluch und Schale, die mit Pfeilen wiederum den Namen zugeordnet waren.

»Kompass eins ist in der Schattenwelt geblieben. Oder hast du ihn wiederbekommen, Lena?«

Diese schüttelte den Kopf. »Nein, er ist weg. Leider.«

»Das ist eher gut«, murmelte der Franzose. »Jetzt brauchen wir noch die anderen zwei. Ein Kompass in der Schattenwelt, einer bei der Hüterin, einer bei den Gehilfen des Jägers. Das sollte reichen, um ein Dreieck aufzuspannen. Innerhalb dieses Dreiecks fließt ganz besondere Magie, zumindest hat mir das Marie de Bourbon seinerzeit so gesagt. Ich hatte es vergessen, aber meine Erinnerung kommt bruchstückweise wieder.«

»Ja … aber, wie gesagt, wir haben überhaupt keinen Kompass mehr.«

»Es gibt sie aber noch«, beharrte Lagardère. »Wir müssen sie nur finden. Und die Buchstaben darauf ergeben zusammen einen Sinn. Den bekomme ich auch noch heraus.«

»Und wenn wir dieses … Dreieck aufspannen können, was bringt uns das? Du sprichst in Rätseln, Antoine.«

Lagardère seufzte. Er stand auf und ging an sein Bücherregal, zog das Buch hervor, das ihm vor die Füße gefallen war, und blätterte auf die entsprechende Seite. In kurzen Worten berichtete er, was er gelesen hatte. »Mary Kingsley war im Auftrag des Britischen Museums unterwegs. Und ich bin aufgrund dieses Buches sicher, sie hatte einen dieser Kompasse. Wo ist ihr Nachlass? Im British Museum, vermute ich.«

»Ach du lieber Himmel!« Jenna verdrehte die Augen. »Ich war vor ewigen Zeiten mal im Keller des Deutschen Museums, weil eine Freundin von mir dort arbeitet, und habe gesehen, was dort alles lagert. Wenn einer dieser Kompasse im British Museum ist, wird es Jahre dauern, ihn zu finden. Die Keller unter solchen Museen sind kilometerlang, Regal an Regal, Schachtel an Schachtel. Das können wir vergessen.«

»Stephen hat gesagt, er will Informationen beschaffen. Wir könnten ihn darauf ansetzen, und er könnte auf diese Weise Mortimer und Elinor aus dem Weg gehen.«

»Das ist eine Idee. Wozu aber das Dreieck? Ich verstehe es immer noch nicht.«

»Wenn die anderen Parameter stimmen, fließt in diesem Dreieck Magie, oder Energie, frei vor und zurück. Letztendlich handelt es sich in beiden Fällen um einen Bannfluch, nicht wahr? Lena ist mit Silas und Penelope verbunden, Wagner mit dir und Archer – mit dem richtigen Ritual, den richtigen Zutaten könnten wir alle diese Knoten auflösen.«

»Wenn wir alles auf Los zurücksetzen, schicken wir Wagner eventuell in den Tod. Zurück zu den Schatten«, gab Jenna zu bedenken.

»Vielleicht«, sagte Lagardère unbeeindruckt. »Aber das wäre immer noch besser, als ihn hier für die nächsten zwanzig Jahre einsperren zu müssen, weil er ein Monster ist.«

Jenna lehnte sich gegen den Tisch und rieb sich übers Gesicht. »Du willst damit sagen, wir können ihn nicht wieder hinbekommen?«

»Ich weiß es nicht«, seufzte Lagardère. »Ihr konntet diesen Fluch nicht lösen, Wagner ist sozusagen eine Nebenwirkung. Es tut mir sehr leid, Jenna, ich wünschte auch, es wäre anders. Aber nachdem ich ihn gesehen habe … er hat schon zu viel Schaden angerichtet.«

»Aber ich habe doch versprochen, ihm zu helfen!«

»Das tust du im Grunde ja auch, chère Jenna. Nur nicht so, wie er sich das wahrscheinlich vorstellt.«

Jenna verschränkte die Arme und drückte das Kinn auf die Brust. Sie versuchte das Für und Wider abzuwägen, aber so sehr sie es drehte und wendete, sie konnte sich Lagardères Argumenten nicht verschließen. Wagner tat ihr so leid – er war grundlos und ohne sein Mitwissen in all das hineingezogen worden, und nun musste sie ihm auch die zweite Chance, die sie selbst ihm gegeben hatte, wieder wegnehmen. »Dann wird er doch nicht zu Ende promovieren«, murmelte sie bitter und richtete sich auf. »Also gut. Versuchen wir es. Lena? Was meinst du?«

»Es klingt nicht verrückter als die Pläne, die ich schon gemacht habe«, sagte Lena achselzuckend. »Kannst du denn mit Archer reden, ohne dass seine Schwester mithört? Erzähl ihm von dem Kompass und dass wir ihn suchen, um Wagner zu helfen. Und vielleicht warnst du ihn auch vor Mortimer«, fügte sie nach einer Pause noch hinzu.

Jenna atmete tief durch. Hatte sie tatsächlich vor einer Woche noch gemütlich in der Isarstrandbar gesessen, ohne dass Magie ihr Leben auf den Kopf stellte? Nein, gab sie sich im gleichen Moment zur Antwort. Die Magie hatte sich zurückgezogen, war aber mitnichten verschwunden gewesen. Sie konnte sich nur nicht an den Gedanken gewöhnen, dass Menschen um sie herum deshalb in Gefahr gerieten, verletzt wurden, starben. Aber wenn sie nichts tat und die Magie in sich ignorierte, machte sie das nur hilfloser und wütender. Und sie wusste nicht, was schlimmer war.

»Hast du die Nummer noch, von der aus ich dich gestern Morgen angerufen habe?«, fragte sie Lagardère. Er nickte und reichte ihr sein Handy. »Klar.«

Jenna ging die paar Schritte in den Flur, hockte sich so auf die Fersen, dass sie mit dem Rücken an der Wand lehnte, und wählte.

»Stephen's phone«, meldete sich eine helle Stimme. Elinor!

»Wo ist er? Ich muss mit ihm sprechen!« Jenna hielt es in diesem Moment nicht für nötig, ihren Namen zu nennen, und Elinor fragte auch nicht nach.

»Er ist beschäftigt. Er ruft Sie zurück.«

»Wer ist dran?« Das war Archer.

»Wer wohl? Eine Frau«, rief Elinor spöttisch, es raschelte, und im nächsten Moment hörte sie Archers Stimme nah an ihrem Ohr. »Wer ist da?«

»Ich bins«, sagte Jenna. »Ich muss mit dir reden. Allein. Es ist wichtig.«

»Bleib dran.« Laut rief er: »Elinor! Kümmere dich um Wagner. Ich bin gleich wieder da. Sag der Crew, sie sollen die Maschine startklar machen … Ich höre.«

»Wir sind hier schon einen Schritt weiter. Wie geht es Mortimer?«

»Besser. Deswegen rufst du mich an?«

»Nein.« Jenna zögerte kurz. »Du solltest wissen, dass Mortimer und Lena sich schon länger kennen. Es sieht so aus, als würde Mortimer, ich weiß nicht … seine eigenen Pläne verfolgen. Und das sind nicht die deinen. Es tut mir leid.«

Das Schweigen am anderen Ende der Leitung zog sich hin.

»Stephen? Bist du noch da?«

»Ja. Was noch?«

»Du musst ins British Museum … ähm … einbrechen. Wir brauchen einen Kompass aus dem Nachlass von Mary Kingsley. Du erkennst ihn daran, dass die Nadel nicht nach Norden zeigt.«

»Ach ja? Gute Idee. Ich hatte sonst heute noch nichts vor.«

»Das ist nicht witzig«, protestierte Jenna. »Wir brauchen diesen Kompass dringend – für dich, übrigens – und ich hoffe wirklich, dass du einen davon findest. Wir suchen die anderen. Und Stephen? Sei vorsichtig.«

»Ich kümmere mich darum.« Archer unterbrach abrupt die Verbindung, und Jenna schaute ein paar Sekunden lang nachdenklich auf das Display, bevor sie in den Salon ging und Lagardère sein Handy zurückgab.

»Wie hat er reagiert?«, fragte Lena.

Verwirrung zeigte sich in Jennas Gesicht. »Gar nicht, eigentlich. Komisch … Aber er sucht nach dem Kompass, hat er gesagt.« Sie wandte sich an den Franzosen, der am Fenster stand und hinausstarrte. »Und wo machen wir jetzt weiter?«

»Wo ist der dritte? Merde.« Lagardère sah nach draußen, aber die Antwort, die er suchte, fand er nicht. »Lena? Sag du auch mal etwas. Etwas Konstruktives, meine ich.«

Lena lächelte humorlos. »Wenn ich wüsste, wo diese Kompasse sind, hätte ich sie längst. Das kannst du mir glauben.«

»Sie gehörten alle in den Zirkel um die Hüterin, hast du mir gesagt. Weißt du das oder war das geraten?«

»Ich bin mir sicher.«

»Nun denn: Einer kam von Gabun nach England, einer

wurde Jenna überreicht und in die Schattenwelt zurückgezogen, also bitte, wo ist der dritte? Der ist nicht irgendwo auf der Welt. Nein, wir drei müssten doch in der Lage sein herauszufinden, wo er ist.« Er rieb sich die Hände. »Also, Mesdames, Ideen? Und wir brauchen sie schnell. Ich traue weder Elinor noch unserem Adrian Wagner wirklich über den Weg. Und wenn Lena recht hat mit Mortimer, dann sieht es für Archer auch nicht gut aus.«

»Wäre es nicht logisch anzunehmen, dass der dritte Kompass dort ist, wo alles anfing? Mary Kingsley ging nach Afrika und hat dort etwas gefunden. Also, warum nicht?«

»Der Zirkel in Afrika wurde 1930 ausgelöscht«, warf Lena ein, und ein seltsamer Unterton schwang in ihren Worten mit. »Ich glaube nicht, dass dort noch etwas zu finden ist. Nein, der Zirkel ist mittlerweile nur noch in Europa zugange. Hauptsächlich in England und Schottland, aber wohl auch hier.«

»In München?«, fragte Jenna ungläubig nach. »Das glaube ich nicht. Davon hätte ich doch mittlerweile etwas mitbekommen.«

»Nicht in München direkt, aber letztendlich folgt der Zirkel der Hüterin. Und wenn die Hüterin in München erscheint – wie jetzt mit dir geschehen –, kannst du eigentlich sicher sein, dass bald jemand vom Zirkel auftaucht.«

»Die werden von meiner Magie angezogen?«, fragte Jenna verwundert.

»So könnte man es beschreiben. Was uns aber mit dem Kompass nicht hilft … es sei denn … warte mal …« Lena ging nachdenklich auf und ab, dann blieb sie auf einmal stehen und sah Jenna an. »Was genau hat bei dir eigentlich alles ausgelöst? Warum bist du die Hüterin?«

»Ich habe dir schon einmal gesagt, dass ich es nicht weiß. Mein Horoskop, ein Kristall, ein Komet … keine Ahnung.«

»Was weißt du über das Zeichen der Schale?«, fragte Lena unvermittelt.

Jenna zog die Brauen hoch. Sie erinnerte sich noch gut an das Symbol. »Diese stilisierte Schale war ein Zeichen des Zirkels. Wir haben es in England gesehen, auf einer Grabplatte und in einer Kapelle. Aber hier in München noch nie.«

»Kannst du sie zeichnen?«

»Klar. Soll ich?«

Lena nickte, und Jenna nahm sich ein Blatt Papier von Lagardères Schreibtisch und zeichnete die Schale, die eigentlich nicht mehr war als ein Dreieck, das auf der Spitze stand.

»Und jetzt schließ die Augen und sag mir, ob du dieses Symbol irgendwo in der Nähe spürst.«

»Du glaubst, das funktioniert?« Jenna klang skeptisch.

»Jenna! Du machst mich wahnsinnig. Jetzt glaube doch mal endlich an das, was in dir steckt. Das könnte fließen, wenn du es nur ließest. Kein Wunder, dass du kurz vor dem Explodieren bist, wenn du die Magie in dir so unterdrückst.«

»Ich unterdrücke gar nichts«, sagte Jenna empört.

»Doch, das tust du. Du wehrst dich mit allem, was du hast, gegen die Magie und gegen deine Kraft und würdest am liebsten all das ungeschehen machen, was in den letzten Wochen und Monaten passiert ist, habe ich recht?«

Jenna wollte schon den Kopf schütteln, aber dann siegte ihre Offenheit. »Irgendwie wäre mir das am liebsten. Aber ich weiß schon, dass das nicht geht.«

»Du weißt es, aber du handelst nicht danach. Du bist wie ein Rennauto, das mit angezogener Handbremse über den

Nürburgring schlittert. Lass es raus! Gib Gas! Du kannst so viel mehr, wenn du es nur zulässt!« Lenas Gesicht war gerötet, und ihre Haare standen wild vom Kopf ab. »Ich weiß, dass du Angst hast, aber du musst da durch und endlich …«

»… deiner Bestimmung folgen«, fiel ihr Lagardère ins Wort. »Und jetzt versuch das, was Lena vorgeschlagen hat. Finde die Schale.«

Jenna sah beide sprachlos an. »Ihr seid ganz schön verrückt, das ist euch doch klar!«, murmelte sie.

»Nicht verrückter als das, was du kannst«, gab Lagardère gelassen zurück.

Jenna schloss die Augen, konzentrierte sich. Sie nahm ihren Stein fest in die Hand, suchte ihr Element, blendete alles um sich herum aus. Staub kitzelte sie in der Nase, sie roch die Bücher, roch Papier und Leim, nahm den Duft des Kaffees wahr, Lenas Rosenparfüm, doch sie schob alles beiseite, ließ die Schale vor ihrem inneren Auge entstehen und wartete. Wartete, ob irgendetwas sie zog, ob ein Band entstand wie damals, als sie vor Sorge um Kim nicht mehr ein noch aus gewusst hatte. Etwas hatte sie zu Kim gezogen, hatte sie geleitet. Würde das Gleiche nun wieder passieren? Würde es funktionieren? Lena hatte so sicher geklungen. Jenna biss die Zähne zusammen. Ich kann das, ich schaffe das, dachte sie und spürte ihr Herz heftig klopfen.

Da sah sie die Schale, es sah aus, als habe jemand das Symbol in einen Stein geritzt. Drumherum fühlte sie kühle Luft, roch den durchdringenden Geruch nach Moder, nach abgestorbenem Laub, nach Herbst. All das wurde überlagert von einem übermächtigen Gefühl der Traurigkeit.

»Alex«, krächzte Jenna und schlug die Augen wieder auf. Sie sog scharf die Luft ein, als sie ihre Finger von dem Stein löste, er hatte einen feuerroten Abdruck in ihrer Handfläche hinterlassen.

»Alex?«, wiederholte Lagardère verwirrt.

»Das Zeichen … es hat irgendwie mit Alex zu tun. Mein Mann«, erklärte sie Lena.

»Und wo ist dein Mann?«, fragte diese und erinnerte sich, dass ihr Jenna schon beim ersten Mal, als sie diese Frage gestellt hatte, ausgewichen war.

»Alex ist …« Jenna verstummte und sah Lagardère hilfesuchend an. Es laut auszusprechen würde bedeuten, dass sie es glaubte. Dass sie seinen Tod akzeptierte.

»Nicht mehr da«, sprang Lagardère in die Bresche.

»Nicht mehr da … oh! Und ich dachte, er hätte dich für eine andere verlassen … Aber das war es gar nicht, oder?«

Jenna schüttelte den Kopf.

»Was verbindest du mit ihm?« Lena blickte Jenna eindringlich an.

»Alex war Arzt. Ein wunderbarer Vater für Kim. Immer vorsichtig und besonnen, sogar beim Klettern, wenn seine Freunde den Nervenkitzel suchten.«

»So wie der Mann auf deinem Cartoon im Flur?«

Jenna lächelte bei diesem Gedanken. »Na ja, nicht ganz. Auf den Olympiaturm wäre er nie geklettert, das war eine Schnapsidee von einem seiner Freunde. Aber er hat den Turm geliebt, die grandiose Aussicht bei Föhn, ist mindestens viermal im Jahr hochgefahren. Immer, wenn ich jetzt da oben stehe, sehe ich ihn vor mir …«

»Halt, halt!«, unterbrach Lagardère. »Du meinst, die Schale oder das, was du gerade fühlst, das führt uns zu Alex?«

Jenna zuckte mit den Schultern. »Ich bin nicht sicher. Und überhaupt, was sollten wir dann machen? Er ist ja nicht da.«

Lagardère lief im Zimmer auf und ab. »Wir haben zwar kein Grab, aber … da gibt es doch auf dem Waldfriedhof einen Baum, an den immer Zettel gesteckt werden für Menschen, die gestorben sind. An die man denkt, die aber keine Grabstätte haben. Du hast mich letztens dorthin mitgenommen und eine Botschaft für ihn dort gelassen … Wie lange kennst du diesen Ort schon?«

»Schon ewig«, sagte Jenna nach einem Moment überrascht. »Da war ich als Schülerin schon, als ein Lehrer von mir unerwartet gestorben ist. Wir haben uns auf diese Weise von ihm verabschiedet.«

»Es ist vielleicht ein bisschen weit hergeholt, aber ich könnte mir vorstellen, dass dieser Kompass dort, wo du … emotional offen bist, zu finden ist. Und das bist du hauptsächlich dann, wenn du an Alex denkst. Und das wiederum tust du an diesem Ort.«

Jenna sah ihn mit gerunzelter Stirn an. »Aber warum mir dann ein Schatten einen Kompass durch den Spiegel reicht, ist mir ein Rätsel.«

Der Franzose hob die Hände und ließ sie wieder fallen. »Das weiß ich auch nicht. Aber vielleicht ist es gut, wenn du auch diesen Kompass schon einmal in der Hand hattest. Stärkt die Verbindung, sozusagen.«

»O Mann, das ist echt ein bisschen viel …«, stöhnte Jenna. »Aber okay, wir probieren es. Was Besseres haben wir ja momentan ohnehin nicht.« Sie ging in die Küche und schenkte sich ein großes Glas Leitungswasser ein, trank es in einem Zug leer und füllte das Glas erneut.

»Also Olympiaturm oder Waldfriedhof. Das sind doch schon mal zwei recht konkrete Anhaltspunkte«, sagte Lena, die ihr gefolgt war, und rieb die Handflächen aneinander.

»Wir teilen uns auf. Du und Antoine, ihr nehmt den Friedhof, ich fahre in den Olympiapark.« Sie sah beide nacheinander an, dann nahm sie spontan Jennas Hand. »Danke, dass ihr mir helft, nach all dem, was ich getan habe.«

»Du brauchst endlich deinen Seelenfrieden«, sagte Jenna einfach.

Lena nickte. Sie hatte plötzlich Tränen in den Augen.

»Und irgendwie kann ich dich verstehen. Die zwei für alle Ewigkeit einzusperren ist … unmenschlich. Und letztendlich – wenn ich dir helfe, helfe ich auch Stephen und Wagner.«

»Und dir und Kim«, ergänzte Lagardère.

»Stimmt«, nickte Jenna. »Also los. In ein paar Stunden treffen wir uns wieder bei mir.« Sie sah auf ihre Uhr. Es war erst neun Uhr. »Ich fühle mich, als wäre es vier Uhr nachmittags. Und Antoine? Gib mir den Schlüssel. Ich fahre.«

Lagardère nickte erleichtert. »Ich dachte schon, du sagst das nie.«

MÜNCHEN, WALDFRIEDHOF

Die alten Bäume spannten ein schützendes Dach über die Gräber, trotz der Hitze, die schon wieder durch die Stadt wehte, war es angenehm. Die Blätter filterten das grelle Licht, der weiche Boden dämpfte die Schritte und es duftete nach Feuchtigkeit und Moos. Jenna hatte an der Fürstenrieder Straße geparkt, nun ging sie mit Lagardère hinein in den Park. Vorbei an der Trauerhalle, vorbei an großen und kleinen Grabstätten, manche schon verwittert und sehr alt, manche neu und mit frischen Blumen geschmückt. Es war still, nur ein paar Vögel sangen über ihnen, und Jennas Blick folgte einem Schmetterling, der sich an einem violetten Hibiskus gütlich tat und von Blüte zu Blüte flatterte. Zwei Besucher kamen ihnen entgegen und grüßten freundlich, und Jenna dachte plötzlich, dass ein Friedhof ein wunderbarer, friedvoller Ort sein konnte. Ein Ort, so ganz anders als die Schattenwelt, in der dieser klebrige Nebel vorherrschte, der den Seelen eine Wahl vorgaukelte, die sie letztendlich doch nicht hatten. Denn wie viele von ihnen holte die Hüterin zurück, wenn sie das Tor nicht vollständig öffnete? Wie viele waren es wohl im Laufe der Jahrhunderte gewesen? Ein paar wenige, nicht mal ein Dutzend, wenn man den spärlichen Aufzeichnungen Glauben schenken durfte.

Jenna atmete tief ein, fühlte, wie die Atmosphäre des Friedhofs sie beruhigte, den Knoten in ihrem Magen löste, auch wenn sie noch so weit von der Lösung ihrer Probleme entfernt waren. Hier, wo es so grün und friedlich war, konnte man die Ewigkeit verbringen. Und wenn Alex diesen Frieden gefunden hatte und nicht verzweifelt in der Schattenwelt auf sie wartete, dann … ja, dann war es gut. Sie wischte sich eine Träne aus dem Augenwinkel und nahm Lagardère am Arm. »Da vorne«, sagte sie leise. Ein wenig abseits von einem Gräberfeld stand eine Eiche. Der Baum war bestimmt an die dreihundert Jahre alt, groß und wuchtig. Er beeindruckte allein schon dadurch, dass er um so viel älter war als alle, die um ihn herum Schutz und Frieden suchten. Um den Baum zu schützen, hatte die Friedhofsverwaltung ein feinmaschiges Netz um den Stamm gespannt, und wenn man näher herankam, konnte man erkennen, dass in den Maschen zahlreiche Zettel steckten. Oft gerollt und mit einem kleinen Band versehen, waren dort Botschaften der Lebenden an diejenigen zu finden, die keine Ruhestätte hatten oder von denen man nicht wusste, ob sie überhaupt noch lebten. Alle paar Monate sammelten die Friedhofsgärtner die Zettel ein, verbrannten sie und schufen so Platz für neue Botschaften.

Jenna lächelte. Ihre letzte Nachricht an Alex war noch da. Sie nahm immer dunkelblaues Papier, das erinnerte sie an Alex' OP-Kleidung.

»Ich versuche das Gleiche wie vorhin«, verkündete sie leise, trat nahe heran und drückte die Hände auf das schützende Netz und an den Stamm. Lagardère nickte. Aufmunternd legte er ihr die Hand auf die Schulter, dann trat er ein paar Schritte zurück und ließ ihr den Raum, den sie brauchte.

Jenna lehnte die Stirn an den Stamm und ließ die Schale und den Kompass vor ihrem inneren Augen erstehen, bis sie nichts anderes mehr wahrnahm. Nicht einmal das Zwitschern der zwei Meisen über ihr in der Eiche hörte sie noch. Sie schwieg und wartete. Und endlich, endlich, spürte sie das Band, das vorsichtig an ihr zog, das sie in eine bestimmte Richtung lockte. Jenna drehte sich um und ergriff Lagardères Hand, flüsterte »Komm mit« und ließ sich ziehen. Quer durch den Friedhof, vorbei an Hunderten von Ruhestätten. Sie fühlte sich wie in einem verzauberten Wald. Ein Eichhörnchen huschte einen Baum hinauf und sah ihnen aus sicherer Höhe nach. Ein paar Minuten später blieb Jenna abrupt stehen und sah sich um. Sie waren auf einem kleinen Platz angelangt, wieder in der Nähe des Eingangs. Eine Mauer zog sich an der einen Seite entlang, hier waren die Urnengräber. Jenna sah sich um, niemand war zu sehen. Zielsicher marschierte sie auf die Wand zu, zog Lagardère weiterhin hinter sich her und deutete dann auf eine Grabplatte am linken Ende der Wand, etwa auf Höhe ihrer Hüfte.

»Dieses Grab ist leer«, murmelte Lagardère.

»Das hoffe ich doch«, flüsterte Jenna, obwohl niemand sie hören konnte. Mit der Hand wischte sie den hellgelben Blütenstaub von der weißen Platte, doch das Symbol der Schale, das sie erwartet hatte, war nirgendwo zu sehen. Jenna kniff die Augen zusammen und trat näher, fuhr mit den Händen über die flache Wand. Nichts.

»Komisch … aber ich bin mir sicher, hierher sollten wir kommen.«

In diesem Moment klingelte ihr Handy. »Es ist Lena«, sagte sie nach einem Blick aufs Display und nahm das Gespräch an, aktivierte den Lautsprecher.

»Hier ist nichts«, hörten sie Lenas Stimme mit einem leichten Hall.

»Dann komm wieder runter«, schlug Jenna vor. »Wir haben etwas gefunden, aber ich bin mir nicht sicher, was ich damit anfangen soll. Hier ist eine Grabplatte, aber ohne irgendein Zeichen, nichts, keine Schale … Und ich kann doch nicht einfach am helllichten Tag ein Grab aufbrechen, auch wenn es scheinbar leer ist.«

»Wenn der Kompass dir folgt, dann kann es gut sein, dass dieses Schalensymbol nicht sichtbar ist. Es ist das Zeichen des Zirkels, aber das funktioniert auch auf einer anderen Ebene«, erklärte Lena. »Lass Antoine Schmiere stehen, und wenn es wirklich der richtige Ort ist, dann brauchst du weder Hammer noch Meißel, um es aufzubrechen. Dann wird es sich öffnen, weil du es bist.«

»Hm«, machte Jenna und steckte das Handy wieder in die

Hosentasche. Dann hob sie die Hände, ließ sie wieder fallen und wandte sich an Lagardère: »Und, was meinst du?«

»Es ist einen Versuch wert. Mehr haben wir nicht«, sagte dieser. »Aber was bitte soll ich schmieren? Ein Butterbrot?«

Jenna grinste. »Das soll heißen, du hältst Wache. Wenn uns jemand überrascht und verklagt, bist du schuld.«

»Ah«, machte der Franzose und schüttelte den Kopf ob der seltsamen deutschen Redewendung, nahm aber eine wachsame Haltung ein und sagte leise: »Fang an.«

Jenna legte ihren Stein auf die ausgestreckte Handfläche und fixierte die Grabplatte mit einem entschlossenen Blick, sammelte sich und ihre Kraft und wartete. Kein Lüftchen rührte sich, für einen Moment stand die Welt still. Mit einem lauten Knall splitterte die Steinplatte in zwei Teile und gab den Blick auf die kleine Grabkammer frei.

Jenna und Lagardère, die Köpfe dicht beieinander, spähten hinein. »Das gibts doch nicht!«, sagte Jenna. »Ich werd verrückt.« Ganz hinten in einer Ecke schimmerte ein goldener Kompass, als hätte ihn erst gestern jemand für seinen großen Auftritt poliert. Vorsichtig griff sie hinein und nahm das kleine Gerät heraus. Sie wollte ihn gerade aufklappen, als sie eine Stimme hörte: »Was machen Sie denn da?« Ein Friedhofsangestellter stand ein paar Meter hinter ihnen und sah sie verärgert an.

»Merde«, fluchte Lagardère leise, aber hingebungsvoll.

»Wir überlegen uns, ob wir unseren Vater hier beerdigen lassen sollen«, erklärte Jenna ruhig, obwohl ihr das Herz bis zum Hals klopfte. »Aber sehen Sie mal, eines der Gräber ist kaputt.« Mit einem unschuldigen Lächeln wies sie auf den gesplitterten Stein. »Wir denken noch darüber nach, in Ordnung?«

Mit dieser Bemerkung schob sie den Kompass in ihre Tasche, nahm Lagardère erneut an die Hand und zog ihn mit sich, hinein in den Wald. Kaum waren sie außer Sicht, begannen sie zu rennen. Keuchend kamen sie ein paar Minuten später am Parkplatz an, Jenna öffnete mit der Fernbedienung schon von Weitem die Türen und schwer atmend ließen sie sich in die Polster fallen. »Mann, Antoine, du solltest Schmiere stehen!«, brachte Jenna endlich hervor und begann angesichts von Lagardères verwirrter Miene zu lachen. Sie lachte und lachte und konnte überhaupt nicht mehr aufhören. Ganze Lachsalven erschütterten sie, und sie legte den Kopf aufs Lenkrad in dem vergeblichen Versuch, sich zu fassen.

Nach einer Weile wurde es Lagardère zu dumm. Er stieg aus, ging um das Auto herum, sagte »Los, rutsch auf die andere Seite, isch fahre«, und wartete, bis Jenna hilflos kichernd auf dem Beifahrersitz saß. Langsam fuhr er aus dem Parkplatz, reihte sich in den Verkehr nach Norden ein, und ebenso unvermittelt, wie Jenna zu lachen begonnen hatte, hörte sie wieder auf. »Entschuldige«, murmelte sie verlegen. »Ich weiß nicht genau, was da über mich gekommen ist.«

»Panik«, erklärte Lagardère und bog am Laimer Platz in Richtung Westend ab. »Du hattest Panik, und ich bin schuld. Es tut mir leid, Jenna.«

»Vergiss es, Antoine. Wir haben den Kompass – ist das zu fassen? Dein Instinkt war der richtige. Was täte ich ohne dich? Wir lassen uns doch von einem Gärtner nicht aufhalten, oder?« Jenna klappte das goldene Gerät auf und sah fasziniert der Nadel zu, wie sie um sich selbst kreiselte und sich dann mit der Spitze in ihre Richtung einpendelte.

In diesem Moment wurde Lagardère bleich. Er stieg hart auf die Bremse, und nur der Gurt hielt Jenna davon ab, mit dem Kopf ans Armaturenbrett zu krachen. Der Kompass fiel ihr aus der Hand und kullerte in den Fußraum. »Was ist los?«

Der Franzose war auf dem Lenkrad zusammengesunken und antwortete nicht.

»Antoine!« Jenna rüttelte ihn an der Schulter. »Verdammt.« Sie sah aus dem Fenster, registrierte, dass sie bereits in der Friedenheimerstraße waren, und beschloss, dass dieser Platz am Straßenrand genauso gut war wie jeder andere. Ein Parkplatz vor dem Haus war ohnehin ein Luxus, den sie selten genoss.

»Ich … Was war das?«, kam leise Lagardères Stimme von links.

»Keine Ahnung.« Jenna strich ihm über die Stirn. »Fieber hast du nicht. Ist dir schlecht?«

»Nein … aber ich sehe nur noch verschwommen …«

»Komm, wir gehen hinauf in meine Wohnung. Schaffst du das oder soll ich einen Notarzt rufen?«

Lagardère riss sich sichtlich zusammen. »Es geht schon.« Mit Mühe stieg er aus dem Auto und wankte mehr, als dass er ging, über die Straße auf den gegenüberliegenden Gehweg, wo er sich an eine Hauswand lehnte. Sein Gesicht war schweißnass und hatte eine wächserne Farbe angenommen. Jenna bückte sich, angelte im Fußraum nach dem Kompass und rannte ihm nach, hakte ihn unter, stützte ihn.

Lagardère stöhnte leise. Jenna schob ihn so gut es ging die Treppe hinauf und war nicht überrascht, als Lena in ihrer Wohnung bereits auf sie wartete. Dass der Sicherungszauber bei Lena nicht wirkte, da sie ein Teil davon gewesen war, hatte Jenna sich bereits gedacht. So langsam kam sie dahinter, wie diese Art von Magie funktionierte … Was aber momentan nichts half, denn Lagardère sah mehr tot als lebendig aus.

Lena half ihr, Lagardère auf die Couch im Gästezimmer zu bugsieren, und sah besorgt auf den Franzosen hinunter. »Was ist los mit dir?«, fragte sie. Es klang ruppig, aber Jenna hörte die Besorgnis darin.

»Er ist im Auto plötzlich zusammengeklappt«, antwortete sie an seiner Stelle. »Bis vorhin war er noch völlig in Ordnung.«

»Gebt mir zehn Minuten«, stieß Lagardère hervor und vergrub den Kopf in den Armen. Die Locken in seinem Nacken waren nass, das Hemd klebte ihm am Körper und er atmete flach.

Jenna strich ihm kurz über den Kopf und fühlte sich plötzlich um drei Jahre zurückversetzt. Da hatte Kim das letzte Mal mit Grippe im Bett gelegen. Ein Bild des Jammers war sie gewesen, hoch fiebernd, und trotz ihrer fünfzehn Jahre war sie froh gewesen, wenn ihre Mutter einfach auf der Bettkante saß und ihre Hand hielt. »Ich mach dir einen Tee«, sagte sie zu Antoine und schloss die Jalousien, sodass der Raum in ein angenehmes Halbdunkel getaucht wurde.

In der Küche erzählte sie Lena kurz, was sie entdeckt hatten. »Es erscheint mir ein wenig zu einfach, aber tatataaaaa! Hier ist er! Wir haben den Kompass, stell dir vor.« Sie zog ihn aus der Tasche und hielt ihn Lena triumphierend entgegen. Lena nahm ihn ihr vorsichtig aus der Hand und betrachtete ihn von allen Seiten. Sie kniff die Augen zusammen. »Der hat auch eine Inschrift, genau wie der andere, den du hattest, ist dir das schon aufgefallen?«

»Was? Nein, das habe ich nicht gesehen. Kannst du sie lesen?« Jenna setzte den Tee auf, dann kramte sie in der Küchenschublade und fand eine Lupe. »Probieren wir es damit.«

Ganz klein stand da N HIC. »Das ist nicht die gleiche

Inschrift wie bei dem Kompass davor«, bemerkte Lena. »Was Antoines These unterstützt, dass man alle drei braucht. Du brauchst auch alle drei Inschriften.«

»Hm. Wofür denn?«

Lena zuckte mit den Schultern. »Um dieses magische Dreieck aufspannen zu können, vermutlich.« Sie klappte den Deckel auf und sah neugierig der Nadel zu, die kreiste und sich wieder auf Jenna einpendelte, die ihr gegenüberstand.

»Mir geht es schon wieder gut«, kam eine Stimme von der Tür. »Habt ihr euch den Kompass bereits genauer angesehen?« Lagardère trat in die Küche, und tatsächlich, er sah annähernd aus wie sonst, seine Gesichtsfarbe und sein Elan waren zurückgekehrt. Er nahm den offenen Kompass in die Hand und beugte sich interessiert darüber, doch im gleichen Moment keuchte er auf und kippte zur Seite – und wenn Jenna ihn nicht aufgefangen und zum Tisch geschoben hätte, wäre er der Länge nach auf dem Küchenboden aufgeschlagen.

»Ich glaube, der Kompass tut mir nischt gut«, krächzte der Franzose jetzt und stemmte sich in eine sitzende Position, hielt den Kompass aber eisern fest.

»Lena, mach das Ding zu und leg es ins Bad«, drängte Jenna.

Zwei Minuten später ging es Lagardère wieder deutlich besser. »Merde. Was ist mit mir los?«, murmelte er halblaut.

Lena kam zurück und stemmte die Hände in die Hüften, sah auf den zerzausten Lagardère hinab. »Du kippst jetzt jedes Mal um, wenn der Kompass in deiner Nähe ist? Aber als wir beide uns das Ding angeschaut haben, war alles in Ordnung?«

Lagardère nickte. Er hielt die Teetasse zwischen beiden

Händen, als müsste er sich an irgendetwas festhalten, dann nahm er vorsichtig einen Schluck.

»Das bedeutet, wir sind auf dem richtigen Weg«, stellte Lena fest. »Da bahnt sich etwas an.«

In der Zwischenzeit war Jenna mit ihrem Grimoire zurückgekommen. Sie hatte sich daran erinnert, dass sie diesen Kompass darin schon einmal gesehen hatte. Jetzt blätterte sie langsam durch die Seiten. Lena sah ihr neugierig über die Schulter. »Nicht schlecht«, sagte sie nach einer Weile. »Da hat sich jemand wirklich Mühe gegeben. Wobei …«, sie zeigte auf die Seite mit dem Auflösungszauber, den Jenna in England verwendet hatte, »… so wie das da steht, funktioniert es nicht. Da fehlen ein paar essentielle Zutaten.«

Jenna verzog das Gesicht und verkniff sich ein »Du hättest mir ja sagen können …« Stumm blätterte sie weiter, bis sie zu der Seite kam, wo der Kompass eingezeichnet war.

»Hm«, machte Lena. »Verbene, Kompass …« Sie riss die Augen auf, als Jenna das Buch herumdrehte. »Oh, das Gitter … Hoppla. Da geht es ja wild durcheinander. Wer hat denn dieses Grimoire verfasst?«

»Sie gehörte zum Zirkel«, erklärte Jenna vage.

»Aber sie hat nicht praktiziert«, stellte Lena fest. »Sonst wäre ihr aufgefallen, dass ihre Aufzeichnungen ein paar gravierende Fehler enthalten. Zum Beispiel das mit der Auflösung … ist das hier das Ritual, das du versucht hast? Was sie da beschreibt, hilft dir, wenn du dich über deine zu lauten Nachbarn ärgerst und sie zum Umziehen bewegen willst. Den Fluch des Jägers zu lösen … dazu gehört viel mehr.«

»Super!«, murmelte Jenna.

Lagardère beteiligte sich nicht an der Konversation, er bemühte sich, den Schwindel in seinem Kopf zu ignorieren und gerade sitzen zu bleiben. Es ging ihm etwas besser, aber er hatte das Gefühl, als würde ihm jemand sämtliche Kraft absaugen.

»Halt!«, sagte Lena gerade. »Hier ist der Kompass noch einmal zu sehen.« Es war die einfache Schwarz-Weiß-Zeichnung, die Jenna schon aufgefallen war. Der Kompass war dunkel schraffiert. Dahinter war ein zweiter Kompass angedeutet, schwächer, aber durchaus erkennbar. »Ein Kompass und sein Schatten.« Jenna klang nachdenklich. »Was soll das …« Plötzlich riss sie die Augen auf. »Ach du lieber Himmel!« Sie warf einen forschenden Blick auf Lagardère, der den Kopf in die Hände gestützt hatte und mit geschlossenen Augen dasaß. An der Hand zog sie Lena hinter sich her ins Wohnzimmer, legte das Buch auf die Anrichte und tippte mit einem Finger auf die Zeichnung. »Sieh mal genau hin. Da ist der Kompass, dann noch einer, etwas blasser, und dazwischen, wenn man genau hinsieht, werden die beiden Kompasse von einem Dreieck eingerahmt, von einer Schale. Wie konnte ich das vorher nur übersehen, ich blinde Kuh? Ich habe mir nur Gedanken um dieses ›Wie viele‹ gemacht, anstatt die Seite im Ganzen zu sehen … Die Schale ist das Symbol des Zirkels, aber auch der Hüterin. Wir haben hier also mich, den Kompass und seinen Schatten. Weißt du, was ich glaube? Ich kann den Kompass nutzen, aber dazu brauche ich einen Schatten. Und das nimmt ihm die Kraft. Du magst dich um das Gleichgewicht nicht scheren, aber ich habe immer wieder die Erfahrung gemacht, dass es genau darum geht. Der Kompass gibt mir die Kraft, das Dreieck bis in die Schattenwelt aufzuspannen, dafür nehme ich einem Element der Schattenwelt die Kraft weg. Antoine ist der Schatten. Also …« Jenna schluckte und sprach nicht weiter.

Lena vervollständigte den Satz für sie: »Du kannst unseren Plan durchziehen und vermutlich alle retten, aber je länger wir brauchen, desto schwächer wird Antoine. Und wenn du mit deiner Idee zum Gleichgewicht recht hast, wird er dabei sterben.«

Sie hatte leise gesprochen, aber nicht leise genug.

Der Schatten hatte sie dennoch gehört.

LONDON, WELLINGTON HOSPITAL, AM SPÄTEN SAMSTAGNACHMITTAG

Die Vorhänge waren zugezogen, es herrschte Mittagsruhe in dem kleinen Krankenzimmer, nur die Klimaanlage surrte vor sich hin. Ein Monitor piepste leise und in unregelmäßigen Abständen. Der alte Mann, der zugedeckt im Bett lag, schlief. Die Bettdecke hob sich ganz sacht, wenn er atmete.

Stephen Archer saß in einem Stuhl neben dem Bett und betrachtete seinen alten Freund. Mortimer sah um einiges besser aus als noch vor zwei Tagen, aber Stephen wusste, dass sich unter der Decke, unter den weißen Verbänden, schwerwiegende Verletzungen befanden. Er hatte das Blut gesehen, all das Blut. Es grenzte an ein Wunder, dass Mortimer noch lebte.

Jennas Worte ließen ihn nicht los. Er hatte Mortimer sein ganzes Leben lang vertraut, der alte Mann war ihm Freund und Vaterersatz zugleich. Doch wenn es wahr war, was Jenna gesagt hatte … »Was hast du mir alles verschwiegen, Mortimer? Wer bist du?«, fragte er halblaut, doch der alte Mann hörte ihn nicht. Archer lehnte sich in dem unbequemen Stuhl zurück und starrte an die Decke. Die letzten Tage hatten ihn mehr als durcheinandergebracht. Er hatte gewusst, dass die Aufgabe, Vorsitzender des Konsortiums zu sein, in den Tod führen konnte – eine Ablehnung der Berufung allerdings ziemlich sicher, daher war ein aktives Mitmischen in jedem Fall vorzuziehen –, aber die Zeit mit Jenna Winters hatte ihn vollkommen durcheinandergebracht. »Du leidest vielleicht am Stockholm-Syndrom oder so, mein Lieber«, sagte er zu sich selbst, aber gleichzeitig wusste er, dass er nicht gegen seine Gefühle ankam. Die Hüterin hatte ihn in ihren Bann geschlagen, und er war sich über eines sicher: Er wollte nicht mehr, dass sie zu Schaden kam. Unwillkürlich fuhr er sich mit den Fingern einer Hand über die Lippen. Sie hatte seinen Kuss erwidert, beide Male, und war darüber wahrscheinlich genauso erstaunt gewesen wie er.

Der Rückflug war sehr angespannt verlaufen. Die Agenten hatten Wagner, der mittlerweile wach war, die Hände auf den Rücken gefesselt und ihn im hinteren Bereich des Flugzeugs platziert. Archer hatte sich bemüht, mehr aus Elinor herauszubekommen, aber sie hatte nur einsilbig geantwortet. Sie war wütend, dass ihr die Hüterin knapp entkommen war, und ihr Verhalten zeigte deutlich, dass sie ihren Bruder dafür verantwortlich machte. Stephen hingegen versuchte immer noch zu begreifen, dass seine kleine Schwester Teil dieser Verschwörung war und offensichtlich seit Jahren Bescheid gewusst hatte. Sie hätte gleich die Führung übernehmen sollen, dachte er missmutig, dann hätte ich mit der ganzen Sache nichts zu tun gehabt. Aber dann hättest du die Hüterin nicht kennengelernt, flüsterte eine Stimme in seinem Inneren. Und er war es seiner Großmutter, nein, seiner ganzen Familie schuldig gewesen. Daran kam er nicht vorbei.

Sie hatten sich darauf geeinigt, dass Elinor sich um Wagner kümmerte, während Archer ins Krankenhaus fuhr. Er musste mit Mortimer reden. Und dann würde er den Kompass suchen. Im Britischen Museum war er seit Jahren nicht mehr gewesen, aber wozu hatte das Konsortium Beziehungen bis in die höchsten Stellen? Er würde nicht einmal einbrechen müssen, nein, man würde ihm die Tür aufhalten. Nur Elinor musste er noch überzeugen. Wenn er eines in den letzten Stunden gelernt hatte, dann, dass man sich seine Schwester besser nicht zur Feindin machte. Sie war auf ihre Art genauso zielstrebig und unbeugsam wie ihre Großmutter Amelia.

Ein leises Stöhnen holte ihn zurück in die Gegenwart. »Stephen?«, flüsterte der alte Mann heiser und tastete blind über die Bettdecke, bis er Archers Hand spürte und seine knochigen Finger darum schloss.

»Ich bin hier«, sagte Archer beruhigend.

»Hast du die Hüterin? Und ihren Schatten?« Mortimers Stimme war kaum mehr als ein Hauch.

»So gut wie«, wich Archer aus.

Mortimer schlug die Augen auf.

»Ich habe mir Sorgen um dich gemacht, alter Freund«, sagte Archer, der am liebsten glauben wollte, dass Jenna sich irrte und Mortimer und er weiterhin am gleichen Strang zogen.

»Es bleibt uns nicht mehr viel Zeit, Stephen.«

»Was meinst du damit?« Archer beugte sich vor, um Mortimers geflüsterte Worte besser zu verstehen.

»Alle, die für ihn gestorben sind, werden wiederkommen … mit ihm. Unser Leid wird belohnt werden … versprich mir das, Stephen …« Die Stimme des alten Mannes war leise, aber sein Blick war klar.

Archer wurde es kalt. »Was sagst du da?«, fragte er und fürchtete sich zugleich vor der Antwort.

»Tu das, wofür wir bestimmt sind. Wir sind die Diener des Jägers, nicht wahr? Es gibt nichts anderes für uns.«

»Mortimer …«, begann Archer und wusste für den Moment nicht weiter.

Der alte Mann hustete mühsam, dann griff er mit erstaunlicher Kraft nach Archers Arm und zog sich in eine halb sitzende Position. »Wir haben dich bereits verloren, nicht wahr?«, flüsterte er. »Ich hatte solche Hoffnungen in dich gesetzt. Die Magie des Jägers hätte mir wieder neue Kraft gegeben. Jetzt ist es zu spät. Elinor hatte recht. Du gehörst nicht mehr zu uns.«

»Elinor weiß nicht, was sie redet«, gab Archer ungehalten zurück. »Meine kleine Schwester hat sich da in etwas verrannt. Aber ich werde ihr schon Vernunft beibringen. Schließlich konnten wir immer miteinander reden.«

»Elinor weiß genau, was sie tut, Stephen. Sie ist eine von uns.«

»Hör dir bloß mal zu! Was ist nur mit euch beiden los? Und im Übrigen, was hast du mit dieser Hexe, dieser Lena, zu schaffen? Seit wann kennst du sie?«

Mortimers Augen glitzerten. »Lena Wilhelmi? Wir kennen uns schon sehr lange. Sie hat mir vor vielen Jahren ein Versprechen gegeben. Aber du lenkst vom Thema ab.« Er hustete erneut, atmete röchelnd ein und aus. »Was hat die Hüterin mit dir gemacht, Stephen? Wie konntest du uns nur so verraten?«

»Ich habe euch nicht verraten. Diese ganze Sache ist doch Wahnsinn. Von einem mystischen Fluch lasse ich mir nicht mein Leben zerstören. Ich habe den Job übernommen, weil ich dazu gezwungen wurde, aber ich verkaufe nicht meine Seele dafür.« Bei den letzten Worten wurde Archer laut.

»Zerstören?«, flüsterte Mortimer. »Stephen … dem Jäger zu dienen ist ein Privileg, das nicht vielen zuteilwird. Du wirfst etwas weg, was dir geschenkt wurde.« Heiser sagte er: »Und wenn du dieses Privileg nicht anerkennst, wird es jemand anderer tun.«

»Ganz genau«, sagte jetzt eine helle Stimme von der Tür her, und Elinor trat ein. Sie trug immer noch ihr blaues Kostüm. »Leider ist es so, dass das Konsortium keine Abmahnungen ausspricht. Aber das wusstest du schon, oder?« Sie wechselte einen schnellen Blick mit Mortimer und sprang dann katzengleich auf ihren Bruder zu, einen mörderischen Ausdruck in den Augen. Archer schnellte von seinem Stuhl hoch, doch Mortimer hielt ihn fest. Schmerzhaft gruben sich seine knochigen Finger in Archers Unterarm. Aus dem Augenwinkel sah Archer, wie Elinor eine Spritze hob, und duckte sich, rollte sich über dem aufstöhnenden Mortimer ab und landete auf der anderen Seite des Bettes auf dem Boden. Die Spritze verfehlte ihr eigentliches Ziel und sank in Mortimers Hals. In fassungslosem Entsetzen blickte der alte Mann Elinor an und gurgelte verzweifelt einige Worte, dann sackte sein Kopf zur Seite.

Archer stemmte sich hoch und riss ihm die Kanüle wieder heraus, doch es war schon zu spät.

Mortimers Augen wurden starr.

»Du hast ihn getötet«, keuchte Archer entsetzt. »Und du wolltest mich umbringen. Mich? Deinen Bruder? Elinor …«

Elinor zwinkerte nervös, aber sie bewahrte die Fassung. »Nein, Stevie, ich hätte dich nur für eine Weile lahmgelegt. Aber du musstest ja unbedingt …« Sie brach ab.

»Ich musste was? Mich verteidigen, weil meine Schwester komplett verrückt ist?« Archers Stimme klang rau. Er richtete sich auf, ging um das Bett herum und packte Elinor an den Schultern. »Ich habe versucht, dich und Clarissa zu beschützen, aber so wie es aussieht, hätte ich mir das sparen können. Ich habe das alles für dich getan, für dich, verstehst du? Und du … du …« Seine Stimme brach. Dann verhärtete sich sein Blick. »Komm mir nie wieder unter die Augen, kleine Schwester. Wir beide stehen tatsächlich in verschiedenen Lagern. Für immer.« Damit stieß er sie heftig von sich und ging schnell zur Tür. Für eine Sekunde hielt er dort noch einmal inne und warf einen letzten Blick auf Mortimer. Dann riss er die Tür auf und stürmte in den Gang hinaus.

Archer lief die vier Treppen hinunter bis ins Erdgeschoss, vorbei am Empfang und raus auf die Circus Road, wo er Adrian Wagner, der dort wartete, fast über den Haufen rannte.

Archer bremste und wandte sich um. Elinor musste dem Deutschen eine neue Jeans und ein Hemd gegeben haben. Er hatte sich rasiert und sah zwar müde aus, aber der Wahnsinn in seinem Blick war verschwunden.

»Es tut mir leid«, sagte Archer. »Aber Sie müssen sich hier und jetzt entscheiden – für mich oder für meine Schwester. Wir gehen ab sofort getrennte Wege.«

Wagner blinzelte verwirrt. »Was ist passiert?«

»Unüberbrückbare Differenzen«, antwortete Archer knapp.

Erst schien Wagner nicht zu begreifen, doch dann sah er Archer mit einem wissenden Blick an. »Sie helfen der Hüterin? Und Ihre Schwester ist dagegen?«

Archer verzog das Gesicht. »Es sieht so aus«, sagte er langsam.

Wagner presste die Hände aneinander und atmete tief durch, marschierte ein paar Schritte auf dem Gehweg auf und ab. »Ich komme mit Ihnen«, beschloss er. »Ich … vertraue der Hüterin«, setzte er langsam hinzu. »Aber bevor wir in dieses Taxi hier steigen, habe ich eine Bitte.«

Archer musterte ihn abwartend.

»Wenn ich wieder durchdrehe und zu diesem Monster werde … dann hindern Sie mich daran. Ich will das nicht mehr. Nie mehr. Lieber gehe ich zurück zu den Schatten. Oder in die Hölle.« Er hielt Archer die Hand hin. »Deal?«

Archer nickte, und Respekt schwang in seiner Stimme mit. »Deal. Aber ich hoffe wirklich, dass das nicht passieren wird. Kommen Sie, Adrian. Wir fahren ins St. Anne's Nursing Home – ich muss mit meiner Mutter reden –, und danach starten wir einen kleinen Expeditionstrupp ins Britische Museum.«

Clarissa Archer lebte in einer, wie sie sich ausdrückte, Golden-Girls-WG und genoss jede einzelne Minute. Das St. Anne's kummerte sich in unterschiedlicher Weise um seine Bewohner, wer fit genug war, konnte sich so gut es ging selbst versorgen, wenn er dies wünschte.

Als Archer und Wagner durch die Wohnungstür traten, duftete es verführerisch nach Waffeln.

»Stephen!«, rief sie erfreut und gab ihrem Sohn einen Kuss auf die Wange, schüttelte Wagner die Hand. »Verzeihung, jetzt sind Sie voller Mehl«, sagte sie und lachte. Ihre ehemals blonden Locken waren ergraut, aber sie strahlte eine Lebendigkeit aus, die durch das ganze Zimmer vibrierte.

Wagner lächelte Clarissa unwillkürlich an. »Das macht nichts, Mrs Archer.« Wann hatte er das letzte Mal Waffeln gegessen? Er wusste es nicht mehr. Die Zeit bei den Schatten war nicht lang gewesen, und dennoch hatte er so viel von sich, so viel von seinem Leben verloren. Der Duft von Waffeln versetzte ihn plötzlich zurück in die Tage vor seinem Tod. Er erinnerte sich an den billigen Rotwein, den er gekauft hatte. An den Geruch des Reinigungsmittels in den Hörsälen. An Zigarettenrauch, der damals überall in jeder Ecke waberte. In der Nähe der Uni hatte tagaus, tagein ein Waffelbäcker mit seinem mobilen Verkaufsstand gestanden, der ständig von Studenten umlagert war. Der Renner waren die Waffeln mit Nutella gewesen.

»... eine Waffel, Mr Wagner?«

»Was?« Wagner riss sich mühsam aus seiner Erinnerung. »Oh, Entschuldigung. Ja, gerne.«

Clarissa hielt ihm einen Teller hin. »Ich räume nachher auf. Kommt, ihr zwei, wir gehen in mein Zimmer. Stephen, du siehst aus, als hättest du einen Geist gesehen.« Sie legte ihrem Sohn kurz die Hand auf den Arm.

Dieser lächelte mühsam. »Wir müssen etwas besprechen, Mutter.« Er hatte Angst vor dieser Aussprache. Clarissa würde nicht nur ihren Glauben an ihre Welt, sondern auch den Glauben an ihre Tochter verlieren, und das machte ihm zu schaffen. Aber es half nichts. Er wusste, dass Amelia mit Clarissa über den Fluch gesprochen hatte, mochte Clarissa nun daran glauben oder nicht. Nacheinander traten sie in das große Zimmer, das seine Mutter bewohnte. Es war hell und freundlich eingerichtet, Weiß und Grüntöne dominierten, und eine große Buche vor dem Fenster ließ filigrane Schatten an der Wand tanzen. In einer Ecke standen drei Sessel um einen niedrigen Couchtisch, dort ließen sie sich nieder. Archer atmete tief durch und begann zu erzählen.

Eine halbe Stunde später sah Clarissa Archer ihren Sohn mit großen Augen an. »Du willst damit sagen, alles, was Amelia damals von sich gab, ist wahr? Ihr Gerede über den Fluch, diese ominöse Schattenwelt, die Hexen, ach, was weiß ich … Ich konnte das nie so recht glauben, auch wenn sie mir immer wieder davon erzählt hat. Bist du sicher, dass du nüchtern bist?«

»Ich bin so nüchtern wie schon lange nicht mehr. Mortimer … es scheint, als hätte er uns alle belogen. Schon seit Jahrzehnten. Mutter, ich sage es ungern, aber Elinor hat gerade versucht, mich umzubringen, weil ich ihre Pläne durchkreuzt habe.«

Clarissa schlug die Hände vor den Mund. Ihr war der Appetit vergangen, und sie sah mit leichtem Ekel auf die Teig- und Puderzucker-Reste auf dem großen Teller. Sie sprang auf und ging mit langsamen Schritten ans Fenster, lehnte sich auf die Fensterbank und sah hinaus. »Amelia hat mich gewarnt, dass es so kommen würde. Dass dieser Fluch euch Kinder auseinandertreiben und unsere Familie daran zerbrechen würde. Aber gleichzeitig haben wir keine Wahl, oder? Wenn das alles wahr ist, dann müssen wir uns dem stellen und kämpfen.« Sie stieß sich vom Fensterbrett ab und kam wieder zurück zur Sitzecke. »Was haben Sie denn von alldem, Mr Wagner?«

Adrian erwiderte ihren Blick angespannt. »Wenn ich Jenna Winters richtig verstanden habe, bin ich ein Kollateralschaden. Meine Rückkehr war nicht geplant, und ihr Ritual mit Stephen, um diesen ominösen Familienfluch zu lösen, hat mir … nicht gutgetan.«

Archer zog bei dieser Umschreibung eine Grimasse.

»Aber hier bin ich nun. Und wenn ich tatsächlich eine

zweite Chance zum Leben erhalte, dann werde ich sie ergreifen. Und bis dahin helfe ich Ihnen.«

Clarissa starrte ihn an. »Wie meinen Sie das? Zweite Chance?« Sie sah zwischen beiden Männern hin und her, dann zuckte sie zusammen. »Sie sind … Sie sind …« Der Satz blieb in der Luft hängen, sie wartete darauf, dass Wagner ihren Verdacht bestätigte – oder eher, dass er ihn mit einer Geste beiseitewischte.

Wagner nickte lediglich.

Vielleicht wirst du eines Tages entscheiden müssen, wem du vertraust, tönte ihr Amelias Stimme in den Ohren, nach so vielen Jahren. Clarissa Archer verfluchte zum hundertsten Mal den Tag, an dem ihre Mutter ums Leben gekommen war. »Sonst könntest du das in die Hand nehmen«, murmelte sie fast unhörbar.

Dann wandte sie sich wieder an Wagner: »Wie lange kennen Sie meine Kinder schon?«

Wagner zog die Brauen hoch. »Ihren Sohn seit drei Tagen, Ihre Tochter seit …« Er überlegte kurz und fuhr überrascht fort: »Seit heute Morgen. Es ist so viel in diesen letzten Stunden und Tagen geschehen … mir schwirrt der Kopf.«

Archer wiegte den Kopf, als wollte er sagen: »Das ist die Untertreibung des Jahrhunderts.«

»Sie vertrauen Stephen.« Clarissa nickte, Wagners Antwort vorwegnehmend. »Aber sie ist deine Schwester, Stephen. Auch wenn sie auf dem falschen Weg ist – das dürfen wir nicht vergessen. Was wirst du jetzt tun?«, feuerte sie die nächste Frage auf ihren Sohn ab.

»Ich bringe dich und Adrian erst mal in Sicherheit«, antwortete Archer. »Aber davor müssen wir beide noch ins Museum …« Er warf einen zweifelnden Blick auf seine Mutter.

»Ich erzähle dir davon so wenig wie möglich, denn legal ist das nicht …«

»Dieses Konsortium ist auch nicht legal, Stephen.« Plötzlich stand sie auf, ging um den Tisch herum und nahm ihren Sohn in die Arme. »Du hast das auf dich genommen, um mich und Elinor zu schützen und um deine Kinder, wenn sie einmal geboren sind, von diesem Fluch zu befreien. Das war sehr nobel, aber auch sehr dumm …«

Archer sah seine Mutter empört an.

»Du hättest um Hilfe bitten können«, erklärte sie. »Mich zum Beispiel.«

»Ich habe zu oft gehört, wie ihr gestritten habt, du und Amelia«, sagte Archer abwehrend. »Du hast nicht daran geglaubt, Mutter. Und eigentlich habe ich ja jetzt ein Team, auch wenn es ganz anders ist, als ich dachte.«

»Du hast ein Team, aber du hast auch deine Schwester zur Feindin und Mortimer ist tot.« Clarissa fuhr sich mit den Händen übers Gesicht. Ich muss mich entscheiden, dachte sie, und wusste in diesem Moment, dass sie die Entscheidung bereits getroffen hatte.

»Amelia hat euch etwas hinterlassen«, begann sie jetzt langsam. »Sie überließ es mir zu wählen, wem von euch ich es gebe. Nun, das tue ich hiermit. Ich wähle den Kampf gegen diesen Jäger, das Konsortium und den Fluch … Ich wähle dich, Stephen«, fügte sie nach einer Pause hinzu. »Ich bitte dich nur um eines: Ich möchte euch beide nicht verlieren. Wenn es eine Chance gibt, dass Elinor zu uns zurückkehrt, müssen wir sie wahrnehmen. Um jeden Preis.«

Archer nickte, gerührt über die Worte seiner Mutter. »Wenn wir das alles hinter uns haben, werde ich sie suchen und mit ihr reden«, versprach er. Sein Handy vibrierte, und er las stirnrunzelnd die SMS, die auf dem Bildschirm auftauchte. »Wir haben den ersten Kompass gefunden. Und du? Wie gehts A. W.? Jenna«

»Team Jenna hat den ersten Kompass gefunden«, verkündete er und tippte ein kurzes »Wir sind dran. Melde mich später« zurück. »Jetzt sind wir an der Reihe.«

»Also bevor du in ein englisches Nationalheiligtum einbrichst, solltest du dir vielleicht den Nachlass deiner Großmutter ansehen. Vielleicht finden wir darin etwas«, bremste ihn Clarissa.

»Aber Amelia hatte doch mit dieser Forscherin überhaupt nichts zu tun.«

»Bist du dir da so sicher? Nur weil sie dir nichts davon erzählt hat …«

Archer zuckte mit den Schultern. »Na gut. Wir können ebenso gut mit dem Nachlass anfangen. Wo ist er denn?«

Clarissa wurde rot. »Ich weiß es nicht genau.«

»Mutter!« Archer sah Clarissa entnervt an. »Was soll denn das bitte heißen?«

»Amelia hat es verschlüsselt. Ich kann dir Folgendes sagen …« Clarissa schloss die Augen und runzelte die Stirn. »Nicht, dass ich noch etwas durcheinanderbringe. Aber ich durfte es nicht aufschreiben, sagte sie mir, und so verrückt das auch klang, ich habe mich bis heute daran gehalten. Eines reinigt, eines nährt, eines schwebt und eines schützt.« Sie öffnete die Augen und sah ihren Sohn erwartungsvoll an. »Und? Was sagt dir das?«

Archer schaute erst etwas verwirrt drein. »Warte mal …«, sagte er dann langsam. »Das hat mir Amelia seinerzeit erklärt. Es handelt sich um die Elemente. Eines reinigt – das ist das Feuer. Eines nährt – nämlich die Erde, eines schwebt –

das wird Luft sein, und eines schützt. Das Letzte ist das Wasser. Vor allem fließendes Wasser schützt vor Magie, hat sie gesagt.«

»Hm«, machte er und sah gleichzeitig Clarissa und Wagner an, »das könnte heißen, dass Amelia etwas versteckt hat, vielleicht irgendwo in einem See oder …«

»Der Brunnen!«, rief Clarissa dazwischen. »Der Brunnen auf dem alten Grundstück neben ihrem Haus.«

Archer sah seine Mutter bewundernd an. »Du könntest recht haben. Nur … wir waren schon ewig nicht mehr dort, wer weiß, was mittlerweile da steht.«

»Es wurde vor einem halben Jahr verkauft. Nur weil ich nicht mehr dort wohne, heißt das nicht, dass ich aus der Welt bin, Stephen«, fügte sie hinzu. »Ich mag alt sein, aber nicht senil. Und ich habe noch Kontakt zu den Nachbarn in unserer Straße.«

Archer hob die Hände. »Schon gut, schon gut. Dann lass uns dort nachsehen.«

»Und Elinor?«

»Weiß sie davon?«

Clarissa schüttelte den Kopf. »Nicht von mir. Aber das muss nichts heißen.«

Während dieses letzten Wortwechsels hatte Archer ihr einen Rucksack aufs Bett gelegt. »Nimm ein paar Dinge mit, ich glaube, du solltest für ein oder zwei Nächte mit uns verschwinden. Bis das alles vorbei ist.«

»Ich lasse euch nicht allein«, sagte Clarissa empört.

»Ja, ich weiß, Mutter. Deswegen bitte ich dich ja zu packen. Du gehst mit uns.«

Fünf Minuten später verließen sie die Anlage von St. Anne und traten auf den großen Parkplatz. Archer sah sich immer wieder sichernd um, doch Elinor – und auch niemand sonst, den er kannte – war zu sehen. Er glitt hinters Steuer, wartete ungeduldig, bis seine Mutter und Wagner sich angeschnallt hatten, dann lenkte er den dunkelgrünen Toyota, den er schon seit Urzeiten fuhr, in Richtung Süden, über die Themsebrücke.

Niemand folgte ihnen, soweit er das sehen konnte.

Sie ließen die brütend heiße Londoner City hinter sich, und als sie die Themse überquert hatten, ließ Archer die Fenster herunter. Ein warmer Wind wehte durch das Auto, durchsetzt mit kühleren Strömungen. Der Abend kündigte sich an. Im Westen nahmen die Wolken schon eine zarte rosa- und orangefarbene Tönung an. Keiner sagte etwas, alle hingen ihren Gedanken nach.

Archer überquerte die Grange Road, fuhr langsamer und lächelte unwillkürlich, als er das Viertel seiner Kindheit wiedererkannte. Die Straße hatte sich nicht wesentlich verändert. Im Schritttempo fuhr er an Amelias früherem Haus vorbei und sah sich dabei aufmerksam um.

Clarissa wies mit der Hand nach vorne. »Sieh mal, die Bagger sind zwar schon angerückt, aber ich würde sagen, wir kommen an den Brunnen durchaus noch heran. Nicht einmal einen Zaun haben sie gezogen – das ist doch eine Einladung, oder nicht? Also gehen wir jetzt dort drüben bei Giulio's eine schnelle Pizza essen und warten, bis es dunkel ist. Hast du eine Taschenlampe im Auto?«

»Ja, habe ich. Und auch ein Seil«, bestätigte Archer und folgte Clarissas Anweisungen, bis sie direkt vor einer kleinen Pizzeria standen.

»Warum habe ich das Gefühl, es handelt sich um eine Henkersmahlzeit?«, murmelte Wagner, als er kurz darauf in ein überdimensioniertes Stück Pizza biss.

Archer grinste. »Bei dem, was Sie erlebt haben, wundert mich das nicht. Wie gehts Ihnen denn jetzt?« Er senkte seine Stimme zu einem Flüstern. »Haben Sie sich im Griff?«

»Ich glaube schon.« Wagner zog mit seiner Gabel nachdenklich Muster in die Tischdecke. »Warum, weiß ich allerdings nicht.«

»Das ist mir egal, solange es funktioniert. Mutter, ich möchte, dass du nachher hier bleibst. Trink meinetwegen noch einen Rotwein oder zwei. Wir kommen dann wieder und holen dich ab.« Er legte ihr die Hand auf den Arm. »Keine Widerrede.«

Clarissa schluckte den Protest herunter, der ihr bereits auf der Zunge lag, und nickte. »Ist gut. Giulio passt auf mich auf.« Sie winkte dem Besitzer, der hinter der Bar stand. Nun schenkte er sich selbst ein Glas Wein ein und setzte sich dann zu Clarissa an den Tisch. »Ah, la bella Clarissa«, sagte er und klang italienischer als Eros Ramazotti.

»Ich trinke auf einen alten Freund«, sagte Clarissa. »Auf Mortimer. Ruhe in Frieden.« Archer sah aus, als wollte er etwas ergänzen, doch er hob lediglich das Glas und prostete seiner Mutter zu. »Auf Mortimer«, wiederholte er, und es klang gepresst.

Dann nickte er Wagner zu, und sie erhoben sich gleichzeitig. »Bis gleich«, sagte Archer, und es hörte sich an, als würde er nur kurz zum Telefonieren nach draußen gehen.

Sie liefen durch die Straßen, blickten sich immer wieder um, hielten sich im Schatten der Häuserwände. Noch war es nicht ganz dunkel, man konnte ein paar Meter weit sehen.

Vorsichtig schlichen sie auf das Grundstück. Die Bagger hatten bereits den Keller für ein neues Haus ausgehoben und das Fundament gegossen. Archer sah zu Amelias früherem

Haus hinüber. Eine Bewegung dort ließ ihn zusammenzucken, aber es war nur einer der Bewohner, der hinter den Vorhängen von einem Zimmer ins andere ging.

»Wo ist dieser Brunnen?«, flüsterte Wagner.

»Weiter hinten. Kommen Sie«, gab Archer ebenso leise zurück, und sie huschten um die Baugrube herum in den hinteren Teil des Gartens. Der Rand des Brunnens war gerade kniehoch und von Unkraut überwuchert, Archer wäre fast darüber gestolpert. Im letzten Moment fing er sich ab. »Hier ist er«, sagte er triumphierend und schob mit einem Ächzen die schwere Holzplatte, die den Brunnen abdeckte, zur Seite. Neugierig leuchtete Wagner mit der Taschenlampe hinein, aber man konnte nicht genau erkennen, wie tief der Schacht war. Er ließ einen Stein hineinfallen und horchte. »Vielleicht sechs, sieben Meter«, meinte er. »Reicht das Seil?«

»Das Seil hat zwanzig Meter«, gab Archer zurück, der bereits damit beschäftigt war, sich das Seil um Brust und Taille zu binden. Er schlang das andere Ende um Wagner, zurrte es mit einem Achterknoten fest und setzte sich auf den Rand, ließ die Beine nach innen baumeln. »Gehen Sie um den kleinen Baum da herum«, wies er Wagner an und zeigte auf eine schmale Birke, die etwa zwei Meter vom Brunnen entfernt stand. »Dann müssen Sie mein Gewicht nicht komplett allein halten.«

Wagner folgte der Aufforderung, stemmte sich mit den Füßen fest und sagte leise: »Es kann losgehen.«

Archer atmete einmal tief durch, dann ließ er sich zentimeterweise in die Tiefe hinab. Im Auto hatte er eine Stirnlampe gefunden, so hatte er die Hände frei und konnte versuchen, sich an der Wand zusätzlich abzustützen. Je tiefer er sank, desto brackiger roch es. Vielleicht war es ein Glück, dass er nicht genau sah, wohin er sich eigentlich abseilte. Im Sinken tastete er die Wände ab, aber das, was sie suchten, war vermutlich ohnehin unter der Wasseroberfläche versteckt.

Jetzt hatten seine Füße das Wasser erreicht. Wagner ließ ihn langsam weitersinken.

»Stopp«, rief er gleich darauf nach oben. »Ich kann stehen.« Das Wasser reichte ihm bis zur Hüfte. Es war kühl, geradezu angenehm nach dem heißen Sommertag, und Archer ließ die Hände vorsichtig durch das Wasser gleiten, drehte sich um sich selbst. Plötzlich hallte lautes Quieken von den Wänden wider, Archer riss die Hände hoch. Ein schlanker kleiner Körper glitt an ihm vorbei und verschwand unter der Wasseroberfläche, zweifellos in einem der unterirdischen Zuläufe.

»Alles in Ordnung?«, rief Wagner von oben.

»Nur eine Ratte.« Archer tastete vorsichtig weiter, und stieß sich seinen Fuß an einem großen Stein, der mitten auf dem Brunnenboden lag. »Aua.« Er kniff die Augen zusammen und suchte weiter. »Komm schon, Großmutter. Wo hast du es versteckt?«, murmelte er und verdrängte den Gedanken, dass sie vielleicht auf der völlig falschen Spur waren. Sie war hier bestimmt nicht heruntergeklettert, sinnierte er weiter. Also hatte sie es hineingeworfen. Der Stein! Er griff mit der Hand nach unten, aber das Wasser war zu tief. Mit einem Fluch zog er sich die Stirnlampe ab und hielt sie mit einer Hand hoch, während er mit dem Kopf unter Wasser ging und mit der freien Hand unten umhertastete. Er behielt die Augen geschlossen und versuchte nichts von dem Brackwasser zu schlucken, aber der Geruch von Verwesung, der darin hing, stieg ihm dennoch in die Nase. Jetzt umfassten seine Finger den Stein, dann ertastete er eine Kette. Ohne loszulassen, richtete er sich auf und holte Luft, dann tauchte er erneut ab.

Und seine Beharrlichkeit wurde belohnt. Am anderen Ende der Kette war ein Kästchen befestigt. Es war etwa so groß wie ein Schuhkarton, aber deutlich schwerer.

Er hatte keine Möglichkeit, die Kette und den Stein von dem Kästchen zu lösen, also verhakte er die Metallkette mit einem Karabiner an seinem Seil und rief: »Hochziehen!«

Mit unterdrücktem Ächzen zog Wagner den um gut zehn Kilo schwerer gewordenen Archer nach oben. Archer stützte sich an den Brunnenwänden so gut wie möglich ab, um Wagner die Arbeit zu erleichtern, aber es dauerte doch einige Minuten, bis er oben war und sich über den Rand rollen konnte. Außer Atem saßen die beiden Männer im Gras, dann sagte Wagner: »Ich kann es kaum glauben – Sie haben es gefunden?«

»Ich weiß es noch nicht. Kommen Sie, wir tragen das Kästchen zum Auto. Dort versuchen wir, es zu öffnen.«

»Gute Idee«, keuchte Wagner und befühlte seine Hände. Trotz der Gewichtsentlastung mithilfe der Birke hatte er rote Striemen in den Handflächen. Meine Kondition war auch schon einmal besser, dachte er zynisch.

»Nicht so schnell!«, sagte eine zornige Stimme hinter ihnen, und Archer fuhr herum.

Im Licht seiner Stirnlampe sah er Elinor mit einem ihrer Männer. »Den Kasten, schnell«, befahl Elinor, und Archer spürte, wie der Mann das Kästchen hochhob und an der Kette riss. Allerdings hatte er übersehen, dass das Ganze noch an Archer selbst befestigt war. Aus seiner knienden Position im Gras konnte Archer nicht viel tun, aber er wartete einen Moment, bis der Mann nahe genug an ihm dran war, dann hob er den Stein und schleuderte ihn ihm samt der Kette entgegen.

Der Angreifer sackte mit einem Stöhnen zur Seite, Elinor schrie wutentbrannt auf. Sie stürzte sich auf Archer und riss wie eine Wahnsinnige an der Kette, zerkratzte ihm mit ihren Fingernägeln das Gesicht. Da tauchte hinter ihr ein Schemen auf, ein dumpfer Schlag war zu hören, und Elinor sank besinnungslos neben ihrem Komplizen ins Gras. Über ihr stand ihre Mutter, eine gusseiserne Bratpfanne in der Hand und einen höchst angewiderten Ausdruck im Gesicht.

Archer sah Clarissa sprachlos an, dann begann er zu lachen. »Du bist unglaublich, Mutter, weißt du das?« Er löste endlich den Karabiner vom Gürtel, zog sich am Brunnenrand hoch und sah hinüber zu Wagner. »Können Sie Elinor tragen? Dann nehme ich Stein und Kasten«, sagte er.

»Wohin mit ihr?«, fragte Wagner.

»In den Kofferraum«, entschied Archer nach einem Blick auf Elinors Kopf. »Kein Blut, aber sie wird eine mächtige Beule bekommen. Mutter, wie konntest du nur?«

»Ich habe mir Sorgen gemacht«, verteidigte sich Clarissa. »Und mir bei Giulio eine Pfanne ausgeliehen. Überhaupt, beschwere dich nicht, ich bin gerade noch rechtzeitig gekommen!«

Es war eine seltsame Prozession, die sich über das verlassene Grundstück zurück zu Archers Toyota bewegte, und Archer war froh, dass es mittlerweile stockdunkel war. Wenn ihnen einer der Nachbarn begegnete, hätten sie einiges zu erklären.

»Moment noch«, sagte er und kniete sich direkt neben der Baugrube ins Gras, wo die Mauern bereits über Bodenniveau herausragten. Er legt das Kästchen mit der Kette auf die Mauer und ließ den Stein auf die Kette herunterkrachen. Kiesel flogen in alle Richtungen, doch sein Plan ging auf, die

Kette, durch das jahrelange Liegen im Wasser stark verrostet, brach auseinander. »So«, sagte er zufrieden, »jetzt können wir.«

Wagner war vorausgegangen und wartete mit Elinor, die bereits wieder zu sich kam, am Auto.

»Hier, nehmen Sie die«, befahl Archer. Er hatte den Kofferraum geöffnet und zog jetzt aus einer Box zwei große Kabelbinder. Danach legte er Seil, Karabiner und Stirnlampe hinein. Mit gerunzelter Stirn beugte er sich über seine Schwester, die nun gefesselt im Kofferraum lag und ihn mit glasigem Blick anschaute. »Das ist mein Plan. Meine Entscheidung – und du wirst mich kein weiteres Mal dabei stören. Ich tu dir nichts, aber ich lasse dich erst wieder frei, wenn das alles hier vorbei ist. Und wenn du schreist«, er hob einen alten Lappen aus der Box und hielt ihn ihr drohend vors Gesicht, »kneble ich dich. Haben wir uns verstanden?«

Elinor drehte ihren Kopf weg und starrte wütend auf die Rückseite der Rückbank.

»Ich nehme das als Ja«, sagte Archer und schloss die Klappe.

»Kriegt sie genug Luft?«, fragte Clarissa besorgt.

»Mutter! Das ist ein Kombi – sie wird sogar hören, was wir reden. Und deswegen gehe ich jetzt da rüber.« Archer nahm das Kästchen und setzte sich kurzerhand unter einer Straßenlaterne auf den Gehweg.

»Sollten wir nicht besser von hier verschwinden?« Wagner sah sich nach allen Seiten um. Er war nervös, rechnete jeden Moment damit, dass das Raubtier wieder von ihm Besitz ergriff. Ihm war, als hätte es sich in einen der hinteren Winkel seines Bewusstseins zurückgezogen und gönnte ihm nur eine kurze Atempause.

Auf der anderen Straßenseite ging ein alter Mann mit seinem Hund spazieren. Misstrauisch sah er zu dem kleinen Grüppchen herüber, setzte sich dann aber wieder in Bewegung mit einem kurzen Kopfschütteln, das so viel heißen mochte wie: Im Sommer tun die Menschen die erstaunlichsten Dinge … wer unbedingt auf dem Gehweg sitzen will, kann das ruhig tun.

»Ich möchte wenigstens wissen, ob das, was wir suchen, darin ist«, sagte Archer, der auf dem Asphalt einen nassen Fleck hinterließ.

Er brach das Holzkästchen auf, indem er es auf den Boden fallen ließ. Der Deckel splitterte erwartungsgemäß. Archer griff vorsichtig hinein und holte ein Päckchen heraus, das sorgfältig in Wachstuch eingeschlagen war. Langsam faltete er es auseinander. Zum Vorschein kam ein Notizbuch.

»In memoriam Reginald Weyland« stand auf der ersten Seite.

»Das ist das Notizbuch, das Elinor erwähnt hat«, murmelte Archer. »Amelia wollte es mir irgendwann geben, aber dann starb sie, und es geriet in Vergessenheit.«

»Das gehörte Mortimers Familie«, sagte Clarissa verblüfft, die ihm über die Schulter sah.

»Wie kommst du darauf?« Archer hob das Buch vorsichtig hoch und drehte es in den Händen.

»Sein zweiter Name ist … war … Weyland. Das hat er mir einmal erzählt. Weißt du noch, wie er uns vor Jahren besucht hat? Amelia war wochenlang fort, sie machte eine Foto-Reportage irgendwo in Afrika, und da kam er zu Besuch.«

»Ich erinnere mich«, gab Archer langsam zurück. »Und so langsam dämmert mir, warum er kam, als Amelia nicht zu Hause war. Wo er doch sagte, er würde sie flüchtig kennen.

Verdammt – ich hätte schon viel früher eins und eins zusammenzählen müssen.«

»Ist noch mehr darin?«, fragte Wagner jetzt, und die Anspannung war in seiner Stimme deutlich zu hören.

»Nein. Aber hier, auf der Innenseite der Rückseite, steht ein Satz. Codiert, wenn ich das richtig sehe.« Lies niemals einen Satz laut vor, den du nicht verstehst, hörte er Amelia plötzlich in seiner Erinnerung sagen.

»Lesen Sie uns den Satz auf der letzten Seite vor«, forderte er Wagner auf und betete innerlich, dass Amelia ihm keinen weiteren Fluch hinterlassen hatte.

Wagner blätterte um, dann las er, was da stand und sah ungläubig zu Archer hinüber. »Das ergibt doch keinen Sinn.«

»Es ist ein Code, Adrian. Lesen Sie es vor. Ach – und bitte rückwärts, wenns geht!«

»Quisquis cum custodibus concordat, signum reperiet.« Als Wagner geendet hatte, herrschte Stille im Auto.

»Tatsächlich!«, sagte Archer. »Rückwärts gelesen heißt so viel wie … Moment mal, mein Lateinunterricht ist schon eine Weile her … repere, reperiet, hm … also, es müsste heißen: Wer mit dem Hüter … oder der Hüterin … im Einklang ist, wird das Zeichen finden.«

»Da steht jetzt noch etwas«, sagte Wagner, der immer noch das aufgeschlagene Buch in der Hand hielt, und fügte ungläubig hinzu: »Das war aber gerade noch nicht da …«

Archer nahm ihm das Notizbuch ab und sah, was da stand. Mit einem bewundernden Lächeln gab er es an seine Mutter weiter. »Denk an den Stein, Stephen!«, las sie und dachte noch rechtzeitig daran, es wegen Elinor nicht laut zu lesen. »Was soll das denn heißen?«

»Das heißt, dass Amelia sich doppelt und dreifach abgesichert hat, Mutter. Nur wir konnten das Kästchen finden, nur ich wusste, dass man den Satz rückwärts lesen muss, weil wir darüber gesprochen hatten. Und das Ding, auf das sie sich bezieht, ist bei mir in …«

In meinem alten Zimmer, hatte er gerade sagen wollen. Amelia hatte ihm den Stein von einer ihrer Reisen mitgebracht, er benutzte ihn als Briefbeschwerer. Archer schlug sich gegen die Stirn. »Oh, das gibt es doch nicht«, stöhnte er. Er hatte ihn mitgenommen ins Hauptquartier, als er dort sein Büro bezogen hatte. Dort lag er auf dem Schreibtisch.

Für jedermann sichtbar.

MÜNCHEN, IMMER NOCH SAMSTAGABEND

Jenna und Lena konnten förmlich zusehen, wie Lagardère schwächer wurde. Wenn er sich nicht im gleichen Raum wie der Kompass befand, ging es ihm besser, aber die Entwicklung war nicht aufzuhalten. Jenna hingegen fühlte sich gut, sobald sie den Kompass in der Hand hielt – und das verdoppelte ihre Schuldgefühle.

»Wie lange kann das denn dauern?«, sagte sie halblaut und ärgerlich nach dem zehnten Blick auf ihr Handy. »Was machen die bloß so lange? Es wird schon dunkel.«

»Jenna! Nach diesem Kompass haben schon mehr Leute jahrhundertelang und vergeblich gesucht«, mahnte Lagardère und hustete erstickt. »Er wird ihn finden, aber wir müssen Geduld haben.« Er lag auf der Wohnzimmercouch und hatte eine Decke bis zum Kinn gezogen. Trotz des heißen Sommerwetters fror er, immer wieder nickte er kurz ein, träumte wirres Zeug, und wenn er aufwachte, war er seltsam orientierungslos und erst nach einem Rundblick durchs Zimmer wieder gänzlich da. Vergangenheit und Gegenwart flossen ineinander, bildeten ein buntes Kaleidoskop vor seinem inneren Auge, bis er kaum mehr wusste, wer er war.

Jenna öffnete das Fenster. Kein Lüftchen regte sich. Eine seltsame Schwere lag in der Luft, als breite der Sommer ein feuchtes, heißes Tuch über die Stadt aus. Sie setzte sich neben ihn und strich ihm sanft über die Stirn.

Sein Gesicht war wächsern, die Locken klebten ihm im Nacken.

»Soll ich Kim anrufen?«, fragte sie.

Lagardère schüttelte mühsam den Kopf. »Sie soll sich keine Sorgen um mich machen. Und wenn wir keinen Erfolg haben, dann ist das, was ich Kim sagen möchte, ohnehin nicht mehr relevant. Jenna … ich muss dir noch etwas erklären.«

»Hm?«

»Ich habe eine Theorie … Wenn ich nicht mehr da bin, bricht auch deine Macht zusammen. Damit wärst du für das Konsortium kein Ziel mehr. Und Kim auch nicht.«

Jenna sah ihn stirnrunzelnd an, bis ihr aufging, was er vorschlug. »Bist du verrückt? Antoine, wie kannst du so etwas auch nur denken? Kommt gar nicht infrage – ich will, dass du kämpfst, klar? Ich tu es, also tust du es auch. Lieber höre ich hier und jetzt damit auf! Lieber lasse ich das alles sein …«

»Nein«, flüsterte der Franzose. »Die Dinge sind ins Rollen geraten, jetzt müssen wir sehen, dass wir die Sache zu Ende bringen.« Mit unerwarteter Kraft nahm er Jennas Hand in seine. »Danke, Jenna. Und nur für den Fall, dass es schiefgeht … Sagst du Kim …« Er hustete erneut, auf dem Taschentuch zeichneten sich rote Flecken ab.

»Ich weiß«, sagte Jenna und drückte vorsichtig seine Hand. »Ich sage es ihr, Antoine.«

Mit hängendem Kopf ging sie in die Küche, wo Lena abwechselnd auf ihr Handy und auf den Kompass starrte. Sie hatten versucht, einen Schutzkreis um ihn zu zeichnen, um Lagardère abzuschirmen, aber es hatte nicht funktioniert. Jenna nahm sich ein Glas Wasser, trank in hastigen Schlucken, um die Tränen zu unterdrücken, die sich in Lagardères Gegenwart nach oben gedrängt hatten. Dann setzte sie sich Lena gegenüber an den Küchentisch und stützte das Kinn auf die verschränkten Hände.

»Archer hat uns ein paar Fotos geschickt, aus dem Buch, das er gefunden hat. Von seiner Großmutter. Darin ist beschrieben, wie der Fluch initiiert wird. Es ist leider höllisch einfach, ihn auszulösen, wenn man ihn denn hat. Man muss den Spruch nur laut aussprechen. Andererseits ist das Lösen gar nicht so einfach … wie du schon bemerkt hast.«

»Aber er lässt sich auflösen, oder?«, fragte Jenna hoffnungsvoll.

»Ich denke, was mit diesem Wagner passiert ist, war eine Art Strafe dafür, dass du es versucht hast – und auch noch erfolglos. Wer versucht, sich vom Jäger zu trennen, ruft einen neuen auf den Plan.«

»Gleichgewicht …«, seufzte Jenna.

»Genau.« Lena verdrehte die Augen, sprach aber weiter: »Also musst du nicht nur den richtigen Spruch haben, sondern auch das richtige Opfer. Einen solchen Fluch zu lösen ist keine Grundschulübung. Das ist Magie für Erwachsene.«

»Schön, ich hab verstanden«, gab Jenna zurück, die mit Schaudern daran dachte, was sie mit ihrem Ritual möglicherweise angerichtet hatte. »Also – wie funktioniert es dann?«

Lena verzog das Gesicht. »Dieser Weyland bleibt ein bisschen vage ... aber ich denke mal, dass in dem magischen Dreieck, das du verwenden willst, die Regeln ohnehin etwas lockerer ausgelegt werden können. Das hoffe ich zumindest.«

»Was muss ich also machen?«

»Jedenfalls brauchst du keine Zutaten aus dem Küchenschrank. Es ist deine Magie, Jenna, und die Schattenwelt und all das, was sie bringt, ist mit dir verbunden. Nimm etwas von deinem Element, etwas Erde oder einen Kiesel, der deinen Wunsch verstärkt, aber der Rest liegt bei dir. Du machst es möglich, nicht die Kräuter oder eine Silberschale. Du allein kannst das, Jenna! Du hast mir von eurem Beinahe-Absturz erzählt. Wie hast du euch gerettet? Durch deine eigene Kraft, verstärkt durch deinen Amethyst. Den du dir gerufen hast. Also glaub endlich dran, und im richtigen Moment wirst du wissen, was du tun musst.«

Jenna nickte zögernd. Konnte es so einfach sein? Es sieht nur einfach aus, gab sie sich selbst zur Antwort. Aber letztendlich hatte Lena recht. Jenna ging in ihr Schlafzimmer und stand einen Augenblick sinnend vor ihrer Kommode. Schon seit Jahren pflegte sie die Gewohnheit, aus jedem Urlaub einen schönen kleinen Stein mitzubringen, und ihre Sammlung wuchs beständig. Einen glatten bräunlichen Kiesel steckte sie sich in die Tasche und ging zurück in die Küche. »Eh, noch was. Hast du gehört, was sie dir zugerufen haben, als wir dort waren?«

Lena hob die Brauen. »Du meinst das mit der Vergebung? Das war ja nicht zu überhören.«

»Und wie willst du das machen?« Jenna setzte sich wieder hin.

»Ich weiß es nicht«, erwiderte Lena und fügte in einem Anflug von Ehrlichkeit hinzu: »Ich habe in meinem Leben nicht viel Gutes getan – die Kandidatenliste für die, die mir vergeben müssten, ist also ganz schön lang. Ob sie es tun, ist eine andere Frage.«

Jenna war ein paar Sekunden sprachlos, dann verzog sie den Mund. »Die Frage ist, brauchen wir das vor unserem Ritual?«

»Wahrscheinlich nicht. Aber wer weiß, was die sich für mich noch ausgedacht haben.«

»Ich fasse es nicht, dass du so ruhig darüber reden kannst.«

»Was soll ich tun, Jenna? Heulen und mit den Zähnen klappern? Das habe ich schon versucht, glaub mir, es hat nichts gebracht. Aber heute Nacht werde ich sie befreien, und wenn es das Letzte ist, was ich tue.« Sie griff über den Tisch und umfasste Jennas Hände mit ihren eigenen. »Du hilfst mir, oder? Ohne dich kriege ich es nicht hin.«

»Habe ich eine Wahl?«, fragte Jenna, aber sie setzte im selben Moment hinzu: »Ich habe dir mein Wort gegeben. Wir schaffen das. Wir gemeinsam, deine Rettungsmission und Stephens Fluch. Was soll schon schiefgehen?«

Dennoch ging sie ein paar Minuten später hinüber ins Wohnzimmer. Lagardère war wieder eingeschlafen. Er atmete flach, und Jenna sah bestürzt, dass das Taschentuch mittlerweile mehr rot als weiß war. Sie setzte sich neben ihn und nahm ihren Zeichenblock und Stift zur Hand. Mit wenigen Strichen entstand ein Bild des Franzosen, er blickte den Betrachter direkt an, mit einem leicht amüsierten Funkeln in den Augen.

Darunter schrieb sie nach kurzem Nachdenken:

Liebe Kim, das sind die Zeilen, die eine Mutter nie schreiben will. Und ich tu es auch nur für den Fall, dass heute Nacht etwas schiefgeht: Sei tapfer. Leb dein Leben.

Ich liebe dich, meine Kleine. Und Antoine liebt dich auch.
Deine Mam

Sie wischte sich mit dem Unterarm die Tränen ab, bevor sie aufs Papier tropfen konnten, und legte den Brief gut sichtbar auf die Anrichte neben dem Kerzenhalter.

NOTTING HILL, LONDON,
AM SPÄTEN SAMSTAGABEND

»Du tust jetzt genau das, was ich sage, liebe Schwester, oder ich lasse Wagner für ein paar Tage in einem Keller mit dir allein. Hast du mal in seine Augen gesehen? Gruselig … Und ich nehme gerne Wetten darauf an, wer von euch lebend wieder herauskommt.« Archer stand in einem dunklen Hauseingang neben der Einfahrt zu einer Tiefgarage und redete auf Elinor ein. Ihre Hände waren immer noch auf dem Rücken gefesselt, sie sah ihren Bruder mit einer Mischung aus Abscheu und Verachtung an. Doch sie hatte die Bilder gesehen, die die Agenten von Wagners Opfern gemacht hatten – sie wusste, wozu er fähig war. Archer wusste, dass er nicht mehr einfach ins Hauptquartier spazieren konnte, Elinor hatte alle angewiesen, ihn festzusetzen, wenn sie ihn sahen. Er hätte den gleichen Befehl gegeben. Also musste ihn Elinor selbst mit hineinnehmen. Die Unterhaltung gestaltete sich dementsprechend schwierig, denn seine Schwester weigerte sich standhaft, solange er ihr nicht sagte, was er eigentlich wollte.

»Ich werde das Land verlassen, meinetwegen untertauchen. Aber ich will etwas aus dem Büro holen, was mir gehört«, sagte er eigensinnig.

Seine Schwester, das konnte er spüren, ahnte zwar, dass er ihr nicht die ganze Wahrheit sagte, doch zu seiner Erleichterung hatte sie kein Druckmittel in der Hand. Mortimer war erledigt, und Archer hatte Wagner und Clarissa auf seine Seite gezogen, ganz zu schweigen von der Hüterin und ihrer Hexe. Bestimmt raste Elinor innerlich vor Wut.

»Morgen kannst du die Aufzeichnungen von Reginald Weyland bekommen. Mortimers Familie«, bot Archer an. »Aber dafür tust du bis zur Morgendämmerung das, was ich sage.«

Diesmal kam die Antwort umgehend. »In Ordnung.«

Archer hob ihr Kinn an, sah ihr in die Augen. Wut über diese Niederlage schimmerte in ihnen, trotz ihrer Zusicherung traute er ihr keine Sekunde über den Weg. Er nahm ein Messer und schnitt die Kabelbinder durch. Elinor rieb sich die Handgelenke.

Nebeneinander gingen sie durch die mit Neonröhren erleuchtete Parkgarage – das Konsortium besaß einen kompletten Fuhrpark – und dann die Treppe hoch ins Erdgeschoss. Im ersten Stock befanden sich die Büros. Um diese Zeit war hier niemand mehr. Das Haus war zwar nie leer, die Agenten machten umschichtig Wachdienst, doch dieses Stockwerk gehörte der Führungsriege, war elektronisch gesichert und für niemanden außer Archer – und jetzt Elinor – zugänglich. Sie hielt eine Codekarte gegen einen Scanner, die schwere Tür schwang auf und gab den Blick frei in einen Flur, von dem zwei große Räume abgingen. Archer ließ seine Schwester nicht los, als er in sein Büro marschierte. Sein Schreibtisch war leer. Er presste die Lippen zusammen und ließ seinen Blick durch den Raum schweifen. Da! Auf dem Regal entdeckte er den unauffälligen, graumetallisch schimmernden Stein. Mit langen Schritten durchmaß er das Zimmer, umrundete den Schreibtisch und zog eine Schublade auf. »Da ist sie ja«, sagte er beim Anblick der Glock, die darin lag, als wäre er wegen der Waffe hergekommen.

Stimmen erklangen im Treppenhaus, und Elinor wandte sich kurz zur Tür. Blitzschnell nahm Archer den etwa faustgroßen Quarzstein vom Regal und ließ ihn in seine Jackentasche gleiten. »Wir gehen wieder«, bestimmte er und fasste seine Schwester am Arm. Bis zum Treppenhaus hatte er Glück, doch auf der Treppe kamen ihm zwei Agenten entgegen. Er quetschte Elinors Arm, um sie an ihre Vereinbarung zu erinnern, und sie grüßte nachlässig, ließ die beiden an sich vorbeigehen. Sie stellten keine Fragen.

Doch Archer ahnte die Bewegung hinter sich, spürte den Luftzug. Heftig stieß er Elinor von sich, sodass sie in die Arme eines der Männer taumelte, dann nahm er die letzten sechs Stufen mit einem großen Satz und stieß die Tür zur Tiefgarage auf. Etwas kleines Hartes traf ihn an der Stirn, riss ihm die Haut auf, doch er rannte weiter, die Rampe hinauf, an der Schranke vorbei auf die Straße, wo Wagner bereits mit laufendem Motor auf ihn wartete. Sobald Archer auf dem Beifahrersitz saß, gab er mit quietschenden Reifen Gas und schlingerte für ein paar Sekunden gefährlich weit nach rechts, bis ihm zwei Autos hupend entgegenkamen und er hastig auf die linke Fahrbahn zurücklenkte. »An den

Linksverkehr gewöhne ich mich wahrscheinlich nie mehr«, murmelte er und sah dann Archer an, dem das Blut übers Gesicht lief. »Alles in Ordnung mit Ihnen? Haben Sie den Stein?«

»Ja und ja«, sagte Archer und Triumph klang in seiner Stimme durch. Er zog den Quarz aus der Jackentasche und sah ihn von allen Seiten an.

»Wohin jetzt?«, fragte Wagner, der an einer roten Ampel hielt.

»Zum Hyde Park.« Archer gab die Adresse in sein Navi ein. »Folgen Sie einfach der netten Stimme.«

Wagner zuckte zusammen, als im Auto die Anweisung »In zweihundert Metern rechts abbiegen« ertönte, aber er zuckte mit den Schultern und tat, was das Navi ihm befahl.

Archer versuchte in der Zwischenzeit, aus dem Stein schlau zu werden. »Er muss da drin sein«, sagte er. »Nur, wie bekomme ich dich da heraus?« Er schüttelte den Stein, schlug ihn leicht gegen das Armaturenbrett, aber nichts geschah.

»Das ist kein echter Stein, oder?«, fragte Wagner dazwischen.

»Jetzt, da Sie fragen … nein, wahrscheinlich nicht. Wieso?«

»Ich hatte mal so ein Kästchen, das aussah wie ein Stück Holz, aber wenn man genauer hinsah, konnte man erkennen, dass zwei Teile ineinandergeschoben waren. Vielleicht ist das hier auch so? Sehen Sie eine Sollbruchstelle? So etwas wie eine Naht?«

Archer blickte mit neu erwachtem Respekt zu Wagner hinüber. »Gute Idee.« Er knipste die kleine Lampe über sich an, hielt sich den Stein dicht vor die Augen und drehte ihn langsam in eine Richtung. Die kleinen silbrigen Einsprengsel reflektierten das Licht, und Archer kniff für einen Moment die

Augen zusammen. Das Blut an seiner Stirn begann zu verkrusten, und es juckte unangenehm. »Oh Elinor. Was mach ich nur mit dir?«

»Was ist passiert?«

»Sie hat natürlich versucht, mir ein Bein zu stellen. Elinor hat noch nie aufgegeben, egal, welches Hindernis man ihr in den Weg stellt. Ich dachte, dass Mortimers Tod ihr einen heilsamen Schock versetzt hat, aber das war wohl nichts. Verdammt, ich könnte ihr den Hals umdrehen!«, sagte er und machte eine entsprechende Bewegung mit den Händen.

Der Stein teilte sich widerspruchslos in zwei Hälften.

»Das ist doch …«, begann Archer und konnte gerade noch den Kompass auffangen, der aus dem hohlen Stein herauskullerte.

»Sie hatten recht!«, rief Wagner und schlug so begeistert aufs Lenkrad, dass der Toyota erneut gefährlich auf die Gegenfahrbahn schlingerte und Archer mit dem Kopf an das Fenster schlug.

»Passen Sie auf!«, schimpfte er und hielt krampfhaft den Kompass fest, »wenn Sie uns umbringen, bevor wir dort sind, sind wir erledigt!«

»Verzeihung.« In gemäßigterem Tempo fuhr Wagner weiter. Keine zehn Minuten später stellte er das Auto an der Bayswater Road kurzerhand auf dem breiten Gehweg ab, und sie rannten an den schmiedeeisernen Gittern vorbei, hinein in den Park. Die Tore würden um Mitternacht geschlossen, aber Archer würde sich später Gedanken machen, wie sie aus dem Park wieder herauskamen. Dieses Problem stand derzeit weiter unten auf seiner Liste. Zwischen einem der breiten Spazierwege und dem breiten Wasserlauf, der den Hyde Park durchquerte, befand sich eine große Wiese. Auf der anderen Seite, unter den Bäumen, wartete Clarissa. Sie hob ihr Handy hoch, und die Bildschirmbeleuchtung war hell genug, um als Signal zu dienen.

»Habt ihr den Stein? Wo ist Elinor?«, fragte sie nach einem Blick auf Archers Gesicht. Selbst bei dem mageren Sternenlicht waren die Spuren des Kampfes zu erkennen.

»Elinor verspätet sich. Aber es geht ihr gut«, ergänzte Archer, der sah, wie schmerzhaft der Bruch mit Elinor für seine Mutter war. »Und noch besser: Wir haben ihn!« Er öffnete die Faust. Der Kompass schimmerte auf seiner Handfläche.

Clarissa sah beide Männer mit offenem Mund an. »Ich gebe zu, bis gerade eben war ich nicht sicher, ob wir nicht einem Hirngespinst hinterherjagen. Aber das ist … das ist …«

»Magisch?«, ergänzte Wagner und sah sich um.

»Beängstigend, wollte ich sagen. Aber magisch … ja, das wohl auch.« Sie sah sich um: Kein Fußgänger, kein Radfahrer war zu sehen. Niemand, der nicht unbedingt musste, ging um diese Zeit allein durch den Park. »Was jetzt?«

Archer sah von seinem Handy hoch, auf dem er schon wieder eifrig herumtippte. »Ich gebe gerade Jenna Bescheid, dass wir so weit sind. Sie und Antoine werden uns dann sagen, wie es weitergeht. So lange müssen wir hier warten.«

Clarissa fröstelte, obwohl die Nacht immer noch warm war. Sie zog eine Thermoskanne aus ihrem Rucksack hervor, füllte den Deckel und bot ihn Wagner an.

»Tee?«, fragte dieser. »Das Klischee stimmt also tatsächlich.«

»Da ist auch Tee drin«, korrigierte Clarissa belustigt. »Ich habe Giulio vorhin um seine Spezialmischung gebeten, nachdem er mir seine Pfanne geliehen hatte.« Jetzt trat sie nahe an Wagner heran und sah ihm ins Gesicht. »Stephen hat mir erzählt, was mit Ihnen passiert ist. Wie geht es Ihnen jetzt?«

Adrian Wagner nahm die Frage ernst. Er ließ sich auf einen Baumstumpf sinken und drehte gedankenvoll den Becher zwischen seinen Händen.

»Die Hüterin hat mich eher durch Zufall zurückgebracht«, begann er. »Ich war noch nicht lange in den Nebeln, stand wohl sozusagen direkt an der Tür. Und als sie versucht hat, diesen Fluch, also den Ihrer Familie, zu lösen, hat sie etwas in Gang gesetzt, womit wir alle nicht gerechnet haben. Ich am allerwenigsten. Zuerst war ich nur froh, dass ich wieder da bin – aber der Preis ist … sehr hoch. Zu hoch. In mir ist etwas, was mir Angst macht. Momentan schläft es, aber ich weiß nicht, ob das so bleibt. Irgendetwas sagt mir, dass Jenna mich nicht so hätte verwandeln können, wenn es nicht schon in mir drin gewesen wäre …«

Clarissa konnte das Entsetzen über das, was er getan hatte, in seinen Augen erkennen.

Wagner schluckte leer. »Ihr Sohn … hat mir geholfen. Nicht von Anfang an, nein, aber wir wussten alle nicht, womit wir es zu tun hatten. Und ich … ich habe Mortimer auf dem Gewissen.« Er sah zu Clarissa hoch und räusperte sich. »Es tut mir leid.«

Clarissa legte ihm eine schmale Hand auf die Schulter. »Es ist nicht Ihre Schuld, Adrian. Sie haben beschlossen, dagegen anzukämpfen, mehr kann man nicht verlangen. Wie Sie schon sagten, es handelt sich hier um Magie. Da können wir lange nach rationalen Erklärungen suchen. Und wenn ich das richtig verstanden habe, hat Mortimer seine eigenen dunklen

Pläne verfolgt. Er hat seine Seite selbst gewählt und sein Schicksal herausgefordert.«

»Wer?«, fragte Archer, der in diesem Moment von dem Bach zurückkam. Sein Hemd war nass, seine Haare ebenfalls, und nun sah man deutlich den gezackten Schnitt auf seiner Stirn.

»Das sieht ja schlimmer aus als vorher, Stephen!« Clarissa konnte ihre Bestürzung kaum verbergen.

»Das wird schon wieder, Mutter.« Sein Handy vibrierte, und er las vor, was Jenna ihm geschickt hatte.

»Der einzelne Buchstabe auf dem Kompass zeigt die Himmelsrichtung an, in die er ausgerichtet werden muss. Antoine und Adrian lesen gleichzeitig die eingravierten Worte vor, wiederholen sie dreimal. Bei uns steht S NUNC. S steht für Süden. Zusammen ergibt das einen lateinischen Spruch. Schon wieder. Ich habe mich in der Schule erfolgreich um jede Lateinvokabel gedrückt, und nun das ...« Er ging vor Wagner in die Hocke. »Alles klar?«

Dieser nickte, stand auf und nahm Clarissas Hand kurz in seine, deutete einen Handkuss an. »Ich danke Ihnen«, sagte er förmlich.

Clarissa standen Tränen in den Augen. »Passen Sie auf sich auf.«

Sie umarmte ihren Sohn und flüsterte: »Ich bin so stolz auf dich.« Dann ließ sie ihn los und trat ein paar Schritte zurück.

»Wir sind so weit.« Jenna sah Lena und Lagardère an. Genau wie Archer hatten sie sich in München einen Platz gesucht, an dem man eine solche Aktion ohne neugierige Blicke durchziehen konnte. Nach kurzer Debatte hatten sie sich für die Fläche unterhalb des Rosengartens im Westpark entschieden. Hinter ihnen lag stumm und schwarz der kleine See. Die Enten schliefen. Lena hatte den Kompass ausgerichtet und eine Linie aus Salz darum gezogen, Jenna hatte Archer gebeten, das Gleiche zu tun.

Jenna wählte mit zitternden Fingern Archers Nummer und stöhnte fast auf vor Erleichterung, als sie seine Stimme hörte. »Ich habe Angst, Stephen«, sagte sie statt einer Begrüßung. »Antoine sieht jetzt schon aus wie der Leibhaftige. Es geht ihm gar nicht gut. Und wenn das schiefgeht …«

»Es wird nicht schiefgehen«, sagte Archer beschwörend. »Du kannst das, Jenna. Du kümmerst dich um das Tor, unsere zwei Schatten lesen die Worte vor, und wenn das klappt, sehen wir uns in ein paar Minuten in der Schattenwelt, so verrückt das auch klingen mag. Dann soll Lena ihre Freunde holen, und wir zwei brechen den Fluch. Danach verschwinden wir wieder. Ganz einfach. Du musst uns nur einfach die Tür offenhalten.«

Jenna nickte, auch wenn Archer das nicht sehen konnte. »Ganz einfach.« Sie legte das Handy neben sich auf den Boden, nahm ihren Stein und sagte leise zu ihm: »Lass mich jetzt bloß nicht im Stich. Auf drei …«, fügte sie hinzu und fasste Lena an den Händen.

Jenna rief die Schatten zum dritten Mal innerhalb weniger Tage. Lenas Präsenz stabilisierte sie, und sie merkte, dass sie dem Vorhang, der die beiden Welten voneinander trennte, immer näher kam. »Jetzt«, stieß sie hervor.

Lagardère und Wagner begannen gleichzeitig. Die Stimme des Franzosen war fest, auch wenn ihm vor Anstrengung der Schweiß auf der Stirn stand. Die Nähe zu dem Kompass war fast unerträglich, aber er hielt durch, wiederholte den Satz wie besprochen drei Mal, ignorierte das Blut, das ihm aus der Nase rann. Wagners Worte klangen blechern durch den Lautsprecher des Handys – »Hic et nunc – hier und jetzt« –, und als sie die wenigen Silben gemeinsam das letzte Mal laut ausgesprochen hatten, fiel die Finsternis auf sie herab wie eine schwarze Decke.

Jennas Handy flammte einmal auf und verlosch, zurück blieb ein geschmolzenes Klümpchen Metall. Der Kompass begann zu glühen, wurde heller und heller, wie ein Scheinwerfer warf er einen Kegel aus Licht auf das Gras. Jenna stützte Lagardère, und alle drei traten hinein.

Im Hyde Park warf Archer sein ebenfalls verkohltes Handy mit einem Fluch fort, dann sah er, wie sein Kompass aufglomm. Nach einem letzten Blick auf Clarissa traten er und Wagner ohne zu Zögern in den Lichtkegel.

Die Bäume und Sträucher um sie herum verblassten, lösten sich auf, und dann standen sie alle fünf voreinander. Sie waren hier – und wahrscheinlich doch nicht. Archer sah hinter sich. Er glaubte, Clarissa noch auf der Wiese stehen zu sehen, aber sicher war er sich nicht. Wagner schwindelte es, der Mathematikstudent in ihm griff sich an den Kopf … physikalisch war das ohnehin alles völlig unmöglich.

»Es hat geklappt«, sagte Jenna verwundert. Sie sah sich um. »Ich denke, solange wir da drin stehen bleiben, sind wir sicher«, fügte sie hinzu und wies mit der Hand auf den Lichtkegel, der den Boden ganz sacht erhellte. Es war eisig hier – wo auch immer dieses Hier war –, das Licht war fahl, kein Lüftchen regte sich. Der Nebel, der über dem Boden waberte, schluckte jedes Geräusch.

Lagardère fröstelte, und er sah Wagner mit einem komischen Ausdruck im Gesicht an. »Ich hatte gehofft, das nie wieder sehen zu müssen.« Er beugte sich vornüber und stützte die Hände auf die Oberschenkel, konzentrierte sich auf das Atmen und darauf, nicht ohnmächtig zu werden. Hier war der Einfluss des Kompasses nicht mehr so stark, aber Lagardère war weit davon entfernt, sich gut zu fühlen.

»Wir sind noch nicht ganz drin«, sagte Lena. »Seht ihr das da vorn?« Sie wies auf eine Stelle, an der der Nebel zwischen zwei Bäumen besonders dicht war. »Dort ... dort ist das Tor.«

Wagner erstarrte.

»Wir sind erst im Vorzimmer?« Archer klang ungeduldig.

Jenna runzelte die Stirn. »Ich weiß es nicht. Beim letzten Mal ging es anders.«

»Das Dreieck hält die Nebel von uns fern.« Lagardères Stimme war heiser und er presste die Worte mühsam hervor. Er warf Archer einen flehenden Blick zu, doch der schüttelte den Kopf.

»Schaffst du das? Wie kriegen wir jetzt Lenas Freunde hier heraus?« Das war Archer.

Jenna sah unsicher zu Lena. Sie wanderte vor und zurück und horchte, wobei sie darauf achtete, im Lichtbereich zu bleiben. Dann hob sie die Finger an die Lippen und stieß einen schrillen Pfiff aus.

Archers und Jennas Blicke trafen sich. Als er erkannte, wie sehr sie sich bemühte, die Fassung zu bewahren, trat er zwei

Schritte auf sie zu, zog sie unvermittelt an sich und presste seine Lippen auf ihre.

»Wofür war das denn?«, fragte Jenna leise, als er sich wieder von ihr gelöst hatte.

»Ich wollte nur wissen, wieviel man hier oben … also, draußen … eben hier … spürt.«

»Ah ja«, machte Jenna, doch Lena fuhr dazwischen: »Für so etwas haben wir jetzt wirklich keine Zeit!«

Als Wagner Lenas Stimme zum zweiten Mal vernahm, veränderte sich sein Gesichtsausdruck. Er schloss kurz die Augen, runzelte die Stirn.

Lena stieß erneut einen Pfiff aus. »Kommt, wir gehen da vorne hin. Ich will sehen, was …«

»Sie! Sie waren es!« Mit einem unmenschlichen Knurren sprang Wagner auf Lena zu und packte sie grob am Arm. »Ich erkenne Ihre Stimme wieder … Sie waren damals in dem Wald. Sie und der Mann haben mich umgebracht. Sie sind schuld an alldem!« Er keuchte, und das Raubtier loderte in seinen Augen auf.

Lena versuchte seine Hand abzuschütteln, doch er ließ nicht los.

»Warum? Warum ich? Was habe ich Ihnen getan?«, schrie er sie an.

»Ist es wahr, Lena?«

Archer fasste Jenna um die Schultern, blieb hinter ihr stehen, schaute fasziniert von Lena zu Wagner. Die beiden maßen sich mit Blicken: Lena gelassen, Wagner blass vor Wut.

Lena ignorierte Jennas Frage, sah stattdessen Wagner in die Augen. »Wenn es Sie tröstet, Sie waren nicht der Einzige. Ich habe immer wieder versucht, meine Freunde zurückzubringen. Und ich wusste, es würde Opfer erfordern. Es war nicht persönlich gemeint.« Etwas leiser fügte sie hinzu: »Ich wusste, Sie hatten keine Familie mehr. Niemand würde Sie vermissen.«

»Aber es war mein Leben! Meines, verdammt!«, schrie Wagner, und das Echo seines Schreis brach sich an der Nebelwand, vor der sie standen.

»Wir müssen uns beeilen«, drängte Lagardère jetzt, richtete sich wieder auf und versuchte, diesmal Wagners Blick einzufangen. »Lena – du bist dran. Tu, was du tun wolltest. Ruf sie. Das Dreieck hält nicht ewig. Diese Diskussion muss bis nachher warten, Adrian.«

»Nein! Denn die Hexe hat mich hierher gebracht, als Preis für ihre Freunde – oder für diesen verdammten Fluch. Ist es nicht so?« Sein Gesicht befand sich direkt vor dem von Lena, und sie konnte die Wildheit in seinen Augen tanzen sehen. »Mich hat niemand vermisst, ganz recht – und beim zweiten Mal gilt das umso mehr. Ich hätte es mir denken sollen.«

Lena sah aus, als wollte sie etwas erwidern. Dann presste sie die Lippen zusammen und wandte den Blick ab.

»Hört auf!« Jetzt trat Archer dazwischen. Er streckte die Hände aus und schob Wagner und Lena auseinander, doch er hatte nicht damit gerechnet, dass Wagner diesmal schneller sein würde als er.

Der Schatten aus Augsburg griff nach Lenas Haaren und riss daran. Lena schrie überrascht auf, stolperte vorwärts – und gemeinsam, wie in Zeitlupe, fielen sie in die Nebelwand. Lenas Kopf ruckte herum, ihr letzter Blick galt Jenna, dann war sie fort.

»Lena!« Jenna tat einen Schritt, als wollte sie hinterherrennen.

Doch zwei Arme, die plötzlich um ihre Taille geschlungen waren, hielten sie eisern fest. »Jen! Kommt gar nicht infrage. Du gehst nicht in diesen Nebel!«

»Lass mich los, Stephen. Sie sind … da drin. Wir müssen …« Jenna wehrte sich, trat wütend nach ihm, aber Archer ließ sie nicht los.

In diesem Moment heulte ein kreischender Ton über die Ebene, ohrenbetäubend schrammte Metall an Metall. Jenna, Archer und Lagardère hielten sich verzweifelt die Ohren zu, doch das Kreischen drang ihnen durch Mark und Bein.

»Was ist das?«, schrie Archer gegen den Lärm an.

»Da! Seht!« Lagardère zeigte auf den Boden: Das Licht, das von den Kompassen ausstrahlte, wurde merklich schwächer. Wind kam auf und zerrte an ihren Haaren und der Kleidung, die Eiskristalle, die die grauen Sträucher bedeckt hatten, wurden durch die Luft gewirbelt und stachen sie wie mit tausend Nadeln.

»Jemand hat einen Kompass zerstört!«, kombinierte Jenna und versuchte sich mit den Armen gegen die Eispartikel zu schützen.

»Verdammt. Das kann nur Elinor gewesen sein!« Archer nahm Jenna noch einmal bei den Schultern und blickte ihr in die Augen. »Was machen wir jetzt? Was ist mit dem Fluch?«

»Ich weiß es nicht«, rief Jenna verzweifelt, der Wind riss ihr die Worte von den Lippen.

Lagardère stolperte zu ihnen hin, Blut tropfte ihm in einem steten Rhythmus aus der Nase. Sein Hemd war bereits nass und schwer. Er nahm beide an der Hand und keuchte: »Achtet auf das Licht! Das ist deine letzte Chance, Stephen.

Macht schnell. Ich halte euch so lange wie möglich hier fest.«

Jenna tastete nach dem braunen Kiesel, den sie mitgenommen hatte. Mit aller Kraft warf sie ihn hoch und rief laut: »Vorbei!« Als hätte sie damit einen Auslöser betätigt, explodierte hoch über ihr, im Nebel kaum mehr zu sehen, der kleine Stein in einem Farbenregen. Und wo die Steinkörnchen herabrieselten, folgten ihnen kleine Lichtspuren, die wie Lametta im Nebel schwebten.

Das metallische Kreischen verstummte abrupt.

Archers Griff um ihre Hand erschlaffte und er sank besinnungslos zu Boden. Lagardère kauerte neben ihm, die Augen geschlossen, er konnte nur noch mühsam Luft holen.

Die Nebelwand löste sich auf und gab die Sicht frei auf die Ebene dahinter. Jenna sog erschrocken die Luft ein. Dort standen dicht zusammengedrängt unzählige Schatten, viele hatten die Hände ausgestreckt, Hoffnung lag in ihren Blicken. Sie sandten einen stummen, tausendfachen Hilfeschrei aus, der in Jennas Kopf widerhallte. Nach ihr riefen sie, nach der Hüterin, der Herrin des Tores zu diesem Nebelreich.

Wie von einer Schnur gezogen, ging sie langsam auf die Schatten zu. Ihre Füße machten kein Geräusch auf dem gefrorenen Gras. Jetzt verließ sie den Lichtkegel, tat weiter Schritt für Schritt. Sie wusste, dass ihre Aufgabe noch nicht beendet war, dass das, wofür sie hergekommen war, noch mehr erforderte als Steine und Sprüche und Blut.

Sie hatte es immer gewusst.

Das Licht hinter ihr erlosch.

Die Schatten glitten zur Seite, machten ihr Platz. Sie berührten Jenna nicht, als sie durch die Menge hindurchschritt, ohne genau zu wissen, was ihr Ziel war.

Da löste sich einer von ihnen und trat auf sie zu.

Unwillkürlich lächelte Jenna. Es war der alte Mann aus dem Spiegel.

»Sie haben mir den Kompass gegeben«, sagte sie und der Alte nickte, einen zufriedenen Ausdruck in dem grauen Gesicht.

»Sie haben es geschafft«, sagte er leise.

»Habe ich das?«, fragte Jenna zurück. »Wir sind hier, um zwei Schatten zurück in unsere Welt zu holen – und den Fluch des Jägers zu brechen …« Jetzt stand sie direkt vor ihm, sah ihm fragend in die grauen Augen.

»Der Jäger bestand schon immer auf überflüssigen Formalitäten«, sagte der alte Mann wegwerfend. »Der Fluch war auf Jahrhunderte angelegt, aber er kann durch den korrekten Gegenzauber gebrochen werden.« Er spähte über ihre Schulter und sah die kleinen Feuerspuren immer noch über dem Boden schweben. »Ich würde sagen, die Familie Archer steht in Ihrer Schuld, Mrs Winters.«

Jenna spürte Erleichterung wie eine Welle durch sich hindurchströmen. »Was ist mit … Silas und Penelope? Hat es gereicht?«

»Das kann ich Ihnen nicht sagen.« Er streifte ihren Arm, und Jenna schauderte. Er sah aus wie ein Mensch, aber er fühlte sich an wie Spinnweben, klebrig und feucht. »Aber darf ich Ihnen einen Rat geben? Beeilen Sie sich. Diese Welt ist in Auflösung begriffen, es wird nicht mehr lange dauern. Das magische Dreieck ist ein Zauber, der nur einmal wirkt.«

»Lena! Adrian!«, schrie Jenna statt einer Antwort. »Hört ihr mich?«

Doch niemand antwortete.

Lena sah an sich herab. Alles hatte seine Farbe verloren: ihre Haut, ihre Kleidung, alles. Wagner sah nicht besser aus. Nur seine Augen glommen noch, flackerten unstet. Zumindest hatte er sie losgelassen. Lena bemerkte, dass sie auf einer Art Plateau standen, Fels und Kiesel unter den Füßen. Sie konnte nicht erkennen, was noch um sie herum war. Pen, ich bin ganz nahe, dachte sie beschwörend, halte noch ein bisschen durch. Die Zeit war in den letzten tausend Jahren keine Freundin, aber ich verspreche dir, die Uhr wird sich endlich, endlich für euch weiterdrehen.

»Das war keine gute Idee«, sagte sie heiser. »Jetzt stecken wir fest.« Sie versuchte, ihre Angst zu unterdrücken, und stieß erneut einen gellenden Pfiff aus. »Wenn wir schon mal hier sind, können wir uns auch gleich bemerkbar machen.«

Doch der Nebel um sie herum verschluckte den Pfiff. Nichts rührte sich, keine Stimmen erhoben sich. Gar nichts.

Und langsam dämmerte in Lena die Erkenntnis, dass es genauso bleiben würde. Für immer. Sie hatte ihren Teil der Vereinbarung nicht erfüllt, hatte selbst Jenna gegenüber die Forderung nach Vergebung mit einer Handbewegung beiseitegewischt, sich auf die Magie verlassen. Ewigkeit … was für ein seltsames Wort. Wie lange würde das wohl sein?

»Sieht so aus, als hättest du recht gehabt, Jenna«, murmelte sie halblaut. »Ich habe schon wieder versagt. Nur wird es diesmal wohl das letzte Mal sein.« Sie ließ sich im Schneidersitz auf den Boden sinken und nahm einen Stein in die Hand, fuhr mit den Fingern über die raue Oberfläche.

»Bald werden Sie das nicht mehr fühlen«, sagte Wagner. Er hockte sich neben sie und sah sie an. »Es dauert nicht mehr lange. Wer Teil des Nebels wird, verliert nach und nach seine Sinne.«

»Entzückend. Aber ich glaube nicht, dass das passieren wird.«

»Ach ja? Das werden wir ja sehen. Übrigens, was haben Sie gemeint, als Sie gesagt haben, Sie hätten erneut versagt?«

»Warum wollen Sie das denn jetzt wissen?«

»Wenn wir hier für die Ewigkeit festsitzen, können wir uns auch unterhalten.«

Lena zog eine Grimasse. Doch dann berichtete sie Wagner von der Forderung der Stimmen, die sie erfüllen musste, um Penelope und Silas zurückzubekommen.

»Vergebung? Für Sie? Ich schätze, eher friert die Hölle zu. Oder haben Sie jemanden, den Sie fragen wollen?« Wagner klang mehr als sarkastisch.

»Jetzt, wo ich hier mit Ihnen allein bin?«, ätzte Lena. »Vermutlich nicht.«

Während ihres Gesprächs war es ein bisschen dunkler geworden, nicht viel, aber doch merklich.

»Gibt es hier Tag und Nacht?«, fragte Lena und blickte nach oben in den grauen Himmel.

Wagner zuckte mit den Schultern. »Keine Ahnung. Eigentlich nicht.«

»Dann nehme ich das als Zeichen.« Lena sprang auf und lief quer über das Geröllfeld, das abrupt in einem Felsvorsprung endete. Unter ihr gähnte ein Abgrund, Nebelfetzen schwebten unter ihr vorbei, sie konnte nicht erkennen, wie tief es hinunterging.

»Was haben Sie vor?«, fragte Wagner, der ihr langsam gefolgt war und sich nun vorsichtig nach vorn beugte, um hinunterzusehen.

Statt einer Antwort schrie Lena ein »Hört ihr das?« in den Nebel. »Wenn all die Opfer nicht gut genug waren, dann nehmt ihr vielleicht mich? Ist es das, was ihr wollt? Ja?«

»Halt«, sagte Wagner schockiert und fasste sie an der Hand. »Sind Sie verrückt? Sie wollen da runterspringen? Wollen Sie sich umbringen?« Erst als er die Worte ausgesprochen hatte, wurde ihm bewusst, was er da gesagt hatte.

Lena sah ihn an, ein verräterisches Glitzern in den Augen. »Es tut mir leid, Adrian«, sagte sie, »wirklich leid. Ich habe Ihnen unrecht getan.«

Adrian Wagner sah nach unten. Seine Worte an Archer fielen ihm wieder ein, und bevor er es sich anders überlegen konnte, sagte er: »Ach, verdammt. Tot bin ich ohnehin schon!« – und er trat gemeinsam mit Lena ins Leere.

Jenna stand einen Moment unschlüssig da, war sich nicht sicher, ob sie weitergehen sollte in diese Nebelwelt oder zurück zum Tor. Da hörte sie von Ferne ein Donnern. Es grollte, kam näher. Die Luft begann zu vibrieren. Und da sah sie es.

Eine gleißende Welle aus Licht, hell, strahlend und tödlich wie eine Lawine. Die Schatten wurden gläsern, durchsichtig, für einige Sekunden sah man das Licht sich noch brechen auf ihren Köpfen, auf den Schultern und ausgestreckten Händen, dann fielen sie auseinander in Millionen Splitter. Jenna warf einen letzten Blick auf den alten Mann, dann rannte sie zurück zu den zwei Männern, kniete sich zwischen sie, nahm beider Hände und holte einmal tief Luft. Sie wappnete sich gegen die Welle so gut es ging. Eine wilde, schäumende Woge aus Eiskristallen brach über sie herein. Jenna liefen vor Schmerz die Tränen über das Gesicht, krampfhaft klammerte sie sich an ihren Freunden fest. Schemenhaft meinte sie eine Gestalt vorbeiwirbeln zu sehen, doch dann schloss sie geblendet die Augen.

Wie lange der Sturm getobt hatte, konnte sie im Nachhinein nicht sagen. Letztlich war es genauso schnell vorbei, wie es begonnen hatte.

Über der Wiese im Westpark ging die Sonne auf.

Zerschlagen, buchstäblich durch die Mangel gedreht … aber sie waren am Leben. Und wieder zurück in der Welt, die sie kannten. In der es Farben gab und Wärme und freundliches Licht. Jenna richtete sich stöhnend auf. Sie lag mit dem Oberkörper auf dem Weg, mit den Beinen in einem Gewirr von Rosensträuchern. Neben ihr waren Archer und Lagardère, die nicht besser aussahen als sie. Ihre Kleidung war blutbefleckt, zerrissen, Lagardères Hemd hing nur noch in Fetzen an seinem Körper. Über ihre Gesichter zogen sich dunkelrote Streifen.

Aber sie lebten.

Jenna stolperte die paar Schritte zum See, vorbei an dem »Baden verboten«-Schild, und ließ sich so, wie sie war, hineinfallen. Das kalte Wasser tat gut, es linderte die brennenden Schnittwunden und weckte ihre Lebensgeister noch ein bisschen mehr.

Wir sehen aus wie nach einer Kneipenschlägerei, dachte sie. Und ich brauche dringend ein Handy. Ihres war kaputt, das von Archer war wohl im Hyde Park geblieben, aber da vorne, unter einer der Bänke im Rosengarten, stand noch ihre Tasche. Mit Lagardères Handy darin. Sie drückte auf die erste Kurzwahltaste.

»Antoine? Lieber Gott, seid ihr okay, wie gehts meiner Mam?« Kim schrie nach dem ersten Klingeln ins Telefon, und Jenna musste den Hörer kurz vom Ohr nehmen.

»Kim? Ich bin's.«

»Mam!«

»Du glaubst nicht, wie ich mich freue, deine Stimme zu hören«, sagte Jenna erstickt.

»Ja, ja, ich freu mich auch. Und jetzt sag mir, was passiert ist. Ich bin seit Stunden total am Durchdrehen und weiß nicht warum. Wenn du dich nicht gemeldet hättest, wäre ich ins nächste Flugzeug gestiegen. Mein Stein ist explodiert, Mam! In tausend Stücke, und manchmal trage ich ihn in der Hosentasche, was glaubst du denn, wie ich mich fühle? Hallo? Mam? Sag mal was!«

Jenna seufzte. Ihre schmale, zähe Tochter war manchmal wie eine Dampfwalze – einfach nicht aufzuhalten. Aber es hatte keinen Sinn, das Unausweichliche hinauszuzögern. »Am besten, du setzt dich hin, ich erzähl dir mal was.« Sie ließ sich auf die Parkbank sinken und begann, die Ereignisse der letzten Tage zu rekapitulieren.

Währenddessen kam Archer zu sich. Er stemmte sich hoch, sah panisch um sich, doch als sein Blick auf Jenna fiel, die pitschnass und telefonierend auf der Bank saß, nickte er und deutete ein Lächeln an. Er half dem Franzosen, sich aufzurichten, beide stiegen ebenfalls kurzerhand ins Wasser, tauchten mehrfach unter. Lagardère ließ die Fetzen seiner Kleidung einfach davonschwimmen, säuberte sich das Gesicht und sah zum ersten Mal seit Tagen wieder menschlich aus.

Eine Viertelstunde später sagte Kim erst einmal nichts, und Jenna war plötzlich unsicher, ob sie richtig daran getan hatte, ihr die Wahrheit zu erzählen.

»Bist du noch dran, Kim?«

»Ich denke nach.«

»Du bist nicht sauer, dass ich dich erst jetzt einweihe?«

»Na ja … schon ein bisschen. Aber ich versteh dich schon. Mann, nachher musst du mir Antoine geben, den will ich noch was fragen. Aber jetzt noch mal, damit ich das richtig verstehe … Du meinst, die Schattenwelt gibt es nicht mehr? Kein Hüterinnen-Gedöns mehr, keine Schatten, kein Jäger?«

»Ich bin mir nicht ganz sicher«, antwortete Jenna langsam, »aber nachdem unser Dreieck zusammenbrach, ist diese Welt irgendwie, ich weiß nicht, implodiert. Die ganzen Schatten sind weg, zumindest fühlt es sich so an.«

»Und … Alex?« Kim flüsterte die Frage fast.

Jenna seufzte. »Ich weiß es nicht, Kim. Vielleicht war er nie in der Schattenwelt … Er hat uns damals gerettet, und ich glaube, es ist an der Zeit, dass wir uns wirklich von ihm verabschieden.« Tränen erstickten ihre Worte, und sie schluckte ein paar Mal, bis sie sicher war, dass sie ihre Stimme wieder unter Kontrolle hatte. »Es tut mir leid, Kim.«

»Soll ich nach Hause kommen, Mam?« Kim klang besorgt.

»Nein, meine Süße«, wehrte Jenna ab und wischte sich ein paar Tränen von den Wangen. »Bleib, wo du bist, und genieße den schottischen Way of Life. Aber ich habe das Gefühl, dass du demnächst Besuch bekommst. Und dann zünden wir eine Kerze an.«

»Oh? Okay …«

Eine Pause trat ein, dann sagte Kim mit dünner Stimme: »Ist gut, Mam. Ich glaube, ich habe es schon länger gewusst.«

Kurz darauf drückte Jenna auf die rote Taste und reichte das Handy an Archer weiter. »Willst du versuchen, deine Mutter anzurufen?«

Das Gespräch mit Clarissa dauerte keine zwei Minuten. Archer sagte kaum etwas, hörte nur zu, und sein Gesicht verdüsterte sich zusehends. Er warf das Handy mit einer heftigen

Bewegung in die Tasche und lief zurück zum See, wo er auf die Wasseroberfläche starrte, in der sich die aufgehende Sonne in unzähligen Tropfen spiegelte.

»Elinor?«, fragte Jenna, die ihm gefolgt war und ihm nun die Hand auf die Schulter legte.

Archer nickte und warf einen Stein ins Wasser. »Sie hat Clarissa gefunden – hatte ihr Handy geortet, das muss man sich mal vorstellen! – und wie eine Besessene auf den Kompass eingeschlagen. Und dann, sagt meine Mutter, ist sie verschwunden. Einfach so. Sie war weg. Und ist nicht wieder aufgetaucht.«

»Mit dieser Art Magie legt man sich besser nicht an«, sagte Jenna nachdenklich. »Ich habe so etwas noch nie erlebt!« Sie sagte Archer nicht, dass sie glaubte, Elinor gesehen zu haben. Die Gestalt, die von dieser gewaltigen Macht herumgewirbelt worden war wie eine Gliederpuppe und vermutlich irgendwo zerschellt war … nein, dieses Bild würde sie ihm ersparen.

»Ich hoffe, Lena und Wagner haben ihren Frieden gefunden. Und wer weiß schon, was die Zukunft bringt? Ich werde sehen, was die Hüterin tun muss, wenn es die Schatten nicht mehr gibt.« Sie tastete in ihrer Hosentasche und zog den Amethyst heraus, der den Sturm erstaunlich unbeschadet überstanden hatte. Er schmiegt sich in ihre Handfläche, fühlte sich glatter an als vorher, wie poliert, und Jenna fuhr mit den Fingern darüber und lächelte, als er aufglomm.

Es war noch nicht alles vorbei. Die Magie war ihr geblieben.

»Lena hat …«, begann sie, doch bevor sie weitersprechen konnte, schloss Archer sie so fest in seine Arme, dass sie kaum mehr Luft bekam.

»Diese Geschichte hat mit so viel Hass begonnen«, flüsterte er, das Gesicht in ihrem Haar, »so viel Leid und Blut und

Tod – und dennoch kann ich gerade an nichts anderes denken, als dass ich froh bin, dass wir beide hier sind, Jen. Du und ich. Am Leben.«

Jenna nahm sein Gesicht in beide Hände, und der Kuss, der nun folgte, war ganz anders als die vorangegangenen.

Langsam, zärtlich, trafen sich ihre Lippen, sie schmeckten einander, spürten sich zum ersten Mal bewusst. Jenna fuhr mit den Fingern durch sein Haar, seine Hände wanderten über ihren Rücken, in ihren Nacken, und sie verloren sich einen endlosen Moment lang in Liebkosungen, deren Heftigkeit sie beide überraschte.

»Wie hat Antoine das beim letzten Mal genannt?«, fragte Archer, und unterdrücktes Lachen schüttelte ihn. »Fraternisieren mit dem Feind?«

Jenna lehnte sich in seiner Umarmung zurück und sah ihn mit Spott in den Augen an. »Na ja … das gilt für uns beide, würde ich sagen. Und das mit dem Feind hat sich erledigt, seitdem ich deinen Fluch gelöst habe, oder?«

»Du meinst, es hat funktioniert?«

Jenna nickte. »Ja, das glaube ich.« Sie löste sich aus seinen Armen und sah zu Lagardère hinüber, der auf der Bank saß und so tat, als würde er die Rosen zu seiner Rechten bewundern. »Allerdings … wir haben Lena und Adrian verloren. Und ich habe wirklich nicht die geringste Ahnung, wo sie sind. Ob sie …« Jenna konnte den Satz nicht beenden – das, was sie hatte mitansehen müssen, traf sie erneut mit voller Wucht. »Ich sage mir immer wieder, es ist nicht meine Schuld, aber irgendwie schon … ach, zur Hölle …«

Jetzt ging sie zu Lagardère hinüber und streckte ihm die Hand hin. »Komm, Kleiner, wir brauchen ein Frühstück. Und du brauchst ein neues Hemd.«

»Zu mir oder zu dir?«, gab Lagardère zurück.

»Wenn du diesen Spruch von Kim hast, muss ich mir Sorgen machen?«

Die Wohnung am Goetheplatz konnte zwei Badezimmer aufweisen, das gab den Ausschlag. Lagardères Corsa stand noch da, wo sie ihn in der vergangenen Nacht abgestellt hatte. Methodisch, sich jeder Bewegung überdeutlich bewusst, setzte sie sich hinters Steuer, wartete, bis beide Männer Platz genommen hatten, fuhr hinaus auf den Mittleren Ring, wo um diese Zeit schon einiger Verkehr herrschte, und stellte den Wagen eine Viertelstunde später vorschriftswidrig auf dem Gehweg in der Waltherstraße ab.

»Ist mir egal«, sagte sie achselzuckend, als der Franzose sie darauf hinwies. »Was ist schon ein Knöllchen dafür, dass wir jetzt einfach nur die Treppe hochgehen müssen? Ein Königreich übrigens für ein paar Croissants. Und Nutella.«

Archer zog die Brauen hoch. »Ist das die deutsche Vorstellung von einem Frühstück?«

»Du weißt nicht, was dir bisher entgangen ist«, gab Jenna über die Schulter zurück und folgte Lagardère, der bereits ein Stockwerk über ihr war. Sein leises »Mon dieu« hörte sie dennoch.

Ein Junge von etwa zwölf Jahren saß auf den Stufen vor Lagardères Wohnung und sah ihnen gespannt entgegen.

»Wer bist du denn? Was machst du hier vor meiner Tür, petit bonhomme?« Lagardère blieb einige Stufen unter ihm stehen, sodass sie sich auf gleicher Augenhöhe befanden.

»Sui Silas«, sagte der Junge mit einem undefinierbaren Akzent. Er trug eine Hose und ein Shirt aus schwerem beigen Stoff, dunkle Haare fielen ihm in die Stirn und seine schwarzen Augen blitzten.

Jenna und Lagardère starrten sich einen Augenblick lang sprachlos an, dann zog ein Lächeln über das Gesicht des Franzosen. Er sprach auf den Jungen ein, und Jenna, die der Sprache leidlich mächtig war, hörte ein Französisch aus einer untergegangenen Zeit. Es klang sehr förmlich, sehr melodisch, ganz anders als das moderne, schnelle Idiom, das sie gewohnt war.

Silas lächelte schüchtern angesichts des Wortschwalls, antwortete in wenigen Worten und hob die Hände der universellen fragenden Geste. Kurz darauf schüttelten sich die zwei ehemaligen Schatten die Hände. »Wir frühstücken zu viert«, verkündete Lagardère, schloss die Tür auf und schob den Jungen vor sich in die Wohnung.

Archer tippte Jenna auf die Schulter und formte ein lautloses »What the hell?«

Jenna hob die Schultern. Sie zog Archer in die Küche und begann im Küchenschrank zu suchen. »Da sind sie ja!«, rief sie triumphierend. Sie hatte vor einigen Wochen übers Internet Lebensmittel bestellt und Lagardère eine große Packung französischer Croissants zukommen lassen. Und dass er Nutella im Haus hatte, wusste sie, seitdem sie ihn am Ende ihres ersten gemeinsamen Abenteuers mit ihrer Leidenschaft dafür angesteckt hatte.

»Kaffee, Kakao …«

»Und einen Gin für mich. Ich trinke auf die Queen und auf den Weltfrieden«, sagte Archer trocken, und Jenna brach in befreites Gelächter aus. »Irgendwann stelle ich dir meine Tochter vor!« Sie grinste. »Ihr werdet euch gut verstehen.«

Archer sah sie an und wurde plötzlich ernst. »Jen … Du meinst, wir werden … könnten? Du … und ich?« Er verhedderte sich hilflos in seinem eigenen Satz und holte Luft, um noch einmal von vorne anzufangen.

Jenna, die zwischen Kühlschrank und Ofen hin und her lief, gab ihm einen flüchtigen Kuss. »Vielleicht …«, sagte sie vage, aber er konnte in ihren Augen lesen, dass sie es sich durchaus vorstellen konnte. »Oh … Ich glaube, Antoine hat gerade einen kleinen Bruder bekommen«, sagte Jenna mit Blick auf die zwei Franzosen, die jetzt in der Küche auftauchten. Ihre Augen leuchteten auf. »Vielleicht ist er die Aufgabe, die du gesucht hast, Antoine? Einem Schatten wieder ins Leben zu verhelfen?«

Lagardère blickte Jenna konsterniert an, dann lächelte er. »Wir waren und sind alle miteinander verbunden. Silas, Madeleine und ich.« Er schob Silas, der verlegen zu Boden sah, zu der Bar, die seine Küche in zwei Hälften teilte, und stellte ein Glas Milch vor ihm ab. Minou kam auf leisen Sohlen heran, ihr kritischer Blick wanderte von Lagardère zu Silas, dann schmiegte sie sich an die Beine des Jungen und schnurrte zufrieden. Nach einem Moment bot Silas ihr etwas von seiner Milch an. Die kleine Katze akzeptierte mit einem hoheitsvollen Nicken und leckte ihm kurz über die Finger.

»Möglicherweise hast du recht, chère Jenna. Da du so gut zeichnen kannst, kannst du auch fälschen? Silas braucht Papiere … eine Vergangenheit.«

»Eine Zukunft«, sagte Archer mit fester Stimme.

Jenna lächelte befreit. »Ausweise fälschen kann ich nicht, aber ich weiß, wen ich fragen muss. Und dann fliegen wir nach Schottland und besuchen Kim. Alle miteinander.«

* * *

Ich weiß nicht genau, wo wir sind. Aber es ist hell. Nicht sonnig, nicht blendend, aber doch … hell. Er brüllt mich wütend an, aber ich höre ihn nicht. Wir sind in den Abgrund gestürzt, und nun sind wir an einem Ort, der hinter den Nebeln liegt. Und das Seltsamste daran: Ich fühle mich froh und dankbar.

Jenna hat mir ein Geschenk gemacht: Sie war meine Freundin, jemand, der für mich da war, einfach so. Ohne Bedingungen. Sie wird mich nicht allzu sehr vermissen, denke ich, dafür habe ich sie zu oft belogen. Aber für einen kurzen Moment in meinem Leben war ich nicht mehr allein. Und sie hat mir geholfen, meine Schuld zu begleichen. Penelope ist weitergegangen, Silas darf sein Leben endlich leben. Und für mich erhält die Zeit nach so vielen, vielen Jahren wieder eine Bedeutung.

Hinter mir höre ich das leise Zischen einer Kerze, deren Docht Feuer fängt. Jemand umarmt einen Baum, Papier knistert.

»Au revoir, Madeleine«, sagt jemand.

»Für Lena«, ergänzt eine helle Stimme.

Jetzt umfasst er meine Hand und schaut mich mit seinen grauen Augen an, aus denen das Raubtier verschwunden ist.

Ich nicke.

Wir sind zu zweit. Und gehen weiter, immer weiter, bis ans Ende der Zeit.

Dank

An meine Agentin Katrin Kroll für ihr Vertrauen in mich; an Maike Haas unter anderem für die Frage, ob Lena in Jenna verliebt sei (ist sie nicht); an Sonja Geiger für unwiderstehlichen Positivismus und an Heidi Helmbrecht dafür, dass sie meine Geschichten liebt, obwohl Damon Salvatore darin keine tragende Rolle spielt.

Ein großes Dankeschön geht an meine wunderbare Lektorin Hanna Bauer und an das gesamte Team des Diana-Verlags, ohne die es meine Bücher nicht gäbe.

Außerdem an meine Familie, vor allem an den »Loner«. Ihr seid die Besten!

Und an all die engagierten Leser und Leserinnen von »Das Wispern der Angst«, die darauf bestanden haben, dass Antoine Lagardère wieder eine Hauptrolle und Jenna Winters endlich eine Romanze mit glücklichem Ausgang bekommt.

Mehr über Jenna Winters, ihre Tochter Kim, zahlreiche Hintergrundinfos und die Antworten auf die Fragen, ob es den Seelenbaum auf dem Münchner Waldfriedhof wirklich gibt und was sich tatsächlich in Clarissas Thermoskanne verbirgt, findet man auf *www.tanjafrei.com.*

Tanja Frei, im Herbst 2014